AS QUATRO ESTAÇÕES
OUTONO E INVERNO

Editora Appris Ltda.
1.ª Edição - Copyright© 2022 da autora
Direitos de Edição Reservados à Editora Appris Ltda.

Nenhuma parte desta obra poderá ser utilizada indevidamente, sem estar de acordo com a Lei nº 9.610/98. Se incorreções forem encontradas, serão de exclusiva responsabilidade de seus organizadores. Foi realizado o Depósito Legal na Fundação Biblioteca Nacional, de acordo com as Leis nos 10.994, de 14/12/2004, e 12.192, de 14/01/2010.

Catalogação na Fonte
Elaborado por: Josefina A. S. Guedes
Bibliotecária CRB 9/870

M929q 2022	Moura, Michelle 　　As quatro estações : outono e inverno ; livro 1 / Michelle Moura. - 1. ed. – Curitiba : Appris, 2022. 　　418 p. ; 23 cm. 　　ISBN 978-65-250-3457-7 　　1. Ficção brasileira. 2. Magia. 3. Fantasia. I. Título. 　　　　　　　　　　　　　　　　　　　　　　　　CDD – 869.3

Appris
editora

Editora e Livraria Appris Ltda.
Av. Manoel Ribas, 2265 – Mercês
Curitiba/PR – CEP: 80810-002
Tel. (41) 3156 - 4731
www.editoraappris.com.br

Printed in Brazil
Impresso no Brasil

MICHELLE MOURA

AS QUATRO ESTAÇÕES
OUTONO E INVERNO

~ LIVRO 1 ~

FICHA TÉCNICA

EDITORIAL	Augusto Vidal de Andrade Coelho
	Sara C. de Andrade Coelho
COMITÊ EDITORIAL	Marli Caetano
	Andréa Barbosa Gouveia (UFPR)
	Jacques de Lima Ferreira (UP)
	Marilda Aparecida Behrens (PUCPR)
	Ana El Achkar (UNIVERSO/RJ)
	Conrado Moreira Mendes (PUC-MG)
	Eliete Correia dos Santos (UEPB)
	Fabiano Santos (UERJ/IESP)
	Francinete Fernandes de Sousa (UEPB)
	Francisco Carlos Duarte (PUCPR)
	Francisco de Assis (Fiam-Faam, SP, Brasil)
	Juliana Reichert Assunção Tonelli (UEL)
	Maria Aparecida Barbosa (USP)
	Maria Helena Zamora (PUC-Rio)
	Maria Margarida de Andrade (Umack)
	Roque Ismael da Costa Güllich (UFFS)
	Toni Reis (UFPR)
	Valdomiro de Oliveira (UFPR)
	Valério Brusamolin (IFPR)
SUPERVISOR DA PRODUÇÃO	Renata Cristina Lopes Miccelli
ASSESSORIA EDITORIAL	Renata Miccelli
REVISÃO	Andrea Bassoto Gatto
	Stephanie Ferreira Lima
PRODUÇÃO EDITORIAL	William Rodrigues
DIAGRAMAÇÃO	Bruno Ferreira Nascimento
CAPA	Sheila Alves
REVISÃO DE PROVA	Stephanie Ferreira Lima
	William Rodrigues

Um presente para todas as pessoas que encontrei no meu caminho.
Desejo luz aos seus corações.

AGRADECIMENTOS

Agradeço ao Pai, pelo presente e pela oportunidade de ainda poder sonhar por mais que a vida nos apresente obstáculos. Ele nunca me deixou desistir.

O olho e a luz do corpo. Se teu olho é são, todo seu corpo será iluminado.

(Mateus 6:22)

PREFÁCIO

O início da estação

Em Cinara, as fadas se divertiam muito com os preparativos para cada estação do ano. A rainha era responsável por manter tudo em perfeita harmonia e as fadas podiam mudar para forma humana para irem ao mundo mortal. Em uma das suas visitas, a rainha conheceu um mortal e, no mesmo instante, eles se apaixonaram e viveram um grande amor. Ela confidenciou que era uma fada e ele a amou ainda mais.

Mas tinha alguém que observava tudo de longe — Meive, uma inimiga declarada das fadas. Um dia, ela descobriu um amuleto que era capaz de roubar a energia da rainha e torná-la poderosa. Então traçou um plano.

Ela sabia que a rainha faria mais uma visita ao mortal antes de começar os preparativos para a mudança de estação. Como ela também sabia onde eles se encontravam, ela a esperou. Para sua surpresa, a rainha trazia nos braços uma criança, mas ela decidiu que isso não seria um problema para ela, daria um fim nas duas.

Quando o humano se aproximou, ela os atacou. A rainha lutou para defender o bebê e seu amor. Já sem forças, abriu um portal e por ele mandou Meive para bem longe. Só que isso custou a sua vida.

APRESENTAÇÃO

Conto de fadas. Esse termo também é usado para descrever algo abençoado com uma felicidade incomum: "final de conto de fadas" (final feliz) ou "romance de conto de fadas" (embora nem todos os contos de fadas tenham finais felizes). Popularmente, um "conto de fadas" ou uma "história de fadas" também pode significar qualquer história improvável. Nesse caso, o termo é usado para qualquer história que não só não é verdadeira, mas que não poderia ser verdadeira. Lendas são tidas como reais. Contos de fadas podem se transformar em lendas.[1]

---

[1] Origem: Wikipédia, a enciclopédia livre. Disponível em: https://pt.wikipedia.org/wiki/Contos_de_Fadas#:~:text=Lendas%20s%C3%A3o%20tidas%20como%20reais,pelo%20narrador%20quanto%20pelos%20ouvintes. Acesso em: 19 ago. 2022.

SUMÁRIO

OUTONO

CAPÍTULO 1	19
CAPÍTULO 2	30
CAPÍTULO 3	37
CAPÍTULO 4	46
CAPÍTULO 5	50
CAPÍTULO 6	56
CAPÍTULO 7	62
CAPÍTULO 8	66
CAPÍTULO 9	74
CAPÍTULO 10	80
CAPÍTULO 11	87
CAPÍTULO 12	94
CAPÍTULO 13	103
CAPÍTULO 14	108
CAPÍTULO 15	116
CAPÍTULO 16	121
CAPÍTULO 17	129
CAPÍTULO 18	136
CAPÍTULO 19	144
CAPÍTULO 20	150
CAPÍTULO 21	157
CAPÍTULO 22	162

INVERNO

- CAPÍTULO 1 173
- CAPÍTULO 2 190
- CAPÍTULO 3 203
- CAPÍTULO 4 217
- CAPÍTULO 5 233
- CAPÍTULO 6 246
- CAPÍTULO 7 258
- CAPÍTULO 8 271
- CAPÍTULO 9 286
- CAPÍTULO 10 300
- CAPÍTULO 11 314
- CAPÍTULO 12 330
- CAPÍTULO 13 346
- CAPÍTULO 14 360
- CAPÍTULO 15 376
- CAPÍTULO 16 389
- CAPÍTULO 17 404

OUTONO

CAPÍTULO 1

Já era final de tarde, quando Liz olhou para fora pela vidraça da loja e notou que as folhas das árvores começavam a amarelar; logo iam cair e o Outono iniciar-se-ia. Liz tinha ido comprar mantimentos no centro. Ela estava gostando da cidade, apesar de ser pequena. Havia várias construções antigas que atraíam muitas pessoas que, como ela, gostavam de viajar. Ela e seu pai nunca ficavam muito tempo no mesmo lugar. Ela olhou no relógio e viu que já estava na hora de ir embora. Pagou suas compras e saiu. Foi nos fundos para pegar sua bicicleta e ir para casa.

Mas o que ela não sabia era que estava sendo vigiada por uma sombra desde que saíra de casa. A sombra viu quando Liz saiu da loja e se escondeu atrás da árvore para que a garota não a visse. Porém, no caminho, ela percebeu que estava sendo seguida, o que a deixou assustada, pois na cidade todos se conhecem.

Primeiro, ela resolveu ir mais rápido, mas, depois, decidiu parar, pois se fosse alguém que estivesse indo para a mesma direção que ela, a pessoa passaria por ela e isso a deixaria mais calma. Só que, ao parar, ela olhou para todos os lados e não viu ninguém. Não havia nada além das árvores.

Ninguém se aproximou. Liz ficou ali, parada, no meio do caminho, e a única coisa que se ouvia era o vento. Preocupada, ela olhou para o céu, segurou com força o guidão da bicicleta e pedalou o mais rápido que pôde para casa. Assim que chegou, ficou mais tranquila. A impressão de estar sendo seguida passou e ela acabou rindo.

— Estou assistindo demais a televisão – falou a si própria.

Seu pai não estava em casa. Tinha viajado a trabalho. O que ela ignorava era que algo muito importante e perigoso estava para acontecer. Liz morava há pouco tempo em Price. Seu pai havia recebido uma ótima proposta de trabalho e não podia deixar passar. Ele não gostou muito da notícia da viagem em cima da hora. Nunca a deixara sozinha, mas ela prometeu que voltaria cedo para casa e trancaria todas as portas. Então, ele aceitou viajar, afinal, não podia dizer não, pois sua contratação era muito recente.

Liz colocou as compras na mesa, deitou-se no sofá e adormeceu rapidamente. Ela sonhou que estava correndo em meio a árvores muitos secas, velhas e escuras. Não conhecia aquele lugar e fugia de alguém. Sabia que não podia ser capturada. Ela queria ir para casa, mas ficou mais calma ao avistar uma cabana. A garota entrou e acendeu as luzes. Olhou pela janela, viu a floresta e mais nada, mas sabia que estavam esperando que ela saísse. De repente, ela viu sombras entre as árvores e um cachorro assustador saiu da escuridão e deitou-se na frente da porta da cabana, impedindo-a de fugir. Eles sabiam que ela não podia ficar muito tempo ali.

O telefone tocou e Liz acordou assustada, mas aliviada — era tudo um pesadelo. Viu que já havia amanhecido. O telefone continuava tocando, então o atendeu meio sonolenta.

— Alô, quem fala? Ana... É você? Do que está falando? Espere!

Liz olhou no relógio. Havia dormido no sofá a noite toda e já tinha perdido a primeira aula, mas ainda dava tempo de ir à escola. Voltou a falar no telefone e combinou de se encontrar com Ana na escola. Ela era sua amiga desde que chegara na cidade. Ela precisava contar o sonho, pois tinha sido muito real.

Levantou-se e viu que estava com a blusa molhada de suor. O que era tudo isso? O sonho tinha sido tão real... Entretanto ela resolveu não dar tanta importância a ele. Tomou um banho e comeu algo antes de sair para se encontrar com Ana. Resolveu ir de bicicleta.

Quando já estava no meio do caminho, ouviu algo e parou. A sensação do sonho voltou e ela ficou paralisada. Sentiu alguém agarrá-la por trás. Gritou pedindo ajuda, mas não havia ninguém que pudesse escutá-la. Foi quando perdeu os sentidos.

Quando voltou a si, olhou à sua volta. O lugar era muito bonito — era um campo de girassóis. Havia muito Sol e o vento fazia as flores se movimentarem. Entretanto uma sombra se aproximou e tudo escureceu.

Abriu os olhos, estava tonta, porém se levantou apoiando-se em uma mesa. Olhou ao redor e viu que era um quarto muito luxuoso, mas que ela não reconhecia, não sabia onde estava, mas reconheceu o som do vento nas árvores. Ainda estava em Price. Ficou muito aflita, tentando entender o que estava acontecendo. A porta se abriu e entrou uma mulher que ela nunca tinha visto antes. Era muito velha e tinha uma aparência assustadora. Então, a senhora fez um aceno com a cabeça e começou a falar sem olhar para Liz.

— Vejo que já acordou. Isso é ótimo. Está se sentindo um pouco mal, mas logo passará e poderemos conversar.

Apavorada, Liz começou a questioná-la:

— Onde estou? Quem é você e por que estou aqui? Não tenho nada de valor.

— Engano seu, Liz. Estou esperando por você há muito tempo e você tem algo de muito valor que quero para mim. Logo você entenderá.

A mulher saiu e trancou a porta, deixando uma bandeja com água e frutas. Liz ficou desesperada. O que queriam com ela? Quem era aquela mulher? Ela olhou para bandeja na mesa e pensou que não comeria nada daquele lugar.

Deitou-se e lutou contra o sono, mas foi vencida. Sonhou novamente que estava fugindo das sombras e, quando elas se aproximaram o bastante para pegá-la, ela viu a mesma mulher, rindo, mas de maneira muito cruel. Foi quando a acordaram. Dessa vez, era outra pessoa, uma moça.

— Venha comigo. Estão te esperando — disse a desconhecida.

Liz levantou-se e a seguiu. Elas percorreram um corredor longo e escuro, mas logo ela viu uma luz mais à frente e estremeceu.

— Espere aqui.

Liz ficou parada, na entrada do corredor. Ela não entendia o que estava acontecendo, por que a tinham levado ali, contra a sua vontade. Ela podia aproveitar e tentar fugir, pois estava sozinha, mas ir para onde se não conhecia aquele local. Olhou para dentro da sala e viu a velha sentada no centro; havia mais mulheres, em pé, em volta dela.

A senhora olhou em sua direção e, então, todas prestaram atenção em Liz. A mulher a convidou para entrar.

— Entre, Liz. Desculpe a maneira como a trouxeram aqui.

— Quem são vocês e por que estou aqui?

— Você não sabe de nada? Não lhe contaram? Sou de uma linhagem muito antiga. Vivo há muito tempo neste mundo mortal. Fui banida injustamente de Cinara, pois não aceitavam meus métodos. Chamaram-me de bruxa, condenaram-me a viver no meio dos mortais e, aqui, meus poderes ficaram limitados e, como pode ver, envelheci. Só que descobri como aumentar meus poderes e reaver minha juventude. Você tem muita energia, posso sentir. Vou recuperar meus poderes e, dessa vez, não tem ninguém para me impedir. Com ajuda das minhas bruxas, você é minha.

— Do que está falando? Quero ir embora agora! Deixe-me sair!

— Não, querida. Quando descobri seu paradeiro fiz com que viesse para esta cidade. E os atraí com o emprego para seu pai.

— Você é a dona da empresa? Mas por que nos queria aqui?

— Seu pai não. Apenas você. E agora, com ele longe, não tem ninguém para me atrapalhar.

Quando Liz percebeu, duas bruxas se aproximaram dela e a seguraram. A moça que a levara à porta da sala foi até a velha e pegou um colar que tinha como amuleto uma pedra oval e preta muito brilhante. Ela voltou e colocou o colar em Liz que, no mesmo instante, sentiu suas forças serem sugadas tão rápido que quase caiu no chão. A velha olhou para ela e sorriu. Foi exatamente como no sonho, mas agora era real. Então, a levaram de volta para o quarto.

O colar deixou Liz muito fraca até para se levantar da cama. O que era aquilo e como podia lhe fazer tão mal assim? O calor que sentia era insuportável. Devia ser efeito da pedra. O que era tudo isso, afinal? Ela tentou retirar o colar, mas não conseguiu. Acabou perdendo os sentidos.

Liz não tinha conhecimento da verdadeira intenção daquela mulher que a raptara e a levara para aquele local. A velha continuava na sala. Era Meive. E quando esteve com Liz no quarto pôde sentir seu poder. Sim, era imenso, maior do que o da sua mãe. Com ela em suas mãos precisava apenas esperar seu aniversário e sua maioridade, quando ela atingiria o auge de seu poder e, pelo amuleto, passaria para Meive toda sua magia. E, assim, a linhagem das rainhas das fadas deixaria de existir finalmente, levando junto todas as outras fadas.

A noite chegou e tudo estava tranquilo na mansão. Sabiam que Liz não causaria problemas. Meive foi olhá-la e viu que o amuleto estava cumprindo seu papel. Ela estava desacordada. Retirou-se para seus aposentos e ninguém ficou vigiando a porta, que, agora, ficou destrancada. O silêncio tomou conta do local, não havia mais ninguém, apenas o vazio.

Mas uma pequena luz começou a se mover pelo corredor, vasculhando todos os cômodos, até encontrar Liz deitada na cama. Constatando que ela estava viva e vendo que era seguro, assumiu sua forma humana. Era Ana. Ela chamou Liz, mas não obteve resposta. Então, aproximou-se e percebeu que ela estava usando o colar com o amuleto. Tinha de tirá-lo ou não conseguiriam sair da casa.

No entanto, ela não sabia se conseguiria, pois era magia negra e seu poder não era tão grande. Mesmo assim, pegou em sua bolsa um pequeno vidro com um pó dourado e o despejou no fecho do colar, que se abriu. Jogou-o para longe de Liz. Agora, precisava tirá-la dali. Voltou a chamar:

— Liz! Acorde!

— Vamos, Liz! Não temos muito tempo! Precisa me ajudar! Não vou conseguir sozinha!

Então, Liz foi recobrando a consciência e reconheceu Ana, que estava ali, na sua frente, muito aflita. Tocando em seu pescoço, notou que estava sem o colar.

— Ana... Como me achou? O colar? Você o tirou?

— Venha! Temos que ser rápidas antes que elas percebam que estou aqui. Vamos embora. Consegue andar?

— Acho que sim, mas me ajude.

— Claro. Segure em meu braço. Rápido!

As duas saíram do quarto e Ana a levou por outro corredor, que dava nos fundos da casa e que também estava escuro. Quando se aproximaram da porta, Liz viu que havia alguém esperando dentro de um carro. Ele acenou para elas irem mais rápido. As meninas entraram e eles partiram da mansão sem olhar para trás. Então, o rapaz disse:

— Dessa vez foi por pouco. Vocês demoraram muito.

— Liz estava usando um colar que a estava deixando fraca. — respondeu Ana.

— Meive não perdeu tempo...

Liz nunca tinha visto aquele rapaz em Price, que não a olhava e só falava com Ana. Não entendia o que estava acontecendo. E o que ela também não sabia era que ele seria muito importante em sua vida. Seu nome era Caio. Ele era um protetor e sua função era fazer com que Liz chegasse em segurança a Cinara. Ela não se sentia bem e recostou-se no banco. Ana percebeu que ela dormiu e olhou para ele, que se virou e, finalmente, viu-a tão perto. Entretanto voltou a prestar atenção na estrada e eles a deixaram dormir, afinal, ela precisava se recuperar e a viagem seria longa.

Liz dormiu durante todo o caminho. Quando acordou, percebeu que haviam parado. Levantou-se e olhou em volta. Estavam em uma estrada deserta, ainda era de madrugada. Viu o rapaz conversando com Ana, estavam bem afastados, não conseguia ouvir o que falavam. Saiu do carro e caminhou até eles que a viram se aproximar.

— Liz, está melhor?

— Acho que sim, Ana, mas como sabia onde eu estava?

Caio, então, falou com Liz pela primeira vez:

— Você dormiu durante todo o caminho. Tem certeza de que está bem?

Liz olhou para aquele rapaz que falava com ela e não entendia o porquê de estarem parados na estrada, o porquê não a levavam para casa. Ana interrompeu os dois:

— Liz, deixe-me lhe apresentar. Esse é o Caio, um amigo nosso. Está segura agora.

— Quero ir para casa, Ana. Você pode me levar?

— Desculpe, Liz, mas não vai ser possível neste momento.

Caio a observava falando com Ana e agora, ali, parada ao seu lado, via como ela era especial. Não era muito alta, mas era esguia e tinha uma pele muito branca. Seus olhos verdes ficavam mais evidenciados com as poucas sardas que tinha no rosto, o cabelo longo era castanho-claro, mas um tanto acobreado, o que a deixava ainda mais bonita.

Não percebeu que ficou admirando-a. Ana quase gritou com ele pedindo ajuda. Ele voltou a ouvir as duas falando.

— Caio, ajude-me! Liz precisa entender que não pode voltar para casa.

— É verdade. Não é seguro voltar. Aquelas mulheres já devem estar te procurando. Precisa ir com a gente. Pode confiar, só queremos ajudar.

— Desculpe, mas tudo isso é demais pra mim. Não me disseram para onde estão me levando e quem são aquelas pessoas.

— Por favor, Liz, sou sua amiga. Confie em mim. Vamos.

Liz não tinha outra opção naquele momento. Ela entendeu que não podia voltar para casa, que realmente não era seguro, e aceitou continuar com eles, mas logo que pudesse faria com que eles lhe contassem toda a verdade. E seu pai não estava em casa, era melhor não ficar sozinha. Eles voltaram para o carro e continuaram a viagem.

Amanheceu logo e eles pararam para comer. Caio pediu que entrassem na lanchonete e fizessem o pedido enquanto abastecia o carro. Elas entraram, mas ele precisava certificar-se de que ninguém os havia seguido.

Na casa das bruxas, Meive estava furiosa. Como era de se esperar, não demorou muito para descobrirem a fuga, mas só perceberam quando o dia já clareava, o que deu tempo para Liz e os outros se afastarem. Não aceitariam essa afronta se vingaria de quem a ajudara. Sabiam que só magia era capaz de retirar o colar, afinal, ele estava enfeitiçado. As fadas deviam estar vigiando, entraram na casa e levaram Liz. Mas isso não atrapalharia seus planos. Ela os acharia.

Enquanto as outras bruxas discutiam como iriam reaver Liz, Meive deu um grito com elas que as fizeram se calar:

— Olhem o quarto! O amuleto ainda está aqui! Posso sentir!

Duas das bruxas foram até o quarto e o vasculharam e acharam o colar em um canto. Levaram para Meive, que o pegou e, no mesmo instante, evocou um encantamento e a energia que ele havia roubado de Liz passou para ela. Uma luz negra a envolveu e ela ficou jovem novamente.

— Vejam! Deu certo! Estou jovem! Quero a garota! Tragam-na para mim!

Traçaram um plano, pois eles não deveriam estar muito longe. Anoiteceria e essa era a melhor hora para caçá-los e capturar Liz.

Caio foi andando até os fundos do posto e quando estava longe o bastante, verificou se não havia ninguém por perto. Então, retirou do bolso pequenos anéis dourados, escolheu um, que flutuou à sua frente, e um pequeno portal se abriu. Uma figura apareceu, um senhor, que parecia muito preocupado. Seu nome era Grael.

— Caio, tem que se apressar. As bruxas já sabem da fuga da Liz e estão indo atrás de vocês. Precisa ficar alerta, pois elas tentarão pegá-la novamente. Tem de levá-la para um lugar seguro.

— Tinha certeza de que elas viriam atrás dela. Fizemos tudo que você mandou. Para onde a levo? Não chegaremos a tempo no portal.

Precisamos de um local para passar está noite em segurança e longe das bruxas — disse Caio.

— Leve-a para uma cabana que fica dentro de um bosque. Não está muito longe. Ficarão seguros por esta noite.

Grael mostrou a Caio como chegar até a cabana e o portal se fechou. Ele voltou ao posto, entrou na lanchonete e percebeu que havia algo no ar. Encontrou-as comendo. Sentou-se e comeu. Ana percebeu que ele estava tenso. Olhou para Liz, que havia terminado e estava longe em seus pensamentos. Ela a chamou, mas Liz não respondeu. Pegou em sua mão e percebeu que ela estava um pouco fria.

— Liz, está tudo bem? Suas mãos estão frias.

— Só estou com frio desde que saímos daquela casa.

— Devia ter me falado. Foi o colar. Ele roubou uma parte de sua energia. Mas já sei o que fazer. Vai se sentir melhor.

Ana abriu sua bolsa, pegou uma caixinha pequena e retirou de dentro dela uma flor rosa bem miúda e brilhante. Pediu uma xícara de água quente e, olhando em volta e vendo que não havia muitas pessoas, colocou na xícara a flor, que se dissolveu. Ela deu para Liz beber e disse:

— Tome. Vai te ajudar a melhorar.

Liz pegou a xícara. O aroma era delicioso. Ela bebeu o líquido e logo que terminou, Ana pegou em sua mão e sentiu que o calor do corpo de Liz estava voltando. Caio notou um brilho diferente em Liz muito rápido, que logo sumiu. Sim, ela tinha melhorado. Mas isso chamou a atenção de todos que estavam ali, que passaram a olhar para eles. Ele se levantou, pagou a conta e chamou as duas, que a essa altura também tinham percebido que todos as olhavam de maneira estranha. Eles saíram e Ana o fez parar, perguntando o que era tudo aquilo. Enquanto o indagava, ela não tirava os olhos de Liz, que os observava.

— Caio, o que está acontecendo?

— Não temos tempo. Precisamos sair daqui. As bruxas estão vindo atrás de nós. Estão nos caçando.

— Mas como você sabe? E o que foi aquilo lá dentro?

— Grael. Falei com ele, que me avisou que elas já estão no nosso rastro. Vamos, tenho um lugar seguro para passarmos a noite.

Ana pegou Liz pelo braço e eles foram em direção do carro. Olharam para trás e todos os observavam. Aquilo tudo era sinistro demais. Caio as fez entrar no carro e eles saíram de lá muito rapidamente. Liz também percebeu o que havia acontecido. Sentiu medo, mas precisava de respostas, agora mais do que nunca.

— Qual dos dois vai me falar o que realmente está acontecendo? Quem são essas mulheres e o que foi aquilo no posto?

Os dois se olharam e Caio parou o carro. Liz desceu. Ana também desceu, aproximou-se da amiga e começou a falar, afinal, a vida dela estava em perigo:

— Desculpe, Liz. Era meu dever protegê-la, só que falhei e elas te acharam. Mas fique calma. Estamos te levando para casa. Precisa confiar em nós. Entre no carro.

Liz entrou muito contrariada, insatisfeita com o pouco que Ana havia lhe falado, já que não dissera nada de novo. Recostou-se no banco. Não queria mais pensar em nada daquilo. Retornaram à estrada e, quando já era final de tarde, Caio entrou em uma pequena estrada, onde havia muitas árvores secas, escuras e sem folhas. Pararam em frente a uma cabana velha e Liz ficou apavorada, pois era a cabana do seu pesadelo. Porém ela não disse nada. Eles saíram do carro e assim que entraram, Liz viu que tudo estava limpo e que havia um cheiro agradável no ar.

— Onde estamos? Esse cheiro é tão familiar... Alguém mora aqui?

Liz sentou-se em um sofá que estava no canto da sala e ficou observando aquela pequena cabana, pensando na coincidência do seu pesadelo com aquele local. Ana sentou-se ao seu lado.

— Liz, tem um quarto onde você vai poder descansar. Vem comigo.

Ela se levantou e acompanhou Ana, que a levou até o quarto, que também estava muito bem limpo e organizado, como se soubessem que alguém estaria ali. Ana lhe mostrou tudo e saiu. Precisava falar com Caio. Encontrou-o na sala.

— Caio, como Grael sabe que as bruxas tentarão raptar Liz novamente?

— Não é mais segredo, Ana. Todos já sabem de Liz e do sequestro que Meive armou para pegá-la, Grael só nos deu a informação correta. Agora volte para o quarto e fique com Liz. Ela não pode ficar sozinha. É muito perigoso. Você sabe que elas tentarão qualquer coisa.

Ana entrou no quarto e viu que Liz estava na janela, olhando para fora. Ela viu Ana entrar, mas continuou ali, parada. Tudo aquilo era muito ruim e estar naquela cabana não a agradava. Ana sentou-se em uma poltrona e ficou fazendo companhia a Liz. Não sairia do seu lado, as bruxas não a pegariam novamente. A noite logo chegou. Liz se recostou na cama, pois achava que não conseguiria dormir. Ana também estava sem sono. Caio foi até o quarto e viu que as duas estavam acordadas. Tudo estava tranquilo e resolveu voltar para a sala.

Liz não percebeu, mas acabou adormecendo sentada; e teve o mesmo pesadelo: corria pela floresta, fugindo das sombras que a perseguiam. Então, ela viu que eram as bruxas e aquela mulher. Ela avistou a cabana e correu em sua direção, mas não conseguia chegar. Começou a pedir ajuda e, quando chegou na porta, sentiu que alguém a segurava por trás. Liz começou a gritar. Ana se aproximou, dizendo:

— Liz! Acorde! É um pesadelo. Vamos! Abra os olhos!

Liz acordou muito assustada.

— Ana, elas estão aqui! Eu sei! Vieram me pegar! Não deixe que entrem!

Caio entrou no quarto correndo, pois tinha ouvido os gritos de Liz. Encontrou Ana amparando-a. Sabia que era obra de Meive. Ela estava aterrorizando-a.

— O que aconteceu?

Ana, ainda sentada na cama ao lado de Liz, virou-se para ele e falou suas suspeitas:

— Caio, elas estão aqui. Liz teve um pesadelo. Elas nos acharam. Precisamos ficar alerta porque elas tentarão entrar na casa.

— Certo, Ana. Ajude Liz a se recompor e venham para a sala. É melhor ficarmos juntos.

Caio saiu, Ana ajudou Liz a levantar-se e as duas foram para a sala. Chegando no cômodo, as luzes estavam apagadas e Caio estava na janela vigiando. Eles sabiam que a cabana já devia estar cercada. Sim, as sombras estavam lá fora. Caio podia sentir a presença delas se movendo na escuridão.

As duas sentaram e ficaram ouvindo sons de passos do lado de fora. Eram elas. De repente, um vento forte soprou e portas e janelas se abriram ao mesmo tempo, e nada mais estava no lugar. As sombras entraram e foram em direção a Liz. Mas algo que ninguém esperava aconteceu: no momento de desespero, Liz gritou com todas as forças e começou a brilhar:

— Vocês não vão me levar!

E sua luz brilhou tão forte que tomou conta de tudo e não havia mais escuridão. As sombras fugiram e o vento parou de soprar. Não havia mais perigo. Liz caiu no chão desacordada. O que aconteceu deixou Caio e Ana surpresos, mas eles não deveriam ter ficado tão admirados assim, afinal, ela era a futura rainha e, como tal, devia ser muito poderosa.

CAPÍTULO 2

Quando acordou, Liz viu que estava deitada no quarto da cabana; sentia uma forte dor de cabeça. Mas o que importava é que, em seu íntimo, ela sabia que estava segura, pelo menos naquele momento. Ana entrou no quarto e a encontrou sentada na cama, parecendo melhor.

— Trouxe água para você. Tome, vai ajudar.

— Ana, o que aconteceu? Elas já foram embora?

— Fique calma. Está tudo bem agora. Precisa se recuperar para continuarmos a viagem.

Caio ouviu as duas conversando e concluiu que Liz já havia acordado, o que era um bom sinal. Entrou no quarto e chamou Ana, que saiu e foi com ele para fora.

— Como ela está? Ela se lembra de alguma coisa da noite passada?

— Apenas que as bruxas estiveram aqui, mas é cedo para falarmos com ela sobre isso.

— Você tinha razão. O poder dela é imenso. Na hora do perigo, ela reagiu e as bruxas não tiveram chance. Mas elas não desistirão facilmente. Temos que protegê-la.

As bruxas retornaram à casa para qual levaram Liz e se reuniram em uma grande sala, esperando por Meive, que entrou e as encontrou discutindo. Elas pararam e uma delas relatou tudo que havia acontecido, e a reação de Liz, que as surpreendeu e as deixou sem ação. O relato só deixou Meive com mais vontade de capturá-la, afinal, seus poderes já davam sinais da dimensão que tomariam quando Liz completasse a maioridade.

— Esperem. Não vamos nos abalar. Ela ainda não comanda seus poderes. Foi apenas uma reação. Ainda temos mais uma chance antes que eles saiam da reserva. E, dessa vez, eu tomarei conta de tudo.

Meive sabia o que fazer. Dessa vez, a atacaria com mais força, e teria que ser rápida, pois Liz não podia fugir de suas mãos. E ela sabia quem poderia impedi-las de trazer Liz de volta. Ela saiu da sala e foi para seu escritório, mas ordenou que as outras voltassem à cabana. Não daria trégua a eles nem um minuto. Não podia deixar que escapassem, então, voltariam com um novo ataque.

Liz e os outros continuavam na cabana. Já era final de tarde. O Outono havia chegado. Ela estava sentada do lado de fora da casa, aproveitando o calor do Sol, que logo iria desaparecer. Mas o que a mais perturbava era tudo que estava acontecendo com sua vida — o sequestro, a fuga, Caio e quem era Ana realmente. Ela não comentou nada, mas se lembrava da luz que saiu do seu corpo. Que força era aquela que havia sentido?

Olhou e viu Caio e Ana conversando baixinho. Sabia que eles estavam lhe vigiando. Esse segredo todo a irritava e não gostava de estar fugindo, mas havia entendido que não podia voltar para casa por enquanto. Entretanto ela decidiu que não iria a lugar algum enquanto não obtivesse respostas. Eles viram que ela se levantou e que estava uma fera, e pararam de falar.

— Eu não saio daqui enquanto vocês dois não me deram uma explicação sobre tudo. Agora!

Ana sabia que já era hora de ela saber o que estava acontecendo. Pelo menos, uma parte, pois não tinha permissão para contar tudo. Caio a olhou e consentiu, então, Ana falou:

— Você não pertence ao mundo dos homens mortais. Eu e você somos de outro mundo, onde a magia é real e todos vivem em harmonia. Somos seres da Natureza, somos fadas. Sua mãe era uma fada, a nossa rainha. Por uma fatalidade, você foi criada aqui, mas agora é hora de voltar para casa.

— Ana, do que está falando? Magia e fadas? Elas são apenas histórias que as crianças gostam de ouvir.

— Por que duvida, Liz? As fadas existem. Você não pode ignorar. Sempre sentiu nossa presença, não é verdade?

— Caio, você vem desse lugar?

— Sim, venho do mesmo lugar que vocês. Sou um bruxo. É necessário que confie em nós. Estamos aqui para levá-la para casa em segurança.

— Mas meu pai nunca me disse nada. Ele sabia que minha mãe era uma fada?

— Claro. E a amava muito.

— Não o culpe. Ele só queria protegê-la. Quando sua mãe morreu, sacrificando-se para salvá-los, ele sofreu muito.

Então, Ana começou a contar a Liz a verdadeira história sobre sua origem: disse que sua mãe era a rainha das fadas, que se chamava Lia e que podia visitar o mundo mortal. Em uma dessas visitas, ela conheceu o pai dela e eles se apaixonaram. Sua mãe contou a ele quem era, o que o deixou ainda mais apaixonado. Eles viveram um grande amor e desse amor tiveram um bebê, uma menina, Liz.

Um dia, eles haviam combinado de se encontrar para ele conhecer a filha. Mas havia uma pessoa que estava vigiando-os de longe. Era Meive, uma bruxa, inimiga declarada das fadas. Ela sabia do lugar onde eles se encontravam e ficou à espreita. Quando a mãe de Liz atravessou o portal com a criança, Meive ficou surpresa, mas decidiu que isso não mudaria seus planos — ela atacaria Lia para roubar seus poderes e mataria a menina. Para proteger a filha e amor, ela lutou com Meive e abriu um portal, mandando-a para longe. No entanto, Meive a feriu e, quando ela se foi, Lia caiu no chão. O pai de Liz se aproximou e ela o fez prometer que a criaria no mundo mortal e só lhe contaria a verdade quando estivesse na idade de assumir o trono de Cinara.

Um portal se abriu e outras fadas o atravessaram. Elas já sabiam o que havia acontecido. Uma fada foi falar com ele, pois sabia da vontade de Lia. Então, as fadas deixaram Liz com o pai, mas o avisaram de que sempre estariam por perto para protegê-la. Ele se mudou da cidade levando a filha com ele, e elas sempre estiveram por perto.

— Entende, Liz? Ele ia te contar, mas Meive voltou, achou-os e os atraiu para Price. Ele não tinha como saber. Por isso, nunca a deixava sozinha.

O que Ana lhe contou era muito triste. Sua mãe havia morrido por causa de Meive e, agora, ela estava fugindo para se salvar. Meive nunca desistiria. Mas não havia entendido o motivo dessa perseguição toda. Precisava saber mais.

— O que ela quer comigo, Ana?

— Vingança, Liz. Ela é má.

Ana sabia que era muita informação para Liz e contar a verdadeira intenção de Meive — roubar sua magia e matá-la — não ajudaria muito. Caio as interrompeu, pois sabia que Ana não tinha permissão para contar tudo.

— Vamos partir amanhã, antes do Sol nascer. As bruxas não desistirão facilmente — falou ele, deixando Ana preocupada.

— Elas não teriam coragem de voltar aqui.

— Ana você não pode se descuidar. Meive absorveu a energia de Liz que o amuleto roubou e com a reação dela para se proteger, claro que tentarão novamente.

Liz ouvia tudo. Não gostaria passar por aquela situação mais uma vez. Queria ir embora, não queria esperar mais um dia ali, naquela cabana, mas se sentia fraca por conta da noite anterior. A energia que sentira envolvendo todo seu corpo era muito grande e ainda não a compreendia, pois tudo era um mistério.

— Então, por que não vamos agora?

— Não podemos, Liz. Precisamos sair com a luz do dia. À noite é muito perigoso. Elas virão na escuridão.

— Caio tem razão, Liz. Estamos mais protegidos aqui, na cabana.

Liz ficou aflita por saber que ainda não podiam partir. Era ruim essa espera, pois as bruxas tentariam novamente. Eles entraram na cabana e Caio deu uma última olhada para a floresta. O Sol estava indo embora e a noite chegaria. E as bruxas também. Porém não podiam partir com Liz enfraquecida. Ela não aguentaria a caminhada. Isso os prendeu por mais um dia no mundo mortal. Agora, só restava esperar.

Ana arrumou o sofá maior para que Liz pudesse passar a noite. Era melhor ficarem todos juntos. Com muita insistência, a garota aceitou se deitar. Ana deu-lhe uma bebida para tomar. Ela sabia que o que estava fazendo não era o melhor, mas precisavam que Liz estivesse bem para partirem no dia seguinte. Aos poucos, ela adormeceu.

Caio olhou para Ana, afinal, ele tinha concordado que ela preparasse a bebida. Agora deviam ser mais cuidadosos, pois ela acordaria apenas no dia seguinte. Só lhes restava esperar a noite passar e protegê-la.

Quando já era bem tarde da noite, Caio olhou e viu que Liz continuava dormindo. Ana também se levantou e deu uma olhada pela janela, e parecia tudo tranquilo, não havia ninguém. De repente, um frio terrível tomou conta da sala e eles sentiram a presença do mal. Ana foi para junto de Liz, cobriu-a e notou que, apesar de estar dormindo, ela sentira a presença das bruxas.

Houve um estrondo do lado de fora, como um trovão. As bruxas tentavam entrar na casa, mas Caio, que era um bruxo, sabia se defender e havia usado seus poderes. Elas atacaram novamente, o que abalou a casa. Um silêncio tomou conta de tudo e, então, as portas e janelas se abriram e elas entraram. Caio ficou pronto para atacar e, quando elas ameaçaram se aproximar de Liz, ele as golpeou com um feitiço que as deixou ainda mais irritadas.

Ana, que estava protegendo Liz, notou que ela estava ficando fria, o que não era um bom sinal, e gritou para Caio:

— Precisa tirar elas daqui! O frio está fazendo mal para Liz.

Caio pegou no bolso os anéis dourados e jogou contra elas, dizendo um encantamento, que abriu uma janela. As bruxas foram sugadas e levadas para longe dali, deixando-os, mais uma vez, em segurança. O frio foi embora e Liz começou a melhorar. Caio a olhava e pensava que não havia gostado do que tinha acontecido. Havia algo estranho... As bruxas tinham ido embora muito facilmente e ele sabia que elas não desistiam de qualquer coisa tão rápido assim. Porém o restante da noite foi tranquilo e tanto Caio como Ana não sentiam mais a presença das bruxas.

Liz acordou cedo, sentindo-se bem. Levantou-se e encontrou Caio e Ana prontos para partir. Viu que eles tinham tudo preparado para uma longa caminhada por dentro da mata. Ana foi até ela, mas sabia que não era bom contar o que havia acontecido na noite anterior, pois isso só deixaria Liz mais nervosa.

— Vamos partir agora, antes de o Sol nascer. Venha, vamos nos preparar.

— Mas para onde vamos? Parece que vamos fazer uma trilha.

— Tem razão. Devido à perseguição de Meive, só resta um portal nesta região e ele está dentro da floresta, lá no alto. Temos que ir andando.

Com todos prontos, eles partiram. Precisavam ser rápidos, porque o portal só ficava visível no mundo mortal com a luz do dia, e ainda tinha o perigo das bruxas, que voltariam com a escuridão. Começaram o caminho de volta para casa.

Meive ouviu tudo quando as bruxas voltaram da nova tentativa frustrada. Não deixaria escapar essa oportunidade de aumentar seus poderes, podia sentir em suas mãos a magia das fadas cada vez mais forte. Não desistiria facilmente. Mas sabia que os três estavam em alerta e que não podiam se aproximar muito. Precisava de alguém para executar o serviço, ou seja, livrar-se dos protetores de Liz e levá-la até ela.

Ela já havia mandado chamar quem poderia fazer esse serviço sujo: Nilon, um caçador cruel que não media esforços para capturar suas presas, perfeito para o que ela necessitava. Quando ele chegou, ofereceu-lhe o serviço por um bom dinheiro. Ele aceitou e disse que seria fácil se livrar dos outros e lhe trazer a garota.

Eles caminharam dentro da mata até o meio-dia, então, Caio resolveu parar um pouco. Liz e Ana ficaram aliviadas, pois queriam descansar, mas não tinham falado nada para não atrasar a viagem. O que eles não sabiam é que estavam sendo seguidos. Nilon já os tinha achado e os seguia sem ser notado. Pela descrição que Meive havia feito, a garota mais nova e ruiva era Liz; os outros não tinham importância e seria fácil livrar-se deles. Era só esperar o melhor momento.

Havia um riacho ali perto e Caio avisou que ia buscar mais água. Pediu que as duas esperassem por ele. Liz pegou um cobertor que trazia, cobriu o chão e sentou-se. Ana terminou de arrumar algumas coisas, viu que estava tudo calmo e foi atrás de Caio. Como era perto, não havia perigo, imaginou ela. "Perfeito!", pensou Nilon. Essa era a oportunidade que ele esperava. Aguardou Ana se afastar o bastante para atacar. Tirou do bolso o colar com o amuleto que Meive lhe dera para colocar em Liz, assim ela não criaria problemas.

Caio estava terminando de encher os cantis quando viu Ana se aproximar e gritou:

— Ana! O que você fez? Onde está Liz? Ela não pode ficar sozinha!

Então, eles ouviram um grito e correram em sua direção, e encontraram Nilon com Liz nos braços, desacordada. Caio viu que ele havia colocado o colar nela. O caçador zombou:

— Vocês se descuidaram! Agora vou entregá-la para Meive e receber minha recompensa.

— Você não vai levá-la! Coloque-a no chão e suma daqui! — disse Caio.

— Você não pode me impedir. Sua amiga só facilitou tudo.

Então, ele fez surgir seus soldados das sombras, que atacaram os dois, e fugiu com Liz nos braços. Caio tentou segui-lo, mas foi impedido pela tropa de Nilon, que o cercou. Ana tentou ajudá-lo, porém eles também a atacaram. Eles logo desapareceram, ficando apenas Caio e Ana para trás, sem saber para que direção Nilon havia fugido.

Nilon a levou para um casebre abandonado na mata e a colocou sobre uma cama velha. O combinado era não perder tempo, quando estivesse com Liz deveria entrar em contato para que Meive fosse pessoalmente buscá-la.

O colar já estava sugando as forças de Liz e ela sentia-se muito mal, mas pôde ver Nilon e o lugar onde estava — era tudo velho e sujo. Tentou se levantar, pois tinha de fugir, mas Nilon a pegou antes que caísse no chão e a colocou de volta na cama. Ela não tinha como escapar.

Foi tudo muito rápido. Caio e Ana não tiveram nem chance de salvar Liz. Caio olhou mais à frente e viu Ana chorando pelo erro cometido. Sabia que ela estava se culpando, mas não era hora de arrependimentos. Nilon já os devia estar seguindo e deixar Liz sozinha apenas facilitou o serviço. Caio estava ferido, mas não podiam perder um minuto; precisavam achar o rastro de Nilon e descobrir para onde a havia levado.

Meive estava em seu escritório quando recebeu a notícia do sucesso de Nilon. Imediatamente, deu ordens para prepararem tudo para pegar Liz. Dessa vez, não a levaria para sua casa, não era mais seguro. Sabia que tentariam resgatá-la. Pouco tempo depois, Meive e uma das bruxas chegaram ao local combinado em um helicóptero, que pousou em uma clareira. As duas desceram e Nilon surgiu com Liz nos braços. Ele foi até elas, colocaram-na dentro da aeronave e partiram.

CAPÍTULO 3

Caio e Ana continuavam na floresta. Precisavam achar o rastro de Nilon. Eles sabiam que podiam encontrá-la por sua essência, já que ela era uma fada. Caio usou sua magia e um rastro de luz muito pequeno surgiu por instantes, mostrando a direção a ser seguida.

Ficaram aliviados. Era uma boa pista, andaram por um bom tempo em uma trilha que Nilon deixara para trás com suas pegadas, até que avistaram o casebre abandonado. Aproximaram-se com cautela, olharam tudo ao redor e entraram. Não havia mais ninguém, tinham chegado tarde. Ana não sabia como pedir desculpas. Tinha consciência de que errara, de que não devia ter deixado Liz sozinha. E agora? Onde estavam? Resolveu andar mais um pouco e descobriu como tinham levado a garota tão rápido.

— Caio, venha até aqui — disse Ana, mais à frente.

Quando ele a encontrou, logo percebeu o que ela queria mostrar. Havia marcas na vegetação de algo muito pesado que tinha pousado ali.

— Meive a levou daqui pelo ar. Podem estar em qualquer lugar — disse Ana, que olhava em volta, furiosa e se sentindo perdida. — Como vamos achar Liz? Para onde a levaram?

Caio conhecia bem a região e falou:

— Não foram muito longe. Tem um pequeno aeroporto perto daqui. Podemos ir até lá para investigar.

Ela se aproximou dele mais animada.

— Vamos! Mas temos que voltar à cabana para pegar o carro e ir mais rápido.

Quando Caio agachou, Ana percebeu que ele estava ferido. Havia sangue em sua blusa. Ela o tocou e ele sentiu. Ela levantou a blusa dele e viu o corte.

— Precisa se cuidar. Não pode sair assim. Está perdendo sangue e isso vai infeccionar.

— Não há tempo para isso. Precisamos achar Liz.

Ele levantou-se e apoiou-se em Ana, que o segurou.

— Eu sei quem pode nos ajudar. Consegue andar até o carro? — perguntou Ana.

— Acho que sim — ele respondeu.

Chegaram ao carro e Ana o colocou no banco do carona. Eles partiram em busca de ajuda. Ela notou que Caio estava pálido pela perda de sangue e implorou em pensamento para que ele aguentasse. Não estavam muito longe. Ela tinha uma amiga que também morava no mundo mortal e que era sua única possibilidade.

Meive não conseguia disfarçar sua satisfação. Tinha Liz novamente em suas mãos e agora ela não escaparia tão facilmente. Olhou-a e ela ainda estava desacordada. Mais uma vez, o colar cumpria seu papel e drenava sua energia. Colocou a mão nela e sentiu seu imenso poder. E teria esse poder mesmo que custasse a sobrevivência da garota. Aos poucos, Liz recobrou a consciência e se viu frente à frente com Meive e, para sua surpresa, dentro de um helicóptero.

— Espero que aproveite nossa viagem. Ainda temos um longo caminho pela frente.

— Você... O que pretende? Sua aparência! Como isso aconteceu?

Liz notou que ela estava um pouco mais jovem, não parecia mais a idosa de antes. Então, era isso que o colar fazia! Roubava sua energia para deixá-la mais jovem. O piloto falou que eles estavam se aproximando do aeroporto. Liz ficou assustada. E agora? Para onde a estariam levando? Quando pousaram, viu um pequeno jato os esperando. Meive advertiu:

— Não tem como escapar. Está fraca, não conseguiria ir muito longe. Aproveite o passeio.

Eles desceram do helicóptero e Nilon agarrou forte no braço de Liz, machucando-a. A outra bruxa, que não dizia palavra alguma, não saía do seu lado. Meive tinha tudo preparado. Caio estava certo, elas não desistiriam. Só os tinham deixado sair da cabana para poderem pegá-la.

Apesar de não estar muito bem, não entraria naquele avião sem ser à força. Tentou se desvencilhar de Nilon, mas a bruxa também a segurou pelo outro braço. Ela gritou para Meive, que andava mais à frente:

— Para onde vão me levar? Não pode sair sequestrando as pessoas!

— Não diga besteira. Você já sabe de tudo, sabe o que eu quero.

Entraram no jato e a colocaram sentada, o que a deixou irritada. Não iria com Meive. Levantou-se, mas a bruxa a segurou. Meive logo entrou e gritou para a bruxa:

— Controlem ela! É apenas uma garota!

Tirou o colar de Liz e ali, na frente de todos, evocou um feitiço que fez o amuleto brilhar. O brilho a envolveu por instantes e quando Liz viu, ela estava totalmente jovem, não tinha mais sinais de velhice. Ela riu com sua conquista e olhou para Liz, que a observava.

— Como vê, querida, você é minha agora.

Isso deixou Liz enfurecida e ela tentou levantar-se e escapar mais uma vez, mas antes que conseguisse se aproximar da saída, Meive a atingiu com sua magia negra e ela caiu, sentindo-se muito mal. Meive se agachou perto dela e disse:

— Sua mãe não conseguiu me derrotar, não vai ser você que conseguirá. E quando eu tiver o que quero, ninguém mais vai me vencer. — E virando-se para Nilon e a bruxa, falou: — Coloquem ela de volta na poltrona. Não vai mais criar problemas.

Liz sentia-se muito mal pelo ataque de Meive, porém o que a fazia sofrer mais não era a dor, mas ouvir sobre sua mãe. Ela não tinha como escapar. Agora só restava torcer para que Caio e Ana a achassem logo, antes que algo pior acontecesse. Temia pela sua vida. O jato partiu. Ela olhou para fora e sentiu-se triste; fechou os olhos, pois não queria mais ver Meive. Sentia muita raiva.

Caio fez Ana parar no aeroporto. Precisava de pistas sobre onde tinham levado Liz. Depois de muito discutirem, Ana o levou. Sabia que ele não ia se cuidar, então desceu do carro depois de o fazer prometer que a esperaria ali. Ela achou um funcionário, que confirmou que havia tido um movimento de pessoas estranhas horas antes e que eles tinham partido em um pequeno jato. Ele também confirmou que vira uma garota com eles, com as características descritas por ela. Ana voltou para o carro. Caio estava certo, Meive a tirara da cidade. Ela contou tudo para ele, que pediu para irem atrás deles, pois Liz não podia ficar sozinha. Entretanto Ana sabia que ele não aguentaria por muito tempo.

— Não. Já fiz o que me pediu. Agora precisamos cuidar de você.

Então, Ana o levou dali. Precisava ser rápida porque o ferimento piorava a cada minuto. Ele insistia com ela que estava bem, mas ela parou o carro e pegou um frasco em sua bolsa, com um pó prateado dentro, que soprou em seu rosto, o que fez ficar mais tranquilo e adormecer.

— Desculpe, Caio. Você não me deu escolha.

O jato pousou após horas de viagem. Liz olhou para fora e viu que era de madrugada. Devia estar muito longe de casa. Ainda se sentia mal. O golpe de Meive tinha sido forte. Liz virou-se e viu que ela discutia com alguém no telefone, dando-lhe ordens.

Logo que a porta se abriu, Liz sentiu que estava mais frio naquele lugar. A bruxa a fez levantar-se e todos desceram. Dois carros os esperavam. Nilon as seguia mais atrás. A menina não estava bem e, com aquele frio, não conseguia mais dar um passo, pois estava muito fraca.

Meive a observou. Sabia que o frio era pior para as fadas. Ordenou a Nilon que levasse Liz para o carro, o que ele fez arrastando-a. Assim que entrou, ela se sentiu melhor, pois estava mais quente ali dentro. A bruxa, que os seguia, sentou-se ao seu lado. Nilon sentou-se na frente e eles partiram. Meive foi no outro carro.

Os carros saíram do aeroporto e andaram por muito tempo, até que entraram em uma estrada deserta. Liz olhou e não havia nada em lugar algum. Então, avistou um grande portão, que se abriu. Os carros passaram e andaram mais um trecho, e ela viu uma mansão no meio do nada. Só havia árvores por todo lado. Já amanhecia. Ela pensou em Caio e Ana, e sabia que agora estava sozinha.

Ana levou Caio até Remi. Sabia que ela poderia socorrê-lo. Ela era uma fada que vivia no mundo mortal e sempre ajudava a todos que a procuravam.

Remi já os esperava no portão da entrada. Quando chegaram, ela ajudou Ana a tirar Caio do carro e o levaram para dentro. Deitaram-no na cama e ela viu o ferimento. Era um corte bem feio, mas tinha como ajudá-lo. Saiu para pegar o que precisava e, quando voltou, tratou do machucado. Depois de tudo feito, ela e Ana o observaram. Ele havia dormido após lhe darem um preparado para tirar a dor.

— Ele vai se recuperar, Remi?

— Fique tranquila, Ana. Ele é forte, vai sobreviver. Mas me conte. O que aconteceu? Onde está Liz?

— Meive a pegou e agora não sabemos para onde a levou, mas tenho uma pista.

Ana contou tudo a Remi. Quando ela estava terminando o relato, ouviram Caio dizendo, dormindo, que precisava achar Liz, era visível que sofria mais por ela do que por seu ferimento. Ana sabia que precisavam de uma pista mais concreta sobre o local para onde eles tinham ido. Ela disse que ia ao aeroporto, pois, com certeza, o jato voltaria para cidade e ela descobriria com o piloto, mas Remi a fez ficar. Ana precisava descansar e se acalmar. Com muita insistência, Ana aceitou sentar-se e tomar um pouco de chá. Ela olhou no relógio e viu que não tinha percebido as horas passarem. Estava mais calma. Agradeceu a Remi a ajuda, mas disse que precisava voltar ao aeroporto. Ela saiu deixando Caio que ainda dormia.

Quem não estava nada bem era Liz. O carro parou e ela viu que havia uma grande escada na entrada. Sozinha e muito mal, não via saída. Nilon desceu e a tirou de dentro do carro, enquanto a bruxa a segurava. Meive se aproximou deles e notou que ela estava assustada. Então, disse:

— Daqui para frente, essa é sua nova casa. Como vê, não tem para onde fugir. Levem ela para dentro, para o quarto dela, e não a deixem sair.

Subiram as escadas e Liz se viu dentro da casa. Como a outra, era muito grande, mas ninguém devia morar ali. Estava quase vazia, com poucos móveis. Atravessaram uma sala, que os levou até um corredor. Liz notou que havia mais bruxas ali, que a observavam. Pararam em frente a uma porta e ela viu que era um quarto. Para sua surpresa, estava pronto, arrumado para ela.

Meive chegou trazendo o colar nas mãos. E agora? Como fugir? Nilon não saía de perto, o que a deixava muito irritada.

— Sim, querida. Vou colocar o colar em você novamente. Não posso deixar de aumentar meus poderes. Mas não será agora. Fizemos uma longa viagem. Deixarei que se recupere. Aproveite minha hospitalidade por enquanto.

Fizeram-na entrar no quarto e trancaram a porta. Liz aproximou-se da cama e notou as janelas do quarto. Abriu-as e, ao olhar por elas, viu que havia seguranças com cachorros iguais aos do seu pesadelo. Fechou-as. Percebeu que havia outra porta e foi até ela. Era um banheiro. Um banho a ajudaria a descansar e se esquentar; ainda estava com frio.

Deitou-se na cama e chorou. Por que estava acontecendo tudo aquilo? Pela primeira vez, pensou em sua mãe. Acabou adormecendo. Foi acordada com um barulho na porta. A bruxa que a acompanhara até ali entrou trazendo uma bandeja com água, frutas e pães. Liz estranhou tanta hospitalidade e ficou desconfiada. A mulher colocou a bandeja na mesa que havia no quarto e se retirou. A garota ficou na dúvida, porém estava fraca e com fome, e sabia que precisava se recuperar para sair dali. Levantou-se, olhou tudo, mas não queria nada. Apesar da fome, estava sem apetite. Não conseguiu mais dormir. Já havia amanhecido. Ela abriu uma janela e percebeu que fazia muito frio lá fora. Não havia Sol e os seguranças continuavam no mesmo lugar.

Ana conseguiu descobrir mais pistas para onde haviam levado Liz. Como previra, o jato voltou para a cidade. Quando se aproximou do piloto, usou sua magia e ele contou para onde tinha os levado. Ela voltou rapidamente para a casa de Remi para contar a Caio. Tinha esperança de encontrá-lo melhor, afinal, precisavam resgatar Liz e levá-la para Cinara. Eles não contaram a Liz o que aconteceria quando completasse 18 anos. Sabia que tinha errado e, por sua culpa, Meive a tinha em seu poder. Precisavam ser rápidos, pois o aniversário de Liz estava próximo.

Assim que se aproximou da casa de Remi, avistou-o no portão esperando por ela. Parecia melhor, mas ansioso. Estacionou o carro e Caio já foi logo perguntando:

— Então, Ana? Conseguiu uma pista?

— Melhor! Sei para onde a levaram. Mas será que ela está bem?

— Claro que sim. Meive a está mantendo presa para quando acontecer a transição e absorver todo poder de Liz.

— Temos que ser rápidos. Você sabe que temos pouco tempo.

— Claro. Vamos nos despedir de Remi e partimos agora mesmo.

Caio sabia que quando Liz completasse seu aniversário ela deixaria de ser mortal e, então, tornaria uma adversária para Meive, porque será muito poderosa. Mas ela ainda precisava de ajuda para controlar seu poder. Despediram-se de Remi e partiram.

Para Liz, o tempo parecia ter parado. Era prisioneira das bruxas naquela casa. E era terrível ficar nessa expectativa. Voltou a olhar pela janela. O tempo não havia mudado — continuava nublado e não se via muito do local. Estavam mantendo-a trancada no quarto e ninguém lhe dizia nada. Nem Meive havia aparecido, o que, naquele momento, era bom. Agora seria capaz de fugir, pois estava mais forte. Vencida pela fome, começou a se alimentar de frutas e água; outros pratos que levavam ela não comia.

Ficou triste. Lembrou-se do seu aniversário. Não tinha o que comemorar. Apenas queria que tudo isso terminasse logo. Pensou em Caio e Ana. Será que estavam bem? A última vez que os viu tinha sido na floresta. Estava preocupada com eles. Mas como sairia dali? Precisava de ajuda, e rápido.

A porta se abriu e Meive entrou acompanhada da bruxa que a acompanhava mais de perto. O que ela queria agora, depois de ficar sem aparecer um bom tempo?

— Contaram-me que está recuperada. Vejo que é verdade. Daqui a dois dias é seu aniversário, então, deixarei que saia um pouco hoje. Mas não tente fugir. Os seguranças ficarão por perto.

Isso era o que Liz queria. Precisava saber onde estava, ter uma melhor noção do local. Tinha de fugir. Saiu acompanhada da bruxa. Os seguranças se mantiveram a distância. Apesar do frio, o Sol apareceu. Gostava de sentir o vento em seu rosto e aquele dia estava se sentindo muito melhor.

Era uma mansão no meio do nada. Ela olhou em volta e viu que não tinha como sair dali sozinha. Eles a pegariam. Mas ela precisava ter uma ideia, então, caminhou mais um pouco. A bruxa se manteve afastada. Uma estufa de vidro chamou sua atenção. Havia um jardim florido em volta dela. Liz estranhou um lugar tão bonito como aquele, pois não combinava com Meive.

Resolveu entrar, mas antes olhou para trás e viu que a bruxa não a seguia mais. Para seu espanto, havia muitas rosas, de todas as cores, porém as brancas, que estavam no centro, chamaram sua atenção — eram perfeitas. Por um instante, ela se esqueceu de tudo. De repente, algo novo aconteceu: ela começou a brilhar e sua luz iluminou as flores, que também brilharam. A energia dela e das flores se juntou e elas começaram a brincar em volta de Liz, que ficou fascinada. Isso nunca tinha acontecido, era como se ela e as flores fossem um só ser. Então, era real o que Caio e Ana tinham lhe dito. Ela era uma fada. Esse foi o melhor momento desde que tudo começara. Ela sentou-se no chão chorando, pois agora sabia que algo terrível podia acontecer a ela e aos outros seres mágicos se Meive conseguisse o que queria.

Precisava de ajuda, mas como entrar em contato com Caio e Ana e avisar sobre sua localização? Com certeza, eles a estavam procurando. Ouviu um ruído; era uma borboleta escondida no meio das flores. Ela se aproximou e a borboleta pousou em sua mão. Então, a garota percebeu que ela a entendia, sabia quem ela era. Notando seu sofrimento, a borboleta lhe ofereceu ajuda para encontrar seus amigos.

— Mas é perigoso. Não posso deixá-la se arriscar.

— Eu quero ajudá-la. Confie em mim.

Liz aceitou e a borboleta saiu por uma fresta que havia na estufa. Precisava que a borboleta encontrasse Caio e Ana logo, pois temia o que Meive estava planejando Aliás, estranhou Meive deixá-la sair. Levantou-se e viu a bruxa a observando na porta. Liz pediu para ir embora. Mentiu dizendo que não estava se sentindo bem. Elas voltaram para a casa. Quando se aproximavam, viu uma movimentação maior de mulheres. Mais bruxas haviam chegado. Então, algo veio a sua mente: não tinha muito tempo.

Por sorte, Caio e Ana já tinha chegado à cidade para a qual Meive a levara. Sabiam que eles a tinham levado para um lugar afastado, onde não houvesse pessoas que notassem a sua presença. Informaram-se sobre a localização de algumas propriedades que fossem muito afastadas e conseguiram um mapa de toda a cidade. Uma casa em particular chamou a atenção de Caio. Tinha o emblema da empresa de Meive, um brasão com desenho de uma fogueira. Muito original para uma bruxa. Quem desconfiaria?

Foram em busca de Liz. Alugaram um carro e com o mapa em mãos acharam a estrada para a casa. Andaram por muito tempo, até que Caio parou o carro e desceu. Não tinha nada ali. E agora? Em qual direção ir? Fez um feitiço que podia achar Liz pela essência dela, fechou os olhos então lançou no ar um encanto e um rastro de brilho muito pequeno apareceu, indicando o caminho pelo qual haviam levado Liz. Ele voltou para o carro e, realmente, havia ali uma estrada. Pararam e esconderam o carro. Não podiam deixar que o vissem.

Então, Ana notou a aproximação de uma borboleta. Estranhou, mas estendeu a mão para ela pousar. Para surpresa dos dois, a borboleta tinha um recado para eles: Liz os avisava onde estava e que temia que algo pior acontecesse. Isso os deixou mais aliviados, pois ela estava bem, mas era evidente que Liz estava deixando de ser mortal, pois seus poderes já davam indícios de sua presença. Fazendo isso, ela colocara-se em perigo, pois Meive também já devia ter notado. Não tinham muito tempo, precisavam levá-la para bem longe da bruxa.

Liz teve um mal pressentimento. Meive estava para alcançar seus objetivos e isso a incluía. A bruxa a empurrou escada acima e a mandou entrar na casa. Quando já estava dentro, Liz viu que havia uma decoração muito sombria. Tinham colocado cortinas escuras em todas as janelas e não havia luz lá dentro.

— Meive está preparando tudo para seu aniversário.

— O que vocês tanto querem?

— Você não sabe o que vai acontecer, mas já sente. Vi o que aconteceu na estufa. Agora vá para seu quarto.

Liz estava novamente sozinha, presa no quarto. Lembrou-se da borboleta e torceu para que ela tivesse achado Caio e Ana e dado o recado. Naquele momento, o que ela podia fazer era ouvir toda a movimentação do lado de fora. E pensou: o que a bruxa quis dizer com o que ia acontecer quando completasse 18 anos?

CAPÍTULO 4

A bruxa que acompanhava Liz foi avisar Meive, que estava em seu escritório, que os preparativos para o ritual de transição estavam prontos. Quando ela começou a falar, Meive a interrompeu.

— Eu sei o que aconteceu na estufa. Mantenha-a trancada. Sua magia já começa a dar sinais, pois está muito perto do seu aniversário.

— Agora saia. Quero ficar sozinha. Que ninguém entre aqui. Mas antes avise os seguranças para ficarem alertas. Liz avisou Caio sobre seu paradeiro.

A bruxa ficou surpresa, pois não tinha percebido que Liz, de alguma maneira, tinha enviado uma mensagem pedindo ajuda.

— Não se preocupe. Eu deixei que ela o avisasse. É uma oportunidade perfeita para acabar com ele. Daí não restará nenhum protetor para Cinara.

Meive havia ordenado a Nilon apenas que voltasse com Liz. Não tinha interesse em Caio e Ana. Ao voltar, ele lhe disse que Caio tinha sido ferido por seus soldados. Era para ele estar morto, mas, novamente, uma fada havia interferido e Ana o ajudara a tempo.

De qualquer maneira, tudo corria bem, exatamente como ela havia planejado. Liz estava deixando de ser mortal. Sabia que quando a garota entrasse na estufa as rosas a receberiam. As fadas não deviam ter a deixado no mundo mortal sem o conhecimento de quem realmente era, não sabia que as rosas faziam parte do brasão de Cinara com às imagens do castelo e da fauna. E ela jamais saberia porque Meive não a deixaria se tornar rainha. Seu fim estava próximo, como o de sua mãe.

Meive estava certa. Caio e Ana já haviam chegado e logo apareceriam para resgatar Liz. Ela não gostava de Caio. A linhagem de bruxos dele sempre esteve próxima, protegendo as rainhas. Eram inimigos declarados das bruxas desde que a mãe de Liz morrera.

O que atrasara Meive a achar Liz foi o fato de Caio e Ana a terem escondido muito bem por um bom tempo, e, quando resolveu vigiá-los, sabia que não a deixariam sozinha. Quando viu Ana, soube que Liz estava perto e, por erro dela, a garota estava em suas mãos.

Já era final de tarde quando Caio decidiu parar. Saiu da estrada e estacionou o carro entre as árvores que os esconderiam caso alguém se aproximasse. Daquela distância Ana podia sentir a energia de Liz, que estava bem forte. Outro indício da sua presença era uma trilha de flores por onde ela havia passado. Era típico das rainhas deixarem pistas sobre seu destino quando estavam em perigo.

Iriam esperar anoitecer assim poderiam se aproximar do esconderijo de Meive . O tempo estava contra eles e precisavam tirar Liz das mãos das bruxas. Então, quando a noite chegou, os dois foram até a propriedade para fazer o reconhecimento do local. Acharam a casa e, pelo que puderam ver, era lá mesmo, fato que foi confirmado quando avistaram Nilon e seus soldados. Voltaram para onde tinham escondido o carro. Precisavam traçar um plano, pois não podiam colocar Liz em perigo. Não podia haver falhas.

Liz não aguentava mais ficar presa no quarto. Sua curiosidade era enorme sobre o que iria acontecer quando completasse 18 anos. Ana devia ter lhe contado tudo. Quando isso acabasse, a faria prometer nunca mais esconder nada. Mas de uma coisa ela sabia: o dia seguinte era muito importante. Sentia um misto de alegria e de medo pelo novo. A sensação era de que havia algo muito bom dentro dela, que queria sair para fora e se espalhar pelo mundo.

Ouviu a porta ser destrancada. Era a bruxa que sempre a acompanhava trazendo sua refeição. Notou que ela estava estranha, que não olhava para ela. Isso era muito suspeito. Sentou-se para comer, mas quando olhou tudo teve um pressentimento ruim e não comeu. Disfarçou dizendo que estava sem fome. Pediu que a bruxa levasse tudo e disse que queria ficar sozinha. A bruxa não insistiu; pegou tudo e saiu. Liz ficou aliviada, mas estranhou. Era melhor ficar alerta.

Como Liz suspeitava, a comida estava com um preparado para ela. A bruxa foi até Meive, que estava em seu escritório para relatar tudo.

— Ela não comeu. Nem tocou na comida.

— Como eu suspeitava, os sentidos dela estão mais aguçados. Ela percebeu.

— Precisamos mantê-la sob controle. Sei o que devo fazer. Chame Nilon.

Meive retirou o colar com o amuleto de uma caixa que estava na mesa. Era a única coisa que a manteria sob seu poder. Demorou muito para perceber que era uma falha e que não podia mais acontecer.

Tinha outro problema: tinham avistado Caio próximo à propriedade. Se Liz percebesse a presença dele, poderia tentar uma fuga. Sua única chance de mantê-la presa era colocar o colar novamente enfraquecendo-a. Gritou e duas bruxas surgiram. Nilon se recostou na porta os avisou o que pretendia, mas sabia que haveria certa resistência da garota, podia sentir que seu poder estava mais forte.

Como Meive previa, Liz já sabia o que ela planejava; ela sentiu que o colar estava se aproximando. Só que não havia para onde fugir, pois estava trancada. Devia haver algum feitiço impedindo-a de sair, pois ela já tinha tido a oportunidade de deixar o quarto, mas não conseguia atravessar a porta sozinha.

Liz ouviu os passos deles no corredor. Então, todos entraram. Ela estava sentada em uma poltrona do lado da janela. Meive mandou que trancassem a porta. Liz fazia o possível para se manter calma, mas viu o colar com Meive.

— Visitas, o que querem comigo? Já não é o suficiente me manterem trancada aqui contra a minha vontade?

— Fiquem alertas. Pelo que percebo, nossa hóspede vai dar trabalho.

— O que foi, Meive? Precisa de tudo isso? Por que agora tanta atenção?

— Vejo que você está gostando da minha hospitalidade, Liz. É melhor cooperar. Ainda não é forte o suficiente. Não adianta resistir. Vou colocar o colar em você. Facilite. É melhor para você. Não precisamos de um conflito agora.

Liz estava nervosa, mas não ia deixá-los perceber. Precisava pensar em algo rápido.

— Não, eu não colocarei isso novamente. Vão embora.

— Nilon, segure ela enquanto coloco o colar.

Ele foi para cima de Liz, mas não conseguiu se aproximar.

— Meive, não consigo me aproximar. Tem um campo de força em volta dela.

— Parabéns, Liz. Vejo que está aprendendo a se defender. Se você prefere assim, usarei minha magia.

Meive começou a evocar um feitiço maligno para quebrar o campo de força. Das sombras começou a sair uma névoa, que tomou conta do quarto. Liz não esperava por isso e começou a brilhar, mas a escuridão era maior do que ela e a envolveu.

As sombras começaram a sufocá-la e o campo de força foi rompido. Nilon a segurou e por mais que ela lutasse para se soltar, ele era mais forte do que ela. Liz ficou apavorada. Meive gritou para que as bruxas ajudassem a segurá-la e, quando Liz não tinha mais força, Meive colocou o colar. Liz estava cansada e Meive mandou soltá-la.

— Deixem. Ela não causará mais problemas.

Todos se afastaram, mas Meive não, então sorriu e a advertiu.

— Você é inexperiente e não pode comigo, Liz. Tenho séculos de experiência. — E olhando para as bruxas e Nilon, ordenou: — Coloquem-na na cama e não a deixem sozinha. Não saiam do quarto. E você, Nilon, vá e fique alerta. Creio que nossa hóspede terá visitas.

Liz estava na cama quando Meive a encarou. Virou-se, pois não suportava mais aquela mulher. O colar já começava a enfraquecê-la, ela se sentia cansada. Pensou em desistir.

CAPÍTULO 5

Caio estava refazendo mentalmente os planos para resgatar Liz. Ana pedia a todos os seres mágicos que mandassem energias positivas para eles na hora mais perigosa do salvamento. De repente, o vento mudou de intensidade e Ana sentiu um mal presságio.

— Caio, algo aconteceu. Liz não está bem. Sua energia vital está ficando fraca.

— Eu também senti. Colocaram o colar nela novamente. Meive sabe que estamos aqui.

— Meive não vai permitir que a atrapalhem, por isso vai mantê-la enfraquecida.

Ana sabia que Liz não podia estar usando o amuleto na hora da transição, pois isso iria lhe matar e passar todo seu poder para Meive.

— Caio ela está adquirindo alguns dons, mas não sabe que estamos aqui para ajuda- lá.

— Ana, amanhã é aniversário de Liz. A propriedade estará cheia de pessoas que servirão à Meive.

Caio pretendia salvar Liz antes do fim do dia, porque quando o Sol nascesse, dando início ao novo dia, as horas estariam contra eles. A transição ocorreria quando o Sol e a Lua se encontrassem, tornando Liz imortal, e, então, ela atingiria o auge do seu poder. O que Meive pretendia era estar presente no momento para usar a pedra do amuleto para transferir todo o poder para ela. Mas isso custaria a vida de Liz. E até o momento da transição ela estaria muito enfraquecida por causa do colar.

Sabia que ela devia estar fortemente vigiada. Como chegar até ela? Precisava avisá-la de que eles estavam lá, mas como mandar uma mensagem? Nesse momento, a borboleta se aproximou deles mais uma vez, pedindo para ajudar. Disse que conseguiria chegar perto sem ser vista. Mas Caio ficou com receio de que ela fosse capturada.

— Você tem certeza? Então, apenas a avise de que estamos aqui.

— Pode deixar, eu aviso Liz para ela ficar pronta para a fuga.

A borboleta voou para a propriedade, pronta para sua missão. Chegou próximo à residência, olhou em várias janelas e encontrou o quarto da garota. Entrou pela janela e viu Liz deitada na cama e as duas bruxas vigiando-a. A porta se abriu e elas se distraíram. Nessa hora, a borboleta voou para perto da garota e se escondeu.

Liz percebeu a presença da borboleta e se virou para o lado da janela. Ficou feliz por vê-la novamente.

— O que faz aqui? É perigoso.

— Tenho um recado importante. Seus amigos vieram ajudá-la. Fique pronta para fugir.

A borboleta voou para fora do quarto e Liz ficou mais aliviada. Então, sentiu que alguém a virava com força. Era uma bruxa com um prato na mão, que disse:

— Vamos! Tem que comer.

Liz olhou e voltou a se virar, falando:

— Não quero. Levem daqui.

— Se tem certeza, não coma nada.

Não tinha apetite e comer era o que menos importava. Precisava fugir daquele local e de Meive. Tinha de ficar acordada, pois a qualquer momento sua ajuda viria. A bruxa não insistiu e saiu levando o prato.

Meive mandou que reforçassem a segurança perto da casa. Sabia que Caio seria capaz de invadir mesmo sozinho para tentar salvá-la. Verificou se todos os preparativos estavam prontos e voltou para seu escritório. Só tinha de esperar até o entardecer do dia seguinte. Nada a atrapalharia. Não agora, que estava tão perto.

Ana estava ansiosa pela volta da borboleta. Será que ela tinha conseguido chegar até Liz para avisá-la? Olhou para o céu. A noite estava silenciosa e fria. Elas eram seres de luz e o frio não ajudava muito. Prefeririam o calor do Sol.

Temia por Liz. Se eles falhassem e não conseguissem salvá-la a tempo, a transição ocorreria longe da proteção do Reino de Cinara e das fadas. Tinham de tirá-la das mãos de Meive, e sem falhas dessa vez. Não devia tê-la deixado sozinha. Havia facilitado para Nilon. Já era para estarem em Cinara, mas, agora, Liz sofria por um erro seu. Ela era a rainha das fadas, o coração e a vida de todos os seres mágicos e animais e, principalmente, responsável pela natureza e pelas Quatro Estações.

Por muitas gerações, a rainha foi protegida para que nada de mal lhe acontecesse. Quando a mãe de Liz morreu, fizeram tudo para protegê-la. Era apenas um bebê muito frágil e delicado. Ana riu por Liz ter sido criada no mundo mortal, ela estava sendo forte e enfrentando tudo aquilo com muita coragem . Seria uma boa rainha e sempre sua amiga.

Ana viu a borboleta se aproximando. Chamou Caio, que veio logo, ela estava cansada e nervosa. Afinal, era perigoso entrar e sair da propriedade de Meive, porém, depois de alguns minutos, já conseguiu falar:

— Achei Liz e a avisei. Ela está em um quarto que fica nos fundos da casa.

— Como ela está?

— Ela parece cansada, Ana. Vocês não têm muito tempo. Há duas bruxas vigiando-a.

Caio sabia que tinha de ser rápido. Temia ela não aguentar uma fuga tão arriscada. Não podia falhar, a vida dela dependia dele. Precisava levá-la para casa.

A janela do quarto de Liz estava aberta. Da cama ela podia ver a noite, mas se sentia melhor e com esperanças, pois sabia que não estava mais sozinha. Ouvia os sons que vinham do lado de fora e sentia o vínculo que tinha com a natureza. Percebeu algo se arrastando pela parede do lado de fora e, depois, entrando no quarto. Era uma planta rasteira, que se aproximava da cama.

As bruxas não perceberam a aproximação da planta, que subiu até Liz e se enroscou no colar, puxando-o, mas sem conseguir tirá-lo. Porém, em uma nova tentativa, o fecho se soltou e a planta tirou o colar do pescoço dela, envolveu-o com sua folhagem e se arrastou para fora do quarto, levando-o junto.

Agora, a garota precisava sair do quarto, mas como? De súbito, um grande estrondo chamou a atenção das bruxas, que abriram a porta e saíram para ver o que tinha acontecido. Uma fumaça tomou conta de tudo e invadiu o quarto. Liz se levantou e pulou a janela. Tinha de correr para o mais longe possível. Olhou em volta e não viu mais ninguém, então, uma luz brilhou perto de umas árvores. Ela correu em sua direção sem olhar para trás. Quando atravessou uma cerca viva, alguma coisa a puxou. Ia gritar, mas reconheceu a voz de Caio.

— Calma, Liz. Está tudo bem agora. Sou eu.

— Caio! Você me assustou! Foi você que causou o tumulto? Onde está Ana?

— Está na parte da frente da casa. Foi ela quem causou o estrondo. Mas já deve estar nos esperando no carro. Venha. Você consegue correr?

— Acho que sim. Vamos.

— Espere um pouco.

Então, a planta rasteira se aproximou e Caio pegou o amuleto. Em seguida, ele puxou Liz pela mão e eles saíram dali o mais rápido que conseguiram. Ana já estava no carro. Precisavam escondê-la, pois já tinham percebido que Liz havia fugido. Caio ligou o carro e partiu. Sabia para onde ir. Eles não gostavam muito da ideia, mas era o último recurso no mundo mortal. Ana estava sentada no banco de trás com Liz, abraçando-a e pedindo desculpas. Liz a abraçou de volta, pois sabia que, no fundo, a culpa de tudo era de Meive.

Na casa de Meive, o clima estava tenso. Durante o tumulto, as bruxas deixaram Liz sozinha apenas um minuto, tempo suficiente para ela fugir. Meive estava em seu escritório quando ouviu a confusão e a primeira coisa que fez foi ir até o quarto onde Liz estava, mas já era tarde, não havia mais o que fazer. Ela sabia que Caio era o autor da bagunça e quando o encontrasse...

Chamou todos e mandou que revistassem toda a propriedade. Também mandou um grupo de carros olhar a região. Eles não deviam ter se afastado muito. Lembrou-se do colar e viu que não estava mais lá. Caio pagaria muito caro por tudo, ela pensou. Acharia os três e o colar. Sabia que não tinha muito tempo, pois a noite estava quase no fim. Tinha de impedi-los de atravessar o portal para Cinara.

Caio levou Liz para a casa de Grael. Ele não acreditou quando viu os três parados em sua porta. Ainda era de madrugada. Mandou-os entrar, fechou todas as cortinas e verificou se não havia ninguém na rua. Olhou para Liz, que havia se sentado em uma cadeira. Ela era muito bonita, como sua mãe. As rainhas tinham uma beleza particular, e mesmo ainda sendo mortal, podia sentir seu poder com a aproximação da transição.

— O que vocês estão fazendo aqui? O combinado era levar Liz para Cinara. Não há muito tempo.

Grael era um estudioso, um ser mágico que vivia no mundo mortal como um professor. Ele gostava de observar os humanos, seus modos e costumes.

— Desculpe, Grael. Estamos fugindo de Meive. Preciso que nos esconda só por algumas horas. Liz precisa descansar. Devem estar nos procurando e não é seguro ficar na rua. E o portal para Cinara só fica visível à luz do dia.

— Mas, Caio, você sabe onde tem outro portal para Cinara.

— Por isso, vim pedir sua ajuda. Não podemos voltar para Price. Não vai dar tempo. Precisamos de outro portal.

Grael ficou admirado com a semelhança de Liz com sua mãe. Liz percebeu que ele deixou uma lágrima cair. Caio também percebeu e desfez a situação.

— Desculpe, Liz. Este é Grael. Ele também é de Cinara, mas gosta de morar aqui como um mortal.

— Não queria lhe causar desconforto. É que faz tanto tempo desde a morte de sua mãe... É bom te ver.

— Você a conhecia?

— Claro. Foi sua mãe que me deu permissão para viver aqui. Ela sempre vinha me visitar e me contou sobre a gravidez. E quando você nasceu e tudo aconteceu, isolei-me aqui e não voltei mais para Cinara. — E virando-se para Caio e Ana, disse: — Podem ficar aqui, mas sabem que é por pouco tempo. Meive é esperta e os encontrará. E terão de ficar em outro lugar da casa. Não é seguro aqui em cima. Tenho o lugar ideal, se não se importarem. É no porão. Mas não se preocupem, está tudo limpo lá. Venham.

Grael os levou para o porão, assim ninguém os veria circulando pela casa. Acendeu uma luz bem fraca, mostrou-lhes uns sacos de dormir que podiam usar e subiu, mas Caio foi atrás, pois queria falar com ele a sós. Antes, pediu a Ana que ajudasse Liz a se acomodar e disse que logo desceria. Elas se deitaram, mas não conseguiram dormir. Era muita coisa acontecendo e Liz ainda estava se recuperando. Quando estavam no piso superior, Caio contou a Grael o que estava com eles, e tirou do bolso o colar com o amuleto.

— Preciso que o esconda para mim.

— Caio, você está com o amuleto! Como conseguiu? Sabe que ele é muito perigoso para Liz, só de ficar perto dela.

— Eu sei, Grael, por isso o trouxe comigo. Sem o colar Meive não fará mal a ela.

— Tudo bem. Eu sei onde posso escondê-lo.

Caio entregou o amuleto a Grael, que o pegou e foi até uma estante cheia de livros. Puxou um e uma porta se abriu. Havia uma sala secreta, onde ele guardava objetos e livros de magia.

— Aqui, ele vai ficar seguro. A sala está protegida por magia. Meive não vai mais achá-lo.

— Preciso que você descubra um modo de destruí-lo. A magia dele é muito forte. Não tenho esse poder.

— Fique tranquilo, Caio. Vou descobrir um meio. Por enquanto, ele fica aqui. Agora vá descansar. Você está precisando.

Caio desceu para o porão e viu que as duas haviam se deitado, mas quando ia deitar-se também, Liz sentou-se.

— Caio, está tudo bem? Aconteceu algo?

— Está acordada, Liz? Durma um pouco. Precisa descansar.

Ele deitou-se sem responder à pergunta dela. Há quanto tempo não dormia. Sentiu falta da sua casa. Inicialmente, ele tinha apenas que buscar Liz no mundo mortal e levá-la para Cinara, mas Meive a encontrara antes, causando todo esse transtorno. Agora, estavam escondidos em um porão. Ele notou que Ana também não havia dormido. Pelo jeito, nenhum dos três dormiriam. Olhou para uma pequena janela e viu que logo amanheceria. Acabou adormecendo em meio aos seus pensamentos.

CAPÍTULO 6

Caio acordou e viu que logo o Sol nasceria. Olhou no relógio. Precisavam se apressar. Ana e Liz também tinha dormido. Ele as acordou, levantou-se e foi falar com Grael. Encontrou-o na cozinha preparando o café.

— Conseguiu descansar, Caio?

— Um pouco. As duas dormiram mais rápido.

— Para onde vocês vão? Meive está lá fora procurando por Liz.

— Tem um portal próximo daqui. Precisamos trocar de carro. Você empresta o seu?

— Claro. Você sabe que dia é hoje? Tem de levar Liz para Cinara.

— Sim, eu sei, por isso não temos muito tempo. Elas estão demorando. Vou chamá-las.

Caio desceu e as encontrou terminando de se arrumar. Voltou para cima e logo as duas apareceram. Sentaram-se para tomar o café. Elas se serviram. Só Liz que não tocou na comida. Grael percebeu e sentou-se ao seu lado.

— O que foi? Está acontecendo alguma coisa? Sente-se bem?

— Não, está tudo bem. Só estou um pouco zonza.

Liz foi levantar-se e quase caiu, Grael a amparou e ela sentou-se novamente na cadeira. Ana ficou ao seu lado e segurou sua mão, e notou que estava fraca.

— Liz, você não está bem. Devia ter nos avisado.

— Não queria preocupar vocês. Fiquei muito tempo com o colar. Deve ser isso. Logo vou estar melhor.

Grael havia voltado para cozinha e estava mexendo no armário. Caio foi até ele, curioso.

— O que está procurando?

— Trouxe comigo de Cinara um preparado que vai ajudar Liz a melhorar. Olhe nas gavetas. É um frasco pequeno e esverdeado.

Caio começou a procurar, mas Grael o achou, junto aos mantimentos. Foi até o fogão, aqueceu água, colocou o preparado em uma xícara e levou até Liz.

— Pegue. Tome tudo.

— Mas o que é isso? O cheiro de frutas é tão bom.

— Pode confiar. Quando terminar vai se sentir muito bem.

Caio se afastou um pouco, muito preocupado. Precisava levar Liz o mais longe possível de Meive. Tinham de atravessar o portal antes do Sol se pôr. Ana foi até ele. Ainda sentia-se culpada pelo o que havia acontecido. Esse atraso todo era culpa dela, mas ele não deu nem chance para ela falar, foi um tanto grosseiro. Liz viu tudo e ficou muito chateada. Sabia que, de qualquer maneira, Nilon ia atacá-los e levá-la. Ele não podia agir assim com Ana. Mesmo se ela estivesse perto, não se sabe o que podia ter acontecido.

— Não a trate dessa maneira, Caio. Não foi culpa dela. Ele estava atrás de mim há muito tempo.

Ana notou que Liz ficou bastante brava com ele e não queria criar mais problemas. Quando ia se desculpar, Caio falou antes:

— Desculpe, Liz. Não era minha intenção culpar Ana. Tem razão, ele a pegaria de qualquer jeito.

Grael viu os três se desentendendo. Precisava parar isso.

— Vocês têm que se entender. Há um longo caminho até o portal. Liz, vejo que já sente bem. Então, o que vão fazer?

Liz levantou-se, olhou para eles e disse:

— Vamos para Cinara.

Eles precisavam de um bom plano de fuga, pois, dessa vez, Meive iria pessoalmente atrás de Liz. Ela tinha tudo planejado. Mandou Nilon atrás do rastro deles. Eles ainda não tinham saído da cidade. Podia sentir a energia de Liz, que estava ficando cada vez mais forte com a aproximação da transição.

Tinha de ser cautelosa e rápida, pois tinha até o final da tarde para encontrá-la. Depois da transição não seria tão fácil pegá-la. Isso era uma coisa que não podia acontecer. Meive precisava estar presente no momento da transição para transferir todo o poder de Liz para ela.

Como eles estavam procurando por um homem e duas garotas, precisavam de um disfarce para poderem sair da cidade. Caio falou com Grael que voltou trazendo algumas peças de roupas masculinas. Elas se trocaram, prenderam os cabelos e colocaram um boné, o que ajudou no disfarce.

Caio mostrou a Grael no mapa onde estava o outro portal, em uma cidade perto. Era melhor que fossem por uma rota fora da estrada principal. Os três agradeceram Grael pela ajuda, saíram e pegaram o carro. Era preciso chegar ao portal antes do final do dia e tempo era algo que eles não tinham.

Grael os advertiu para não pararem, porque Meive, com certeza, tinha colocado bruxas procurando por eles. E havia outro perigo, Nilon, mais esperto e mais perigoso. Ele deu a Liz um amuleto para disfarçar sua presença no mundo mortal. Como estava muito perto da transição, ela emanava energia pura, o que a deixava visível para outros seres mágicos.

Meive aguardava o retorno de Nilon com alguma notícia do paradeiro de Liz. A energia dela estava ficando fraca, o que indicava que a garota estava se afastando dela e de seus planos. Eles pagariam por lhe atrapalharem. Quando pegasse Liz, ela não teria chance nenhuma. Bateram na porta, era Nilon.

— Entre. Espero que tenha algo para mim.

— Achei. Eles passaram a noite em uma casa na cidade. Gostará de saber quem é o dono da casa.

— Fale logo. Sabe que detesto charadas.

— Um mago de Cinara que vive no mundo mortal.

— Mas não estão mais na casa. Quase não sinto a presença da garota.

— Partiram há algum tempo. Mas não se preocupe, coloquei soldados atrás deles. Quando você quiser, pegamos a garota.

— Caio deve estar levando Liz para outro portal. Vamos, não temos muito tempo. Chegaremos antes deles. Sei onde está o outro portal.

Já fazia tempo que tinham saído da casa de Grael e o portal estava a apenas algumas horas. Por enquanto, corria tudo bem, o que, para Caio, não era um bom sinal. Meive não lhe daria chance de fuga. Ela estava tramando algo. Conhecia-a bem, e seus métodos.

Até aquele momento da viagem ninguém havia dito uma palavra. Pelo espelho retrovisor, Caio olhou para Liz, que parecia um tanto ansiosa. Ele dirigia calado, sem tirar os olhos da estrada, mas resolveu quebrar aquele silêncio e, olhando-a pelo espelho, tentou tranquilizá-la:

— Não fique preocupada. Vai dar tudo certo.

Liz sorriu e, meio sem jeito, desviou o olhar e falou com Ana.

— Não consigo deixar de pensar... Será que vão gostar de mim em Cinara?

— Claro que sim! Estão todos esperando por você. Quando chegarmos, vai estar em segurança e cercada de amigos.

— Mas e a transição? Como será?

— Desculpe, é uma coisa que não posso lhe responder. Mas uma coisa eu posso lhe assegurar: sua vida vai mudar para melhor.

Caio percebeu que Liz voltou a olhar para ele pelo espelho enquanto falava com Ana e a olhou nos olhos por um instante. Foi, então, que ele entrou na cidade onde se encontrava o portal.

— Chegamos. É aqui que está o portal.

Caio lhes mostrou a biblioteca municipal. Agora, só teriam que entrar e esperar todos saírem para atravessarem o portal. Mas ele viu que Liz teve um mal súbito e virou-se para trás muito preocupado.

— O que aconteceu? Está tudo bem?

— Não. Meive está aqui também. Ela nos achou. Posso senti-la.

— Precisamos ir em frente, Liz. Você tem que atravessar o portal. É muito importante. Meive não vai te pegar. Confie em nós.

— Isso mesmo, Liz. Caio tem razão. Nós vamos te proteger. Meive não terá chances.

— Obrigado por tudo que vocês estão fazendo por mim. Agradeço a ajuda de vocês.

Então, eles deixaram o carro no lugar combinado com Grael, entraram na biblioteca e misturaram-se com as pessoas. Faltava pouco para a biblioteca fechar. Caio as deixou por um instante. Precisava ter certeza da localização do portal. Logo, ele o encontrou; era uma porta comum aos mortais. Ficou aliviado. Voltou e sentou-se com elas.

— Achei o portal. Vamos nos esconder no banheiro. Faltam alguns minutos para fecharem.

Eles foram até o banheiro feminino e se esconderam. Eles ficaram esperando e, quando o local ficou silencioso, Caio saiu e viu que era seguro elas saírem. Ele as chamou. Não tinham muito tempo. Quando estavam perto do portal, Meive apareceu e os surpreendeu mais uma vez.

— Onde você pensa que vai, Liz? Não vai escapar de mim. Veja, Nilon, nossa hospede saiu sem agradecer nossa hospitalidade.

Nilon deu um passo, impedindo-os de passar, e debochou:

— Meive, você deve desculpas a ela, afinal, está tudo pronto para a festa de aniversário dela.

— Venha, Liz. Volte comigo e prometo que deixo seus amigos irem embora em segurança.

— Meive, sabe que não vou com você. Por que veio?

— Não crie problemas, Liz, ou Nilon terá que levá-la a força.

Caio colocou-se na frente de Liz. Agora tão perto do portal, Meive não a pegaria novamente.

— Você já nos atrapalhou demais. Admita que perdeu e vá embora.

— Caio, você sabe que não desisto facilmente do que eu quero. Não entendo por que tanta proteção... Espere! Você gosta dela! Apaixonou-se por sua protegida!

— Pare de falar besteira. Precisamos ir. Adeus.

— Nilon, pegue Liz e vamos embora.

Ana assistia a tudo aquilo revoltada. Meive não venceria novamente. Protegeria Liz com a própria vida. Gritou para Caio:

— Tire Liz daqui! Eu os seguro! Atravesse o portal! Corra!

— Ana, você não vai conseguir.

— Não temos tempo. Saia agora. Ela terá mais chances com você.

Ana pegou da sua bolsa um pó e jogou contra Meive e Nilon, criando uma nuvem. No mesmo instante, Caio arrastou Liz em direção ao portal contra a vontade dela, pois ela não queria deixar Ana sozinha. Então, a garota conseguiu se desvencilhar de Caio e correu de volta para ajudar Ana. Caio correu atrás.

— Venha, Caio! Não vou deixá-la aqui.

Os dois voltaram e viram Ana tentando se defender. Caio entrou na briga e Ana pôde se afastar em segurança. Liz viu seus amigos lutando para defendê-la. Tinha que tomar uma atitude ou não atravessariam o portal. Olhou em volta e viu um jardim que ficava atrás de uma parede de vidro. Então, pela primeira vez, falou com as plantas, que a entenderam. Alguns cipós começaram a se mover e quebraram o vidro. Então, eles envolveram Meive e Nilon até o ponto de não ser possível mais vê-los. Caio e Ana assistiram a tudo aquilo surpresos. Ela tinha conseguido!

— Venham! Eles não vão aguentar por muito tempo.

— Como fez isso, Liz?

— Não sei, Ana. Só desejei e os cipós começaram a se mexer.

— Vocês duas, venham! Não temos muito tempo.

Eles correram em direção ao portal e, quando estavam parados na frente dele, Liz sentiu medo pelo seu novo futuro. Caio segurou sua mão e ela retribuiu com um sorriso.

— Venha, Liz. Não tenha medo. Está segura.

Caio abriu o portal e uma luz brilhou em direção a eles. Ana, que estava ao lado de Liz, chamou-a.

— Vamos, Liz. Estão te esperando.

Então, Liz atravessou o portal na companhia de Ana e Caio. Logo que o portal se fechou, os cipós soltaram Meive e Nilon. Eles correram, mas já era tarde, o portal havia se fechado e não estava mais lá. Meive prometeu que se vingaria de todos que tinham atravessado seu caminho.

CAPÍTULO 7

A luz foi diminuindo e quando Liz conseguiu enxergar ela não estava mais no mundo mortal. E ela não acreditava no que seus olhos estavam vendo. A paisagem a sua frente era maravilhosa. Cinara era, realmente, um lugar mágico. Havia muito verde e cores por todos os lados. Eles estavam no alto de uma montanha, de onde podiam ver toda uma floresta que se perdia em extensão. Havia uma trilha que levava a um campo de flores mais abaixo. Eles o atravessariam para chegar a uma pequena estrada. Ana a convidou.

— Liz, esta é a sua casa. Vamos! Estão te esperando.

Ela virou-se para Caio, que a olhava aliviado, afinal, tinham conseguido, estavam em Cinara.

— Ana está certa, Liz. Vamos. O castelo não está longe. É depois da floresta. Vamos atravessá-la.

Então, eles desceram pela trilha e conforme Liz passava as flores se agitavam, fazendo festa, e um brilho saía delas enquanto rodeavam a garota, o que a deixou muito feliz. Sentia que estavam lhe dando boas-vindas.

Já estavam na estrada quando, do meio das árvores, saíram dois cavalos brancos, que se aproximaram de Caio, que falou com eles. Ele olhou para Ana e Liz, sorriu e disse:

— Eles vão nos levar até o castelo.

Ana montou em um, Caio montou no outro e deu a mão para Liz, que montou junto a ele.

— Está preparada? Segure-se, pois eles vão bem rápido.

Os cavalos saíram em disparada pela estrada. Liz podia sentir o calor do Sol em seu rosto. Conforme eles avançavam em direção ao castelo, ela deixava para trás todos os seus medos. Sabia que nunca mais seria a mesma e, pela primeira vez, podia sentir a presença de sua mãe.

Chegaram em um pequeno vilarejo. Havia pessoas muitos diferentes na maneira de vestir e havia fadas por todos os lados, que acenavam para ela. Muitos estavam curiosos para ver a futura rainha. Isso a deixou feliz. Não tinha ideia de como sua presença era esperada. Continuaram andando mais um pouco e depois que já tinham se afastado do vilarejo, Liz viu o castelo a sua frente. Realmente, não tinha ideia de como ele era imenso e bonito, todo branco. Estava surpresa, não podia imaginar algo tão mágico no mundo mortal.

Os cavalos passaram pelos portões do castelo. Havia uma grande fonte no meio do pátio. Eles desceram dos animais e logo ao encontro deles vieram mais fadas que faziam festa em volta de Liz e brilhavam como estrelas. Então, saiu de dentro do castelo uma fada, que era mais velha, mas muito bonita. Ela se aproximou de Liz e a abraçou.

— Estou tão feliz que esteja aqui! Esperamos muito por sua chegada. Desculpe minha empolgação. Meu nome é Aurora. Vamos entrar! Mas espere... Caio, você pode ir descansar. Creio que está precisando. Eu e Ana levamos Liz.

Ele fez um aceno para Liz e se retirou, levando os cavalos. Ana e Aurora estenderam suas mãos à Liz e a conduziram para dentro do castelo. Foram até um salão, que tinha enormes janelas e cortinas, que balançavam com o vento que anunciavam o final da tarde.

Liz notou que Aurora não tocava o chão, ela flutuava, assim como Ana, o que a deixou um pouco espantada se afastou as observando. Aurora sorriu e a abraçou.

— Desculpe, Liz. Preciso me retirar. Ana vai levá-la até seu quarto.

Passaram por um longo corredor todo iluminado pela luz do Sol, que entrava pelas janelas que davam para um enorme jardim. Ana parou em frente a uma porta e a abriu para Liz. O quarto era imenso, os móveis todos delicados. Havia uma cama que tinha uma armação em volta com cortinas presas por laços. Liz logo notou uma porta e passou por ela, e viu que tinha um jardim particular muito encantador e aconchegante, com uma fonte e um banco muito confortável. Sentou-se um pouco e por um instante ficou perdida em seus pensamentos. Ana sentou-se ao seu lado.

— Está tudo bem. Você ficou longe por um instante.

— Estou bem. Tem que concordar é muita coisa acontecendo. Você é uma fada.

— Liz, você também. Agora, venha. Está precisando de um banho.

Ana levou Liz para tomar um banho. Depois que terminou, mostrou a ela um guarda-roupa repleto de vestidos de todas as cores. Liz os tocou. Eram muito delicados.

— Escolha um. São todos seus. Não são um sonho todos eles?

— São mesmo! Posso escolher qualquer um?

— Sim. E agora vou precisar me retirar um pouco. Mais tarde volto para buscá-la.

Ana saiu do quarto e deixou Liz em frente do guarda-roupa. Ela deu outra olhada e escolheu um vestido em tom de verde muito claro. Trocou-se e gostou do que viu no espelho. Sentou-se na cama, recostou-se e adormeceu. Foi acordada por sons que vinham do lado de fora. Sentou-se na cama um tanto curiosa e resolveu ver o que era. Abriu a porta e quando olhou não havia ninguém, mas o som continuava, e vinha de tão perto que ela decidiu ver até onde o corredor levava. Conforme ia andando, podia ouvir vozes e risos, então, ficou tudo quieto. Liz viu que estava em uma sala toda de cristal e que era possível ver o céu através do teto.

O Sol já estava se pondo. Ela viu Aurora acompanhada de mais quatro fadas. Elas se aproximaram de Liz e a convidaram a entrar. Elas também não tocavam o chão. Aurora chegou perto de Liz e a abraçou.

— Fique tranquila. Está entre amigos. Deixe-me apresentá-las. Estas são as fadas dos Quatro Elementos.

As fadas acenaram para Liz. Estavam todas contentes com a presença dela, afinal, também aguardavam sua chegada. Então, a fada que tinha os cabelos vermelhos se aproximou.

— Desculpe nossa empolgação. Quando a vimos foi como ver sua mãe. Deixe me apresentar. Sou Heide, do elemento Fogo. Essa é Lori, do elemento Ar; Isis, do elemento Água; e Sara, do elemento Terra.

Liz cumprimentou todas elas, que fizeram questão de abraçá-la uma por vez. A garota notou que cada uma usava um amuleto com o símbolo de cada elemento e que eram muito bonitas. Ela olhou para Aurora, que a pegou pela mão e a levou ao centro da sala. O teto de cristal se abriu e Liz sentiu o calor dos últimos raios de Sol. Então, as fadas fizeram um círculo em volta dela e Aurora começou a falar:

— Hoje é seu aniversário. Agora falta pouco. Logo o Sol e a Lua vão se encontrar e você será a Rainha das Quatro Estações.

Para Liz se tornar realmente uma fada ela precisava deixar de ser parte mortal e se tornar um ser de luz imortal. Só então seus poderes finalmente fariam parte dela e se tornariam um só e ela poderia assumir seu lugar de direito como rainha de Cinara.

Enfim, o Sol e a Lua começaram a se encontrar. A luz que se formou iluminou Liz e as fadas deram as mãos. Elas também brilharam e uma energia começou a tomar conta da sala e a brincar em volta de Liz. Aos poucos, essa energia tomou conta dela, tornando-a uma parte da luz, e por instantes ela não podia ser vista. Para seu espanto, Liz notou que não tocava mais no chão. Sentia a energia tomar conta de seu corpo e notou que sua mortalidade a deixava. Agora, podia sentir todos os seres mágicos e fadas de Cinara que faziam parte da sua vida.

Ela voltou a tocar o chão e as luzes foram desaparecendo bem devagar. Quando as fadas puderam vê-la novamente, ela estava radiante e sua beleza havia ficado ainda mais evidente.

CAPÍTULO 8

Já fazia alguns dias desde a transição e Liz estava sempre acompanhada de Ana e Aurora. Ainda não tinha se acostumado a flutuar e preferia caminhar com seus pés, mas quando se esquecia, pegava-se pairando no ar. E tinha uma pessoa em especial que ela gostaria de ver novamente: Caio.

Também não teve mais oportunidade de ver seu pai. Haviam o mandado em viagem para outra região. Liz pediu que lhe enviassem uma mensagem, pois precisava falar com ele, mas já tinha passado dois dias e nada de ele aparecer. Disseram que ele ainda não havia voltado.

Ela gostava de passear no jardim do castelo e Ana a acompanhava sempre. Conversavam muito e Ana lhe contava tudo sobre Cinara. Liz começava a aprender a usar seus poderes e Aurora a ajudava nessa parte. Ela podia, por exemplo, mudar da forma humana para a de fada. Fez isso algumas vezes e achou divertido, pois podia voar para onde quisesse.

Na noite anterior, Liz havia tido um pesadelo que a deixou muito preocupada. E ela sentia a presença de Meive muito forte. Por isso, pediu a Aurora que investigassem o que a bruxa estaria planejando. Ela não deixaria o que havia acontecido de lado. Com certeza iria se vingar. Caio entrou no jardim e ficou admirando-a por um instante. Liz notou a chegada dele e Ana se retirou, deixando-os sozinhos.

— Liz, você me chamou?

— Onde estava? Por que desapareceu?

— Desculpe, meu pai precisava de mim.

Liz notou que ele se mantinha afastado e não a olhava nos olhos, o que a irritou. Por que toda essa cerimônia? Era ela, não tinha mudado, continuava a mesma.

— O que está acontecendo, Caio? Por que está me tratando dessa maneira?

— Agora é diferente. Você é a rainha e eu sou apenas um protetor. Não posso me aproximar, apenas protegê-la.

— Por favor, pare com isso. Olhe, sou eu mesma. Não mudei.

— Como eu posso não te notar? Você mudou, sim, está tão bonita... Desculpe.

— Você é teimoso! Mas te chamei porque estou preocupada. Tive um pesadelo com Meive.

— Também estou estranhando o silêncio dela. Está aprontando alguma.

— Por isso, preciso ter certeza de que ela não vai causar problemas.

— Mas o que você viu em seus pesadelos? Pode nos dar uma pista. Conte-me.

— Vi Cinara sendo invadida e seus moradores abandonando tudo. Nilon estava com ela, acompanhado por seus soldados. Preciso ir ao mundo mortal para ver se está tudo bem. Faz tempo que não vejo meu pai.

— Não pode, Liz. É perigoso. Pode ser uma armadilha. E seu pai, a Aurora o avisou de que está bem e segura, e ele continua viajando.

— Já pensei sobre isso. Não vou conseguir me acalmar. Eu tenho que ir.

— Tem outra maneira de saber o que ela está fazendo. Aurora não gostará muito... Mas venha, eu mostro para você. Você mesma pode fazer isso.

— Onde vamos?

Sem responder, Caio pegou Liz pela mão e a conduziu mais para os fundos do jardim. Eles chegaram em uma parede formada por plantas entrelaçadas. Ele olhou se não havia ninguém por perto e, então, usou sua magia e uma porta se abriu. Os dois a atravessaram. Não estavam mais no castelo. Andaram um pouco e Caio a conduziu por dentro de um bosque fechado e escuro. Liz notou uma luz mais à frente e viu uma pequena fonte, na qual corria uma água muito transparente. Eles se aproximaram e Caio se agachou em frente à fonte. Liz o imitou, mas ainda não entendia o motivo de estarem ali.

— Que lugar é esse?

— Daqui podemos observar o mundo mortal.

— Como podemos fazer isso?

— Apenas deseje o quer ver e toque na água. Eu não posso fazer isso, mas você pode. É a rainha.

Liz hesitou por instantes, então, pensou no que queria ver e tocou água. Imagens embaralhadas começaram a se formar, até que ficou tudo claro. Viram Meive e Nilon. Eles haviam invadido a casa de Grael. Ela segurava o colar com o amuleto. Liz se assustou e a imagem desapareceu.

— Sabia que ela estava agindo! Eu falei para você, Caio. Precisamos impedi-la.

— Não, Liz. Ela tem o amuleto novamente. Você tem que se manter afastada do mundo mortal. Enquanto estiver aqui estará segura.

— Mas e Grael? Temos que saber como ele está.

— Não se preocupe. Vou enviar ajuda, mas fique tranquila, ele sabe se cuidar.

— Preciso saber mais.

— Liz, agora você não vai conseguir. Está muito nervosa. Vamos voltar para o castelo.

Ela concordou. Caio a deixou no jardim e implorou para ela não voltar à fonte. Ele retornaria com notícias. A noite chegou e Liz continuava aflita. Retirou-se mais cedo da sala do trono e foi para seu quarto, mas não conseguia dormir. Quando começava a amanhecer, o cansaço a venceu e ela dormiu em meios aos seus pensamentos. Ela teve outro pesadelo: viu-se fugindo de Nilon e Caio caído no chão. Acordou gritando e muito assustada. Ana entrou no quarto para ajudá-la.

— Liz, acorde! É apenas um pesadelo

Liz sentou-se e disse para Ana:

— Preciso falar com Caio. Chame-o, por favor.

— Fique calma. Ainda é cedo. Precisa se acalmar. Peço para o chamarem.

Ana a convenceu a deitar-se novamente e ficou com ela até ela dormir. Quando viu que Liz dormia tranquilamente, foi falar com Aurora, que já a esperava. Temia o que podia acontecer a Liz e, sem ela, Cinara deixaria de existir. Ana a encontrou na sala de cristal.

— Entre, Ana.

— Aurora, Liz voltou a ter pesadelos. Isso é um mal sinal. Meive está usando sua magia negra contra ela.

— Eu sei. Caio me procurou hoje logo cedo. Ele a levou até a fonte para ver o mundo mortal e descobriram que Meive está novamente com o amuleto.

— Como ela descobriu onde ele estava? Temos que proteger Liz!

— Ela não pode sair de Cinara em hipótese alguma.

Concordaram que Liz estaria mais segura dentro dos limites de Cinara e em não a deixar sozinha jamais. Ana voltou ao quarto e ficou com Liz. Observou que ela não estava mais tendo pesadelos. Fechou as cortinas e saiu, deixando as portas entreabertas.

Liz acordou ainda aflita. Precisava voltar à fonte. Notou que estava sozinha. Trocou-se e saiu para o jardim. Já do lado de fora, ninguém a viu. Ela fez o mesmo caminho que havia feito com Caio. Encontrou a porta, abriu-a e a atravessou.

Chegou à fonte e, por um instante, observou-a. Então, em um impulso, agachou-se e tocou na água. Precisava fazer aquilo. Uma imagem começou a se formar. Dessa vez, viu apenas Meive, reunida com outras bruxas. E Nilon? Onde estaria?

Meive pegou o colar e repetiu o encantamento que Liz já tinha ouvido. Ela absorveu a energia que ele havia roubado de Liz anteriormente, e a garota teve um mal pressentimento — Meive sabia que Liz a estava espionando. Então, ela tirou a mão da água e a imagem desapareceu.

A garota levantou-se e ficou sentada em um banco próximo. Agora tinha certeza de que Meive estava atrás dela novamente. Será que isso não acabaria nunca? Liz ouviu passos de alguém se aproximando. Era Caio, que se sentou ao seu lado e pegou suas mãos, que estavam frias, o que não combinava com ela, que era um ser de luz, de energia pura, que emanava calor.

— Liz, o que foi que você viu?

— Caio, ela sabia que eu a estava espionando. Ela absorveu o poder do colar e me viu.

— Prometa que não vai vir mais aqui sozinha. É muito importante. Promete?

— Desculpe, não sei se posso.

— Não pode ficar se arriscando. É perigoso.

— Temos que destruir o amuleto ou ela nunca vai me deixar em paz.

— Eu sei, Liz. Eu vou fazer isso. Mas prometa que não vai fazer nada.

Ela não respondeu e Caio a levou de volta ao castelo, deixando-a com Ana e Aurora. Precisava tomar uma atitude. Devia ter destruído o amuleto. Tinha cometido um erro e, agora, precisava corrigi-lo.

Aurora pediu que chamassem as fadas dos Quatro Elementos e os outros Conselheiros para uma reunião. Pediu também que Liz estivesse presente. Todos se reuniram no salão principal e Aurora contou a eles o que estava acontecendo e sobre a ameaça de Meive contra Liz e Cinara.

Depois de muito debaterem, concordaram que ninguém mais poderia atravessar os portais para o mundo mortal sem autorização e, a partir daquele momento, parte deles seria fechada. Apenas alguns ficariam abertos para servirem como pontos de fuga caso algo pior acontecesse. Um deles ficava na cidade de Price e era esse o que mais preocupava Aurora, pois estava muito próximo de Meive.

Terminaram a reunião e todos se retiraram. Apenas Liz ficou. Caio tinha chegado, mas ficara de longe observando tudo. Quando não havia mais ninguém, aproximou-se de Liz.

— O que foi, Liz? Não fique triste.

— Não é isso... Vamos sair daqui.

— Claro. Venha, quero lhe mostrar um lugar. Garanto que vai gostar.

— Mas não podemos nos afastar.

— Não é muito longe. Mas, antes, precisamos pegar os cavalos.

Caio levou Liz até os estábulos, onde os cavalos já os esperavam. Eles montaram e saíram do castelo sem fazer barulho. Quando já estavam afastados o suficiente do castelo, ele propôs que fossem mais rápido. Atravessaram o bosque e os cavalos começaram a correr muito rápido por uma planície, o que fez Liz deixar os problemas de lado. Eles pararam na beirada de um penhasco e Liz pôde ver o mar a sua frente. Ela desceu e Caio a acompanhou. Quando já estavam na areia, ela sentou-se. Caio ficou ao seu lado.

— O que acha? Não é lindo!

— Sim. Ainda não tinha vindo aqui.

— Quando tudo passar vou lhe mostrar muitos lugares especiais. Vamos caminhar.

Eles se levantaram e começaram a caminhar na praia. Eram raros os momentos em que ficavam sozinhos, afinal, ela estava sempre acompanhada. Enquanto andavam, Caio não conseguia parar de olhar para Liz. Mas não era só por sua beleza, ela também era forte; tinham sido tantas novidades, a ameaça de Meive... Ele a amou desde a primeira vez em que a vira no carro. Nunca tinha lhe visto enquanto ela vivia no mundo mortal e, agora, estava ali, ao seu lado.

O que Caio não tinha percebido era que Liz também o amava desde o primeiro instante e que isso também a deixava perturbada. Como amar alguém assim, desde o primeiro instante em que o viu? Os dois pararam e ficaram sentindo a brisa suave que vinha do mar. Ele a olhou e viu que ela já estava mais calma. Ela notou e o olhou nos olhos. Com certo receio, ele se aproximou dela e a beijou. Para sua surpresa, ela retribuiu o beijo. Então, ela brilhou, o que acontecia com as fadas quando estavam felizes. Isso o deixou ainda mais apaixonado e feliz. Ela o amava também.

Ficaram na praia até o final da tarde. Foi o melhor dia para os dois desde que tinham se conhecido. Não havia problemas e as ameaças de Meive. Quando estavam sentados na areia novamente, Caio abraçou Liz, que estava recostada nele.

— Temos que voltar. Devem estar preocupados com você.

— Vamos ficar mais um pouco.

— Você precisa voltar para o castelo. Voltamos outro dia. Prometo.

Pegaram os cavalos e voltaram para o castelo. Caio estava certo, Ana já os esperava perto da fonte da entrada. Desceram dos cavalos e Caio pegou o que estava com Liz, mas não saiu antes de lhe roubar um beijo. Ana viu tudo, mas não se espantou, pois já tinha percebido o clima que havia entre eles. E pelo que viu, eles deviam ter se acertado.

Elas entraram no castelo e Liz foi para seu quarto. Estava muito feliz. Ele a amava e isso era maior do que tudo. O tempo foi passando e os dois se viam todos os dias. Caio sempre vinha na parte da tarde e eles iam à praia. Ele também mostrou a Liz toda Cinara e as pessoas que lá viviam e lhe falou da importância dela na vida de todos, porque o Reino deixaria de existir se algo acontecesse com ela.

Ele a levou para conhecer como eram feitos os preparativos para cada estação, o que deixou as fadas muito contente, porque a muito tempo não tiveram a presença da rainha. E assim, por um bom tempo, as ameaças de Meive foram esquecidas.

Liz não voltou à fonte para espionar Meive. Caio pediu a ela para não ir, pois não era bom que ficasse se expondo. Ele fazia o possível para não a deixar sozinha. Os pesadelos haviam parado e Liz dormia mais tranquila.

Aurora não gostava desse silêncio de Meive. Ela conhecia a bruxa e sabia que ela tramava algo. Por muito tempo, ela procurara um jeito de aumentar seus poderes e com a morte da mãe de Liz ela havia desaparecido. Mas quando descobriu o paradeiro de Liz, atraiu-a junto a seu pai e criou todo esse problema.

Tudo corria muito bem, mas Caio não se esquecia da ameaça que era o amuleto. Precisava destruí-lo, pois ainda era um perigo para Liz. Não sabiam o que podia acontecer se Meive roubasse a energia de Liz agora, que ela era um ser imortal e estava mais forte, apesar de ela ainda não saber o quanto era grande seu poder.

Mas essa tranquilidade estava com os dias contados...

Parecia ser mais um dia comum. Caio havia combinado com Liz de saírem mais cedo ele, pois queria que ela conhecesse sua casa e sua família. Ele já havia chegado ao castelo e a esperava. Começou a estranhar sua demora e pediu a Ana que fosse ver o que estava acontecendo.

Quando Ana chegou ao quarto, não a encontrou. Olhou em todos os lugares que ela podia estar, mas nenhum sinal de Liz. Ela foi correndo avisar Caio que, a essa altura, já temia por algo pior.

— Não a achei. Não está no castelo. Olhei em tudo.

— Tem algo errado. Como ela desapareceu?

Vamos olhar novamente o castelo. Talvez, tenha saído mais cedo para ir a outro lugar. Será que não está com Aurora?

— Claro, Caio! Como não pensei nisso?

Os dois encontraram Aurora ajudando no jardim, mas, quando ela viu os dois se aproximarem com expressões de aflição, já soube que algo estava acontecendo.

— Mas o que houve? Por que essas caras? Onde está Liz?

— Desculpe, Aurora. Não a encontramos.

Então, uma fadinha se aproximou de Aurora e lhe entregou um envelope. Quando ela o abriu, viu que o que mais temia havia acontecido. Era um bilhete de Liz. Ela tinha saído de Cinara sozinha.

"Aurora, desculpe sair assim, sem avisar, mas preciso ver meu pai".

Caio ficou desesperado. Como ela saíra assim, sozinha? Tinha prometido que nunca faria isso. Aurora viu como ele ficou preocupado e disse:

— Não fique assim. Algo a atraiu para o mundo mortal. Vamos até a fonte, creio que lá teremos a resposta.

Caio foi com Aurora até a fonte e, quando lá chegaram, ela pediu permissão para ver a última imagem que mostrou para rainha. A água então moveu-se e viram o que fez Liz sair às pressas de seu pai, muito doente. Isso os deixou muito preocupados. Sabiam que era uma armadilha de Meive para a atrair para fora de Cinara.

— Aurora, preciso chegar em Liz antes de Meive.

— Vá, Caio, e leve Ana com você. Mas tomem cuidado. Não deixe que Meive os veja.

Voltaram para o castelo e Ana ficou sabendo de tudo. Partiram os dois para Price. Mas havia um problema: o portal que atravessariam era afastado da casa de Liz, o que os atrasariam um pouco.

CAPÍTULO 9

Liz atravessou o portal, estava de volta ao mundo mortal. Sentiu saudades de Price, mas sabia que era perigoso, então não podia ser vista. Só que, naquele momento, suas roupas chamavam muita atenção. O ideal era mudar o visual. Ainda não estava habituada usar sua magia, mas trocar de roupa seria mais fácil. Mentalizou a troca e foi envolvida por uma luz que, quando desapareceu, ela estava igual a todos: jeans e camiseta. Admirou-se e foi para sua casa.

Chegou em casa e para sua surpresa, encontrou seu pai na cozinha. Ele parecia bem e feliz ouvindo música no rádio. Logo que percebeu sua presença sorriu e a abraçou sabia que agora ela era uma fada, como a mãe, a rainha. Não iria interferir.

— Deixe me ver você... Está linda! Como senti sua falta.

Sentaram-se na sala e Liz lhe contou tudo que havia acontecido desde o dia em que ele saíra em viagem: seu rapto, o encontro com Meive, Caio, Ana e Cinara.

— Fico feliz por você, filha. Só não contei nada sobre sua mãe para sua segurança. Desculpe.

— Não se desculpe. Vim porque estava preocupada com o senhor.

— Não entendo o porquê se arriscou vir aqui sozinha. É perigoso!

— Precisava te ver. Mas tem razão, tem algo errado.

— Como assim, Liz?

— Em Cinara tem como ver o mundo mortal. Tive um pesadelo e quando fui ver, eu o visualizei doente e sozinho.

— Você tem que voltar para Cinara. É uma armadilha.

— Como fui tola, pai! É uma armação de Meive. Coloquei a mim e a todos em perigo.

— Não fique assim, querida. Você deixou um recado. Já devem saber que está aqui. Logo chegarão.

Eles estavam certos. Meive a atraíra para fora de Cinara. A casa deles estava sendo vigiada por soldados de Nilon, que a viram chegar, e um deles foi avisar que ela estava no mundo mortal.

Nilon estava na propriedade de Meive quando recebeu o recado. Correu para a avisá-la, que o esperava em seu escritório.

— Meive, a garota está aqui.

— Sabia que viria. Quem está com ela?

— Está sozinha.

— Ótimo! Temos que ser rápidos. Caio logo estará aqui.

— Como vamos pegá-la agora, que tem poderes?

— Não se preocupe. Dessa parte eu cuido. Ela ainda não domina todo seu poder e continua uma presa fácil. Agora saia e mande que continuem vigiando a casa. E diga para não deixarem que saiam da propriedade. Se precisar, que a impeçam.

Nilon se retirou, deu as ordens como Meive mandou e foi se preparar, pois sabia que agora não seria tão fácil pegar Liz, já que ela não era mais mortal. Meive também pensava isso. Apesar de ser recente, sentia que Liz era mais forte que a mãe. Mas tinha duas coisas a seu favor: ela era experiente e tinha o amuleto. Tirou-o da gaveta — era sua arma contra a rainha das fadas.

Caio e Ana já estavam no mundo mortal e precisavam chegar rápido à casa de Liz. O portal que eles atravessaram os deixou um tanto afastados e não tinham permissão de usar magia, então, tinham que correr para chegar até Liz antes de Meive e Nilon.

O pai de Liz a acalmou. Ele sabia do risco que ela corria, por isso precisava levá-la para outro lugar. Olhou pela janela da cozinha e viu que a casa estava sendo vigiada, mas não comentou nada com Liz. Porém temia que invadissem a casa e a pegassem à força. Era preciso tomar uma atitude, então, teve uma ideia.

— Liz, precisamos sair daqui. Não é seguro ficar aqui.

Liz foi até seu pai, pois não gostou do tom de voz dele.

— Por quê? O que aconteceu? Caio sabe que estou aqui. Não posso sair preciso espera-lo.

— Desculpe, querida... Não queria te preocupar, mas estão vigiando a casa. Eu os vi faz algum tempo.

— Não deixarei que entrem dentro da casa. Vamos ficar seguros.

Liz foi até a varanda da frente da casa e viu os soldados de Nilon. Como não havia percebido a presença deles? Usou sua magia e um campo de força cercou a casa. Nesse momento, os soldados tentaram passar, mas não conseguiam. Liz voltou para dentro e sentou-se no sofá. Não sabia por quanto tempo conseguiria impedi-los de invadir a casa. Mas eles não eram seu maior problema. Se eles estavam ali, logo Meive e Nilon chegariam.

E o que Liz temia aconteceu. Meive chegou e ficou parada em frente à casa. Tocou no campo de força e sorriu maliciosamente. Ali, sentindo um pequeno fragmento do poder de Liz, não a deixaria escapar. Entretanto havia um detalhe: não tinha poder suficiente para derrubar o campo de força. Só que quando ela chegou, notou que outra pessoa os olhava de longe — era Caio. Se quisesse Liz, teria que ser de outra maneira, afinal, ela era jovem e tola. Nilon se aproximou de Meive; também havia visto Caio. Então, ela deu a ordem para atacar a casa, e quando ele ia usar seus soldados da sombra, Caio o atacou, mas foi imobilizado por Nilon.

— Solte-me agora!

— Tolo! Caiu em nossa armadilha. Agora, fique calado.

Liz viu quando capturam Caio e saiu na varanda acompanhada de seu pai. Nilon o imobilizou de tal maneira que ele não conseguia se soltar. Meive ficou frente a frente com Liz e a observou. Viu com seus olhos que ela não era mais mortal e, sim, uma fada, como sua mãe, e ela podia ver e sentir a imensidão do poder que emanava dela.

— Liz, volte para dentro! É mais seguro!

— Desculpe, Caio... Não devia ter vindo.

Meive notou que havia algo entre eles por causa da maneira como se olhavam. Era seu trunfo! Olhou para Nilon, que golpeou Caio; ele caiu desmaiado. Isso deixou Liz desesperada. Acontecia como em seu sonho. Então, gritou para Meive:

— Pare! Não o machuque, por favor!

— Entregue-se e venha comigo, que deixo ele e seu pai em segurança. Depende de você.

O pai de Liz ficou preocupado, pois sabia que ela não podia ir com aquela bruxa. Lembrou-se dela do dia em que matou a mãe de Liz. Quando Liz ia retirar o campo de força, ele a impediu.

— Não faça isso. É perigoso.

— Desculpe, pai, não posso deixar Caio nas mãos dela.

Liz retirou o campo de força. Meive sorriu e movendo-se muito rápido surgiu na sua frente e a segurou pelo braço. Nilon arrastou Caio para dentro da casa junto ao pai de Liz. Meive evocou um feitiço e uma parede de pedra bloqueou todas saídas da casa. Uma bruxa que trazia uma caixa se aproximou de Meive, que entregou Liz a Nilon. Ele a segurou enquanto Meive tirava o amuleto de dentro da caixa, colocando-o em Liz.

Em segundos, ela sentiu o amuleto roubando sua energia. Sabia que precisava ir com eles para que seu pai e Caio ficassem em segurança, então, não reagiu. E eles a levaram dali em um carro que os aguardava.

Mas havia uma pessoa observando tudo de longe — era Ana. Caio pediu para não se aproximar. Se algo desse errado, precisaria da ajuda dela. Ana viu que era seguro se aproximar e foi até a porta da frente da casa, que estava bloqueada por uma pedra. Pegou um frasco em sua bolsa, que continha um pó dourado, e o soprou em direção à pedra, que desmoronou.

Quando entrou, encontrou Caio sendo ajudado pelo pai de Liz a se levantar. Foi ajudar e o colocaram sentado no sofá.

— Desculpe, Caio. Eu vi quando levaram Liz. Ia me aproximar, mas ouvi a voz dela pedindo para eu continuar escondida.

— Eu também a ouvi, Ana. Mas, mesmo assim, me aproximei da casa e veja o que aconteceu... Meive a levou.

— E agora? O que faremos? Meive colocou o amuleto nela novamente. Isso a deixará mais forte e perigosa.

— Temos que resgatar Liz e voltar para Cinara. Consegue levantar?

Caio se levantou e o pai de Liz o segurou antes que caísse. A pancada de Nilon o deixara tonto. Ele sentou-se novamente e Ana lhe deu um copo de água. O pai de Liz via os dois falando entre si, mas, até então, nenhum dos dois havia lhe dirigido a palavra.

— Não podem deixar minha filha na mão daquela mulher. Eu ajudo vocês.

Eles olharam para o pai de Liz. Não podiam deixar que ele corresse perigo.

— Desculpe tudo isso. É culpa minha. É meu dever proteger Liz e eu falhei. Não posso deixar que o senhor corra perigo. Preciso que fique aqui.

— Caio, não se culpe. Meive é esperta e viu que não conseguiria pegar Liz sozinha, então, foi traiçoeira.

— Eu sei, Ana, mas me descuidei e agora ela a pegou.

Liz foi levada para a casa de Meive em Price. Dessa vez, Nilon a vigiaria. O colar a estava deixando fraca, mas não a ponto de perder os sentidos como das outras vezes. Meive já tinha tudo preparado e não a trancaria num quarto. Levou-a para uma grande sala, onde havia, no centro, uma cadeira toda trabalhada com cipós entrelaçados em seus braços.

Nilon a fez sentar-se e, então, os cipós se soltaram e prenderam os braços dela, impedindo-a de se soltar. Meive a olhava. Finalmente, tinha-a em seu poder. O colar lhe roubava a energia, já podia ver que ela estava ficando abatida, mas ainda não era o momento de pegá-lo de volta, porém logo teria poder suficiente para invadir Cinara. Meive notou que Liz tentava se soltar, mas o cipó se entrelaçava mais em seus braços. Ela brilhou por instantes, mas não o suficiente, e sua luz se apagou.

— Não tem como fugir. Quanto mais tentar se soltar, mais os cipós se enrolarão em seus braços.

Meive chegou perto de Liz e sentiu sua essência de fada. Detestava isso. Então, saiu e a deixou, vigiada por Nilon. Precisava tomar algumas medidas de precaução. Caio tentaria resgatá-la. Tinha que sair de Price com Liz antes que ela tentasse fugir e sabia como fazer isso. E seria naquele mesmo dia, quando a noite chegasse e Liz estivesse fraca o bastante.

Liz sentia-se exausta e agora ali, presa àquela cadeira, sabia que tudo isso era culpa sua. Tinha sido inconsequente. Devia ter falado com Caio e Aurora, eles saberiam como ajudar. Bela rainha estava se saindo... Não conseguia fazer nada direito e, agora, estava em apuros. Sentia que seu pai e Caio estavam em segurança, o que a deixava mais calma. Era como em seu sonho. Ana devia estar com eles, assim, o problema era como sair dali. Podia sentir sua magia, ainda tinha forças para fugir, mas como, presa naquela cadeira, trancada na sala e vigiada por Nilon?

Naquele momento, todos tinham um plano em mente. Caio estava na casa de Liz, quando traçou seu plano para tirá-la das mãos de Meive, e Ana fazia parte dele. Ela concordou em investigar a propriedade de Meive e assumiu a forma de fada. Seria mais fácil se aproximar sem ser vista.

Chegou até a casa e viu que a segurança havia sido reforçada. As janelas estavam todas fechadas, mas viu uma das bruxas entrando por uma porta e entrou junto com ela. Lá dentro começou a procurar por Liz. Olhou nos quartos e não a encontrou. Então, desceu e viu os soldados de Nilon em frente à porta. Agora, sim, tinha a localizado. Mas como entrar? Precisava distraí-los.

Nisso, a porta se abriu e Nilon apareceu. Era agora! Com cuidado, entrou na sala. Achou Liz na cadeira, presa pelos cipós. Aproximou-se e escondeu-se em seus cabelos, Liz a viu chegar e temeu por ela, mas, mesmo assim, as duas começaram a conversar.

— Ana, como estão meu pai e Caio?

— Estão bem. Preciso tirar você daqui.

— Não vai conseguir. Quanto mais tento me soltar, mais eles se entrelaçam. É perigoso ficar aqui. Precisa ir e avisar Caio. Temo que Meive esteja planejando algo. Agora, vá antes que te vejam.

Com certa insistência de Liz, Ana saiu para avisar Caio, mas não gostava da ideia de deixá-la sozinha. Encontrou-o esperando por ela, na casa do pai de Liz. Voltou à forma humana e contou tudo para ele. Tinham que ser rápidos, antes que Meive prejudicasse Liz, mas não podiam invadir a propriedade de qualquer jeito. Teriam que esperar a oportunidade certa para tirá-la de lá. Ana concordou com ele. Eles voltariam os dois juntos e ficariam esperando o melhor momento para atacar.

Em Cinara, todos estavam muito aflitos. Como isso tinha acontecido? Aurora e as fadas dos Quatro Elementos se juntaram na sala do trono para torcer pelo sucesso do resgate de Liz. Sabiam que a única pessoa capaz de derrotar Meive era a própria Liz. Só ela tinha poder suficiente para isso. Mas também sabiam que ela precisava descobrir tudo em seu próprio tempo, não podiam interferir.

Ainda era proibido atravessar os portais. Aurora colocara vigias nos portais para que ninguém se arriscasse ou tentassem entrar. Sabia que a intenção de Meive era invadir Cinara.

Meive voltou para ver Liz e checar se tudo estava preparado para partirem. Nilon a recebeu e ela notou que Liz estava bem fraca com o colar e sem a luz do Sol. Era o momento ideal para saírem, mas havia Caio. Precisava ser cautelosa. Deu ordens para reforçarem a segurança. Ninguém conseguiria se aproximar da casa. Ela levaria Liz para Morton e, então, terminaria o que havia começado. E ninguém mais a atrapalharia.

CAPÍTULO 10

Como o planejado, tudo estava pronto para partirem. Já era tarde da noite e sairiam de Price antes do amanhecer. Todos aguardavam as ordens de Meive. Ela estava com Liz, era o momento para soltá-la, pois ela não representava mais perigo. Tocou nos cipós e eles se desenrolaram do braço dela. Foi um alívio para Liz, porque eles estavam muitos apertados. Nilon a pegou e eles saíram, levando-a à força. Liz até tentava se soltar, mas ele era muito forte. Eles saíram pelos fundos da casa, por onde havia vários carros os esperando.

Liz não pretendia ir com eles. Esperava uma oportunidade para fugir, mas não conseguiu, e os carros partiram, levando todos de lá. Eles foram para uma velha estação de trem, onde soldados de Nilon os esperavam. Parecia um lugar abandonado, mas havia um trem os esperando. Então, esse era o plano de Meive para sair de Price.

Como ela não tinha intenção de entrar no trem, já tinha pensado no que fazer. Havia um bosque enorme do outro lado da linha do trem. Estava fraca, mas tinha força para fugir. Só precisava de uma distração e, então, com a pouca força que lhe restava, pediu ajuda aos seres mágicos que ali viviam para ajudá-la a fugir.

Quando o carro parou e todos desceram, começava a amanhecer. Logo estaria mais claro com a luz do Sol. Nilon a segurava pelo braço. O que ninguém havia percebido é que havia uma movimentação no ar. Então, começou a ventar muito forte e as árvores começaram a fazer muito barulho com seus galhos, agitando-se bastante, e os pássaros saíram em alvoroço da mata.

Uma vegetação rasteira começou a se aproximar da estação de trem. Quando perceberam, já era tarde. As plantas se entrelaçaram nos carros e os destruíram, e foram agarrando todos que ali estavam. Meive gritou para Nilon não soltar Liz, mas as plantas se enrolaram nele também.

Uma poeira subiu no ar e não se podia ver mais nada nem ninguém foi quando ele a soltou. Liz aproveitou a oportunidade e correu para dentro bosque tão rápido quanto pôde e sem olhar para trás. Meive evocou um encantamento com tanta raiva que tudo silenciou em instantes, mas já era tarde, não havia mais vestígios de Liz em lugar algum.

Liz correu tanto que só parou quando não aguentava mais dar um passo. Viu-se no meio daquele bosque, sozinha, e perdeu os sentidos. Quando voltou a si, não tinha noção por quanto tempo havia ficado desacordada. Notou que não estava mais onde tinha caído, mas em outro local, e percebeu que estava deitada sobre uma cama improvisada com flores. Achou tudo muito estranho, mas não sentia a presença de Meive ou Nilon.

Precisava tirar o colar com o amuleto, pois se sentia muito cansada. Tentou com as mãos, mas não conseguiu; soube que tinha que se esforçar e usar magia. Concentrou-se, procurou afastar o medo e a aflição e atrair pensamentos positivos, então, brilhou intensamente e o fecho se quebrou, e ela ficou livre do colar, que caiu no chão. Foi um grande alívio.

Olhou para o colar, a pedra brilhava, então o pegou e, sentindo-se mais forte, o destruiu, restando apenas pequenos fragmentos e poeira em suas mãos. Irritada, jogou-os para longe, onde o vento se encarregou de levar para fora do jardim, onde ela estava, sem que percebesse, restando, porém, um pequeno fragmento preso ao cordão. O restante da poeira que saiu do jardim atravessou uma porta, que se fechou. Ela ouviu sons de vozes e viu fadas, alguns animais e pássaros se aproximando. Uma das fadas, que estava vestida toda de lilás, chegou perto de Liz e a cumprimentou sorridente.

— Você nos pediu ajuda. Quando a ouvi sabia que era a rainha, sentimos sua presença e o perigo que corria.

— Agradeço a ajuda de vocês, mas estamos ainda no mundo mortal.

— Sim, aqui é a nossa casa escondida dentro do bosque, aqui está segura, não vão te achar. Me chamo Violeta.

Liz olhou ao redor e viu que era um lugar seguro. Sabia que muitas fadas viviam no mundo mortal e protegiam os animais. Ali, era muito parecido com o jardim de Cinara, mas menor. Ficaram todos em volta dela, afinal, não conheciam sua nova rainha. Então, as fadas a convidaram para irem à casa delas, que ficava no alto das árvores.

— Vamos, Liz. Deixe a forma humana e suba com a gente.

Ela brilhou por instantes e quando sua luz foi diminuindo todos a puderam ver em sua verdadeira forma, como fada, e ficaram maravilhados. Era muito mais bonita do que na forma humana, sua luz era de um tom muito suave e suas asas brilhavam conforme as batia. Seus cabelos castanhos acobreados deixaram sua pele branca em evidência e seu vestido era encantador. Todas se aproximaram dela e a abraçaram. Estavam muito felizes com sua presença. Então, juntas, voaram para o alto das árvores.

Mas quem não estava nada contente era Meive, que ordenou a Nilon que vasculhasse todo bosque atrás de Liz. Ela não conseguiria ir tão longe usando o amuleto.

Quando Caio e Ana chegaram à casa de Meive eles já não estavam mais lá. Mas Ana podia sentir a presença de Liz e seguir o caminho para onde a haviam levado, assim foram em direção à estação de trem. Quando lá chegaram, viram tudo destruído e nem sinal de Liz, porém viram Meive, Nilon e seus soldados. Ela esbravejava com todos, gritando, e antes de partir os advertiu:

— Andem! Procurem-na. E não voltem para mim sem ela!

Isso deixou claro para os dois que Liz havia fugido, provavelmente para dentro do bosque. Tinham que achá-la antes de Meive. Saíram sem serem vistos e adentraram o bosque. Avistaram os soldados de Nilon vasculhando tudo; precisavam impedi-los. Não deixariam achá-la, onde quer que ela estivesse. E essa era outra questão — também não sabiam onde ela estava.

Ana voltou à forma de fada e conseguiu chamar a atenção dos soldados de Nilon, que a seguiram. Caio continuou no bosque e Nilon também. Caio ficou de longe, vigiando-o, enquanto ele andava procurando por Liz. Em certo momento, Nilon agachou-se e pegou o cordão. Isso deixou Caio feliz e surpreso. Liz havia fugido e destruído o amuleto. Agora, precisava afastar Nilon do bosque. Ela estava escondida e só apareceria quando se sentisse segura.

Caio o atacou e conseguiu derrubá-lo com facilidade, pois ele não havia percebido a sua presença. Eles lutaram, mas Nilon, quando viu que ia perder, fugiu, levando o cordão com ele. Era claro que ele iria atrás de Meive para relatar o ocorrido. Notou quando Ana voltou e se aproximou, e voltou à forma humana.

— Consegui escapar deles. Eles desistiram de me perseguir e sumiram.

— Nilon também se foi. Liz está escondida aqui no bosque. Temos que achá-la.

— Mas como? Se ela não quiser, nem nós a acharemos.

— Eu sei, mas vamos procurá-la. Deve existir fadas neste bosque e elas devem tê-la ajudado.

— Caio, se elas estão aqui, devem estar em algum lugar secreto. Precisamos achar um sinal para encontrá-las.

— Tudo bem. O que temos que achar?

— Um portal que leve a outro jardim dentro bosque. Preste bem atenção. É uma porta.

Eles saíram em busca da tal porta. Começaram a procurar por todo o bosque, mas havia um pequeno detalhe: não seria tão fácil. Ela podia ter qualquer tamanho ou aparência. Esse refúgio das fadas era protegido com magia, o que impedia qualquer um de sentir a presença das fadas ou de Liz, pois isso indicaria onde estariam. Esse fato os atrasaria mais e tinham que ser discretos e ficar atentos, pois Meive poderia voltar ao bosque.

Liz estava com seus novos amigos e por um instante esqueceu de tudo e de todos. Quando chegou ao alto das árvores, ficou admirada. Era uma verdadeira cidade nas alturas. As casas eram muito charmosas e havia muitas flores. Todos pareciam muito atarefados. Então, a fada que falou com Liz primeiro deu um assobio e todos pararam e olharam para elas, e, sim, sabiam quem ela era. Quando a viram, correram e ficaram ao seu redor. Não era sempre que tinham visitas, ainda mais tão especial.

Violeta notou que a luz de Liz diminuiu e a levou para sua casa. Ela havia tido um dia agitado e devia estar cansada. Ao chegarem à casa, Liz viu que era tudo muito bonito e delicado. Sentou-se no que parecia ser um pequeno divã e, enquanto Violeta falava com ela, pegou no sono.

Liz só acordou no outro dia, com o Sol radiante. Estava se sentindo muito bem. Nunca tinha passado tanto tempo na forma de fada, o que a ajudou se recuperar mais rápido. Levantou-se e notou que Violeta não estava. Foi até a sacada e a viu no canteiro cuidando de suas flores.

— Bom dia, Liz. Venha aqui fora. Preparei um lanche para nós.

As duas se sentaram em uma pequena mesa que havia perto do jardim e comeram juntas.

— Desculpe, Violeta. Acabei dormindo em sua sala.

— Não se preocupe. Você estava precisando se recuperar. A sua luz voltou a brilhar mais forte.

— Preciso voltar para casa. Estou preocupada com meu pai e Caio.

— Ainda não pode sair. Estão vasculhando todo bosque à sua procura.

— Venha, podemos vê-los sem sermos vistas.

Violeta voou além da copa das árvores e Liz a seguiu, e viu os soldados de Nilon. Elas voltaram à casa de Violeta. Liz ficou preocupada. E agora? Como voltaria para Cinara? Ainda era arriscado sair. Mas precisava partir, não podia colocar seus novos amigos em perigo. Se Nilon e Meive achassem aquele local, destruíram tudo.

Quando Nilon retornou à casa de Meive, ela o aguardava em seu escritório e não ficou nada satisfeita quando o viu chegar sem Liz. Ele se aproximou de sua mesa e colocou o cordão na frente dela, o que a deixou furiosa. Liz havia destruído o amuleto.

— Foi só isso que achou? E a garota? Quero ela!

— Ela se escondeu. Não a achamos. Mas deixei soldados vigiando o bosque.

— Ela me paga! Quando eu puser minhas mãos nela novamente... Ela foi esperta e escapou, mas não vou desistir e a pegarei mais uma vez.

— Continuo vigiando o bosque?

— Sim. Ela vai ter que sair. E quando isso acontecer, nós a pegaremos. Agora, saia.

Violeta conseguiu fazer Liz desistir de sair sozinha. Levou-a para conhecer o resto da cidade, o que a distraiu, e quando notou já era final de tarde. Violeta a deixou na varanda de sua casa e saiu, e ela ficou ali, preocupada, perdida em seus pensamentos. Precisava ir embora e resolveu que iria, e quando se levantou para dizer isso a Violeta, viu Caio. Desceu até ele e voltou à forma humana. Eles se abraçaram sem dizer nada. Ela olhou para ele e desculpou-se.

— Desculpe, Caio. Não devia ter saído sozinha.

— Agora está tudo bem, só que você precisa tomar mais cuidado, Liz. Mas conseguiu escapar de Meive!

— Tive a ajuda de novos amigos.

Violeta se aproximou e viu que Liz parecia mais tranquila.

— Achei-os no bosque. Quando me aproximei, vi que ele estava acompanhado de outra fada.

— Ana! Onde ela está?

— Está nos esperando. Temos que voltar para Cinara.

— Mas e Nilon?

— Não se preocupe, Liz. Vocês podem passar por um portal que os deixará do outro lado do bosque. Eles não os acharão.

— Obrigada pela ajuda, Violeta.

Violeta ajudou os três, que atravessaram um portal que os deixou em uma estrada ainda em Price. Porém algo estava deixando Liz apreensiva. Havia alguma coisa errada: um silêncio sombrio no ar. Não havia sons de pássaros ou do vento nas árvores. Ana também notou e ficou ao seu lado. Começou a escurecer e a esfriar. O Sol tinha desaparecido. De repente, os soldados de Nilon os cercaram. Foi tudo muito rápido. Liz precisava sair o quanto antes. Ela abriu um portal e eles o atravessaram, deixando os soldados para trás.

Quando atravessaram o portal, Liz se virou e viu que estavam de volta à cabana onde tudo havia começado. Ali, a escuridão também já tomava conta da floresta. Eles entraram na cabana. A escuridão começava a afetar Ana e Liz, afinal, elas eram seres de luz e viviam da luz do Sol.

Caio notou que elas não brilhavam mais. As duas tentaram mudar para a forma de fada, mas nada aconteceu. Estavam na forma humana e, pior, presas no mundo mortal. Liz tentou mais uma vez, mas sua luz estava muito fraca e brilhou apenas por instantes. Caio estava sozinho dessa vez e tinha que tirar os três dali o mais rápido que pudesse.

O feitiço que Meive tinha lançado não havia afetado somente Liz, mas toda a cidade de Price, que ficou na escuridão. Seus moradores saíram às ruas e não entendiam aquele acontecimento tão repentino. Acreditavam tratar-se de um fenômeno da natureza.

Meive mandou Nilon reunir seus soldados, pois tinham uma nova caçada. Sabia que eles não tinham atravessado o portal para Cinara. Liz ainda estava por perto, podia senti-la. E ela também sabia que sem a luz do Sol a garota estava presa no mundo mortal. Era questão de tempo e logo a teria de volta em suas mãos. Nilon entrou na sala e perguntou:

— Por onde começamos a procurá-la?

— Ela fugiu de volta para cabana. Posso sentir sua presença.

— O que faço com Caio e a outra fada?
— Livre-se deles e não volte sem ela.

Nilon retirou-se e Meive ficou em seu escritório. Não desistiria. Não agora. Havia apostado muito alto quando descobriu o paradeiro de Liz, e para alcançar o poder que desejava, Liz tinha que deixar de existir.

CAPÍTULO 11

Caio pegou uma vela e a acendeu, o que ajudou um pouco a iluminar aquela escuridão que tomava conta de tudo. As duas pareciam mais calmas. Ana sentia-se muito mais mal do que Liz, nunca tinha ficado tanto tempo sem a sua luz. Liz disfarçava, pois não queria preocupá-lo, mas sabia que ela ainda tinha mais energia por ser a rainha. Agora, era ela quem tomava conta de Ana, que se recostou no sofá muito abatida.

Liz olhou para fora e viu os soldados de Nilon cercando a cabana. Caio aproximou-se dela e a abraçou.

— Eles já estão aqui. Também os vi.

— Percebi quando chegaram. Vão tentar invadir a cabana. Temos que tirar Ana daqui.

— Precisamos de um portal que nos leve direto para Cinara, Liz.

— O problema não é só esse. Meive foi longe demais. Preciso acabar com essa escuridão. Todos os seres mágicos e os animais estão sofrendo. Posso sentir o medo deles.

— Está fraca. Não pode se arriscar.

— Não posso pensar só em mim. Tenho um plano. Você me ajuda?

— Claro, mas, por favor, tome cuidado.

— Precisamos que ela venha aqui pessoalmente, então, poderei quebrar o feitiço.

— Você sabe que ela mandará Nilon fazer o serviço sujo.

— Eu sei. E vamos mandá-lo de volta com um recado.

Liz tinha um plano em mente, mas, para isso, Meive tinha que ir até a cabana. Precisava apenas que ela cometesse um erro para descobrir um meio de quebrar o feitiço. Nilon apareceu, seguido por seus soldados, que cercaram a cabana. Porém algo que eles não esperavam aconteceu: foram pegos pelos galhos das árvores. Liz saiu acompanhada de Caio. Nilon, que também havia sido pego, por mais que tentasse, não conseguia se soltar.

Ela ficou na frente dele e tudo que ele havia feito de mal contra ela veio à sua cabeça. Podia acabar com ele naquele instante, mas não se tornaria como ele. Apenas fez com que os galhos o apertassem mais, o que o fez gritar, então, os galhos afrouxaram e ele a encarou com muito ódio do olhar.

— Faça! Acabe comigo! Vamos ver se tem coragem!

Ela se aproximou mais dele e disse:

— Não vou fazer nada, por enquanto. Quero apenas que leve um recado a Meive.

— Não sou garoto de recados.

— Vai, sim, dar o recado a ela. Não tem opção. Diga que venha pessoalmente aqui. Ou ela não tem coragem de me enfrentar?

Quando Liz terminou de falar, os galhos tomaram impulso e o lançaram para fora do bosque, em direção à casa de Meive, o que deixou Nilon com a sensação de ter sido atropelado por um trem. A única coisa que ele tinha em mente é que Liz pagaria muito caro por essa humilhação.

Caio não interferiu em nenhum momento, mas não saiu do lado dela. Ficou um tanto preocupado com a atitude que ela havia tomado. Era arriscado enfrentar Meive estando fraca, mas sabia que fazia aquilo não por ela, mas por todos os seres mágicos que viviam da luz do Sol.

— Sabe que Meive não aceitará essa provocação.

— É o que preciso para meu plano dar certo e ela vir até aqui.

Nilon chegou à casa de Meive quebrando tudo. Quando a encontrou, ainda esbraveja contra Liz. Contou o que havia o ocorrido e Meive ouviu tudo de costas para ele. Então, disse:

— Idiota! Ela é apenas uma garota e conseguiu te pegar.

— Não a subestime, Meive. Como você previa, ela está mais forte.

— Então, ela quer me enfrentar? Eu sei o que fazer. Saia.

Nilon saiu, ainda destruindo tudo que encontrava pelo caminho. Se Meive tinha seus planos, ele já sabia o que fazer para dar um fim em Liz e, diferente de Meive. não pretendia deixá-la viva.

Enquanto isso, na cabana, era Caio quem estava preocupado.

— Liz você tem certeza do que vai fazer?

— Não se preocupe. Vou apenas fazer com que tudo isso acabe.

— Estou preocupado, sim. Meive é muito vingativa, ela vai aprontar algo.

— Mas é isso que eu quero. Preciso apenas que ela cometa um erro.

Liz sentou-se do lado de Caio e o abraçou. Não queria admitir, mas tinha de receio do que podia acontecer. Não sabia exatamente o que fazer, mas estavam todos sofrendo por causa dela e não podia deixar que sofressem. Olhou para Ana, que estava sentada no mesmo lugar, agora mais abatida. Ela também começava a sentir o efeito da escuridão, mas não iria desistir. Recostou-se em Caio; queria ficar sentindo seu calor, ouvir seu coração bater. Por um momento, lembrou-se do tempo em que tudo era normal. Bom... Era o que ela achava. Caio a tirou de seus pensamentos, dizendo:

— Ouça, Liz.

— Ela chegou!

Como Liz previa, Meive chegou atacando. Um vento forte começou a soprar e mais nada estava no lugar. As portas e janelas da cabana abriram. Para proteger Ana, Liz saiu com Caio, e viu Meive com aquele olhar cínico para ela.

— Estou aqui, Liz. Vamos acabar agora com tudo isso. Você sabe o que eu quero.

— Você não vai vencer, Meive. Está enganada em pensar que deixarei isso acontecer.

— Ridículo da sua parte me desafiar. Sempre venço.

— Não hoje.

Liz viu que Nilon também estava lá, escondido. Olhou para Caio, que já o tinha visto. De repente, Nilon avançou para atacar Liz com sua espada, mas Caio o deteve e o tirou de perto dela, o que deixou o caminho livre para Meive, que a atacou, porém Liz se defendeu. Foi tudo muito rápido e a deixou próxima de Meive e, por isso, ela notou um cordão pendurado em seu pescoço, com uma ampulheta que brilhou quando ela se aproximou. Era a luz, que Meive havia roubado. Com as forças que ainda tinha, golpeou Meive com tanta força que ela sentiu. Liz pegou o cordão do seu pescoço e quebrou a ampulheta com as mãos. No mesmo instante, a luz voltou a brilhar, pondo um fim à escuridão.

Liz aproveitou a claridade e se afastou de Meive, mas tinha algo errado. Ela ria com desdém. Quando ia se aproximar novamente de Liz, Caio interveio e a afastou. Então, Liz sentiu algo quente e uma dor em seu lado esquerdo, nas costas. Levou a mão a sua blusa e viu sangue. Meive continuava no mesmo lugar. Ela olhou para Liz e falou:

— Está sentindo o veneno invadir o seu corpo? Logo, a dor vai se tornar insuportável e você vai implorar por sua morte.

Caio a segurou antes que caísse no chão. Meive saiu rindo, acompanhada de Nilon, e os deixou ali, parados. Ana saiu da cabana e foi até eles, e se apavorou quando viu que Liz estava sangrando. Pegou um lenço que trazia e levantou a blusa dela, e viu o corte, que cobriu para estancar o sangue. Levaram-na para a cabana, Caio a deitou na mesa e foi olhar o ferimento. Notou que já estava infectado.

— Por favor, Liz, aguente. Vamos para casa.

Aurora estava preocupada e, com o fim da escuridão, sabia onde eles estavam. Então, abriu um portal dentro da cabana, mas sentia que havia algo errado. Caio pegou Liz nos braços e eles atravessaram o portal. Ao vê-lo com Liz nos braços e Ana suja de sangue, Aurora apavorou-se. Levaram-na para o quarto dela. Nesse momento, Liz já ardia em febre e não suportava que a tocassem. Limpando o ferimento, notaram que havia piorado muito. Aurora mandou Ana buscar Remi, que os ajudaria. Ela secava o rosto de Liz, que estava banhado de suor, devido à febre. Perguntou a Caio como aquilo havia acontecido:

— Caio, como Meive feriu Liz?

— Não vi, Aurora. Estava afastando Nilon, pois ele ia atacá-la.

Liz conseguiu falar:

— Foi tudo muito rápido. Quando me aproximei dela e arrebentei o cordão, vi que ela estava com um punhal na mão.

Ana chegou com Remi, que pediu para todos saírem. Apenas Aurora ficou. Ela tinha levado tudo que possuía. Pela expressão de Remi ao examinar o ferimento, Aurora percebeu que não era um simples corte. E ao olhá-lo novamente, ficou pasma por ter piorado tanto em tão pouco tempo.

— Aurora, o que ela usou para cortar Liz?

— Um punhal. Liz o viu na mão dela.

— É isso. Ele estava envenenado. Só um corte não faria um estrago desses.

— Era o que eu temia. O que vamos fazer?

— Limpei o local e fiz curativos, mas temos um problema. Meive usou um veneno de uma planta muito rara. Não tenho o antídoto.

— É bem típico dela. Com certeza, deve cultivar no jardim dela. Você sabe onde podemos encontrar o antídoto?

Enquanto Aurora conversava com Remi, olhava para Liz, que já estava bastante abatida.

— Eu sei onde encontrá-lo. Fica no mundo mortal, em uma região pouco habitada. Para chegarmos lá, não poderemos usar magia.

Então, Remi contou que por ser um local de refúgio para as borboletas, magia não funcionaria. Teriam que percorrer todo o caminho até chegarem à árvore que produz uma seiva que é o antídoto. Um local de difícil acesso, mas não impossível.

— Ótimo! Vou pedir para irem buscar o mais rápido possível.

— Não temos tempo. Liz precisa ir junto. Ela pode não aguentar esperar pelo antídoto.

— Mas, Remi, ela está fraca. Não aguenta uma viagem agora.

— Desculpe, Aurora. Não temos outra alternativa. Eu também estou preocupada.

Liz ouvia as duas conversando e não queria causar mais problemas do que já tinha causado.

— Tudo bem, Aurora. Eu vou junto. Eu aguento.

As duas olharam para Liz, que havia se sentado na cama com certa dificuldade, mas ambas sabiam que era a única alternativa no momento. Então, concordaram. Agora, precisavam arrumar tudo para a viagem. Aurora saiu e deixou Remi com Liz. Precisava falar com Caio sobre sua nova missão. Encontrou-o no pátio do castelo, muito preocupado. Contou tudo que haviam decidido e ele saiu correndo para organizar tudo. Uma das recomendações de Aurora era que precisava de algo que protegesse Liz do frio que fazia na região para onde iriam.

Meive voltou para sua casa e Nilon continuava com ela. Foram para o escritório e ele a observou com o punhal. Viu-a limpá-lo e guardá-lo em uma gaveta. Sentou-se e a questionou:

— Eu vi quando cortou a garota. Por que fez isso? Pretende matá-la?

— Também vi quando ia atacá-la com a espada. Não falei que quero ela viva? Como ousa me enfrentar?

— Não te entendo... Então, por que a feriu?

— Não é da sua conta. Eu falei que ela iria me pagar. O veneno não irá matá-la, apenas fazer com que sofra.

— Meive, você é muito má. Confesso que minha intenção era acabar com ela, mas você é muito pior.

— A esta hora eles devem estar à procura do antídoto.

— Você sabe para onde eles irão. Qual é o seu plano?

— Vejo que já percebeu... Precisava enfraquecê-la. Ela está mais forte.

— Eu lhe falei. Ela não é mais aquela garota que raptei no bosque.

— Mas ainda quero e preciso do poder dela. Vamos atrás deles. Nós a pegaremos.

Meive já tinha tudo planejado. Tramava contra Liz e, dessa vez, ela não escaparia. O veneno a deixaria cada vez pior e, assim, não teria forças para se defender.

Aurora voltou ao quarto, agora acompanhada de Ana, que já sabia da viagem que teriam que fazer. Caio preparava tudo para partirem a qualquer momento. Ana sentia muito por Liz e, com ela ferida, sabiam que Meive os atacaria. Teriam que ser mais cautelosos, afinal, ela não perderia essa oportunidade. Pararam na porta antes de entrarem no quarto. Ela falou a Aurora, pois estava muito preocupada:

— São dois dias de viagem. Ela não vai aguentar.

— Também não queria que ela fosse, mas não temos outra alternativa. Ela não pode ficar aqui, esperando. Remi vai com vocês. Ela sabe onde encontrar o antídoto.

Entraram no quarto. Liz dormia um sono agitado. Mas ela acordou e abriu os olhos quando se aproximaram da cama.

— Sinto muito, Aurora.

— Não, querida, a culpa não é sua, mas de Meive. Como está?

— Doí muito, mas vou sobreviver.

— Claro. Precisa ser forte. A viagem não vai ser fácil para você.

Tudo pronto para viagem, Caio foi até o quarto de Liz. Estavam todos com ela. Ele entrou e se aproximou da cama. Viu que ela tinha piorado e começou a se questionar se ela aguentaria a viagem, o que deixou muito preocupado e triste, pois a amava e a vê-la sofrendo o machucava muito. Liz fazia o possível para não demonstrar que o corte doía muito. Não queria preocupá-los ainda mais. Aurora perguntou se já podiam partir.

— Podemos partir quando vocês quiserem — disse Caio.

— Ótimo, Caio! Não temos muito tempo. Leve Liz. Ela não vai conseguir caminhar até o pátio.

Com certo cuidado, Caio pegou Liz e a levantou da cama. Notou que ela se segurou para não gritar de dor. Então, saíram para o pátio do castelo, onde havia uma carruagem esperando por eles. Ele a acomodou e Ana sentou-se ao seu lado. Remi também subiu e Aurora se despediu deles, que atravessaram um portal que os levaria direto para o mundo mortal e até o antídoto. Mas eles precisavam ficar alertas. Meive também tinha seus planos e estava indo atrás deles, pronta para atacar e raptar Liz.

CAPÍTULO 12

Mais uma vez, eles estavam fora de Cinara. O portal que atravessaram os levou para o mundo mortal, exatamente para a região onde se encontrava o bosque para onde as borboletas migravam no inverno. E algo que eles notaram assim que chegaram foi o frio. Como Caio já sabia desse detalhe, usou um encantamento para mantê-los aquecidos dentro da carruagem. Algo muito bom era que, por ser uma região pouco habitada, não tinha ninguém para ver uma carruagem, principalmente por ser guiada apenas pelos cavalos, sem um cocheiro.

O começo da viagem seria mais fácil. Caio dera uma olhada e a estrada era boa. A parte mais difícil seria quando fossem subir as montanhas. O frio no alto era mais intenso e ele sabia que era muito perigoso para Liz.

Mas a viagem não seria tão tranquila. Meive também já estava lá e os observava de longe. Não deixaria que percebessem sua presença; não ainda. Como previra, Liz estava mais fraca. Ela conseguiu vê-la quando eles a levaram para fora por um momento. Parecia sem ar. O veneno já devia ter tomado conta de todo seu corpo. Seria fácil pegá-la assim, desprotegida. Os outros não seriam empecilho. Conhecia os efeitos do veneno e esperaria mais um pouco; logo, ela ficaria inconsciente. Não era sua intenção matá-la. Apenas a queria indefesa o bastante para roubar seus poderes e sua magia. Então iria deixá-los ir até parte do caminho. Logo escureceria e os pegaria na hora mais escura.

Meive estava certa, Liz piorava cada vez mais. Caio percebeu e isso o deixou muito preocupado. Ele parou a carruagem para que Remi pudesse fazer novos curativos.

— Vamos parar um pouco. Liz não está bem. Remi, por favor, olhe o ferimento.

Deitaram-na e Remi tirou os curativos, que estavam sujos, e, sim, o ferimento estava pior; mas não podia fazer muito além do que já vinha fazendo. Terminou tudo, deixou Ana com Liz e foi falar com Caio, que tinha se afastado um pouco.

— Então, Remi, como ela está?

— Nada bem. Dei a ela um preparado para que consiga dormir um pouco apesar da dor.

— Falhei com ela. Desde que Meive a encontrou só a prejudicou.

— Não se culpe, Caio. Liz é forte, ela vai aguentar. Estamos perto. Falta pouco para chegarmos ao antídoto.

— Tem certeza de que ele vai curá-la?

— Claro! Agora vamos. Temos que chegar logo até as borboletas.

Os dois voltaram para a carruagem e Caio ficou mais tranquilo. Liz dormia. Já era tarde e a noite estava mais fria do lado de fora da carruagem. Foi, então, que os cavalos pararam e ficaram muito agitados. Caio resolveu sair, pois tinha algo errado lá fora. Ana viu uma sombra passar do seu lado da janela. Era um dos soldados de Nilon. Meive estava lá. Tinha certeza disso.

— Não saia, Caio. É uma armadilha.

— Eu também os vi. Preciso acalmar os cavalos e fazê-los voltar a andar. Fiquem aqui e não saiam por nada.

Liz acordou e sentou-se. Percebeu que não estavam sozinhos. Ana, que estava ao seu lado, viu que ela queria sair e a impediu.

— Me solte, Ana!

— Você não pode ir lá fora. Está fraca.

— Mas Caio está sozinho. Preciso ajudá-lo.

— Não, Liz. É uma armadilha. Meive nos seguiu até aqui.

— Você não entende. Ela o matará para me pegar. Tenho que sair.

Remi entrou na discussão:

— Ana está certa. Não conseguirá ajudá-lo, pois está muito fraca.

Um silêncio se fez e os cavalos se acalmaram. A porta abriu e Caio entrou. Ele olhou para Liz e sentou-se ao seu lado. Os cavalos voltaram a andar. Todas queriam saber o que havia acontecido.

— Agora está tudo bem. Os cavalos devem ter se assustado com alguma coisa.

Ana achou estranha a resposta, afinal, ambos tinham visto os soldados de Nilon; e Liz notou algo estranho nele, não parecia Caio. Alguma coisa havia acontecido. Então, o tocou no braço e usou as poucas forças que tinha; brilhou intensamente e a imagem de Caio se desfez. Era Nilon, que fugiu da luz transformando-se em uma névoa negra. Quando sua luz desapareceu, Liz havia piorado e sentia-se muito mal. Ana e Remi ficaram aflitas, pois sabiam que a única coisa que a salvaria era o antídoto. A carruagem parou novamente, no meio da escuridão. Elas estavam sozinhas e, ainda, preocupadas com Caio. Onde ele estava e o que havia acontecido com ele? Não se ouvia qualquer ruído.

Após alguns minutos o silêncio foi quebrado, ouviram sons de cascos de cavalo. Alguém se aproximava. Elas estranharam, afinal, quem estaria na estrada àquela hora? Elas perceberam que o cavalo tinha parado perto da carruagem. Alguém bateu na porta. Com certeza, não era Meive. Ela não seria tão educada. Ana abriu a porta e elas viram um cigano. Ele disse que estava passando pela estrada e achou estranho a carruagem ali, parada, e resolveu ver o que estava acontecendo. E acrescentou:

— Vocês estão precisando de ajuda? Não é seguro ficarem paradas aqui, na estrada.

Elas ficaram aliviadas, pois não era Nilon ou Meive. Ana respondeu:

— Nossos cavalos pararam e não sabemos que fazer.

— E o cocheiro de vocês? Onde está?

— Nosso amigo desapareceu.

Ana não achou seguro contar o que estava acontecendo e quem realmente eram.

— Como falei, não é seguro ficarem aqui. Meu acampamento não está longe. Podem passar a noite lá e ficarem até seu amigo voltar.

Remi puxou Ana pelo braço e ela viu que Liz precisava de um lugar para descansar; estava com febre novamente. O cigano também notou que ela não estava bem.

— Podem confiar, não tem perigo. E sua amiga não parece nada bem.

Concordaram em irem com ele. Naquele momento era a melhor opção. Ficarem ali, paradas, com Liz piorando e Meive à espreita, não era seguro. Ele prendeu seu cavalo na carruagem e a conduziu até seu acampamento. Elas começaram a ouvir sons de música e gente falando.

Os ciganos notaram quando a carruagem chegou e foram ver o que estava acontecendo. Uma cigana mandou todos voltarem aos seus afazeres, mas eles não se mexeram, e quando ela abriu a porta, todos viram Liz e o quanto era bonita. A cigana se aproximou, pegou sua mão e sentiu quem era e tudo que havia acontecido até ali. Ela olhou para Ana e Remi, que pareciam um pouco assustadas, mas prontas para defendê-la.

— Vamos levá-la para minha tenda. Lá poderemos acomodá-la melhor.

O cigano pegou Liz e a levou para a tenda. Ana e Remi os acompanhou, e os outros ciganos se afastaram para dar passagem e voltaram aos seus afazeres, mas curiosos sobre quem seria a garota. Deitaram-na em uma cama feita de almofadas grandes e coloridas. A cigana tocou sua testa e viu que ela ardia em febre; também examinou o ferimento. Foi até uma mesa que estava repleta de frascos, examinou-os e pegou um que tinha um líquido azul. Ela foi até Liz, levantou sua cabeça e deu para ela beber, e antes que Ana e Remi fizessem alguma objeção, falou:

— Não tenham medo. É apenas para aliviar o sofrimento dela por um tempo.

E funcionou mesmo. Elas viram que a feição de Liz melhorou e até voltou um pouco de sua luz. A cigana virou-se para elas e se apresentou:

— Meu nome é Marta. Eu sei quem são vocês e a garota.

Ela voltou-se para Liz e notou que a febre tinha passado. Continuou a falar com elas enquanto cuidava de Liz:

— Vocês têm que achar o amigo de vocês e o antídoto. Ela não tem muito tempo.

Ana ficou curiosa como ela sabia sobre elas. A cigana levantou-se e disse:

— Nós, ciganos, vivemos de modo simples, mas sabemos sobre as fadas e os seres mágicos que vivem na natureza.

Liz acordou e, para a surpresa das duas, estava muito melhor, sem febre. A cigana foi até ela e sentou-se ao seu lado.

— Foi um prazer poder ajudar a rainha das fadas.

— Obrigado pela ajuda, Marta, mas não podemos ficar. Meive não vai desistir e não quero colocá-los em perigo.

— Fique calma, Liz. Ela não atacará nosso acampamento. Está segura aqui.

A cigana se levantou e saiu. Quando voltou, o cigano que as encontrou estava com ela. Ele parecia feliz por ver que Liz estava bem e se apresentou.

— Sou Raul. Marta me falou quem são vocês. Darei ordens aos meus homens e ninguém atacara o acampamento. Fiquem e descansem.

Ana e Remi olharam para Liz, que respondeu:

— Está bem, vou aceitar o convite. Agradeço a ajuda de todos vocês.

Os dois ciganos saíram e Ana, que estava preocupada, foi falar com Liz.

— Tem certeza, Liz?

— Não fique nervosa, Ana. Quando Marta me tocou na carruagem também pude ver sobre ela e seu acampamento. Não tem perigo.

Marta voltou à tenda acompanhada de algumas moças, que traziam bandejas com frutas, comida e água em jarros coloridos. Colocaram tudo sobre uma mesa grande e se retiraram. Só Marta ficou, que as convidou para comer. Remi e Ana olharam para Liz e aceitaram a hospitalidade. Ana serviu Liz e, depois que terminaram, as moças voltaram e retiraram tudo. Dessa vez, Marta saiu e as deixou à vontade.

Remi foi à entrada da tenda e viu que havia ciganos vigiando o acampamento. Voltou para dentro e, ainda assim, não tinha certeza se deviam confiar nos ciganos. Liz notou que elas estavam agitadas e disse:

— O nosso problema não são eles. Temos que achar Caio.

Ana sentou-se perto de Liz, muito preocupada. Ela notou que Liz estava voltando a ficar ruim. O efeito do que Marta havia lhe dado já estava passando. Sua luz começava a diminuir novamente.

— Meive veio atrás de você, Liz.

— Eu sei, Ana, e pegou Caio. Logo, ela vai aparecer. Ela não vai desistir.

Remi entrou na conversa:

— Temos que chegar até as borboletas monarcas. Você precisa do antídoto.

— Não posso deixar Caio nas mãos dela. Temos que achá-lo.

— Mas, Liz, não sabemos onde estão e não conhecemos a região.

— Tive uma ideia, Ana. Peça a Marta um recipiente com água limpa.

Ana saiu e foi até Marta, que providenciou tudo. Elas voltaram para a tenda com um jarro transparente com água limpa e uma bacia de cobre rasa. Liz sentou-se e pediu que colocassem a bacia com água na cama em sua frente. Sabia que podia ver o mundo mortal pela água, apesar de nunca ter tentado isso fora de Cinara. Remi ficou curiosa. Já tinha ouvido falar que as rainhas podiam abrir portais e pequenas janelas, ver o que acontecia fora de Cinara e achar pessoas por mais que tentassem se esconder.

Marta ficou junto delas. Então, Liz tocou a água, ela começou a brilhar e, aos poucos, a luz foi diminuindo e imagens distorcidas começaram a se formar, até que elas puderam ver Caio, vigiado por Nilon e seus soldados. Ele parecia bem, apesar de estar preso. Liz tocou na água novamente, pois queria ver o local onde eles estavam. A imagem mudou e mostrou a elas tudo que havia ao redor. Eles estavam acampados perto de um penhasco. Marta reconheceu o local.

— Eu sei onde estão. Nossos homens vão lá perto para caçar.

A imagem ficou distorcida e, depois, Liz viu Meive olhando para ela e a chamando para acompanhá-la. Ela estendeu a mão e convidou Liz para ir com ela. Foi muito sinistro. Ela atravessou o portal que Liz abriu e sua mão ficou visível para todas. Marta pegou a bacia e a jogou no chão, derramando a água e fechando o portal. Liz sentiu-se mal e elas a ajudaram a se deitar. Marta lhe deu uma quantidade menor do líquido azul e a advertiu:

— Não posso mais lhe dar mais deste preparado. Está fraca, precisa se poupar. Essa bruxa é muito perigosa e não vai desistir

— Eu o achei. Preciso ajudá-lo.

— Não, Liz. Se ela te pegar fraca desse jeito ela vai te matar.

— Eu sei, Ana, mas não tenho outra alternativa. Irei até ela.

Marta saiu da tenda, muito preocupada, pois até aquele momento não tinha ideia da dimensão da maldade de Meive. Ao vê-la assim, tão de perto, sentiu como ela era má e perigosa. Soube na hora que Liz não teria chance alguma contra ela. Raul entrou na tenda acompanhado de Marta e de mais homens, que ficaram todos ao lado dele. Ele olhou para Liz e disse, muito sério:

— Eu ajudo vocês a resgatar seu amigo, mas tem que prometer que ficará aqui esperando.

Liz sentia-se muito mal colocando aquelas pessoas em perigo. Sabia como Meive e Nilon eram perigosos.

— Tem certeza, Raul? É muito perigoso.

— Quando eu as encontrei na estrada e vi você, eu soube que era especial. Não permitirei que fique em perigo.

Já era de madrugada quando Raul e seus homens se aproximaram do penhasco e viram a movimentação de Nilon e seus soldados. Procuraram Caio pela discrição que Liz havia feito e não foi difícil encontrá-lo. O plano era cercar todo o lugar e resgatar Caio. Não tinham a intenção de entrar em conflito. Apenas em último caso.

Colocaram o plano em prática. Os ciganos conheciam bem a região e se espalharam. Raul se prontificou a pegar Caio. Os soldados de Nilon começaram a ficar agitados, pois perceberam que estavam sendo vigiados. Ouviu-se um barulho e todos foram verificar o que estava acontecendo. Nilon ficou pronto para atacar. Então, um estrondo forte os surpreendeu e uma luz intensa brilhou no acampamento. Não se via mais nada. Era a oportunidade de Raul. Ele pegou Caio e o arrastou para longe dali com seus homens, deixando Nilon e seus soldados cegos pela luz intensa. Quando já estavam em segurança, eles pararam e o desamarraram.

Caio não sabia quem era aquelas pessoas, mas de uma coisa ele sabia: aquela luz era obra de Liz. Só ela tinha poder para cegar Nilon e seus soldados.

— Está tudo bem. Vamos. Liz está te esperando.

Os ciganos montaram em seus cavalos e voltaram rapidamente para o acampamento com Caio. Ao chegarem, Raul e Caio foram direto para a tenda de Marta. Liz sentiu quando eles chegaram e já o esperava. Assim que ele entrou, ele a viu e foi abraçá-la. Ele disfarçou sua preocupação, mas percebeu que ela não estava nada bem. Sua luz havia desaparecido. Todos saíram e os deixaram sozinhos. Ele sentou-se ao lado dela e pegou sua mão, e ela disse:

— Como Nilon o capturou, Caio? Fiquei preocupada.

— Quando saí da carruagem, eles me atacaram e me arrastaram para longe. Foi tudo muito rápido. Era uma armadilha.

— Percebi que não era você assim que Nilon entrou na carruagem.

— Você usou as poucas forças que restam e o tirou da carruagem. Eu sei, porque ele chegou onde estávamos furioso.

— E Meive? Você a viu?

— Não. Ela deve estar à espreita, pronta para atacar.

— Mas por que o pegaram?

— Eles queriam apenas nos atrasar. Você precisa do antídoto. Como se sente?

— Marta me deu um preparado, mas o efeito já está passando.

— Não temos muito tempo, Liz. Precisamos ir agora. Você consegue?

— Acho que sim.

Marta entrou na tenda muito preocupada, o efeito do preparado havia passado. Eles precisavam se apressar. Ela aproximou-se de Caio e Liz e segurou suas mãos que estavam frias.

— Vamos ajudá-los a chegar até as borboletas monarcas. Meus homens vão junto para evitar novos ataques. Ela não tem muito tempo. Está tudo pronto. Leve-a para a carruagem.

Caio pegou Liz e eles entram na carruagem acompanhados de Ana e Remi. Marta falou:

— As borboletas não estão longe. Ficarei esperando vocês voltarem. Estarão seguros com meus homens.

Assim, partiram com os ciganos, que conheciam um caminho mais seguro para chegar às borboletas. Após algum tempo, Raul lhes avisou que já estavam chegando, faltavam apenas alguns metros. Já se podia ver algumas borboletas voando pela estrada. Pararam e Raul foi dizer que teriam que ir andando o resto do caminho.

Caio desceu e pegou Liz. Ela não conseguia mais andar, o veneno já havia tomado conta de seu corpo. Subiram a trilha e todos viram as borboletas reunidas em volta da árvore. Elas perceberam a presença de Liz e começaram a voar em volta dela. Caio a ajudou a ficar em pé e ela pediu ajuda delas porque precisava do antídoto.

Os homens de Raul subiram a trilha até eles e avisaram que um grupo se aproximava. Era Meive com Nilon e seus soldados, que os cercaram.

— Você não achou que eu tinha desistido, não é, Liz? Você sabe o que eu quero.

— Sabe que nunca vai ter a minha magia.

— Então, você não beberá o antídoto. Não vou permitir.

Nilon ordenou e seus soldados atacaram os homens de Raul. Enquanto eles lutavam, Meive foi em direção a Liz. Ana tentou interferir, mas foi atingida. Remi a ajudou. Meive ficou furiosíssima, e, novamente, foi para cima de Liz.

— Dessa vez, você vai comigo e seus amigos não podem fazer nada para impedir!

As borboletas estavam todas alvoroçadas. Meive usou um encantamento e elas ficaram paralisadas no ar. Quando Meive ia colocar as mãos em Liz, um vento começou a soprar. Eram as ninfas, seres mágicos cujos corpos são feitos de pétalas de flores e que protegem a natureza e os segredos da magia. Elas envolveram Meive, impedindo-a de chegar em Liz; então, cercaram Nilon e seus soldados, envolveram-nos e os levaram para longe com o vento.

Liz já não conseguia mais ficar em pé. Estava muito fraca e começou a perder os sentidos. Caio a amparou e com ela em seus braços sentiu que ia perdê-la. As borboletas voltaram ao normal e enquanto uma das ninfas se aproximou de Liz e lhe serviu o antídoto em uma flor, as borboletas ficaram em volta dela, protegendo-a do frio. O antídoto já começou a fazer efeito e a luz de Liz voltou, e ela se recuperou totalmente. Ela olhou e o corte havia desaparecido.

A ninfa que lhe deu o antídoto advertiu Liz:

— Liz, você tem que tomar mais cuidado. Meive não vai desistir. Agora você precisa descansar e recuperar suas forças.

Então, ela se aproximou de Caio e disse:

— Não pode deixá-la sozinha. Precisa protegê-la. Ainda vai levar um tempo para ela recuperar suas forças totalmente.

A ninfa se despediu e foi com as outras, que a esperavam mais ao alto. O vento voltou a soprar e elas desapareceram no ar, restando apenas pétalas de flores.

CAPÍTULO 13

Voltaram para o acampamento dos ciganos e Marta os esperava. Ficou feliz quando viu que Liz estava curada e não a deixou ir embora, afinal, tinham que comemorar. Tinham vencido Meive! Caio concordou em ficar e eles preparam uma grande festa para seus novos amigos, que durou a noite toda.

O dia já começava a clarear e todos já estavam prontos para partir. Era hora de voltar para casa. Os ciganos estavam muito felizes por ter ajudado. Quando Marta foi se despedir, quis saber o que havia sido feito de Meive e dos outros.

— Então, Liz? Para onde as ninfas os mandou?

— Para muito longe, Marta, mas eu sei que ela vai voltar e mais vingativa.

— Precisa ficar mais atenta, Liz. Pode não ter tanta sorte da próxima vez.

— Obrigado por tudo, Marta. Espero te ver novamente.

Então, partiram do acampamento. Quando já estavam longe o bastante, Liz pediu que Caio parasse a carruagem. Eles olharam para ela curiosos. Ela se sentia bem e, como eles, queria voltar logo para Cinara.

— Vamos voltar para casa mais rápido.

Liz abriu um portal, que eles atravessaram, e logo já estavam no pátio do castelo. Aurora os esperava. Sabia que Liz estava recuperada, podia sentir. Ela e as outras fadas os receberam com uma bela recepção. Aurora foi até Liz, pegou em sua mão e a conduziu para dentro, mas Caio viu que ela o olhava enquanto Aurora a levava por um corredor e acenou para ela. E saiu sem dizer nada, pois precisava descansar.

No quarto, Aurora ajudou Liz a tomar um banho e a se trocar. Deu-lhe um vestido leve e a fez deitar-se. Ela resistiu um pouco, mas logo adormeceu, e Aurora ficou ao seu lado. Sentia um amor de mãe por Liz. Sempre esteve ao seu lado, mesmo quando ela vivia no mundo mortal e não sabia sobre as fadas. Aurora se retirou mais tranquila. Sabia que em Cinara ela estava protegida, nenhum mal podia acontecer com ela ali. Logo depois que Aurora se retirou, Liz acordou se sentindo um tanto estranha e foi envolvida por uma luz. Ela não sentiu medo. Então, ficou sonolenta e voltou a dormir.

No dia seguinte, Caio voltou ao castelo e foi até o quarto de Liz. Queria muito vê-la. Bateu na porta e como Liz não a abriu, entrou e a encontrou envolta em uma espécie de casulo, e foi correndo chamar Aurora. Assim que Aurora entrou no quarto, já sabia o que estava acontecendo.

— Não se preocupe, Caio. Está tudo bem.

— Mas por que ela está assim?

— Por que o espanto? Você sabe que somos fadas. Seu corpo está se recuperando do efeito do veneno.

— Por quanto tempo ela vai ficar assim?

— Não sei. Vamos ter que esperar. Mas pode ficar aqui se quiser. Eu sei que ela vai gostar de te encontrar aqui quando acordar.

Caio sentou-se em uma poltrona e ficou ali, observando-a. O dia foi passando e quando já era de tarde, ele estava olhando da janela o jardim e ouviu que o casulo começou a trincar. Aproximou-se e já podia sentir o perfume de Liz. Notou que o casulo era quente. Ela começou a se mexer e partes dele começaram a cair. Caio ajudou a tirar algumas partes e abriu caminho para Liz passar. Assim que ela saiu, eles se abraçaram e selaram o reencontro com um beijo.

— Fiquei assustado quando entrei no quarto e a encontrei no casulo.

— Também fiquei. Mas logo adormeci e agora me sinto bem melhor.

— Mas o que foi tudo isso?

Liz o abraçou e respondeu:

— A Primavera está chegando.

Ouviram passos no corredor. Era Aurora.

— Vejo que se recuperou, Liz. E você, Caio, ficou aqui a esperando.

Liz percebeu que ela parecia preocupada.

— Está acontecendo alguma coisa, Aurora?

— Começaremos os preparativos para Primavera. Preciso saber você está bem. Como se sente?

— Desculpe, Aurora. Não tenho sido uma boa rainha. Me ensine o que devo fazer.

Aurora ficou animada por ver que Liz estava bem-disposta e pronta para os preparativos, afinal, a presença dela era muito importante e, com certeza, essa seria a melhor e mais colorida Primavera. Caio se despediu de Liz. Também tinha seus compromissos e não queria ser uma distração.

Assim que ele saiu, Aurora começou a falar onde elas iriam. O dia seria bem longo! Liz se vestiu e saíram. Ana também as esperava. O primeiro lugar em que iriam era na estufa, onde estavam sendo preparadas as sementes para germinar. Liz ainda não havia estado ali e achou tudo muito bonito. A estufa era enorme e havia muitas fadas trabalhando, indo de um lado para o outro, catalogando as sementes e para onde seriam enviadas. Quando viram Liz ficaram muito felizes e foram recebê-la, dando-lhe boas-vindas e mostrando tudo. Depois, Liz voltou para perto de Aurora e perguntou:

— Aurora, o que devo fazer?

— Apenas deseje que as sementes germinem e do resto a natureza se encarregará.

Liz foi até o centro da estufa e desejou que as sementes brotassem. Uma luz começou a percorrer toda estufa e as flores brotaram, de todas as cores e espécies, e novas sementes foram geradas para serem distribuídas em todos os cantos do Mundo.

Elas se retiraram depois de se despedirem de todas e, como Aurora havia dito, o dia seria bem movimentado. Elas ainda visitaram as fadas dos Quatro Elementos, que as receberam muito animadas. Elas abraçaram Liz, deram-se as mãos e começaram a girar em volta dela; todas juntas brilharam e a energia delas envolveu Liz. Tudo estava em harmonia e elas conversaram muito animadamente. Então, passaram na estufa das árvores frutíferas e, por último, Aurora a levou para conhecer as fadas que iam até o mundo mortal para levar todos os preparativos. De volta ao castelo, Aurora perguntou:

— Gostou de ver os preparativos?

— Claro que sim! Fazer parte de tudo isso foi muito legal. Será que as outras fadas gostaram de mim?

— Claro, querida. Há muito tempo a esperávamos, e elas sabem que daqui para frente sempre estará aqui conosco.

Aurora viu Caio chegando e se retirou, deixando-os sozinhos. Caio a abraçou e eles assim ficaram por um tempo. Tanta coisa havia acontecido que ver Liz ali, divertindo-se com os preparativos da Primavera, não parecia real. Liz sentiu que ele queria lhe falar algo.

— O que está te preocupando?

— Meive.

— Eu sei, mas não vamos pensar nela agora.

Então, ela retribuiu o abraço e ele não tocou mais o assunto.

O tempo foi passando e correu tudo bem na Primavera. Os dias com Liz foram os melhores para todos. Caio não deixava Liz sozinha, ia com ela a todos compromissos. A cada dia, ele a admirava cada vez mais, não só por sua beleza, mas por ser uma boa pessoa e uma ótima rainha. Todos gostavam dela e a paz reinava em Cinara. Mas o que ele não sabia é que tudo isso acabaria.

Uma chuva forte caía em Cinara e Aurora havia cancelado todos os compromissos fora do castelo. Ficaram apenas os assuntos internos para resolver, o que terminou rápido. Liz se retirou do salão do trono e foi para seu quarto. Por ser um ser de luz, não gostava de como o dia estava, nublado e frio. Ela pressentiu que havia algo errado desde que acordara. Não se sentia bem, mas não comentou nada com ninguém. Devia ser um mal-estar passageiro, só isso.

Logo Caio chegaria e poderia ficar abraçada com ele. Sentia-se mais segura em sua companhia. Quando se aproximava do seu quarto, ouviu o barulho de janela batendo. Com certeza, o vento as tinha aberto e ninguém tinha percebido. Resolveu ver onde era e depois de andar mais um pouco viu era na sala de cristal, onde havia se tornado fada e imortal.

Entrou para fechar a janela, que dava para o jardim dos fundos do castelo. Quando conseguiu pegar a janela, a chuva já tinha a molhado toda. De repente, algo a agarrou e ela não teve tempo de gritar, apenas sentiu o poder do amuleto que lhe colocavam no pescoço, o que a impediu de usar sua magia. Não conseguiu pedir ajuda e percebeu que estava sendo carregada para fora do castelo. E logo perdeu os sentidos.

Caio não conseguiu ir até o castelo para se encontrar com Liz. Os cavalos estavam agitados por causa da chuva forte, alguns tinham escapado e ele teve que ir atrás deles. Porém ele não se preocupou, pois, com aquela chuva, Liz não sairia, mas, logo que prendesse os cavalos, iria encontrá-la e passariam o resto do dia juntos.

Até aquele momento, ninguém havia percebido a ausência de Liz. Como estava na hora do almoço e ela não parecia, Ana resolveu ir chamá-la, pensando que Liz provavelmente havia adormecido. E não a culpava por causa do tempo. Conforme foi se aproximando do quarto de Liz, viu que o corredor estava todo molhado e foi ver de onde vinha toda aquela água. Encontrou uma das janelas da sala de cristal aberta e se aproximou para fechá-la. Ao olhar para fora levou um susto, pois viu um pedaço de tecido preso em um arbusto. Inclinou-se na janela e o pegou e, na hora, viu que era do vestido que Liz usava naquela manhã.

Assustada, correu para o quarto de Liz, entrou e não a encontrou. Estava tudo arrumado, como havia deixado. Olhou em tudo, correu para sala que dava para um jardim particular, mas não a encontrou lá também. Desesperada, correu por todo o castelo e nada, ninguém a tinha visto. Ainda segurava o pedaço de tecido quando encontrou Aurora e Caio, na sala do trono. Eles logo notaram que havia lago errado. Caio segurou Ana pelos braços e perguntou:

— Ana, o que aconteceu? Onde está Liz?

Ele a soltou e Ana lhe mostrou o pedaço de tecido. Assim que viu, Aurora o pegou e era, sim, do vestido que Liz estava usando.

— Ana, onde o encontrou? Mostre-nos!

Caio correu para onde Ana disse que o encontrara e estava tudo como ela havia dito. Na sala de cristal, já imaginou o que tinha acontecido. Em seguida, Ana entrou na sala acompanhada de Aurora.

CAPÍTULO 14

Liz acordou com a claridade em seu rosto. O calor era insuportável. Levantou-se e viu que não estava mais em Cinara, mas no mundo mortal. Olhou em volta para ver se descobria onde estava. Colocou a mão no pescoço e notou que usava outro colar, também com um amuleto. Tentou tirá-lo, mas não conseguiu. Também tentou usar sua magia, porém foi como se ela nunca tivesse existido.

Começou a ouvir barulho de carros e buzinas e foi até a janela. Para seu espanto, estava em um prédio, em um centro urbano, no último andar. Ela não reconhecia o lugar e de onde estava, não conseguia ver nada que lhe desse uma pista. Então, a porta do quarto em que ela estava abriu e Meive entrou, acompanhada de Nilon e outra bruxa.

— Como conseguiu entrar em Cinara? A chuva! Foi você!

— Não falei que voltaríamos a nos ver? E aí, gostou do meu novo esconderijo? Resolvi mudar de ares.

— Caio vai me encontrar.

— Claro, não duvido, mas vai demorar um pouco e vai ser tarde para você.

Meive virou-se para a outra bruxa, que colocou uma muda de roupa — um jeans velho e uma camiseta — e um par de tênis em cima da cama.

— Agora, tire essa roupa. O seu tempo de rainha acabou.

Saíram do quarto e a deixaram sozinha e trancada. Liz olhou para aquelas roupas e pensou que, se queria fugir, com certeza tinha que trocar de roupa, pois chamaria muita atenção com o vestido que estava usando. Trocou de roupa e voltou a olhar pela janela para tentar descobrir onde estava. Ela tentou abrir a janela, mas estava trancada. E sabia que a essa hora já deviam ter sentido sua falta em Cinara.

Caio sentou-se na beirada da janela. Não podia acreditar que Meive havia raptado Liz mais uma vez e, agora, tinha entrado em Cinara. A chuva, com certeza, era obra sua e os cavalos... Como não notou que eles estavam agitados demais? Aurora mandou que fosse feita uma busca por todo o castelo e ao redor dele. Eles foram para um portal, pois ainda dava tempo de encontrar o rastro deles.

Conforme as horas foram passando, a chuva também passou e o Sol apareceu. Se não fosse o sumiço de Liz, tudo estaria tranquilo. Aurora e Caio foram até o pátio do castelo e, lá, uma fada os avisou que tinha encontrado o local por onde eles haviam entrado. A fada os levou até lá e eles foram cuidadosos. O portal estava dentro de um pequeno bosque próximo ao que dava no jardim do castelo.

Aurora tocou e pôde sentir que Liz o atravessara. Caio teve uma ideia. Sabia que podia abri-lo por um instante e ver para onde eles a tinham levado. Fez o feitiço e o portal se abriu, e ele viu, por uma fração de segundos, um táxi amarelo, que deixou claro para ele que os tinha encontrado.

— Vou agora trazer Liz de volta.

Aurora o segurou.

— Caio, tem que ser cuidadoso Meive deve estar mantendo Liz presa com um feitiço, caso contrário ela já teria fugido. Precisamos achá-la, mas não pode sair correndo dessa forma.

— O que faço, então? Cada minuto que passa se torna mais perigoso para ela.

— Sei disso também.

— Desculpe, Aurora, mas não posso ficar aqui.

— Então, vá e a traga de volta.

Aurora entregou a ele um pequeno cristal que brilharia quando estivesse perto de Liz. Ela abriu um portal que o levaria direto para onde a tinham levado.

Liz já estava angustiada de ficar presa. As janelas estavam todas trancadas e havia o calor. Não conseguia ouvir nenhum som do lado de fora. E como Meive foi aparecer com esse outro amuleto, mais forte, que não conseguia tirar para usar sua magia?

O dia foi passando, já era de tarde e nada de alguém aparecer. Tentou forçar a janela novamente, mas ela não abriu. Acabou se cansando. Será que isso nunca teria fim? A porta se abriu. Nilon entrou e a puxou pelo braço para fora do quarto.

— Vamos dar um passeio.

— Pare de me arrastar. Está me machucando.

— Isso não é nada para o que te espera. Agora, cale a boca.

Eles passaram pela sala e ela notou que ninguém morava ali. Nilon chamou o elevador e, quando eles entraram, Liz viu que estavam no 23º andar. Ele apertou o botão para o subsolo. Ela não tinha como sair dali. Esperaria e quando estivessem na rua tentaria fugir, seria mais fácil. Lá embaixo, ele a colocou dentro do carro que os esperava e sentou-se ao seu lado. Liz forçou a porta, mas estava travada. Nilon riu e disse:

— Não adianta. Agora você não escapa. Aproveite a viagem.

Liz recostou-se no canto. Não queria olhar para ele e, pela primeira vez, sentiu medo, pois não sabia o que a esperava.

— Caio nunca a encontrará a tempo — disse Nilon.

— Para onde está me levando?

— Não tenha pressa. Agora pare de falar.

Liz viu que estavam saindo da cidade e atravessavam uma ponte. O Sol estava se pondo, logo escureceria. Ela estava cansada e com fome. Sabia que não era hora de pensar nisso e, sem perceber, cochilou. Acordou com uns solavancos do carro e viu que era noite. Teve um mal pressentimento.

Ela viu um galpão com apenas uma luz acesa numa pequena porta. O carro parou em frente ao galpão, Nilon desceu e a tirou para fora com grosseria. A porta abriu e eles entraram. Por mais que Liz lutasse, não conseguia se soltar, pois Nilon era muito mais forte. Não dava para ver nada, estava tudo escuro. Então, uma cortina se abriu e Liz pôde ver o que a esperava.

Estavam todas as bruxas reunidas, esperando-a, inclusive Meive. Eram as mesmas bruxas que ela vira na primeira vez em que a pegaram. Liz notou que estava tudo preparado, algo ia acontecer aquela noite e, claro, a prejudicada seria ela.

Duas bruxas foram até ela e a seguraram. Havia dois círculos desenhados no chão. Meive foi para o centro de um deles e as bruxas a colocaram no outro. Ela tentou sair, mas não conseguiu; estava presa dentro dele. Meive ordenou que iniciassem o ritual, então, as bruxas formaram outro círculo em volta delas e as imagens que estavam desenhadas em ambos os círculos começaram a brilhar. Liz sentiu que estavam lhe sufocando. O amuleto brilhou e ele começou a roubar sua energia. Uma luz muito forte envolveu Meive deixando-a cada vez mais fraca. Liz não aguentou mais ficar em pé e caiu no chão. Tentou levantar-se apoiando as duas mãos no chão, mas não conseguiu.

Meive ordenou que lhe entregassem o amuleto. Uma bruxa o retirou de Liz e entregou à ela, que sorriu. Havia dado certo, sentia o poder que fazia a pedra pulsar, então começou a brilhar e Meive recitou um encanto que drenou todo poder do amuleto. Liz podia sentir o quanto ela estava forte. Sentia-se muito fraca, precisava fugir. Temia por sua vida e não esperaria para ver o que fariam. As bruxas comemoravam com Meive a sua vitória, esquecendo-se dela por um tempo.

Ainda restava um pouco de magia, podia sentir. Olhou para o teto e viu um alçapão aberto por onde entrava a luz da Lua. Mudou da forma humana para fada e não tinha muito tempo. Então, voou para o alto e passou pelo alçapão. A última coisa que ouviu foi Meive mandando Nilon caçá-la.

Liz ainda no alto olhou em volta, precisava fugir e foi em direção às árvores. Precisava se afastar para o mais longe possível. Podia ouvir Nilon correndo atrás dela. Tinha que despistá-lo, pois não sabia quanto tempo mais aguentaria. Já sem força, escondeu-se no tronco de uma árvore e ficou quieta. Sentou-se e sua luz foi se apagando.

Ela podia ouvir Nilon. Por um momento, ele esteve bem perto, mas, por sorte, ele se afastou e ela ficou mais aliviada. Ficaria ali, pelo menos por um tempo. Mesmo sem o colar, Liz não conseguia descansar e estava se sentindo muito mal. Meive tinha roubado muito de sua energia. Agora só restava esperar o dia amanhecer. Precisava voltar para Cinara. Lembrou-se de Caio. Ele já devia estar procurando por ela e era isso que lhe dava esperança e a confortava.

Amanheceu e Liz viu algo branco e macio, que a tocou. Era a pata de um gato. Espantou-o e saiu para dar uma olhada onde estava. Percebeu que era um jardim particular. Parecia seguro sair agora e, com a luz do dia, seria mais fácil fugir. Quando ia embora, não conseguiu voar e caiu, e voltou à forma humana. Não tinha força. Notou que o gato continuava ali, olhando para ela. Então, ele começou a miar, chamando a atenção de alguém, começou a ouvir passos se aproximando. Era um senhor, que disse:

— Moça, está tudo bem? Como entrou aqui?

Liz tentou levantar-se, mas não conseguiu. O senhor lhe ajudou a sentar em um banco.

— Aqui é uma propriedade particular. Não pode ficar. O patrão não gosta de estranhos. Venha, vou te levar para a casa dos criados. Pode ficar lá até se recuperar.

Ele a ajudou a dar alguns passos, mas logo um homem se aproximou com uma expressão muito severa e o questionou:

— Pedro, quem é ela? Sabe que não admito estranhos.

— Eu a encontrei caída no jardim. Não sei quem é. Só ia ajudá-la.

Liz olhou e viu que era um homem jovem ainda, apesar de muito abatido, o que o deixava com ar envelhecido. Quando olhou para Liz, ficou surpreso com a beleza dela. Seus olhos verdes lembravam o da sua falecida esposa. Só que Liz não estava realmente bem e ele a segurou antes que caísse. Então, ordenou a Pedro que chamasse o médico e a levou para sua casa.

Os outros empregados estranharam quando o viram entrar com aquela moça de cabelos acobreados nos braços. Ele chamou a governanta da casa, que o seguiu e o ajudou a colocar Liz na cama, e deu ordens para pegar cobertores porque ela estava fria.

Quando o médico chegou, a governanta o levou até o quarto onde Liz estava. Apesar das cobertas, continuava fria. Ele a examinou, era evidente que estava muito fraca, e receitou alguns medicamentos. Pedro saiu acompanhado da governanta para buscar os remédios. Só ficou o dono da casa, que se chamava Marcelo. Ele tinha se mudado para lá depois da morte de sua esposa e se mantinha longe de tudo. Mas, agora, ter uma presença feminina em casa o tirava de sua solidão e o forçava a ver que ainda existia vida no mundo.

— Então, doutor? Como ela está?

— É cedo para dizer. Acho que deveríamos levá-la para um hospital.

— Ela não aguentaria. É melhor ficar aqui. Podemos cuidar dela.

— Se o senhor prefere... Dê os remédios que receitei e qualquer coisa me chame. Com licença.

O médico se retirou e Marcelo ficou no quarto, observando-a. Quem era ela e como havia chegado ali sozinha e nesse estado? A governanta voltou com os remédios e uma sopa. Ela ajudou Liz a se sentar e ela tomou um pouco da sopa. Não queria tomar os remédios, mas acabou aceitando. Marcelo continuava no quarto, observando tudo de longe. Não queria se aproximar. Liz recostou-se na cama e adormeceu. Ele dispensou a governanta dizendo que ficaria no quarto, então, ela saiu e ele sentou-se em um sofá. O gato que a encontrara entrou no quarto e deitou-se aos pés de Liz.

Quando Liz acordou, já era de tarde. Ele levantou-se e foi até ela.

— Está melhor?

— Sim, obrigado. Mas preciso ir.

Liz ia se levantar da cama, mas não teve forças, e Marcelo a ajudou a se deitar. Então, sentou-se ao seu lado.

— Não pode sair desse jeito. Fique.

— Mas não posso.

— Você está fugindo de alguém. Fique tranquila. Darei ordens aos empregados e ninguém vai te achar aqui.

Liz realmente não estava bem e não tinha como voltar para Cinara sem sua magia. Naquele momento, o melhor era se recuperar e torcer para que Nilon ou Meive não a achassem ali. Acalmou-se e Marcelo mandou que lhe trouxessem um lanche, que veio rápido. Ele levou na cama e a ajudou.

— Você precisa se alimentar, por favor.

— Estou um pouco enjoada.

— Está porque ficou muito tempo sem se alimentar. Não quer falar o que aconteceu?

— Não foi nada. E você não entenderia.

— Tudo bem, depois você fala. Mas ainda não sei o seu nome. Eu me chamo Marcelo.

— Meu nome é Liz. Obrigado por me ajudar.

— Agora que nos apresentamos, tome mais um pouco de suco.

Marcelo ficou ao lado de Liz até que ela comesse tudo. Mas não fez mais perguntas e, quando notou, ela já tinha adormecido novamente. Deixou a governanta no quarto e se retirou, indo para o jardim. Estava encantado com Liz. Chamou Pedro e lhe deu ordens para ninguém falar da presença dela na casa. Caso alguém aparecesse fazendo perguntas a respeito de uma garota, que o chamasse imediatamente.

Em Cinara estavam todos aflitos com o que havia acontecido. Como Meive tinha entrado no castelo e raptado Liz sem ser notada? Caio já havia partido há dois dias, mas, até aquele momento, não a tinha encontrado. Aurora sabia que tinha algo errado no ar. As flores estavam murchando, não havia mais o mesmo o brilho. O castelo estava frio, o calor do Sol não era capaz de aquecer Cinara. Ana entrou e foi falar com ela.

— Aconteceu alguma coisa com Liz. Tudo em Cinara está morrendo.

— Já notei, Ana. Tenho medo até de falar, mas acho que Meive conseguiu o que tanto queria.

— Será que Liz está bem ou algo pior aconteceu?

— Não fale isso. Não vamos perder as esperanças.

— Mas temos que achá-la e trazê-la de volta antes que tudo desapareça.

— Vamos torcer para que Caio a ache a tempo e nada de pior aconteça.

Caio estava parado em frente ao prédio onde Meive escondera Liz. Podia sentir que ela esteve ali. Entrou no prédio e a sensação da presença dela ficou mais forte. Chegou no apartamento e verificou tudo, mas não havia mais ninguém lá. Não havia chegado a tempo. E agora? Para onde a teriam levado? Mas não desistiria, eles tinham ido para outro lugar. Então, desceu e quando estava na rua fez um encantamento que mostrou a trilha de energia que Liz havia deixado.

A trilha o levou até o galpão e, pelo que ele verificou, o lugar estava deserto. Ele entrou e o que viu o deixou ainda mais preocupado. Os símbolos no chão indicavam o feitiço de transição. Será que Meive havia feito o ritual? E Liz? Onde ela estava? Será que ainda a estavam mantendo presa? Precisava se apressar. Resolveu vasculhar toda a área. Liz era esperta. Se algo de pior tivesse acontecido ele já saberia. Andou por dentro da mata e, após algumas horas, chegou à casa de Marcelo. Caio animou-se, pois sabia que Liz estava lá dentro. Podia senti-la. Mas também sentiu que sua energia vital estava muito fraca. Ele tinha que entrar.

Pedro notou quando Caio se aproximou e foi avisar o patrão. Marcelo saiu e foi até Caio.

— Esta é uma propriedade particular não pode ficar.

— Estou procurando uma pessoa, uma moça. Ela está aqui?

— Não tem ninguém aqui.

— Eu sei que ela está aqui. Ela se chama Liz. Preciso ajudá-la antes que seja tarde.

— Foi você quem a deixou daquele jeito?

— Não! Sou a única chance dela. Por favor, deixe-me entrar.

— Como vou saber que não está mentindo?

— Garanto que quem fez isso com ela não bateria na sua porta. Já teria invadido.

— Tudo bem. Venha comigo.

Marcelo levou Caio até o quarto em que Liz estava. Quando a viu ficou aliviado por tê-la encontrado, mas percebeu que tinha algo errado. Aproximou-se e a chamou, mas ela não acordou. Marcelo foi até ele.

— Meu empregado a encontrou caída no jardim.

— Desde quando ela está assim?

— Ela adormeceu ontem e não acordou mais.

— Ela comentou alguma coisa?

— Não, mas percebi que estava fugindo de alguém, por isso chamei o médico aqui. Não a tirei de casa. Temi que estivessem lá fora.

— Obrigado por cuidar dela.

— Como ela está não pode levá-la. É arriscado.

— Eu sei. Vou precisar chamar algumas pessoas para vir aqui.

— Faça o necessário. Eu e meus empregados os ajudaremos.

Marcelo saiu do quarto, Caio sentou-se ao lado de Liz e a beijou. Novamente, ela estava em perigo e ele havia falhado. Mas sabia que não era o momento de se lamentar. Precisava avisar Aurora. Ela saberia como ajudar Liz. Olhou para uma mesa que estava no quarto e notou que as flores estavam morrendo. Precisava ser rápido. Ela já estava quase sem energia vital. Sentiu isso ao tocá-la.

CAPÍTULO 15

Aurora recebeu o recado de Caio e pediu que chamassem as fadas dos Quatro Elementos. Precisariam da ajuda de todas. Logo que chegaram, ela contou tudo o que houve com Liz e que teriam que ir ao mundo mortal. Estavam todas muito preocupadas, pois Liz era o coração de Cinara e já era possível ver que tudo em volta começava a perder a vida, as flores estavam perdendo as cores. Sabiam que o tempo estava contra elas e que era preciso que fossem rápidas ou tudo deixaria de existir.

Marcelo dispensou todos empregados a pedido de Caio, dando-lhes um dia de folga. Só ele ficou observava tudo de longe. Caio abriu todas janelas e portas da casa, pois, assim, a luz da Lua iluminava tudo e sua energia fluía por todos os lugares. Aurora e as outras fadas chegaram e se reuniram em volta de Liz. A Lua as iluminava e, como no dia da transição, elas deram as mãos e começaram a brilhar tão intensamente que a energia que emanava delas fluía por todo quarto, envolvendo Liz.

Por um instante, a garota brilhou como uma estrela, mas, quando a luz se dispersou, ela continuava dormindo, o que deixou Caio perturbado, pois não havia dado certo. Aurora viu como ele ficou transtornado, foi até ele e disse:

— Temos que esperar. Fizemos tudo que podíamos. Depende dela agora.

— Não vou desistir dela.

Marcelo observava tudo de longe. Para ele, aquilo não parecia real. Então, fadas existiam. Ninguém acreditaria nele se ele contasse tudo o que viu. As fadas continuavam ao lado de Liz. Amanheceu, e logo que os primeiros raios de Sol entraram no quarto, Caio viu que as flores do vaso estavam ganhando vida. Ele olhou para Liz e ela começou a brilhar tão intensamente que iluminou todo quarto. Ela se levantou. Estava viva! Marcelo ficou espantado ao vê-la recuperada e tão bonita.

Liz se aproximou dele e o beijou no rosto, agradecendo pela ajuda. Isso o deixou encabulado, pois há muito tempo a única coisa que ele sentia era a dor pela sua perda. Mas, quando ela o tocou, tudo desapareceu, ficando apenas as boas lembranças da sua esposa viva e feliz. As fadas a abraçaram todas juntas. Aurora também a abraçou. Vê-la ela ali, sã e salva, era um milagre.

— Obrigada pela ajuda de todos vocês. Não sei o que seria de mim sem a proteção e a ajuda de todos. Desculpe, Aurora. Ela conseguiu. Eu não pude fazer nada para evitar.

— Não fique assim, Liz. Meive é má. Vamos falar dela depois. Não se está esquecendo ninguém?

Liz sorriu para Aurora. Sabia que Caio estava ali. Virou-se para trás e o viu a olhando de longe. Foi até ele e eles se abraçaram. Então, ela chorou em seus braços.

— Senti medo de não o ver mais.

— Eu nunca deixaria isso acontecer. Sempre vou estar ao seu lado.

— Mas o que fizeram? Como conseguiram que eu voltasse?

— Quando Meive roubou sua magia, ela adquiriu alguns dons, mas não a sua imortalidade. Se ela tivesse feito isso quando você ainda não era fada, teria, sim, acontecido o pior.

Ficaram ali todos muito felizes. Liz estava bem, nada de pior havia acontecido. Eles tinham conseguido ajudá-la. Porém o que ninguém percebeu é que eles estavam sendo vigiados por Nilon, que viu tudo. Ele continuava procurando Liz e quando viu as luzes, sabia que eram as fadas e foi verificar. Agora, tinha novidades para contar a Meive. A garota não só tinha escapado como estava viva. Ele saiu sem ninguém perceber e foi falar com a bruxa. Encontrou-a ainda se deliciando com seus novos poderes e sua beleza. Quando Nilon entrou, ela o olhou e ele disse:

— Achei a garota.

— Então, onde está ela?

— Caio a encontrou primeiro. E as outras fadas renovaram suas forças. Vamos atacá-los e impedir que ela volte para Cinara.

— Deixe-os voltar. Tenho outros planos.

— Por quê? Vamos pegá-los todos juntos, agora!

— Cale-se! Tenho outra tarefa para você.

O que Meive mais odiava naquele momento era que Liz ainda estava viva. Tinha certeza de que ela morreria depois do que havia feito, mas, novamente, subestimou-a. Era mais forte do que a mãe. Mas algo, no mesmo instante, veio-lhe: Caio. Ele sempre a atrapalhava. Errara ao não o ver como uma ameaça. Primeiro, colocaria um fim nele; depois, atacaria Cinara e aprisionaria Liz para sempre.

Todos já haviam se despedido de Marcelo, mas o que ele queria mesmo era falar com Liz, ficar perto dela novamente. Ela ficou por último, pois queria agradecê-lo outra vez.

— Preciso ir, Marcelo. Obrigada.

— Vou te ver de novo?

— Não sei, mas nunca vou te esquecer. Até logo.

Aurora abriu um portal para Cinara e todos voltaram para casa. Já dentro do castelo, Liz conseguiu sentir-se segura. Todos se retiraram, mas Caio ficou com ela, que se sentou no degrau da escada, muito preocupada. Ele notou que algo a perturbava e sentou-se ao seu lado.

— Conte-me o que te perturba.

— Meive. Ela está mais forte. Tenho medo do que possa fazer agora.

— Eu sei. Temos que ficar atentos. Ela deve ter um plano.

— Mas o que vamos fazer?

— Você se sente realmente bem?

— Sim. O que tem em mente?

— Você aceita ir até a fonte para espionar?

— Não sei... Das outras vezes que fiz isso ela sabia que eu estava vigiando-a.

— Eu não pediria isso a você se não fosse importante. Mas tudo bem. Desculpe...

— O que você quer saber?

— Onde ela está e o que anda fazendo.

— Tudo bem... Mas vamos agora antes que eu desista.

Então, os dois saíram do castelo e foram até a fonte. Quando lá chegaram, Liz hesitou, mas Caio segurou sua mão e ela tocou na água, e as imagens começaram a se formar. Eles viram que Meive estava no apartamento e que gritava com Nilon.

— Não quero continuar, Caio.

— Não. Eles estão falando. Vamos ouvir.

Mas como Liz temia, Meive notou que eles a espionavam e, no mesmo instante, olhou para Liz e desfez a conexão.

— Desculpe, Liz. Tinha razão. Ela sabia que estava sendo observada.

— Não gosto de fazer isso. Toda vez que a espiono, algo de ruim acontece.

— Por favor, não fique assim. Vamos voltar ao castelo.

Caio levou Liz para o castelo e ficou com ela, olhando-a. Sabia que, por muito pouco, algo pior não havia acontecido com ela. Mas ele tinha outro problema para resolver. Meive havia entrado em Cinara sem ser vista. Agora mais forte, ela não hesitaria em invadir novamente e colocar a segurança de Liz em risco. Porém, dessa vez, ele atacaria antes.

Amanheceu em Cinara e Liz levou um susto quando viu Caio dormindo em uma cadeira ao lado da cama. Sentiu pena dele por ter ficado a noite inteira ali, com ela. Aproximou-se dele e o beijou bem de leve. Ele acordou.

— Bom dia, Liz.

— Você ficou aqui e acabou dormindo sentado. Venha, deite-se na cama.

— Não, está tudo bem. Tenho que sair.

— Fique aqui comigo, Caio. Preciso de você.

— Aconteceu alguma coisa, está estranha?

— Não é isso. Senti sua falta. Pelo menos, fique para o café.

— Então, vamos tomar café.

Liz saiu para se trocar e Caio sentou-se na cama. Ficaria para o café, mas tinha algumas coisas para resolver. Disfarçou quando ela voltou, mas ela já tinha reparado que ele estava escondendo alguma coisa dela. Não falaria nada e, quando ele saísse, iria vigiá-lo para ver o que planejava.

Os dois tomaram café juntos. As outras fadas que os acompanhavam faziam perguntas sobre o que aconteceu. Liz contava tudo, mas ninguém em volta notou o que estava acontecendo e Liz disfarçou sua preocupação.

Assim que terminaram, Caio se despediu de todos e dela muito rápido. A garota o esperou sair e foi para seu quarto. Saiu pela janela do quarto sem ninguém ver e, como suspeitava, encontrou-o no estábulo, selando um cavalo. Ele montou e saiu muito rápido. Para segui-lo, Liz mudou para sua forma de fada. Ela o alcançou, mas se manteve a certa distância para não ser vista.

 Ele andou por muito tempo até pegar uma estrada que parecia abandonada. Liz não conhecia aquele caminho, o que a deixou mais curiosa. Onde ele estaria indo? Então, ele parou em frente a uma árvore muito velha e escurecida. Ela não tinha folhas, apenas muitos galhos, que lhe davam a aparência de estar pronta para agarrar quem ficasse a sua frente a qualquer momento. Ela se escondeu e viu que ele desceu do cavalo e o mandou voltar para o castelo. Isso a deixou intrigada. Então, ele não voltaria. Liz ouviu uns estalos e viu que a árvore começou a mexer seus galhos. Tinha vida, apesar de sua aparência. Caio continuava parado na frente da árvore, até que uma passagem se abriu, de onde brilhou uma luz violeta. Ele atravessou a passagem e, quando ela começou a se fechar, Liz também a atravessou.

CAPÍTULO 16

Liz ficou surpresa ao notar que a árvore era uma passagem para outro mundo. Ela sabia que não estava mais em Cinara, havia muitos túneis à sua frente. Ouviu passos e se escondeu em uma fresta da parede de pedra. Por segurança, não tinha mudado de forma. Então, ela viu um fauno se aproximando. Já tinha ouvido falar deles, mas nunca os tinha visto. Sabia que não devia confiar neles, que eram traiçoeiros.

O fauno se afastou e Caio o seguiu. Ela viu que era seguro sair e fez o mesmo. O lugar era um tanto escuro, com apenas algumas tochas iluminando (muito mal) o caminho. Também havia muitas raízes presas nas paredes e suspensas no teto, além de uma escada toda coberta de vegetação. Foi, então, que ouviu a voz de Caio vindo de um corredor mais à frente.

— Preciso falar com Tamas.

— Você sabe que ele não gosta de ser incomodado.

O fauno que falava com Caio ficava dando voltas em torno dele, confundindo-o.

— Me diga o que quer com ele.

— Não tenho nada para falar com você. Leve-me até ele.

— Por que a pressa? Venha, deixe-me mostrar a nossa hospitalidade.

O fauno, que se chamava Nisco, pegou a flauta que trazia presa em um cinto e começou a tocá-la e a dançar em volta de Caio. Liz percebeu que ele não parecia muito bem. A música o embalou e o deixou tonto. Caio se recostou na parede e ela tinha certeza de que ele ia cair. Nesse momento, o fauno passou o braço em volta dele e o levou em direção a uma porta, que se abriu, levando-os para outro lugar. Liz, porém, não conseguiu segui-los.

Ela se viu sozinha. E agora? Para onde eles tinham ido? Ela que tinha que achar Caio. Lembrou-se da escada. Voltou para ela e a subiu. Quando chegou no final dela, viu-se em um bosque. Era tudo muito bonito e surreal. Não viu ninguém, mas começou a ouvir uma música e foi em direção ao som.

Quando o som estava mais alto, notou que havia uma tenda e resolveu se aproximar. Então, a música parou. O local era muito convidativo. As almofadas eram muito coloridas e havia cortinas que balançavam com o vento, que, por sua vez, trazia o cheiro das frutas e dos doces que estavam sobre as mesas. No centro havia uma grande almofada branca. Liz a tocou e sentiu que era muito macia. Ela ouviu o som de alguém respirando profundamente. Contornou a almofada e viu que era Caio, que dormia. Ficou feliz por tê-lo encontrado.

Olhou em volta e parecia não ter ninguém. Voltou à forma humana, agachou-se ao seu lado e começou a chamá-lo. Precisava acordá-lo. Tudo aquilo parecia muito estranho, tinha algo errado. Caio não acordava. Começou a sacudi-lo e, depois de alguns instantes, ele acordou e Liz o ajudou a sentar-se.

— Liz, o que faz aqui? Você me seguiu?

— É uma longa história. Não gosto daqui. Vamos embora.

— Não, você tem que ir. Não devia ter vindo.

Liz ficou surpresa, ele agiu de maneira alterada e grosseira, nunca o trataria assim. Ela levantou-se e se afastou dele. Não o reconhecia.

— Desculpe, Liz. Não era minha intenção. Você não devia estar aqui.

Caio levantou-se e a abraçou. De repente, eles ouviram sons de alguém se aproximando. Tinha que esconder Liz. Mas já era tarde, não dava mais tempo de voltar à forma de fada. Nisco entrou na tenda e Caio ficou na frente de Liz, protegendo-a.

— Tamas vai receber você. Mas sua amiga terá que ficar aqui.

— Não, ela vai junto comigo.

— Ela é uma intrusa, não foi convidada.

— Então, vamos embora.

O fauno pegou sua flauta, sorriu para Liz e disse.

— Tocarei uma música especial para a rainha.

Caio não gostou do que Nisco falou. Ele sabia quem era ela. Nisco foi sorrateiro e começou a tocar com sua flauta uma música que os envolveu. Na forma humana, Liz também sentiu o efeito da música. Ela pegou na mão de Caio e o puxou para saírem dali, mas ele não se mexia.

O fauno olhou para Liz e com tom malicioso falou:

— Ele não vai te ouvir. A única coisa na cabeça dele é a música.

Ele começou a tocar mais intensamente e a dançar em volta dela, o que a fez sentir-se muito mal. Em um último minuto, ela usou sua magia e quebrou o encanto em que Caio estava e caiu no sono. Quando Caio percebeu o que estava acontecendo ao seu redor já não podia fazer mais nada; foi imobilizado por outros faunos. Nisco se aproximou de Liz e a carregou através de um portal que havia aberto. Eles também levaram Caio.

Caio se viu no castelo de Tamas. À frente dele, estava Nisco com Liz. Uma grande porta se abriu e ele pôde ver que o salão era imenso e que Tamas estava sentado em seu trono, mais ao alto. Nisco subiu as escadas e colocou Liz ainda desacordada no chão, em frente a Tamas, que se levantou e se aproximou dela. Ele era o maior entre os faunos em poder e tamanho.

Caio ficou enfurecido e outros guardas tiveram que segurá-lo. Enquanto admirava Liz, Tamas lançou um olhar de desdém para Caio e perguntou:

— Por que veio ao meu Reino?

Em resposta, Caio gritou:

— Não toque nela!

— Só estou admirando a beleza da rainha das fadas. Não vou machucá-la. Você não parece preocupado em realmente protegê-la. Em nenhum momento, percebeu que ela o seguia. Assim que chegou, eu já senti a presença dela e deixei que entrassem. Mas me diga o que quer.

— Agora não tem importância.

— Como ousa vir até aqui me incomodar? Fale qual é a sua intenção. — E olhando para Liz, completou com um comentário que Caio não gostou: — Temos uma amiga em comum que vai gostar de saber que estou com Liz em meu poder.

— Você sabe sobre Meive!

— Tenho meus informantes e sei o que ela anda fazendo e todo o mal que causou a Liz.

Caio sabia que Tamas podia lhe dar meios para acabar com Meive, então, resolveu falar qual era o motivo de sua visita:

— Vim aqui, porque quero o cristal que você roubou da mãe da Liz.

Tamas ficou enfurecido com a petulância de Caio:

— Você não está em condições de fazer acusações neste momento! Por que eu lhe daria o cristal?

— Preciso dar um fim nesse pesadelo para que Liz fique em segurança.

— Então, você se sacrificaria? Por ela faria qualquer coisa?

Os soldados de Tamas o soltaram e Caio se aproximou de Liz. E olhando para o rei dos faunos, respondeu:

— Qualquer coisa. Tem a minha palavra.

— Veja... Nossa amiga está acordando. Mais tarde falaremos sobre o preço que terá que pagar.

Liz sentou-se e viu onde estava. Olhou para Caio, que não a encarava.

— O que você fez, Caio?

— Agora não importa. Você precisa ir embora.

Tamas continuava olhando para Liz. Vendo que ele a cobiçava, Caio pegou na mão dela e disse:

— Agora podemos ir.

Tamas olhou para ele e concordou:

— Claro. Vocês podem ir. Mas fique alerta. Logo, terá notícias minhas.

E antes que Caio saísse com Liz, Tamas se aproximou dela e a cortejou; pegou sua mão, beijou-a e falou:

— Gostei muito de te conhecer pessoalmente. Ficarei ansioso para nosso próximo encontro.

Liz se desvencilhou dele com cuidado, sem parecer grosseira, e se aproximou de Caio que evitava a encarar, mas era evidente que algo aconteceu. Tamas abriu um portal, que eles atravessaram, e Liz viu que estavam novamente em frente à velha árvore. Ela não suportava aquela atitude dele e o que ele tinha ido fazer naquele lugar.

— E então? Você vai me dizer o motivo de tudo isso? O que o fauno quis dizer com você terá notícias dele?

— Não está acontecendo nada. Vamos voltar para o castelo. Temos uma longa caminhada.

Liz não falou mais nada. Estava furiosa com ele. Assumiu a forma de fada e saiu voando na frente. Ele a viu ir, mas não podia lhe dizer nada. Estava fazendo tudo aquilo para o bem dela. Tinha que protegê-la.

Logo após eles saírem do castelo de Tamas, uma pessoa se aproximou do fauno.

— Fez bem a sua parte.

O fauno virou-se com ódio no olhar e disse:

— E você, Meive? Vai cumprir a sua parte?

— Não se preocupe. Quando eu acabar com Caio, cumpro a minha parte.

— E a garota? O que vai fazer com ela?

— Tenho planos para ela. Mas não se preocupe, preciso dela viva.

Porém Meive tinha pressa e, por isso, abriu um portal, que Nilon atravessou junto aos seus soldados. Tamas ficou contrariado:

— O que significa isso? Vocês não podem ficar aqui! Não é esse o nosso trato!

— Cale-se, Tamas! Agora é tarde para arrependimentos. Você fez a sua escolha.

Caio e Liz chegaram ao castelo no final da tarde. Estavam todos muito preocupados com a saída repentina e a demora deles. Liz chegou na frente, seguida por Caio, que veio logo atrás. Aurora estava no jardim quando os viu chegar e sabia que havia algo errado entre eles. Caio deixou Liz com Aurora e se despediu, mas ela não respondeu e entrou para dentro. Ainda estava furiosa.

Quando ele ia se retirar, Aurora o impediu. Queria saber o que estava acontecendo. Porém ele saiu sem lhe dar tempo de perguntar, então, ela entrou e foi atrás de Liz, e a encontrou sentada no jardim com uma expressão triste e muito preocupada.

— O que aconteceu? Onde vocês foram?

— Depois que Caio saiu, eu o segui. Ele foi falar com Tamas.

Aurora ficou surpresa com que Liz lhe contou e perguntou-lhe mais coisas.

— Mas por que ele não lhe falou o motivo, o que queria com o fauno?

— Não sei. Mas o tempo todo ele ficou me evitando e desviando o olhar. Tenho medo de que ele tenha feito algo de que possa se arrepender.

— Quando chegaram notei que ele estava estranho. Fique aqui. Vou procurá-lo e saber o que houve.

Aurora saiu e deixou Liz sozinha. Só que uma coisa ela não contou para Liz. Ela sabia o que Caio tinha ido fazer. Então, ela avisou Ana que sairia, deixando-a em alerta caso algo acontecesse. Foi até a casa de Caio e o encontrou sentado na sala, no escuro.

— O que você fez, Caio?

— Não se preocupe, Aurora. Não fiz nada... ainda.

— Então, por que está aqui, no escuro?

Caio disfarçou e acendeu as luzes com sua magia, mas Aurora percebeu que ele mentia.

— Você pode mentir para Liz, mas eu sei o que você queria com Tamas. Ele lhe deu o cristal?

— Não. Ele ficou de me procurar.

— Você está se arriscando. Ele não é confiável. E você colocou Liz em perigo.

— Desculpe, Aurora. Fiquei cego e não percebi que ela me seguia.

— Tudo bem, mas não faça nada que vá se arrepender depois.

Aurora saiu e o deixou ainda mais pensativo. Ela tinha razão. Ele viu como o fauno observava Liz. Será que, procurando uma solução, tinha arrumado outro problema?

No castelo do fauno, Nilon preparava-se com seus soldados para armar uma emboscada para Caio. Tamas ficou de longe. Sabia que tinha cometido um erro aliando-se a Meive, mas agora era tarde. Ele saiu do salão e Nisco foi atrás dele.

— Então, Tamas, quando será?

— Amanhã chamarei Caio e será o fim dele. Quero que fique alerta. Tenho meus planos.

Os dois voltaram para o salão e ninguém tinha percebido a saída deles. Meive dava as últimas ordens e entregou para Tamas um bilhete, dizendo:

— Mande seu lacaio entregar isto a Caio agora mesmo.

— Nisco recebeu o bilhete e foi fazer o que foi mandado.

Meive abriu um portal, que o levou diretamente à casa de Caio. Ele percebeu que alguém chegava e foi ver quem era, e encontrou Nisco, que lhe entregou o bilhete e saiu antes que Caio o questionasse.

No bilhete havia instruções do local do encontro. Seria no dia seguinte, antes do amanhecer, e Tamas lhe entregaria o cristal. Só que outra pessoa também leu o bilhete. Liz estava na fonte, espionando Caio, e iria ao encontro.

Liz voltou para o castelo e agiu normalmente com todos. Mais tarde, retirou-se e foi para seu quarto. Na casa de Caio, ele também ansiava pelo encontro. Naquele momento, todos envolvidos esperavam pelo dia seguinte e cada um sabia o que faria. E nenhum deles tinha a mesma intenção.

Caio já estava no local indicado e nem sinal de Tamas. O Sol ainda não tinha nascido. Se ele demorasse mais um pouco, iria embora, agindo sem pensar nas consequências. Na verdade, não gostou do local indicado — Tamas viria até Cinara. Depois que tudo terminasse e ele pegasse o cristal, falaria com Liz e pediria desculpas a ela por ter sido tão grosseiro no dia anterior. Não era sua intenção.

Um portal se abriu e Tamas o atravessou. Ele tinha o cristal nas mãos.

— Desculpe o atraso, mas estou aqui. Tem certeza de que o quer?

Caio não gostou do que Tamas falou e do tom de suas palavras. Liz já tinha chegado e observava Caio desde que ali chegara. Até esse momento, parecia tudo seguro. Resolveu ficar escondida. Outro portal se abriu e, para surpresa de Liz, Nilon e seus soldados apareceram e cercaram Caio, que olhou para Tamas enfurecido.

— Você me enganou! Trouxe-os aqui!

Meive também atravessou o portal.

— Hoje é seu fim! Eu devia ter feito isso desde o começo.

Tamas aproveitou e saiu. Deixou-os com Caio e atravessou o portal de volta para o castelo. Meive atacou Caio com seus poderes. Ele revidou o ataque, porém ela estava mais forte e o fez cair de joelhos no chão, mas ele se levantou e atacou outra vez. Nilon interferiu e quando ele ia dar um último golpe em Caio, Liz saiu de onde estava e interferiu.

— Parem agora!!!!!!

Ela também usou sua magia e atingiu Nilon a tempo de salvar Caio. Ele viu Liz, mas não tinha forças para levantar-se. Seus soldados agarraram Caio, e Meive e Nilon atacaram Liz ao mesmo tempo, que lutou com eles intensamente. Então, Nilon gritou para que seus soldados matassem Caio. Liz atingiu os soldados, que viraram poeira no ar. Vendo o que ela fez, Meive a atingiu com mais força e a fez sentir o golpe.

Com os dois em suas mãos, ela se gloriava pela sua vitória, mas Tamas interveio. Ele havia voltado e tinha seus truques. Uma explosão de luz cegou a todos, a tempo de ele pegar Liz e atravessar o portal com ela, que lutava para ficar e chamava por Caio, que ficou para trás.

Caio se viu sozinho, mas alegre, porque Liz não estava mais lá. Meive esbravejava pela interferência de Tamas. Nilon a chamou e, olhando para Caio, disse:

— O que vamos fazer com ele? Posso matá-lo?

— Não agora, os planos mudaram. Vamos embora daqui. Leve ele. Nilon deu um golpe em Caio, que ficou desacordado, e, assim, eles atravessaram o portal levando-o com eles.

CAPÍTULO 17

Tamas levou Liz para um lugar seguro, longe de Meive. Naquele momento, o melhor lugar para escondê-la era no mundo mortal. Ele tinha uma propriedade no mundo dos homens. Ninguém pensaria que um fauno vivia junto aos humanos. Nisco foi com eles e Liz percebeu que tinham assumido a forma humana. Tamas viu que ela estava mais calma e que era o melhor momento de lhe falar e explicar tudo:

— Desculpe pelo que aconteceu, mas não tinha como lhes avisar que Meive me obrigou a ajudá-la.

Liz estava furiosa com ele, mas pela maneira como tinham saído de lá, deixando Caio para trás.

— Então, por que me ajudou? Meive vai se vingar de você.

— Conheci sua mãe. Ela era minha amiga. Não podia atrai-los e deixar você nas mãos de Meive.

Liz ficou surpresa com que ele disse.

— Você a conheceu? Como ela era?

— Exatamente como você: muito bonita e uma ótima amiga e rainha. Nossos reinos viviam em paz.

— Por isso, Meive chegou a mim antes de Caio. Ela sabia que sua mãe tinha me dado o cristal.

— Pensei que o tinha roubado.

— Não, sua mãe pediu que eu o guardasse e, caso acontecesse algo com ela, entregasse somente a você.

Tamas tirou o cristal do bolso o e entregou a Liz, que o pegou. No mesmo instante, ele brilhou e ela sentiu a presença de sua mãe junto a ela.

— Não podemos deixar Caio com Meive. Ela vai matá-lo.

— Não podemos fazer nada, por enquanto. Você precisa ficar escondida.

— Desculpe, mas não posso ficar aqui e deixar Caio com aquela bruxa.

— Então, você fica aqui comigo e Nisco saíra para achar uma pista para onde eles foram.

Liz aceitou a proposta de Tamas naquele momento. Não sabia por onde começar a procurar Caio e, quando tivesse alguma pista, ela mesma iria ajuda-lo. Passaram-se alguns dias desde que Nisco saíra à procura de Caio e, até então, ele não tinha dado notícias. Ela mandou uma mensagem para Aurora contando o que havia ocorrido e que não voltaria para Cinara até achar Caio. Por mais que ela pedisse, Liz não aceitou voltar para casa.

Liz não queria sair enquanto não tivesse notícias. Eles estavam em um vilarejo. O local era muito bonito e estava acontecendo uma festa para comemorar a boa colheita de uva daquele ano. Depois de tanto Tamas insistir, Liz aceitou ver a festa, sentiu que precisava mesmo dar uma volta. O fauno se animou. Havia preparado tudo para fazê-la se distrair um pouco. Ele tinha saído e, ao voltar, encontrou-a no jardim da casa, junto à fonte.

— O que está fazendo aqui sozinha?

— Não consigo achar Caio. Quando procuro por ele, vejo apenas imagens desfocadas.

— Você prometeu que vai sair comigo hoje. Olhe o que eu trouxe.

Liz viu que Tamas trazia um embrulho na mão.

— Pegue. Veja se gosta.

— Liz pegou o pacote e o abriu. Era um vestido branco típico da região.

— É muito bonito. Obrigada, mas não.

— Por favor, troque-se. Fico aqui te esperando. Vai logo, garota!

— Tudo bem... Volto logo.

Liz saiu e Tamas ficou olhando para a fonte. Sabia que Meive não se deixaria ser encontrada, mas tinha prometido que levaria Liz para se distrair. Ela voltou pronta para saírem. Tamas a achou mais bonita ainda. Realmente, ela tinha a mesma beleza da mãe.

— Então, vamos.

— Claro, mas se me permite conduzi-la...

Tamas lhe ofereceu o braço e os dois saíram juntos da casa, que ficava próxima ao local da festa. Eles foram caminhando. Liz achou tudo muito bonito, mas logo se entristeceu. Desde que sua vida mudara não tinha mais tranquilidade.

Ela começou a ouvir a música, pois já estavam próximos, e havia mais pessoas indo na mesma direção, além de crianças com balões coloridos. Sentiu-se mal por estar ali enquanto Caio estava nas mãos de Meive. Tamas notou e disse:

— Nós vamos achá-lo.

— É o que mais quero. Não é certo estar aqui.

— Ele não gostaria de te ver triste. Anime-se!

Tamas foi até um vendedor e comprou um balão vermelho para Liz.

— Pegue, combina com você.

Liz pegou o balão e os dois chegaram ao local da festa. Era uma praça, que estava toda decorada com bandeiras e flores, e havia mesas para as pessoas se sentarem. A música era muito bonita.

— Me concede esta dança?

— Claro, mas só uma.

— Tudo bem.

Tamas conduziu Liz para o centro da praça, onde todos dançavam. Ela brilhava com sua beleza e juventude. Em certo momento, Tamas viu Nisco no meio das pessoas e parou no mesmo instante. Liz soltou o balão.

— Aconteceu alguma coisa?

— Eu vi Nisco. Venha, vamos voltar para casa.

Os dois chegaram rapidamente e Nisco os esperava. Tamas se adiantou:

— Achou Caio? Onde ele está?

— Eu o achei. Meive o está mantendo preso.

Liz entrou na conversa. Estava aflita e era muito bom ter notícias.

— Onde ele está?

— Ela o está mantendo preso na residência dela em Price.

Liz ficou surpresa, mas pensou um pouco e disse:

— Claro... Foi lá que tudo começou. Mas o que ela pretende?

Tamas ouvia tudo calado e achou que tinha algo errado. Meive não os deixaria saber onde estava a menos que essa fosse sua intenção. Ele os interrompeu:

— Não gosto disso, Liz. É uma armadilha.

Ela se virou para Tamas e, nisso, ele percebeu.

— Você já sabe.

— E a mim que ela quer.

— O que você pretende fazer? Não posso deixar que saia daqui.

— Você não entende? Se eu não for, ela vai matá-lo.

— Precisamos de um plano. Você precisa confiar em mim, Liz.

— Desculpe...

Liz abriu um portal e o atravessou. Quando Tamas ia atrás dela, Nisco o segurou e ele viu que não era o fauno, mas Nilon.

— Sabia que tinha algo errado.

— Devia confiar mais na sua intuição. Meive ficara contente em saber que nos entregou a garota.

— Mas eu não.

— Não se preocupe. Seu lacaio fez todo serviço sujo. Vamos, quero estar lá quando ela chegar e nos ver juntos.

Assim, Nilon também atravessou o portal, levando Tamas com ele. Quando eles chegaram na casa de Meive, encontraram Liz sentada ao lado dela. Liz viu Tamas com Nilon e quando ele olhou em sua direção, ela desviou o olhar.

Meive sabia que depois disso Liz não confiaria mais nele, então, tratou de complicar ainda mais a situação:

— Obrigado, Tamas, por cuidar e trazer Liz para mim. Será bem recompensado.

— Como ousa mentir, Meive? Você está fazendo intriga.

— Liz, acredite em mim. Não tive nada a ver com isso.

Mas Liz não o olhava. Então, os soldados de Nilon entraram trazendo Caio. Ela olhou na direção dele e ficou aliviada por ele estar vivo, apesar de muito ferido. Ao vê-la ao lado de Meive, Caio tentou reagir, mas o seguraram.

— Liz, o que está acontecendo?

Mas ela não respondeu. Foi Meive quem falou:

— Cumpri minha parte, agora é a sua vez. Deixarei que abra o portal para Cinara para ter certeza de que ele está seguro.

Liz se levantou, aproximou-se de Caio, abraçou-o e o beijou. Em seguida, abriu o portal para Cinara e os soldados de Nilon o jogaram para dentro. Meive sorriu e fechou o portal.

Ela se virou para Liz que não a olhava, e deu ordens:

— Levem-na para seus aposentos e não deixem que saia. Não vai criar problemas, não é, querida?

Em Cinara, Caio gritava por Liz. Mesmo ferido, ele tentou abrir outro portal, mas estava fraco. Lembrou-se de que, quando ela o abraçou, colocou algo no bolso de sua calça. Ele pegou e viu que era o cristal, ficou animando ainda havia esperança! E foi para o castelo.

Liz se viu novamente sozinha onde tudo havia começado. Olhou em volta, era o mesmo quarto. Sentou-se na cama. Ela podia sair dali quando quisesse, mas isso só prolongaria tudo. A essa hora, Caio já devia ter encontrado o cristal em seu bolso e Liz torcia para que ele conseguisse visualizar sua mensagem.

A porta se abriu e Meive e Nilon entraram. Também havia outra bruxa, que entrou com o amuleto em uma bandeja. Liz levantou-se e afastou-se.

— Isso não está no acordo.

— Deixei que Caio fosse embora. Agora quero o que é meu.

Nilon a segurou. Ela ia usar sua magia, mas Meive a envolveu com uma névoa negra, impedindo-a de brilhar, sorriu e pegou o colar com amuleto e colocou em Liz que, no mesmo momento, sentiu-o roubando suas forças, dessa vez, com mais intensidade. Meive podia ver que ela estava enfraquecendo.

— Pode soltá-la, Nilon. — E disse à bruxa que estava com ela: — Fique aqui vigiando-a.

Quando ia saindo do quarto, Meive voltou e falou para Liz:

— Sugarei até a última gota de sua energia, nem que para isso eu tenha que te manter presa pela eternidade. E saiu do quarto com Nilon a seguindo. Liz conseguiu se sentar em uma poltrona e tentou tirá-lo com a magia que ainda lhe restava, mas já estava fraca. Tentou puxar com a mão, mas a bruxa a impediu e a advertiu:

— Não vai conseguir tirar. Meive o encantou. Quando ela achar que já é o suficiente virá buscá-lo.

Mas Liz não se arrependia da sua decisão. Tinha sido a melhor maneira de libertar Caio. E, agora, precisava dele para sair dali e colocar seu plano em prática. E outra coisa a perturbava: Tamas. Ele estava fingindo o tempo todo, sabia que não devia ter confiado nele.

Começou a sentir frio. A bruxa notou que sua luz estava diminuindo e o amuleto já estava brilhando. Já tinha sugado a maior parte da energia de Liz, mas até ele não conseguia armazenar tanto poder. Meive também sentiu e foi buscá-lo. Entrou no quarto e vibrou quando o viu brilhando. Tirou-o de Liz e, ali mesmo, tomou a magia contida no amuleto. Liz viu tudo, mas não tinha forças naquele momento para sair dali. A bruxa também assistiu a tudo e questionou Meive:

— O que vai fazer com a garota agora, Meive?

Ela já tinha pensado no que fazer e, quando ia dar as ordens, Tamas entrou no quarto.

— Não faça nada do que se arrependa depois, Meive. Você sabe que ela é forte. Se matá-la agora, como terá mais poder?

Meive parou e ficou ali olhando para Liz. Ele tinha razão. Tocou nela e sentiu que ela ainda tinha mais magia, estava apenas fraca. Porém logo se recuperaria e aí, sim, teria mais poder.

—Tem razão. Não farei nada, por enquanto. Preciso dela viva. Fique e cuide da minha hóspede. É o que quer, não é?

Meive mandou que a outra bruxa saísse com ela e deixou Tamas com Liz. Ele se aproximou com cuidado e disse:

— Venha, Liz. Precisa ir para a cama. Deixe-me ajudá-la.

— Deixe-me aqui. Você me enganou.

— Foi Nisco. Ele me traiu.

— Onde ele está? Não o vi.

— Também não o vi, Meive deve ter feito algo com ele.

— Será que ele está morto?

— Espero que não. Por favor, agora me deixe ajudá-la.

Liz deixou que Tamas a ajudasse a se deitar. Ele a cobriu e viu que ela estava fria. Ele sabia que ela precisava se recuperar para poderem sair dali e não a deixaria sozinha. Foi até a porta e a abriu. Havia seguranças por toda parte. Por ali não era uma boa ideia. Resolveu abrir um portal, mas o quarto estava enfeitiçado. E agora? Como a tirá-la dali? Liz percebeu que ele estava sem saber o que fazer.

— Tamas, não conseguirá me tirar daqui. Abra as janelas.

Tamas abriu as janelas e as cortinas e viu que era noite de Lua cheia, que cobria todo céu com sua luz e beleza e iluminava o quarto.

— Agora me ajude a ir até a janela.

Ele a ajudou a se levantar e quando a Lua começou a iluminá-la, ela brilhou e começou a se recuperar.

— O que você fez?

Mas Liz apenas disse:

— Vamos embora.

Então, ela abriu um portal para Cinara e os dois o atravessaram.

CAPÍTULO 18

Caio já estava na sala do trono, aflito, junto a Aurora, quando o portal se abriu e Liz surgiu com Tamas. A única coisa que ele conseguiu falar foi:

— Nunca mais faça isso! Você entendeu?

Aurora também estava brava com Liz e o plano dela.

— Caio tem razão, Liz. Você podia ter morrido! Por favor, que isso não se repita.

Ela se virou para Tamas e agradeceu:

— Obrigada por ter aparecido naquela hora.

— Era o mínimo que eu podia fazer para me desculpar pela traição de Nisco.

Caio ouvia tudo.

— Pode me explicar do que vocês estão falando, Liz?

— Quando Tamas viu Nisco na praça, eu logo vi que não era ele.

Tamas entrou na conversa.

— Por que você não falou?

— Não sabia se estava envolvido.

— Mas temos outro problema. Não pude evitar e Meive roubou mais poder de mim.

Caio não acreditava no que ouvia.

— Como isso aconteceu?

— Ela foi esperta e usou o amuleto.

Aurora ficou mais nervosa e perguntou:

— Mas como você está?

— Tudo bem, já me recuperei. E mais rápido dessa vez.

— Você teve muita sorte, isso sim. E se Tamas não aparecesse para te socorrer?

— Você tem razão, Caio. Essa parte não estava no plano, mas eu tinha que tirá-lo de lá.

Liz sentou-se e Caio percebeu que agora não adiantava ficar brigando com ela. Aproximou e a abraçou.

— Desculpe... Mas quando vi sua mensagem no cristal fiquei louco com sua atitude.

Aurora viu que todos se acalmaram e interveio:

— Bem agora que está tudo explicado, vamos descansar. É tarde. E você precisa descansar, Liz.

— Está certo, Aurora. E Tamas?

— Pode deixar que eu cuido dele.

Caio levou Liz para o quarto dela. Ela deitou-se e ele também, dessa vez ao seu lado. Ela se aconchegou em seus braços e logo adormeceu. Mas ele não conseguiu fechar os olhos. Tinha algo errado. Tinha sido foi fácil demais.

Enquanto isso, na casa de Meive, a verdadeira Liz estava presa e usando o amuleto. Fizeram a troca no momento em que ela foi envolvida pela névoa. Meive sabia que Tamas estava por perto, vigiando, e era o que ela queria: que todos acreditassem em tudo. E até então, seu plano estava dando certo.

Levaram Liz para outro aposento, em outra parte da casa. Ela se aproximou de Liz e viu que ela continuava inconsciente. Com a poção que ela havia lhe dado, ela só acordaria no outro dia. E o amuleto impedia que sua presença fosse percebida. Faltava pouco para invadir Cinara e todos no reino das fadas e dos seres mágicos seriam seus escravos.

Amanheceu em Cinara. Caio não dormiu a noite, ao contrário da suposta Liz, que acordou bem-disposta. Ele fingiu que dormia, então, ela levantou-se e examinou todo o quarto. Em seguida, notando que ele continuava a dormir, começou a mexer nas roupas, pegou um vestido e trocou-se. Caio resolveu levantar e a abraçou, dizendo:

— Como está?

— Estou bem. Obrigada por ficar aqui.

— Você sabe que nunca vou te abandonar. Mas agora preciso ir para casa. Volto depois.

Caio saiu e a deixou se admirando no espelho. Ele virou-se e deu outra olhada, e teve certeza de que não era Liz. Não podia falar para ninguém. Ficaria vigiando-a para descobrir sua intenção, mas precisava achar a verdadeira Liz. Teve uma ideia: falaria com Ana. Ela era a única que poderia ajudá-lo. Encontrou Ana na sala de cristais, cuidando das rosas.

— Ana, preciso falar com você.

— O que foi, Caio?

— Venha comigo.

Os dois saíram do castelo sem que ninguém notasse e foram para o estábulo, onde Caio lhe contou tudo.

— Sabia que tinha algo errado. Convivi muito com a Liz e quando a outra chegou senti que não era a mesma energia que ela irradia. Por isso, não me aproximei.

— Então, você me ajuda? Se eu me aproximar da casa de Meive ela vai perceber. Mas você pode passar despercebida.

— Claro. Vou agora mesmo para lá. Enquanto isso, você vigia a que está aqui.

Ana assumiu a forma de fada e atravessou um portal para a casa de Meive.

Caio foi para sua casa. Voltaria para o castelo depois. Precisava continuar agindo normalmente para não levantar suspeita.

Amanheceu também no mundo mortal. Liz acordou, viu onde estava e se assustou. Levantou-se com certa dificuldade. A cabeça doía e ela se sentia enjoada. Abriram a porta; eram Meive e a outra bruxa, que ficou em frente à porta

— Acordou. Ótimo! Eu falei para você sou mais esperta. Senti que estava com o cristal. Você facilitou tudo e agora Cinara será minha.

Ana já estava na propriedade de Meive e começou a procurar por Liz. Ela sentiu sua energia, apesar de fraca, mas foi o suficiente para encontrá-la. Encostou perto da janela e ouviu Meive falando. Consegui ver Liz pela fresta. Ela usava o amuleto. Ficaria ali, esperaria as duas saírem e, então, poderia entrar.

Liz não tinha mais o que falar com Meive e a deixou falando sozinha. O pior era a dor de cabeça que sentia. A única coisa que ela ouviu foi Meive falando que voltaria mais tarde, saindo em seguida, com a bruxa atrás dela. Ana esperou mais um pouco e entrou no quarto. Voltou à forma humana e aproximou-se de Liz, que tinha voltado a se deitar por causa da dor de cabeça. Ana chamou Liz, mas ela não ouvia. Então, a tocou e percebeu que ela estava fria. Sabia o que tinha que fazer: transferiu um pouco da sua própria energia para Liz, que acordou em seguida.

— Ana! Como me achou?

— Caio soube que não era você.

— O que está querendo dizer?

— Depois explico. Agora precisamos sair daqui. Consegue tirar o amuleto?

— Vou tentar.

Liz brilhou, mas não conseguiu tirar o amuleto; não tinha poder suficiente. Sendo assim, não conseguiria assumir a forma de fada para saírem de lá. Teriam que pensar em outra maneira. Ana voltou à forma de fada e saiu pelo corredor para ver se havia alguém. Não viu ninguém. Voltou ao quarto e viu Liz com a janela aberta.

— Teremos que ir por aqui, Ana. Não volte à forma humana, caso alguém descubra minha fuga, quero que se esconda.

— Espere! Então, vou na frente.

Ana saiu e deu uma olhada ao redor. Não tinha ninguém. Ela chamou Liz, que saiu do quarto e a foi seguindo. Elas encontraram com alguns seguranças, mas eles não a viram. Elas conseguiram sair da propriedade. Meive estava tão certa da sua vitória que não tinha reforçado a segurança.

— E agora? Para onde vamos, Liz? Não podemos voltar para o castelo.

— Eu sei. Vamos para a cabana.

Ana voltou à forma humana e apoiou Liz, que havia parado, porque não aguentava mais dar um passo por causa do amuleto.

— Não aguento mais, Ana, sinto muito.

— Vamos, Liz! Já estamos aqui fora. Por favor.

Ana a tocou e lhe passou mais energia, o suficiente para fazê-la caminhar. Elas foram por dentro da floresta que havia perto da residência de Meive.

— Vamos para a cabana — disse Ana, tentando animar Liz.

— Mas está muito longe. Não sei se consigo.

— Segure minha mão e juntas abriremos um portal.

Então, elas deram as mãos e um portal se abriu. Elas o atravessaram e chegaram na frente da cabana. Assim que entraram, Liz sentou-se, pois havia feito muito esforço. Com o amuleto a enfraquecendo cada vez mais, não sabia quanto tempo aguentaria.

— Obrigada, Ana.

— Agradeça a Caio. Foi ele quem percebeu que não era você.

— Mas quem está lá?

— Uma das bruxas de Meive se passando por você.

— Precisamos ir para Cinara.

— Por favor, Liz. Fique aqui. É arriscado. E você ainda está usando o amuleto. Temos que descobrir um jeito de tirá-lo.

— Tudo bem, mas precisa trazer Caio aqui.

— Ainda não. Já devem ter percebido que fugiu e podem estar vigiando a todos no castelo. Se ele sair, levantará suspeita. E não quero deixá-la sozinha.

Meive ficou furiosa quando soube que Liz havia fugido. Foi até o quarto e sentiu a presença de outra fada. Jurou que colocaria um fim em todas elas. Porém uma coisa ela sabia: Liz continuava em Price, porque ainda usava o amuleto. Mandou Nilon sair e procurá-las. Elas não iriam muito longe.

A poção que ela deu a Liz continha um feitiço tão poderoso que logo ela começaria a sentir o efeito, que a tornaria humana novamente. Esse seria o momento perfeito para invadir Cinara e assumir o controle total.

Na cabana, Liz insistia para Ana buscar Caio. Em certo momento, Ana percebeu que tinha algo errado. A luz que ainda havia em Liz começou a desaparecer.

— Liz, você está bem?

— Tem algo errado. Não sinto mais minha magia.

— Brilhe.

Liz tentou brilhar, mas não aconteceu nada. Ana a tocou e já não havia mais magia. Ela era mortal novamente.

— O que Meive fez? Você é mortal novamente! Ela usou magia negra. Preciso avisar Caio. Você está correndo perigo.

Liz começou a sentir-se mal. Seu corpo todo doía. Tinha se esquecido do quanto o corpo humano é sensível e, então, sentia o impacto de tudo o que havia acontecido nos últimos dias. Isso a deixou assustada e ela sentiu medo.

— Ana, o que está acontecendo?

— Seu corpo voltou a ser mortal e está sentido o efeito do feitiço. Temos que sair daqui. Não é seguro.

As duas saíram da cabana. Teriam que ir andando por dentro da floresta. Ana levaria Liz até Grael, que poderia ajudá-la. Mas elas precisavam de um carro. Iriam até a casa do pai de Liz para pegar o carro dele. Começaram a caminhar o que seria um longo percurso. Elas já estavam andando há algumas horas e Liz pediu para descansar:

— Por favor, Ana. Só um pouco.

— Desculpe, Liz, mas temos que ir.

Chegaram à estrada começaram a pedir carona. Um caminhão parou e elas entraram. Ana percebeu que o feitiço não só havia tirado a magia de Liz como a estava deixando fraca. Notou que ela começou a ficar sonolenta e sabia que não podia deixá-la dormir. Precisavam chegar à casa dela em Price. O que elas não tinham percebido era que Nilon já as tinha alcançado e as viu entrando no caminhão. Ele resolveu segui-las e, quando fosse o momento, pegaria Liz.

Já era tarde quando chegaram à casa de Liz. Elas entraram, mas o pai dela não estava. Ana foi até a garagem e viu que o carro estava lá. Pegou as chaves e o levou para a frente da casa. Ela ajudou Liz a entrar e elas partiram para casa de Grael. Ana começou a conversar com Liz para mantê-la acordada. Quando chegaram, ele já as esperava. Levaram Liz para dentro e a sentaram na sala. Grael sentou-se ao lado de Liz e sentiu que o feitiço de Meive era muito forte. Não conhecia uma magia que pudesse quebrar o encanto e, por isso, não conseguiu tirar o amuleto. Liz ia se levantar quando Ana a amparou e a sentiu muito mal. Liz perguntou-lhe se havia conseguido avisar Caio.

— Ana, desculpe perguntar, mas você conseguiu o avisar?

— Claro, Liz. Logo ele chegará. Não se esforce.

Grael levantou-se e foi até a janela, Ana foi até ele. Estava muito preocupada.

— O que acha? Será que ela consegue passar por mais esse transtorno?

— Sim. E vamos estar aqui, junto com ela.

Eles viram quando o portal se abriu e Caio o atravessou, mas ele só conseguia ver Liz. Os dois sorriram um para o outro e se abraçaram, e ele sentiu que ela era mortal novamente.

— Como Meive fez isso, Grael?

— Um poderoso feitiço. Nem eu sou capaz de desfazê-lo.

Liz ficou mais tranquila com Caio ao seu lado, o amava. Ele pegou em sua mão e quando soube que outra tinha tentado se passar por ela ficou muito aborrecida. Ele a olhou, deu-lhe um beijo e disse:

— Sabia que não era você.

— Ana me contou, mas Meive já a deve ter avisado.

— Não se preocupe. Ela está sendo vigiada.

— Quero voltar para casa. Tire ela de lá.

Nisso, eles ouviram sons vindos do lado de fora. Grael foi até a janela e viu que a casa estava sendo cercada pelos soldados de Nilon. Caio também foi até a janela e viu Nilon. Eles estavam atrás de Liz e ele temia pelo pior.

— Temos que tirar Liz daqui. Eles não desistem.

Ana já estava ao lado de Liz, iria a proteger, temia por sua segurança. Procurava não pensar no que aconteceria se Meive a pegasse novamente, já que ela não era mais imortal e o que Meive mais desejava era matá-la. Grael abriu um portal. Tinha que afastá-los para o mais longe dali.

— Vamos! Atravessem o portal! Ele os levara para outro lugar. — Então, ele olhou para Liz e disse: — Você não pode voltar para Cinara agora. É arriscado. Agora vão!

Eles atravessaram o portal e foram para uma floresta tropical. Caio olhou em volta e falou:

— Mas para onde viemos?

Liz e Ana ouviram o som de ondas do mar. Andaram mais um pouco e encontraram uma praia. Caio as chamou, pois precisavam encontrar um lugar para passarem a noite. Nesse momento, uma garota surgiu e o deixou confuso. De onde ela vinha olhou para os três e sorriu.

— Venham.

A noite estava estrelada e a lua iluminava a areia. Liz viu a sombra da garota, era uma fada também. Começaram a caminhar. Caio estava ao seu lado, era visível sua preocupação.

— É muito bonito aqui.

— É, sim. A noite está linda.

— Como se sente?

— Estou enfraquecendo a cada minuto. Me esqueci de como é ser humana.

— Vamos achar um jeito de quebrar o feitiço e tirar esse amuleto.

A garota pegou na mão de Liz, sorriu e a conduziu para dentro da mata. Caio e Ana as seguiram, muito curiosos. Quem era aquela garota e o que fazia ali? Então, Caio viu Nilon atravessando o portal. Ele continuava atrás deles. Mas não falou nada e continuou andando.

CAPÍTULO 19

Os portais de Cinara estavam sendo vigiados por outros bruxos, que protegiam o Reino das fadas e o castelo. A falsa Liz não foi mais vista. Aurora mandou que a procurassem, mas não a encontraram. Ficaram apenas vestígios de que tinha atravessado um portal e fugido. Isso tranquilizou um pouco Aurora. Como Liz estava com Caio e Ana, os avisaria que era seguro para poderem voltar para casa.

Mas Grael contou-lhe que eles tinham atravessado um portal para fugir de Nilon e que poderiam estar em qualquer lugar, bem longe. O melhor era torcer para que estivessem em segurança e a salvos.

Nilon continuava no rastro de Liz. Ele viu quando eles entraram na mata e foi atrás, mas os perdeu de vista logo depois, quando algumas borboletas o atacaram. Os três continuavam andando dentro da mata com a garota e Liz pediu para pararem um pouco, pois precisava descansar. A garota pegou em sua mão e disse:

— Estamos perto, Liz. Precisa ser forte. Todos morrerão se Meive a pegar e destruir Cinara.

Caio se aproximou da garota, muito curioso com aquela ajuda, e perguntou:

— Como sabe de nós?

— Minha avó sentiu a presença da fada e do perigo que corria. Olhem! Chegamos!

Era uma casa simples e uma senhora os esperava na porta. Ela os apressou:

— Vamos! Entrem logo!

Ao se aproximarem da casa, Ana e Caio perceberam que havia um círculo de proteção em volta dela. Já na varanda da casa, a senhora os tranquilizou:

— Não os pegarão aqui.

A casa era muito simples. A menina mostrou onde acomodar Liz. Era uma esteira no chão. Ana ajudou-a deitar-se. A senhora se aproximou de Liz e tocou o amuleto. Sabia que ele era muito perigoso. Saiu e trouxe um cobertor feito de flores da região, e cobriu Liz. Logo, suas feições suavizaram. Ana ficou curiosa.

— Quem é você e como sabe dessas coisas?

— Sou uma velha e já vivi muito. E Aurora é minha amiga.

A garota se aproximou de Liz e sentiu que ela tinha se acalmado. Olhou para Caio muito séria e disse:

— A única maneira de quebrar o feitiço é pegando o verdadeiro cristal. Mas não podem partir agora. Estão lá fora procurando por vocês. É arriscado.

Ana sentou-se ao lado de Liz e também percebeu que ela estava mais calma. A senhora e garota juntaram-se a Ana. Amanheceu e a mulher não sentia mais a presença de Nilon. Caio já estava lá fora e concordou com ela.

— Agora podem partir. E não se esqueçam, precisam pegar o cristal.

Ana e Liz saíram de dentro da casa acompanhadas da garota, que estava de mãos dadas com Liz. A mulher abriu um portal e disse:

— Ele os levara direto para Cinara.

Os três atravessaram o portal e viram que estavam em casa, o que os deixou aliviados. Mas o perigo ainda não havia passado.

Meive aguardava por Nilon e, quando soube que ele não tinha conseguido pegar Liz, ficou furiosa com a incompetência dele e lançou sobre ele toda sua fúria, o que deixou cheio de cólera. Porém ele sabia quem era a culpada de tudo isso. Não tinha se esquecido do que Liz havia feito. Sabia que teria sua oportunidade e acabaria com ela.

— Eu mando você atrás de uma garota que não está bem e você falha?!

— Ela teve ajuda de Caio e Ana. Eles interferiram novamente.

— Esperava por isso quando a falsa Liz voltou. Mas sei para onde foram. Voltaram para Cinara. E Liz está ficando cada vez mais fraca. Prepare-se! Vamos invadir Cinara.

— Meus homens estão prontos. Vai matar a garota?

— Você sabe o que eu quero. Com ela viva posso ter mais poder e, dessa vez, ela não terá tanta sorte. Saia e me espere.

Nilon se retirou e agora, sozinha, Meive tirou de uma caixa o cristal de Liz. Com ele teria o controle sobre ela e seus poderes definitivamente. Encontrou Nilon pronto com seus soldados. Abriu um portal para Cinara e o atravessaram. Os bruxos não conseguiram impedi-los. Eles lutaram, mas logo foram dominados. Meive lançou um feitiço e o dia virou noite. Então, marcharam para o castelo. Lá, todos já sabiam o que estava acontecendo e os guardas estavam prontos para o ataque. Na sala do trono, Caio não saía do lado de Liz, que sofria com o que estava acontecendo. Podia ouvi-los lutando e avançando, mas ela não se entregaria facilmente.

Arrombaram a porta da sala do trono, o que causou um forte estrondo. Meive entrou acompanhada de Nilon, enquanto seus soldados tomaram conta da sala. Liz viu o olhar de triunfo de Meive.

Os guardas lutaram para defender Liz, mas estavam em número menor e foram dominados. Caio reagiu aos ataques, porém logo todos foram cercados, então, Meive sorriu para Liz e quando todos estavam rendidos, inclusive Liz, que estava sentada no trono e, muito fraca, não resistiu, a bruxa lhe fez uma reverência e a encarou.

— Vim buscar o que é meu por direito.

Liz apenas a olhou com uma fúria nos olhos, o que deixou Caio surpreso, pois nunca a tinha visto daquele jeito. E era essa a intenção de Meive, que chamou uma bruxa, que se aproximou trazendo uma caixa preta nas mãos. Ela abriu a caixa e tirou de dentro dela o cristal. Caio reagiu, mas o seguraram.

Meive se aproximou de Liz, que ainda usava o colar com o amuleto, evocou um feitiço e juntou as pedras que unidas brilharam e formaram outra pedra, da cor vermelho sangue. Aurora via tudo e sabia que, àquela altura, a intenção de Meive era ter o controle sobre Liz e seus poderes. Só assim poderia escravizar a todos. Quando Meive se afastou, todos puderam ver o que ela havia feito. Não era mais a Liz que todos conheciam, doce e delicada. A magia negra havia tomado conta dela. Enfraquecida, ela não teve forças para resistir. Caio conseguiu se soltar e foi até ela.

— Por favor, Liz, resista! Não se deixe dominar.

Mas ela não o ouvia. Os soldados o pegaram e o levaram do salão junto aos outros, ficando apenas Liz e seus captores no salão. Meive se aproximou de Liz, acariciou seus cabelos e lhe ordenou:

— Quero mais poder. Tire de Cinara e dê para mim.

Liz se levantou e começou a brilhar e, por toda Cinara, era possível ver a magia das flores e dos seres mágicos deixando-os e indo em direção ao castelo. Nas outras dependências do castelo, Caio olhou pela janela e viu o que estava acontecendo. Aurora e Ana estavam com ele e sentiam o que acontecia.

— Isso não pode continuar. Tenho que deter Liz ou ela vai matar a todos.

Ana se aproximou de Caio e o avisou:

— Precisa tirar o colar dela. É o amuleto que a está dominando.

Na sala do trono, Liz passava para Meive todo o poder. Ela se gabava do seu sucesso. Porém, por um momento, Meive viu que Liz lutava para retomar o controle. "Não agora", pensou Meive, tocando no amuleto e lançando um encantamento que o deixou com um vermelho ainda mais intenso, quase negro.

Uma fada que tinha ficado escondida viu tudo e foi avisar Caio e os outros. Elas os acharam e lhes contaram tudo. Caio se animou.

— Então, o amuleto não a dominou totalmente!

— Não. E Meive também viu e reforçou o feitiço.

Caio pediu à fada que distraísse os guardas para que pudessem fugir. Ela foi para o lado de fora e ficou voando em volta deles. Caio aproveitou, saiu e os golpeou. O que ele tinha em mente era salvar Liz. Estava indo para a sala do trono quando Aurora o impediu.

— Caio, temos que sair daqui. Agora não!

— Mas não podemos deixá-la.

— Agora não há o que fazer por ela. Temos que achar um meio de quebrar o feitiço.

Com certa resistência, ele concordou e eles saíram do castelo por uma passagem secreta. Quando já estavam lá fora, Ana olhou para o castelo e sentiu por deixar Liz. Os guardas avisaram Meive que os prisioneiros haviam fugidos.

— Não importa, mas reforcem a segurança. Não quero imprevistos.

Ela voltou-se para Liz, que não parecia ter mais vida. Era apenas um fantoche em suas mãos.

— Eles fugiram a deixando para trás. Por isso, não perca seu tempo tentando escapar.

Liz não esboçava nenhuma reação, mas o que Meive não viu foi uma lágrima que rolou em seu rosto.

Caio e os outros já estavam em segurança, não havia ninguém os seguindo. Foram para a casa dele. Aurora lançou um encanto, que deixou a casa invisível. Todos sentiam pelo que estava acontecendo. Aurora viu como Caio sofria, mas sabia que não conseguiriam tirar Liz do encanto de Meive sem um plano.

— Não podíamos ter deixado Liz sozinha.

Nesse momento, Tamas entrou na sala. Caio o olhou e disse:

— Não o vi mais. Pensei que já estava em seu castelo.

— Fiquei por perto. Sei o que aconteceu a Liz e a Cinara. Quero ajudar.

— Aurora entrou na conversa.

— Temos que tirar Liz do castelo e destruir o amuleto, mas ela deve estar sendo vigiada.

Então, todos começaram a falar ao mesmo tempo. Cada um tinha um plano em mente que envolvia tomar o castelo. Aurora pediu que se acalmassem e falou:

— Eu também quero muito ajudá-la, mas temos que ter um plano.

Tamas gostou de ouvir que estavam dispostos a invadir o castelo e sabia como ajudar.

— Ajudo vocês, mas tem algo em que não pensaram.

Caio não gostou do tom de voz dele e perguntou:

— O que está insinuando?

— Vocês estão deixando passar uma coisa. Liz pode resistir e teremos que lutar com ela e trazê-la à força, se necessário.

Ele deixou todos pensativos e preocupados, e Ana perguntou a ele:

— Então, como vamos tirar ela de lá?

— Se ela resistir, terei que prendê-la.

Aurora não entendeu o que ele quis dizer com prender. Não era sua intenção colocá-la em risco mais do que já estava.

— Não pode machucá-la.

— Desculpe deixá-los preocupados. Vou explicar. Precisamos que ela mude de forma.

Nisso, Tamas mostrou uma espécie de lampião, o que deixou Aurora e Ana surpresas e Caio, curioso.

— O que é isso, Tamas?

— Aurora sabe o que é.

— Pensei que o tivesse destruído. Foi esse o acordo que fez com a mãe de Liz.

Caio continuava sem entender nada e Aurora ainda não acreditava no que via.

— Expliquem-me! — gritou Caio.

— O que Tamas tem nas mãos serve para aprisionar fadas.

— Por que nunca soube disso?

— Era para ele ter destruído isso. Não pode prender Liz. Vai matá-la.

Tamas colocou o objeto em cima da mesa e disse:

— Vocês sabem que Liz é muito forte e está sob encanto do amuleto. Ela pode resistir e, caso não queira vir por bem, terei que aprisioná-la.

Caio não gostava da ideia, mas também sabia que poderiam ter problemas em tirá-la do castelo. Tudo levava a crer que teriam que trazê-la à força. Ele, então, falou para Tamas:

— Atacaremos o castelo hoje.

CAPÍTULO 20

No castelo, Liz estava sendo vigiada por soldados de Nilon. Meive sabia que Caio tentaria qualquer coisa para salvá-la. Nilon voltou à sala do trono e Meive não estava. Viu que Liz continuava da mesma maneira, sentada e imóvel, em seu trono. Ele se aproximou. Não tinha se esquecido do que ela lhe fizera e agora tinha a chance de se livrar dela para sempre. Sabia que Meive o mataria por isso, mas agora, olhando para Liz, não se importava com o que ela faria com ele.

Nilon não percebeu que Liz não estava mais totalmente sobre o poder de Meive e ela viu que era uma boa oportunidade de quebrar o feitiço. Precisava apenas provocá-lo.

— O que está olhando? Meive sabe da sua intenção.

— Está recobrando a consciência! Ótimo! Quero mesmo que sofra até eu acabar com você.

Nilon pegou sua espada e quando ia lhe aplicar um golpe em Liz, foi atingido por uma força que o jogou contra a parede. Ele olhou e viu que era Meive, enfurecida.

— Você está me desafiando?! Ia matá-la? Como ousa? Você me serve, entendeu?

— Ela me provocou.

Meive olhou para Liz e voltou a falar com Nilon:

— Ela é mais esperta do que você. Não percebeu que ela está tentando quebrar o feitiço, seu burro? Se eu não chego, você ia libertá-la.

Nilon saiu da sala com mais ódio de Liz. Mas antes de sair, ainda deu uma última olhada nela ali, sentada, presa no feitiço. E viu quando Meive lançou um encanto que fez com que as portas e janelas se trancassem com força.

— E agora? O que faço com você? Ainda está tentando fugir. Não consegue se livrar do colar sozinha. Foi esperta em provocar Nilon. Estamos sozinhas agora. Não adianta, você me pertence. O que faço agora?

Meive pegou o braço de Liz com força e com sua unha fez um corte que a infectou no mesmo instante. Era possível ver o veneno invadindo seu corpo. Liz podia senti-lo se espalhando e ela não conseguia resistir. Dessa vez, o mal podia ser visto em seus olhos.

Na casa de Caio, eles já tinham tudo planejado. Tamas ficou responsável por aprisionar Liz. Eles iriam abrir caminho para ele chegar até ela. Era um plano perigoso e arriscado, sabia que Meive faria com que ela os atacasse. Aurora sabia do amor de Caio por Liz e temia que isso interferisse na hora, então, deixou claro a Tamas que, independentemente do que acontecesse, ele não podia sair de lá sem Liz. Aurora notou que Caio estava muito inquieto, foi até ele e disse:

— No que está pensando?

— Não gosto da ideia de aprisionar Liz.

— Também não me agrada essa ideia, mas vai ter que ser assim.

— Mas se eu falar com ela...

— Não! Você viu o feitiço que Meive colocou no amuleto. É muito forte. Ela o mataria. Estou achando que é melhor você ficar aqui.

— Não! Não vou causar problemas, Aurora. Vou junto.

Aurora chamou a todos e eles saíram para resgatar Liz. Ana conseguiu reunir mais fadas que tinham escapado e elas se juntaram a eles. Eles se aproximaram do castelo com cautela. O plano era entrar pela mesma passagem secreta usada na fuga. As fadas olharam ao redor e perceberam que era seguro. Entraram no castelo e viram que havia soldados por todos os lados. Elas desviavam deles, pois não podiam ser vistas.

Caio foi na frente e quando estavam perto da sala do trono, percebeu que Tamas não estava mais com eles. Aurora, Ana e Caio entraram na sala e Meive já os esperava, ao lado de Liz. Ela ordenou e Liz os atacou. Foi muito rápido. Ela deferiu um golpe em direção a Aurora, mas Caio entrou na frente e foi atingido.

As fadas que estavam escondidas foram para cima de Meive e conseguiram afastá-la de Liz. Nessa hora, Tamas golpeou Liz por trás, porém não foi o suficiente para derrubá-la. Ela se levantou e começou a persegui-lo, ele sorriu, conseguiu sua atenção, provocou-a.

— Esse é o seu melhor? Não consegue pegar um velho?

Então, ele fez várias réplicas dele com a intenção de confundi-la. Ela mudou de forma, transformando-se em fada, para ficar mais rápida, mas as réplicas a cercaram e ele a prendeu. Assim que Tamas conseguiu prender Liz, eles fugiram. Aurora abriu um portal e todos passaram por ele.

A única coisa que Meive queria saber naquele momento era onde estava Nilon. O que ela não sabia era que ele esteve perto o tempo todo e a havia deixado sozinha e facilitado a entrada de Caio e demais por ela tê-lo humilhado. Sabia que teria problemas e, como não podia evitá-los, foi até Meive.

— Eles me encurralaram, Meive.

— Você quer que eu acredite nisso? Mande vasculhar todo Reino e ache Liz, seu idiota.

Nilon saiu e, quando estava só, divertiu-se muito. Não iria correr. Deixaria que escapassem dessa vez. Mas ele tinha tudo planejado. Com Liz longe de Meive, ele poderia matá-la sem ser interrompido. Tinha apenas que tirar os outros do caminho e acabar de uma vez com tudo isso.

O portal que Aurora abriu os levou ao castelo de Tamas. Caio ainda não havia visto Liz presa e Tamas evitou que ele se aproximasse. Liz estava uma fera. Tentava escapar, mas não conseguia sair. Sua magia não era forte suficiente para quebrar o vidro.

Tamas aproximou o rosto do objeto e viu que ela estava mais calma, mas ele sabia que ela não desistiria de escapar e voltar para junto de Meive. Ele colocou o objeto sobre a mesa e Liz os olhava com arrogância. Aurora ficou triste, nunca pensou que veria Liz má. Caio se aproximou e viu que não ela era mais a mesma. Eles tinham razão. Se ela escapasse... Era melhor nem pensar nisso.

— Como vamos quebrar o feitiço com ela presa? Temos que tirar o amuleto.

Aurora já tinha pensado nesse problema.

— Chamei as fadas dos Quatro Elementos. Vamos precisar da ajuda delas.

As fadas chegaram e, então, Aurora começou a dar as instruções:

— Tamas vai soltá-la. Precisaremos da ajuda de todos.

Eles formaram um círculo e Tamas colocou o objeto com Liz dentro no centro. Aurora advertiu-os:

— Ela vai tentar escapar. Não a deixem sair de dentro do círculo.

Já era noite e não havia Lua; o céu estava encoberto por nuvens. Aurora levantou as mãos e as nuvens se dissiparam, e a Lua apareceu. Liz observava tudo. Sua luz estava negra, e quando a luz da Lua a iluminou, ela se agitou tanto que o vidro trincou. Aurora fez sinal a Tamas e ele a soltou. Ao sair do vidro, ela voltou à forma humana e os atacou, mas ali, com todos juntos, não conseguia sair do círculo, estava presa dentro da luz da Lua.

As fadas dos Quatro Elementos e Aurora brilharam ao mesmo tempo e a luz delas envolveu Liz, que caiu por não suportar aquela claridade. O mal que havia nela ria deles. Elas continuaram e, de repente, o amuleto trincou e as pedras se separaram, caindo no chão. Quando acabaram, viram que Liz não estava mais sob o efeito do feitiço. Caio saiu do círculo e foi até ela, que continuava no chão. Ele a amparou e viu que ela estava muito fria e não acordava. Os outros continuavam em volta deles, sem desfazer o círculo, pois aquilo não era um bom sinal. Caio insistiu, até que ela abriu os olhos e disse:

— Caio, o que aconteceu?

— Estou aqui. Por favor, levante-se.

— Não consigo.

Nesse momento, Caio notou o corte em seu braço e a pele em volta enegrecida.

— Aurora, veja o braço dela.

Aurora se aproximou e examinou o corte.

— Meive a infectou. Por favor, Liz, reaja.

— Aurora, não consigo. É mais forte do que eu.

— Tem que expulsar o veneno. Só você pode fazer isso. Tente. Não deixe que ela vença.

Aurora voltou para o círculo em volta de Liz. Caio ficou em ela. As fadas brilharam mais uma vez e Liz absorveu a energia que delas saía. Caio notou que a ferida se abriu e um líquido preto começou a sair. Esse líquido, que tinha vida própria, caiu no chão e o ferimento se fechou.

Aurora lançou um raio de luz para aquele corpo estranho e o fez desaparecer. Liz conseguiu se sentar e pegou o cristal, que havia caído do perto dela, e pendurou-o no cordão. A outra pedra, ela pegou e a destruiu, fazendo-a virar pó. Então, olhou para todos e disse:

— Agora vou expulsar Meive de uma vez de Cinara e da minha vida.

Depois de muito insistirem, Liz aceitou ir até um dos aposentos do castelo de Tamas. Entretanto ela não queria descansar. A segurança do castelo foi reforçada, pois sabiam que Meive apareceria.

Aurora temia pela segurança de Cinara e de todos. Meive estava muito quieta. Certamente, estava planejando um ataque contra Liz e todos eles. Não era isso que ela tinha imaginado quando a tornaram rainha, mas era direito dela. E havia outra coisa: Meive a tinha encontrado, era o destino de Liz. Outra pessoa não podia arcar com as suas responsabilidades, apesar de serem tão pesadas.

Aurora ouviu sons vindos do corredor e foi ver quem era. Eram os soldados de Nilon que, com certeza, procuravam por Liz. Ela foi avisar aos outros.

— Nos acharam.

Liz, que já se sentia melhor, estava perto da janela, olhando o jardim iluminado pela luz da Lua.

— Eu sei. Deixei que fossem embora.

Aurora não gostou do que ouviu. Tamas observava Liz e sabia que algo havia mudado nela.

— Por quê? É arriscado! Ainda está se recuperando.

— Tudo bem, Aurora. Já é hora de parar de fugir e enfrentá-los.

Liz já tinha tudo planejado e sabia que, com a ajuda de Tamas, poderia colocar seu plano em prática. Ele concordou em ajudá-la. A ideia era invadir o castelo e expulsar Meive de Cinara. Não gostava de lutas, mas agora não era só a sua segurança que estava em perigo. Precisava enfrentar Meive e salvar a todos.

Tamas pediu licença e se retirou. Tinha preparativos a fazer. O que ninguém disse a Aurora é que estava acertado tudo para uma batalha que reuniria seu exército. Esperavam apenas pelo sinal de Liz. Ele gostava dessa nova Liz, com atitude e determinação. Já era hora de combater Meive e todos os seus planos sujos. Ele só estranhou uma coisa: ela pediu mais um dia e que tirasse todos do castelo à noite, pois precisava ficar sozinha.

Quando anoiteceu, Tamas havia reunido seus soldados e vários aliados. Agora precisava deixar Liz sozinha. Depois de muito insistir, conseguiu fazer Aurora, Caio e os outros irem com ele, com a desculpa de verem se não havia ninguém espionando. Liz estava no quarto deitada. Ana foi até lá, viu que ela estava dormindo e saiu.

Ao ver que estava sozinha, Liz levantou-se, trocou-se e, quando estava sentada escovando o cabelo, ouviu passos se aproximando do quarto.

— Estava te esperando, Nilon. Parece ansioso. Veio sozinho.

— Meive não sabe que estou aqui.

— Qual o motivo da visita?

— Vim terminar o que comecei quando fui interrompido.

— Tente.

Nilon se aproximou de Liz e, quando ia pegá-la, ela desapareceu. Ele ouviu o som da risada dela pelo corredor se afastando. Ele começou a seguir o som e chegou ao jardim, e viu que estava na entrada de um labirinto. Ele a viu passando na sua frente, então, evocou seus soldados, que se espalharam pelo labirinto atrás dela. Nilon sabia que ela estava lá dentro, podia sentir sua presença e ouvir seu riso, o que o irritava.

Um a um, Liz acabou com os soldados, até que conseguiu levar Nilon até o centro do labirinto. Dessa vez, não havia truques, eles estavam frente a frente.

— Não consegue pegar uma garota sozinho?

— Divirta-se. Vou saborear cada minuto quando acabar com você.

— Chega, Nilon. Você já me prejudicou demais. Sou eu que vou dar um fim a isso.

Liz brilhou e lançou contra ele uma luz tão forte que o desintegrou. Ele não teve nem tempo de reagir. Quando Caio e Aurora viram a luz no jardim correram para lá. Tamas não teve pressa, mas também estava curioso. Ana o acompanhava. Conhecia Liz e sabia que ela era muito paciente, mas que também era capaz de tomar uma atitude se necessário.

Caio entrou no labirinto e foi seguindo a luz até encontrar Liz e o que restou de Nilon: apenas sua espada. Ele olhou para ela um tanto espantado e disse:

— O que está acontecendo com você, Liz? Não estou te reconhecendo.

— Ele teve o que mereceu, nada mais. Agora é a vez de Meive.

Nessa hora, Tamas os encontrou, mas não se aproximou, porém ouviu tudo. Resolveu voltar para o castelo, mas Caio o chamou.

— Fique aqui. Como pôde aceitar ajudá-la? Ele podia ter matado a Liz.

— Mas não matou e, agora, se foi.

Caio saiu e os deixou ali. Ele passou por Aurora sem dizer nada. Precisava ficar sozinho. Os únicos que pareciam satisfeitos eram Liz e Tamas. A reação de Caio não fez Liz se arrepender do que havia feito. Não se orgulhava, sabia que sua atitude não tinha sido correta, mas Nilon a prejudicara tanto e, além de tudo, queria matá-la. Ela apenas havia se defendido.

Aurora e Ana foram até ela e a abraçaram. Sabiam o quanto tinha sido difícil para ela tomar aquela decisão, mas Aurora sempre soube que apenas Liz tinha força suficiente para colocar um fim a tudo aquilo e que a batalha estava apenas começando.

CAPÍTULO 21

Meive sentiu o poder de Liz na hora em que ela acabou com Nilon. Finalmente, estava chegando a hora de se enfrentarem e, dessa vez, colocá-la-ia em seu devido lugar. Reuniu suas bruxas. Se Liz estava disposta a brigar, ela deveria estar pronta para arcar com as consequências. Nilon era tolo e não a ouviu e, por isso, teve o que mereceu.

Prepararam um ritual e, todas juntas, evocaram um ser do mal que não tinha forma, era feito de sombras. Meive ordenou que esse ser saísse e trouxesse Caio para ela. Caio não havia voltado para o castelo depois de ter se afastado um pouco. Ainda estava de cabeça quente. Subitamente, o ar ficou frio. Tinha algo errado. O vento começou a soprar e, então, a sombra o envolveu e o levou direto para Meive, que o esperava sentada no trono. Ele estava com as mãos presas por correntes enfeitiçadas.

— Nos encontramos novamente.

— Liz não caíra em sua armadilha.

— Claro que cairá. E quando vier, vou aprisioná-la para sempre.

— Engana-se que vai vencê-la. Você terá o mesmo fim de Nilon.

— Não se engane, Caio. Ela teve sorte. Nilon era muito burro. Agora tire ele daqui.

A sombra o envolveu e desapareceram. Meive só precisava fazer Liz saber que estava com Caio e continuar com seu plano. Liz já estava estranhando a demora de Caio e resolveu ir procurá-lo. Foi quando uma bruxa entrou e lhe entregou um bilhete. Ela leu e deixou cair. Tamas pegou o pedaço de papel e o leu. Aurora e Ana ficaram curiosas, então, ele contou:

— Meive pegou Caio e quer se encontrar com Liz sozinha hoje, ou ela vai matá-lo.

A bruxa voltou ao castelo e informou a Meive que havia entregado o bilhete pessoalmente a Liz.

— Ótimo! Ela virá. E com Caio como isca, vou embora daqui e a levarei junto comigo. Continuem os preparativos. Logo, ela chegará e iremos embora. Nada pode dar errado.

A sombra tinha prendido Caio em um dos quartos do castelo. Ele tentava se livrar das correntes, pois com as mãos presas não conseguia usar sua magia. Ele sabia que era a isca de Meive para atrair Liz. Foi até a porta, mas a sombra o jogou longe. Estava sem saída, só lhe restava esperar por ajuda.

No castelo de Tamas, estavam todos muito apreensivos. Ana fazia companhia para Aurora. Liz aproveitou e saiu do castelo sem ser vista. Foi até um pequeno lago com a ideia de espionar Meive e ver se Caio ainda estava vivo. Ela tocou na água e as imagens se formaram. Ela viu Caio a sombra que o mantinha preso. Meive pagaria por mais essa. Então, a imagem mudou e ela viu Meive, que disse:

— Mas você não aprende, hein, Liz! Espionando novamente? Viu que Caio está bem. Então, venha. Estou esperando.

A imagem desapareceu e Liz não conseguiu mais ver Caio. Tamas se aproximou e perguntou:

— O que pretende fazer? Vai ao encontro?

— Sabe que preciso ir. Sei do que ela e capaz.

— Pelo menos tem um plano?

— Claro. E você vai me ajudar. Quando eu estiver com Meive, preciso que encontre e liberte Caio.

— Mas sabe o que ela quer. É você.

— Eu sei que ela me quer.

— Você vai quando?

— Agora. Preciso que você reúna seus soldados para a batalha.

— Sabe que Aurora não vai concordar.

— Por isso, não vou voltar ao castelo. Irei agora me encontrar com Meive.

— Não, você precisa me esperar. Irei junto com você.

— Preciso chegar sozinha. Enquanto estiver com ela, você entra no castelo e o liberta.

— Tome cuidado. Chegarei logo.

— Não demore.

Tamas viu Liz atravessar o jardim do castelo. Ela optou por abrir um portal para Cinara longe dali para Aurora não perceber. Ele correu de volta ao castelo e foi até seu exército, que esperava por suas ordens. Tinha que ser rápido ao livrar Caio e evitar prolongar o encontro de Liz e Meive.

Quando já estava bem distante, Liz abriu um portal direto para a sala do trono. Era só atravessá-lo. Ela sabia que Meive já a estava esperando, mas não tinha outra opção. Precisava ganhar tempo para Tamas resgatar Caio.

Meive estava na sala do trono quando viu o portal se abrir; era só esperar Liz atravessá-lo. Não era sua intenção matá-la, por isso, continuava com Caio preso e sob a vigilância. Sabia que Liz faria qualquer coisa por Caio. Seu plano era perfeito, tinha apenas que a levar com ela quando saísse de Cinara.

Não pretendia machucá-la muito, apenas só o suficiente para tê-la sob controle. Tirou todos do salão, pois faria tudo sozinha. Enfim, chegou o momento, Liz atravessou o portal e ele se fechou atrás dela. Caio sentiu a presença de Liz no castelo e ficou agitado. Precisava sair dali. Ela não podia enfrentar Meive. Mas a sombra não o deixava passar.

Nesse momento, Tamas já estava indo para Cinara, porém não tinha conseguido esconder de Aurora o paradeiro de Liz. Ela ficou furiosa por ele não a ter impedido. Queria ir atrás dela, mas Ana a impediu. Nervosa como estava não ajudaria muito.

Tamas chegou no castelo sem que notassem sua presença. Seus soldados se espalharam pelo castelo e dominaram os soldados de Nilon. Precisava achar Caio, então, reuniu alguns homens e começou a percorrer o castelo, até que o achou. A sombra tentou impedi-los, mas, no meio do conflito, ela desapareceu. Eles abriram a porta e libertaram Caio.

— Tamas, solte as correntes. Liz está aqui. Como a deixou vir?

— Ela não é uma pessoa muito fácil. Você devia saber.

Tamas retirou as correntes e eles correram para sala do trono. De onde estavam eles escutavam o som de objetos sendo destruídos. Quando se aproximaram, viram a claridade que vinha de dentro da sala. As duas estavam brigando para valer. As bruxas de Meive apareceram e bloquearam a passagem. Não os deixariam passar. Essa era a ordem delas. Falaram todas juntas:

— Vocês não passar por esta porta.

Dentro da sala, Meive e Liz estavam lutando de igual e não havia mais nada dentro da sala em pé. Liz era muito rápida e Meive não conseguia atingi-la o suficiente para derrubá-la. Não a tinha enfrentado em combate e, tinha que admitir, ela era boa.

— Desista, Meive. Você perdeu.

— Não acredite nisso.

Porém, elas foram interrompidas por um forte barulho. A porta se abriu e Caio entrou seguido por Tamas e seus soldados. As bruxas estavam encurraladas. Elas se juntaram a Meive, que evocou sua sombra do mal. Ela surgiu na sala do trono e tomou conta de tudo. Caio gritou por Liz, mas a sombra a envolveu e sua luz se apagou. Ele não conseguia mais a ver nada, e a sombra desapareceu com Meive e as bruxas.

A claridade voltou a sala do trono. Caio viu que todos estavam no mesmo lugar. A luz do Sol voltou a brilhar em Cinara e todos comemoraram a vitória. Menos Caio. Meive havia partido levando Liz com ela.

Quando a sombra a envolveu, Liz se viu presa e tudo girava. Sua luz não era suficiente para livrá-la. Nisso, a sombra parou e a jogou no chão, e ela viu Meive ao seu lado.

— Chegamos. Não se preocupe, logo estará em seus aposentos.

Liz olhou em volta, era apenas escuridão e muitas árvore secas, uma floresta morta. Olhou para o céu e não sabia se era dia ou noite. A terra em que pisava era um pó negro, não tinha vida em lugar algum, apenas cheiro da morte. As bruxas a fizeram andar e quando ela se deu conta, viu um castelo enorme e assustador na sua frente e um imenso portão, não pretendia entrar, mas o portão se abriu e Meive entrou, e elas a levaram para dentro à força. Não havia ninguém, apenas elas e o silêncio, que começava a perturbar.

Liz tentou se livrar das bruxas, mas não conseguiu. Tentou brilhar, mas sua luz logo se apagou. Sentia-se mal naquele lugar, era um ser de luz, precisava da luz do Sol. Meive continuava andando e falando com ela sem lhe dirigir o olhar.

— Tente o quanto quiser. Aqui é o meu reino e sua magia não vai te salvar.

Dentro do castelo, as bruxas a soltaram. Meive a esperou e começou a andar quando ela estava ao seu lado. As bruxas as seguiam mais atrás. Elas entraram em um grande salão, no qual, no centro, havia um círculo com símbolos que Liz já havia visto no galpão. Ela não gostou nada disso, ficou apreensiva e parou. Então, Meive viu que ela usava o cordão com o cristal, foi até ela, arrancou-o do seu pescoço e o colocou sobre uma mesa que havia no centro do círculo.

— Não vai precisar dele aqui. Fica comigo.

— O que vai fazer? Não disse que aqui minha magia não funciona.

— Não acha que eu a trouxe aqui para passar férias, acha? Você é minha prisioneira. Mas não é aqui que vai ficar. Preparei um lugar especial. Você vai gostar.

Saíram da sala e as bruxas a seguraram e a conduziram por um corredor muito longo. No final dele havia apenas uma porta, Liz pressentiu que havia algo errado, que não devia entrar ali. Mas as bruxas abriram a porta, jogaram-na lá dentro e trancaram a porta. Liz ainda pôde ouvi-las se afastando. Olhou ao redor. Era uma cela e havia apenas um pano sujo no chão. Tinha uma pequena janela, onde só cabia sua mão. Sentou-se num canto e não queria pensar em mais nada.

CAPÍTULO 22

Aurora e Ana foram para o castelo logo que sentiram que Cinara estava livre de Meive. Ao chegarem, encontraram Caio vasculhando tudo. E uma coisa as deixou apreensivas: onde estava Liz? Caio contou tudo a elas. Tamas havia saído com seus soldados para verificar se não havia mais nenhum intruso e voltou com boas notícias:

— Não há mais ninguém, todos sumiram com Meive.

— Esperava que encontrasse alguém ou algo que nos desse uma pista para onde a levaram.

— Eu mesmo verifiquei e não há rastro delas.

Aurora também estava apreensiva. Não conseguia sentir a presença de Liz em lugar algum. Dessa vez, tinham escondido Liz muito bem. As fadas já haviam retornado ao castelo e já sabiam do sumiço de Liz. E tudo precisava ser arrumado e limpo. Aurora pediu-lhes que fizessem isso para se ocupar. Não era bom todos ficarem nervosos, afinal, a temporada de Meive em Cinara não tinha sido nada agradável.

Ela chamou Caio e Tamas para irem até a sala de cristal. As fadas dos Quatro Elementos esperavam por eles.

— Desculpe, Aurora. Ainda não achamos Liz.

— Eu sei. Esperava que vocês tivessem mais sorte. Temos que nos esforçar mais.

As horas passavam e Liz continuava sozinha. Não havia nenhum som do outro lado e a escuridão havia aumentado. Não conseguia ver mais nada, o escuro tomara conta de tudo. Estava com frio, precisava se aquecer, mas sua magia não funcionava ali. Ela tentou brilhar e sua luz apareceu, mais fraca, mas foi o suficiente para aquecê-la e vencer o escuro.

Ouviu passos. Ela apagou sua luz. Abriram a porta um pouco de claridade de tochas invadiu e iluminou a cela. Ela viu Meive.

— Está confortável? Mas chega. Tenho uma surpresa. Venha.

— Não!

— Não crie caso. Ninguém vai te achar. Tem uma pessoa que veio te ver. Um velho amigo. Pode entrar e a pegue. Tenho pressa.

Liz teve uma surpresa desagradável. Não acreditava no que via. Era Nilon, ali, bem a sua frente.

— Surpresa! Meive me trouxe de volta do outro lado.

Ele a agarrou pelo braço e ela sentiu o quanto ele era frio e mal. Isso a deixou assustada, era um verdadeiro pesadelo. Ele a arrastou para fora e, por mais que ela resistisse, ele estava mais forte do que nunca. Meive foi na frente. Já não estavam no corredor. Ela viu que iam em direção à sala onde estava o seu cristal.

Pararam na entrada da sala e Liz viu que as bruxas também estavam lá. Precisava escapar de Nilon, mas ele apertava forte seu pulso. Meive apenas olhou para ele, que pegou Liz à força e a colocou dentro do círculo. Ela viu seu cristal sobre a mesa. Tinha que pegá-lo, com ele teria chances de escapar. Notou que o chão onde pisava era feito da mesma pedra do amuleto que Meive colocara nela para roubar sua energia. Então, os símbolos esculpidos no chão começaram a brilhar e ela caiu.

— O que está fazendo comigo?

— Vai ficar aqui até não restar um só vestígio de energia e vida em você.

Liz olhou para mesa e para o cristal. Sabia que tinha que pegá-lo de volta e fugir daquele lugar e para longe de Meive.

— Não pode me manter aqui!

— Claro que posso.

Todos saíram e a deixaram ali, sozinha. Logo ela notou que alguém se aproximava. Era Nilon.

— O que você quer aqui? Veio zombar de mim?

— Só queria lhe dizer que não esqueci o que fez. Mas não se preocupe, uma hora Meive vai se descuidar e eu vou acabar com você. Aproveite sua prisão enquanto pode, porque não vai durar muito.

Ele saiu quando uma bruxa entrou. Além de estar presa, tinha esse maluco que a ameaçava. Precisava sair logo dali. Lutou contra o sono, mas acabou adormecendo. A última coisa que viu foi a bruxa que a vigiava.

Liz acordou e viu que estava em casa. Ouviu seu pai cantando uma música enquanto cozinhava. Foi até ele e o abraçou. Tinha saudades dele e do tempo em que eram só os dois. Então, viu aquela sombra tomando conta de tudo e sua casa desapareceu. Ela gritou por seu pai e acordou assustada. Tinha sido apenas um pesadelo. Olhou e a bruxa não estava mais na sala.

Ela viu que uma borboleta azul se aproximou e ficou voando em volta dela. Achou estranho, pois não tinha visto qualquer tipo de vida naquele lugar. O que ela fazia ali? A borboleta começou a voar para o alto. Liz se levantou e olhou para cima. O campo de força que a prendia ali não ia até o teto e dava para passar por ele, mas para isso precisaria mudar para forma de fada. Ela hesitou, afinal, não sentia sua magia ali, mas a borboleta ficou agitada.

Ela resolveu tentar. Se não desse certo, pelo menos havia tentado. Concentrou-se e sua luz brilhou. Ela conseguiu mudar de forma, voou para cima e atravessou o campo. Quando já estava do lado de fora da cela, caiu no chão e voltou à forma humana, pegou o cristal, agora precisava sair dali, mas para onde iria? A borboleta chamou sua atenção para a parede. Liz entendeu o que ela queria mostrar. Tocou a parede até que achou uma pequena pedra solta. Moveu e uma passagem se abriu. Ela passou e a porta se fechou. Era um túnel. Estava muito escuro, mas Liz continuou andando, apoiando-se na parede, até que conseguiu chegar à saída.

Olhou e viu que o túnel a levou para uma floresta, do outro lado do castelo, que estava bem distante. Tinha que sair dali, mas para onde ir? Devia ter uma saída daquele lugar, claro. Começou a andar e entrou mais para dentro da floresta. Por onde olhava não via sinal de nada com vida. Era apenas ela e a borboleta.

Sentou-se um pouco, pois estava cansada, e percebeu que ainda trazia o cristal na mão. Colocou-o novamente no cordão e voltou a usá-lo. Sentiu sua magia voltando com ele, apesar de em menor intensidade, mas ela já não estava mais sozinha. Então, ouviu algo muito familiar. Era barulho de água. Foi andando até encontrar uma cachoeira. A água era limpa e pura. Animou-se, pois podia abrir um portal ali. E foi o que ela fez. Ela abriu o portal e o atravessou, e só quando estava do outro lado é que percebeu que a borboleta havia ficado para trás. Mas não teve tempo de falar nada, pois o portal se fechou.

O portal a levou para Price. Foi, então, que notou que estava toda suja. Resolveu ir para casa para ver seu pai antes de voltar para Cinara.

Como não havia ninguém por perto, mudou para a forma de fada e voou. Viu seu pai do lado de fora, mexendo no carro. Voltou à forma humana e se aproximou. Quando ele a viu, eles se abraçaram.

— Pai, senti tanto sua falta.

— Soube do que aconteceu. Onde estava? Estão todos te procurando.

— Por quanto tempo fiquei desaparecida?

— Faz um mês que estão te procurando.

Isso deixou Liz pensativa. Tinha perdido a noção de tempo no reino de Meive. Para ela, tinham sido apenas dias.

— Vamos entrar, Liz. Está precisando de um banho.

Ela riu, concordando, e eles entraram. Dentro de casa, ela subiu para seu quarto e seu pai foi para cozinha para preparar-lhe um lanche. No quarto, ela foi direto tomar um banho. Depois viu o quanto sua roupa estava suja e a jogou no cesto. Vestiu-se e ficou animada. Era bom voltar a usar suas roupas antigas.

Desceu para cozinha e algo muito inusitado aconteceu: era como em seu sonho, a mesma cena: seu pai na cozinha, cantando enquanto cozinhava. Ela não gostou e ficou em alerta. Algo ia acontecer ali, no mundo mortal. Suas forças começavam a voltar e sabia que logo estaria forte novamente.

Seu pai preparou a mesa e os dois comeram juntos. Ela acabou relaxando, pois não havia acontecido nada de errado. Deitou-se no sofá, mas não podia dormir. Precisava ficar alerta. Mas ficou um tanto zonza e só percebeu seu pai a cobrindo e se afastando. Antes de adormecer, seu último pensamento foi quem a havia ajudado a fugir.

Liz acordou e olhou em volta. Estava sozinha. Para onde seu pai tinha ido? Então, a luz foi acesa e ela viu Nilon e seu pai cercado por soldados da sombra.

— Falei que pegaria você. E agora, sem ninguém para interferir, vou matá-la.

— Solte meu pai. Ele não tem nada com isso.

— Tola. Não é ele. Foi tudo uma encenação e sua imaginação.

Liz viu que, realmente, não era ele, mas um dos soldados de Nilon. Ela se viu cercada por eles. De repente, um portal se abriu. Era Meive, furiosa. Ela atacou Nilon e depois atingiu Liz. Os dois sentiram o impacto.

— Ela é minha! Foi muita ousadia sua! Mando você de volta de onde o tirei.

Liz viu uma oportunidade para fugir enquanto os dois estavam ocupados. Abriu rapidamente um portal, mas Meive a atacou com mais força e ela caiu. Porém, antes escondeu o cristal.

Quando Nilon atraiu Liz para fora do reino de Meive e a trouxe de volta para o mundo mortal, todos em Cinara puderam sentir sua presença e sua localização. Caio recebeu um recado de Aurora e foi até ela.

— Alguma novidade, Aurora?

— Achamos ela. Precisa ir rápido.

Aurora abriu um portal para Caio. Tamas chegou, pois já sabia da novidade, e falou:

— Vou com você, Caio.

Eles atravessaram o portal, que os levou para a casa de Liz. Do lado de fora, eles podiam ouvir as duas e Nilon. Meive percebeu a presença de Caio.

— Droga! Caio está aqui. Termino com você depois, Nilon. Pegue a garota e vamos sair daqui.

Mas Liz não queria ir, ainda mais sabendo que Caio estava tão perto. Ela ouviu a casa sendo invadida e Caio chamando por ela:

— Liz! Onde você está?

Ela tentou se soltar das mãos de Nilon e começou a gritar por ele, mas, depressa, Meive abriu um portal e disse:

— Segure ela! Temos que ir. Mas antes vamos deixá-los ocupados.

Nilon ordenou seus soldados que os matassem e, mesmo com os protestos de Liz, eles a levaram. Quando Caio e Tamas conseguiram chegar até onde estavam os soldados, foram atacados, mas os homens de Tamas conseguiram dar um fim neles. Entretanto Caio não chegou a tempo e só havia o rastro do portal. Mas já era uma boa pista.

Meive levou Liz de volta para seu Reino. Dentro do castelo, Nilon a colocou sentada em uma cadeira.

— Agora não saia daí e pare de fugir!

— Viu o que fez, Nilon? Sua sede de vingança nos levou de volta ao mundo mortal. Idiota! Agora Caio vai nos seguir até aqui. Prepare-se!

— O que vai fazer com ela?

— Não se preocupe. Darei um jeito para que se comporte.

Havia em toda cadeira cipós que começaram a se mover. Meive lançou um feitiço e eles entrelaçaram nos braços de Liz, como da outra vez, prendendo-a na cadeira. Ela tentou se soltar, mas eles apertavam ainda mais os seus braços.

— Agora que está instalada, tenho que sair.

— E você, Nilon, tente se controlar e não a mate. Volto logo.

Nilon pegou uma cadeira e sentou-se em frente a Liz.

— Estou cansado de ficar correndo atrás de você.

— Deixe-me ir embora. Diga a Meive que eu derrotei você.

— Acha que sou tolo? Não vai sair.

Liz precisava se soltar daquela cadeira e voltar ao mundo mortal. Tinha deixado o cristal escondido em sua casa. Sabia o que fazer: daria um fim em Meive e teria sua vida de volta. Primeiro, tinha que tirar Nilon do seu caminho. Irritá-lo era um bom começo.

— Olhe para você! Voltou do mundo dos mortos, mas continua com aparência péssima. Devia falar com Meive. Ela deve ter se esquecido de como era sua cara feia. Se quiser, mando você de volta e não terá mais que me ver.

Liz sabia que Nilon não a suportava e percebeu que deu certo, ele tinha ficado irritado. Ele levantou-se e jogou a cadeira em que estava longe.

— Pare com isso ou acabo agora com você!

— Não tem coragem de enfrentar Meive, covarde.

— Garota... Está se arriscando.

— Não tenho mais medo de você. Que ao contrário obedece Meive como um cão.

Nilon ficou tão furioso com as provocações de Liz que agarrou a cadeira em que ela estava, levantou-a e a bateu no chão. Liz, então, usou sua magia, brilhou intensamente, cegando Nilon e fazendo os cipós a soltarem. Ela esquivou-se de Nilon e aproximou-se da porta. Não havia ninguém por perto. Ela foi pelo corredor e parou ao ouvir a voz de Meive chegando perto. Sua única saída era uma pequena abertura na parede, então, mudou para a forma de fada e conseguiu passar.

Olhou em volta. A passagem a levara para outra sala, onde não havia nada, apenas um vazio. Viu uma porta do outro lado da sala. Ou ela ia até a porta ou voltava para o corredor. Ouviu Nilon avisando a Meive da sua fuga.

— Procurem-na! Ainda está dentro do castelo. Posso senti-la.

Liz se viu sem saída. Tinha que atravessar a sala. Voou até a porta e voltou à forma humana. Estava aberta, mas não dava para ver nada. Detestava isso. Passos se aproximavam. Ela passou pela porta e, quando se deu conta, estava no jardim de Cinara. Como isso era possível? Olhou para trás e não viu mais a porta.

Começou a caminhar, mas sabia que tinha algo errado. Não tinha voltado para Cinara. Nisso, ouviu uma voz suave cantando e foi em sua direção. Era uma moça, de cabelos longos, rodeada de fadas, que riam com ela. A moça parou, olhou-a e a chamou:

— Aproxime-se! Deixe-me ver você, Liz.

— Como sabe meu nome?

— Fui eu que escolhi ele para você.

Aquilo deixou Liz perturbada. Nunca tinha visto a imagem da sua mãe. Sabia apenas o que seu pai e Aurora haviam lhe falado. Afastou-se, receosa.

— Não tenha medo. Venha, sente-se comigo.

A moça lhe estendeu a mão e ela aceitou o convite, sentando-se ao seu lado. Então, notou que ela usava o cristal pendurado no cordão. Levou sua mão até o bolso e ainda estava com ele. Como isso era possível? Levantou-se.

— Quem é você?

— A última vez que te vi você era apenas um bebê.

— Você não é minha mãe. Ela morreu.

— Está confusa, querida. Está a salvo aqui. Podemos ficar juntas para sempre.

A moça a abraçou e disse:

— Senti tanto sua falta! Fique e poderemos ser mãe e filha finalmente.

— Me solte!

Mas a moça não a soltava. Então, tudo começou a desaparecer e Liz viu que quem a segurava era Meive.

— Você está conseguindo me irritar. Eu lhe ofereci a oportunidade de viver aqui com sua mãe.

— Eu sei que era apenas uma ilusão. Nunca vou desistir de escapar de você.

Liz viu que estava em uma cela. Meive saiu e a deixou trancada.

Com ajuda de Aurora, Caio ficou sabendo a localização de Meive e, consequentemente, de Liz. Essa era primeira vez que iriam ao reino obscuro de Meive. Tamas iria com ele para ajudar a resgatar Liz. Aurora abriu um portal que os levou para dentro do castelo. Esconderam-se, pois precisavam achar Liz. Em seguida, subiram a escada, que os levou até alguns corredores internos. Estranharam não haver ninguém lá. Onde estava todos?

Caio sabia como achar Liz. Ele lançou um pó no ar, que mostrou para onde a tinham levado. Eles desceram outra escada e a acharam presa em uma cela. Caio a chamou e ela demorou para responder. Ele abriu a porta e se aproximou, mas ela se afastou um pouco. Meive já a havia a enganado e ela estava com receio, mas ele pegou sua mão e ela sentiu que era realmente ele. Tamas os apressou. Caio a conduziu para fora. Agora, precisavam sair do castelo.

Já do lado de fora, Meive e Nilon os aguardava. Havia muitos soldados, que os cercaram. Liz tinha a oportunidade que esperava.

— Suas maldades acabam aqui, Meive.

Liz brilhou e sua luz foi tão intensa que fez os soldados de Nilon se afastarem. Ele fez o mesmo e, assim que a luz tomou conta de tudo, saiu e deixou Meive sozinha. Tudo em volta começou a voar pelos ares e Meive atacou Liz, mas ela se defendeu e a atacou, fazendo-a cair no chão. Liz se aproximou dela e, com o cristal pulsando em sua mão, desejou algo, e uma luz envolveu Meive, aprisionando-a dentro dele. Liz podia ouvi-la gritando que se vingaria.

Caio e Tamas assistiram a tudo e se olharam, admirados. Apenas a rainha tinha poder para usar a magia do cristal. Para finalizar, Liz fez um encanto e, agora, a prisão de Meive era um pingente que ela usava no pescoço, que ainda brilhava. Nilon ficou por perto e viu tudo antes de partir, deixando-os para trás. Liz sorriu para os dois. Caio se aproximou e os dois se abraçaram. Enfim, o pesadelo havia acabado. Podiam voltar para Cinara.

INVERNO

CAPÍTULO 1

Passaram alguns meses desde que tudo terminou. Liz se dividia entre o mundo mortal e Cinara e voltou a estudar, mas sua intenção era viajar e conhecer novos lugares antes de começar cursar a faculdade. Ainda não tinha decidido qual curso faria, mas, qualquer que fosse ele, sabia que não combinava muito com sua realidade. Não era todo mundo que era rainha das fadas e vivia entre dois mundos diferentes. Porém isso era só um detalhe, podia conciliar as duas coisas. Já havia pensado em um curso que combinava mais com seu estilo e que a levaria a viajar sempre.

Ana já era sua colega de classe e continuava a acompanhá-la. Como ela vivia no mundo mortal também, animou-se quando Liz a incentivou a continuar estudando, assim podiam ir para a mesma faculdade. Ela até tinha pensado no assunto e em estudar algo que envolvesse botânica, por exemplo, para ajudar a cuidar dos jardins. Liz gostou da ideia, então, as duas combinaram de pesquisar mais sobre o tema. Caio estava sempre por perto. Ele também havia se mudado para a cidade, vivendo na residência de Tamas, que se mudou para Price e dava aulas de música no Conservatório Municipal, afinal, ele era um ótimo professor de Música.

Quanto a Aurora, ela só não gostou de uma decisão de Liz: continuar usando o cristal que, na verdade, era a prisão de Meive. Por mais que ela tocasse no assunto, Liz dizia que ele não sairia de perto dela, então, em determinado momento, Aurora não falou mais nisso.

Liz e Caio haviam se distanciado um pouco, porque eles tiveram um desentendimento, também por causa do cristal. Ele pediu para guardá-lo e ela insistiu que não. Aos poucos, ele parou de acompanhá-la como antes e voltou a ser apenas seu protetor, o que a deixou muito triste. Ela sabia que era culpa sua, então, procurava se manter ocupada com os afazeres de Cinara, que a distraía o dia todo e dos quais ela gostava muito. Sempre tinha um acontecimento novo e no final de cada tarde ela sentava-se com as outras fadas no pátio do castelo para conversarem. Liz gostava de ouvi-las, e as novidades, e, assim, ficava por dentro de tudo que acontecia. Aurora admirava isso nela. Era algo que a mãe dela também fazia e era amada por sua bondade com todos.

Já era sexta-feira, Liz olhou no relógio e viu que a aula terminaria logo. O tempo estava bonito naquele inverno. Teriam neve e ela gostava, porque tudo ficava muito branco. Aurora lhe disse que esse era um período muito ruim para as fadas, pois o Sol deixava de brilhar um pouco e era preciso poupar energia.

Liz olhou pela janela e viu Caio do lado de fora, esperando-a. O sinal tocou e ela e Ana foram encontrá-lo. Ele estava parado perto do carro, e quando elas se aproximaram ele não disse nada, apenas abriu a porta do carro e elas entraram. Seu pai tinha conseguido outro emprego, pois tudo que tinha a ver com Meive havia desaparecido, o que permitiu que eles continuassem morando na cidade com mais tranquilidade, afinal, Liz sabia exatamente onde ela estava.

Ele sabia que ela iria para Cinara no final de semana. Caio havia contado a ele sobre o inverno e que quando as fadas lá se reuniam, era muito importante a presença da rainha para manter todos a salvo do frio. Ela era como uma chama que mantinha forte a energia de cada ser mágico. Caio entrou no carro e viu que ela parecia apreensiva.

— O que está te preocupando?

— Hoje, faz quatro meses que aprisionei Meive.

— A culpa é desse cristal. Guarde-o em Cinara.

— Talvez, tenha razão. Vou pensar no assunto.

— Não adianta falar com você... Vamos, seu pai está te esperando.

O que Liz não falou para ninguém era que os pesadelos haviam voltado, e depois da reação de Caio, ela preferiu nem tocar no assunto. Ele ligou o carro e os três foram para casa de Liz. Caio ficou calado e ela detestava quando ele fazia isso, então, começou a mexer com ele, que acabou cedendo e eles fizeram as pazes.

Encontraram o pai de Liz esperando-os do lado de fora, pronto para partir para sua pescaria com seus amigos. Ele se despediu deles e saiu. Estava tudo tranquilo, mas, então, Liz viu seu novo vizinho espionando-os. Ela entrou em casa com Caio. Ana já estava na cozinha e falava com eles:

— Vamos comer antes de irmos para Cinara, Liz!

— Claro, Ana! Mas você limpa tudo depois.

Liz foi até a janela, mas não havia mais ninguém. Ana os chamou e eles almoçaram. As horas foram passando e logo a noite chegou. Caio havia adormecido no sofá e Ana estava na cozinha arrumando tudo. A garota deixou Caio dormindo, assim poderia investigar o que estava acontecendo antes de ir para Cinara. Eles podiam ir no dia seguinte mais cedo.

Liz não conseguia parar de pensar no seu novo vizinho. Estranhou quando se mudaram para aquela casa, que estava abandonada há muito tempo, mas logo viu uma movimentação e a casa foi reformada. Nunca havia reparado que eles a vigiavam. Havia uma distância razoável entre as duas propriedades, mas sabia que não era cisma sua. Ele estava, sim, vigiando-os. Voltou à janela.

Ele estava parado perto dos arbustos e saiu quando ela o viu. Ela resolveu que ainda não comentaria nada, primeiro descobriria o que estava acontecendo, afinal, não tinha acontecido nada de errado. Deitou-se ao lado de Caio e adormeceu. Acordou de madrugada e estava tudo quieto Ana também dormia, em um colchonete em frente à TV. Liz levantou-se e a desligou, e ouviu sons vindo do lado de fora da casa.

Saiu na varanda e viu que o som vinha da casa do vizinho. Havia luzes acesas, então, resolveu ver o que era. Calçou suas botas, colocou o casaco de Caio e foi em direção à casa. Quando estava perto, parou e assumiu a forma de fada. Não queria ser vista, nem chamada de xereta, pois podia ser só cisma dela. Ouviu vozes e se aproximou mais para ver quem era e, para sua surpresa, era Nilon. Mas o que ele fazia aqui depois de tanto tempo? A última vez que o viu, ele havia fugido e não foi mais visto. Ele parou de falar, olhou em sua direção e disse:

— Sei que está aqui. Liz continua curiosa.

Ela saiu de onde estava, voltou à forma humana e foi até ele, mas quando se aproximou algo a deixou temerosa: ela podia sentir o frio que vinha dele. Para onde ele teria ido e por que tinha voltado e a estava vigiando-a? Ele percebeu seu temor e levou sua mão até ela, que se afastou, não o deixando tocá-la. Ele riu quando ela perguntou:

— O que faz aqui?

Então, Nilon olhou para o cristal que ela trazia no cordão. Ela deu um passo para trás, segurou-o e falou:

— Não vai pegar o cristal. Meive nunca mais vai mais me prejudicar.

Liz percebeu as bruxas de Meive se aproximando, e quando iam agarrá-la, ela acordou e viu que estava em sua casa, deitada do lado de Caio. Porém ela sabia que tinha sido real, ainda sentia o frio que vinha de Nilon. Cobriu-se, mas não dormiu mais. Ficou deitada até os dois acordarem. Eles iriam para Cinara e lá estaria mais segura. Agora cogitava a ideia de deixar o cristal guardado. Não parecia mais uma boa ideia ficar com ele como se fosse uma joia.

Amanheceu e depois de tudo pronto os três saíram. Liz abriu um portal e o atravessaram, só que ela sentia que a estavam observando. Olhou de relance e viu que era seu vizinho, mas ignorou o fato. Aurora os esperava. Tudo ia muito bem sem a presença de Meive, pois, antes, os habitantes de Cinara viviam com o medo de uma invasão, mas, com a bruxa presa, todos respiravam mais tranquilos. Caio as deixou com Aurora e foi para sua casa; avisou Liz que mais tarde voltaria.

As três tinham muito que fazer. Assumiram a forma de fada e foram até a estufa, onde as sementes estavam sendo cultivadas. As horas foram passando e Liz se concentrou em seus afazeres. No final do dia, voltou para o castelo para encontrar Caio. Achou que ele já a estivesse esperando, na sala do trono, como sempre, mas quando entrou não o encontrou. Foi até o pátio, mas só havia algumas fadas pequenas brincando. Então, um pensamento veio a sua cabeça: resolveu ir até a casa dele para procurá-lo e lhe fazer uma surpresa. E ia tentar colocar um ponto-final no desentendimento deles, porque não gostava da maneira como seu relacionamento com ele estava. Não deixaria que eles se afastassem definitivamente por causa de Meive.

Foi até o estábulo do castelo. Ia aproveitar e cavalgar um pouco. Caio a ensinara e ela nunca ficava sem andar a cavalo. Preparou seu cavalo e montou. Gostava de sentir o vento em seu rosto. Quando já estava fora dos limites do castelo, entrou no bosque. Era um bom caminho e sabia que Caio sempre ia e voltava por aquele trecho. Esperava encontrá-lo, pois logo escureceria; o Sol já começava a se pôr.

Quando já estava dentro bosque viu a trilha que levava até a casa de Caio. Faltava apenas alguns metros para chegar quando ela notou que estava sendo seguida. Ela parou e observou tudo ao seu redor. Então, viu que não eram pessoas e, sim, sombras, que se aproximavam dela, o que deixou o cavalo agitado. Liz o acalmou e ele voltou a andar, mas foi mais devagar, pois estava arisco.

Ela reconheceu as sombras: eram os soldados de Nilon. Eles tinham entrado em Cinara novamente. Eles a cercaram, o que fez o cavalo empinar e derrubá-la. Liz levantou-se e brilhou, e as sombras desapareceram. Ela pegou as rédeas do cavalo e foi conduzindo-o a pé.

O vento parou de soprar e só se escutava seus passos e os do cavalo. Ela pensou em algo e já levou a mão ao cordão; estava com o cristal. Devia tê-lo deixado no castelo. Era atrás dele que eles estavam. Montou no cavalo e foi o mais rápido que conseguiu. As sombras voltaram a cercá-la e, dessa vez, ela não conseguiu controlar o cavalo. Antes que caísse no chão, assumiu a forma de fada. Assustado, o cavalo voltou em direção ao castelo, saindo do bosque e a deixando sozinha. Ela não viu mais as sombras e percebeu que estava perto da casa de Caio. Voou para a saída do bosque, mas Nilon apareceu e a prendeu e, no mesmo instante, atravessou o portal, levando-a junto.

Nilon prendeu Liz em uma prisão muito parecida com a qual Tamas a prendera, mas essa era feita de gelo. Ela ficou aflita, tinha que sair dali. Batia contra o vidro, mas, na forma de fada, era inútil, devido à sua fragilidade. E sua magia não surtia efeito contra o frio. Nilon se aproximou e ela se afastou, levando a mão ao cordão.

— Olá, Liz. Faz tempo! Não... Nos vimos outra noite.

— Não vou lhe dar o cristal. Para onde você me trouxe? Que lugar e esse?

— Gostou? É minha residência pessoal. Aqui não vão te achar. Agora você não escapa.

Liz notou que estava tudo coberto de gelo. Logo, começaria a sentir o mal que isso lhe fazia. Precisava se livrar das garras de Nilon. Ele pegou o objeto em que ela estava e o pendurou em um gancho preso no teto. Então, saiu, deixando-a lá, gritando com ele. Ela procurou se acalmar e iluminou o local com sua luz. Notou que era um calabouço. Tinha que admitir, dessa vez estava muito encrencada. E ninguém sabia onde ela estava, teria que sair dali sozinha. Mas não entregaria o cristal, não deixaria que libertassem Meive.

Nilon voltou, mas não olhou em sua direção. Trazia um saco bem grande nas mãos. Ele o virou e o que tinha dentro caiu no chão. Era um rapaz, que estava com as mãos presas. Ele era loiro e alto, devia ter sua idade, e não parecia estar aflito por ter sido pego por Nilon, que estava enfurecido por algo que ele tinha feito.

— Pensou que podia me roubar e ficar impune? Agora ficará aqui. Nunca mais sairá.

O rapaz nada respondeu. Olhou em direção a Liz e zombou de Nilon:
— Vejo que resolveu iluminar sua prisão. Quem é ela?
— Não te interessa. Agora cale-se e me devolva o que roubou.

Nilon pegou o rapaz, que não respondeu, e o jogou para dentro de uma cela. Foi em direção a Liz e bateu os dedos no vidro, o que a deixou enfurecida. Ele saiu rindo, pois adorava irritá-la. Uma coisa ela tinha certeza: para pegar o cristal, ele teria que libertá-la e essa seria a oportunidade perfeita para fugir, mas antes daria uma lição em Nilon. Disso ele não escaparia. Só pela sua audácia em invadir Cinara.

Agora tinha certeza de que seus vizinhos a espionavam o tempo todo, a mando de Nilon, claro. Pensou em seu pai e ficou aliviada quando se lembrou de que ele não estava em casa, que ficaria fora todo o final de semana. Sentou-se. Precisava pensar em algo e sair logo dali. Procurou-se manter aquecida. Podia sentir o frio que vinha do lado de fora. Olhou tudo ao seu redor. Não tinha mais ninguém ali, eram só ela e o rapaz, que a olhava. Simpatizara-se com ele. Qualquer um que conseguia irritar Nilon podia se tornar um aliado.

Caio havia voltado ao castelo e quando o viram chegar sozinho ficaram preocupados. Pensavam que ele e Liz estivessem juntos. Aurora contou que ela havia saído a cavalo para encontrá-lo. Resolveram esperar mais um pouco e, então, Aurora ficou com Caio no pátio do castelo, esperando-a. Não era motivo para ficarem preocupados, logo ela chegaria, eles tinham se desencontrado. Mas quando o cavalo chegou sozinho, Aurora teve a certeza de que algo havia acontecido.

Caio pegou as rédeas do cavalo e notou que ele estava assustado e tinha voltado muito rápido. Liz não o deixaria voltar dessa maneira ao castelo, por isso, decidiu procurá-la. Foi até o estábulo, deixou o cavalo sob cuidados e pegou outro. Chegando ao bosque, viu que tinha algo errado. Havia muitos galhos quebrados e terra remexida, que ele sabia ter sido feito pelos cascos do cavalo. Então, usou sua magia para procurar o rastro do portal. Lançou um feitiço e viu muito rápido a imagem de muita neve. Que lugar seria aquele? Liz não sairia de Cinara sem avisar. Ela tinha sido levada contra sua vontade.

Ele ouviu um barulho no alto das árvores. Alguém estava escondido, observando-o. Ele lançou outro feitiço, que fez as árvores jogarem no chão quem estava lá. Era um duende. Caio o conhecia, ele morava no vilarejo perto do castelo.

— O que faz aqui? Por que se escondeu?

— Desculpe, pensei que era ele. Tive medo de sair.

— Do que está falando? Você viu Liz aqui mais cedo?

— Vi. Eu estava aqui quando ela veio no cavalo e aquele homem frio a levou.

— Então, sabe quem a levou. Como ele era?

— Era grande e muito mal. Havia sombras com ele.

— Nilon! É ele, com certeza, voltou e a levou pelo portal. Obrigado! Agora volte para casa, não tem mais perigo. Eles já pegaram o que queriam.

O duende foi em direção ao vilarejo e Caio montou no cavalo. Tinha que avisar Aurora. Aquilo não podia ter acontecido. Sabia que Nilon se vingaria de Liz e libertaria Meive. Mas para onde ele a teria levado? Correu para o castelo.

Liz já estava cansada de ficar presa em um local onde não havia janelas. Foi, então, que ouviu alguém a chamando. Virou-se em direção à porta e brilhou, e quando viu quem era ficou surpresa.

— Nisco? É você?

— Sim, estou preso aqui faz muito tempo.

— Você nos entregou.

— Não, eles me obrigaram. Tem que acreditar em mim.

O ladrão que ouvia tudo se aproximou da porta da sua cela e entrou na conversa:

— Vejo que se conhecem. Acreditem, é muito difícil fugir daqui.

Liz iluminou sua porta e ficou zangada com ele. O que achava que fariam? Ficar ali esperando o pior acontecer?

— O que você roubou de Nilon que o deixou enfurecido?

— Nada que lhe interesse. E você quem é? Nunca vi uma fada por aqui.

— Onde estamos?

— Estamos no esconderijo de Nilon.

— Isso ele já me disse. Quero saber o local.

— Acredite, é o último lugar que gostaria de estar. Chama-se Sibac. Já foi um bom lugar para se viver.

Nisco voltou a chamar Liz, que ainda não tinha entendido como ele tinha chegado ali.

— Desde quando está aqui?

— Lembra-se que saí para procurar Caio? Então... Eu os encontrei, só que eles me capturaram e nunca mais sai daqui.

— Muita coisa aconteceu depois disso. Mas não importa. Tenho que voltar para Cinara.

— Se vocês quiserem posso ajudar vocês a escaparem. Só quero uma coisa em troca.

Liz olhou para ele e disse:

— Você quer receber para nos tirar daqui. Não tenho nada aqui, mas, acredite, quando chegarmos em Cinara receberá seu pagamento.

— Quero o cristal que está usando. Já é o suficiente.

— Ele não! Peça outra coisa

— Certo, aceito outra forma de pagamento.

Na verdade, o ladrão fingiu aceitar a proposta e ficar sem o cristal e avisou:

— Está bem, mas tem que ser esta noite. Concorda?

— Claro, mas o cristal eu não lhe darei.

Nisco ouviu tudo que os dois acertavam. Tinha que ir junto com Liz ou Tamas não acreditaria nele e em sua inocência.

— Liz, leve-me com você.

— Tudo bem. Mas como vão sair da cela?

O ladrão colocou a mão para fora. Ele trazia o que parecia um pequeno grampo e facilmente abriu o cadeado, saiu e soltou Nisco. Então, ele pegou o objeto em que Liz estava, viu-a mais de perto e a soltou.

— E agora? Para onde vamos?

— Venha. Preciso que ilumine para mim com sua luz.

Liz olhou para ele com uma cara de dúvida e ele respondeu para ela:

— O que foi? Já estive aqui outras vezes.

O ladrão entrou em outra cela e Liz foi junto, seguida de Nisco. Ele levantou alguns panos que havia no chão e afastou algumas tábuas, e mostrou a eles um buraco. Liz foi na frente, iluminando o caminho, e os dois a seguiram. Em pouco tempo, estavam do lado de fora. O ladrão se virou para eles e disse:

— Vamos! Nilon vai descobrir logo que fugimos.

Os três saíram dali e depois de caminharem por um tempo, Liz viu que estavam um vilarejo. Já havia escurecido e apenas algumas pessoas estavam na rua.

— É seguro ficar aqui? Estão todos olhando.

— Não se preocupe, é seguro. É que você é a primeira fada que eles veem.

Liz voltou à forma humana, o que deixou o ladrão fascinado. Ele tinha que admitir, ela era muito bonita. Mas seu interesse era o cristal que ela trazia. Valia muito dinheiro. Ela viu que ele não tirava os olhos do cristal e o colocou para dentro da blusa.

— Quero agradecer a ajuda, mas não me disse seu nome.

— Verdade. Não nos apresentamos. Sou Agnus e, como viu, um ladrão. E você? Como foi parar no calabouço de Nilon?

— Meu nome é Liz e, como vê, sou apenas uma fada. Não sei o que ele queria comigo.

Liz não achou uma boa ideia falar para ele o verdadeiro motivo. Nisco se aproximou dela e fez sinal de que ela estava certa, afinal, não conheciam aquele homem. Fazia frio e suas roupas eram muito finas. Liz olhou para o céu e percebeu que iria esfriar mais; precisava se manter aquecida. Agnus os levou para seu esconderijo. Liz e Nisco notaram que ele não devia ficar muito em casa, pois estava tudo uma bagunça. Ele acendeu a lareira e ela sentou-se perto. Era bom sentir o calor. Ela não notou que estava brilhando. Nisco a chamou e ela parou de brilhar. O ladrão não conseguia parar de olhar para ela. Nisco não gostou e se aproximou de Liz, então, Agnus disfarçou e começou a pegar as coisas que estavam jogadas no chão.

— Fiquem à vontade. É tudo muito simples, mas se sintam em casa.

— Não vamos nos demorar. Tenho que voltar para casa.

— É arriscado sair agora. Nilon já deve estar nos procurando. Fiquem e esperem até amanhã. É mais seguro.

Liz sabia que ele tinha uma certa razão. Além do mais, estava ficando mais frio lá fora. Ela podia tentar abrir um portal, que a levaria diretamente para Cinara, mas não queria que ele soubesse quem era. Precisava se afastar daquele lugar e de Nilon para abrir um portal em segurança. Resolveu ficar. E Nisco estava com ela, podia confiar nele. Naquele momento ele era a única pessoa ou, melhor dizendo, fauno, ali que ela conhecia. Só não tinha se convencido das explicações que ele deu, pois se passara muito tempo.

Ela se ajeitou perto da lareira e adormeceu. Nisco ficou o tempo todo vigiando o ladrão, que não tirava os olhos de Liz. Sabia que ele cobiçava o cristal. Nisco derrubou um copo e ele parou de olhar para ela e fingiu que dormia. Já era de madrugada, quando Agnus notou que Nisco havia dormido. Levantou-se e foi até Liz, e viu que o cristal estava para fora de sua blusa. Com sua experiência, retirou o cristal do cordão e saiu sem fazer barulho, deixando-os sozinhos.

Amanheceu e Liz levou a mão ao cordão, e viu que o cristal havia sumido. Olhou em volta, Nisco continuava no mesmo lugar, dormindo, mas o ladrão não estava. Saiu sozinha. Precisava achá-lo e recuperar o cristal. Todos olhavam para ela curiosos. Quem era aquela garota com roupas tão delicadas andando no frio? Então, uma carruagem parou e dela desceu um homem jovem, que notou que ela estava aflita. Ele segurou Liz e falou:

— Se acalme e me diga o que aconteceu.

— Desculpe, não quero ser grosseira, mas preciso ir.

— Está muito nervosa. Venha comigo.

O jovem a fez entrar na carruagem, de certa forma forçada, e a levou dali, mas Nisco chegou a tempo de ver tudo e os seguiu de longe para ver para onde ele a levaria. Dentro da carruagem, Liz continuava a procurar pelo ladrão. Por onde passavam, ela olhava em todas as direções na esperança de encontrá-lo. O jovem fechou as cortinas e Liz notou que estava sendo grosseira, mas precisava sair e recuperar o cristal.

— Pode parar a carruagem, por favor? Tenho que achar uma pessoa. É importante.

— Fique e venha comigo. Está frio lá fora e suas roupas não são apropriadas.

Ele tirou seu manto e a cobriu. Ela notou que ele não a ouvia e achou um tanto estranho seus cabelos e pele — eram muito brancos. Por mais que quisesse ser agradável, precisava sair, então, levou a mão à porta, mas ele a impediu de sair e, dessa vez, de forma mais bruta, apertando sua mão.

— Fique, insisto.

Ele a soltou e se recostou, sorrindo para ela, que se viu prisioneira daquele estranho. Os cavalos pararam e ela ouviu quando abriram o portão. Ela olhou para fora e viu que era um castelo. Eles entraram e o portão se fechou atrás deles. A porta da carruagem abriu e ela desceu, acompanhada do jovem, que pegou em sua mão e se apresentou.

— Sou Lucca, o rei deste castelo. E ficarei muito honrado se aceitar ficar como minha hóspede.

— Desculpe, não quero ser grosseira, mas tenho que ir. Agradeço sua hospitalidade.

O rapaz ficou um tanto irritado, mas disfarçou. Pegou-a pela mão e a fez entrar no castelo contra sua vontade. Alguns empregados vieram, mas não o olhavam no rosto. Ele deu ordens a duas mulheres para conduzirem Liz para um quarto. Já no aposento, elas começaram a andar de um lado para o outro: uma trouxe um espelho e outra chegou com um vestido vermelho de veludo muito escuro. Pediram que ela se trocasse e Liz, com certa relutância e sem saída, colocou o vestido. Elas prenderam seu cabelo em um coque, deixando alguns fios soltos e, então, saíram e a deixaram em frente ao espelho.

O rei entrou trazendo uma caixa na mão. Aproximou-se de Liz, tirou um colar de esmeraldas vermelhas de dentro da caixa e o colocou em Liz. Por um tempo, ficou a admirando. Em seguida, conduziu-a até o salão, onde mais criados os esperavam com banquete pronto. Liz o seguia, mas sentia que havia algo errado. Achou melhor fazer o que ele mandava.

Nisco estava do lado de fora. Tinha que entrar e tirar Liz das mãos daquele homem. Sabia que havia algo muito estranho acontecendo. Ela não ficaria a menos que estivesse sendo forçada. Olhou para trás e viu o ladrão se aproximando. Nisco ainda não sabia que ele havia roubado o cristal de Liz.

— Onde estava? Sabe a quem pertence esse castelo?

— Pertence ao rei daqui. E sua amiga está encrencada. Ele é uma pessoa um tanto insistente. Se ele a pegou, não vai deixar que saia tão facilmente.

— Então, vamos entrar e tirá-la à força.

— Não, espere. Eu conheço o local. Entro e a tiro de lá.

O ladrão pulou os muros do castelo e entrou no pátio sem ser visto. Agora precisava achar Liz. Ele viu alguns empregados passando, pegou um e trocou suas roupas com as dele. Pronto! Agora ninguém o notaria por um tempo. Já dentro do castelo, viu certo movimento dos empregados da cozinha. Aproximou-se e se misturou a eles.

Os serviçais, então, abriram a porta do salão e ele viu Liz de longe, e o rei a cortejando. Não falou nada a Nisco, mas sabia que o rei era um homem muito rude e Liz não estava segura. Pegou uma bandeja e entrou no salão com os demais. Enquanto eles colocavam a comida na mesa, Agnus derrubou a bandeja de outro empregado e o rei foi em sua direção enfurecido, deixando Liz sozinha. O ladrão se aproximou dela e disse:

— Sabia que está encrencada?

— Onde está meu cristal? Você o roubou"

— Desculpe, foi força do hábito. Voltei a casa, mas não os encontrei.

— Esse homem me forçou vir até aqui e não me deixa sair.

— Ele é um pouco genioso e, pelo jeito, gostou de você. Mas vou te ajudar. Porém você precisa saber que ele tem poderes, por isso, não consegue sair.

— Do que está falando?

— Ele encanta as moças do vilarejo há muito tempo. Nunca mais voltamos a vê-las. O que acontece é um mistério.

— Mas você está com o cristal?

— Estou. Vou lhe devolver. Agora precisamos sair daqui. Me siga.

O ladrão começou a andar, seguido de Liz, mas um dos empregados o chamou e o mandou colocar a bandeja na mesa, o que chamou a atenção do rei, que percebeu que Liz estava perto da porta. Em segundos, as portas se trancaram sozinhas. A garota forçou-as, mas elas não abriram. O rei deu ordem para todos se retirarem, e o ladrão foi para cima dele, que o derrubou. Quando Liz olhou, viu que ele tinha um semblante assustador. Era um monstro. Uma das portas se abriu e o ladrão foi jogado para fora por uma força invisível. Ele ainda conseguiu ver Liz tentando escapar, mas o rei a segurou.

O jogaram para fora do castelo. Nisco foi até ele, muito preocupado, pois pôde ouvir o barulho que vinha de dentro do castelo.

— Conseguiu encontrá-la. O que aconteceu?

— Claro, a encontrei! Mas o rei me expulsou e a prendeu. Vamos precisar de ajuda para tirá-la das mãos dele. E tem que ser rápido.

Nisco sabia que Caio e Tamas poderiam a ajudar, mas como entrar em contato com eles? Não tinha como abrir um portal. Precisariam da ajuda de alguém que dominasse magia, então perguntou a Agnus:

— Conhece algum um bruxo ou alguém que tenha o dom da magia?

— Tem uma senhora que vive sozinha, que as mulheres procuram para curar as doenças.

— Leve-me até ela. Talvez dê certo.

Os dois foram procurar a mulher e saíram dos limites do vilarejo. Nisco viu a casa e que ela estava do lado de fora alimentandos os animais. Ela não parecia conhecer magia, mas Nisco resolveu arriscar, pois precisava de ajuda rápido.

A mulher viu os dois se aproximando e foi até eles. Nisco estava na forma de homem; havia se transformado antes de sair da cela. Nem Agnus sabia de sua origem.

— O que vocês querem aqui?

O ladrão falou antes que Nisco pudesse responder:

— Precisamos da sua ajuda.

— Eu sei o que querem, mas têm que ser rápidos ou o rei vai matar a moça.

O comentário dela fez Nisco ficar muito apreensivo. Precisava saber se ela poderia ajudá-los, assim, falou:

— Então, pode nos ajudar? Tenho que avisar meus amigos.

— Eu sei quem é você, fauno, e a garota. Vamos, entrem.

Eles a seguiram e entraram na casa. Não tinha nada de especial. Ela mandou que esperassem e voltou com uma bola de cristal. Colocou-a no centro da mesa e falou para Nisco:

— Leve seus pensamentos a quem procura, então, poderei achá-lo.

Nisco pensou muito forte em seu rei, Tamas, que já estava no castelo com Aurora e Caio, que haviam mandado que fizessem uma busca por toda Cinara. Aurora foi até a fonte com os dois para procurar Liz, mas não sentiu sua presença no mundo mortal. Então, imagens começaram a aparecer e eles viram a mulher, Nisco e o ladrão. Nisco conseguiu avisar Tamas sobre o que estava acontecendo e o perigo que Liz corria, e deu a localização deles.

Caio ficou muito preocupado com Liz. Realmente, Nilon havia voltado e a tinha capturado em Cinara. Tamas ficou muito curioso. Fazia muito tempo que não sabia de Nisco. Então, ele tinha sido feito prisioneiro. Depois que resgatassem Liz, falaria com ele pessoalmente.

Aurora abriu um portal para Sibac e Caio e Tamas o atravessaram. Nisco se aproximou de Tamas e pediu perdão por ter sido capturado. A mulher os advertiu sobre quem era o rei. Caio não gostou de Agnus, apesar de ele ter ajudado Lia a fugir; e o sentimento era recíproco, o ladrão não havia se simpatizado com Caio. Mas, naquele momento, a prioridade era a ajudar.

No castelo, Liz estava nas garras do rei, que voltou a ter um semblante suave. Entretanto era tarde, ela não se aproximava mais dele. De repente, começou a ficar muito frio dentro da sala em que eles estavam e Liz começou a se sentir muito mal. O rei se aproximou e pegou sua mão e ela percebeu que ele era frio. Agora tinha certeza, era dele que vinha aquele ar gelado que estava congelando tudo ao redor.

Por mais que resistisse, não conseguia se libertar e o acompanhou. Estava em uma espécie de transe. Ele a levou para outra sala e, mesmo não conseguindo se libertar do poder dele, viu outras moças na sala, que pareciam dormir. Elas estavam em pé, presas em blocos de gelo que pareciam de vidro. Elas estavam congeladas. Liz ficou muito assustada. No centro da sala, havia uma grande pedra de gelo retangular, na qual o rei fez Liz se deitar. Bem devagar, o frio tomou conta de seu corpo e sua luz ficou muito fraca. Ela adormeceu. O rei ficou ali, parado, observando-a, maravilhado com sua nova conquista para sua coleção.

O ladrão levou Caio e Tamas para o castelo. Havia muitos guardas pelos quais eles teriam que passar. Entraram em um acordo e apenas Caio e Agnus entrariam no castelo. Tamas e Nisco os esperariam do lado de fora.

Os dois entraram pelo sistema de esgoto, que os levou diretamente para a cozinha. Não havia ninguém ali. Agora precisavam achar para onde o rei tinha levado Liz. Nisso, uma mulher idosa entrou e se assustou com os dois, que a forçaram dizer onde estava a garota. Caio acabou sendo grosseiro e segurou a mulher pelo braço, mas Agnus interveio e ele parou. Com medo, a mulher contou o que sabia.

— O rei leva as moças para uma sala que só ele tem a chave. Fica na ala oeste. Por favor, não sei mais nada.

Eles foram diretamente para sala. Não havia mais empregados no interior do castelo. Caio notou que o ar estava ficando muito frio, conforme eles se aproximavam da sala. Não foi difícil achar o aposento. A porta estava coberta de gelo. Eles arrombaram a porta e encontraram o rei admirando Liz. Ele não se moveu quando os viu entrar. Caio a viu e pensou que todo aquele frio acabaria matando-a. Precisava ser rápido.

Caio foi se aproximar, mas foi impedido por seres gigantescos feitos de gelo. Agnus aproveitou a oportunidade e conseguiu passar por eles enquanto estavam ocupados com Caio. O rapaz lutou com o rei e, então, algo aconteceu: o rei foi golpeá-lo, só que o cristal de Liz, que estava no bolso de sua camisa, protegeu-o com um brilho intenso, que fez o rei fugir levando com ele os seres de gelo.

Caio pegou da mão de Agnus o cristal, ele olhava sem entender o que aconteceu. Aproximou-se de Liz. Retirou o colar que o rei tinha colocado em seu pescoço e colocou o com o cristal. Porém eles foram surpreendidos por uma luz muito forte, vinda do cristal, que os jogou contra parede. Caio viu que Meive havia se libertado de sua prisão.

Sua aparência era a de uma velha. Ela viu Liz, na sua frente, indefesa. Caio correu na direção delas, precisava salvar Liz, mas Meive o impediu e desapareceu, levando Liz. Tamas e Nisco entraram na sala, preocupados com a demora. Nilon, que estava perto o tempo todo, viu o que havia acontecido e desapareceu levando seus soldados da sombra. Tinha uma ideia do local onde Meive iria se esconder.

Meive voltou ao seu reino sombrio com Liz. Ao chegarem, sentiu que suas forças estavam se esgotando. Suas bruxas sentiram sua presença e foram até ela, levando-a para dentro, deixando Liz sozinha, ainda desacordada. Meive havia perdido todos os poderes que roubara de Liz enquanto esteve presa no cristal. Estava velha e muito fraca, mas sua sede por poder não havia passado. Mandou que fossem buscar Liz. Ela tinha que repor suas energias.

As bruxas voltaram para onde Liz estava e a encontraram sentada, tentando se recuperar. Ela assumiu a forma de fada, mas antes que fugisse, Nilon apareceu e a prendeu novamente em sua prisão feita de gelo. E a levou para Meive, que os esperava. Ela já havia percebido a presença de Nilon.

— Nilon, traga ela até mim.

Nilon viu o estado em que Meive se encontrava e teve que admitir: a fada tinha feito um bom serviço. Ele gostou do que viu, ela mereceu. Mas Nilon decidiu fazer o jogo dela, afinal, ela o trouxera de volta do mundo dos mortos quando Liz o eliminou. Deixaria que ela se vingasse da fada. Podia ver em seus olhos o ódio com que ela olhava para Liz ali presa em suas mãos.

Meive pegou o objeto na mão e ficou olhando para Liz, presa e indefesa. Podia acabar com ela ali, naquele instante. Liz a encarava e isso deixou a bruxa louca de ódio. Quando ia acabar com ela, resolveu roubar um pouco de energia dela para se recuperar totalmente. Para isso, além do cristal que Liz trazia preso no cordão, ela precisava de uma informação: a outra parte, que a mãe de Liz havia escondido antes de ir se encontrar com o pai de Liz. Quando Tamas entregou a Liz o cristal, ela logo soube que faltava a outra metade e que precisava descobrir onde a mãe dela o escondera. Para isso, precisava da garota, pois era a única pessoa que poderia o encontrar.

Liz não a suportava. Não era sua intenção que Meive se libertasse, mas quando o rei a congelou, sua luz começou a desaparecer e isso fez o encantamento usado para prendê-la enfraquecer e o cristal quebrou. Liz gritou:

— Termine com isso de uma vez! Me mate, agora!

— Não ainda. Preciso de você e de seu poder.

— Precisa me tirar daqui. E quando fizer isso vou fugir.

— Não duvido que tente, mas não vai conseguir. Estamos em meu reino e aqui sua magia não funciona.

— Não preciso de magia. Posso lutar com você e sair daqui andando.

— Você não aprende. Sou mais velha e conheço bem as fadas. Quando a soltar, não terá como escapar. Nilon está de guarda.

Liz viu todos na sala, esperando Meive soltá-la.

— Tem algo que você não sabe. O cristal que você carrega é apenas a metade dele. Quando eu juntar as duas partes, não precisarei mais de você.

O que Meive falou deixou Liz curiosa. Então, pegou o cristal na mão e verificou que, realmente, era apenas uma metade. Nunca havia percebido isso. A garota deu um salto para trás, pois sabia que Meive pretendia algo. Tinha que fugir. Ela se agitou dentro do objeto, mas não adiantou. Meive riu dela. Deu certo, Liz acreditou. Agora era só facilitar sua fuga para ela procurar a outra metade do cristal e, então, ter seus poderes de volta, ainda maiores, e acabar com Liz e com Cinara para sempre.

Mas antes roubaria energia suficiente para reaver sua beleza e juventude. Ela libertou Liz, que tentou escapar, mas Nilon a pegou e o frio que vinha dele a fez cair no chão e voltar à forma humana. As bruxas de Meive fizeram um círculo em volta dela e Liz viu que elas traziam um pequeno pedaço do amuleto preso em seus colares. Eles brilharam e começaram a roubar sua energia. Elas pararam antes que Liz perdesse a consciência, e quando ela levantou a cabeça viu que Meive tinha recuperado sua juventude.

Então, algo aconteceu: um portal se abriu e Caio o atravessou, acompanhado de Tamas e Agnus. As bruxas de Meive lutaram com eles, mas Tamas tinha levado seu exército, que as cercaram. Caio ajudou Liz a se levantar e eles atravessaram o portal novamente. Nilon não interferiu, porque algo lhe interessava: a outra metade do cristal, poderia ser uma boa chance de ter sua vida de volta e livrá-lo do mundo dos mortos.

Meive gritava com todos a sua volta. Tivera Liz em suas mãos e haviam falhado e deixado que a levassem. Ainda não era o momento de ela escapar, mas conhecia Liz e sabia que ela ia atrás da outra metade do cristal. Quando ela o achasse teria o cristal e seu poder.

Ela viu Tamas com Caio. O fauno pagaria caro por sua traição, pensou a bruxa. Ia o procurar, pois ele foi a última pessoa com quem a mãe de Liz falou antes de morrer. Ela deve ter deixado uma pista sobre a outra metade do cristal. Mandou Nilon vigiá-lo. Iria pegá-lo quando voltasse para seu reino. Então, Nilon reuniu seus soldados e partiram para o reino de Tamas.

CAPÍTULO 2

Meive conseguiu deixar Liz curiosa a respeito do cristal. Sabia que ela procuraria Aurora e Tamas. Um dos dois lhe diriam alguma coisa. Isso levaria a outra verdade que, particularmente, não fazia questão que Liz soubesse, mas não ia pensar mais sobre esse assunto, pois o deixara para trás quando foi banida de Cinara.

O portal levou todos para Price e Liz ficou feliz de estar de volta em casa. Ainda não voltaria para Cinara. Precisava descobrir se o que Meive havia falado era verdade, se havia mesmo outra metade do cristal ou se era outro truque dela. Falaria com Tamas.

Logo que chegou, notou que a cidade estava toda branca, coberta de neve. Caio a levou para casa e Tamas mandou seu exército de volta para seu reino. Apenas alguns soldados permaneceram para protegerem a casa. Apesar de tudo que havia acontecido, Liz precisava falar com Tamas naquele momento. Então, o chamou:

— Preciso falar com você, Tamas, por favor. E em particular. Pode me acompanhar lá fora?

Caio não gostou do ver que ela tinha segredos com Tamas. Ficou irritado com a atitude dela, mas, antes que falasse algo, Liz disse:

— Desculpe, Caio, depois falo para você o que é. Preciso que fique de olho em nosso amigo. Ele tem o hábito de pegar o que não lhe pertence.

Caio olhou para Agnus e apenas riu para ela e sentou-se para a esperar. Liz saiu acompanhada de Tamas, que ainda não tinha entendido o que ela queria. Mas ficou preocupado, pois estava frio demais e sabia que isso não era bom para as fadas.

— Sente-se bem, Liz? Meive roubou sua energia e aqui fora está muito frio.

— Estou bem, e não foi tanto assim. Há outra coisa que quero saber.

Liz pegou o cristal que trazia nas mãos e perguntou a ele:

— Tem outra metade do cristal? É verdade?

Tamas ficou nervoso e só a reação dele foi suficiente para Liz saber que era verdade. Tinha que saber onde estava. Era muito importante.

— Por favor, diga pra mim. Você sabe onde está?

— Quem falou isso para você? Foi Meive? Só ela sabia que está faltando a outra metade.

— Então, é verdade mesmo. Você sabe onde está? Você foi a última pessoa que falou com minha mãe.

— Desculpe, não sei de nada. Ela apenas me deu essa parte que está com você. Foi apenas isso. Estou falando a verdade. Agora tenho que ir.

Tamas saiu, deixando-a ali, sozinha, no meio da neve. Caio observou tudo de longe. E agora ainda tinha esse cara, Agnus, que não ia embora. Quem o convidara? Era um intruso. Mas antes que terminasse seu pensamento, Agnus já estava do lado de fora, tinha levado uma manta para Liz. Ele a cobriu e os dois voltaram para dentro da casa.

Ela entrou e olhou para Caio, mas ele desviou o olhar e disse, apenas:

— Precisa voltar para Cinara. Vamos agora!

— Claro, vamos.

Liz abriu o portal e os três o atravessaram. O que Caio não percebia é que essa frieza dele só a estava a afastando mais e mais. Mas não era o momento de pensar nisso. Havia algo mais importante para resolver e sabia que Aurora podia ajudá-la. Com certeza ela tinha uma pista que a levaria até a outra metade do cristal.

Quando Tamas deixou Liz, voltou ao seu castelo e teve uma surpresa: encontrou Nilon sentado em seu trono, esperando-o. E ele sabia que Meive logo chegaria.

— O que faz aqui? Não tenho mais nada com você ou Meive.

— Engano seu. Você tem sim. Diga onde a mãe de Liz escondeu a outra metade do cristal.

— Não sei. Ela não me falou. Diga você, afinal, estava procurando-o mesmo antes da Liz saber da existência dela.

— Então, seu lacaio Nisco lhe contou... Tentei saber dele, porém não tive tanta sorte. Mas você deve saber de algo.

— Ela sabia que isso aconteceria, por isso, não me disse nada. Ela conhecia bem a irmã dela.

— Do que está falando? Meive e a mãe de Liz são irmãs? Está mentindo.

— Queria estar, mas é verdade. Lia baniu Meive de Cinara quando ela começou a mostrar sua sede por poder e seu lado mal e vingativo.

— Liz não sabe disso. Você podia ter lhe falado, seu traidor.

— Ela não precisa saber que sua própria tia tem tentado matá-la esse tempo todo. Agora saia do meu castelo e de meu reino. Não tenho nada mais para dizer.

Tamas se arrependeu do que disse a Nilon. Tinha prometido à mãe de Liz que nunca contaria esse segredo. Sabia que cometera um grande erro. Nilon usaria isso para conseguir o que mais desejava: destruir Liz.

Quando Agnus atravessou o portal com eles, ficou observando tudo sem dizer nada, mas logo soube que Liz era uma rainha. Isso, sim, deixou-o espantado. Já havia conhecido muitos reis e rainhas e ela era diferente, não trazia com ela o ar de petulância dos ricos e poderosos. Ele já tinha percebido que Caio olhava para ele com ar de desaprovação, sabia que ele não o queria ali, mas Liz o deixara ir e só iria embora quando ela pedisse.

Então, Aurora foi ao encontro deles e ele, que nunca havia visto uma fada antes, estava rodeado delas, belas e de todas as cores, mas ele só tinha olhos para Liz. Ficou em silêncio quando Aurora se aproximou e Liz o apresentou. Ela pediu que o recebessem bem e Ana ficou encarregada dele, levando-o para comer algo. Ele acenou para Liz, que se retirou, acompanhada de Caio e Aurora.

Na sala do trono, Liz sentou-se em sua cadeira e quase caiu, mas Caio a ajudou a se sentar. Aurora pegou em sua mão e brilhou, o que foi suficiente para ela se recuperar um pouco. Caio ficou ao seu lado e podia sentir o cheiro do seu perfume, que o deixava louco. As fadas — e em especial as rainhas — traziam com elas um fragrância suave e encantadora. Quando estava tão próximo dela, todo seu ressentimento desaparecia, por isso, afastou-se um pouco, e ela notou. Ele disfarçou, perguntando o que ela tinha conversado com Tamas em segredo:

— O que você falava com Tamas em particular?

— Tudo bem, agora que estamos sozinhos posso falar para você e Aurora. Meive me disse que tem outra metade do cristal. É verdade, Aurora?

Aurora não esperava por isso e sabia que não conseguiria mentir para Liz. Caio também não sabia e os dois olhavam para ela esperando uma resposta.

— Tudo bem, é verdade, Meive não mentiu. Há outra metade.

— Por que nunca me disse isso, Aurora?

— Desculpe, Liz, não era minha intenção mentir ou ocultar de você. Eu não sei onde sua mãe o escondeu.

— Mas ela deve ter deixado alguma pista. Tenho que achá-lo.

— Por que Meive falou para Liz sobre ele? Tem algo errado aí. Não concorda comigo, Aurora?

— Sim, Caio, Meive conseguiu o que queria. Deixou Liz desse jeito, aflita.

Então, eles ouviram um barulho na porta e viram que alguém ouvia a conversa. Aurora fez a porta se abrir e eles viram Agnus. Caio ficou furioso.

— O que faz aqui? Espionando?

Agnus entrou na sala, foi até Liz e entregou-lhe um pequeno espelho. Ela o pegou e o achou muito bonito e delicado. Ele era oval, todo branco, e havia flores em torno de toda sua moldura. Ela olhou para ele sem entender.

— O que é isso?

— Lembra quando nos vimos pela primeira vez, na prisão de Nilon, e ele me xingava por eu tê-lo roubado? Era isso que ele queria.

— Um espelho? Por que ele o quer? Não entendo... Aurora, você já o viu?

Aurora o pegou da mão de Liz e deu uma boa examinada. Não podia acreditar.

— Esse espelho pertenceu à sua mãe. Onde o achou, rapaz?

— Roubei ele de Nilon. Sempre entro no esconderijo dele a procura de algo para vender e, quando vi, não pude evitar e o peguei. Mas não estava espionando vocês. Quando cheguei aqui ele começou a brilhar, então, soube que ele devia pertencer a algum de vocês.

Aurora o devolveu a Liz e o espelho começou a brilhar. Imagens começaram a aparecer e Liz viu sua mãe junto ao seu pai, ela bebê, e sua mãe separando o cristal. Então, as imagens desapareceram e ele apenas refletia sua imagem. Caio viu tudo e já sabia o que significava: a mãe de

Liz havia deixado pistas para achar a outra metade do cristal. Depois de muito tempo, ele olhou de verdade para ela e sorriu, o que a deixou mais calma e mostrou para Agnus que havia algo entre eles. Ele entrou na conversa e os interrompeu, e não perdeu a oportunidade de agradar Liz, deixando Caio irritado.

— O espelho lhe pertence. Fico feliz de devolvê-lo à sua verdadeira dona.

— Obrigado, Agnus. E você não pode voltar agora para Sibac. Nilon vai atrás de você para recuperar o espelho.

Isso, sim, deixou Caio irritado, e ele saiu da sala do trono sem dizer uma palavra. Já tinha notado o interesse de Agnus por Liz. Só ela não via. Agnus riu, mas disfarçou, queria muito ficar perto de Liz, e notou que ela e Caio estavam um tanto afastados, e pela maneira como ele a tratava, achava-o um idiota.

Aurora percebeu que havia uma disputa se iniciando entre os dois e resolveu dar um jeito na situação. Não conhecia Agnus e suas intenções, mas não podia confiar em deixar um estranho no castelo, muito menos perto de Liz, por mais que ele tivesse lhe entregado algo muito importante. Retirou-se da sala do trono, mas, antes de ir atrás de Caio, deixou Ana observando o rapaz.

Encontrou Caio no estábulo. Sabia que ele gostava dos cavalos e se acalmava perto deles. Ele a viu chegar.

— Desculpe, Aurora. Eu me descontrolei. É que não suporto esse cara.

— Eu sei, percebi, mas precisamos dele aqui por enquanto. E você não está se ajudando afastando-se de Liz. Está deixando o caminho livre para ele.

— Você percebeu também. Só ela não vê.

— Liz é esperta. O problema é que você se afastou e ele está se mostrando uma ótima companhia. Não a culpe.

— Eu a amo, mas ela é muito teimosa. Meive se libertou. Se ela tivesse me ouvido e deixado o cristal aqui, guardado, isso não estaria acontecendo.

— É verdade, ela é como a mãe, muito independente. Mas não é por mal. Acredite, ela ainda o ama e sofre por você ter se afastado.

— Não é minha intenção, mas é verdade, eu me afastei e agora não sei como chegar até ela, pedir desculpas e dizer que a amo.

— Fale com ela. Não a deixe com a impressão de que não se importa mais com ela. Agora preciso de um favor muito grande.

— Pode falar.

— Agnus, ele não pode ir embora por enquanto, mas não o quero no castelo. Ele pode ficar com você, na sua casa, assim você não tira os olhos dele e o mantém longe de Liz?

Mais calmo e agora pensando em tudo que Aurora lhe falara, ele sabia que tinha que colocar a cabeça no lugar para não deixar seu ciúme interferir em sua relação com Liz e colocar a segurança dela em perigo.

— Concordo com você. Ele pode ficar comigo. Vai ser melhor.

Os dois voltaram para o castelo e encontraram todos sentados à mesa, comendo. Ele disfarçou, foi até Liz, sentou-se ao seu lado e começou a falar com ela normalmente. Liz estranhou, mas não falou nada. Agnus via tudo e, para não deixar Caio com toda a atenção dela, entrou na conversa. Aurora viu o que estava acontecendo e entrou na conversa também e disse que Agnus podia ficar em Cinara, mas na casa de Caio. O rapaz que olhou para Caio com bom humor. Seria ótimo conhecer seu rival. Não desistiria de conquistar Liz. E aceitou o convite.

— Por mim, está ótimo. Se Caio aceitou em me receber, tudo bem. Só não quero incomodar.

— Não, de maneira alguma. Podemos ir agora e deixar Liz descansar, não concorda?

Os dois se levantaram e se despediram de Liz, deixando-a com Aurora e Ana. Ela não podia acreditar no que aconteceu, os dois, por muito pouco, não brigaram na sua frente. Ela achou graça e riu. Mas em uma coisa Caio tinha razão, precisava ir para seu quarto e descansar.

Esperou um pouco e quando teve certeza de que os dois não estavam mais no castelo, pegou o espelho que começou a brilhar, Aurora e Ana se aproximaram. As imagens começaram a aparecer, mas eram as mesmas de antes. Guardou-o e ficou pensando. Sabia que ele era uma pista e tinha que descobrir como tinha ido parar nas mãos de Nilon.

Levantou-se e Aurora se retirou; Ana a acompanhou até o quarto. Liz estava com saudades de sua segunda casa. Precisava muito tomar um banho e dormir. O dia tinha sido bem agitado e estranho. Mas algo a deixava feliz: Caio ainda a amava. E ela prometeu a si mesma que teriam uma conversa. Eles tinham que se acertar, não gostava de ficar longe dele, que sempre ficava com ela até que adormecesse.

Liz colocou o espelho na cabeceira na cama, tomou um banho e deitou-se. Ana viu que tudo estava tranquilo e se retirou, mas ela não conseguia fechar os olhos, pois algo continuava a incomodá-la. Tamas tinha ido embora muito depressa, sem se despedir. Ele estava escondendo algo. Precisava voltar ao reino dele e obrigá-lo a contar o que era. Voltou a olhar o espelho e dormiu.

Ana foi até Aurora e a encontrou na sala de cristal cuidando das rosas. Ela viu Ana e parou. Sabia o que ela queria.

— Aurora, por que ninguém sabia da outra metade do cristal?

— Desculpe, Ana. Era um segredo. Só eu e Tamas sabíamos sobre ele. Não podia contar a ninguém.

— Eu entendo, Aurora, mas por que Nilon e Meive o querem?

— As duas partes juntas tornam quem o tem muito poderoso. Nas mãos erradas é uma arma. Entende agora?

— Claro que sim, mas com o espelho que Agnus deu a Liz, a outra metade deve estar muito perto. Temos que achá-la antes deles.

Aurora convidou Ana para ajudar a cuidar das rosas. Elas ficaram em silêncio, mas ambas sabiam que muita coisa ainda aconteceria e precisavam proteger Liz dos perigos que enfrentaria.

Caio levou Agnus para sua casa, como Aurora havia lhe pedido. No caminho, nenhum dos dois trocou uma palavra. Quando chegaram, ele viu a casa de Caio e não achou nada demais. O que ele queria era ter ficado perto de Liz, mas não podia naquele momento, então, aceitou a proposta de Aurora para poder ficar em Cinara. Caio mostrou seu quarto e se retirou. Agnus olhou tudo e foi até a janela dava para ver o castelo. Ficou mais animado, pois podia ir ver Liz quando quisesse. Esperaria Caio se deitar e iria mais tarde.

Era de madrugada quando ele notou que a casa estava quieta. Ele pulou a janela e foi em direção ao castelo, entrando sem ser percebido, o que era sua especialidade. Não havia movimento naquela hora, todos dormiam.. Depois de percorrer o corredor, ouviu passos. Era Ana. Resolveu segui-la e ela o levou até o quarto de Liz. Ele esperou ela sair, o que não demorou. Abriu silenciosamente a porta e entrou, e encontrou Liz dormindo. Não fez barulho e ficou a admirando um pouco; então, saiu.

E quando estava de volta ao corredor, Caio o surpreendeu e o levou para fora, no pátio.

— O que pensa que está fazendo, invadindo o quarto de Liz?

— Desculpe. Só queria vê-la. Pensei que estivesse acordada.

— Pronto. Viu que ela não está. Vamos voltar agora. E não faça barulho.

Eles voltaram para casa de Caio, mas cada um com um pensamento: Agnus feliz por ter visto Liz e Caio furioso. Agora tinha que ficar de olho nesse cara para ele não a colocar em perigo e defender seu amor das ameaças de Meive e Nilon. Sabia que logo os dois mostrariam suas verdadeiras intenções.

Amanheceu em Cinara. Liz acordou bem-disposta, levantou-se e foi até seu jardim particular. Estava decidida a tomar uma atitude, precisava falar com Tamas. Ele estava escondendo algo e precisava descobrir o que era. E havia o espelho também. Iria levá-lo e mostrar a ele que, com certeza saberia lhe dar uma pista. Os primeiros raios do Sol brilharam forte e ela recuperou suas forças, brilhando intensamente. Sim, agora estava pronta para achar outra metade do cristal.

Iria até o reino de Tamas, mas precisava ir sozinha. Quem sabe ele acabava lhe dando mais informações. Foi tomar café com todos, que já a esperavam. Caio e Agnus levantaram-se quando ela chegou. Aurora riu dos dois, mas sabia que essa cordialidade entre eles iria acabar em briga. Ela notou que Liz não tocara mais no assunto do cristal e achou estranho. Chamou Ana e as duas se retiraram, deixando os três à mesa. Ana a seguiu muito curiosa.

— Aurora, aconteceu algo? Por que saiu da sala?

— Estou preocupada. Liz está muito quieta. Vai fazer alguma coisa. Quero que fique de olho nela. Não a perca de vista.

— Pode deixar. Vou segui-la para qualquer lugar.

As duas voltaram para sala e os três já terminavam o café. Caio observava Agnus com Liz e detestava a maneira como ele a cercava, e o fato de ela achar graça de tudo que ele dizia. Aurora se aproximou dele e o chamou.

— Por que não fica perto de Liz? Está deixando-o muito à vontade.

— Não consigo me controlar. Não o suporto. Sou capaz de expulsá-lo daqui. Mas se fizer isso, Liz vai ficar uma fera comigo.

— Então, tem que aprender se controlar. Não fique aqui só olhando. Vá até ela e mostre a ele que estão juntos.

Caio gostou do que Aurora disse, então, chegou perto dos dois e ficou do lado de Liz. Ela estranhou novamente, mas gostou. Então, ele segurou sua mão. Agnus olhou, mas o ignorou e continuou falando com Liz como se ele não estivesse ali, bem na sua frente. Dessa vez, ela viu que os dois estavam agindo feito duas crianças pela sua atenção. Irritou-se com isso e os deixou ali, parados feito dois bobos, e foi para o pátio.

Olhou em volta e ninguém a seguira. Assumiu a forma de fada e voou em direção ao reino de Tamas, mas Ana, que estava a vigiando também, assumiu a forma de fada e foi atrás de Liz sem que ela percebesse e manteve-se um pouco afastada.

No castelo, os dois demoraram um pouco para perceber que Liz não voltaria. Caio estranhou e foi procurá-la. Agnus também ficou curioso, mas riu. Ela tinha sido esperta. Aproveitou a oportunidade e saiu do castelo sozinha. Ela tinha algo planejado.

Liz chegou em frente à árvore que dava passagem ao reino de Tamas. Voltou à forma humana, tocou na árvore e ela se abriu, mostrando a passagem. Mas antes de entrar, virou-se e chamou Ana:

— Ana, pode vir comigo. Eu sei que está me seguindo.

E riu dela. Ana assumiu a forma humana e foi até Liz.

— Faz tempo que você percebeu que eu a seguia?

— Aurora mandou você me seguir?

— Ela só está preocupada com você.

— Agora que está aqui, vamos entrar. Preciso falar com Tamas.

As duas entraram na passagem e a árvore se fechou. Ana nunca tinha estado no reino de Tamas e se viu em um lugar totalmente diferente. Liz notou que alguém se aproximava. Era Nisco.

— O que faz aqui, Liz?

— Preciso falar com Tamas. É urgente.

— Ele está te esperando. Sigam-me.

Ele as conduziu até o castelo de Tamas. Liz notou que ele estava bastante ansioso com sua visita. Ela fez sinal para Ana esperar com Nisco e foi até ele. Os dois saíram juntos e foram ao labirinto. Até aquele momento, nenhum dos dois disse uma única palavra, então, Liz tirou da bolsa o espelho de sua mãe e mostrou para ele, que ficou surpreso.

— Onde você achou esse espelho?

— É uma longa história, mas agora não importa. Você sabe a quem ele pertenceu.

— Claro que sim. Era da sua mãe. Mas me diga, quem lhe deu?

— Agnus, o ladrão. Ele me deu. Estava com Nilon.

— Nilon? Como ele achou? Onde estava esse tempo todo?

— Então, você sabe o que ele faz.

— Ele mostra o passado, o presente e o futuro, e guarda mensagens também, mas só funciona com a rainha das fadas. Na mão de outra pessoa é apenas um espelho. O que você viu?

— Ele me mostrou apenas o passado: eu, pequena, minha mãe e mais algumas imagens. Você sabe alguma coisa. Precisa me contar a verdade.

Liz olhou para ele um tanto desapontada porque ele estava evitando falar do que ela realmente queria saber: a localização da outra metade do cristal.

— Por favor, Tamas, você sabe onde minha mãe escondeu a outra metade do cristal. Por que está evitando falar do assunto comigo? Tenho que encontrá-lo antes de Meive. Sabe que é importante. Se tem alguma pista, diga para mim, por favor.

Tamas se afastou de Liz e caminhou até o centro do labirinto. Ela o perdeu de vista, pois ele a deixou para trás, e ela logo percebeu que não estavam sozinhos. O ar começou a ficar frio e tudo em volta congelou. Nilon apareceu bem na sua frente e fechou a passagem, deixando Tamas preso do outro lado. Ele deixou Liz sem saída e a segurou pelo braço, mas ela se desvencilhou dele, o que o irritou, então, golpeou-o com sua magia. Ele, sim, sentiu o golpe e, cheio de ódio, fez seus soldados da sombra a cercarem. Agora eles também eram frios. Mas antes mesmo de eles darem um golpe em Liz, algo os atacou, afastando-os. Era Agnus. Caio também estava lá e atacou Nilon, que fugiu levando seus soldados. O gelo que estava no labirinto desapareceu e o Sol voltou a brilhar.

Mas Nilon não a atacou sem motivo. Quando ele conseguiu se aproximar dela, uma pequena aranha de gelo se escondeu em seus cabelos. Tamas foi até Liz e a ajudou enquanto Agnus e Caio vasculhavam o labirinto para ter certeza de que Nilon tinha ido embora. Quando eles voltaram, encontraram Liz, e os dois falaram ao mesmo tempo:

— Está tudo bem, Liz? Ele te feriu?

— Não, foi só um susto. Mas o que ele fazia aqui?

Tamas sabia que Nilon estava em seu reino mesmo antes de Liz chegar. Não o vira mais depois que ela entrara na sala do trono. Ficou desconfiado, pois ele se manteve afastado. Qual seria o verdadeiro motivo de sua visita e por que atacou Liz e saiu tão rápido? Ele tinha algo planejado. Precisava descobrir o que era. Ele continuava em seu reino, mas, ali, ninguém podia se esconder por muito tempo. Então, muito sério, advertiu-os.

— É melhor irem agora. Voltem para Cinara. É mais seguro.

Liz olhou para ele, que ainda não tinha lhe falado nada de novo, e ficou chateada. Mas Caio a tirou de seus pensamentos e a questionou:

— Por que veio sozinha, Liz? Olhe o que aconteceu. E se não chegássemos a tempo?

Ela ficou irritada. Não aguentava mais ser vigiada e tratada como algo que podia se quebrar a qualquer momento, com qualquer esbarrão, e acabou respondendo de maneira grosseira:

— Mas não aconteceu nada. É melhor voltarmos. Obrigada, Agnus.

Agnus viu que ela queria irritar Caio e aceitou participar do jogo dela. Ofereceu-lhe o braço, que ela aceitou, e eles se retiraram do labirinto. Ana a esperava. Então, as duas assumiram a forma de fada e voltaram para Cinara. Caio viu as duas saindo enquanto saía do labirinto e se aproximou de Agnus, dizendo:

— Logo o bom humor dela volta. Obrigado pela ajuda.

— Vamos voltar para o castelo. Da maneira que ela está é bem possível já ter chegado.

— Ela não quer nada com você. Desista.

Agnus já sabia disso, mas não admitiria a ele, então, respondeu:

— Ela também não quer mais nada com você. Desista e a deixe livre.

Os dois iam brigar, mas pararam antes, quando Nisco apareceu e os impediu.

— É melhor irem também. Não há nada mais o que fazer aqui.

Os dois saíram ainda se encarando. Caio ficou preocupado com o que aconteceu. Nilon devia ter um motivo para atacar Liz. Precisava falar com ela em particular. Nisco ficou vendo os dois irem, e quando eles passaram pela passagem foi até Tamas e perguntou o que tinha sido tudo aquilo: a visita rápida de Liz e o que Nilon realmente queria. Mas Tamas não respondeu nada e saiu em silêncio.

Liz voltou ao castelo junto à Ana. Não conseguiu descobrir nada com Tamas e, até então, não tinha entendido o ataque de Nilon. Foi para sala de cristal, pois lá conseguia pensar melhor. Entrou e não havia ninguém. O que Liz não sabia é que, junto com ela, estava a pequena aranha, escondida em seu cabelo, que logo saltou e ficou vigiando.

Ana a deixou sozinha e foi falar com Aurora. Então, Liz tirou o espelho da bolsa e ele começou a brilhar. Novas imagens surgiram: ele mostrou uma praia e ela viu algo inusitado: uma sereia penteando os cabelos. A sereia a olhou e mergulhou para dentro da água, sumindo. Liz ficou entusiasmada. Era uma pista. Precisava falar com Aurora e descobrir onde era essa praia e quem era a sereia. Só que não foi apenas Liz que viu as imagens. A pequena aranha viu tudo e mostrou para Nilon.

Ele cantou vitória. Seu plano estava dando certo, sua ideia de espionar Liz tinha valido a pena. Agora era só segui-la de perto e quando ela achasse a outra metade do cristal iria roubá-lo. Caio e Agnus entraram na sala procurando por ela e a acharam mais animada, o que os deixou um pouco aliviados. Ela viu os dois juntos e foi contar a novidade. Eles ouviram tudo e acharam que Liz estava certa, era uma boa pista.

Caio conhecia aquela praia, sabia como chegar, mas ela ficava fora dos limites de Cinara, uma região habitada por pessoas rudes que viviam do comércio marítimo e dos navios que lá atracavam para abastecer. E eles não gostavam muito de fadas. E havia outra coisa: as lendas contavam histórias sobre as sereias que viviam naquela praia e que encantavam as pessoas com suas melodias e as levavam para o fundo do mar. Por esse motivo, as pessoas que lá viviam não viam com bons olhos a magia.

Mesmo ouvindo tudo isso, ela não desistiu, mas antes falaria com Aurora. Caio aceitou ir até a praia para verificar e foi fazer os preparativos. Agnus se ofereceu para ajudá-lo. Liz esperou os dois sair e novamente olhou o espelho e, dessa vez, viu apenas a praia. Guardou-o na bolsa e foi procurar Aurora. Encontrou-a ajudando na estufa. Elas se abraçaram, Liz mostrou-lhe o espelho com as novas imagens e contou seus planos para achar a sereia. Aurora pegou o espelho e depois de alguns instantes, falou:

— Liz, eu sei que não posso pedir para que fique, então, tome cuidado.

— Por favor, não fique triste, Aurora. Preciso fazer isso. É importante.

— Eu sei. Tudo isso é culpa de Meive. Mas não se afaste por muito tempo, pois é inverno. Se perdemos você, todos pagarão o preço.

— Não tinha me lembrado desse detalhe. Como vou fazer já que não posso me afastar por muito tempo?

— Você tem três dias para ficar fora de Cinara, mas tem que voltar no terceiro dia antes do sol se pôr, ou o frio vai tomar conta de todo reino.

Liz ouviu o que Aurora lhe disse e a viagem, que parecia ser uma solução, agora era um empecilho. Não podia arriscar a vida de todos. Se tivesse ouvido os conselhos dela e o pedido de Caio, Meive não teria se libertado. Precisava pensar mais sobre essa decisão.

— Desculpe, Aurora, não quero colocar todos em risco, então, é melhor eu não sair para essa viagem agora. Vamos esperar passar o inverno.

— Não queria te deixar aflita, mas precisava te avisar.

— Agradeço sua ajuda, e você tem razão. Fique tranquila, não vou fazer nada arriscado.

— Fico aliviada, Liz. Vamos achar uma solução e descobrir mais sobre essas novas imagens.

— Vou falar com Caio para adiarmos a viagem.

Liz se levantou e saiu para o pátio do castelo, pois precisava avisar Caio. Ficou preocupada com o que Aurora lhe falara e não arriscaria a vida de ninguém por causa das ameaças de Meive. Liz não viu a pequena espiã, que a seguia o tempo todo, e Nilon soube de tudo.

Seus planos não podiam esperar o inverno passar. Precisava fazer Liz partir imediatamente em busca do cristal. Tinha que pensar em algo, então, veio-lhe uma ideia: Meive saberia fazer Liz tomar uma atitude inesperada.

CAPÍTULO 3

Liz foi para o jardim do castelo e sentou-se em um banco. Ficou pensativa sobre o que Aurora havia lhe falado. Não queria colocar todos em Cinara em perigo e não sabia se três dias seriam suficientes para chegar até a praia e falar com a sereia. Tinha certeza de que era uma pista importante, mas era forte e suportaria os ataques de Meive e Nilon até o inverno passar, assim poderia ir mais tranquila atrás da metade do cristal.

Depois avisaria Caio sobre sua decisão. Levantou-se determinada a ficar quieta durante o inverno. Assumiu a forma de fada e voou em direção à estufa. Precisava ver se a sementes estavam aquecidas o suficiente para aguentarem o inverno e ficarem prontas para germinar nas próximas estações. Enquanto ia para a estufa notou que a neve não tomava conta de Cinara e que o clima estava agradável, apesar do leve frio que fazia. Sentiu que gostava de ver a neve branquinha.

Caio voltou ao castelo atrás de Liz e ficou sabendo por Aurora sobre a conversa das duas. Sabia que era muito arriscado ela se afastar de Cinara, pois era a presença dela que mantinha tudo e todos aquecidos. Precisava falar com ela. Era muito importante que eles se entendessem. Pediria desculpas, afinal, foi ele quem tinha se afastado. Ele lançou um feitiço no ar e descobriu onde ela estava. Só estranhou por ela não o ter avisado.

Ele a encontrou já saindo da estufa. Ela voltou à forma humana e por pouco não se desencontram. Sem dizer nada, ele pegou em sua mão e abriu um portal. Quando ela viu, estavam na praia. Ele sabia que aquele lugar era muito importante para os dois, porque foi lá que eles se declararam um para o outro.

— Me desculpe, Liz, se me afastei de você. Juro não era minha intenção.

Liz ficou de costas para ele e sorriu. Ficou feliz. Fazia tempo que queria falar com ele a sós. Então, ela o abraçou e eles se beijaram. Passaram o resto da tarde na praia e conversaram sobre o que estava acontecendo. Caio ficou um pouco quieto, olhou-a e acabou falando:

— Tem razão, Liz. Não pode sair de Cinara agora, apesar de ser importante essa pista.

— Caio, eu nunca colocaria ninguém em perigo por minha causa. Obrigada por me entender.

— Precisamos voltar agora. Aurora deve estar esperando. Vamos.

Liz abriu um portal e eles voltaram para o castelo, direto para a sala do trono. Aurora os recebeu e Liz sentou-se na beirada dos degraus que levavam ao trono. Agora não tinha mais o que fazer. Então, Agnus, que se manteve um pouco afastado, mas sabia do que estava acontecendo, entrou, sentou-se ao lado de Liz e disse:

— Não fique assim. Vai achar uma solução logo, acredite.

— Obrigada e desculpe. Não me esqueci de você não.

— Não precisa se desculpar. Mas preciso voltar para Sibac, se não se importa.

— Claro, eu sei que precisa ir para sua casa. Quando vai?

— Você abre um portal? Não quero abusar...

— Você que ir agora? Tudo bem.

Os dois se levantaram e Caio fez o possível para esconder seu contentamento. Finalmente, ele iria embora. Agora que se entendera com Liz tudo voltaria a ser como antes e não haveria a presença de ninguém para incomodá-lo. Agnus se despediu de todos e quando pegou na mão de Caio, deu um sorriso muito traiçoeiro, que o deixou em alerta.

Liz abriu o portal para Sibac e quando ele ia atravessá-lo, ele arrancou o cordão que ela usava com o cristal e o levou com ele. Sem pensar, Liz o seguiu e o portal se fechou rapidamente. Ela gritava com ele para devolver o cristal, então, ele parou e o devolveu. Liz olhou onde estava.

— Por que fez isso? Sabe que não posso me afastar de Cinara por muito tempo.

— Mas agora está aqui e pode ir falar com aquela sereia. Por que voltar? Eu sei onde é aquela praia. Vamos, eu te levo.

— Droga, Agnus! Por que fez isso?

— Você fica se fazendo de conformada sabendo que ele é a sua única solução para se livrar da bruxa e de Nilon.

— Tenho que voltar agora.

Liz ia abrir um portal para voltar para Cinara, mas ele pegou em suas mãos e lhe pediu para ficar.

— Por favor, Liz, fique. Sabe que não pode voltar e ficar esperando. Tem que tomar uma decisão.

Liz o ouviu, hesitou e não abriu o portal.

— Mas você sabe mesmo chegar até a praia? Não posso arriscar a segurança das fadas.

— Não é longe. Fica a apenas um dia de viagem. Se formos agora chegaremos antes do Sol nascer na vila.

— Mas como irei? É só olhar para mim que já dá para ver que sou uma fada.

— Verdade. Precisa trocar essas roupas e de um disfarce. Vamos para minha casa. Tenho o disfarce ideal para você.

Eles foram para a casa dele apesar de saberem que era errado e arriscado. Mas ela também achava que ele tinha razão. Já que estava lá, por que não tentar. Sabia que Caio ficaria uma fera com ela, mas falaria com a sereia e voltaria no segundo dia, no máximo.

No castelo, Caio estava a ponto de explodir. Já tinha dado tempo de Liz voltar. Agnus a convencera ir até a praia. Precisava ir buscá-la e acertar as contas com aquele ladrão, iria lhe dar uma lição e nunca mais ele acharia o caminho para Cinara, disso ele tinha certeza.

Nilon não tinha mais a intenção de contar a Meive que Liz havia descoberto uma nova pista sobre a outra metade do cristal. Quando a aranha lhe mostrou o que havia acontecido no castelo, agradeceu por aquele ladrão inconsequente tê-lo ajudado. Agora os seguiria até a praia. Porém, Meive chegou e o encurralou.

— Então, não ia me falar sobre as novidades. Sei que a garota saiu de Cinara. E vi o que sua pequena espiã lhe mostrou.

— Meive, estava indo te procurar.

— Mentiroso! Esqueceu que fui que te trouxe de volta? Não pode fazer nada sem que eu saiba. Idiota! Agora prepare-se, porque vamos segui-la bem de perto.

Os dois foram atrás de Liz e Agnus, que ainda estavam na casa dele, pois ele precisava encontrar um disfarce para levá-la à praia sem que ninguém percebesse que era uma fada. Mas já tinha ideia do que fazer. Quando entraram, ele viu que a sua casa continuava uma bagunça e disfarçou. Ficou envergonhado agora que sabia que ela era uma rainha e que vivia em um castelo. Liz percebeu e riu, e ele relaxou.

— Desculpe a bagunça.

— Não se preocupe. Mas qual é a sua ideia de disfarce?

— Espere aqui um pouco.

Agnus levantou um tapete e Liz viu que tinha um alçapão no chão. Ele abriu e tirou de lá um saco. Ela olhou e pensou que devia ser fruto de seus roubos, mas não falou nada. Ele o abriu e mexeu dentro, até que tirou de lá um colar de prata com pedras cravejadas nele. Ela se aproximou sem entender.

— O que é isso e como pode me ajudar?

— Ele é mágico. Eu o roubei de Nilon. Olhe.

Ele o colocou e Liz viu que mudava a aparência das pessoas. Agnus ficou igual a ela. Então, ele tirou o colar e deu a ela, que já havia entendido qual era seu plano. Ela o colocou e pensou, e quando ela foi até o espelho já não era mais ela e, sim, um garoto.

Caio já havia chegado em Sibac com Ana, que foi ajudá-lo a procurar Liz. Eles demoraram um pouco para achar a casa do ladrão, mas quando lá chegaram era tarde, os dois não estavam mais. E eles não viram que Meive também havia chegado com Nilon e os observava de longe. Nilon mandou que dois de seus soldados os seguissem logo que eles deixassem a casa, mas Meive os impediu. Ela viu quando Caio lançou um feitiço mostrando a direção que Liz havia seguido, o que foi ótimo, pois agora tinha ficado fácil. Ela e Nilon partiram e chegariam antes de Liz, pois agora sabiam o caminho. O que eles não sabiam é que sua aparência era a de um garoto.

Como Agnus prometeu, eles chegaram logo à vila, que não se parecia nada com uma vila, parecia uma cidade. Liz nunca havia estado em um porto. Havia muitas pessoas estranhas e marinheiros, de diferentes regiões. Procurou não ficar olhando muito e foi seguindo Agnus. Então, ele parou e lhe mostrou um homem, e foi falar com ele. Parecia ser capitão de algum navio. Quando ele voltou, disse:

— Ele aceitou nos levar, mas disse que perto da praia os homens dele nunca aportariam naquele lugar, porque dizem que é amaldiçoado.

Os dois subiram no navio com o capitão. Enquanto o navio zarpava, Liz olhava o Sol se pondo e lhe deu um grande aperto no coração. Torcia para que tivesse tomado a decisão certa. Sabia que estava fazendo algo muito arriscado e perigoso. Tirou o espelho da bolsa, ele brilhou e mostrou a praia e a sereia, que saiu caminhando da água. Então, as imagens sumiram e ela o guardou na bolsa.

O capitão viu tudo de longe e se manteve afastado, mas já tinha percebido desde o início que aquele garoto trazia algo de muito valioso, e ele iria descobrir o que era. Quando isso acontecesse se livraria dos dois. Ele foi para sua cabine e, ao entrar, teve uma surpresa: encontrou dois estranhos: eram Meive e Nilon, que o enganaram e lhe prometeram muitas riquezas se ele os ajudasse.

O navio estava em alto-mar e havia anoitecido. Esse era o primeiro dia que Liz estava fora de Cinara. Todos estavam dormindo quando ela foi até a beirada do navio e ficou olhando a água, e, então, ouviu alguém a chamando. Eram sereias, que mergulharam e desapareceram. Isso mostrou que eles já estavam chegando. Agnus foi até ela, apoiou-se na beirada e perguntou:

— Está tudo bem?

— Está. Você as viu? Estão aqui.

— Não. Do que está falando?

— As sereias apareceram para mim agora, neste instante.

— Desculpe, não vi. Mas isso é bom!

— Claro. E quando chegaremos?

— O capitão falou que chegaremos antes do Sol nascer. Ainda é de madrugada. Viu, falei que dava tempo. Você fala com a sereia e volta para Cinara antes do almoço.

O capitão se aproximou deles com seus homens e os cercaram. Ele chegou perto de Liz e lhe arrancou o colar, e todos viram sua verdadeira aparência. Os marinheiros ficaram a admirando, pois nunca tinham visto uma fada tão de perto. O capitão segurou Liz pelo braço e ia levando-a para sua cabine quando deu ordens para jogarem Agnus no mar. Ela gritou, mas ele a carregou para dentro da cabine, trancando-a.

Jogaram Agnus no mar e o viram afundar enquanto o navio se afastava, deixando-o para trás. Na cabine, o capitão sentou-se em sua cadeira, olhando para Liz. Sabia sobre as fadas e do poder que elas tinham. Com uma em suas mãos poderia conquistar os sete mares. Ninguém o venceria e ele teria todas as riquezas do mundo. Levantou-se, foi até Liz, tirou o espelho da bolsa e o examinou.

— Por que ele não brilha?

— Não sei do que está falando.

— Vi quando você o pegou e ele brilhou. Mostre-me como fez isso.

Ele entregou o espelho para Liz, que brilhou na hora. O capitão olhou e algumas imagens apareceram. Ela viu que jogaram Agnus na água e isso a deixou irritada. Então, as imagens desapareceram.

— Por que fez isso? Ele vai morrer.

— Não se preocupe. Todos nós morreremos um dia. Mas você não, sei que as fadas são imortais.

— O que quer comigo? Deixe-me ir embora agora.

— Não, você vai me dar tudo que eu quero: poder e riqueza.

— Desculpe, não sei o que ouviu sobre fadas, mas deve me estar me confundindo, não sou sua propriedade. Vou embora agora.

Liz foi usar sua magia contra o capitão quando alguém que estava escondido na cabine a agarrou e prendeu suas mãos com correntes, impedindo-a. O capitão a sentou em sua cadeira, pegou o espelho, mas Liz se recusava a encostar nele. Então, ele o colocou à força em suas mãos, o espelho brilhou e mostrou a eles a praia, a sereia e uma caverna cheia de tesouros. Isso os deixou radiantes. O capitão saiu da cabine e deu ordem para irem mais rápido para a praia. O outro homem ficou na cabine vigiando Liz, que tentava tirar as correntes, que estavam machucando seu pulso. Ela notou que ele a olhava com desdém e disse:

— Quem é você? Estas correntes estão enfeitiçadas. O que quer?

O homem mudou de forma e era, na verdade, Nilon. Meive saiu das sombras e pegou o espelho. Ela sabia que o espelho só mostrava as imagens para as rainhas, então, fez Liz segurá-lo novamente, e ele mostrou as mesmas imagens. A garota o colocou na mesa e perguntou:

— Como me acharam? Estão me seguindo desde quando?

— Querida, nunca deixamos de te espionar.

— Estão me espionando dentro do castelo? Como?

Nilon se aproximou dela e ela sentiu o frio que vinha dele. Ele olhou para Meive, que fez sim com a cabeça, e ele a tocou. Em instantes, o frio tomou conta de seu corpo de maneira tão intensa que a fez fechar os olhos, pois se sentia muito mal. O capitão voltou à cabine e viu o que fizeram com Liz, mas, antes que ele reagisse, os soldados de Nilon o cercaram e prenderam todos no porão do navio. Nilon deitou Liz nos aposentos do capitão e Meive ficou com ela. Dessa vez, não tiraria os olhos dela. Detestava-a por ser quem era e por ser filha da sua maior inimiga.

O que os marinheiros do navio não viram é que quando jogaram Agnus na água, as sereias o salvaram. Ele não queria ir com elas, lutou, mas elas o encantaram com sua melodia e o levaram para a praia. Deixaram-no desacordado na beirada da água. Quando ele acordou, viu onde estava e ficou bravo. Liz tinha ficado sozinha no navio e ele podia estar em qualquer lugar. Sua ousadia em tirá-la de Cinara poderia custar sua vida e a de todas as outras fadas. Não era essa sua intenção. Foi, então, que ele viu uma moça se aproximar. Ele a reconheceu, era a sereia que ele tinha visto no espelho.

— Não se preocupe. Logo, ela chegará aqui.

— Como sabe que eles virão para esta praia?

— Posso sentir a fada se aproximando. Mas ela está com problemas. Meive chegou até ela e a enfeitiçou.

— Fui um tolo. Tirei-a de Cinara e agora ela corre perigo. Não era minha intenção.

— Sabemos disso, por isso vamos ajudar. Ela tem que voltar logo para Cinara.

— Mas me diga, por que apareceu para ela no espelho? Sabe onde encontrar a outra metade do cristal?

A sereia riu e o avisou.

— Isso é algo que só direi a ela. Agora se prepare, tem uma pessoa que está louca para te ver.

Quando Agnus se virou, levou um soco de Caio. Não viu nem de onde ele saiu. Caiu na areia, sentindo o golpe, porém não falou nada, sabia que merecia aquilo. Caio foi para cima dele novamente, mas Ana o segurou.

— Pare, Caio! Agora não adianta. Ele já se arrependeu do que fez.
— Seu idiota! Você a colocou em perigo. Meive a pegou e não sabemos o que pode fazer.

A sereia entrou na frente de Caio e o acalmou.

— Ela está bem e eles estão vindo para cá. Chegarão logo. Sei que está preocupado.

No navio, Nilon saiu para o convés. Sabia que estavam chegando, já era possível ver a praia de onde estavam. Ele voltou para avisar Meive e a encontrou com o espelho na mão. Ele olhou e Liz estava deitada, encolhida. Mas estava viva. Se quisesse, podia matá-la naquele instante. Quando se aproximou dela, Meive o impediu.

— Eu quero ela viva. Pelo menos até achar a outra metade do cristal.
— Então, deixará que eu acabe com ela?
— Se você se comportar direito e me ajudar, deixarei que faça o que quiser. O que você ia falar?
— Estamos chegando na praia. Vai deixá-la aqui no navio? O que pretende fazer agora?
— Não. Tenho outro plano. Eu irei no lugar dela e você fica aqui me esperando.

Meive assumiu a aparência de Liz, saiu, pulou na água e nadou até a praia. Tinha certeza de que já estavam a esperando. Logo que chegou na areia avistou Caio, que foi até ela. Meive não esperava vê-lo tão rápido. Queria falar com a sereia sem ele por perto.

— Liz! Você fugiu! Está tudo bem?
— Pulei na água quando vi a praia e eles não me seguiram.
— Venha. Temos que voltar para Cinara.

Meive soltou-se de Caio tão bruscamente que ele achou estranho, então, ela se desculpou e disse que tinha agido no impulso.

— Não... Preciso ver a sereia antes, então, voltamos. Prometo.

A sereia, que estava por perto, apareceu para Meive e, quando se aproximou, ela logo percebeu que tinha algo errado. Afastou-se e falou para Caio:

— Ela não é a fada!

Caio ficou furioso e a segurou pelo braço. Meive voltou a sua forma e o jogou longe. Ela capturou a sereia e uma névoa as envolveu, fazendo-as desaparecer. Meive a levou para o navio e até Liz. A sereia a viu e sentiu que estava enfeitiçada.

— Não tenho nada para falar com vocês. Meu assunto é com a fada.

Meive se aproximou da sereia e com fúria no olhar a segurou pelo braço e disse:

— Ela está aqui. Diga qual era a mensagem. Você sabe onde está o cristal?

— Não falarei nada para você. Solte-me ou vai se arrepender. Isso eu garanto.

— Você não me assusta. O que vai fazer? Me encantar com sua música?

— Você não, mas os marinheiros eu posso.

A sereia cantou uma breve melodia e os marinheiros se soltaram e lutaram com os soldados de Nilon, e tomaram o navio novamente, Meive a atacou, mas era tarde. Caio e Agnus usaram um portal que os levou para dentro do navio e a cercaram. Antes de partir, ela tentou pegar o cristal que estava com Liz, porém a sereia a impediu e ela fugiu com Nilon.

A sereia tocou em Liz e aos poucos o frio que a consumia desapareceu e sua luz voltou; e suas mãos ficaram soltas, sem a corrente. A garota sorriu quando viu a sereia, que pegou em sua mão sem dizer nada e a conduziu para fora da cabine. Juntas, elas pularam na água e mergulharam, desaparecendo.

A sereia conduziu Liz e as duas nadaram até uma gruta no fundo do mar. Elas entraram e Liz viu que tinha muitos objetos guardados pelas sereias. A sereia foi até uma pilha de objetos e retirou de lá um pequeno livro, que entregou a Liz. Era um diário de sua mãe. Ela sentou-se e o folheou as páginas, aleatoriamente. Liz olhou para a sereia sem entender nada e disse:

— Pensei que você estava com a outra metade do cristal.

— Desculpe, mas não estou. Sua mãe apenas pediu que eu lhe entregasse o diário.

— Obrigada. Vou levá-lo. Podemos voltar agora? Devem estar preocupados.

— Claro, mas antes coloque-o dentro desta caixa para não molhar.

Liz guardou o diário e as duas voltaram para o navio. Caio a esperava e a ajudou subir no navio. Todos a olhavam, queriam saber o que trazia nas mãos. Então, ela tirou o diário da caixa e eles perguntaram o que era.

— É o diário da minha mãe. Foi isso que ela me deu. Podemos voltar para Cinara agora?

— Claro, Liz.

Liz agradeceu a sereia, que voltou para a água e mergulhou. Agnus se aproximou e pediu desculpas. Sabia que ela havia corrido perigo por causa dele.

— Não foi culpa sua, mas minha. Eu decidi ficar. Agora tenho que voltar. E você?

— Voltarei para casa, mas aparece quando quiser. Estarei esperando.

Liz abriu um portal e o atravessou acompanhada de Caio e Ana. Chegando no castelo, Aurora estava curiosa sobre o que tinha acontecido, mas feliz por Liz ter voltado antes do Sol se pôr. Por isso, nada aconteceu em Cinara, estavam todos seguros e aquecidos. Ela viu o diário nas mãos de Liz.

— Então, o diário de sua mãe estava com a sereia esse tempo todo.

— O que me intriga é por que ela o escondeu no fundo do mar. Você já devia ter visto.

— Sabia que sua mãe tinha esse diário, mas nunca o procurei, mesmo depois da morte dela. O que ela escreveu pertence só a você.

— Acho que ela queria contar alguma coisa só para mim mesmo ou não teria deixado escondido todo esse tempo. Ah! Encontrei Meive e Nilon e descobri que eles estão nos espionando dentro do castelo. Eles sabiam de muita coisa. Vou achar quem eles colocaram aqui dentro.

Liz lançou um feitiço que percorreu todo o castelo e trouxe-lhe a pequena aranha feita de gelo, que ela pegou na mão e destruiu. Com isso, Nilon não podia ver mais nada e rugiu de raiva Liz. A garota era muito esperta. Mas ele já visto o suficiente, o diário que ela trouxera da viagem. Imaginou que devia ter algo de muito valor escrito nele e precisava pegá-lo para saber o que era. Traçaria um plano e o tomaria de Liz. Disso ele podia ter certeza. Meive também viu o diário e, diferente de Nilon, ela não queria que Liz soubesse o que estava escrito lá. Não era de seu interesse que ela descobrisse o laço de parentesco das duas.

Caio ficou no castelo para proteger Liz, afinal, eles nem desconfiaram de que estavam sendo espionados. Tinha que ficar mais alerta, então, lançou um feitiço de proteção em volta do castelo. Se qualquer pessoa que não fosse de Cinara tentasse entrar seria barrada por um campo de força invisível.

Ele foi até o quarto de Liz e a encontrou sentada na beirada da cama com o diário fechado nas mãos. Aproximou-se, abraçou-a e os dois ficaram assim até que ele perguntou:

— Não quer saber o que está escrito?

— Nunca soube nada sobre minha mãe esse tempo todo. Eu tinha uma vida normal, de repente, ela mudou totalmente. Não a conheço. Só sei o que me contam. Se eu abrir e ler, então, farei parte do mundo dela.

— Entendo. Mas não quer conhecê-la? Ela o deixou para você por algum motivo. Não está curiosa?

— Acredite, esta é a primeira vez que não. Sei que é estranho ouvir isso de mim, que sou muito curiosa.

Caio riu, pegou o diário das mãos dela e o colocou na mesinha ao lado da cama. Os dois se deitaram e ficaram assim até adormecerem. Mas Liz acordou logo e não conseguiu mais pegar no sono. Olhou e viu que Caio dormia profundamente. Levantou-se sem fazer barulho e foi até a janela que dava para o jardim. Ficou olhando o final do dia, o Sol desparecendo... Logo escureceria. Mas ainda dava tempo de ir até a fonte para saber se seu pai estava em casa. Queria falar com ele, saber mais sobre sua mãe. Olhou para o diário, Caio dormindo, e pulou a janela e saiu pelos fundos do jardim.

Quando chegou na fonte já havia escurecido. Aproximou-se, tocou na água, pensou em seu pai e em sua casa, e as imagens se formaram. Ela o viu na varanda, sentado, parecia bem. Devia ter chegado àquela hora do serviço. Podia abrir um portal e ir até o mundo mortal e voltar antes do jantar. Ninguém perceberia sua saída. Levantou-se para abrir o portal, porém hesitou, pois da última vez em que saíra escondida aconteceram muitos problemas. Podia esperar e ir junto com Caio mais tarde, mas tinha que ser naquele dia. Então, assumiu a forma de fada e voou de volta para o castelo. Quando já estava perto do jardim foi cercada por soldados da sombra e voltou à forma humana. Nilon apareceu.

— O que faz aqui? Nosso encontro de hoje e todo mal que me causou não foram suficientes?

— O que foi, Liz? Estava com saudades! Deixe de besteiras e me entregue o diário.

— Já sabe dele... Não vou lhe dar, é meu. Saia de Cinara ou vai se arrepender.

Liz não sabia do feitiço de proteção que Caio havia colocado em volta do castelo. Quando ela se afastou de Nilon, ficou dentro do campo de força e ele não conseguiu atravessá-lo. Nesse momento, ela prestou atenção e viu o campo de força. Imaginou ser coisa de Caio. Conhecia a magia dele.

— Não pode passar daqui agora. Suma!

— Não vou embora! Quero o diário e vou descobrir um jeito de fazer você sair. Isso se não destruir esse campo de força antes.

Um portal se abriu e ela viu Meive atravessando-o. Ela tocou no campo de força e quando ia destruí-lo, Caio apareceu e o reforçou com sua magia. Eles lutaram, até que ele caiu no chão, ainda suportando o poder dela e mantendo a proteção do castelo. Liz usou sua magia contra Meive e a jogou longe. Ela se levantou e atacou Liz com outro golpe e, então, fez a única coisa que sabia que a afetaria, lançou um feitiço e uma sombra negra surgiu, que foi ficando cada vez maior, ela atravessou o campo de força e a envolveu.

Caio não conseguia mais ver Liz. Nilon entrou no meio da sombra negra e saiu com ela nos braços, desacordada. Meive abriu um portal e eles o atravessaram, levando-a junto e deixando Caio e Cinara para trás. Ele ainda tentou abrir o portal, mas Meive o bloqueou e ele perdeu Liz novamente. Caio correu para o castelo e viu que o diário e o espelho ainda estavam no quarto. Ele viu a bolsa de Liz, pegou-a e viu que o cristal estava lá. Não entendeu por que estava sem ele, pois ela nunca o tirava.

Meive voltou para sua mansão em Price. Ordenou a Nilon que a acompanhasse e eles foram para um grande salão, que estava vazio. Ela usou seus poderes e um círculo foi se desenhando no chão através de uma chama violeta, e símbolos em forma de Lua e planetas, além do desenho de uma fogueira, apareceram.

Liz continuava desacordada e Nilon a deitou dentro do círculo. Meive a chamou e ela, aos poucos, foi acordando e viu onde estava. As bruxas entraram na sala e formaram um círculo em volta de onde ela estava. Liz tentou sair, mas não conseguiu, e queimou a mão.

— O que pretende, Meive? Roubar mais magia de mim?

— Isso também, mas preciso de você para descobrir onde sua mãe escondeu a outra metade do cristal.

— A sereia não me disse nada. Não sei onde minha mãe o escondeu.

— Já sei disso, mas tenho outros meios de descobrir onde ela o escondeu.

Meive se aproximou e as bruxas deram lugar a ela no círculo que haviam formado. As chamas ficaram altas, indo até o teto. Então, algo aconteceu: Liz brilhou e imagens começaram a aparecer. Ela e todas que estavam na sala viram uma floresta muito extensa, de mata fechada. Era um oásis no deserto. As imagens sumiram, as chamas desapareceram e Liz caiu no chão.

Meive sabia onde estava a outra metade do cristal. Aproximou-se de Liz e a tocou, tomando sua magia. Ela estava mais forte e não precisava mais do amuleto para isso. Agora não pouparia mais Liz e, sem o artifício do amuleto, percebeu a imensidão do poder que havia adquirido. Riu, pois estava muito mais jovem, como no dia em que a mãe de Liz, sua irmã, expulsou-a de Cinara.

Nilon se aproximou de Liz e viu que, dessa vez, ela não aguentaria, pois o poder que Meive roubara tinha sido muito maior. Mas Meive ainda precisava de Liz para chegar até a outra metade do cristal. Nesse instante, ela viu que a garota estava sem a outra metade, porém não se preocupou, porque sabia que ele estava em Cinara. Iria até o deserto para buscar a outra parte e invadiria a cidade e uniria as duas partes. Satisfeita, saiu da sala com Nilon. Tinha planos.

Em Cinara, Aurora se reuniu com as fadas dos Quatro Elementos para descobrir para onde Meive havia levado Liz. Caio estava muito ansioso e se torturava por seu feitiço não ter impedido Meive. Perdido em seus pensamentos, não ouviu Aurora o chamando, então, ela foi até ele e encostou em seu braço.

— Descobrimos onde ela está.

— Onde? Me diga!

— Meive a levou para Price. Você precisa correr, ela não está bem.

Aurora abriu um portal e Caio e Ana o atravessaram. Dessa vez, eles saíram direto no jardim. Eles viram Liz caída no chão, dentro da casa, cercada pelas bruxas. Caio teve vontade de invadir imediatamente, mas Ana o segurou.

— Não podemos ser pegos. Vou cortar a luz e você entra e a pega. Daí vamos embora.

Ana assumiu a forma de fada, voou até a caixa de força e desligou as chaves, deixando a casa no escuro. As bruxas se assustaram e desfizeram o círculo.

Caio entrou na sala e pegou Liz, deixando as bruxas para trás. Ana correu para junto deles e Caio abriu um portal que os levou para a casa de Liz, em Price. O pai dela ficou surpreso com a chegada deles e com o estado em que Liz estava nos braços de Caio. Ele a colocou no sofá e tirou do bolso o cristal que havia pegado. Colocou-o nas mãos dela e, em instantes, ele brilhou, e sua luz foi tão intensa que eles não a enxergam mais. Quando a luz foi se apagando, Liz começou a recobrar a consciência e viu seu pai, que a abraçou. Aflito, perguntou o que estava acontecendo e, então, algo que ninguém esperava, até mesmo Liz, aconteceu: ele levantou-se, olhou para Caio e disse:

— Ela não vai mais voltar para Cinara. Daqui para frente, vai ficar comigo. Eu vou protegê-la. Liz não vai ter o mesmo destino da mãe.

Caio entendia a preocupação dele e sabia que havia falhado em protegê-la. Sem falar nada, saiu e sentou-se nos degraus da escada da varanda. Ana ficou parada sem entender direito o que tinha acontecido, e antes que Liz falasse qualquer coisa, seu pai a impediu e a ajudou a ir para seu quarto. Ela entrou e ele fechou a porta, deixando-a sozinha. Ela olhou tudo a sua volta e sentou-se em sua cama.

Liz ficou deitada na cama. Seu corpo doía. O golpe de Meive tinha sido muito forte. A porta do quarto se abriu e era seu pai, que a olhou, mas não entrou, apenas a fechou novamente e saiu. Ela virou-se para o lado e dormiu. Começou a sonhar e seus sonhos se tornaram pesadelos. Acordou assustada, com a certeza de que Meive não a deixaria viver sua vida tranquilamente, seria sempre uma sombra em seu caminho. Sentiu vontade de gritar, estava furiosa, mas não queria trazer mais problemas para seu pai, então, ficou deitada. Conhecia-o. Logo, seu bom humor voltaria, ela pediria desculpas e lhe explicaria o que estava acontecendo.

CAPÍTULO 4

Na mansão de Meive estava tudo sendo preparado para a viagem até o oásis, mas, para ter sucesso na sua busca, ela precisa levar Liz. E seria à força. Colocaria seu plano em prática. Sabia que foi Caio quem invadiu a casa. Porém isso só atrasaria a viagem um pouco, não a impediria. Meive sentia que Liz ainda estava no mundo mortal e ordenou que Nilon fosse até a casa dela para fazer uma busca. Não podia deixá-la voltar para Cinara. Nilon sabia o que fazer e quem pegar para persuadi-la a ir até o deserto.

Liz continuava em seu quarto. Não esperava por essa atitude de seu pai, mas o entendia. Ela mesma não suportava mais o que vinha acontecendo desde que Meive entrara em sua vida. Ela foi até a janela e viu Caio e Ana sentados na varanda. Não sabia o que fazer. Porém ela conhecia Caio o suficiente e para saber que ele nunca faria nada para ofender seu pai. Resolveu ir para a sala e não havia ninguém lá. Seu pai estava na cozinha, sentado à mesa. Ela sentou-se ao seu lado e o abraçou.

— Desculpe tudo isso, pai. Não queria preocupá-lo.

— Você não me diz o que realmente está acontecendo. Quando vi você naquele estado, fiquei com medo de te perder como perdi sua mãe.

— Tenho que voltar para Cinara. É inverno e eles não vão resistir, vão congelar. Preciso estar presente para manter tudo aquecido.

— Desculpe, não posso permitir. Você é minha filha, entenda.

— Tenho que voltar, mas posso ficar hoje aqui, com o senhor. Só que amanhã preciso ir. Desculpe.

— Por que faz isso, arriscando-se tanto? Não te reconheço mais, Liz.

— Eles são minha família também. Tenho que protegê-los. Por favor, entenda.

O pai de Liz saiu e a deixou sozinha na cozinha. Caio e Ana entraram e ficaram olhando para ela. Não podiam fazer nada a não ser esperar. Foi Ana quem primeiro falou:

— Você sabe que precisa voltar.

— Claro, Ana. Vamos ficar aqui só hoje para ele se acalmar. Amanhã bem cedinho nós iremos.

— Tem algo que preciso dizer a vocês dois. Meive descobriu onde está a outra metade do cristal. Precisamos achá-lo antes.

Enquanto os três conversavam na cozinha, ouviram um barulho alto. Liz pensou em seu pai e correu na direção do barulho, que vinha dos fundos da casa, e encontraram Nilon e seus soldados com seu pai. E antes que ela pudesse fazer qualquer coisa, eles desapareceram, levando-o. Liz caiu sentada na neve, chorando. Nunca fora sua intenção colocá-lo em perigo. Antes que Caio e Ana a impedissem, ela abriu um portal e o atravessou, fechando-o em seguida para os dois não a seguirem.

— Droga, Ana! O que Liz vai fazer? É uma armadilha!

— Eu sei, Caio. Eles a querem para achar o cristal. Para isso levaram o pai dela. Temos que ir até a mansão de Meive.

— Precisamos avisar Aurora antes. Vá a Cinara e conte.

— Eu vou, mas não faça nada arriscado. Volto logo.

Ana atravessou o portal até Cinara e deixou Caio sozinho, porém não ia ficar parado, sabia o que fazer. Ele também atravessou um portal para a mansão de Meive. Encontrou tudo fortemente vigiado pelos soldados de Nilon. Ele tinha que entrar, pois de onde estava não conseguia ver dentro da mansão. Usou sua magia e entrou sem ser visto. Agora, dentro da casa, precisava achar Liz.

Liz já estava lá dentro também. Quando Meive a viu atravessar o portal apenas sorriu ironicamente para ela e mandou que se sentasse. Liz olhou em volta e não viu Nilon ou seu pai. Meive começou a mexer em alguns papéis em sua mesa e não olhava para Liz, o que a irritou profundamente. O que era isso tudo agora? O que ela pretendia fazer? Sabia que o que ela queria era a outra metade do cristal.

— Solte meu pai! Estou aqui, não precisa dele.

Meive parou de mexer nos papéis, virou-se, encarou-a e disse:

— Não, ainda preciso dele. É minha garantia de que não vai fugir.

— Onde ele está? Quero vê-lo. Não o machuque.

— Vou mostrar a você onde ele está. Não se preocupe, Nilon o hospedou.

Meive abriu uma janela e mostrou a Liz seu pai, preso em uma cela no esconderijo de Nilon. Isso a enfureceu. Ela se levantou e quando ia abrir um portal, Nilon entrou na sala com um objeto na mão, que Liz já tinha visto: era a prisão de fadas. Parecia apenas uma lanterna, mas era a mesma em que Tamas a prendera, quando Meive a infectou. Tinha certeza disso. Então ou eles tinham roubado ou tinham pegado emprestado. Não queria pensar qual lado Tamas escolheu, pois não o conhecia muito bem. Meive não a deixou abrir o portal e se aproximou dela. Nilon colocou o objeto em cima da mesa e ficou olhando para ela.

— O que vocês querem realmente?

— Sabemos onde está a outra metade do cristal. Temos que ir até o oásis buscá-la e você vai junto.

— Liberte meu pai antes.

— Esqueça isso. Conheço você. Ele fica preso até que eu tenha o cristal.

Caio, que estava dentro da mansão, chegou até a sala onde eles estavam, porém foi surpreendido pelos soldados de Nilon, que o pegaram. Liz reagiu e os atacou, mas Meive evocou sua sombra, que a derrubou, deixando-a sem ar. Meive agachou-se do lado dela e, bem irritada, ordenou:

— Agora vai fazer o quero.

Nilon pegou o objeto e o abriu. Meive continuava ao lado de Liz e esbravejou:

— Mude para forma de fada e entre dentro da prisão! Não tem outra alternativa! Tenho seu pai e Caio em minhas mãos.

Caio tentou se soltar e, olhando para ela, implorou:

— Não faça o que ela mandou, Liz. Fuja.

— Desculpe, Caio.

Meive fez um sinal para Nilon e ele ordenou que seus soldados saíssem da sala levando Caio.

— Para onde o levou?

— Não se preocupe. Ele vai fazer companhia a seu pai. Agora seja rápida.

Com certa relutância, Liz mudou de forma e entrou na prisão. Nilon trancou a porta. Ela sentou-se e o brilho da sua luz diminuiu. Nilon ficou curioso com o que aconteceu. Meive sorriu e falou:

— A prisão a impede de usar seus poderes para sair. Precisa que abram a porta.

Meive pegou o objeto com Liz dentro e o examinou.

— Está tudo pronto para a viagem. Partiremos imediatamente.

Nilon saiu da sala para terminar tudo para irem ao oásis. Entretanto, alguém que se manteve longe viu tudo o que havia acontecido. Era Nisco. Ele saiu sem chamar a atenção e foi contar a Tamas o que estava acontecendo. Tamas o mandara vigiar Nilon desde em que ele estivera em seu castelo e a prisão de fadas sumira. Desconfiava que ele a havia pegado e temia pela segurança de Liz.

Nisco chegou ao castelo de Tamas e lhe relatou tudo. Precisavam avisar Aurora. Ele abriu um portal para Cinara e a encontrou com Ana. Ele contou tudo, mas as tranquilizou e disse que havia mandado Nisco a Sibac para resgatar Caio e o pai de Liz. Então, todos poderiam ir atrás de Meive.

Nisco chegou a Sibac. Conhecia bem o esconderijo de Nilon. Para sua surpresa, quando se aproximou do local, encontrou Agnus espionando. Ele também ficou surpreso de vê-lo e perguntou:

— Por que voltou aqui? Sabe o que tem lá dentro? Reforçaram a segurança.

— Nilon capturou Caio e o pai de Liz e a está forçando a acompanhá-los em uma viagem.

— Mas o que querem com ela ainda?

— A outra metade do cristal. Meive sabe onde ele está, mas precisa de Liz, então, a prenderam.

Agnus ficou triste e, ao mesmo tempo, furioso. Gostava de Liz e saber que ela estava sofrendo e em perigo o irritou profundamente. Ele sabia que podia entrar sem ser visto. Não gostava de Caio, mas estava fazendo isso por ela.

— Vamos! Ajudo você. Entramos e libertamos os dois.

Nisco gostou do que ouviu. Agnus conhecia bem o local e isso era ótimo. Pouparia tempo, algo que eles não tinham. Precisavam voltar antes que Meive partisse para o oásis levando Liz como sua prisioneira. Os dois conseguiram entrar e chegaram até o calabouço, no entanto havia dois soldados vigiando a cela. Nisco sabia que isso os atrasaria, mas não tinha ido até lá sem um plano Tamas deu a ele uma esfera e disse para usá-la quando os encontrasse.

Ele jogou a esfera dentro do calabouço, ela se quebrou e uma luz muito intensa brilhou, fazendo os soldados desaparecerem e deixando o caminho livre. Eles entraram e libertaram os dois. Já do lado de fora, Caio tentou tranquilizar o pai de Liz dizendo que a salvaria, mas precisava que ele voltasse para sua casa. Então, abriu um portal, que o levou direto para sua casa, em Price. Ele ficaria seguro lá. Em seguida, abriu outro portal e todos atravessaram para mansão de Meive. Ao chegarem, já era tarde, não encontraram mais ninguém. Caio a detestava. Estava sempre um passo à frente quando o assunto era prejudicar Liz.

Meive abriu um portal que os levou até o Cairo. Teriam que fazer o resto do caminho até o oásis. Era um percurso longo, mas ela tinha preparado uma caravana com tudo para a viagem, que duraria dias. Para Meive, o único objeto essencial era Liz, que trazia presa. Meive viajava carregada pelos soldados de Nilon, com conforto, não se expondo ao Sol.

Liz viu aonde estavam, mas só pensava em fugir, precisava libertar seu pai e Caio, porém haviam muitos soldados de Nilon com seus mantos negros movendo-se rapidamente. As pessoas olhavam curiosas. Tudo naquele lugar era muito colorido: havia muitos lenços e as mulheres escondiam os rostos; também havia muitos homens com espadas.

Ela levantou-se e ficou curiosa quando viu homens fazendo malabares com fogo. Então, percebeu que alguém a olhava de longe, no meio da multidão. Não conseguia ver quem era, mas sabia que estava olhando para ela ali, presa. Por mais que tentasse, não conseguiu identificar quem era. Meive cobriu sua prisão e Liz não pôde ver mais nada. Sentou-se e ficou apenas ouvindo o barulho das pessoas.

Lembrou-se de seu pai e de Caio presos. Detestava estar nas mãos de Meive, mas também queria a outra metade do cristal, e quando a tivesse colocaria um ponto final em tudo isso e Nilon não teria mais quem o trouxesse de volta do Mundo dos Mortos. Então, ela sentiu um grande impacto e o pano que cobria sua previsão caiu. Ela viu que um moleque corria com o objeto em que ela estava, que começou a balançar e ela não conseguia mais se equilibrar. Ele entrou em uma casa em ruínas e começou a examinar o objeto, e olhou para Liz.

— Por que está presa? É algum gênio?

Liz ouviu o que o garoto disse e achou graça. Ele achava que ela atendia pedidos, então, fez sinal para suas asas e as balançou. O garoto viu que ela era uma fada e parou de balançar o objeto. Notou que havia uma pequena porta e, quando ia abri-la, Nilon o surpreendeu, pegou o objeto e levou o garoto, que tentava se soltar.

Nilon devolveu Liz para Meive, que a colocou ao seu lado, e ficou olhando para o garoto. Nisso, arrancou seu turbante e viu que era uma garota. Liz achou a garota muito esperta, pois ela não se cobria como as outras mulheres e conseguia se disfarçar de homem. Viu que ela era muito bonita.

— O que faço com ela, Meive? Se quiser dou um jeito dela e nunca mais a veremos.

— Não, vamos levá-la conosco. Ela pode ser útil.

Meive olhou para a garota, depois para Liz. Então, Nilon a empurrou para dentro, junto a Meive, que já havia se acomodado em seu lugar. A garota sentou-se perto de Liz e ficou olhando melhor para ela, e a achou muito bonita também; e percebeu que a mantinham presa. Quem era aquela mulher e aquele homem que tinha a mão fria?

Em Cinara, estavam todos reunidos com Aurora, esperando as fadas dos Quatro Elementos que ela havia pedido para chamar. Com a ajuda delas descobriria para onde Meive havia levado Liz. Agnus não entendia por que eles continuavam parados. Podiam sair e tentar descobrir uma pista sobre o paradeiro de Liz. Então, ele viu quando as quatro fadas chegaram, flutuando, sem tocar o chão. A ausência de Liz já começava a provocar frio intenso em Cinara, que tomava conta de tudo. O vento gelado era a pior parte e percorria todo o castelo.

Elas deram as mãos a Aurora e todas juntas começaram a brilhar. Então, uma só luz se formou e uma imagem apareceu, mostrando Liz presa. Meive percebeu e as impediu de continuar espionando, fazendo surgir uma nuvem negra no meio do salão. As fadas rapidamente a fizeram desaparecer e elas tentaram ver Liz de novo, mas a magia negra de Meive não permitiu.

Caio sabia que isso era o suficiente. Partiria imediatamente para buscar Liz antes que Meive fizesse algo pior a ela e todos em Cinara congelassem. Tamas e os outros também estavam dispostos a ajudar. Aurora aceitou, pois sabia que era uma jornada perigosa e era bom contar com a ajuda dos amigos.

Aurora abriu um portal e eles foram para o Cairo. Tamas e Nisco assumiram a forma humana. Agnus também foi, por mais que Caio insistisse que não precisava da ajuda dele. Eles não conseguiam mais disfarçar o conflito que havia entre os dois, afinal, amavam a mesma pessoa.

A caravana de Meive já estava bem à frente da deles. Tamas levou cavalos e suprimentos e eles partiram seguindo o rastro que deixavam. Meive levantou o pano que cobria o objeto onde Liz estava e ela pôde ver dunas por todos os lados. Não havia nada mais além de areia. O Sol era mais intenso no deserto, mas ela não o sentia, apenas via seu brilho, porque a prisão a impedia.

Nilon avisou Meive que o oásis ainda estava distante, o que deixou Liz preocupada, pois ela não podia ficar tanto tempo afastada de Cinara, e já estava há dois dias longe. Tudo começaria a congelar com o frio. A garota percebeu que ela ficou agitada quando ouviu o que Nilon havia falado. Liz bateu no vidro e pediu que a garota se aproximasse. Ela viu que Meive ainda falava com Nilon, chegou mais perto de Liz e, então, pôde ouvi-la:

— Por favor, preciso que me solte. Olhe, tem um fecho. Abra.

A garota levou a mão até o fecho para abrir, porém Meive a impediu e a empurrou para longe. Isso deixou Liz chateada. Por muito pouco não tinha saído.

A noite chegou e eles pararam, não porque precisavam descansar, mas porque Meive sabia que estavam sendo seguidos. Sentia Caio se aproximando. Ele tinha escapado e evocado um feitiço para atrasá-los. Então, a bruxa levantou suas mãos para o alto e uma tempestade de areia se levantou, e ela ordenou que matasse quem os seguia.

Liz viu tudo e ficou apreensiva. Era a ajuda que ela estava esperando, sabia que era Caio, o que significava que seu pai estava seguro e a salvo, mas eles não teriam chance contra a forte tempestade. E ela ali, presa, sem poder ajudá-los. Segurou o cristal firme na mão e desejou que a tempestade não os atingisse, que virasse apenas uma névoa para não os ferir. O cristal brilhou, a garota percebeu e Meive também. Não gostou, pois, supostamente, ela não deveria conseguir usar o poder do cristal.

Caio havia parado com a chegada da noite, perceberam que começou a ventar mais forte e viram de longe a tempestade, que os alcançaria. Os cavalos ficaram agitados e tiveram que ser controlados, mas, para surpresa deles, quando a tempestade chegou, ela virou só uma névoa. Caio soube imediatamente que era obra de Liz.

Meive percebeu o que ela fez, mas não teve como impedir. Foi até ela e cobriu o vidro, e Liz não viu mais nada. Mas ficou feliz, tinha dado certo, ela podia usar sua magia mesmo estando presa. Só não entendia por que não conseguia escapar sozinha. Porém seu esforço foi grande e a deixou enfraquecida. Ela tentou usar novamente o cristal, agora para escapar, desejando que a prisão abrisse. Espantada, ela ouviu um clique e viu que a porta abriu. Saiu sem fazer barulho, levantou o pano para ver o que acontecia do lado de fora e viu a garota que fez sinal para voltar. Olhou em volta não havia sinal de Meive, saiu voando, mas sentiu que algo a atingiu e caiu no chão, voltando à forma humana. Era Meive. No mesmo instante, Nilon a segurou com força e ela sentiu o frio dele mesmo no deserto, que a fez sentir-se mal. Meive se aproximou muito irritada, porque ela tinha conseguido fugir e arrancou dela o cristal. A garota ficou observando o que Nilon fez a Liz, enfraquecendo-a. Meive gritava com ela e ordenava:

— Volte a forma de fada, agora!

— Não vou mais fazer isso. Caio está aqui, posso sentir. Ele e meu pai não são mais seus prisioneiros.

— Você já percebeu... Nilon, seus soldados não servem para nada. Eles escaparam. Mas eu sei quem foi que os ajudou. Tamas está aqui também. Agora eles podem nos alcançar.

Meive sabia que eles iam atrapalhar seus planos e ela nunca teria a outra metade do cristal. Logo eles os alcançariam. Tinha que fazer com que Liz não fugisse mais, então, evocou sua sombra negra, que a envolveu, mas, antes que perdesse os sentidos, a garota interveio e ficou na frente de Liz.

— Eu fico vigiando. Assim ela não foge.

Meive ouviu o que a garota falou e gostou. Queria Liz consciente quando chegasse ao oásis.

— Ótimo! Faça isso e não tente nada ou as duas vão se arrepender.

Meive ordenou que continuassem a viagem e eles partiram. Mas antes que a caravana voltasse a andar, lançou outro feitiço, com o qual guerreiros do deserto surgiram e foram em direção a Caio e seu grupo. Antes que Liz tentasse fazer qualquer coisa, a garota a impediu.

Amanheceu e Liz acordou com o Sol batendo em seu rosto. A garota continuava a vigiando. Tinha simpatizado com ela, mas agora servia à Meive. Então, sentou-se e Meive a olhou, e a convidou para apreciar a paisagem. Liz olhou para fora e viu o alto das palmeiras. Eles tinham chegado.

Ela lembrou-se de Cinara. Ela devia estar lá. Ficou preocupada, pois o frio já devia ter tomado conta de tudo, e ela ali, presa, no calor do deserto. Temia mais pela vida das outras fadas do que pela sua. Precisava voltar para Cinara. Não esperaria ajuda, teria que fazer isso sozinha. Quando estivessem dentro do oásis, tentaria fugir, voltar para casa e salvar a todos antes que tudo congelasse.

Os guerreiros de Meive atacaram Caio e os outros e isso os atrasou. Apesar de terem se desvencilhado deles, estavam meio dia atrás da caravana de Meive, que já estava parada em frente ao oásis. Ele era muito maior do que Liz imaginava. Era imenso, na verdade. Achou impossível encontrar a outra metade do cristal ali tão rápido. Sentiu um aperto no coração, não conseguia deixar de pensar em Cinara.

Os soldados de Nilon os colocaram no chão. Liz desceu e a garota desceu logo atrás. Ela sentiu que algo muito forte a ligava àquele lugar, sentia que estava segura, mas, antes que colocasse os pés dentro dos limites do oásis, Meive a atingiu com um golpe e ela sentiu, mas, dessa vez, revidou e a atacou. Nilon interveio e soprou uma nuvem de gelo que envolveu Liz, que voltou à forma de fada para tentar fugir. Porém ele a prendeu e agora, sem o cristal, não conseguiria escapar.

Liz batia contra o vidro, furiosa por estar presa novamente. Meive pegou o objeto e deu para a garota segurar, então, todos entraram no oásis. Liz podia sentir a presença de fadas ali. Um brilho chamou sua atenção e ela as viu. Elas pediam para que Liz tapasse os ouvidos. Liz rapidamente os cobriu com as mãos, e uma delas deu um grito muito agudo e longo, que fez o vidro da prisão quebrar. Meive e Nilon foram pegos de surpresa e acharam que seus ouvidos fossem estourar. Então, Liz voou em direção às fadas e elas fugiram. A garota viu para onde foram e as seguiu. Depois que estavam a uma distância segura de Meive, elas pararam, mas Liz olhou para baixo e viu a garota.

— Por que está nos seguindo? Volte para sua casa.

— Mas eu já estou em casa.

Para a surpresa de Liz, a garota transformou-se em uma ninfa, flutuando no ar suavemente. Ela se aproximou de Liz, que estava intrigada.

— Então, era você que me olhava no meio da multidão. Senti que estava sendo observada.

— Desculpe, precisava me aproximar sem me mostrar. Não podia deixar Meive descobrir quem eu era realmente.

— Preciso pegar o meu cristal que está com ela e voltar para Cinara antes que todos morram congelados.

A fada e a ninfa falavam ao mesmo tempo sobre o cristal. Elas começaram a discutir. Liz ouviu o que precisava saber. As duas a olharam e confirmaram que guardaram o cristal para mãe dela e ela poderia pegá-lo, porém a advertiram.

— Mas ele só vai se mostrar a você depois que se decidir.

— Mas o que tenho que escolher? Não estou entendendo.

— Sua mãe sabia sobre as responsabilidades e perigos de ser a rainha das fadas e não queria que se sentisse obrigada. Você pode escolher continuar ou voltar a ser mortal.

Liz não entendia. Porque agora, depois de tudo que havia acontecido, tinha que escolher qual vida queria viver.

A fada segurou sua mão e, com a ninfa, que foi na frente, conduziram-na pelo oásis. Surpreendentemente, havia pessoas morando ali, ele não era isolado como imaginava. Eram famílias inteiras que viviam em harmonia com as fadas e outros seres mágicos. Meive não podia achar aquele lugar, colocaria todos em perigo.

— Não posso ficar. Tenho que voltar para Cinara.

A ninfa parou, olhou-a e foi firme:

— Mas antes tem que fazer sua escolha.

— Por que fica me falando isso? Deixe-me voltar.

A ninfa abriu um portal e mostrou Cinara para Liz. Apesar de ela estar fora tanto tempo, todos estavam bem. Então, Liz ficou calma, mas ainda queria ir embora. A ninfa abriu outra janela e mostrou a ela sua casa e seu pai, o que a deixou aliviada por vê-lo bem e por ver que havia homens de Tamas vigiando a casa.

A ninfa pegou em sua mão e explicou tudo que iria acontecer para Liz se ela escolhesse deixar Cinara, as fadas e as perseguições de Meive. Não seria mais rainha e não se lembraria de nada nem ninguém que havia conhecido. Voltaria a ser apenas uma mortal, com sua vida antiga com seu pai, e nunca chegaria a se mudar para Price, continuaria vivendo em sua antiga cidade.

Quando Caio se aproximou do oásis, viu Meive e Nilon, mas onde estava Liz? Entraram dentro do lugar sem serem vistos e começaram a procurar. Ele lançou um encantamento, que indicou a trilha de energia que Liz havia deixado para trás. Caio e Agnus se perderam dos outros e foram pegos de surpresa ao pisarem em uma armadilha, ficando de cabeça para baixo, presos pelo pé. Eles começaram a discutir tão alto que chamaram a atenção de Liz, que reconheceu a voz de Caio e voou em direção ao som. Quando encontrou os dois e vendo-os naquela situação, começou a rir. Em seguida, soltou a corda que os prendia e os dois caíram no chão.

A ninfa viu quando Tamas e Nisco se aproximaram e avisou Liz que elas precisavam ir, pois não tinham muito tempo e ela precisava decidir. Eles se olharam e ficaram muito curiosos, sem entender do que elas falavam. Contudo, antes que perguntassem, a ninfa pegou Liz pela mão e a puxou. Liz sorriu, então soltou-se e beijou Caio rapidamente, sem dizer uma palavra. Então, voltou à forma de fada e as duas desapareceram.

Meive e Nilon surpreendem Caio e os outros e os cercam. Os soldados de Nilon os atacam e, durante a luta, Meive fez um encanto e foi atrás de Liz, transformando-se em um pássaro preto com sua magia negra, e voou pelo oásis.

A ninfa levou Liz até uma cachoeira em que as águas corriam ao contrário. As duas se agacharam, a ninfa tocou na água e disse que, com apenas um mergulho, tudo ficaria para trás, todos problemas e todas as pessoas. Mas se Liz escolhesse ficar, o cristal a ajudaria com seu poder e todos em Cinara ficariam, enfim, livres da maldade de Meive. Bastava que escolhesse: ser mortal ou continuar como a rainha das Quatro Estações e imortal. Liz a ouviu e ficou olhando para a água.

Meive as encontrou na cachoeira e pousou em uma árvore. Ficou escondida, ouvindo as duas conversando. Não era interessante para Meive que Liz deixasse de ser fada, não antes de ela ter a outra metade do cristal. Liz ficou perdida em seus pensamentos, lembrando de tudo que já havia acontecido: o primeiro sequestro, a mudança da vida, tornar-se uma rainha fada e imortal. Era muito tentador ter sua vida de volta, mas sabia que estava sendo egoísta pensando apenas nela e deixando Caio e todos no esquecimento. Para surpresa da ninfa, as águas começam a correr na direção correta. Liz tinha decidido ficar e lutar. Mas antes que dissesse a Liz para tirar o cristal da água, a ninfa percebe que estavam sendo espionadas por um pássaro preto que bate as asas e emite um som estridente.

A ninfa pede para Liz tirar a outra metade do cristal da água. Meive volta à forma humana e ataca a ninfa com magia negra, mandando-a para longe. Liz coloca a mão na água e, quando a levanta, está com a outra metade do cristal, que brilha. Meive sorri e Liz assume a forma de fada para fugir, mas atingida pela magia da bruxa, por sorte, em uma tentativa, consegue abrir um portal.

Caio chegou à cachoeira e não encontrou Liz, mas teve tempo de ver Meive desaparecendo. Ele gritou por Liz, mas quem respondeu foi a ninfa, que voltou e lhe disse o que havia acontecido. Só que ela não sabia para onde o portal a havia levado, ela podia estar em qualquer lugar. Nilon ouviu tudo e abriu um portal, indo ao encontro de Meive que, a esta altura, já sabia do desaparecimento de Liz. Porém, o que eles não sabiam é que ela estava ferida e não devia ter ido muito longe. Caio partiu do oásis em busca de Liz.

Meive foi pessoalmente procurá-la e, como supunha, o portal não a levara para muito longe. Só era preciso saber sua exata localização. O portal a deixara perto, mas não em Price, como das outras vezes, mas em outra cidade. Assim que atravessou o portal, Liz percebeu que estava no mundo mortal, fechou a mão, segurou firme o cristal e o guardou no bolso da calça. Em seguida, levantou-se com certa dificuldade e saiu do beco.

Sentiu-se mal e apoiou-se na parede. O golpe de Meive tinha sido forte. Ela precisava sair dali e voltar para Cinara, mas não conseguiu dar um passo e caiu.

Percebeu que alguém se aproximava. Olhou era uma moça que a ajudou se levantar e atravessar a rua. Entraram em uma loja de artigos esotérico. Liz olhou tudo aquilo, viu algumas imagens de fada e pegou uma na mão, sorriu e a colocou no lugar.

A moça voltou e lhe deu uma xícara de chá, Liz bebeu um pouco e sentiu-se melhor. Ela a observando, perguntou:

— Por que estava sozinha no beco? Sabe que é perigoso com as bruxas caçando-as.

Liz olhava para xícara e sentiu algo errado. Colocou-a na prateleira, mas antes que a questionasse, ouviram a porta da loja se abrir. A moça a escondeu, sabia que era Meive. Liz ouviu a conversa. Em um determinado momento, Meive foi direta:

— Onde está a fada? Sei que a trouxe para dentro. Onde a escondeu?

— Não tem ninguém aqui. Somos apenas eu e a televisão. Olhe, está ligada.

Liz ficou encurralada, não tinha por onde fugir. Então, notou que havia uma pequena janela aberta. Mudou para forma de fada e voou para a janela, mas foi atingida e caiu. A moça a pegou, olhou para Meive e disse:

— Por que fez isso? Ela já está ferida.

— Não se preocupe. Ela vai sobreviver. Agora a entregue a mim. Eu vou levá-la.

Nesse momento, um portal se abriu. Era Tamas, que atingiu Meive com uma esfera de luz, afastando-a. Então, ele pegou Liz das mãos da moça com cuidado e atravessou o portal de volta para seu castelo.

Agora em segurança, em sua sala do trono, colocou-a em cima de uma almofada. Sua luz brilhava, mas ela não acordava. Então, notou que havia algo nas costas dela, na altura do ombro. Viu o hematoma, mas sentiu um cheiro de algas pretas que vinha dela e ficou preocupado. Liz podia acordar sem saber quem era e perderia todas as suas lembranças.

Meive continuava na loja. Sentiu no ar um cheiro familiar e pegou o frasco. Enfurecida, voltou-se a menina:

— Por que fez isso? Ela perderá todas as suas lembranças!

— Fiz isso para salvá-la, assim ela não terá mais serventia para você e não poderá machucá-la.

— Garota tola! Olhe o que fez!

Então, Meive viu a moça se transformar em uma bruxa, que zombou dela. Muito irritada, saiu da loja, mas, antes, lançou um feitiço que destruiu tudo. Porém aquela mulher também era uma bruxa e fez outro feitiço e tudo voltou ao lugar. Na verdade, ela e Meive se conheciam há muito tempo e ela adorou ter prejudicado Meive.

Tamas precisava avisar Caio que estava com Liz. Mandou Nisco até Cinara e encontrou todos na sala do trono. Ele relatou tudo a Aurora e Caio. Ana também ouviu tudo e ficou preocupada. Seria terrível se Liz esquecesse de quem era e, pior, nunca mais voltaria à forma humana nem se lembraria de ninguém por toda a eternidade.

Caio ficou furioso com Tamas. Por que ele não a levou para Cinara? Ele abriu um portal para o palácio de Tamas e foi seguido por Agnus, que voltara com eles do oásis. Os dois entraram na sala do trono e encontraram Tamas observando Liz, que continuava adormecida. Agnus a achava muito bonita na forma de fada e lembrou-se da primeira vez que a viu. E, agora, corria perigo. Tinha que fazer algo para ajudar.

— Posso ir atrás da pessoa que fez isso e forçá-la a dar o antídoto.

Caio ainda não havia entendido por que ele não tinha levado Liz para Cinara. Quando foi pegá-la para levar embora, Tamas o empurrou com força contra a parede.

— Idiota! O que pensa que está fazendo? Não pode levá-la.

Caio se levantou furioso e tentou se aproximar de Liz novamente, mas foi impedido por Nisco.

— Ela não vai ficar aqui. Vai para casa, onde é seguro.

Tamas riu e desdenhou:

— Seguro? Você não a protegeu. Olhe onde está agora. Ela fica aqui. Eu a protegerei.

Agnus viu que os dois discutiam e percebeu uma oportunidade. Pegou Liz com cuidado, colocou-a dentro do bolso de seu casaco e saiu quietinho, sem ser visto pelos dois. Quando eles perceberam, ele já havia sumido. Percorreram todo o palácio, mas não o encontraram.

Agnus saiu do reino de Tamas com Liz. Estava parado em frente à árvore que era o portal. Olhou novamente e ela parecia estar bem, mas tinha que procurar ajuda. Sabia que a mulher que vivia em Sibac devia conhecer algo que a fizesse acordar. Porém Ana, que o havia seguido, apareceu em sua frente. Antes que ela tentasse algo. Agnus falou:

— Tenho que tentar, há uma bruxa em Sibac. Ela pode ajudar. Você vem comigo.

Ana hesitou por instantes. Sabia que o que estava fazendo não era muito correto, mas ele tinha certa razão, eles tinham que tentar. Então, abriu um portal que os levou para Sibac. Foram para a casa da bruxa e mostraram Liz para ela, que logo sentiu o cheiro e os levou para dentro. Agnus colocou Liz sobre um pano e a bruxa pegou um frasco, passou o líquido que tinha dentro nela, mas disse a eles que havia passado muito tempo, que ela acordaria, porém não sabia se se lembraria de quem era imediatamente. Eles teriam que esperar a memória dela voltar devagar.

Caio e Tamas os acharam e entraram dentro da casa a tempo de ver Liz acordar e voltar à forma humana. Caio se aproximou e ela se afastou, assustada.

— Quem são vocês? Quero ir para casa.

Como a bruxa havia falado, já tinha passado muito tempo e ela não sabia mais quem eles eram. Ela chamou por Ana, que se aproximou com cuidado, e percebeu que se lembrava dela porque se conheciam da escola, antes de ela se tornar rainha das fadas.

— Onde estamos e que lugar é este? Vamos para casa.

Ana olhou para Caio, que fez sim com a cabeça. Ela abriu um portal, levando-a para sua casa, em Price. Caio e Agnus continuavam na casa da bruxa. Caio queria fazer algumas perguntas.

— Tem como fazer a memória dela voltar ou é permanente?

— Ela deve recuperar a memória, é temporário, mas terão que esperar. Enquanto isso é melhor protegê-la. Não a mais nada a fazer.

Ana levou Liz para sua casa e elas foram recebidas pelo pai de Liz, que não entendeu o que estava acontecendo. Sem se lembrar de nada, ela entrou e foi para cozinha para preparar o jantar como ela sempre fazia. Ele não falou nada e puxou Ana pelo braço em direção à varanda. Ela contou tudo a ele, que a ficou olhando preparar o jantar. Sentia falta de tê-la em casa e da época em que era apenas os dois, mas sabia que aquilo era temporário.

Tamas havia voltado para seu castelo e mandou seus guardas protegerem a casa de Liz. Com certeza Meive tentaria pegar a outra metade do cristal. Ficaria por perto também até que a memória dela voltasse.

Caio foi até a casa de Liz e bateu na porta. Ana abriu para ele, que entrou e sentou-se na sala e ficou a vendo ali, tão bonita e tão distante de todos os problemas. Ele deixaria que aproveitasse esse momento, mas tinha que passar logo, pois ela precisava voltar para o castelo ou todos morreriam congelados, sem sua presença o Inverno iria congelar toda Cinara.

    Ela olhou para Caio e foi até a porta da sala e o convidou para ficar e jantar. Ele sorriu e aceitou. Quando ele ia para cozinha, ouviu um barulho do lado de fora, foi até a janela e viu que havia um homem do lado de fora. O pai dela se aproximou e disse que era o vizinho da casa ao lado, que o cachorro dele sempre escapava e ia até o quintal deles. O homem pegou o cachorro e saiu, encarando-os. Eles sentaram-se à mesa e comeram em silêncio. Só Liz estava sem preocupação alguma. A única pessoa que sabia quem realmente era seu vizinho era Liz, que não se lembrava de nada.

    O homem voltou para casa e encontrou Nilon, que o esperava, e contou que a garota estava na casa acompanhada de outra fada, de seu pai e do seu protetor. Nilon saiu para fora e olhou na direção da casa, pensando que o único jeito era invadi-la, pegar Liz à força e levá-la para Meive. Ele sabia que ela estava com a outra metade do cristal. Só não entendia por que eles estavam no mundo mortal e não em Cinara. Seria naquela noite. Esperaria todos irem se deitar e, então, teria o cristal e a garota.

CAPÍTULO 5

Aurora já sabia o que estava acontecendo com Liz e avisou Caio que ele tinha que levá-la para Cinara mesmo que ela não se lembrasse de nada. Ele pediu para passarem a noite na casa dela para, quem sabe, ela se lembrar de algo, e a levaria no dia seguinte.

Depois do jantar eles foram para sala e Ana tentou descobrir se Liz estava se lembrando de alguma coisa e fez perguntas. Sem entender nada, Liz estranhou o que ela perguntava e falava, mas não deu importância, apenas achou Ana um tanto esquisita. Ela não se lembrava de Cinara ou de quem era. Precisavam descobrir se ela ainda tinha seus poderes, então, a levou à cozinha e segurou em sua mão. Liz brilhou por instantes, mas ela nem percebeu. Pelo jeito, levaria mais tempo do que eles pensavam.

Caio foi até a cozinha e Ana fez que não com a cabeça. Eles saíram, deixando Liz com o pai, e foram até a varanda.

— Caio, ela não lembra de nada. O que vamos fazer?

— Falei com Aurora. É para voltarmos assim mesmo. Está ficando cada vez mais frio em Cinara.

— Sabe que ela vai estranhar estar em Cinara sem se lembrar quem realmente é.

— Preciso que você fique com ela. É muito importante não a deixar sozinha. Meive vai tentar algo junto a Nilon.

— Então, vamos voltar para dentro. Está muito frio aqui.

O que os dois não sabiam é que Nilon estava muito perto, vigiando a casa e causando todo aquele frio. Eles entraram e se sentaram na sala sem dizer mais nada. Liz se retirou para seu quarto, Ana foi junto e as duas se deitaram. Uma tempestade de neve começou a cair, deixando tudo lá fora muito branco. O frio aumentou e todos sentiram isso dentro da casa.

Liz não se levantou mais. Deitada, encolheu-se de frio. O aquecedor da casa congelou. Caio ficou em alerta com o pai dela na sala e Ana ficou o tempo todo no quarto. A tempestade aumentou e os vidros das janelas trincaram e estilhaçaram com o gelo que tomava conta. A neve começou a entrar na casa e chegou até o quarto de Liz, envolvendo-a. Ana tentou chegar até ela, mas não conseguiu se aproximar. Para sua surpresa, a neve tomou forma e era Nilon, que a viu deitada. Apesar dos protestos de Ana, ele a pegou, transformou-se novamente em neve e saiu levando Liz. Ana gritou por Caio que, quando chegou, já era tarde.

Nilon a levou até Meive, que os esperava em seu reino sombrio. Ele a colocou no chão. Liz acordou assustada com aquele homem frio a encarando e se afastou, dizendo:

— Quem é você? Me deixe em paz! Quero voltar para minha casa!

Nilon percebeu que ela estava sem memória e achou isso muito interessante. Podia usar esse detalhe a seu favor. Ainda não tinha desistido de se vingar dela por tê-lo humilhado. Meive se aproximou de Liz e a ficou observando, dando voltas em torno dela, o que a deixou bem irritada.

— Quero voltar para casa! E que lugar horrível é esse?

— Já esteve aqui. Não se lembra? Mas quero outra coisa de você. Onde está o cristal?

— Não sei do que está falando. Não tenho cristal algum.

Meive sentou-se em sua cadeira e imaginou que ela podia estar fingindo, então, fez um teste. Resolveu atacá-la, pois sabia que se defenderia. Lançou um feitiço, atingindo-a. Liz sentiu dor no corpo, mas não reagiu. Realmente, ela não se lembrava de nada. E isso era um problema. Já Nilon adorou, podia tirar vantagem disso e entrou na conversa:

— Meive, o que vai fazer agora? Ela não é mais problema para você. Não vai te prejudicar.

— Cale-se! Preciso do cristal. Onde será que ela o guardou... Preciso que o procure.

— Sabe que terei muito trabalho. Não é melhor esperar a memória dela voltar?

— Não sabemos quanto tempo vai levar. Mas tem razão. Enquanto isso, ela fica aqui.

Liz ouvia os dois conversando e não era sua intensão ficar ali. Levantou-se e ia saindo quando Nilon a segurou.

— Onde pensa que vai? Mesmo sem memória continua irritante.
— Nilon, leve-a para o quarto e a tranque.

Nilon levou Liz para um dos quartos do castelo e a trancou. Ela protestou, bateu na porta, mas ninguém respondeu. Até que se cansou e sentou-se no chão. A noite chegou e ela continuava sozinha. Não ouvia som algum e percebeu que a porta estava destrancada. Abriu a porta, deu uma olhada, não tinha ninguém, então, saiu no corredor. Poderia voltar pelo mesmo caminho que viera, mas acabaria encontrando alguém. Percebeu outra saída e decidiu seguir por ela. Andou com certo receio, mas ninguém apareceu para impedi-la. Chegou ao pátio e correu sem olhar para trás.

Quando parou para recuperar o fôlego, viu-se no meio de uma floresta sombria e escura. Então, teve sua primeira lembrança: os pesadelos de quando seu pai estava fora, em viagem. Olhou para trás e pensou que não podia voltar para aquele local, tinha que ir em frente. Começou a caminhar. O chão tinha um pó preto que subia, deixando o ar difícil de respirar. As árvores começaram a se aproximar. Assustada, correu e acabou caindo, e as sombras as cercaram. Eram os soldados de Nilon.

Eles ficaram juntos, impedindo-a de escapar. Então, gritou com tanta força que sua luz brilhou e eles se afastaram. Nilon apareceu e ficou frente a frente com ela e a segurou. Seu frio começou a queimar a pele de Liz, que tentava se soltar. Ele ria. Subitamente, ela o lançou longe contra uma árvore, que se quebrou com o impacto.

Ela não entendeu o que havia acontecido, mas ele sim. Logo ela teria sua memória e sua magia de volta. Precisava colocar um fim nela. Levantou-se e foi em direção a Liz, que o viu se aproximar, mas não sabia o que estava acontecendo e que poder era aquele que ela sentia. Era tudo muito confuso para ela. Porém, antes que ele a atacasse novamente, Meive o impediu, derrubando-o.

Ela olhou para Liz, que continuava sem memória, mas sabia que seu poder estava voltando. Sua recuperação era questão de tempo. Meive a envolveu em sua sombra negra e saiu dali, levando-a para seu castelo. Dessa vez, não a trancou, colocou-a dentro de um círculo enfeitiçado que a impedia de sair e saiu, deixando-a sozinha.

Liz sentou-se no chão e tocou no círculo, que não a deixava passar. Então, ela sentiu que tinha algo em seu bolso e o pegou. Era o cristal. Olhou para ele e uma lembrança veio a sua cabeça. Guardou rapidamente e lembrou-se: precisava voltar para Cinara.

Sua memória havia voltado. Olhou onde estava e viu, sobre uma mesa, seu cristal que Meive havia pegado quando estavam no oásis. Liz pensou que era melhor que não soubessem que que ela tinha se lembrado de tudo. Usou sua magia e derrubou o campo de força do círculo, aproximou-se da mesa e pegou o cristal. Agora possuía as duas metades. Então. abriu um portal e desapareceu.

Em Cinara, o inverno já havia tomado conta de tudo. Todos sentiam o mal que o frio lhes causava e as fadas foram se refugiar no castelo, que também estava coberto pela neve. Elas já não brilhavam com intensidade. Ana, que havia voltado para Cinara, sabia que tinha que fazer algo. Precisava achar Liz. Caio descobriu que ela já não estava mais com Meive, que havia fugido, mas para onde? Seu paradeiro era desconhecido. Ana pediu permissão à Aurora e atravessou um portal para tentar achá-la. Estava na floresta no mundo mortal. Sabia que poderia encontra-la, então caminhou e a encontrou observando a cabana. Aproximou-se e as duas se abraçaram. Liz a olhou e mostrou o cristal que brilhava em sua mão, agora com as duas partes como uma única pedra. Entregou à Ana dizendo que com isso Cinara não ficaria mais desprotegida e que eles não precisariam mais da presença dela. Então, abriu um portal e partiu sem dizer nada, deixando Ana sem saber o que fazer.

Ana abriu um portal e voltou para Cinara. Entregou o cristal para Aurora, que o colocou em um pedestal. Ele brilhou e sua luz percorreu o castelo e as ruas de Cinara, e o frio começou a desaparecer. Todos começaram a sentir o calor voltando. Estavam a salvos. Mas para onde Liz teria ido se refugiar?

Liz quis se afastar de tudo. O portal que ela abriu levou-a para uma pequena cidade. Ela começou a caminhar pelo centro e viu um anúncio que chamou sua atenção. O hotel da cidade estava contratando novos funcionários para trabalhar no inverno e ela resolveu ir até o local.

O hotel era enorme. Ela leu o letreiro e era o lugar certo para ela. Perguntou ao porteiro sobre as vagas de emprego e ele lhe pediu para esperar. Depois de algum tempo, ele voltou e disse que a única vaga que havia sobrado era para ajudar com os jardins. Liz sorriu e disse que aceitava. O porteiro a levou até a sala do encarregado, um senhor muito simpático, que a olhou e disse:

— Olá, senhorita. Sou o responsável pelo hotel. Está disposta a trabalhar em um serviço pesado?

— Preciso de um emprego e não tenho medo de trabalho.

— Tudo bem. Não temos outro candidato para a vaga. Pode ficar. Espere um momento.

O Sr. faz uma ligação e logo em seguida ela ouve passos de salto e uma senhora com um olhar muito amigável se aproxima e entra na sala. Ela pede para Liz sair um pouco, os dois conversam e ela chama Liz de volta. O encarregado, que se chama Alvares, apresenta a senhora, responsável pelos funcionários.

— Esta é a Sra. Mirtes. Ela vai lhe mostrar o alojamento.

Essa notícia deixou Liz feliz e aliviada. Então, o Sr. Alvares falou sobre o salário e os benefícios e que os funcionários moravam no alojamento do hotel. Ela o agradeceu, ele as dispensou e voltou aos seus afazeres. Já no corredor, a senhora fala:

— Vai gostar de trabalhar aqui. Afinal, qual é o seu nome?

— Obrigada pela oportunidade. Desculpe, meu nome é Liz.

— Bonito nome. Vejo que não tem bagagem.

Mirtes percebeu que ela ficou um pouco sem jeito e se desculpou.

— Desculpe minha intromissão.

Elas vão para os fundos do hotel, para um pátio muito grande, que elas atravessaram. Quando já estavam bem distantes do hotel, ela viu um aglomerado de pequenos chalés muito charmosos. Mirtes tirou do bolso um molho de chaves e as duas pararam em frente uma porta, que ela abriu convidando Liz a entrar. Depois de mostrar tudo que havia no quarto e antes de sair, a senhora disse que o jantar dos funcionários era servido às 19h, na cozinha, e era para ela ir jantar e conhecer os outros moradores do hotel.

Liz agradeceu e fechou a porta. Olhou tudo a sua volta. O quarto era pequeno, mas muito charmoso. Ela se sentou na beirada da cama com vontade de chorar. Então, alguém bateu na porta. Liz se levantou e a abriu. Uma moça sorriu e se apresentou:

— Olá! Você é a Liz? Sou Lucia. Olhe, trouxe umas peças de roupas limpas para você.

— Obrigada, mas não posso aceitar.

— Fique, por favor. São minhas. Vão servir. Temos o mesmo tamanho.

— Obrigada.

— Está quase na hora do jantar. Apronte-se que volto daqui a pouco. Daí vamos juntas para a cozinha. Até logo.

Lucia saiu e deixou Liz com as roupas. Ela separou um vestido e um casaco vermelho de lã. Então, abriu o armário, pegou uma toalha e foi tomar um banho. Trocou-se e ficou esperando Lucia, que voltou logo em seguida. As duas vão para a cozinha, que ficava do outro lado do alojamento dos funcionários, contornando o pátio.

Liz ficou um pouco tímida, pois já estavam todos reunidos, comendo. A Sra. Mirtes a chamou e a apresentou a todos: o porteiro, que ela já conhecia e que se chamava, Vitor; as arrumadeiras Veronica e Rosa; os garçons, que são mais jovens, Pedro, José e Luiz; o pessoal da cozinha, cujos nomes Liz não conseguiu guardar, mas que eram seis pessoas; o Sr. Pedro, responsável pela manutenção do hotel; e o jardineiro Sr. Ramires, um homem de aspecto um tanto mal-humorado, que lhe deu um meio sorriso. Então, a Sra. Mirtes lhe avisou que Liz seria sua nova ajudante. Ele olhou para ela e disse:

— Olá, garota. Vai dar conta do trabalho?

Liz respondeu com a voz firme:

— Claro, senhor. Verá que sou ótima com as plantas.

Liz sentou-se e todos voltaram a jantar. Liz começou a comer e viu que todos estavam felizes, conversando sobre novidades tão distantes da realidade da qual ela vivia. Afastou esses pensamentos e terminou sua refeição.

No final do jantar, a Sra. Mirtes disse que ela podia ir se deitar e lhe deu o uniforme. Falou que ela devia se apresentar para o trabalho às 6h e chegar na cozinha meia hora antes para o café, que o Sr. Ramires já estaria lá e ela poderia ir com ele para conhecer as estufas, os jardins e o galpão onde ficavam guardados os equipamentos de jardinagem. Ela se despediu de todos e voltou ao quarto acompanhada de Lucia, que também morava no alojamento e ajudava a Sra. Mirtes com os afazeres dentro do hotel.

No quarto, Liz ajustou o despertador e deitou-se. No dia seguinte, acordou antes do relógio tocar. Já de uniforme, do lado de fora do quarto, encontrou Lucia e as duas foram tomar o café. O encarregado, o Sr. Alvares, também estava tomando café. Ele cumprimentou Liz quando a viu entrar. Ela sentou-se na mesma mesa, e ele terminou seu café e se retirou. Nisso o jardineiro entrou e a acompanhou no café. Assim que terminaram, os dois foram para o galpão para cuidar dos jardins.

Na cozinha havia um vaso com flores murchas no balcão, que voltaram à vida quando Liz passou por elas. A Sra. Mirtes estranhou, pois jurava que estavam mortas, tanto que ia jogá-las fora mais tarde. "Alguém deve ter trocado e eu não vi", pensou e voltou para seus afazeres.

Liz aprendeu o serviço muito bem e conquistou a amizade do Sr. Ramires, que ensinou tudo para ela sobre o cultivo das flores e seu plantio. Ela não usou mais sua magia desde que chegou ao hotel. O tempo passou e o inverno se tornou mais rigoroso. Da janela de seu quarto ela observava a neve. Sempre que entrava no hotel, as flores dos vasos voltavam à vida, ficando muito mais bonitas. A Sra. Mirtes percebia, mas achava que estava trabalhando demais e que precisava tirar férias.

Na época de inverno o hotel não tinha hóspedes, apenas os funcionários fixos, mas estava quase chegando o dia em que os outros funcionários voltariam, assim como os hóspedes começariam a chegar, e Liz sabia que isso a deixaria mais exposta. Mas ela procurava não pensar sobre isso. Em suas folgas semanais, a garota ia com Lucia e a Sra. Mirtes na cidade. O tempo passou e, numa tarde, o Sr. Alvares entrou na cozinha e comunicou a todos que o dono do hotel chegaria no final de semana para verificar os preparativos feitos no inverno.

O final de semana chegou e todos se reuniram na entrada do hotel, esperando o dono chegar. O carro entrou e contornou a frente do local. Quando ele saiu, Liz notou que era um senhor de bastante idade, mas que parecia muito bem-disposto. Ele cumprimentou a todos um por um. Liz procurou se manter um pouco afastada, mas chegou a sua vez e ele queria conhecer a nova funcionária. Para espanto de todos, ele a abraçou e disse só para ela ouvir, que sabia que havia uma fada cuidando dos jardins. Isso deixou Liz nervosa — havia sido descoberta.

Todos foram para dentro, onde havia sido preparada uma recepção. Liz desculpou-se e pediu para se retirar, indo para seu quarto. Ela entrou e trancou a porta. Precisava ir embora, não podia arriscar ficando ali. Como aquele homem sabia sobre fadas? Pegou o pouco de coisas que tinha e estava quase saindo quando bateram à porta. Ela abriu e era o dono do hotel, que entrou e viu as coisas sobre a cama. Então, ele sentou-se em uma cadeira.

— Não queria assustá-la! Não vá embora! Mas quem é você? Há muito tempo não vejo uma fada nesta época do ano, tão fria.

— Desculpe minha curiosidade, mas como um mortal sabe sobre nós?

O homem contou a Liz que tinha crescido no hotel com seus pais e, quando criança, havia conhecido uma fada. Eles sempre se encontravam no jardim e ele ficava observando-a cuidar das flores. Porém um dia ela foi embora e ele nunca mais a viu, e seguiu sua vida se perguntava se veria uma fada outra vez antes de morrer. Mas quando viu Liz, suas lembranças voltaram mais fortes. Ele pediu para ela contar sua história. Ela hesitou, mas acabou desabafando e falando quem era e tudo que havia acontecido.

Ele ouviu tudo e pediu para ela se manter afastada do hotel, pois ele abriria na semana seguinte e ela não deveria se expor. Ia falar com a Sra. Mirtes e ela ficaria ajudando na cozinha, pois assim seria mais seguro. Antes de sair, fez Liz prometer que não iria embora. Ela olhou as coisas na cama sem saber o que fazer. Então, guardou tudo e se deitou.

Durante a noite ela acordou depois de um pesadelo e soube que os problemas nunca a deixariam. Ela apenas os tinha ignorado todo esse tempo. Saiu, sentou-se na varanda e ficou vendo o dia amanhecer. Era a primeira vez que o Sol brilhava intensamente aquela semana, dando-lhe forças para seguir em frente.

Liz voltou ao trabalho e a Sra. Mirtes a levou para a cozinha, o que achou bom, pois o serviço iria aumentar. Os dias passam sem acontecer nada de especial. Tudo permanecia tranquilo. O dono do hotel resolveu ficar mais tempo, o que alegrou a todos ele, pois ele era um homem muito gentil. Nos finais da tarde ele procurava fazer suas refeições na cozinha, assim ficava mais tempo com Liz.

Em uma tarde, na cozinha, estavam todos atarefados porque o salão de festas havia sido reservado para uma festa de casamento e o pedido de comida era grande, já que haveria um almoço. Então, a Sra. Mirtes pegou uma panela com água quente e escorregou. Em um impulso, Liz usou sua magia para evitar que ela caísse e água quente a queimasse. Lucia viu o que havia acontecido, mas saiu sem dizer nada. Os outros não perceberam, porque estavam ajudando a senhora a se recuperar do susto. Liz pediu licença, retirou-se e foi procurar Lucia. Encontrou-a na varanda do seu quarto, esperando-a, e a questionou:

— Quem é você realmente e como fez aquilo na cozinha?

Liz sorriu. Não dava mais para esconder. Sentou-se ao lado de Lucia e disse:

— Você não vai acreditar.

— Me fale tudo e eu decido.

— Tudo bem. Sou uma fada.

Lucia se levantou e, sem acreditar na resposta, olhou para Liz e pediu:

— Me prove que isso é verdade.

— Não me peça isso. É arriscado. Não posso ficar usando magia, porque podem me achar.

— Está se escondendo. Por isso apareceu aqui sem bagagem. Sempre pensei que as fadas não existissem. Por favor, me mostre.

— Só por um minuto e bem rápido.

Então, depois de meses, Liz assumiu a forma de fada e usou sua magia, fazendo cair uma chuva de brilho sobre Lucia, que achou tudo muito lindo. Quando Liz voltou à forma humana, Lucia a abraçou e falou:

— Prometo que guardo seu segredo.

Lucia a deixou na varanda. Liz sabia que o que tinha feito havia sido arriscado. Com certeza, tinha mostrado sua localização.

Em Cinara, todos sentiram sua presença depois de muito tempo. Agora sabiam onde ela estava e Caio e Ana, com a permissão de Aurora, abriram um portal e foram procurá-la. Só que outra pessoa também descobriu sua localização. Meive, que também sentiu a presença de Liz, mandou chamar Nilon, que entrou imediatamente em sua sala.

— Achamos ela. Prepare-se. Vamos fazer um passeio.

Chegando no hotel, Caio e Ana entram e perguntam sobre Liz na recepção. O porteiro achou muito estranho alguém perguntar por ela depois de tanto. Ele os deixou esperando, e o dono do hotel, vendo-o passar um tanto apreensivo, pergunta qual era o problema. Ele contou e o senhor o mandou voltar aos seus afazeres que ele mesmo ia resolver aquilo. O porteiro saiu, deixando-o pensativo. Então, ele foi à portaria e encontrou Caio e Ana, recebendo-os. Pediu para que eles o seguissem e, sem dizer nada, levou-os até uma sala reservada.

— Sabia que logo Liz receberia uma visita. Eu sei que está na hora de ela voltar para casa. Venham comigo, vou levá-los até a cozinha.

Caio o seguiu, acompanhado de Ana, e não entendia por que Liz se afastara de Cinara e sem se despedir dele.

Assim que chegaram na cozinha já a viram trabalhando, no mesmo instante ela parou e viu os dois parados na porta. Eles se aproximaram e Ana a abraçou. Caio pegou em sua mão e disse:

— Desculpe, Liz. Falhei com você.

O Sr. convidou Ana para tomar um suco com ele, que entendeu e os deixou sozinhos. Liz pediu para sair da cozinha por um momento e o levou ao pátio que havia nos fundos do hotel. Caio ficou o tempo todo olhando para ela e tinha que admitir que o tempo longe de Cinara a havia deixado com as feições mais tranquilas e ela ainda mais bonita. Podia sentir seu perfume. Como ele sentira saudades. Queria abraçá-la, mas não queria assustá-la ou a perturbar, então, manteve-se afastado.

— Por que se escondeu por tanto tempo, Liz? Ficamos preocupados.

— Tinha que me afastar. Não suportava mais tudo aquilo. Na verdade, foram umas férias.

— Sentimos sua falta.

Liz também sentiu saudades, então, o abraçou. Ele, sem soltá-la, sorriu e perguntou:

— Então, vai voltar para Cinara? Sabia que seu pai está preocupado com você?

— Eu sei. Agora está tudo bem. Mas entre nós resta algo?

Ele se animou com a pergunta dela e, depois de tanto resistindo, beijou-a com intensidade, e foi correspondido. Ela olhou para ele e disse:

— Vou voltar para Cinara. Já estava com saudades de casa. Vamos, tenho que me despedir de todos e chamar Ana, então, podemos ir.

Os dois voltaram abraçados para dentro do hotel. De repente, Liz parou e sentiu que algo de errado estava acontecendo, foi quando ouviram gritos. Ao chegarem na cozinha, encontraram Meive e Nilon, com todos os funcionários encurralados em um canto e Ana e o dono do hotel vigiados pelos soldados de Nilon. Meive sentou-se em uma cadeira e começou a falar sem tirar os olhos de Liz:

— Veja quem achamos, Nilon! Nossa hóspede! Da última vez que a vi você saiu da minha casa levando algo que me pertence.

Liz olhava para ela com fúria no olhar. Aquelas pessoas eram boas e estavam assustadas com tudo aquilo.

— Pare, Meive. Deixo-os em paz. Seu problema é comigo.

— Tem razão, mas você me obriga a fazer isso. Devolva os cristais.

— Nunca! Eles não lhe pertencem!

— Estou lhe dando uma oportunidade. Não quer que nada aconteça com seus novos amigos, quer?

— Mas por que você não desiste e me deixa em paz?

— Você acha que vou deixar você reinar como rainha enquanto eu definho no mundo mortal, envelhecendo? Nunca! Vai me entregar os cristais.

Caio percebeu que Nilon caminhava na direção de Liz e, então, os dois começaram a brigar. Meive aproveitou a oportunidade e a atacou evocando sua sombra negra, mas Liz lançou um feitiço e a sombra com os soldados de Nilon desapareceram, livrando os funcionários do hotel. Ana tirou todos da cozinha e os levou para um lugar seguro. Quando ia entrar novamente na cozinha, a porta se fechou e ela não conseguiu abri-la, mas podia ver os quatro lá dentro. O dono do hotel a levou para longe da entrada da cozinha.

Do lado de fora, ninguém conseguia acreditar no que haviam visto. Lucia contou a eles que Liz era uma fada, o que eles não acreditariam se não tivessem visto com seus próprios olhos. Queriam ajudar, mas Ana pediu que ficassem afastados. Era muito perigoso se aproximar, pois Meive era muito má. Porém não havia como não escutar tudo sendo quebrado na cozinha.

Liz se defendia dos golpes de Meive, que não parava de a atacar. Caio evitava que Nilon se aproximasse delas, o que o estava deixando irritado. Ele lançava golpes de gelo contra Caio, que congelavam os objetos e os quebravam. Meive lançou um feitiço contra Liz mais forte que a fez sentir, mas ela não se entregou e, com toda sua força, golpeou Meive com uma rajada de luz muito forte que a fez desaparecer levando Nilon com ela. Tudo ficou em silêncio e ela teve certeza de que por um tempo os dois não incomodariam. A porta se abriu e todos entraram, vendo toda a bagunça. Liz fez um encantamento e tudo que havia sido quebrado foi consertado e voltou ao seu lugar.

Os funcionários ficaram admirados, afinal, não é sempre que se descobre sobre magia e fadas. A Sra. Mirtes ficou encantada. Sempre suspeitara que ela tinha algo de especial, porque, desde que ela chegara no hotel, as flores estavam cada dia mais bonitas e nunca mais tinham murchado. Além disso, quando ela passava as flores ficavam mais vivas. Devia ter percebido que havia algo no ar. Ela abraçou Liz e lhe desejou felicidades. Lucia também se despediu e pediu que ela não se esquecesse deles. Liz disse que precisava voltar para casa e agradeceu a ajuda de todos. Então, abriu um portal e voltou para Cinara com Caio e Ana.

Meive voltou para sua casa em Price jurando que Liz pagaria muito caro por sua audácia. Nilon ouviu-a gritar e quebrar tudo em sua frente sem dizer uma palavra. Ela, então, parou por um instante e seu rosto se iluminou com uma ideia para recuperar os cristais, pegar Liz e vingar-se dela, mandando-a para um lugar tão distante e isolado que ninguém nunca mais a acharia e ela não conseguiria escapar.

Liz chegou em Cinara um pouco envergonhada do que havia feito. Desculpou-se com Aurora e todos do castelo. As fadas dos Quatro Elementos também estavam a esperando e entenderam, sabiam que ela precisava se afastar um pouco para se recuperar e se fortalecer, o que foi bom para ela, deixando-a aliviada.

Caio ficou na sala do trono e, quando estavam sozinhos, ela sentou-se em sua cadeira. Era bom voltar para casa. Precisava mesmo acabar de uma vez com as armações de Meive. Olhou o cristal no pedestal e o pegou. Ele brilhou em sua mão, o que a fez brilhar também. Podia sentir o poder que vinha dele. Colocou-o novamente no pedestal. Ainda não era o momento de usá-lo.

Os dois foram para o quarto e se deitaram. Ela se acomodou nos braços de Caio. Sentira muita falta dos momentos que tinha com ele. Ela adormeceu, mas ele ficou acordado. Queria aproveitar cada segundo com Liz. Tinha sentido muito a falta do seu calor e perfume. Mas ele sabia que Meive atacaria de novo. A noite passou e Caio percebeu que Liz estava tendo um pesadelo, então, ela acordou muito assustada. Eles se sentaram na cama e ele a acalmou, mas o que mais temia já estava acontecendo, Meive já tinha começado a tramar contra ela novamente.

— O que aconteceu, Liz? Teve um pesadelo?

— Sim. Eles voltaram. Ela não vai desistir, tenho que impedi-la.

— Mas o que foi que você viu?

— Não sei... As imagens estavam embaralhadas. Lembro apenas de uma porta sendo trancada.

Caio a fez deitar-se novamente e prometeu que não chegariam perto. Dessa vez, estaria esperando os dois, prontos para atacar caso se aproximassem dela ou de Cinara. Ela olhou para a mesinha de cabeceira da sua cama e viu o espelho e o diário da sua mãe. Havia se esquecido deles. Perdida em seus pensamentos, adormeceu quando já amanhecia.

Caio levantou-se com cuidado e ficou a olhando, mal tinha voltado e Meive já havia aparecido. Ele foi até a janela. Em Cinara, eles estavam em segurança, pois o cristal impedia a entrada de intrusos. Agora teria que convencê-la a não ir mais ao mundo mortal, pelo menos até acharem um meio de terminar com as ameaças de Meive.

CAPÍTULO 6

Meive estava em sua mansão em Price, tramando contra Liz, e já sabia o que fazer. Precisava de uma distração para tirá-la de Cinara e colocar seu plano em prática. Àquela hora, Liz, com certeza, estava dormindo. A bruxa usaria magia negra e faria Liz ter um sonho, para ela ir ao mundo mortal. Caio não notou quando o sonho teve início: Liz se viu em um corredor muito longo. O chão começou a rachar e tudo começou a desmoronar. A garota começou a correr e avistou uma porta. Ela tentava abrir, mas estava trancada. Parou quando ouviu alguém destrancando a porta, puxando-a para dentro antes que o chão desmoronasse aos seus pés.

Então, ouviu uma voz dizendo que ela deveria encontrar a pessoa em Price, em frente à sua escola, e que ela saberia quem era. A pessoa desapareceu sem que Liz pudesse ver quem era. Ela acordou se sentindo estranha e viu Caio na janela. Levantou-se, beijou-o e, antes de ir se trocar, falou que precisava ir a Price para visitar seu pai, não dando chances a ele de responder.

Ele queria evitar isso, mas ela sempre fazia o contrário do que sabia ser seguro. Caio não falou nada, pois não queria discutir e tentaria outra maneira de fazê-la ficar em Cinara. Liz colocou um jeans, demonstrando que queria mesmo ir, o que o deixou nervoso. Ela o chamou e eles foram tomar café. Aurora já os esperava e estranhou a roupa dela, afinal, no dia anterior Liza chegara disposta a ficar em Cinara. Algo tinha acontecido, podia sentir isso. E, então, quando Liz passou por ela, viu em seus olhos um brilho violeta, o que fez com que ela até deixasse a xícara cair.

Liz sentou-se para tomar seu café. Aurora se retirou e voltou com Ana que, quando olhou para a garota teve certeza: ela estava enfeitiçada. Ana sentou-se ao seu lado e quando ia tocá-la, Liz afastou o braço bruscamente. Caio percebeu e tentou se aproximar, mas ela levantou-se, foi em direção ao pátio, abriu um portal e partiu.

Caio imediatamente abriu um portal para Price e Ana foi junto, mas, quando chegaram em frente à casa, só encontraram o pai dela. Ela tinha os enganado. Mas para onde teria ido? Sem entender nada, o pai dela viu os dois saírem. Caio havia lançado um feitiço e descoberto seu paradeiro.

Liz chegou à escola e não tinha mais ninguém lá. Então, viu um carro preto e um rapaz parado na frente dele. Ele foi em direção a Liz, segurou sua mão e a conduziu até o carro. Ele abriu a porta, eles entraram e saíram rapidamente, mas a tempo de Caio vê-la dentro do carro. Ele correu e gritou por ela, mas já estavam longe. Ana se aproximou dele, nunca tinha visto aquele cara. O que era isso agora?

— Ana, o que está acontecendo? Por que ela entrou no carro?

— Não sei, Caio, mas Aurora tem certeza de que ela está enfeitiçada.

— Vamos atrás dele. Vamos pegar o meu carro. Está na casa do pai dela.

Os dois voltaram e com o carro foram para a estrada. Chegaram em um cruzamento e não sabiam para qual direção ir, mas Ana percebeu as marcas do pneu no chão e eles as seguiram. Liz estava no carro com seu novo amigo, que já a estava tirando dos limites da cidade. Parecia muito bem, o feitiço que Meive lançara sobre ela tinha um grande poder, que a fez deixar para trás todas as suas lembranças.

O rapaz era um bruxo que a servia e tinha a missão de levá-la para muito longe, de maneira que nunca a achariam. Ele a observava, ali, ao seu lado, presa no feitiço. No mundo sobrenatural todos já sabiam sobre a nova rainha das fadas, mas não conseguiam se aproximar dela, apenas a cobiçavam de longe. Ele a achou muito bonita e tomou uma decisão.

O carro já estava na rodovia quando o bruxo percebeu que estavam sendo seguidos. Ele aumentou a velocidade, o que deixou Caio e Ana muito atrás e eles os perderam de vista. Rodaram por muito tempo, até que escureceu. O carro parou em frente a um hotel de beira de estrada abandonado. Eles desceram e ela o seguiu, mas ele não a levou para dentro do hotel. Lá havia um portal para outro lugar do qual ela não escaparia. Meive tinha mandado se livrar dela, mas sua cobiça falava mais alto. Ele iria junto e ficaria com ela por toda eternidade, já que ninguém os acharia, nem mesmo Meive. Então, a levou para outro lugar. Sabia que Meive o caçaria e por isso tinha que ser mais esperto, pois todos viriam atrás dele em busca de Liz.

A essa altura Meive já sabia que seu plano tinha dado certo e que Liz não estava mais em Cinara. Logo ela deixaria para trás tudo que conhecia. Mas algo a deixou desconfiada: o bruxo deveria tê-la deixado naquele local e já ter voltado para Price. Ela começou a ficar impaciente em pensar que ele a tinha traído por ficar encantado com a beleza da fada.

Os dois atravessaram um portal que os levou não para onde Meive queria, mas para um lugar comum, uma pequena cidade turística no litoral, em outro continente. As pessoas os viam como os turistas que eram: a garota era muito clara e ele também era um homem difícil de não ser notado, pois era alto e bastante charmoso. As mulheres da cidade ficaram muito atraídas por ele.

Eles andaram por um tempo até chegarem a um pequeno hotel. Ele escolheu um quarto e levou Liz, que parecia não estar vendo nada de errado. Porém ele sabia que o feitiço de Meive logo passaria e ela tentaria ir embora. Ele tinha que fazer outro encantamento, mas, para isso, precisaria de alguns ingredientes. Por sorte, em qualquer lugar do mundo sempre tinha alguém que vendia artigos para magia.

Ele não podia ficar esperando, mas ela não podia ficar sozinha, então, eles saíram juntos em busca dos ingredientes. Ele foi por ruas mais estreitas até que avistou uma pequena loja e sentiu que ali havia alguém que conhecia magia. Eles entraram e avistaram um homem no balcão, a quem o bruxo deu a lista com os ingredientes. Esse homem olhou para Liz e já viu que ela estava enfeitiçada, que não percebia onde estava. O bruxo afastou Liz, e o homem riu e disse:

— Ela não é sua. Eu sei quem é ela e você não pode escondê-la para sempre. A luz dela sempre vai denunciar sua localização.

O bruxo não tinha pensado sobre isso. O homem estava certo e ele precisava fazer algo. Então, o homem pegou uma caixa, retirou de dentro dela uma pulseira feita de ametista e colocou no pulso de Liz, que parou de brilhar. Agora era como se ela fosse mortal, como as outras garotas. Quem a olhasse nunca desconfiaria de sua origem. O bruxo pegou os ingredientes e pagou muito bem o homem, afinal, agora podia levá-la e fazer um novo encantamento, e sair sem serem vistos.

Caio chegou ao hotel na beira da estrada e já sentiu que ele a levou para bem longe. Lançou um encantamento no ar para descobrir sua localização, que se perdeu no ar. Eles tinham atravessado um portal. Então, fez outro encantamento e viu o rastro do portal. Caio conseguiu abri-lo e ele a Ana foram buscar Liz.

Porém não eram apenas os dois que estavam atrás do bruxo e de Liz. Nilon, com sua sede de vingança, também e, diferente de Caio, ele sabia exatamente onde o bruxo estava. No entanto algo o deixou irritado: não conseguia saber se ele continuava com Liz ou não, mas ele diria onde ela estava e Nilon colocaria um ponto final na fada.

No hotel, o bruxo preparava a poção para fazer o feitiço enquanto Liz estava na janela, sentindo o calor do Sol que batia em seu rosto. Ele olhou para ela e admitiu que estava apaixonado. Ele a chamou e ela ficou olhando-o preparar a poção. O rapaz sabia que Liz só ficaria com ele se estivesse enfeitiçada, mas eles tinham a eternidade para eles se entenderem e ela se apaixonaria por ele.

A poção ficou pronta. Ele a colocou em uma taça e Liz a bebeu. Só que Nilon apareceu, o que assustou Liz, que deixou a taça cair, derramando o restante do líquido. O bruxo atacou Nilon, que evocou seus soldados da sombra que, por sua vez, agarraram o rapaz e o levaram para outro lugar, deixando Liz sozinha com Nilon. Como ela não se lembrava de nada, saiu correndo pelo corredor do hotel, desceu as escadas para os fundos e saiu para a rua. Sem olhar para trás, correu e chegou a uma parte mais afastada da cidade e, só então, ao ver que ninguém a seguia, parou para recuperar o fôlego.

Sentiu uma mão em seu ombro e deu um grito. Era o bruxo que a levou para outro lugar, uma casa, e ficou observando a rua através de uma janela. Ele viu quando Nilon passou procurando por Liz e um dos soldados apareceu, com certeza falando que ele havia escapado, pois Nilon esmurrou a parede, fazendo nela um buraco. Ele mandou seus soldados vasculharem tudo e saiu. Depois que eles foram embora, o bruxo foi até Liz, que o observava.

— Droga!

Sabia que as coisas tinham saído do controle. Agora, a única alternativa era quebrar os feitiços dele e de Meive antes que Nilon a pegasse. Lembrou-se do homem da loja, que mesmo sabendo quem eram os deixara partir. Ele deveria ter algo para quebrar o feitiço, mas, para isso, precisariam chegar à loja. O bruxo olhou pela janela e não viu mais ninguém. Então, saíram com cuidado e foram para a rua principal, pois Nilon não seria tão louco de fazer algo com tanta gente em volta. Ele pegou Liz pela mão e foram em direção à loja.

Quando já estavam próximos, percebeu que estavam sendo seguidos. Ele se virou e viu que não era Nilon, mas Caio e uma fada, que ele conhecia de outra época, antes de mudar de lado. Começou a andar mais rápido, até que avistou a loja e entrou, fechando a cortina da porta; tinha-os despistado. O homem da loja olhou para os dois e perguntou para o bruxo o que ele queria ali novamente.

— Precisa quebrar o feitiço.

— Que tipo de bruxo é você? Faça você mesmo.

— Não posso. Meive lançou magia negra sobre ela.

— Meive... Conheço-a de histórias. Teremos certo trabalho com tanta gente procurando a garota.

— E a pulseira? Não impede que a descubram.

— Claro, mas ela não pode sair até que consigamos quebrar o feitiço. Sabe que ela vai fugir de você.

Caio e Ana continuavam procurando por Liz. Caio reconheceu o bruxo que estava com Liz e sabia que ele era muito ambicioso e que praticava magia por dinheiro. Era óbvio que Meive o pagara para tirar Liz de Cinara. Quando o pegasse... Era melhor nem pensar nisso naquele momento. Caio lançou um feitiço para localizar Liz, mas nada aconteceu. Não podia sentir sua presença ou sua luz. Com certeza havia um feitiço, impedindo-o.

Na rua, Nilon viu Ana e Caio e se escondeu. Não podiam saber que ele estava ali. Mandou um de seus soldados os seguirem e saiu por um portal, que o levou até o castelo de Tamas, que o esperava em sua sala do trono.

— Então, Tamas? Já decidiu se vai me ajudar a pegar o cristal que está com Liz?

Tamas olhou para ele e se viu sem saída.

— Como não? Você foi bem insistente.

— Ótimo! Já sabe o que fazer. A garota confia em você e o deixará chegar perto o suficiente para trazê-lo para mim.

— Mas como? Ela não está em Cinara. Já a achou?

— Estou perto. E quem está me atrasando pagará muito caro. E não ache que não estou te observando. Nem pense em me trair.

Nilon se retirou e deixou Tamas muito pensativo. Não queria trair Liz, mas não podia colocar a segurança de seu povo em risco; e precisava evitar que ele contasse a Liz sobre o parentesco dela com Meive. Tinha que chegar até Liz antes de todos e a manter afastada de Cinara. Nisco chegou na sala e os dois atravessaram o portal atrás de Liz. Diferente dos demais, ele sabia onde ela estava.

O portal deixou os dois perto da loja. Eles assumiram a forma humana e entraram, passando-se por clientes. O homem foi atendê-los e percebeu quem eram. Nisco começou a andar pela loja e viu uma porta. Ele a abriu e entrou em um corredor; então, viu Liz sentada enquanto o bruxo preparava algo. Olhou para trás e viu Tamas chegando com o homem. O bruxo os viu, mas não dava mais tempo de fugir. Ele apenas perguntou ao homem.

— Por que os deixou entrar?

— Eles não querem lhe fazer mal. Vão ajudar vocês a fugirem mais rápido. Vocês não têm muito tempo.

Ele viu os dois homens e não sabia quais eram suas verdadeiras intenções. Parou o que estava fazendo.

Tamas viu que ela não o reconheceu — o que foi bom — e soube que estava enfeitiçada. Seria mais fácil assim, pensou. Perguntou o que o bruxo estava fazendo e ele disse que sua intenção era quebrar o feitiço. Tamas o impediu, mas sabia que ele poderia acabar a qualquer momento, então, precisavam ser rápidos e tirá-la logo da cidade.

Ele abriu um portal e o bruxo o atravessou, levando Liz com ele, que fazia tudo sem protestar. Agora Tamas precisava voltar para seu castelo. Abriu outro portal e voltou para seu reino com Nisco, deixando Caio, Ana e Nilon para trás, que ainda não sabiam da nova fuga do bruxo, que tinha levado Liz para mais longe ainda.

Entretanto, o que eles não desconfiavam era que o feitiço que Meive lançara sobre Liz estava passando. Como o do bruxo não havia surtido efeito, ela começou a se lembrar de quem era e viu quando atravessou o portal com ele. Ela também se lembrou de ter saído de Price na companhia daquele rapaz, só não entendia como tinha feito isso sem ser forçada. Então, lembrou-se vagamente do sonho e percebeu que tinha sido enfeitiçada.

Liz decidiu, porém, que ainda não diria nada. Veria para onde estavam indo e, enquanto isso, daria tempo de ela se recuperar totalmente. Depois, iria pessoalmente falar com Tamas e saber por que ele a traíra. Queria ver qual era a desculpa que ele daria dessa vez.

Ela não podia acreditar que o portal havia os levado para a Itália. Ela achou tudo muito encantador: as casas antigas, as ruas com pessoas que os cumprimentavam e sorriam. Uma mulher se aproximou e lhe deu uma flor, e saiu muito contente. Apesar da situação, resolveu aproveitar um pouco a viagem. O bruxo percebeu que o feitiço estava passando, então, parou, olhou para Liz e disse:

— Pode parar de fingir. O feitiço já passou.

— É verdade. E quem é você? Por que me tirou de Cinara?

Ele a convidou a sentar em um café. Eles fizeram um pedido e ele lhe contou que tinha sido contratado por Meive e qual era sua missão. Ela ouviu tudo, mas não entendia por que ele desistira de receber seu dinheiro.

— Desculpe, mas não podia deixá-la naquele lugar sombrio. Então, estou fugindo com você, até que aquele homem apareceu e abriu um portal, que nos trouxe até aqui.

— Eu sei quem ele é. E ele tem muita coisa para me explicar, mas agora tenho que voltar.

— Não posso permitir. Está correndo perigo.

Liz se levantou muito brava. Ele se levantou e lhe jogou um feitiço, que a deixou mal. As pessoas repararam e ele disse que era sua irmã, que havia desmaiado. O dono do café o ajudou a levá-la para dentro, nos fundos da casa. Ela sentou-se no sofá, com muita dor de cabeça. Ao seu lado, ele a olhou meio sem graça e disse:

— Desculpe, mas precisa ficar aqui comigo.

— Não pode me manter aqui! Preciso voltar.

— Entenda, não posso deixar que volte. Mas não se preocupe, é temporário.

Ele pegou em sua mão e ela começou a sentir calafrios. Ele a deixou com um resfriado forte, inclusive com febre. Ela não tinha forças para se levantar por causa da dor no corpo. O dono do café, muito simpático, chamou sua mulher, que viu que ela estava resfriada, e os convidou para ficarem hospedados em sua casa. O bruxo ajudou Liz a ir até o quarto e se deitar. A senhora preparou um chá e serviu a ela, que bebeu tudo e adormeceu.

Caio e Ana continuavam procurando por Liz e o bruxo, mas desistiram e voltaram para Cinara. Nilon, xingando muito, também desistiu. Dois dias depois, Liz melhorou do resfriado e se sentia melhor, conseguindo até se levantar e sair para observar as ruas da cidade da sacada. O bruxo não a deixava sozinha e os donos da casa eram muito hospitaleiros.

Como estava se sentindo melhor, o bruxo a convidou para conhecer a cidade. Eles foram a alguns lugares muito bonitos. Então, sentados em uma praça tomando sorvete, Liz avistou uma das sombras de Nilon, mas não os deixou perceber que os vira. Levantou-se e pediu ao bruxo para irem a uma feira que estava acontecendo na praça. Ele se levantou e os dois foram andando em meio às barracas, seguidos pelos soldados, que se mantinham a certa distância.

Eles se misturaram com as outras pessoas, pois, a essa altura, o bruxo também havia notado os soldados, que se aproximavam cada vez mais. Liz olhou para ele, que abriu um portal e eles o atravessaram, deixando-os para trás. O portal os levou para a casa dela, em Price. Eles entraram, ela chamou por seu pai, mas ele não estava.

O bruxo foi até a janela e viu que não tinham sido seguidos, mas sabia que logo eles chegariam e tinham que estar preparados. Então, outro portal se abriu: era Caio. Ele entrou, apenas olhou para o bruxo e foi até Liz. Os dois se abraçaram e antes que ela falasse algo, ele fez um sinal para o bruxo e os dois foram para o lado de fora. Caio falou antes:

— O que tinha na cabeça para aceitar a trabalhar para Meive?

— Era apenas um trabalho. Mas depois que estava com Liz jamais faria mal a ela. Tem que acreditar em mim.

— Acredito. Você não a entregou a Meive. E agora, o que vai fazer? Sabe que ela é vingativa.

— Vou me afastar. Fique tranquilo, não vai voltar a me ver, por enquanto.

O bruxo voltou para dentro da casa, pediu desculpas a Liz e se despediu, mas antes de ir embora a avisou sobre a pulseira, o que ela podia fazer, escondendo-a como se fosse mortal, mas Liz a tirou e lhe devolveu, dizendo:

— Ela não funciona. Eles nos acharam.

— Não, tem algo errado. Fomos seguidos. Quem eram aqueles homens na loja?

— Era um fauno. E ele tem muito que me explicar. Devem tê-lo seguido, por isso nos descobriram. Mas tudo bem, já estava na hora de voltar para casa.

— Se você prefere assim, peço desculpas e me retiro.

— Tome cuidado. Obrigada.

O bruxo saiu e foi embora, deixando-a com Caio, que ficou olhando para ela, esperando uma explicação, afinal, o que tinha sido tudo aquilo e por que não voltara antes. Ela parecia saber o que ele estava pensando e não o deixou falar. Abriu um portal e os dois voltaram para Cinara. Aurora já os esperava. Ele ia se retirar, mas Liz pediu que ficasse e eles foram para sala do trono.

— Já sabem o que aconteceu. Foi um feitiço de Meive que me tirou de Cinara. Isso não pode mais acontecer.

Aurora ouviu tudo e percebeu como ela estava nervosa e abatida, mas tinha razão, tinha sido um plano muito audacioso que, por muito pouco, não acabara de maneira muito ruim para Liz.

— O que você está pensando em fazer?

— O cristal está protegendo Cinara e impedindo que eles entrem.

Mas Liz sabia que era preciso um feitiço que impedisse Meive de usar sua magia contra qualquer um de Cinara. Foi até o cristal, pegou-o, ele brilhou e uma luz envolveu Cinara. Liz colocou o cristal novamente no pedestal e sentou-se no trono.

— Agora não há mais perigo.

Caio ficou o tempo todo na sala, mas não disse nada, ele apenas observou que Liz estava amadurecendo e logo não precisaria mais de um protetor. Ela já era capaz de proteger Cinara e todos os seres mágicos. Era uma questão de tempo e logo seus serviços não seriam mais necessários. Aurora percebeu que havia uma tensão entre os dois e se retirou, deixando-os sozinhos. Por um tempo nenhum dos dois disse uma palavra, mas, então, eles falaram ao mesmo tempo e riram, pois não era a primeira vez que isso acontecia.

— Não sou mais necessário aqui, Liz.

— Por que fala dessa maneira? Meive é a culpada. O feitiço foi um contratempo.

— Você teve sorte. A essa hora poderia estar perdida em qualquer lugar e nunca a acharíamos.

— Mas não tem mais perigo de isso acontecer.

— Claro, mas porque você lançou um feitiço. Percebe? Não precisa mais de mim?

— Pare com isso! O que temos é mais importante. Vai desistir de nós? Não me ama?

Ela riu dele e o beijou. Às vezes se esquecia de que, além de bruxo, era um homem, e eles agiam como crianças. Os dois ficaram juntos a tarde toda e não saíram do castelo. Ana foi ver Liz e, então, Tamas chegou acompanhado de Nisco. Liz notou que ele parecia muito tenso, mas não disse nada. Queria saber o que ele pretendia e, dessa vez, não a pegariam de surpresa. Caio também não falou nada, apenas olhou para ela, eles os receberam.

— Olá, Liz. Está de volta.

— Oi, Tamas. O que o traz aqui? Parece um tanto tenso. Está acontecendo algo?

— Não, apenas queria saber se precisa de algo.

— Preciso sim, que me responda por que apareceu na loja.

Tamas não queria trair Liz, mas também não podia dizer a verdade. Precisava defendê-la, mesmo que precisasse mentir. Também não podia dar o cristal a Nilon. Aproximou-se do cristal e levou a mão até ele, mas não conseguiu pegá-lo. Estava protegido por magia.

Caio viu tudo, aproximou-se e não conseguiu tocá-lo. Eles olharam para Liz, que se levantou e o pegou nas mãos. Tamas percebeu que ela e o cristal estavam unidos e que só existiam juntos. Nilon nunca o teria da maneira que imaginava. Apenas ela podia controlá-lo e usar seu poder.

O que iria fazer então? Não podia roubá-lo. Teria que levar Liz, mas a sequestrar não estava em seus planos. A melhor solução era afastá-la de Cinara, pois ela e o cristal não podiam ficar juntos. Mas como tirá-la de lá sem contar o verdadeiro motivo? Ele não percebeu, mas ficou instantes em silêncio, olhando para o cristal que estava na mão de Liz. Nisco o chamou e ele disfarçou.

O que fosse fazer, tinha que ser naquele momento, mas Caio seria um empecilho, pois ele a defenderia. Como não tinha outra alternativa, agiu rápido: abriu um portal, Nisco empurrou Caio para dentro e Tamas o fechou rapidamente. Liz ficou surpresa. Ele a traíra!

— O que pretende, Tamas? Traga Caio novamente.

— Desculpe, Liz, mas precisa vir comigo.

— Por que está me traindo? Quem te mandou aqui? Está servindo à Meive?

— Não importa. O que estou fazendo é para o seu bem. Agora me acompanhe.

Ana, que assistiu a tudo, não conseguia acreditar que no Tamas estava fazendo. Tinha que ajudar Liz, mas precisava de ajuda. Quando ia se retirar da sala, Nisco a segurou pelo braço. Liz viu e ficou irritada.

— Solte ela agora, Nisco!

— Não posso. Precisa ouvir Tamas. Acompanhe-nos sem criar problemas, Liz.

Vendo que ela o seguiria, Tamas lhe pediu para colocar o cristal no pedestal. Sem entender nada, ela o colocou no seu lugar. Ele sabia que logo alguém chegaria, então, tinha que levar as duas. Assim, abriu um portal e Nisco o atravessou, levando Ana na frente. Tamas olhou para Liz e a convidou a acompanhá-lo. Sem saída, ela atravessou o portal, que se fechou. Outro portal se abriu e Caio chegou, mas não as encontrou mais. Viu que o cristal continuava no mesmo lugar e soube qual era a verdadeira intenção de Tamas.

Porém iria perguntar isso pessoalmente. Abriu outro portal em frente a árvore que a levou até o reino de Tamas. No castelo, notou que não havia ninguém. Para onde teriam ido? Ouviu algo e viu os soldados da sombra de Nilon, que o pegaram.

Nilon o esperava em seu esconderijo, em Sibac. Quando seus soldados chegaram trazendo Caio, não era ele que Nilon queria, e este ficou furioso. Os soldados falaram que Tamas havia sumido, então, soube que ele o traíra. O que aquele fauno estaria aprontando? Mas ele ia se arrepender. Mandou seus soldados vasculharem o mundo mortal enquanto pensava no que faria com Caio.

— E agora? O que faço com você? Ficará aqui até que eu tenha a garota.

Agora Caio entendia. Tamas estava fazendo o trabalho sujo de Nilon, por isso tinha aparecido no castelo e levado Liz.

— O que fez para Tamas te ajudar?

— Não aprendeu ainda? Ele é um traidor. Você não sabe que ele esconde um segredo de Liz?

Isso, sim, deixou Caio curioso. Do ele estaria falando?

— Está mentindo.

— Dessa vez vou lhe contar. Ela logo vai ficar sabendo mesmo. Meive é irmã da mãe dela. Entendeu? Ela é tia de Liz.

Caio ficou atordoado com o que ouviu. Não podia ser verdade. Como nunca soubera disso? Por que Aurora havia escondido isso? Liz ficaria arrasada quando soubesse dessa novidade. Por isso Tamas tinha a afastado de Cinara. Queria impedir que ela soubesse a verdade. Nilon mandou trancarem Caio em uma cela e mantê-lo sob vigilância. Ele não podia estragar tudo. Tinha uma ideia de onde Tamas a teria levado. Então, saiu deixando Caio preso, sem poder fazer nada.

CAPÍTULO 7

Quando eles atravessaram o portal, Liz achou que Tamas estava maluco. Eles estavam em um navio em alto-mar e havia uma forte tempestade. Ana se segurou em um mastro do navio e ficou encharcada. Sem entender por que Tamas estava fazendo tudo aquilo, Liz gritou:

— Por que me trouxe aqui, Tamas, no meio dessa tempestade?

— Você não entende? Não pode ficar em Cinara. Não é mais seguro.

— É minha casa. Não pode pedir que eu a abandone. O que está escondendo de mim?

Tamas foi até a beira do navio, que balançava com a tempestade. Quase não se podia ver nada, a chuva havia aumentado. Ela o olhava e não conseguia acreditar no que ele havia feito. Aproximou-se dele e tocou em seu ombro.

— Foi Meive ou Nilon que o obrigou a me trair?

— Acredite, eu não te trai. Estou te protegendo.

— Não respondeu à minha pergunta. Quem foi?

— Nilon. Ele quer o cristal. Mandou que eu o roubasse, mas descobri que não posso tocá-lo.

— Por que não me disse? Ele está te ameaçando?

Mas antes que Tamas respondesse, uma grande onda se formou e caiu sobre o navio com grande violência, virando-o. Todos foram jogados no mar. Ana se agarrou a um pedaço de madeira e conseguiu ficar com a cabeça para fora da água. Olhando para todos os lados, viu Tamas e Nisco, mas não achou Liz em lugar algum. Gritou por ela, Tamas mergulhou várias vezes, mas não a encontrou. Então, a tempestade desapareceu o mar ficou calmo, como se nada tivesse acontecido, se não fosse pelos destroços do navio que boiavam na água.

Porém, aquela onda não tinha sido um acidente. Uma pessoa, que se manteve afastada, mas observando tudo, fez aquilo: Meive. Assim que virou o navio com sua magia negra, raptou Liz, levando-a para muito longe, fora do alcance de todos. Por muito pouco Tamas não contara o porquê Nilon o estava ameaçando, e não era do interesse de Meive que Liz soubesse do parentesco entre as duas. Se precisasse, para ela não saber, esconderia Liz por toda a eternidade.

Elas estavam bem longe dessa vez. Meive levou Liz para uma região muito fria, uma pequena cidade perto do Himalaia. A casa estava enfeitiçada, o que as protegia do frio. Liz ainda se recuperava, pois primeiro estava no fundo do mar e, em um minuto, não sabia onde estava. Olhou ao seu redor e viu Meive e mais uma bruxa. Tinha engolido muita água, mas, para sua surpresa, suas roupas estavam secas.

A bruxa que servia à Meive a ajudou a se levantar e, sem dizer nada, levou-a para um quarto, apesar dos seus protestos. Meive entrou no quarto e realizou um encanto que a fez adormecer.. Meive sabia que assim era melhor. Não a queria tentando fugir ou qualquer outra coisa. Tinha que admitir que ela era igual à mãe, que não desistiam nunca de lutar.

Tamas voltou para seu castelo com Nisco e Ana. Eles não conseguiam entender como Liz havia desaparecido. De repente, Nilon apareceu furioso, quebrando tudo e exigindo explicações. Ana se escondeu, mas se manteve dentro da sala.

— Onde está a garota? Você só tinha que trazer o cristal.

— Não sei onde ela está. Despareceu no mar.

— Posso sentir o cheiro da magia negra de Meive. Ela está com a menina.

Ana ouviu tudo e, então, mudou para forma de fada e voou para fora do castelo de Tamas. Chegou em Cinara, onde todos estavam preocupados. Ela contou à Aurora da traição de Tamas e soube que Caio não havia voltado. Precisavam achá-lo. As fadas dos Quatro Elementos se juntaram a Aurora e descobriram onde ele estava. Elas fizeram um feitiço que o fez desaparecer da cela e voltar para Cinara tão rapidamente que ele mal teve tempo de perceber o que havia acontecido. Então, viu onde estava, com as fadas na sua frente e parecendo bem zangadas.

— Desculpe, Aurora, não consegui proteger Liz.

— Não se culpe. Seu único erro foi se apaixonar por ela. Sabia que isso era errado. Deixei que continuassem enquanto ela não soubesse de nada.

— Eu sei do que está falando. Meive é tia dela. Por que não contou?

— Ela não precisa saber disso. Meive nos traiu e matou a mãe dela. Você devia apenas a manter segura. Entenda, não temos nada contra a relação entre vocês, mas isso se atrapalhou e ela está em perigo.

— Nunca foi minha intenção prejudicá-la.

— Sabemos e por isso está sendo dispensado de sua função. De agora em diante, ela terá outro protetor.

— Não pode me afastar dela.

— Por favor, pedimos que entenda e se afaste. É o melhor.

Caio não acreditava no que ouvia. Não sabia onde Liz estava e agora tinha sido dispensado. Não podia mais chegar perto dela, então, saiu do castelo. Ana, que o esperava do lado de fora, aproximou-se dele e eles foram para a casa dele. No caminho, Ana ainda tentava entender tudo e Caio achou melhor não contar o que havia descoberto, pois ela poderia contar à Liz e ele não queria pensar como ela reagiria.

— Caio, não acredito no que Aurora fez. Ela não pode te afastar de Liz.

— Não fique chateada. Ela tem razão. Falhei desde o início. Meu único dever era protegê-la.

— Sabe que não é verdade. Meive é culpada e não desiste nunca de ter mais poder.

— Não importa. Vou embora de Cinara. De agora em diante, Liz terá um protetor que faça seu serviço corretamente.

— Está errado. Você é a melhor pessoa para protegê-la.

Caio não respondeu nada, andou mais depressa e deixou Ana para trás. Mas uma coisa ela precisava saber: quem era o novo protetor de Liz, então, resolveu voltar ao castelo. Perto da sala do trono, ouviu as fadas falando com alguém — era uma voz masculina. Entrou na sala e viu que era o bruxo que havia tirado Liz do castelo. Ficou brava e perguntou à Aurora por que estavam fazendo aquilo. Ela apenas respondeu que ele havia mostrado como podia ser competente em proteger Liz ao não a entregar a Meive. Ana saiu sem dizer nada. Tinha que contar a Caio. Devia ter algo errado e ele não podia sair de Cinara. Liz estava em perigo.

Liz acordou e viu que era noite e que não tinha ninguém a vigiando. Levantou-se e foi até a janela e entendeu por que não a vigiavam. A casa estava no alto de um penhasco e para todos os lados só havia neve e montanhas. Não havia como sair dali sem usar magia. Precisava abrir um portal e voltar para Cinara. Nisso, a porta se abriu e a bruxa entrou, a mesma de sempre. Ficou curiosa e se aproximou dela e percebeu que era mortal.

— Por que serve à Meive? Sabe o que ela faz?

A bruxa não respondeu nada, só colocou a bandeja na mesa e saiu, deixando a porta aberta. Liz estranhou e saiu. Não havia ninguém no corredor. Então, ela chegou em uma sala que tinha uma imensa janela pela qual era possível para ver toda a montanha à sua frente. Precisava voltar para casa e tentou abrir um portal, mas nada aconteceu. Meive apareceu, sentou-se em uma poltrona que estava na frente de Liz e disse:

— A casa está protegida. A sua magia não vai funcionar. Está presa aqui comigo. Aproveite a paisagem.

— Droga, Meive. Por que não desiste? Nunca vou entregar Cinara e o cristal.

— A essa altura devia saber que não desisto. Preciso sair. Aproveite sua estadia nesta casa, porque depois de hoje nunca mais voltará a Cinara.

Meive saiu deixando Liz muito nervosa. O que estaria planejando agora? Ficou com medo pela primeira vez. Ela não a atacou e nem havia tentado roubar mais magia. Precisava sair. Abriu a janela e o vento frio era terrível. Não sobreviria por muito tempo lá fora. Dessa vez, Meive a encurralara. E o que estaria planejando era o que a preocupava.

Sentou-se na beirada da janela. A única coisa que havia era a escuridão da noite e o barulho da tempestade. Então, a bruxa se aproximou e falou com Liz pela primeira vez:

— Não adianta querer sair. O frio te mataria.

— Eu sei. É que não consigo deixar de pensar em Cinara. Você sabe o que Meive planeja?

— Não. Ela nunca contaria a mim. Sou apenas uma empregada.

— Notei que é mortal. Por que a serve?

— Nunca entenderia.

— Qual é o seu nome?

— Não devia falar com você. Se Meive souber não vai gostar.

— Ela não sabe disso. Por isso está aqui. Não me respondeu.

— Juliana...

— Oi, Juliana. Vejo que temos a mesma idade. Por que a serve?

— Quero ser eternamente jovem, ter poder, controlar magia e ser bonita como você e ela.

— Não é tão simples assim. Sabe o que tive de deixar para trás. E é muita responsabilidade.

— Eu quero. Você diz isso, porque já tem tudo. Agora com licença. Tenho que trabalhar. Se precisar, chame.

Juliana deixou Liz sozinha na sala e voltou para seus afazeres. A tempestade havia aumentado muito mais e agora só se via a neve branca caindo. Meive foi para sua casa em Price, onde Nilon a esperava. Quando ela chegou e o viu, não disse nada. Ele falou primeiro:

— A garota... A perdi. Não a acho em lugar algum.

— Não se preocupe. Ela está bem guardada.

— Está com ela e me deixou esse tempo todo a procurando?

— Como ousa me cobrar? Sei o que estava fazendo esse tempo todo. Quer o cristal, mas nunca o terá. Tamas não contou a você?

— O que ele devia ter me falado?

— Ninguém pode tocar no cristal agora que Liz juntou as duas partes. Somente ela, seu idiota!

— Canalha! Ele pagará caro por isso.

— Ele também não sabia. Agora tenho uma tarefa para você. Quero que cause uma grande tempestade em Cinara e não deixe nada no lugar. Agora vá!

— Mas como vou entrar lá? Está protegida. Já tentei e não consegui.

— Não se preocupe. Com Liz longe conseguirá entrar. E o cristal deixe comigo.

Nilon saiu pronto para realizar sua tarefa e Meive continuou em sua sala, foi quando uma pessoa entrou e se aproximou dela se curvando. Ela olhou para ele e se divertia seu plano estava dando muito certo.

— Consegui a confiança das fadas. Sou o novo protetor e tenho acesso à sala do cristal.

— Ótimo! Agora só preciso que o traga para mim.

— Como se ninguém consegue tocá-lo?

— Não se preocupe. Tenho a solução.

Meive tirou de uma bolsa que trazia uma mecha de cabelo de Liz. O bruxo olhou e já tinha uma ideia do que fazer ela, então, começou o preparativo. Os dois fizeram uma poção e colocaram a mecha de cabelo de Liz. O líquido ficou rosado e Meive comemorou. Tinha dado certo. Agora era só passar a poção nas mãos e ele poderia pegar o cristal, colocá-lo em uma caixa e levar para ela. E com Liz presa em suas mãos só teria que a controlar, assim teria ela e o cristal em seu poder.

— Com essa poção poderá tocar no cristal por instantes e trazê-lo a mim. É só passar nas mãos.

— Como saberei o momento certo?

— Fique preparado. Nilon causara uma tempestade. Aproveite a confusão e o pegue. Agora saia e seja rápido. Será hoje.

O bruxo pegou o frasco e saiu deixando Meive já comemorando sua vitória. Mas teriam que ser cautelosos, pois Liz não podia escapar. Tinha que ficar de olho nela. Precisava se preparar ou teria trabalho para controlá-la. E tinha que fazer isso antes de ter o cristal. Ela não podia tocá-lo sem estar totalmente com Liz em suas mãos. Por isso, prepararia outra poção. Abriu uma gaveta, pegou um frasco com um pó escuro como café e o misturou a um líquido azul que, por sua vez, ficou claro como a água. Agora era só Liz beber.

Abriu um portal e voltou para a casa do Himalaia, e encontrou a garota sentada no sofá da sala. Ela olhou para Meive, mas não disse nada, não fez nenhum protesto ou teve reação. Já tinha percebido que não tinha como escapar. Meive sentou-se em outra poltrona e Juliana serviu-lhe uma xícara de chá. Ela ofereceu uma para Liz, que recusou, então, saiu deixando as duas sozinhas.

Só que Meive não se sentou na sala com Liz para ser educada. Seu plano estava em andamento e logo teria o cristal, precisava ter a fada totalmente em suas mãos. Juliana voltou à sala e Meive lhe deu o frasco sem que Liz percebesse, pois estava na janela, de costas. A bruxa saiu e voltou logo em seguida, trazendo, em uma bandeja, uma taça com suco vermelho. Ela se aproximou e ofereceu à Liz, que sentiu um cheiro delicioso de morango. A garota olhou para a taça e, por um instante, hesitou, mas como já fazia um bom tempo que havia comido, pegou-a, levou-a à boca e, tentada, bebeu todo o suco.

Isso deixou Meive se vangloriando. Ela sabia que Liz não resistiria a uma bebida preparada com frutas. Liz deu a taça à bruxa, que mostrou para Meive e saiu, deixando as duas sozinhas na sala. Meive levantou-se, aproximou-se de Liz e colocou as mãos em seus ombros. Como a fada não se afastou, a bruxa imaginou que a poção já estava fazendo efeito. Então, recitou um feitiço no ouvido de Liz e seus olhos ficaram negros como a noite.

Ana foi à casa de Caio para tentar fazê-lo desistir de deixar Cinara. Não confiava no bruxo que estava no lugar dele. Tinha algo de errado, pois tinha convencido a todos muito facilmente. Caio pensou e viu que Ana tinha razão, eles precisavam encontrar Liz. Independentemente de ser ou não seu protetor oficial, antes de tudo ela era sua namorada — ele riu, pois ainda não tinha dito isso a ela. Mas quando a encontrasse a pediria oficialmente em namoro. Os dois saíram e sabiam onde ir. Tamas tinha muito a explicar. Ele devia saber quem estava com Liz.

Tamas estava em sua sala do trono quando Caio chegou com Ana. Ele continuava se culpando por ter tirado Liz de Cinara, porém sabia que, no fundo, era tudo obra de Meive. Ela estava com a garota e a escondeu, e quando os viu, não esboçou reação alguma. Tamas sabia que merecia apenas desprezo, afinal, foi fraco e os traiu. Dessa vez, Caio não chegou brigando; falou muito calmamente:

— Tamas, onde está Liz? Precisa nos dizer. É muito importante.

— Meive está com ela, mas não sei onde.

— Por que fez isso? Não a devia ter tirado de Cinara.

— Eu sei fui forçado, acredite. Queria apenas protegê-la.

— Mas não deu muito certo e agora preciso de sua ajuda para achá-la. Pode fazer isso?

— Claro. Preciso me desculpar com Liz e contar o verdadeiro motivo.

— Por enquanto não. Tamas. Ela não suportaria saber agora.

Ana ficou curiosa e entrou na conversa, pois não sabia do que eles estavam falando, mas os dois mudaram de assunto e disseram que não era nada importante, que o mais urgente era achar Liz. Os três resolveram que iriam a todos lugares em que Meive já tinha se escondido. Para não se atrasarem, dividiram-se. Nisco também os ajudaria. Caio abriu quatro portais, cada um levando a um esconderijo da bruxa: Nisco foi para Sibac, Tamas para o reino sombrio de Meive, Caio para Morton e Ana foi para Price, e foi ela quem teve sucesso.

Sob a forma de fada, Ana aproximou-se com cuidado, entrou e começou a vasculhar a casa toda. Viu alguns objetos sobre a mesa e imaginou que alguém tinha preparado uma poção ali. Ela viu um fio de cabelo acobreado e o reconheceu como sendo de Liz. Então, pegou um pouco de líquido que havia restado, abriu um portal e voltou para o castelo de Tamas, onde os outros já a esperavam. Pela cara deles, eles não tinham novidades.

— Demorou, Ana! Achou alguma pista?

— Desculpe, Caio. Achei sim. Prepararam uma poção na mansão e tinha um fio de cabelo de Liz misturado.

— O que você acha, Tamas? O que pode ser?

— Não sei, Caio. Vamos descobrir, mas precisam voltar ao castelo e ficar atentos.

Caio e Ana se olharam e foi ela quem falou:

— Ele foi destituído do cargo de protetor.

Como Tamas não sabia de nada, os dois contaram o que tinha acontecido. Só então Caio soube quem era o novo protetor de Liz e ficou uma fera, concordou com Ana, havia algo de muito ruim ali. Aquele bruxo realmente devia ter feito algo, por isso a aceitação de Aurora e das outras fadas. Ele tinha sido muito tolo em deixar seu lugar tão rápido, sem questionar. Voltaria ao castelo e o expulsaria. Mas Tamas o advertiu se não era melhor descobrir antes qual era o plano de Meive.

Então, Caio ficaria com Tamas e os dois continuariam a procurar por Liz. Já Ana voltaria ao castelo e ficaria de olho no bruxo e, qualquer coisa, avisá-los-ia. Ela voltou à forma de fada e saiu deixando Tamas e Caio, que questionou:

— Há quanto tempo sabe sobre o laço de parentesco de Liz e Meive?

— Há muito tempo, mas cometi um deslize e contei a Nilon.

— Mas por que manter segredo sobre isso?

— Quando a mãe de Liz morreu todos concordaram em nunca mais falar sobre Meive. Ela já tinha sido banida para o mundo mortal.

— Ela nunca se deu bem com a mãe de Liz, por isso esse ódio todo por ela.

— Entendo, mas sabe que Liz deve saber disso.

— Concordo, mas ainda não é o momento, entende? Como ela colocaria um fim em Meive sabendo que é sua única parente de sangue?

— Mesmo assim, ela tem que saber. Vou falar assim que tiver uma oportunidade.

— Faça o que achar melhor. Não quero quebrar a promessa que fiz. Mas fique certo de uma coisa: não sabemos qual vai ser a reação de Liz, então, não espere que aja muito bem com essa novidade.

Ana voltou ao castelo, mas não só ela. O bruxo e Nilon também chegaram, mas como cada um tinha uma missão, eles tomaram rumos diferentes e não se encontraram. Ana foi falar com Aurora, que estava na sala de cristal, muito apreensiva. Ela olhou e ela já sabia o que Ana queria. As duas ficaram paradas, olhando o final da tarde, antes de dizerem qualquer coisa.

Conforme o plano, o bruxo foi até o cristal. "Ótimo! Agora só preciso esperar a tempestade começar", pensou. Nilon, que já estava dentro do castelo, subiu até uma torre muito alta sem ser visto e fez com que uma tempestade começasse. Um vento muito forte começou a soprar, então, o frio tomou conta de tudo e as fadas se refugiaram dentro do castelo para se proteger. Os que estavam fora dos limites do castelo, esconderam-se em suas casas e fecharam todas as portas e janelas. Uma neve muito fina começou a cair e foi ficando cada vez mais forte.

Ana viu a tempestade caindo com intensidade e mostrou à Aurora. Elas sabiam que algo de muito ruim estava acontecendo. O vento entrou dentro do castelo e a neve tomou conta de tudo. O bruxo achou que esse era o momento. Passou a poção nas mãos, pegou o cristal, guardou-o na caixa que Meive havia lhe dado e saiu do castelo, levando-o com ele sem que ninguém o impedisse. Nilon, que estava no alto, viu-o saindo e fez a tempestade cessar e foi embora, mas atrás do bruxo, pois sua intenção era que ele não chegasse até Meive.

Aurora e Ana correram para a sala onde o cristal estava e logo viram que ele havia sumido. Ficaram alarmadas, pois com Liz longe e sem o cristal, Cinara estava desprotegida. O bruxo, que já estava bem afastado do castelo, abriu um portal e o atravessou para Price, mas não chegou até a mansão de Meive. Nilon o surpreendeu no meio do caminho.

— O que pretende, Nilon? Sabe que Meive está esperando pelo cristal. Não fique no caminho.

— Entregue o cristal ou vai ser pior. Acredite, bruxo.

— Vai trair Meive? Sabe que ela não admite ser passada para trás.

— Não enrole, me passe a caixa.

Enquanto os dois discutiam, não notaram um portal sendo aberto, pelo qual Meive e Liz chegaram. Meive golpeou Nilon, a fim de apenas lhe causar dor, e não para derrubá-lo. O bruxo foi até ela e lhe entregou a caixa. A bruxa a abriu, viu que o cristal brilhava e a fechou novamente.

— Fez muito bem seu serviço, bruxo. E, Nilon, o que faço com você?

Nilon se levantou e se aproximou de Liz e logo notou que seus olhos estavam negros.

— Pegou a garota, hein, Meive? O que fez a ela?

— Está enfeitiçada. Não causará problemas. Venham os dois. Temos muito que fazer.

Todos atravessaram um portal e voltaram para a casa na montanha. Meive tinha planos e eles não incluíam mais Cinara. Com Liz e o cristal em seu poder, ela dominaria o mundo.

Caio voltou ao castelo a pedido de Aurora e viu a bagunça. Quando Ana o recebeu, contou sobre o desaparecimento do cristal e do bruxo, e eles já sabiam que ele o roubara. Só que eles ainda não tinham pistas sobre o paradeiro de Liz. As fadas dos Quatro Elementos a procuravam por todo lugar, mas sem sucesso. A magia negra de Meive as impediam de ver Liz.

Aurora esperava Caio no jardim, muito preocupada e aflita. Ele também sabia que sem o cristal e sem a presença de Liz, Cinara estava em sérios apuros. Ele se aproximou muito respeitoso, pois conhecia Aurora há muito tempo e foi ela quem fizera de tudo para que Liz tivesse uma vida normal. Porém tudo tinha saído do controle quando Meive a achou.

— Não devíamos tê-la deixado esse tempo todo no mundo mortal.

— Por favor, Aurora. Sabe que no momento a melhor opção era ela ficar com o pai.

— Mas agora não sabemos onde está. Não conseguimos achá-la. Me desculpe.

— Você não tem culpa. Mas precisamos achar Liz. Isso é importante.

— Então, aceita voltar e nos ajudar como antes?

— Sabe que nunca deixaria Liz ou vocês de lado.

— Obrigado, Caio. E desculpe mais uma vez.

Caio se retirou, deixando Aurora presa em seus pensamentos. Ana o esperava mais à frente e já sabia que ele estava de volta. Agora, juntos, podiam procurar por Liz.

— Por onde começamos, Caio?

— Venha comigo. Sei quem pode nos ajudar a achar uma pista.

Caio abriu um portal que os levou à casa de Grael. Eles o encontraram chegando em casa e quando viu os dois os convidou para entrar. Assim que entrou Caio se lembrou de quando foi buscar Liz no mundo mortal. Ainda não a conhecia, mas já a amou no primeiro instante em que a viu. Ana também tinha lembranças daquele dia e o motivo do atraso que os levara até ali. Grael guardou suas coisas e voltou à sala, surpreso com a vista inesperada.

— O que está acontecendo? Como Liz está?

Caio e Ana olharam para ele e relataram tudo a Grael, que ouviu com muita atenção. Assim que terminaram, Grael também ficou muito preocupado, pois sabia sobre o cristal e, agora, Meive tinha ele e Liz juntos, e ela poderia transformar isso em uma arma muito poderosa. Caio não suportava mais saber que ela estava em apuros.

— Precisamos de sua ajuda para achar Liz. A magia negra de Meive está nos impedindo de achar sua localização.

— Podemos usar a bola de cristal. Talvez, ela nos dê uma pista.

Grael abriu a parede falsa que havia na sala, passou por ela e depois voltou trazendo a bola de cristal. Ele a colocou sobre a mesa e pediu que Caio pensasse em Liz intensamente, pois isso ajudaria a bola de cristal a saber por quem procuravam. A bola foi mudando de cor até que uma montanha coberta de neve apareceu. Grael sabia que montanha era aquela. Então, as imagens mudaram e eles viram a casa. A bola de cristal permitiu que eles a vissem por dentro. Eles percorreram os cômodos, até que viram Nilo e Meive em uma sala discutindo. Nesse momento, surgiu a imagem de Liz sentada em uma poltrona e, ao lado dela, uma bruxa, Juliana. Caio notou que tinha algo errado: os olhos de Liz estavam negros.

Meive pressentiu a presença deles e lançou um feitiço. Muito rápido, Grael gritou para eles se afastarem; eles se jogaram no chão e a bola estourou, espalhando seus pedaços por toda a sala.

Caio se levantou mais feliz e esperançoso, porque havia encontrado Liz. Grael é que não gostou do que havia acontecido, pois gostava daquela bola de cristal. Ana ficou preocupada — que feitiço era aquele que Meive lançara sobre Liz? Mas o mais importante era que eles, finalmente, sabiam onde ela estava.

Caio agradeceu a ajuda de Grael e abriu um portal direto para a montanha. Ana não podia ir com ele, pois lá era muito frio, o que era muito arriscado para ela, então, voltaria para Cinara e contaria tudo a Aurora. Assim que ele atravessou o portal, viu que estava bem perto da casa e que havia soldados de Nilon vigiando. Meive já sabia que seu esconderijo havia sido descoberto. Caio tinha que ser rápido, não podia dar tempo a ela de se esconder novamente.

Meive não se deixaria pegar, usaria o cristal para se defender. Ela abriu a caixa e mandou que Liz pegasse o cristal e criasse uma tempestade tão forte que ninguém conseguiria ficar a salvo do lado de fora da casa. Com o cristal nas mãos, Liz brilhou e uma tempestade foi se formando não apenas na montanha, mas em toda região, e nada ficou no lugar. Um vento forte tomou conta de tudo e a neve aumentou de intensidade, acumulando-se por todo o lugar.

Caio sabia quem estava criando aquela tempestade e precisava entrar e impedir que Liz continuasse. As pessoas que moravam na região da montanha ficaram com muito medo e se protegeram dentro de suas casas. Aquilo nunca havia acontecido. O cristal tinha o poder de mudar e controlar o clima, alterar as estações e o curso da natureza, o que era muito perigoso. Caio conseguiu entrar na casa e chegar até a sala onde estava Liz e os surpreender. Sentindo muito por ter que atingir Liz, usou sua magia contra ela, o que a fez derrubar o cristal, impedindo-a de continuar e desfazendo a tempestade a tempo antes que uma catástrofe acontecesse.

Meive, muito furiosa, viu o cristal no chão, mas não podia tocá-lo, então, ordenou que Liz o pegasse. Ela abaixou-se e com ele novamente nas mãos, o cristal brilhou tanto e Liz desapareceu, deixando todos na sala muito surpresos. Caio ficou preocupado sobre para onde Liz teria ido.

Então, abriu um portal que o levou para fora da casa. Agora, ele precisava descobrir o que havia acontecido, pois não estava entendendo mais nada.

O que eles não sabiam era que o cristal não tinha levado apenas Liz, mas Juliana também, porque estava perto dela. Meive percebeu logo que Juliana havia desaparecido e precisava descobrir onde as duas estavam, então, chamou por Nilon para mandá-lo sair à procura de alguma pista. O bruxo, que não se aproximara durante o ataque de Caio, entrou na sala, e Meive, muito furiosa, olhou para ele pronta para atacar, mas, antes que ela fizesse algo, ele mostrou-lhe, por meio de um feitiço, uma pista de onde Liz e Juliana estavam, o que a deixou muito satisfeita, e os dois atravessaram um portal para encontrá-las.

CAPÍTULO 8

Juliana olhou para seu lado e viu Liz caída, segurando o cristal em uma das mãos. Chamou-a, mas ela não respondeu, então, a sacudiu até ela recobrar a consciência. Quando abriu os olhos, eles não estavam mais negros. Juliana foi pegar o cristal, mas Liz a impediu e o guardou no bolso do seu casaco. Porém, no reflexo, Liz viu seus olhos ficaram negros e depois voltarem a ficar a verdes.

— Me ajude a quebrar o feitiço.

— Você fez isso? Nos tirou da casa?

— Não. Foi o cristal. Mas tem que ser rápida antes que Meive nos ache e o feitiço tome conta de mim novamente.

— Como me pede isso? Sabe que sirvo à Meive.

— Por favor, me ajude, Juliana.

— Mas o que eu faço, Liz? Não sei o que fazer e nem sei onde estamos.

— É verdade... Não sei por que ele nos trouxe aqui.

— Sabe onde estamos. Me diga!

— Não reconheço este lugar, mas deve ter algum motivo, acredite. Vamos sair daqui. Está muito frio. Precisamos encontrar um abrigo.

As duas se levantaram e começaram a caminhar. Juliana olhava por todos os lados e não via a presença de ninguém. Estavam perdidas no meio daquela floresta coberta de neve e quando Meive as achasse teriam muitos problemas. Liz a tirou de seus pensamentos ao chamar a sua atenção para o barulho de carros — estavam no mundo mortal. Elas andaram na direção do barulho e chegaram a uma estrada. Decidiram tentar pegar uma carona e descobrir que lugar era aquele. Uma caminhonete parou e era Remi, que as convidou a entrar, o que deixou Liz aliviada, que subiu com a ajuda de Juliana.

— Venham. Entrem ou vão congelar na beira da estrada.

Liz ficou surpresa e feliz. Como Remi sabia onde estava? O cristal a havia levado até elas. Liz ficou no meio das duas Remi olhou para ela e viu que estava passando muito mal. Ela começou a perder os sentidos e Juliana a deitou, apoiando sua cabeça em seu colo, e percebeu que o feitiço tentava controlá-la novamente, pois seus olhos ficavam mudando de cor.

Remi parou o carro e notou que a mudança. Liz lutava para continuar no controle, mas o feitiço não dava trégua. Juliana não sabia o que fazer, precisava ajudar Liz ou algo pior podia acontecer. Remi pediu que Juliana conversasse com ela para Liz não adormecer, o que a deixou intrigada:

— Como sabe?

— Agora não é hora para explicações. Precisamos ajudá-la.

Remi voltou à estrada. Ao anoitecer, elas entraram em uma estrada de terra. Juliana ficou todo o tempo falando com Liz e notou que seus olhos estavam verdes. Ela começava a respeitar Liz e entender seus motivos. Tinha consciência de que era errado o que fazia, mas trabalhava para Meive e lhe devia obediência. E aceitava isso porque Meive lhe prometera poderes e juventude eterna.

O carro parou em frente a uma casa e um homem muito grande e alto saiu. Ele abriu a porta do carro, tirou Liz de dentro e a carregou para o interior casa. Juliana e Remi saíram do carro e o seguiram. Já dentro da casa, ele colocou Liz no chão. Ela se apoiou na parede para não cair e sentou-se em uma cadeira. Ele ficou ao lado dela enquanto Juliana e Remi desceram uma escada que levava a um porão, onde havia um laboratório.

— Não fique aí olhando. Temos muito que fazer. Sabe o que Meive deu à Liz?

— Não. Era um líquido transparente como água, sem cheiro. Virei no suco, ela bebeu e ficou com os olhos negros.

— Como sabe sobre Liz? Quem é você e como sabia onde estávamos?

Remi não respondeu e pediu que Juliana a ajudasse.

— Temos muito o que fazer. Acenda o fogo do caldeirão.

Juliana começou a ajudar Remi, que foi até uma prateleira e pegou vários frascos. Só que ali, bem perto delas, Meive e o bruxo atravessaram um portal e foram em direção à casa. Liz percebeu e ficou com medo. Se Meive a pegasse não teria como fugir. A porta se abriu e o homem que estava com ela ficou na sua frente, protegendo-a. O bruxo tentou se aproximar, mas o homem o impediu e os dois começara a brigar, o que deixou o caminho livre para Meive.

— Conseguiu fugir, mas não consegue se livrar do feitiço. Posso senti-lo forte em você.

— Não vou voltar com você.

Meive recitou o feitiço novamente e os olhos de Liz ficaram negros, mas ela lutou e a cor dos olhos começaram a oscilar. Um portal se abriu no meio da sala e Caio apareceu, atingindo Meive, que revidou. O bruxo conseguiu derrubar o homem e se juntou a Meive. Juliana tirou Liz do meio daquela confusão e a levou para a sala, onde a poção já estava pronta. Remi deu a Liz o líquido e, logo depois, ela caiu no chão gritando de dor. Caio ouviu e correu, fechando a porta do porão, deixando-os encurralados. Ele tinha que tirar Liz dali o mais rápido possível, então, pegou-a no colo e abriu um portal, levando-a com ele. Antes que ele fechasse, Juliana conseguiu passar.

Remi também desapareceu, e quando Meive entrou no porão não havia mais ninguém, nem mesmo casa; tudo havia desaparecido, restava apenas a floresta em volta dela e mais nada. Furiosa, Meive atravessou um portal e o bruxo a seguiu. Tinham que achar Liz. Ela sabia que o feitiço não havia sido quebrado, então, iria trazê-la de volta e, dessa vez, ela viria sozinha. Meive foi para sua mansão em Price, visto que sabia que eles não tinham ido para muito longe, pois ela sentia o poder do cristal.

Ela estava certa, o portal os levou para a cabana. Liz continuava gritando de dor. Caio a levou para o quarto e a deitou na cama. Juliana já o tinha visto de longe algumas vezes e ficou sem jeito de se aproximar. Caio olhou para ela sem entender por que ela os seguira e perguntou:

— Por que veio atrás de nós?

— Não sei, mas não posso continuar com Meive.

— Veja o que ela fez. Liz está sofrendo.

— Sinto muito, não sei de mais nada. Vou embora. Não quero atrapalhar.

Liz deu outro grito de dor, o que deixou Caio muito nervoso, pois não sabia o que fazer. Ele precisava da ajuda das fadas, mas sabia que Meive os seguiria, então, tomou uma decisão: ele abriu outro portal, mas não para Cinara e, sim, para o castelo de Tamas. Quando o fauno viu Caio com Liz nos braços, retorcendo-se de dor, foi ajudá-lo. Eles a deitaram e

Juliana continuava com eles, nesse momento apoiando a cabeça de Liz. Os dois se afastaram, e Tamas, muito intrigado, questionou Caio:

— O que ela faz aqui? Sabe que ela é uma das bruxas de Meive?

— Depois resolvemos isso. Precisamos ajudar Liz. Ela foi enfeitiçada e Remi deu algo para ela beber, só que agora ela está com muita dor. Não sei o que fazer.

— Desculpe, também não sei o que fazer. Onde está o cristal?

Juliana entrou na conversa e falou onde estava. No impulso, Caio pegou o cristal do bolso do casaco de Liz, mas logo se lembrou de que ninguém podia tocá-lo. Mas como ele havia conseguido? O que estava acontecendo? Tamas tentou e conseguiu segurá-lo, tirando-o da mão de Caio. Eles perceberam, então, que ele havia se transformado em uma simples pedra.

— O que está acontecendo, Tamas?

— Estamos com sérios problemas. O poder do cristal desapareceu.

— Como pode ter acontecido?

— Liz está sofrendo com o feitiço. Pode ser isso. Não sei o que dizer. Mas tenho uma ideia.

Tamas se aproximou de Liz e colocou o cristal na mão dela, e não aconteceu nada. Nesse momento ele percebeu que ela estava muito fria, mas consciente. Então, a chamou e pediu que se concentrasse no cristal e, por um instante, os dois brilharam. Um portal se abriu, Liz se levantou com certa dificuldade, colocou o cristal nas mãos de Caio, que viu seus olhos ficarem negros rapidamente; ela atravessou o portal antes que ele a impedisse. Juliana já sabia quem a estava a chamando e foi junto, diretamente para a casa de Meive, em Price.

Meive viu as duas chegaram juntas. Aproximou-se de Liz, que enxugava as lágrimas, mas não conseguia controlar a si mesma por causa do feitiço. A bruxa viu que seus olhos estavam verdes novamente, então, recitou-o de maneira mais intensa e os olhos dela voltaram a ficar negros como a noite. Juliana disfarçou, pois não queria que percebessem, mas ela já não concordava com o mal que faziam a Liz. Ela curvou-se a Meive, que a recebeu de volta em sua casa.

O bruxo, que olhava tudo à distância, aproximou-se de Liz, tocou seus cabelos e sentiu seu perfume. Meive chamou sua atenção e ele se afastou. Ela chamou Nilon, que, na verdade, não saíra à procura de Liz como ela havia ordenado e, sim, preparara a nova casa de Liz — ele queria ela e o cristal sob o seu poder e estava disposto a enfrentar Meive, pois estava forte. Mas Juliana falou sobre o cristal e o que havia acontecido.

— Droga! Caio ficou com ele. Temos que pegá-lo. Nilon, vá atrás dele e traga o cristal.

— Imediatamente.

Isso era perfeito, podia tocar no cristal. Só não entendia por que isso ocorreu. Mas não importava, sabia que nas mãos de Liz ele voltaria a ter muito poder. Nilon atravessou um portal que o levou para o castelo de Tamas, onde Caio, que continuava com o cristal, estava. Quando Nilon chegou exigindo o cristal, Caio soube onde Liz estava e por que ela chorava; era tudo culpa do feitiço.

— Não vou lhe entregar o cristal. Volte e diga isso à Meive.

— Entregue-o ou se arrependerá.

Os dois brigaram e, no meio da confusão, Nilon usou seu poder e congelou todos que estavam ao seu redor. Então, aproximou-se de Caio e pegou o cristal do seu bolso, retirando-se em seguida, indo para Sibac. Em seu território, ninguém o venceria. Agora faltava apenas uma pessoa, Liz. Iria pegá-la e com ela sob seu domínio nenhuma pessoa mais lhe daria ordens. Só que o que Nilon não percebeu é que o cristal havia se partido e que estava com apenas uma das partes.

Nisco, que não estava no castelo de Tamas durante o ataque de Nilon, apareceu logo em seguida e os descongelou. Caio sabia que precisava fazer algo logo e tirar Liz das mãos de Meive. Sem pensar, abriu um portal, mas, antes que o atravessasse, Tamas o impediu e o advertiu:

— Precisa de um plano. Tem que parar e pensar.

Nesse momento, Caio colocou a mão no bolso, tirou a outra metade do cristal e viu que a pedra havia se separado. Tamas também viu e ficou surpreso. O porquê isso havia acontecido era um mistério que nem ele mesmo sabia responder. Percebendo a gravidade do problema, Caio aceitou sua sugestão.

— Está certo, mas precisaremos de ajuda.

— Não. Antes precisamos ir para Cinara e avisar Aurora o que está acontecendo.

— Tem razão. Elas devem estar aflitas sem notícias esse tempo todo. Você vem comigo?

— Claro, vamos agora.

Os dois atravessaram o portal para Cinara, onde Aurora e as outras fadas os esperavam. Eles contaram tudo e Aurora ficou muito preocupada com o fato de o cristal não ter mais poder. Qual seria o verdadeiro motivo? Então, algo veio a sua cabeça: talvez fosse por autopreservação. Provavelmente, apenas quando Liz estivesse em segurança seu poder se restauraria e, ainda, somente a ela. Ou seja, naquele momento, a ausência de poder do cristal era muito boa. Se Meive colocasse as mãos nele, tudo que eles conheciam deixaria de existir, pois, com certeza, ela começaria destruindo Cinara.

— Mas onde está Liz? O que aconteceu?

— Desculpe, Aurora. Ela está com Meive e não sabemos como quebrar o feitiço para libertá-la.

— Como deixou isso acontecer? Devia impedi-la e trazer Liz para casa.

Tamas percebeu que Aurora começou a ficar muito aborrecida com ele e não era bom que começassem a se desentender num momento tão crítico, afinal, Liz estava em perigo, então, disse:

— Por favor, parem! Não é o momento.

Os dois sabiam que ele estava certo. Ana também ouviu tudo e queria estar com Liz naquele momento. Precisava ir à casa de Meive e fazer algo para ajudar, nem que para isso precisasse enfrentar a todos. Ela saiu quieta e os deixou discutindo, o que não estava adiantando nada. Ana se transformou em fada e foi para casa de Meive, em Price. Sabia que era o primeiro lugar a ser verificado. Lá, realmente, havia bastante movimento. Ela entrou voando na mansão e começou a procurar Liz, e os achou reunidos no salão. Liz também estava lá e Ana notou seus olhos e ficou muito aflita.

Meive sentiu a presença de Ana e mandou Liz capturá-la. Ela usou sua magia e fez um pequeno redemoinho, que prendeu a amiga. Ela começou a chamar por Liz, mas esta não a ouvia. Muito irritada, Meive decidiu colocar um fim em Ana, porém, quando ia dar a ordem, Juliana percebeu e a interrompeu.

— Deixe que ela fique. Pode cuidar de Liz.

Meive ouviu e, com certa resistência, aceitou a intromissão de Juliana e disse:

— Tudo bem, mas você fica responsável pelas duas. E fique certa: se algo acontecer, você acertará as contas comigo. Leve-as daqui.

Sob as ordens de Meive, Liz soltou Ana, que voltou à forma humana, aproximou-se e tocou o seu braço. Ela sentiu o quanto Liz estava fria, chamou-a, mas ela não a reconheceu. Juliana as conduziu para um quarto, cuja porta foi trancada assim que elas entraram. Quando estavam sozinhas, Ana chamou por Liz novamente e, agoniada, começou a sacudi-la, mas ela não respondeu.

Precisava tentar algo, então, segurou na mão de Liz e brilhou por um instante. Os olhos dela ficaram verdes, Liz olhou para Ana e pediu ajuda, mas logo que o brilho de Ana desapareceu, seus olhos voltaram a ficar negros. Ana deu um suspiro; não tinha poder suficiente para libertá-la. Mas havia esperanças, pois Liz continuava entre eles. Não a tinham perdido por completo. E tudo o que estava acontecendo era culpa de Meive.

Em Cinara, eles perceberam a ausência de Ana. Procuraram-na por todo o castelo, mas não a encontraram. Aurora ficou aflita, pois sabia que ela era muito ligada à Liz, e temia que tivesse feito algo arriscado num momento de impulso. Tinham que saber para onde ela tinha ido. Ela e as fadas dos Quatro Elementos abriram uma janela, que mostrou as duas na mansão de Meive, mas a imagem durou pouco tempo.

Aurora se afastou, preocupada, porque Liz continuava sob domínio de Meive. Temia que ela não conseguisse mais se livrar do feitiço. Caio se aproximou e entregou uma das metades do cristal para Aurora que, com ele nas mãos, sentiu que seu poder continuava, e isso lhe deu esperanças, pois ainda não haviam sidos derrotados e nunca deixariam de lutar por Liz e Cinara.

Ao voltar à propriedade disposto a levar Liz com ele, Nilon soube que Ana estava na mansão, mas isso não era problema, ela não representava perigo, era apenas um imprevisto fácil de ser retirado do caminho. Ele entrou em uma sala muito grande e notou o bruxo próximo à Meive. Detestava-o e, sim, ele poderia criar problemas, mas precisava executar seu plano mesmo com ele por perto. O ideal era que ele estivesse fora, porém Nilon não tinha tempo a perder e arriscaria do mesmo jeito. Meive olhou para ele e perguntou secamente:

— Pegou o cristal?

Ele tirou de uma pequena bolsa a metade do cristal e entregou a Meive, que ficou furiosa quando percebeu que ele não estava inteiro.

— O que você fez? Falta a outra metade!

Nilon olhou e só então viu que a pedra havia se separado. Ele ficou muito irritado e não conseguiu esconder sua raiva; explodiu sua fúria contra uma porta de vidro muito grande, que se estilhaçou. O bruxo não entendeu sua reação e achou que tinha algo errado ali e decidiu vigiá-lo mais de perto.

Meive, que não suportava olhar para ele, pois achava que sua incompetência estava a atrasando, golpeou-o fortemente. Ele, entretanto, não disse nada, apenas levantou-se, curvou-se a ela, que, muito contra vontade, ordenou que ficasse na propriedade esperando mais ordens. Ele saiu e a deixou com o bruxo, que assistiu a tudo com um olhar sarcástico.

Agora precisava colocar seu plano em prática. Foi até o quarto onde estavam Liz e Ana e aproximou-se da porta. Ana percebeu que alguém estava do lado de fora e sabia que era Nilon, pois o frio que trazia com ele era fácil de ser sentido. Ele entrou e, muito rapidamente, abriu um portal e arrastou Liz pelo braço. Ana parou em frente ao portal, impedindo-os de passar, e falou:

— Não vai levá-la. Não a deixarei.

— Sabe que não consegue me impedir. Saia antes que eu me irrite.

— Vou gritar, então, vão ouvir e virão até o quarto.

— Não ouse fazer isso! Quer ficar com ela, então, arque com as consequências!

Nilon empurrou Ana para dentro do portal e o atravessou com Liz, mas foi a tempo de o bruxo entrar no quarto e ver tudo. Ana caiu sentada do outro lado e percebeu onde estava, pois logo sentiu o frio que fazia naquele lugar. Na sua frente, um castelo com aparência velha a abandonada. Levantou-se quando Nilon apareceu com Liz, que também sentiu o frio e quase caiu, mas Ana conseguiu segurá-la a tempo. Ele soltou o braço de Liz e ordenou que as duas o seguissem. Ana ajudou a amiga, e as duas o seguiram para dentro daquela antiga construção.

De repente, algo aconteceu e deixou Ana surpresa: Liz apertou seu braço de leve e sorriu para ela, e Ana viu que seus olhos estavam verdes; então, fez sinal para que ficasse em silêncio. Quando Nilon virou-se para as duas, seus olhos voltaram a ficar negros — Liz estava no controle, o feitiço não mais a dominava. Ana falou baixo para Liz:

— Vamos embora daqui.

— Ainda não. Vamos ver até onde ele vai. Quero saber por que nos trouxe aqui.

— Liz, por favor, não!

— Espere, Ana. Vamos voltar para casa. Agora continue me guiando.

— Isso não vai acabar bem, mas, já que quer assim, vamos.

As duas entraram no castelo com Nilon e Ana achou o local horrível. Há tempos ninguém limpava aquele lugar, havia móveis quebrados espalhados pelo chão. Eles subiram uma escada em formato de caracol, que os levou a uma sala onde havia uma pequena lareira acesa. Ele mandou as duas se aproximarem, pois sabia que, aquecidas, poderiam ficar mais tempo ali. Então, ele saiu e as deixou vigiadas por soldados da sombra, que ficaram na porta.

Ana deu uma boa olhada no lugar e viu que havia apenas uma pequena janela. Liz ficou parada em frente à lareira, podia sentir o calor voltando ao seu corpo. Começou a sentir-se mal e vomitou um líquido escuro. Liz sentiu o cheiro de morangos.

Ana a ajudou a se limpar e as duas ficaram juntas, até que Liz dormiu. Ana ficou a noite inteira acordada e viu quando o dia amanhecia e Liz acordou. Seus olhos estavam verdes. E sentindo-se muito bem, brilhou tão intensamente que fez os soldados desaparecerem. Ana olhou para ela e disse:

— Agora podemos voltar para Cinara?

— Por que a pressa, Ana? Temos que recuperar a outra metade do cristal que está com Meive.

— Não pode voltar à mansão. Meive a pegaria novamente.

— Não estou mais sobre o feitiço dela. Não tem perigo.

— Vamos chamar Caio e Tamas . Estão todos preocupados com você.

— Ela não pode ficar com o cristal. Desculpe, você vem comigo.

— Claro. Nunca a deixaria ir sozinha.

— Então, vamos.

Liz abriu um portal, mas antes que atravessassem Nilon entrou e a atingiu com um golpe de ar gelado muito forte. Ela levantou-se e revidou, mas ele desviou e, antes que ela pudesse tomar alguma atitude, ele pegou Ana e a congelou.

— Pare, se quiser que ela fique viva!

— Descongele-a agora!

— Não antes de você prometer me ajudar.

— Nunca!

— Pense melhor. Ela não é forte como você. O tempo está passando e quanto mais tempo ela ficar assim pior vai ser. Acredite.

— O que você quer?

— O poder do cristal todo para mim.

— Sabe que não pode controlá-lo.

— Mas você pode, então, fará tudo que eu mandar.

Nilon descongelou Ana, que sentia muito frio e começou tremer. Liz a abraçou e brilhou, o que a aqueceu instantaneamente.

— Como está, Ana?

— O frio passou. Mas o que vai fazer? Não pode ajudá-lo!

— Você ouviu tudo. Não tenho opção.

— Sabe que pode acabar com isso. Faça!

— Desculpe, Ana, mas preciso recuperar a outra metade do cristal. E quando o tiver, ele vai ter o que merece, acredite.

Liz sabia que era arriscado, que teria que agir rápido quando estivesse com as duas metades do cristal ou tudo sairia do controle. Mas não deixaria Ana perceber, pois ela estava muito nervosa e isso só piorava as coisas. Nilon puxou Liz para fora da sala. Ana estava indo atrás, mas os soldados apareceram e não a deixaram passar. Liz ficou irritada, mas Nilon a segurou firme e a levou para baixo.

— Não pense que vai me enganar. Sua amiga ficará aqui, vigiada.

— Não tenho os cristais. O que pretende?

— Vamos buscá-los juntos, assim não tiro os olhos de você.

— Como vai voltar à mansão comigo junto? É arriscado.

— Não se preocupe. Ninguém vai tirar você de mim.

Eles atravessaram um portal que os levou direto à mansão de Meive, bem no meio da sala de entrada. Ele a puxava pelo braço quando o bruxo apareceu bem na frente dele.

— Saia da frente! Deixe-me passar.

— Sabia que você estava tramando algo. Veio buscar o cristal.

— E você, Liz? Libertou-se do feitiço? Sabia que conseguiria.

— Agora, Nilon, saia enquanto pode e deixe a garota.

— Arrogante! Pensa que pode me dar ordens?

Meive entrou na sala, mas não olhou para Nilon e, sim, para Liz, que a encarou enquanto ele a segurava. Liz se controlou para não a atacar; não ainda. Então, ela olhou para Nilon e fingindo uma falsa calma, falou:

— Trouxe-a para mim?

Ele respondeu:

— Sabe que não. Me dê o cristal.

— Tolo! Posso acabar com você e ficar com a garota.

— Não pode! Tenho-a sob meu poder, então, desista.

— Sabe que ela é minha! Você vai se arrepender dessa traição.

— Pare de falar, Meive, e me dê o cristal.

Meive fez a metade do cristal aparecer na sua mão, que brilhou e queimou a sua mão, deixando-o cair no chão. Nilon soltou Liz e ela pegou o cristal, e muito rapidamente ele abriu um portal, levando-a de volta para Sibac. Meive, com a mão queimada, ficou irritadíssima com Nilon, mas o deixaria ir até onde achasse que estivesse ganhando. Ele faria todo serviço para ela e quando reunisse as duas metades do cristal novamente, colocaria um fim nele e em sua arrogância.

Os dois voltaram para o castelo de Nilon e ele não deixou que Liz se aproximasse de Ana. Ela tirou o cristal das mãos de Liz e o colocou em um cetro, no qual ele se encaixou perfeitamente, deixando espaço para a outra metade. Mesmo assim, ele o segurava e já sentia seu poder. Ele sabia que a outra parte estava com Caio. Podia ir até Cinara, mas era arriscado, pois, se levasse Liz até lá, perderia o controle sobre a fada. Ele tinha que atrair Caio a Sibac.

Ana estava ficando aflita de ficar presa. Precisava sair, mas não podia deixar Liz nas mãos de Nilon. Ela notou que os soldados estavam distraídos e que era uma boa oportunidade para fugir, então, assumiu a forma de fada e voou pela pequena janela, saindo do castelo. Pronto! Agora era achar Liz. Entrou por outra janela e começou a percorrer os corredores e as salas do castelo e a localizou com Nilon, que a viu e a capturou. Mas antes que fizesse qualquer coisa, Liz o enfrentou, tirou Ana das mãos dele e rapidamente abriu um portal para Cinara, fazendo

Ana atravessá-lo. Quando ia passar, Nilon a acertou e ela caiu no chão, e o portal se fechou. Liz ficou furiosa.

— Você facilitou tudo para mim. Agora Caio virá atrás de você e terei o outro cristal, e você unirá as duas partes.

— Nunca farei isso para você.

— Na hora certa você não terá escolha. Agora levante-se e me acompanhe.

Nilon pegou o cetro com a metade do cristal e a levou para uma sala feita inteira de gelo — as paredes, o teto e o chão, era tudo de gelo. Ela hesitou para entrar, mas ele a empurrou porta adentro.

— O que pretende? Sabe que não posso ficar aqui.

— Não posso arriscar que fuja. Preciso sair por um tempo. Sei que aqui dentro não terá como escapar. Agora com licença. Mas não se preocupe, volto antes que congele.

Nilon saiu e uma porta transparente de gelo se formou, fechando a passagem. Liz tocou na parede e o gelo começou a cobrir sua mão. Devia ter ouvido Ana e voltado para Cinara quando tivera oportunidade, mas ficou contente por Ana não estar passando por aquilo. Viu um pedaço de madeira, que deve ter sido esquecido ali. E sentou-se sobre ele, o que aliviou um pouco por não estar pisando mais no gelo, mas ficou presa a esse pequeno espaço. Olhou tudo em volta e mudou para forma de fada, e voou por toda sala, mas não achou nenhuma fresta pela qual pudesse passar. O frio começava a lhe fazer mal, então, caiu e voltou à forma humana. Sem opção, sentou-se novamente no pedaço de madeira.

O portal que Liz abriu fez Ana sair bem no pátio do castelo. As fadas que estavam cuidando do jardim a receberam preocupadas e imediatamente uma delas foi avisar Aurora que, assim que a viu, percebeu que ela tentava abrir um portal para voltar, mas não a deixaram continuar. Aurora chamou sua atenção e, mais calma, Ana contou tudo que havia acontecido e que Liz não estava mais sob feitiço, mas que continuava em apuros, agora prisioneira de Nilon.

Ana explicou que o que estava acontecendo era uma rivalidade entre Nilon e Meive pelo poder do cristal. Caio, que havia chegado na companhia de Remi, ouviu tudo. Remi ficou feliz porque sua poção tinha ajudado Liz a se livrar do feitiço. Caio sabia que Nilon faria qualquer coisa para ter a outra metade do cristal. Eles tinham que agir rápido e pediu permissão de Aurora para ir até Sibac para buscar Liz.

Aurora pediu calma a todos. Eles precisavam, sim, ajudar Liz, mas tinham que proteger o cristal também. Nilon não o podia pegar. Tamas, que continuou o tempo todo em Cinara, quando soube que Ana havia voltado, foi encontrá-los e concordou com Aurora. Propôs que levassem a metade do cristal que estavam para o mais longe possível de Nilon ou Meive. Ele poderia fazer isso enquanto eles iam a Sibac para salvar Liz e, quando ela estivesse em segurança, ele voltaria e devolveria o cristal. Caio não confiava tanto assim em Tamas, afinal, ele já havia os traído ao tirar Liz de Cinara, que foi justamente o que começou toda essa confusão.

— Obrigado, Tamas, mas o cristal fica aqui em Cinara. Entenda-me.

— Não pretendia ser intrometido. Quero apenas ajudar.

— Tudo bem. Pode me ajudar indo comigo até Sibac. Concorda?

— Sim, vamos quando quiser. Concorda, Aurora?

— Façam isso e a tragam de volta, por favor.

Ana levantou-se, mas antes de dizer que ia junto, Aurora a proibiu e a chamou para entrarem. Remi foi com elas. Caio e Tamas ficaram, mas um clima ruim surgiu entre eles, o que deixou claro a Tamas que Caio não havia entendido seus motivos e desconfiava dele. Porém, naquele momento, o que ele tinha que fazer era ajudar Liz, então, abriu um portal para Sibac e disse a Caio:

— Vamos.

— Sim, mas, Tamas, quero que entenda, não era minha intenção ofendê-lo.

— Não se preocupe, Caio. Agora Liz precisa de nós.

Os dois atravessaram o portal, que os levou a Sibac. Ao chegarem, não encontraram ninguém vigiando o castelo e acharam isso muito estranho. Eles entraram e Caio começou a chamar por Liz, que ouviu e gritou por ele, o qual seguiu o som e a achou presa na sala de gelo. Caio quebrou o gelo que impedia a passagem e a tirou da sala tão rápido que os dois caíram sentados no chão. Eles riram e ela falou:

— Sabia que você demorou, Caio?

— Liz, preciso de férias. Você está dando muito trabalho.

Tamas interrompeu os dois, que se levantaram, mas Liz teve um mal presságio. Tinha sido fácil demais. Os dois concordaram e acharam melhor sair de lá o quanto antes e voltar a Cinara, mas, antes que fizessem isso, Nilon apareceu e mostrou a eles uma parte do cristal. Liz sentiu que era a metade que estava em Cinara, correu para pegar da sua mão, mas ele a segurou e os dois desapareceram. Caio esbravejou. Tinham caído em uma armadilha e todos corriam perigo. O que podia acontecer agora que Nilon tinha tanto poder nas mãos?

Tamas olhou para ele muito aborrecido. Já tinha avisado que o amor de Caio por Liz o tinha cegado e ele não pensava mais como seu protetor, mas como um garoto apaixonado. Ele tinha aberto um portal e o deixara para trás pensando muito no que ele havia falado, afinal de contas, Aurora já o tinha repreendido e cometeu o mesmo erro, precisava voltar a Cinara e descobrir o que aconteceu. Assim que chegou, Ana foi até ele e contou que, logo que os dois partiram, Nilon chegou com seus soldados da sombra e levaram o cristal, não conseguiram o impedir. Aurora ficou machucada, mas nada de grave, o frio de Nilon queimou seu braço quando a segurou, Remi estava cuidando dela fazendo curativos. Ela o queria ver assim que chegasse, respirou fundo e já sabia que escutaria uma bela bronca, mas sabia que merecia. Antes de entrar para dentro do castelo junto com Ana, deu uma olhada para o céu, o frio começava a tomar conta de Cinara novamente, já o podia sentir. Sem o cristal e sem a presença de Liz, logo tudo iria congelar e a neve tomaria conta de tudo. Precisava achá-la ou todos pagariam um alto preço, novamente tinham que correr contra o tempo.

Ele encontrou Aurora sendo atendida por Remi, que saiu sem dizer nada, deixando-os a sós. Ela não falou nada. Apenas o olhou e se levantou, mas o silêncio dela era muito pior do que uma bronca. Então, com a voz muito triste, ela o olhou e novamente e falou algo que ele já tinha ouvido:

— Preciso que se afaste.

— Por que diz isso novamente, Aurora? Sabe que tenho que ficar.

— Está cego. Dei um voto de confiança a você e agora estamos sem o cristal e sem Liz.

— Acho-a e a trago de volta.

— O problema é esse. Meive sempre consegue pegá-la e prejudicar Cinara.

— Deixe-me ficar. Posso protegê-la.

— Não. Dessa vez teremos a ajuda de uma pessoa mais experiente e que pense com clareza.

— Sabe que é arriscado colocar a segurança de Liz nas mãos de outra pessoa.

— Fique tranquilo. Não é nenhum estranho.

Tamas entrou na sala e ficou ao lado de Aurora. Ele olhou para Caio, mas sem acusação no olhar, muito menos deboche. Apenas o olhou, sem dizer nada.

Mais uma vez, ele tinha sido dispensado de seu posto e o motivo era apenas porque amava Liz. Ainda não confiava em Tamas e dessa vez não iria embora, ficaria por perto, vigiando-o. Mas antes de qualquer coisa, precisava saber para onde Nilon a levara. No entanto, Aurora o fez voltar à realidade dizendo que ele precisava deixar Cinara. Sem protestar, ele atravessou um portal que o levou para a casa do pai de Liz, em Price, e o encontrou do lado de fora, mexendo no carro. Quando ele viu Caio chegar sem Liz ficou muito preocupado e o convidou a entrar.

Caio contou tudo o que vinha acontecendo e ele teve vontade de dar um soco em Caio. Agora nem ele sabia onde ela estava e, ainda por cima, havia sido dispensado por sua incompetência. Mas ele sentou-se na cozinha e disse a Caio que ele podia ficar, e os dois ficaram calados, cada um com seu pensamento na mesma pessoa.

CAPÍTULO 9

Para surpresa de Liz, Nilon a levou para Price, na propriedade de seu vizinho. Não podia acreditar que estava ao lado de casa, perto de seu pai. Mal sabia ela que Caio também estava tão perto.

Ela sempre via um homem vigiando a casa e era a primeira vez que via uma mulher. Era velha e se vestia com roupas antigas. Olhou para Liz e deu um sorriso sombrio; a fada teve um mal pressentimento. Nilon soltou seu braço bruscamente e saiu, deixando-a sozinha com a mulher, que se aproximou.

Liz sentiu que ela era fria e tentou se afastar. A mulher riu e a tocou, então, sua luz desapareceu e ela caiu no chão; percebeu que suas roupas ficaram cinzas e que estava toda suja de cinzas. Então, viu sua luz flutuando no ar e, em seguida, a mulher a direcionando e colocando dentro de um pequeno globo transparente.

— Quem é você?

A mulher se aproximou e, sem dizer nada, levantou Liz do chão e a levou para dentro. Depois, abriu uma porta que dava para outro mundo, no qual elas entraram. Então, atravessaram um grande corredor, onde ventava muito e o frio era congelante. Andaram até parar em frente a outra porta, que se abriu, e a mulher a empurrou para dentro, trancando-a.

Liz tentou abrir a porta, mas não conseguiu. Ela começou a gritar e continuou até ficar rouca. Depois de um tempo, desistiu e caiu no chão chorando, tentou se aquecer. De repente, ela sentiu alguém tocar de leve seu braço. Ela levantou a cabeça, virou-se e viu uma menina com asas de borboleta, bem mais nova.

— Não fique assim. Quanto mais triste ficar e chorar mais este lugar rouba suas energias.

— Não entendo... Aquela mulher, você sabe quem é ela?

— Ela é uma sombra, não tem vida. Ela aprisiona nossa energia vital e nos mantém aqui nestas celas.

— Por isso precisa se manter calma, porque ela se alimenta de seu sofrimento, o que te enfraquece.

—Tem mais pessoas aqui? Vi que há mais portas por todo o corredor.

— Somos todos seres mágicos capturados por ela e Nilon.

Liz se acalmou conforme foi conversando com a menina e sentiu-se melhor. As duas ficaram tanto tempo conversando que ela deixou de sentir o frio que fazia naquele lugar. Mas pararam de falar quando ouviram som de passos no corredor. A menina pediu que ficassem em silêncio, então, Liz se aproximou da porta, olhou para fora e viu a mulher acompanhada do homem, abrindo outra porta e tirando de dentro de uma cela um jovem, que tentou se desvencilhar deles.

A mulher virou em direção à porta da cela em que Liz estava. A garota se agachou antes de ser vista, e ela e a outra menina ficaram em silêncio quando eles passaram por elas, deixando-as para trás.

— O que vai acontecer com ele?

— Não sei. Eles sempre pegam alguém e depois a pessoa não volta.

— Mas quem é você? Por que está aqui?

— Meu nome é Liz. Sou uma fada. E você? Qual é o seu nome e de onde vem?

— Meu nome é Tina e no meu reino sou uma princesa, mas isso não tem mais importância. E você? Não me disse de onde é?

— Sou de Cinara.

— Claro! Você é a nova rainha. Soubemos que assumiu o lugar da sua mãe. Todos os seres mágicos sabem sobre você.

— Desculpe, não quero falar mais sobre isso. Agora estou cansada.

— Tudo bem. Descanse e procure não ficar mais triste. É difícil, mas isso a manterá a salvo.

Mais calma, Liz deitou-se. Tentou brilhar, mas não aconteceu nada, e isso a deixou mais cansada ainda. Virou-se com o rosto voltado para parede; a menina também se recostou e as duas ficaram em silêncio.

Nilon voltou à casa e ficou esperando a mulher, que entrou com o globo pequeno nas mãos em que estava a luz de Liz. A mulher olhou para ele e perguntou:

— Por quanto tempo vai mantê-la aqui?

— É por pouco tempo. Só até eu ter tudo preparado, ela se acalmar e entender que não tem opção.

Então, Nilon abriu um portal, que o levou até Sibac, onde pegou o cetro com a outra metade do cristal presa a ele. Ele tentou unir as duas metades, mas nada aconteceu. Ficou claro para ele que somente Liz poderia unir as duas partes. Foi interrompido por Meive, que entrou na sala sem tirar os olhos dele e disse:

— Onde está a garota?

— Não sei do que está falando. Pensei que estivesse com você. Não entendo a pergunta.

— Está tentando me passar para trás?

— Jamais faria isso. Devo muito a você.

— Então, me entregue os cristais. Como vê, sem o poder da fada eles são apenas pedras.

— Verdade, mas estamos em um impasse. Se ela não está com você e nem comigo, quem está com ela?

Essa resposta deixou Meive furiosa e ela o atacou, jogando-o no chão. Com a queda, o globo, que estava em seu alforje, caiu. Meive se aproximou, pegou o objeto, olhou para ele e gritou:

— O que fez com ela? Diga agora!

— Se me matar nunca vai achá-la. Desista, você perdeu.

— Sabe que vou achá-la e quando isso acontecer você vai me implorar para não matá-lo.

Meive saiu levando os cristais e o globo, e ele ficou xingando. "Sou um idiota mesmo", pensou. "Mais uma vez, ela me ofendeu. Mas isso vai acabar. E ela vai implorar por minha ajuda. Só eu sei onde a fada está escondida. Ela nunca vai conseguir a achar", pensou ele. Só tinha um pequeno problema: sem o globo Liz ficaria sem sua luz. Mas ainda podia tirá-la de dentro da prisão. Levantou-se e foi adiantar seus preparativos. Tinha muito o que fazer. Deu ordem aos seus soldados, que ficaram de prontidão, esperando-o.

Caio sentou-se no sofá da sala e acabou adormecendo. Acordou só no dia seguinte. O pai de Liz desceu as escadas e foi até a cozinha para preparar o café da manhã. Ele tentava se manter calmo, mas estava muito preocupado sem notícias de Liz. Agora que tudo isso estava acontecendo, arrependia-se de ter aceitado o emprego, mudado para a cidade a tê-la deixado sozinha para viajar. Caio entrou na cozinha e o tirou de seus pensamentos.

— Também estou preocupado com ela, mas vou achá-la.

— Como foi expulso de Cinara?

— Foi apenas um mal-entendido. Amo Liz e ela vai voltar em segurança.

— Posso ajudar você a procurá-la. Tem ideia por onde começar?

— Nilon deve tê-la escondido muito bem. Peço que fique aqui caso ela apareça. Não deixe a casa sozinha.

— Ficarei aqui, mas me prometa que vai trazer Liz.

— Prometo, acredite em mim.

Caio foi até a varanda e viu o vizinho da casa ao lado o observando, que saiu rápido quando ele o encarou. Em silêncio, ele teve certeza de ter ouvido alguém chorar bem baixinho. Parecia ser uma mulher. Isso o deixou intrigado, pois ela estava muito perto. Resolveu seguir o som e saiu da varanda; foi caminhando em direção à mata e saiu na frente de uma casa, mas o som parou. Entrou na propriedade, porém uma mulher parou na sua frente, impedindo-o de passar.

— O que faz aqui, invadindo?

— Não quero incomodar. Pensei ter ouvido algo. Desculpe.

— Saia daqui! Não tem nada.

— Com licença, senhora.

A mulher ficou vendo-o ir embora, mas ele deu uma última olhada antes de ela o perder de vista. O homem que o observava se aproximou dela e os dois voltaram para dentro da casa, onde foram direto para a porta da cela em que Liz estava. A mulher tornou-se uma névoa e entrou e encontrou Liz chorando. A garota que estava com ela se afastou e ficou olhando a mulher voltar à forma sólida, aproximar-se de Liz e pegá-la pelo braço.

Liz parou de chorar. A mulher a encarou e começou a sugar um último traço de sua magia que havia ficado, então, a soltou, deixando cair. Quando isso aconteceu, a menina viu que Liz havia envelhecido. A mulher levantou-se e soprou a magia de Liz dentro de um frasco, tampando-o com uma rolha. Em seguida, saiu e a deixou lá, deitada no chão. A menina se aproximou de Liz e a ajudou a se sentar.

— Falei para você se manter mais calma. Olhe o que aconteceu! Agora sabemos o que ela faz com as pessoas.

— Preciso sair daqui.

— Não tem como sair daqui. Você mesmo viu. Ela não abre a porta nem mesmo para entrar.

Caio voltou à casa e encontrou o pai da Liz na varanda. Ele lhe deu uma xícara de café e quis saber onde ele tinha ido, mas ele desconversou e não disse o que tinha acontecido. Mas estava certo de voltar àquela casa mais tarde para investigar, pois a atitude daquela mulher tinha sido muito suspeita. Ele tinha certeza de ter ouvido uma mulher chorando.

Meive foi para sua casa, em Price, e quando chegou o bruxo a esperava. Ele viu o globo na mão dela e sentiu o poder que emanava dele, e antes que perguntasse, ela falou antes:

— Sim, essa luz aprisionada é da garota. E sabe quem está com ela? Nilon. Ele a escondeu. Preciso que o siga e descubra seu paradeiro.

— Mas por quê? Agora que tem a energia não precisa mais dela.

Meive mostrou a ele os cristais e os colocou em uma caixa junto com o globo.

— Pensa que não tentei pegar para mim a energia que está aprisionada no globo? Mas não consigo.

Muito a contragosto, Meive contou que a energia só seria libertada na presença de seu verdadeiro dono, ou seja, Liz. E os cristais também não passavam de duas pedras sem utilidade. Isso o deixou surpreso. Meive não era tão poderosa como ele pensava. Quem tinha poder era Liz, por isso, a bruxa vinha a prejudicando esse tempo todo.

— Precisamos achar a garota. Tem alguma pista por onde começar?

— Em algum momento, Nilon vai ao encontro dela. Daí a tiramos dele. Agora vamos procurá-los.

O bruxo ficou olhando para os dois cristais e o globo, pegou-o na mão e, sim, era da garota, mas sabia que Nilon não tinha poderes para fazer aquilo, era obra de uma sanguessuga. Conhecia bem esse tipo de pessoa e podia encontrá-la. Evocou um feitiço e uma janela se abriu, e várias imagens começaram a se formar. Quando viu a mulher soube que era ela e as imagens deram sua localização. Então, ele abriu um portal e ele e Meive o atravessaram. Agora que sabiam onde Liz estava, ninguém ficaria em seu caminho. E o bruxo estava pronto para acabar com os planos de Nilon.

Caio tinha planos de voltar à casa e, quando o pai de Liz saiu a trabalho, ele aproveitou e voltou à propriedade, aproximando-se com cuidado. Para sua surpresa, viu um portal se abrindo e Meive e o bruxo chegando por ele. Suas suspeitas se confirmaram, o choro que ouvira era de Liz, ele a tinha encontrado. Escondeu-se atrás de uns arbustos e viu quando Meive abriu a porta da casa e entrou. Logo em seguida, Caio ouviu sons de coisas se quebrando dentro da casa. Era a oportunidade perfeita. Foi pelos fundos e entrou na casa sem ser visto.

Lá dentro, ouviu Meive gritando com a mulher, que havia sido encurralada pelo bruxo. Antes dela responder algo, o homem apareceu e os atacou, mas também foi imobilizado. Meive os golpeou fortemente e os dois caíram no chão desacordados.

— Teremos que achar a garota sozinhos. Comece a procurar. Ela está aqui, posso sentir.

Caio ouviu e precisava agir rápido. Fez um feitiço, que mostrou a ele um rastro de luz por baixo de uma porta. Ele a abriu e entrou. Ao ouvir o som da porta, Meive foi atrás, pois já sabia que era Caio. Ele viu que era um portal que levava até um corredor. Começou a olhar as várias portas que tinha à sua frente e a abrir uma de cada vez, procurando por Liz, mas só conseguiu libertar outros seres mágicos, que aproveitaram para fugir.

Desesperado, começou a gritar por Liz e, quando já estava no final do corredor, ouviu uma voz o chamando. Era a menina com asas de borboleta, avisando que Liz estava com ela. Caio derrubou a porta com um feitiço e quando entrou encontrou-a deitada no chão, virada para a parede. Ele se aproximou com cuidado e, quando ia tocá-la, notou seus cabelos esbranquiçados. Chamou-a e, quando ela se virou, ele ficou chocado com a aparência dela.

— O que fizeram com você, Liz?

Com certa dificuldade, Liz se levantou e o abraçou, chorando muito. Porém foram interrompidos por Meive, que parou bem em frente à porta e golpeou Caio, tirando-o de perto de Liz, que também sentiu o impacto do golpe. O bruxo entrou e pegou Liz nos braços, e eles saíram deixando

Caio no chão. A menina chamou por ele, que não respondeu; estava desmaiado. Aflita, a menina começou a chacoalhá-lo, pois precisava acordá-lo.

— Levante-se! Precisa ajudar Liz!

Caio não conseguiu se levantar e a menina correu para fora, mas eles já tinham desaparecido. Ela voltou e o ajudou a sair. Ele usou sua magia e abriu o restante das celas para soltar quem continuava preso. Ao sair da casa deu de cara com Tamas, que foi ao seu encontro.

— Liz estava aqui?

— Sim, mas Meive apareceu.

— Continua fazendo as coisas no impulso. Devia ter me chamado.

— Não sabia que me ouviriam depois da última conversa que tivemos.

— Quem está precisando de ajuda? E Liz, você a viu?

— Sim. E ela está sob algum feitiço. Está com a aparência de uma velha.

A menina se aproximou deles e contou o que havia acontecido e o motivo de sua aparência. Os dois ficaram mais preocupados e muito tristes, pois Liz devia estar sofrendo muito. Agora precisavam ir atrás de Meive.

Deixaram todos a salvo e foram procurá-la na mansão de Price, mas ela tinha ido para seu reino sombrio. Estava tudo preparado. O bruxo deitou Liz em uma pedra e ela se encolheu; sentia muito frio. Meive se aproximou e a olhou. Nilon pagaria muito caro. Ele sabia que precisava dela viva e quando o pegasse ele podia ter certeza de que voltaria de onde ela o tirá-la.

Meive estava com o globo e o frasco nas mãos. Aproximou-se de Liz, mas virou-se em seguida, colocando-os sobre uma mesa e saindo acompanhada do bruxo. Deixaram Liz sozinha, afinal, no estado em que ela estava não fugiria. Com muita dificuldade, Liz se levantou e viu onde os dois objetos estavam. Conseguiu abrir o frasco e sua energia voltou para ela; a cor de seus cabelos também voltou. O globo rolou para sua mão e ela o quebrou, sua luz voltou e brilhou tão forte que se tornou a própria luz. Meive percebeu que algo acontecia na sala onde Liz estava e voltou junto com o bruxo a tempo de vê-la brilhando, mas, antes que Liz escapasse, Meive a pegou pelo braço e evocou um feitiço, que a prendeu à pedra com uma parede invisível. Ao perceber que não conseguia sair, furiosa, gritou para Meive:

— Por que você continua atrás de mim? Me solte!

Sem falar nada, Meive foi até uma mesa, pegou os cristais e os mostrou a Liz, que parou de gritar. Então, ela brilhou e as metades do cristal se juntaram, formando uma única pedra e queimando a mão de Meive, que o soltou, deixando-o cair no chão. Liz fez um encanto e o cristal foi parar em suas mãos e ela desapareceu, largando o bruxo e Meive, furiosa, para trás.

A busca na mansão de Meive não tinha dado resultado, então, Tamas voltou para Cinara e Caio para a casa do pai de Liz, mas quando ele colocou os pés na varanda sorriu, pois sentiu que ela havia voltado. Entrou correndo e a encontrou sentada no sofá. Ao se verem, o sentimento foi tão grande que Liz chorou e ele a abraçou, antes que ela dissesse qualquer coisa, Caio pediu desculpas:

— Liz, me desculpe, tenho falhado com você. Mas me conte, como escapou?

Ela abriu a mão e mostrou a ele o cristal, uma pedra do tamanho de um pêssego. Então, o cobriu com as mãos e, quando as abriu novamente, ele tinha o tamanho de uma gema e ela o pendurou no cordão que usava.

— Pronto! Agora ele não sai de perto de mim.

Caio a viu e sentiu que estava um pouco ressentida. Não gostava de vê-la assim, pois era um sentimento que não fazia parte dela.

— O que está te perturbando, Liz?

— Nilon. Ele me prejudicou muito. Sofri enquanto estive nas mãos daquela gente. Ele pagará muito caro por isso, eu garanto.

— Por favor, precisa se recuperar. Como se sente? O jeito que te vi pensei que não fosse suportar.

— Estou bem. Por enquanto quero ver meu pai e depois voltaremos para Cinara.

— Tem uma coisa que preciso lhe falar.

— O que foi? Por que está estranho?

— Não sou mais seu protetor. Aurora me destituiu.

— Mas por que fez isso sem me falar? Não pode fazer isso. Vou falar com ela.

— Não, deixe, mas tem algo que quero lhe perguntar.

Ele sorriu para ela e perguntou algo que a deixou muito feliz.

— Quer ser oficialmente minha namorada?

Ela o abraçou e o beijou.

— Isso foi um sim?

— Sim. É a primeira vez que você fala sobre nós dois. Isso me deixou muito feliz. Mas agora preciso de um banho.

— Claro. Fico aqui te esperando. Quer comer algo?

— Vai cozinhar para mim? Então, eu quero.

Liz subiu para tomar seu banho e Caio ficou na cozinha. Os dois não perceberam que, do lado de fora, Nilon os espionava. Ele saiu, mas mais tarde voltaria e pegaria Liz novamente, agora que ela tinha unido os cristais. Ela terminou seu banho e desceu e encontrou a mesa arrumada. Adorou quando viu que ele havia preparado um macarrão com queijo. Os dois comeram e foram para a varanda, ouviram o som de um carro se aproximando. Liz sabia que era seu pai. Ele a viu logo, parou o carro e foi abraçá-la.

— Onde estava? Deixe-me te ver. Como está?

— Calma, pai. Estou bem. Desculpe-me por te preocupar.

Liz parou de falar quando ouviu algo. Caio também ouviu. Ela fez um feitiço e as árvores derrubaram no chão quem estava espionando — era a menina borboleta. Caio achou estranho e perguntou, mas ela respondeu, olhando para Liz, que percebeu que havia algo errado.

— O que faz aqui ainda? Pensei que tinha ido para sua casa.

— Não podia ir sem saber se estava a salvo.

— Obrigado, mas estou bem. Você tem como voltar para casa?

— Tenho. Agora eu vou, mas o que tem pendurado? Essa pedra é muito bonita.

Caio não gostou do comentário da menina e ficou do lado de Liz, segurou sua mão e a olhou. Nesse momento, o ar foi ficando gelado e a menina foi mudando de forma. Era Nilon, que tentou pegar Liz, mas ela foi mais rápida e se desvencilhou dele, atingindo-o. Ele se levantou e foi para cima dela, mas Caio entrou na frente, enfrentando-o. Enquanto os dois lutavam, o pai de Liz a pegou, afastando-a, mas, antes que Nilon desse um golpe contra Caio, um portal se abriu e Tamas apareceu, atacando Nilon, que fugiu.

Tamas ajudou Caio a se levantar. Liz se soltou de seu pai e correu até ele.

— Ele te machucou? Deixe me ver?

— Não, estou bem. Olhe!

Tamas ficou olhando para os dois um pouco e depois os interrompeu. Liz levantou-se e olhou para ele, que percebeu que ela parecia bem irritada.

— Não vou voltar para Cinara sem o Caio.

— Claro. Ele não está proibido de entrar em Cinara, apenas não é mais seu protetor.

— Mas quem Aurora colocou no lugar dele?

— Eu, que só aceitei para evitarmos que uma pessoa estranha se aproveitasse da oportunidade para te prejudicar.

— Vou voltar, mas agora quero ficar aqui com meu pai algumas horas.

— Tudo bem. Voltarei mais tarde para te buscar. Promete que me espera aqui?

— Claro. Volte antes de o Sol de pôr.

— Até mais tarde e com licença.

Tamas se despediu de todos e se retirou. Eles entraram e o pai de Liz a olhou com mais calma. Os dois sentaram-se no sofá e Caio os deixou sozinhos para conversarem. Na varanda, pensou que não era nada boa essa aproximação de Nilon. Sabia que era por causa do cristal. Tamas voltaria para buscá-la e ele não sabia se iria junto. Sentia muito, sabia que Liz ficaria uma fera com ele, mas ficaria mais um tempo com o pai dela. Era o certo, pois não queria que ela e Aurora se desentendessem. E precisava voltar àquela casa e investigar mais, por isso era necessário Liz estar longe.

Como prometido, Tamas voltou no final da tarde e nem entrou. Ficou esperando Liz do lado de fora. Ela saiu de mãos dadas com Caio e acompanhada de seu pai. Os dois já haviam conversado e ela aceitou em ir sem ele por enquanto, mas ele disse que logo iria encontrá-la. Liz despediu-se dos dois e atravessou o portal que a levou para Cinara.

Quando Liz chegou em Cinara, todos a esperavam e ela foi recebida com muita festa. Rapidamente, o frio começou a desaparecer com sua presença. Aurora se manteve um pouco afastada e, depois que conseguiu fazer com que todas voltassem aos seus afazeres, foi falar com Liz em particular. As duas foram caminhando até o jardim do castelo e sentaram-se perto da fonte.

— Liz, preciso que saiba que a atitude que tomei foi para seu bem.

— Por que, Aurora? O que Caio fez de errado.

— Ele tinha que te proteger, mas a paixão dele por você o cegou. Olhe o que te aconteceu até aqui.

— Não é culpa dele, mas minha. Eu que me descuidei e deixei Meive fazer o que queria.

— Não tente se desculpar por ele. Mas e vocês? Se entenderam? Percebi que está feliz apesar de tudo que aconteceu.

— Sim, estamos juntos. Ele me pediu em namoro oficialmente.

— Fico feliz por vocês. Mas e você? Como está? Tudo bem.

— Estou bem apesar do que aconteceu, mas veja o que fiz com o cristal.

Liz mostrou à Aurora o cristal em tamanho menor que usava no cordão. Ela aproximou a mão no cristal e sentiu o poder que ele e Liz tinham juntos. Tamas se aproximou das duas, vendo que ela parecia mais calma.

— Com licença, Aurora. Verifiquei tudo, o castelo está seguro.

— Obrigado, Tamas, Fico mais tranquila.

Liz ouviu tudo, mas não disse uma palavra. Então, pediu licença e foi para seu quarto, deixando os dois sozinhos, que a ficaram vendo entrar no castelo. Assim que chegou em seu quarto, viu Ana, que a esperava. As duas se abraçaram e colocaram a conversa em dia. Ana contou tudo o que havia acontecido e ficou com ela. Só saiu do quarto quando Liz adormeceu enquanto falava que ela e Caio estavam juntos oficialmente.

Meive ainda não conseguia acreditar que Liz estivera em suas mãos, mas a deixara fugir. Tinha sido tola, não devia tê-la deixado perto dos objetos, mas agora podia sentir que o cristal estava unido e sentia o poder que vinha dele. Precisava pegar Liz e o cristal. Mas sabia que precisava buscá-los pessoalmente. Por enquanto, deixaria ela pensar que estava com certa vantagem; agora iria acertar as contas com Nilon, em Sibac. Ela atravessou um portal e, ao chegar lá, notou que estava mais frio do que o normal. Entrou no castelo e o encontrou esperando-a. Os dois se olharam e, sem dizer nada, duelaram, mas Meive o venceu. E antes que ela desse um último golpe para acabar com ele de uma vez, ele pediu misericórdia. Nilon sabia que Meive era vaidosa e gostava de ver as pessoas implorando. Como esperado, ela o soltou, e antes que se levantasse, atingiu-o com um campo de energia, que o levantou no ar, e disse:

— Não pense que pode me enganar. Tolice sua achar que eu esqueci o que fez.

— Perdão, queria apenas o poder do cristal como você.

— Então, pensou em roubá-lo de mim junto com a garota? Eles pertencem a mim.

— O tempo em que estive fora descobri uma maneira de dominá-la.

Meive ouviu o que ele disse e ficou curiosa.

— Fale e eu digo se me interessa.

— Até agora só a atacamos. Vamos pegar Caio.

— Já fiz isso. Por que acha que ela agora iria ceder?

— Fiquei os espionando. Parecem um casal muito feliz.

— O que pretende fazer?

— Vamos fazê-la creditar que ele desistiu dela e foi embora. Ela não terá motivos para lutar.

Meive o soltou e perguntou:

— Mas por que não nos livrávamos dele de uma vez e o matamos?

— Se ela achar que há uma esperança não vai desistir, mas se ficar sem ele, não sabemos o que pode fazer.

— Tem uma certa razão, Nilon. Então, coloque seu plano em prática.

Ela saiu, deixando-o sozinho. Por muito pouco Meive não o eliminara, mas, mesmo assim, ele não tinha mudado de ideia. Teria Liz sob controle, mas para servi-lo. Meive entrou em sua mansão e encontrou Juliana. Sabia o que ela queria, poder e juventude. Pobre mortal, nunca passaria de uma serviçal, mas ela podia ser muito útil, pois tinha a mesma idade de Liz e as duas possuíam a mesma altura. Era perfeito para colocar seu plano em prática e enganar Nilon.

Meive chamou Juliana e as duas entraram em seu escritório. A bruxa a observou mais de perto e, sim, ela era o que Meive precisava. Tinha apenas que envolvê-la e convencê-la a fazer a troca no momento certo.

— Ainda faria qualquer coisa por poder e juventude?

Juliana a ouviu. Era a primeira vez em anos que ela tocava no assunto e era exatamente o que ela queria, por isso a servira todo esse tempo. Meive percebeu que tinha acertado quando viu a ganância em seu olhar. Juliana, por sua vez, conhecia muito bem e sabia que ela ia propor algo.

— O que preciso fazer?

— Quero que troque de lugar com Liz.

— Descobririam logo. Não posso brilhar como ela.

— Não será por muito tempo e ninguém vai perceber. Pense no que vai ganhar.

— O que tenho que fazer?

— Primeiro precisamos tirá-la de Cinara e você fará isso.

— Como?

— Deixe comigo. Agora saia e fique me esperando chamar.

Juliana saiu muito pensativa. Queria essa oportunidade há muito tempo, mas prejudicar Liz não estava em seus planos. Não agora, depois que a conhecera mais de perto. Porém continuaria com o plano de Meive, assim poderia evitar que algo pior acontecesse. Voltou aos seus afazeres e não percebeu que o bruxo havia entrado na sala e passado do seu lado. Ele encontrou Meive e a viu tirar de dentro de um armário uma capa e colocar sobre a mesa. Perguntou:

— O que essa capa faz de tão especial?

— Curioso. É com ela que você vai entrar em Cinara sem ser visto e trazer Liz para mim?

— Ainda não desistiu de pegar a garota?

— Sabe que não. Preciso do poder dela.

— Mas ela está com o cristal. Se me aproximar todos vão perceber.

— Por isso a capa. Ela o tornará invisível. À noite, quando todos estiverem dormindo, você a pega no quarto dela.

— Seu plano não parece um tanto amador?

— Não zombe de mim. Juliana tomará o lugar dela, assim ninguém perceberá a troca e nos dará tempo de escondê-la.

— E Nilon? Ele pode atrapalhar.

— Não se preocupe. Dele cuido eu. Agora prepare-se e avise Juliana.

Caio, que ficara na casa de Liz em Price, estava chateado por ficar longe dela, mas tinha algo importante para fazer antes de ir para Cinara. Precisava voltar à casa ao lado e aproveitou que estava sozinho. Assim que se aproximou, notou certo movimento e escondeu-se para observar. Viu os soldados de Nilon e deduziu que ele também estivesse lá, mas o que ainda estariam fazendo no mundo mortal?

Aproximou-se mais da casa e viu Nilon através de uma janela e o ouviu conversando com o homem e a mulher, que também continuavam na casa. Só não conseguia ouvir direito o que estavam falando, até que Nilon gritou com os dois. Caio achou melhor ir embora, mas quando ia sair foi encurralado pelos soldados, que o levaram para dentro.

— Agradeço que veio sozinho. Facilitou tudo. Agora só temos que atrair Liz até aqui.

— Deixe ela em paz. Nunca a terá sob seu controle.

— Engano seu. Ela fará tudo que eu quiser quando souber que estamos com você.

Nilon olhou para mulher, que se aproximou de Caio e sugou dele sua energia vital, prendeu-a em um globo e o entregou a Nilon. Sem conseguir ficar em pé sozinho, os soldados o arrastaram para dentro do corredor acompanhados da mulher e o colocaram em uma cela. Nilon foi até a porta e Caio o ouviu dizer que, agora, Liz seria sua prisioneira e ele não poderia fazer nada para impedir. Então, trancaram a porta, deixando-o sozinho.

CAPÍTULO 10

Liz acordou no outro dia e viu que o espelho e o diário de sua mãe continuavam no mesmo lugar. Levantou-se e sentou-se na cama. Ia pegar o diário, mas desistiu. Pegou o espelho, sentia saudades de Caio. Quem sabe poderia usá-lo para vê-lo. Com ele na mão pensou em Caio e o espelho brilhou e mostrou à Liz a casa de seu vizinho. Apesar do medo do que poderia aparecer, ela continuou olhando e as imagens a levaram até o corredor e, depois, a uma porta. Ela levou um susto quando viu quem estava dentro da cela: Caio. Notou que ele estava muito mal, apoiado na parede. Conseguiu vê-lo mais de perto e percebeu o motivo de ele estar tão fraco: tinham roubado sua energia vital.

As imagens desapareceram e Liz rapidamente se levantou e trocou de roupa. Foi para a sala do trono e encontrou Aurora. Contou tudo a ela e disse que precisava ir ajudá-lo, mas Tamas entrou na sala e a proibiu de sair de Cinara. Isso a deixou furiosa. Quem ele achava que era para proibi-la.

— Desculpe, Liz. Sou seu protetor.

— Não posso deixar Caio nas mãos daquela mulher. Sei como pode ser cruel.

— Por isso pense. É uma armadilha. Deixe que eu vá com meus soldados e o resgato.

— Faria isso?

— Com certeza. Mas fique aqui.

— Precisa ser rápido.

— Irei agora mesmo, mas, por favor, não faça nada que a coloque em perigo.

Tamas pediu licença as duas e se retirou, muito preocupado. Não falou nada, mas sabia que Nilon faria qualquer coisa para tirá-la de Cinara com o cristal. Tinha que mantê-la sob controle, o que seria difícil, mas faria isso para protegê-la, então, voltou à sala do trono sem ser visto, mas só viu Aurora e Ana, que havia chegado. Correu pelos corredores do castelo. Liz era muito esperta. Se já não tinha saído, estaria fazendo isso naquele momento. Foi até o quarto dela e a achou a tempo de impedi-la de atravessar um portal. Mesmo sob seus protestos, fechou o portal e a fez sentar-se na cama, e os dois começaram a discutir:

— Por que é tão teimosa? Não pode sair.

— Você é que não pode ficar me proibindo de sair.

— Estou pedindo. Não me obrigue a ser mais radical com você.

Liz ficou muito irritada, pois o tempo estava passando e isso só prolongava o sofrimento de Caio. Ele estava sob a forma humana, mas ficou tão irritado também que que voltou à forma de fauno e gritou muito alto, pedindo para ela ficar; mas de tal maneira que a deixou tão espantada, que ela parou de falar. Em silêncio, ela se aproximou da janela e ele viu uma lágrima no rosto dela. Sabia que tinha exagerado e voltou à forma humana.

Ana entrou no quarto e ele saiu, deixando-a sozinhas. Por enquanto, ela não iria a lugar algum. Ele ainda olhou para ela antes sair e notou que ela não estava mais nervosa, apenas triste. Liz foi até seu jardim particular e sentou-se em um banco. Ana sentou-se do seu lado e disse:

— Confie em Tamas. Ele vai ajudar Caio.

— Eu sei... É que não aguento ficar aqui esperando. Posso ajudar.

— Não pode ficar se arriscando. Fique aqui no castelo, é mais seguro.

— Talvez, tenha razão, mas meu coração não pensa assim.

As duas ficaram juntas no jardim, mas cada uma com um pensamento — Liz querendo ir atrás de Caio e Ana preocupada, pois conhecia Liz muito bem e sabia que ela não suportava a ideia de algo acontecer a Caio e, pior, poderia se colocar em perigo, justo agora que tinha voltado para casa. Ficaria por perto, pois ela poderia tentar sair novamente do castelo sozinha.

Meive continuava com os preparativos de seu plano. Faria a troca entre Juliana e Liz e a pegaria. Quando percebessem seria tarde demais, elas estariam muito longe. Primeiro, precisava preparar Juliana para ficar com a aparência de Liz. Chamou o bruxo, entregou-lhe uma mecha de cabelo de Liz e o mandou preparar a poção para fazer a troca entre as duas. Ele saiu e Juliana entrou na sala, e as duas ficaram conversando. Como Juliana havia passado um tempo com Liz saberia agir como ela.

As horas passaram e o bruxo voltou trazendo a poção em um frasco. O líquido era verde-esmeralda e brilhava bastante. Meive o pegou, observou-o e entregou a Juliana que, mesmo sabendo que era errado, bebeu todo o conteúdo. Então, foi envolvida por uma luz verde que, quando desapareceu, ela era idêntica a Liz; nunca descobririam a farsa. O bruxo aproximou-se de Juliana, ficou observando e, sim, estava perfeito. Só um detalhe faltava: ela não tinha o perfume de Liz. Algo veio a sua cabeça e ele perguntou à Meive:

— E o cristal? Vão sentir a falta dele se ela não usar.

— Isso não será problema. Ela pode dizer que o guardou. Agora precisamos achar outra pessoa e você vai fazer isso.

— Está falando de Nilon, estou certo?

— Preciso dele perto de mim para ter certeza de que não vai me trapacear.

— O que pretende fazer? Mantê-lo aqui à força?

— Se preciso, farei. Tenho tudo preparado. Vá e o traga até aqui.

O bruxo saiu para buscar Nilon, que estava em Price. O bruxo atravessou um portal que o levou direto para dentro da casa. Assim que entrou encontrou Nilon, que ficou irritado quando o viu. Não era para o bruxo estar lá, não agora, que ele tinha um trufo contra Liz. O bruxo não podia descobrir que ele estava com Caio, então, saiu da casa, levando-o junto.

— O que faz aqui?

— Meive quer te ver agora. Venha comigo.

Ele se viu sem saída. Se recusasse, Meive poderia ir pessoalmente e seus planos poderiam desmoronar. Aceitou, mas, antes de ir, voltou ao interior da casa e mandou a mulher ficar de olho em Caio e disse que logo retornaria. Então, partiu com o bruxo para a mansão de Meive, que o esperava em seu escritório. Ao chegar, já percebeu que era uma armadilha. Porém, antes que pudesse reagir, ela o imobilizou e o prendeu em um campo de força.

— O que está fazendo, Meive? Me solte!

— Mais tarde. Agora fique aqui. Tenho que sair. Mas volto e te solto.

Meive saiu de seu escritório e fechou a porta. Do lado de fora, Juliana e o bruxo a esperavam. Ela abriu um portal e eles foram para Cinara, dentro do castelo. Era tarde da noite, mas isso não era problema, pois o bruxo sabia onde era o quarto de Liz. Eles abriram a porta e Meive a viu dormindo. Aproximou-se e viu o cristal, em tamanho menor, preso no cordão em seu pescoço.

Não podia tocá-lo, então, fez sua sombra negra aparecer e ela tomou conta do quarto. Liz acordou assustada e viu, na sua frente, Meive, o bruxo e a si mesma. Levantou-se e chegou perto de sua cópia e percebeu que era Juliana. Liz sentiu um golpe e caiu no chão desacordada. Meive se aproximou dela e viu que ela estava apenas desmaiada. Apressou Juliana para que trocasse de roupa e se deitasse logo na cama. O bruxo pegou Liz nos braços e eles atravessaram o portal de volta para a mansão de Meive.

Juliana ficou no quarto, olhou à sua volta e achou tudo muito bonito. Tocou as roupas de cama; os lençóis eram macios. Viu uma porta de vidro aberta e foi até ela para ver onde levava e ficou admirada. Era um jardim particular, onde havia até uma pequena fonte. Tocou na água e ela era fresca. Ela sentiu o perfume das flores. Era tudo maravilhoso. Então, ouviu passos e percebeu que Ana estava no quarto. Não esperava ver ninguém tão rápido e voltou para cama sem falar nada. Sentou-se na beirada e disse:

— Tudo bem, Ana?

— Sim. Vim ver como estava depois da discussão com Tamas mais cedo.

Como não sabia de nada, disfarçou.

— Ah... Estou bem. Mas estou cansada, preciso dormir agora.

— Claro, vou deixar você descansar. Qualquer coisa me chame.

Ana saiu do quarto sem perceber nada, deixando-a sozinha. Ela ficou aliviada, mas sabia que precisava ficar mais atenta ou descobririam quem era. Deitou-se na cama e dormiu sentindo o perfume dos lençóis limpos.

Liz chegou à mansão de Meive, em Price, já acordada, por mais que tentasse, não conseguia disfarçar sua irritação, afinal, essa história de ser raptada a qualquer momento tinha que acabar. Mas deixaria eles acharem que a tinham sob controle, pois, já que tinha saído de Cinara, era uma oportunidade para ajudar Caio; e com Juliana em seu lugar teria o tempo necessário até descobrirem a troca.

Meive achou que Liz estava muito quieta, então a levou ao salão da mansão, onde mais bruxas os esperavam. Liz já conhecia os símbolos desenhados no chão e viu que estava com problemas. Tentou se soltar do bruxo, mas ele era um homem forte e a segurou com as duas mãos.

Precisava escapar. Se a prendessem dentro daquele círculo estaria encrencada. Então, o cristal brilhou e a envolveu com uma luz, cegando o bruxo, que a soltou. Ela aproveitou a oportunidade, mudou para a forma de fada e tentou voar para fora da sala. Meive gritava para a pegarem e, na confusão, viu uma janela aberta. Antes que Liz conseguisse passar por ela, a janela foi fechada bruscamente e Liz acabou batendo nela e caiu no chão. Sentindo o impacto, não mudou de forma, então, Nilon apareceu e a pegou e, com ela nas mãos, atravessou um portal, fugindo. Meive gritava com todos, chamando-os de incompetentes. Nilon a enganara e ela, sem saber, trouxera Liz direto para as mãos dele.

Nilon foi direto para seu esconderijo em Sibac e Liz continuava desacordada. Ele viu que ela usava o cristal e a colocou sobre uma mesa. Tinha que acordá-la. Pegou um pouco de água e espirrou nela, ela foi acordando aos poucos. Quando finalmente abriu os olhos, viu-o na sua frente, e ele já foi logo dizendo:

— Não tente escapar ou nunca mais vai ver Caio.

— O que ainda quer de mim?

— Quero que me devolva a vida que roubou.

— Não sei como fazer isso.

— Use o poder do cristal.

— Mas se eu fizer isso voltará a ser homem. E se Meive te pegar ela o matará. Sabe disso.

— Não importa. Faça agora!

— Tem um preço. Quero Caio aqui antes.

— Se tentar me enganar dou uma ordem e ele morre.

— Não vou te enganar. Cumpra sua parte rápido. Meive chegara logo.

Nilon deu ordens a dois soldados para buscarem Caio. Eles atravessaram um portal e não demorou muito, eles retornaram com ele e a mulher junto. Liz o viu e voltou à forma humana; aproximou-se dele e o tocou — ele estava frio. Nilon a pegou pelo braço.

— Agora me faça homem novamente.

— Devolva a energia dele antes.

— Vamos ficar aqui a noite toda discutindo. Cumpra sua parte e, em seguida, ele voltará ao seu normal.

Ela tirou o cristal do cordão e com ele na mão brilhou tão intensamente que a luz envolveu Nilon e ele pôde sentir sua vida voltando: o frio começou a desaparecer e o sangue a correr em suas veias. Quando a luz desapareceu, ele era homem novamente. No mesmo instante, ele olhou para mulher com o globo na mão. O objeto quebrou e a energia de Caio voltou para ele, que levou um susto quando viu Liz na sua frente e Nilon comemorando. Liz abraçou Caio, envolveu-o em uma luz e os dois desapareceram, deixando Nilon para trás, que não tentou impedi-la, pois ela tinha cumprido a parte dela no acordo. Por enquanto, ela tinha seu respeito.

Liz levou Caio para a cabana, em Price. Queria ficar longe mesmo que fosse por pouco tempo. Ela o olhou e viu que ele estava bem melhor. Ela voltou a pendurar o cristal no cordão e, enquanto o admirava, sorriu. Notou que ele parecia preocupado, querendo perguntar algo.

— Pode falar o que está acontecendo, Caio.

— Sabe o que fez para Nilon, a dimensão do poder que tem nas mãos?

Ela o pegou pela mão, os dois se sentaram no sofá e ela respondeu:

— Sim, eu sei. E é por isso que Meive e nem mesmo ele pode pegar o cristal.

— Mas como saiu de Cinara? Deixaram você vir sozinha?

— Tem uma pessoa no meu lugar e por enquanto podemos ficar aqui.

— Como assim, Liz? O que fez?

— Não fiz nada. Meive que colocou uma sósia no meu lugar.

— Sabe que é arriscado deixar um estranho no castelo. precisa voltar imediatamente.

— Tem razão, mas você vem comigo.

Ele concordou e os dois atravessaram um portal, que os levou para Cinara. Começava a amanhecer e ainda não havia ninguém andando pelo castelo. Os dois foram para o quarto de Liz e encontraram Juliana andando de um lado ao outro, aflita. O feitiço havia passado e ela estava com sua aparência normal. Se alguém entrasse e a descobrisse ali, o que iria acontecer? Como fugiria de Cinara, já que era apenas uma mortal. Ao ver Liz entrar ficou tão aliviada que a abraçou no impulso, mas se afastou, com vergonha. Caio notou que, apesar do grande erro de servir Meive, ela era apenas uma garota, como Liz.

— Desculpe, Liz. Não era minha intenção prejudicá-la.

— Mas por que aceitou ficar no meu lugar? O que Meive lhe prometeu?

Juliana se afastou, baixou a cabeça envergonhada e respondeu:

— Poder e juventude eterna.

— Sabe que não é possível. Se aceitar isso vindo de Meive pagará um preço caro.

— Eu sei, mas na hora ela foi tão convincente... O que vai fazer comigo?

— Não vou lhe fazer mal, mas terá que ir. Não pode ficar aqui.

— Eu sei. E mais uma vez me desculpe.

— Mas para onde pretende ir? Vai voltar para a casa de Meive?

— Vou voltar. Pode me mandar para a mansão?

— Claro. Se você quer assim... Mas pense melhor e afaste-se enquanto algo pior não acontece.

As duas se despediram e Juliana atravessou o portal. Sabia que teria problemas com Meive, mas queria o que ela havia prometido e foi buscar. Ela até pediu desculpas à Liz, mas, no fundo, invejava-a. Ela era uma rainha e tinha tudo: beleza, poder, riqueza, juventude eterna e o amor de um homem muito bonito, que a venerava.

Entrou na mansão e encontrou Meive esperando-a. Para sua surpresa, as outras bruxas estavam juntas e lhe deram espaço, convidando-a a entrar dentro do círculo, no centro da sala.

As bruxas junto com Meive fecharam o círculo. Uma névoa tomou conta da sala, movendo-se e envolvendo Juliana, então, muito rápido, uniu-se a garota que sentia o poder tomar conta de seu corpo. Uma bruxa se aproximou com um espelho e ela se viu extremamente bela e graciosa, mas o mal tomou conta dela e mudou sua personalidade, e ela ria com sua conquista.

Apenas quando Juliana foi embora e o portal se fechou é que Caio sentou-se e respirou aliviado por tudo ter acabado. Liz sentou-se ao lado dele e o abraçou.

— Senti medo de te perder.

— Enquanto estive preso só pensava em você. Fiquei com medo de nunca mais te ver.

— Por que voltou àquela casa? Foi perigoso.

— Precisava descobrir por que aquelas pessoas continuavam na casa.

— Me prometa que nunca mais vai fazer nada arriscado. Não sei o que seria de mim sem você, Caio.

— Prometo, mas estou preocupado. Quando Meive souber o que fez para Nilon voltará a te perseguir para pegar o cristal.

— Não se preocupe. Ele não vai sair de perto de mim. Esqueça eles por enquanto. Vamos ficar aqui juntos e aproveitar que estamos sozinhos.

O Sol ainda não tinha nascido, então, Liz o pegou pela mão e o levou até a cama. Ela adorava esses momentos que tinha com ele. Ele deitou-se, ela ajeitou-se em seu peito e, mais tranquila, os dois adormeceram. Caio acordou com Liz se debatendo. Chamou-a, mas ela não acordava; estava tendo um pesadelo. Então, ela parou, abriu os olhos e falou:

— Algo de muito ruim está para acontecer.

— Por que diz isso? Outro pesadelo? O que viu?

— Foram muitas imagens, mas uma delas ficou gravada na minha mente. Por favor, não me pergunte.

— Por enquanto não, mas agora me deixou preocupado.

— Depois eu conto. Por favor, agora me abrace.

Os dois voltaram a se deitar e ele notou que ela tremia. Então, a cobriu e assim eles ficaram até que ela se acalmou e parou de tremer. Ela parecia mais serena, mas, mesmo assim, ele a ficou vigiando.

Amanheceu e os raios do Sol entraram no quarto. Mais calma, Liz levantou-se e viu que Caio dormia. Quando ia sair da cama, ele segurou seu braço e a puxou para perto. Os dois se beijaram, mas foram interrompidos por Ana, que entrou no quarto. Sem jeito, esperou os dois se levantarem. Antes que Ana perguntasse o que havia acontecido e a que horas Caio havia chegado em Cinara, Liz pediu que ela chamasse Tamas e Aurora, pois queria falar com os dois na sala do trono.

Liz e Caio se arrumaram e foram para a sala do trono. Entraram de mãos dadas e viram quando Tamas os olhou com ar de reprovação, mas, antes que ele dissesse qualquer coisa, Liz falou antes e contou o que havia acontecido na noite — que por pouco ela não escapa das mãos de Meive e o que fizera para Nilon soltar Caio.

Aurora ouviu tudo aquilo e ficou muito nervosa. Como Meive tinha facilidade de entrar em Cinara! Tamas não disse nada. Quando Liz terminou, foi até os dois, pediu desculpas e disse que iria se retirar de Cinara naquele instante. Liz sabia que precisaria da ajuda dele para o que ainda aconteceria e disse:

— Fique, Tamas. Vamos precisar de sua ajuda. Sei que nos desentendemos e peço desculpas.

— Eu que peço desculpas. Não era minha intenção te proibir de nada. Quero apenas que fique bem.

— E você, Caio, me desculpa pelo que aconteceu?

Os dois deram as mãos e Aurora ficou aliviada, pois todos tinham se entendido. Mas o que Liz queria dizer com o que ainda aconteceria? Precisava falar com ela em particular. Não sabia se tinha sido uma boa ideia devolver a Nilon sua mortalidade. Agora, sabendo do tamanho do poder do cristal, viriam ainda mais atrás dele e seria muito perigoso.

Meive observava Juliana. Ela era perfeita para atrapalhar a vida de Liz. Como seus planos não tinham dado certo, porque até então a atacara de frente, pensou em fazer isso aos poucos, fazendo-a perder a vontade pela sua vida nova devagar e, no final, Cinara e o cristal seriam seus e ela teria o mesmo fim de sua mãe.

Meive aproximou-se de Juliana e entregou um cordão de ouro com um amuleto, uma pedra negra. Assim que colocou, ela viu que dentro da pedra havia uma ave.

— É um corvo. Sempre que quiser, ele fará o que mandar e poderá ver o que ele vê.

Enquanto examinava a pedra, Juliana respondeu:

— Um espião?

— No momento certo vai achá-lo muito útil, acredite.

— Agora quero usufruir de meu poder. Preciso sair.

— Onde pensa em ir?

— Quero me sentir desejada.

— Vai ter tempo para isso, mas terá que fazer algo para mim antes.

— O quer dizer? Já não fiz ficando no lugar de Liz?

— Isso foi apenas uma amostra. Queria que você visse o que ela tem. Acha justo?

O que Meive falou fez com que a sombra que se apossasse de Juliana e a influenciasse negativamente. A ganância e a inveja falaram mais forte e seu semblante se tornou cruel.

— Tem razão. Ela tem tudo e não dá valor.

— Então, me ajude a tirá-la do trono e tomar tudo que ela me roubou.

— Sim, farei com que ela deseje nunca ter se tornado uma fada.

— Ótimo! Primeiro teremos que a afastar de todos que a cercam e a trazer para o mundo mortal.

— Mas como fazer para que ela saia de perto da proteção de todos?

— Já sei o que fazer para ela sair. Na hora saberá.

Meive saiu e deixou Juliana, que voltou se olhar no espelho. O bruxo ficou do lado de fora e viu tudo de longe. Assim que Meive passou, ele a seguiu e os dois atravessaram um portal que os levou para o reino sombrio da bruxa. Ela foi direto para uma ala do castelo onde havia um quarto; dentro dele, havia apenas alguns móveis. Ela deu uma olhada no quarto e, antes de sair, pensou que aquele seria o último lugar em que Liz viveria toda sua eternidade.

O bruxo se aproximou dela e lhe entregou uma caixa. Meive a abriu e lá dentro havia uma mecha de cabelo de Liz. Ela a pegou e disse:

— Essa vai ser a oportunidade perfeita para deixar Liz perturbada ao ponto de sair de Cinara. Então, Juliana fará o restante do serviço. Vamos preparar o feitiço.

Tamas se retirou da sala do trono muito transtornado. Meive tinha entrado em Cinara e causado problemas justo quando ele brigou com Liz por ela querer sair. Sabia que havia falhado. Mas havia algo que ele queria ver: se Nilon, de fato, era mortal novamente. Então, abriu um portal e foi para seu castelo. Lá chegando, como previa, Nilon o esperava, sentado em seu trono. Sentiu seu cheiro de humano de longe. Era verdade. Isso significava que Liz era muito poderosa com o cristal. Às vezes, ela era muito impulsiva, mas tinha a eternidade inteira para amadurecer.

Nilon se levantou, foi até Tamas e o agarrou pelo pescoço, levantando-o para o alto e dizendo:

— Veja, fauno. Voltei a ser mortal, mas continuo com meus poderes. E você me traiu quando ficou do lado da garota, protegendo-a. Como vê, não adiantou.

— Percebi pelo seu cheiro, humano.

Nilon o soltou e ele caiu no chão. Após se recuperar do aperto no pescoço, perguntou:

— O quer comigo? Já não conseguiu o que queria?

— Sim, mas não tinha a ideia do poder da garota com o cristal. Quero os dois e você vai me ajudar.

— Não devo mais nada a você. Sou o protetor dela e não traidor.

— Ótimo! Subiu de posto, então, ficará mais fácil.

— O que pretende fazer? Sabe que Meive também vai atrás dela.

— Sim, precisamos ser rápidos e chegar antes dela.

— Mas onde vai escondê-la? Sabe que terá que fazer isso.

— Já pensei sobre isso e tenho tudo preparado. Volte para Cinara e a vigie. Ela não pode sair sozinha.

Nilon abriu um portal e o atravessou, deixando Tamas, mais uma vez, em suas mãos; e dessa vez teria que ficar por perto, mas não para ajudá-lo, para evitar que ele chegasse até Liz. Nisco entrou na sala, porém não disse nada, apenas o olhou. Foi Tamas quem falou:

— Sabe que nunca deixarei que nada aconteça a Liz.

— Eu sei, mas Nilon pode te matar. Viu como ele continua forte e poderoso. Se o trair, não sabemos do que é capaz.

— Mas não suporto a ideia de prejudicar Liz.

— Ela está com problemas não só com ele, mas com Meive também. Dessa vez, terá que a avisar o que está acontecendo.

— Farei isso, mas antes vamos ver onde ele pretende escondê-la caso algo saia do controle, concorda?

— Concordo. É melhor saber de todo plano dele e ficar a um passo à sua frente.

— Venha, tenho que voltar para Cinara. E você vem comigo. Mas ficará escondido, vigiando Liz sem levantar suspeitas.

Tamas voltou para o castelo, em Cinara, com Nisco, que se escondeu assim que chegou, mas, como nada passava despercebido, Ana o viu.

No entanto, ela não falou nada, pois sabia que algo estava acontecendo. Muito nervoso, Tamas perguntou onde Liz estava.

— Liz está na sala de cristal com Aurora e Caio.

— Irei encontrá-los e, por favor, não diga a ninguém que Nisco está aqui. É muito importante para a segurança de Liz. Promete?

Ana, que foi pega de surpresa, respondeu a ele meio sem graça:

— Tudo bem, não vou dizer, mas me prometa que Liz ficará em segurança.

— Por isso preciso de sua ajuda.

— Claro. Farei o que pede.

Tamas saiu e para a sala de cristal e os encontrou todos muito tensos. Liz estava recostada em Caio, com febre, o que o deixou muito preocupado. Meive já mostrava suas garras.

— Mas o que ela tem, Aurora?

— Não sabemos. Foi inesperado. Ela começou a sentir-se mal e agora está com febre. Mandei chamar Remi. Logo vai chegar.

— Eu pedi a ela que fosse para o quarto se deitar, mas ela não quer. Diz que se sente melhor aqui, perto das flores.

De repente, Liz levantou-se. Caio a chamou e ela não respondeu. Então, assumiu a forma de fada e voou para fora da sala por meio de uma abertura no teto. Caio correu para fora, viu para onde ela foi e seguiu na mesma direção. Ele a encontrou sentada ao lado da fonte, agora na forma humana. Ele se aproximou e viu que a febre havia aumentado.

Liz tocou na água e imagens começaram se formar, mas, quando ela ia ver o que estava acontecendo, uma sombra negra apareceu e tomou a forma de uma mulher. E antes que essa mulher a agarrasse, Caio lançou um feitiço que a fez voltar de onde viera. Ele ajudou Liz a se levantar e os dois se sentaram em um banco. Ele perguntou:

— Por que veio aqui estando tão mal?

— Precisava descobrir quem está fazendo isso. Agora sei, é Meive, mas não reconheço a sombra dessa mulher que apareceu.

— Deve ser uma de suas bruxas.

— Não. Essa tem algo de muito pior e ruim. Tive medo.

— Fique tranquila, não a deixarei sozinha. Vamos voltar para o castelo. Remi deve ter chegado.

— Vamos. Tomara que ela tenha algo para baixar a febre.

Os dois chegaram no castelo e Remi já a esperava na entrada. Liz mal teve forças para continuar andando e Caio a ajudou chegar até o quarto. Deitaram-na, Remi a examinou e achou uma pequena mancha negra em suas costas. Esse era o motivo de sua doença, mas não podia fazer nada, era um feitiço. Liz sentou-se e tirou o cristal, que ainda brilhava. Ele voltou ao seu tamanho normal e a pedra perdeu seu brilho. Ao mesmo tempo, a luz de Liz foi ficando fraca e ela adormeceu.

Tamas, que observava tudo de longe, saiu e Ana o seguiu e viu-o conversando com Nisco, que atravessou um portal. Porém, antes que ela perguntasse qualquer coisa, um portal se abriu e Nilon invadiu o castelo, acompanhado de seus soldados, que se espalharam. Ele a pegou e a obrigou a dizer onde Liz estava, então, foram para o quarto dela. Todos ficaram surpresos com sua presença e atacaram, mas nada o feria. Ele os tirou do caminho, aproximou-se de Liz, que até o viu, mas voltou a fechar os olhos.

De sua bolsa, Nilon tirou um frasco com um líquido dentro, levantou-a e a fez beber, mesmo sob os protestos de Caio. Em seguida, abriu um portal e a levou. Porém o que ninguém percebeu é que não era o verdadeiro Nilon, mas Juliana. Só que ela não percebeu que Liz não estava com o cristal.

Logo que o feitiço que estava em Liz foi quebrado, Meive soube que Nilon havia aberto uma janela para espionar Cinara e, novamente, tinha chegado na sua frente e levado Liz. Nem ela percebeu que, na verdade, era Juliana. Furiosa, Meive ordenou ao bruxo que fosse até Sibac para procurá-lo e ele voltou logo em seguida dizendo que não havia encontrado os dois. Ela ficou irritada, imaginando que ele tinha um novo esconderijo.

Nesse momento, Juliana apareceu na sala e, fingindo não saber de nada, perguntou o que estava acontecendo. Quando Meive começou a falar, ela riu e pediu para a bruxa a segui-la e a levou até um dos quartos da mansão. Ao abrir a porta, Meive viu Liz deitada enfeitiçada por uma luz negra.

— Você a trouxe? Mas por que quebrou o feitiço?

— Não precisa dela doente.

— Tem razão. Foi muito esperta. Agora todos procurarão por Nilon, culpando-o.

Porém Meive gritou com Juliana quando se aproximou de Liz, pois não viu o cristal:

— Não vejo o cristal! Você o deixou para trás! Volte a Cinara e o traga agora!

Meive se retirou e a deixou sozinha com Liz. Olhando-a assim, enfeitiçada e dormindo, viu o quanto ela era bela. Mudou de ideia e de plano: traria Liz para seu lado. Olhou para a porta do quarto e viu que ninguém as vigiava. Tirou o feitiço de Liz, ela acordou, sentou-se na cama e viu Juliana. E antes de qualquer coisa, Juliana pegou em sua mão e a sombra que vivia nela saiu e tomou conta de Liz. As duas sorriam, Juliana a levantou e a envolveu; as duas trocaram de roupa e a única coisa que ela disse a Liz foi:

— Está na hora de nós duas sairmos um pouco e ninguém vai nos impedir.

Elas atravessaram um portal que as levou para alguma parte do mundo mortal. Agora ninguém iria impedi-las de nada, nem mesmo Meive. A única coisa que as duas queriam era se divertir.

Ao voltar, Meive não encontrou mais as duas. Devia ter pensado que Juliana não a obedeceria. Mas logo as encontraria. Ninguém estragaria seus planos.

CAPÍTULO 11

O portal que Juliana abriu levou as duas para um show de rock em Londres. As duas dançaram a noite toda e, quando amanheceu, elas viram que haviam dormido no gramado do local. Olharam em volta e havia mais pessoas, que ainda dormiam, e acabaram rindo muito, afinal, o show tinha sido muito legal. O Sol brilhava forte e elas estavam com fome e precisavam de um lugar para ficar. Levantaram-se e saíram para a rua. Viram uma padaria e foram até lá para comer. Sentadas, Liz olhou para Juliana e disse:

— O que vamos fazer agora? Preciso de um banho e trocar essas roupas.

— Tem razão. Estas estão muito velhas. Venha, vamos fazer compras e ir para um hotel.

— Não temos dinheiro.

— Claro que temos. Você se preocupa muito.

Juliana notou que ela parou por um instante e ficou pensativa. Aproveitou para reforçar o feitiço. Ainda não era hora de ela acordar, ainda queria curtir muito antes que os outros as achassem. Ela pagou a conta e as duas foram em um salão e fizeram as unhas e arrumaram o cabelo. Depois foram em muitas lojas, compraram vestidos e joias. Juliana usou um feitiço e o dinheiro aparecia sempre que ela abria a carteira.

Foram para um hotel de luxo e se hospedaram no mesmo quarto. Elas subiram, colocaram as sacolas na cama e abriram todas e acabaram cobertas por toda aquela roupa. Liz se levantou e foi até o banheiro, viu que havia uma banheira enorme. Abriu a torneira e a deixou enchendo. Foi até o quarto e Juliana estava dormindo. Voltou para o banheiro, tirou a roupa e entrou na banheira. Havia muitos sais de banho e ela escolheu um azul como o mar. Derramou na água e um cheiro muito agradável tomou conta do quarto, Juliana acordou e foi ver e a encontrou usando um roupão branco.

— Tome um banho na banheira. É maravilhosa.

— Obrigada, vou de chuveiro mesmo.

Liz saiu do banheiro e a deixou sozinha. Foi até a cama para olhar as roupas novamente. Pegou um vestido estampado de flores e o vestiu, então, falou a Juliana:

— Estou com fome. Vamos almoçar?

Juliana, que saía do banheiro, vendo Liz com o vestido, achou-a linda.

— Vamos sair para comer. Tem um restaurante no hotel. O que acha?

— Está ótimo! Vou me trocar e vamos. Qual roupa coloco?

Liz pegou para ela um vestido vermelho que ela adorou. As duas desceram até o hall do hotel e um dos funcionários as conduziu até o restaurante. Assim que chegaram, ouve um silêncio e todos pararam para ver as duas jovens tão belas. O garçom as levou até uma mesa, elas fizeram o pedido e riram ao notarem que todos ainda as olhavam.

Depois de almoçarem, elas e saíram e descobriram que estava acontecendo um evento no centro da cidade. Era uma feira. Elas olharam as barracas, compraram colares e anéis e, então, aproximaram-se de uma tenda em que havia muita gente em volta. Era uma vidente, que parou de falar quando viu as duas. A mulher pediu que dessem espaço para elas e, aos poucos, as pessoas foram saindo, deixando-as sozinhas. Ela pegou na mão de Liz e a segurou por um instante. Juliana não gostou e a fez soltar, dizendo:

— O que pensa que está fazendo?

— Eu que pergunto, bruxa. O que está fazendo a mantendo presa com você?

— Não sabe do que está falando. Eu a tirei daquela confusão. Todos querem apenas usá-la.

— E você não está fazendo o mesmo?

— Não. Eu a ajudei e agora estamos nos divertindo.

— Sabe que não é verdade. Você a enfeitiçou.

Juliana pegou Liz pela mão e as duas saíram da feira. Como estava escurecendo, elas voltaram para o hotel, trocaram-se e voltaram para as ruas, agora iluminadas pelas luzes dos neons dos letreiros. Chegaram em um bar e entraram. Um rapaz foi até elas e as convidou para se sentarem com ele em uma mesa e elas aceitaram. Era um jovem alto, loiro e muito gato, pensou Juliana. Eles conversaram a noite toda e se divertiram com ele, que dançou com as duas. Quando elas iam embora, eles as convidou para irem à casa dele, que ficava ali perto. Juliana não viu nada de mais e se ele tentasse qualquer coisa podia impedi-lo. Os três saíram caminhando pela rua já de madrugada e chegaram na frente de um hotel, que parecia vazio. Juliana o questionou.

— Mora aqui? Mas é um hotel vazio.

— Sim, esse prédio é meu e moro aqui, sim, sozinho. Vamos subir.

Elas o seguiram e chegaram até seu apartamento, que ficava na cobertura. Liz deu uma olhada na sala toda e foi até a sacada. A luz da lua a iluminou e ela brilhou. Juliana viu, mas antes que seu novo amigo percebesse chamou Liz, que voltou para dentro e se sentou no sofá, pois estava com dor nos pés. Antes de tirar os sapatos de salto que usava, olhou para eles e gostou do que viu. Ficava bem com eles e a cor era linda, um vermelho vivo.

O jovem foi até a cozinha e tirou sorvete do freezer, que ofereceu a Liz. Então, ele pegou Juliana pela mão e a levou até a sacada. Ela adorou, pois tinha gostado muito dele, que era atraente e gentil. Ele se aproximou e a segurou pela cintura, e os dois se beijaram. Ficaram próximos por instantes, até que ele a afastou. Ela perguntou o que havia de errado e ele disse algo que ela não esperava ouvir.

— Sei quem são você e a garota. Precisava tirá-las do bar. Eles as acharam.

— Quem é você?

— Sou um observador. Posso ler os pensamentos das pessoas e as persuadi a fazerem o que eu queria.

— O beijo não foi verdadeiro?

— Foi de verdade. Quando te vi entrando fiquei encantado. Quanto à garota, não tem como mantê-la escondida por muito tempo. A luz dela a denúncia e todos os seres místicos, principalmente os do caminho do mal, sentem sua presença.

— Então, preciso ir embora desta cidade e levá-la. Meive não pode nos achar.

— Sabe que sua fuga não vai ser perdoada. A bruxa é vingativa.

— Conheço ela muito bem, não precisa me dizer.

— Gosta da garota ou está apenas a usando para se divertir?

— As duas coisas. E logo vou me cansar e a levarei para Meive. Aliás, é melhor eu fazer isso agora. Obrigada pelo aviso.

— Não posso deixar que a leve embora daqui.

— Não pode me impedir. Sou mais forte do que você.

Ela foi até a sala e encontrou Liz vendo TV. Assim que a chamou para ir embora, sentiu que havia algo errado. Foi à janela e viu soldados de Nilon cercando o prédio. Olhou para o jovem e, sem dizer nada, abriu um portal e as duas o atravessaram. fugindo a tempo.

O portal as levou para o quarto do hotel e ela pediu a Liz que a ajudasse. As duas arrumaram tudo e saíram por outro portal. Porém, como Juliana ainda queria se divertir, elas foram para o litoral da Grécia. Seria um bom lugar para se bronzear. Ela usou a sua magia e as duas já ficaram de biquíni e saída de praia. Foram para um hotel no alto de uma ladeira, de onde era possível ver toda a extensão do mar azul. Pegaram um quarto, deixaram as coisas e desceram para ir à praia e conhecer o lugar.

Na praia, as duas entraram na água e Juliana propôs à Liz de elas mergulharem para explorar o fundo do mar. Liz concordou e ela fez um feitiço, transformando-as em sereias, e elas nadaram até o fundo do mar. Após explorarem vários lugares e verem peixes de todos tamanhos e cores, voltaram à superfície. Juliana desfez o feitiço e elas foram para a areia, deitaram-se e ficaram até o Sol começar a ir embora. Então, foram para o quarto para tomar um bom banho.

Estavam descansando e ouviram uma música. Elas olharam pela janela e um funcionário do hotel comentou que era um casamento. Ele disse que estava tendo uma festa e que elas seriam bem-vindas. As duas foram até o pátio e as pessoas as receberam muito bem e, no fim, elas ficaram na festa até amanhecer. Quando não havia mais ninguém, voltaram para o quarto e caíram na cama.

Em Cinara, estavam todos reunidos tentando localizar Liz. Até aquele momento, achavam que Nilon a levara, mas sempre que as fadas dos Quatro Elementos e Aurora abriam uma janela para tentar localizá-la, uma sombra negra aparecia e as impedia.

Caio decidiu que sairia para procurar Liz mesmo que precisasse percorrer todo o mundo mortal. Antes de abrir o portal, Tamas o chamou e perguntou:

— Sabe por onde começar a procurar?

— Não tenho ideia de onde ela está. Não entendo por que não volta para casa.

— Devem a estar mantendo presa, caso contrário ela teria voltado, acredite.

— Por isso não posso ficar esperando. Preciso fazer algo. Vou até Sibac para procurá-la.

— Mandei Nisco até lá e ele não encontrou ninguém. Está tudo deserto.

— Preciso ir. Vou manter contato. Qualquer coisa sabe como me achar.

— Sei. Qualquer coisa nos avise. Boa sorte.

Caio atravessou o portal e saiu em Price. Olhou em volta e não havia ninguém, então, fez um feitiço para encontrar Liz que formou no ar uma nuvem que o envolveu e o levou até uma praia. Para sua surpresa, estava bem longe de casa. Olhou todas aquelas casas brancas no alto da montanha, mas viu que a nuvem tomou um caminho, subiu uma trilha e o levou onde ele queria: o hotel onde Liz estava. Não havia movimento de pessoas e a nuvem o guiou até a porta do quarto, desaparecendo em seguida.

Ele girou a maçaneta e abriu a porta bem devagar. Entrou no quarto e viu as duas deitadas dormindo. Ficou aliviado e se aproximou de Liz, chamando-a bem baixinho. Ela acordou e levou o maior susto quando o viu, acabou dando um grito, que acordou Juliana. Na mesma hora, ela lançou um feitiço e o jogou longe. Caio furioso notou que tinha algo errado, com ela havia uma sombra negra.

— Conseguiu o que queria com Meive?

— Cale a boca. Estou me divertindo e você não vai me atrapalhar.

— O que pensa que está fazendo mantendo Liz com você?

— Ela é uma boa companhia.

— Como tem coragem de falar isso? Você a enfeitiçou. Retire o feitiço agora.

— Não me provoque.

No meio da discussão, os dois não perceberam que Liz saiu do quarto. Ao notarem foram atrás dela, mas não a localizaram. Decidiram, então, que era melhor se eles se separassem. Caio andou pelas ruas chamando por ela, mas nem sinal, ela já estava bem longe. Juliana ficou furiosa com Caio e disse a si mesma que, quando achasse Liz, nunca mais ninguém a veria. De tão irritada que ficou, achou que já era hora de voltar à mansão e entregá-la à Meive. Tinha perdido a vontade de continuar se divertindo.

O que os dois não sabiam é que outra pessoa a encontrou sentada na areia da praia. Ele sentou-se ao seu lado e ela viu que era o jovem do bar.

— O que faz aqui?

— Senti que precisava de ajuda. Venha, tiro você daqui.

Ele ofereceu a mão a Liz, que aceitou, e os dois atravessaram um portal. Sem ela saber, deixou Caio para trás. Juliana até chegou a ir à praia, mas não viu o que tinha acontecido. Agora precisava achar Liz ou Meive a mataria. Mas ela sabia como fazer isso. A sombra que tomava conta do corpo de Liz era a mesma que lhe dava poder, então, fez um encantamento e abriu uma janela, que lhe mostrou com quem Liz estava. Abriu um portal, que a levou diretamente para o apartamento do jovem, e encontrou os dois sentados à mesa, comendo. Quando ela olhou para Liz, notou logo que ela não estava mais sob seu feitiço, pois a fada olhou para ela e sorriu gentilmente.

— Venha, Juliana. Sente-se com a gente para comer. Faça-nos companhia.

Juliana sentou-se à mesa, mas não tocou em nada, ficou apenas olhando os dois, que continuavam comendo. Ao terminar, Liz levantou-se da mesa e foi até a sacada. O Sol estava forte e ela sentiu seu calor, brilhou fortemente. Seu brilho tomou conta da sala e quando Juliana percebeu o que ela estava fazendo, tentou fugir, mas Liz a impediu e foi andando em sua direção. A sombra negra que estava no corpo dela começou a se agitar e deixou Juliana, ficou pairando no teto do apartamento. Ela tentou voltar para o corpo Juliana, mas não conseguiu e afastou-se; circulou pela sala e fugiu pela sacada. Liz se aproximou de Juliana, que estava caída no chão, chorando. Tocou em seu ombro e as duas se abraçaram.

— Desculpe, Liz, mas por que fez isso?

— Não podia deixar você presa àquele ser perigoso.

— Não devia ter interferido, agora o que farei? Meive vai se vingar. Preciso ficar sozinha.

Juliana se levantou, foi até a sacada, sentou-se em uma cadeira e ficou ali, chorando. Liz ia em sua direção, mas o jovem a impediu, dizendo:

— Ela precisa ficar sozinha e pensar. Venha, tem uma pessoa chegando. Olhe na calçada.

Liz olhou e era Caio. Ela assumiu a forma de fada e voou até ele que, quando a viu chegar, ficou aliviado — ela estava bem. Liz voltou à forma humana e os dois se abraçaram. Ela o convidou a subir e, quando eles entraram no apartamento, ele já sabia o que havia acontecido. O jovem se aproximou e se apresentou:

— Bem-vindo, sou Cris. Fique à vontade. Tenho que ver uma pessoa.

Ele saiu, deixou-os na sala e foi até a sacada. Juliana estava mais calma. Ele sentou-se ao seu lado e ela chorou em seu ombro.

— Vamos, não é o fim do mundo. Fique calma.

— Você não conhece, Meive. Estou morta. Eu devia ter entregue Liz a ela. Só pensei em mim, agora não tenho mais nada.

— Pode ficar aqui comigo. Eu te protejo.

— É perigoso. Tenho que sair daqui agora.

Juliana se levantou e ele foi atrás dela, mas não conseguiu segurá-la. Liz a viu um tanto desnorteada, pegou a sua mão e disse:

— Por favor, fique. Não era minha intenção te prejudicar.

— Você, melhor do que ninguém, conhece Meive. Ela virá atrás de nós. Prepare-se.

— Eu sei. Mas fique aqui por um tempo até tudo se resolver. É mais seguro.

— Como pode pensar em me ajudar depois do que eu fiz a você?

Enquanto as duas conversavam, Liz começou a se sentir mal. Tudo rodava na sua frente e ela caiu no chão. Juliana agachou-se ao seu lado e Caio a segurou. Ela estava com febre novamente. Juliana sabia que era obra de Meive, tinha conhecimento do feitiço que ela havia feito e do fato de que, enquanto ela estivesse com a mecha de cabelo de Liz, poderia fazer qualquer feitiço para prejudicá-la. Cris também ficou preocupado e pegou em sua mão, viu Meive evocando um feitiço, mas ela percebeu e o impediu de continuar a observando, deixando sua visão embaçada.

O ruim é que quando Cris tentou espionar Meive acabou lhe entregando a localização de Liz. Mais do que depressa, ela e o bruxo atravessaram um portal que os levou diretamente até o apartamento. Eles foram pegos de surpresa e nada puderam fazer, pois foram cercados por sombras.

Meive olhou para Juliana, mas não disse nada, apenas ordenou a ela que ajudasse Liz a se levantar, porque as duas iriam com ela. Juliana hesitou por um momento, mas Meive foi mais esperta e fez um feitiço, e a sombra que Liz havia tirado de Juliana saiu da escuridão e voltou a tomar conta de seu corpo. Ela jogou Caio para longe e ofereceu a mão a Liz, que se levantou e, juntas, foram para o lado de Meive e desapareceram. No apartamento, restaram apenas Caio e Cris.

Elas chegaram na mansão, em Price, com Meive, e quando Juliana soltou a mão de Liz, ela caiu — a febre a deixara muito fraca. Ela mudou para a forma de fada e voou em direção à janela muito rápido, sem olhar para trás e conseguiu sair, indo em direção às árvores, mas Nilon apareceu em seu caminho e a atingiu com ar gelado. Ela até tentou se defender, mas não suportou por muito tempo e voltou à forma humana.

Dessa vez, ele logo percebeu que ela não usava o cristal e a pegou.

— Venha, precisamos ir até Cinara para buscar o cristal.

— Ele não lhe pertence nem eu. Me deixe em paz. Não foi o suficiente o que fiz por você?

— Agora sei que você tem muito mais poder e juntos poderemos dominar todo reino mágico.

— Esqueça. Eu nunca vou te ajudar.

Ele abriu um portal e os dois foram para Cinara. Ao verem eles chegando, as fadas tentaram salvar Liz das garras de Nilon, mas ele era mais forte e as derrubou. Então, arrastou Liz até seu quarto e, quando entraram, ele viu o cristal sobre uma mesa, aproximou-se e tentou pegá-lo, mas o cristal queimou sua mão.

— Droga! Não posso tocá-lo. Pegue-o! Temos que sair daqui.

Mesmo fraca, Liz sabia que com o cristal teria mais chances de se defender e se livrar dele. Assim, pegou-o e, no mesmo instante, foi envolvida por sua luz muito forte. Ela conseguiu deixá-lo do tamanho de um amuleto e o pendurou em seu cordão mais uma vez. A febre desapareceu instantaneamente e ela, furiosa, atacou Nilon, que se defendeu, seguindo-a até o lado de fora enquanto desviava de seus ataques.

No meio do combate, Caio apareceu e foi ajudar Liz, mas Nilon não desistia e lançou contra ela um raio que se a atingisse a congelaria, porém Caio puxou-a a tempo. Ela olhou para ele, que a entendeu; ele se levantou, abriu um portal, jogou Nilon para dentro com um golpe de magia e imediatamente o fechou. Cansados, os dois se sentaram no chão.

E eles estavam enganados ao pensar que Meive havia desistido. Ela não esperava que Nilon fosse tão audacioso e invadir sua mansão e levar Liz na sua frente. Ela abriu uma janela e viu que Liz estava em Cinara apenas na companhia de Caio. Nilon deveria estar longe, pois não conseguira concretizar seu plano. O poder de Liz aumentava a cada dia e ela teria que ser mais radical para tê-la sob seu domínio.

Meive olhou para Juliana. Ela tinha sido inexperiente, mas ainda tinha utilidade. Poderia usá-la para prejudicar Liz, como era seu plano desde o início. Deixaria Liz saborear um momento de tranquilidade e quando ela se descuidasse a teria em suas mãos. Chamou Juliana e as duas foram para dentro de um círculo, que as envolveu com uma luz e, quando percebeu, espantada, Juliana havia trocado de corpo com Meive e pôde sentir todo o peso do tempo naquele velho corpo.

— Por que fez isso?

— Liz confia em você. Assim poderei me aproximar dela sem levantar suspeitas e me tornar sua melhor amiga.

Antes que Juliana falasse qualquer coisa, as outras bruxas se aproximaram e a ajudaram se levantar. Já Meive sentia a juventude daquele novo corpo. Agora precisava entrar em contato com Liz e, para isso, seria necessário um encontro casual para não levantar suspeitas. Com certeza ela viria ao mundo mortal, caso sentisse que não havia mais perigo. Trocou as roupas que usava e olhou no espelho. Agora, era só ficar perto dos lugares que ela frequentava quando vinha à casa do pai, como a escola, então, foi para seu escritório para se preparar para se aproximar de Liz.

Em Cinara, estavam todos mais tranquilos, acreditando que o perigo havia passado. Tamas, que havia se ausentado do castelo, estava de volta com seus soldados. Mandou que fosse feita uma vistoria em toda cidade e eles saíram para cumprir sua ordem. Liz observou tudo de uma janela mais do alto e saiu quando ele olhou para ela. Então, desceu ao jardim e encontrou Aurora, que a esperava. As duas caminharam sem falar nada durante um tempo, até que Aurora segurou nas mãos de Liz e disse:

— Por favor, não me entenda mal, mas não saia mais de Cinara até o inverno acabar.

— Sabe de alguma coisa, Aurora? Por que está assim, tão aflita?

— Me preocupo com você e muita coisa tem acontecido.

— Eu entendo, mas tenho que voltar a Price para ver meu pai. E não quero abandonar a escola.

— Vê. É sobre isso que estou falando. Você tem que ser mais cautelosa e o melhor ficar aqui.

— Desculpe, Aurora. Eu te entendo, mas não posso viver com medo das ameaças de Meive e me tornar prisioneira.

— Tem razão, me desculpe. Não queria interferir na sua decisão.

— Prometo que só vou sair depois de consultar você.

— Isso me deixa mais tranquila.

Tamas entrou no jardim, ainda não tinha falado com Liz. Aproximou-se das duas, que o cumprimentaram, e antes que ele falasse qualquer coisa, Liz pediu licença e se retirou. A reação dela deixou Aurora e Tamas sem entender o que havia acontecido. Ele não disse nada, mas suspeitava que ela estivesse irritada. Era seu dever proteger Liz e, mesmo assim, continuavam entrando em Cinara e a levando.

Ele ouviu o que Aurora disse à Liz, porém a conhecia tempo suficiente para saber que ela não gostava de se sentir presa. Caio estava em Cinara e falaria com ele. Pediu licença à Aurora e foi procurá-lo no estábulo.

— Caio, preciso que fale com Liz. É importante que ela fique em Cinara.

— Conhece ela. É teimosa e quando decide algo ninguém a segura. O que ela fez agora?

— Ouvi Aurora pedindo para que não saia, mas ela quer ver o pai. É arriscado.

— Entendo, mas agora sabe o que eu passava quando a protegia.

— Está sendo irônico?

— Desculpe, não era minha intenção. Vou falar com ela agora.

— Obrigado. Ficarei no castelo esperando uma resposta.

Caio se retirou e foi até o castelo. Encontrou Liz na sala do trono, sentada nas escadas próximas à cadeira da rainha. Ele sorriu ao vê-la.

Sabia que ela não gostava muito de sentar-se na cadeira e só o fazia em momentos solenes e quando havia reuniões. Sentou-se perto dela e a beijou. Ficou a observando a luz do Sol que entrava na sala e a iluminava, deixando seu cabelo mais brilhante. Ela logo notou que ele queria dizer algo, pois ele não era muito bom em esconder as coisas.

— O que está te preocupando?

— Não sei se devo me intrometer. Vai ficar brava.

— Prometo que não fico brava. Pode falar agora. Estou curiosa.

— Tamas veio falar comigo.

Mas assim que disse isso, ela se levantou e ficou andando de um lado para outro.

— Prometeu que não ficaria brava.

— Não é com você. Ele quer mandar em mim, me proibindo de sair.

— Ele só está preocupado com sua segurança.

— Quero ver meu pai. O que há de errado?

— Meive, Nilon, eles são o problema e estão atrás de você. Estão esperando apenas que saia para te pegar novamente.

— Eu sei... É que a ideia de não poder fazer o que eu quero me irrita.

— Não fique triste, eu estou aqui com você. É só até o inverno acabar. Vai ver, passar rápido. Enquanto isso, podemos ficar juntos e namorar.

— Tudo bem, mas antes você vai comigo até a fonte ver meu pai.

— Amanhã. Fique calma, ele está seguro. Há soldados de Tamas mantendo-o seguro.

— O que vamos fazer, então?

— Podemos ficar aqui ou podemos sair para andar a cavalo. O que acha?

— Adorei a ideia do passeio.

— Ótimo! Vamos agora.

Os dois se levantaram e saíram de mãos dadas, em direção ao estábulo. Tamas, que observava tudo de longe, viu que Caio tinha conseguido fazê-la mudar de ideia, pelo menos naquele momento, o que era muito bom. Então, abriu um portal e o atravessou, pois havia uma pessoa que o esperava em seu castelo. Novamente, encontrou Nilon sentado em seu trono. Não gostou e o fez levantar-se, sentando-se em seguida.

— Desista, Nilon. Liz está ficando cada vez mais forte. Não vai conseguir mais aprisioná-la.

— Nunca vou desistir. Quero o poder dela para mim e você vai me ajudar.

— Ela não vai sair de Cinara tão cedo. Consegui convencê-la a ficar por segurança.

— Vejo que consegue fazer com que ela te ouça. Vai fazer uma coisa por mim.

— Não vou fazer nada que a machuque.

— Ela vai ficar bem. Apenas quero que coloque um pouco deste pó na comida dela, um pouco por dia.

— Vai envená-la? Não vou fazer isso. É perigoso, alguém pode me pegar.

— É apenas para a neutralizá-la. Quando o pó terminar, ela não terá poderes por um tempo, então, vou me aproximar e colocar minhas mãos nela sem problemas.

— Mas e o cristal? Não pode tocá-lo.

— Não se preocupe com isso. Dessa parte cuido eu. Agora faça ou todo seu povo será congelado por toda a eternidade.

— Mas esse pó... O que acontecerá com ela quando o ingerir?

— Ela perderá seus poderes aos poucos e quando perceber será tarde, eu entrarei em Cinara e a pegarei. Sem poder não conseguirá se defender será uma presa fácil.

— Mas quantos dias vai levar até entrar em Cinara e a pegar?

— Apenas três dias. Faça sua parte e fique preparado. Vou precisar que mantenha todos longe.

— Mas ela não tem utilidade sem poderes. O que pretende?

— Não se preocupe. É temporário. Eles voltarão aos poucos. Agora volte ao castelo e comece a colocar hoje o veneno. E não pense em não cumprir a sua parte.

Nilon saiu por um portal, deixando Tamas com o frasco na mão. Após pensar um pouco, ele chegou à conclusão de que isso poderia ser útil, afinal, precisava que Liz ficasse em Cinara e, sem seus poderes, ele ganharia tempo para descobrir uma maneira de acabar com Nilon.

Voltou para Cinara e perguntou sobre ela à Ana, que segurava um jarro com água. Uma ideia veio a sua cabeça: poderia colocar o líquido na água, assim não levantaria suspeitas. Então, perguntou para quem era a água.

— Vou levar para o quarto da Liz. Todos os dias coloco uma jarra.
— Entendi. Bem, vou voltar aos meus afazeres.

Ele saiu e deixou Ana, que foi ao quarto de Liz. Escondido, ele a viu saindo sem a jarra. Entrou, colocou um pouco na água e misturou. Ela não perceberia nada, pois não tinha cheiro, nem gosto. Ainda dava para mais duas vezes, na mesma quantidade. Saiu rapidamente do quarto ao ouvir os cascos dos cavalos chegando no pátio. Eles tinham voltado.

Foi até o pátio para recebê-los. Liz estava mais calma e o cumprimentou com um sorriso, o que o fez em pensar em desistir, mas já era tarde para isso. Viu Liz indo em direção ao quarto e Caio foi levar os cavalos. Tamas foi com ele. Longe não levantaria suspeitas.

Liz entrou no seu quarto e viu a jarra com água. Pegou um copo, encheu-o e bebeu, sem saber da trama contra ela. Foi tomar um banho e, ao sair do banheiro, bateu a perna. O local da batida ficou roxo. Ela não sabia, mas era o primeiro sinal de que seus poderes começavam a deixá-la. Colocou uma roupa e foi se encontrar com Caio.

Tamas havia voltado ao castelo e a viu saindo do quarto. Até então tudo parecia bem. Ele entrou no quarto e viu que ela havia bebido a água. Foi até o salão e encontrou todos reunidos conversando, sem saber o que ria a acontecer.

O dia seguinte veio e como Ana falara, ela trocava a jarra de água todos os dias. No segundo dia, esperou-a sair e colocou mais pó na água, mas enquanto estava no quarto ouviu passos e se escondeu. A porta abriu e era Liz. Ele notou que ela parecia cansada, tanto que se deitou e logo dormiu. Sem fazer barulho, saiu do quarto com a certeza de que logo ela não teria mais poderes.

Então, veio o terceiro dia. Liz sempre saía cedo do quarto para se encontrar com Aurora, fazer seus afazeres e se encontrar Caio, mas, naquela manhã, como estava vigiando, notou que ela não saiu. Ana apareceu no corredor com a jarra de água. Depois de um tempo bem curto, saiu. Tamas, fazendo parecer que estava apenas verificando o local, perguntou sobre Liz:

— Ela ainda não se levantou?

— Não, ainda está dormindo. Deve estar cansada.

— Melhor deixá-la dormir.

— Tem razão. Agora preciso ir ver a Aurora.

— Pode ir. Também tenho alguns afazeres.

Ele disfarçou e esperou Ana se afastar. Quando não havia mais ninguém por perto, entrou no quarto sem fazer barulho, colocou o restante do pó na água e saiu sem que ela notasse sua presença. Liz acordou instantes depois com muita sede — o pó tinha esse efeito. Dessa vez, ela bebeu bastante. Notou que já era tarde, que tinha dormido demais e se levantou, pois tinha muitas coisas para fazer. Trocou de roupa e saiu do quarto. Encontrou Caio a esperando, com ar de preocupado. Ele a beijou e a convidou para sair, antes que ela respondesse, Aurora a dispensou dos afazeres do dia. Assim, os dois saíram. O Sol bateu em Liz e, para sua surpresa, ela não brilhou. Caio também percebeu e ficou em alerta. Algo aconteceria.

O vento começou a soprar forte e o céu ficou nublado. Logo a chuva começou a cair. Eles correram para se proteger e Caio tocou em Liz e sentiu que ela estava gelada. Agora tinha certeza de que havia algo errado, por isso a mudança no clima. A chuva deu lugar à neve e o frio tomou conta de tudo. Ele precisava levar Liz para dentro, pois ela tremia de frio.

Assim que começaram a andar, Nilon apareceu na frente dos dois, jogou Caio para longe e arrastou Liz com ele para fora de Cinara. Ele olhou e viu que, dessa vez, ela usava o cristal. Ela gritou com ele, mas de nada adiantou. Então, sentiu o frio que vinha dele e ficou apavorada. Ela tentou usar seus poderes contra ele, mas nada aconteceu. Isso a surpreendeu. Como não havia percebido nada antes? Ele olhou para ela e apenas riu. Quando Liz caiu em si, eles estavam em Sibac novamente.

Caio se levantou do golpe, mas já era tarde, Nilon havia levado Liz. O frio continuava forte e a neve já havia tomado conta de tudo. Ficou furioso quando Tamas apareceu acompanhado de seus soldados.

— É tarde. Ela não está mais aqui. Nilon a levou.

— Desculpe, Caio. Estava ajudando algumas pessoas que ficaram presas por causa da chuva.

— Entendo. Precisamos ir ajudá-la. Junte seus soldados e vamos agora.

— Não sabemos para onde ele a levou. Só perderíamos tempo procurando em qualquer lugar. Temos que pensar.

— Pare com isso agora, Tamas! Você deveria ter previsto isso e a protegido. Por que se afastou do castelo e por que não havia soldados aqui?

— Não me culpe. Você estava do lado dela. Agora me dá licença.

Tamas saiu irritado, deixando Caio sem respostas e desconfiado dele. Mas uma pessoa que estava vigiando viu tudo o que vinha acontecendo. Era a oportunidade perfeita para se aproximar de Liz e ganhar sua confiança e, então, a teria em suas mãos. Meive se levantou de sua cadeira e foi até o espelho. Sim, com o corpo de Juliana, Liz nunca perceberia nada, e ela a traria para seu lado. A bruxa ajeitou o cabelo e foi ver como a verdadeira Juliana estava em seu quarto.

Quando abriu a porta e a viu sentada em uma cadeira, não sentiu saudades daquele corpo velho. Meive até pensou em ficar com o corpo de Juliana por um tempo e aproveitar sua juventude. Devolvê-lo-ia quando ficasse velho. Juliana tentou se levantar, mas não conseguiu. A bruxa se aproximou dela e falou:

— Em breve vou ganhar a confiança de Liz com a sua ajuda e ela se tornará minha aliada.

Juliana olhou para Meive, que apenas disse:

— Você não queria ter poder? Depois que isso terminar e eu tiver Liz, devolverei seu corpo e terá todo poder que quiser. Eu garanto. Agora preciso ir. Até mais. E curta minha velha carcaça.

Meive precisava se aproximar de Liz sem levantar suspeitas. Não podia entrar atacando Nilon. Pensou e teve uma ideia, deixaria ser apanhada por ele. Abriu um portal para Sibac e o atravessou. Entrou no castelo e ouviu vozes. Aproximou-se com cuidado de uma sala e reconheceu a voz de Nilon falando com Liz. Viu-a sentada; ela parecia mal por causa do frio todo que vinha dele. Precisava chamar a atenção dele, então, derrubou uma garrafa. Ele a viu e a empurrou para perto de Liz, que a segurou antes que caísse no chão.

— Juliana, o que faz aqui?

— Agora não importa. Temos que sair daqui. Use seus poderes.

— Não posso. Algo aconteceu e eles desapareceram.

— Como aconteceu? Deixe que eu mesmo a tiro daqui.

— Não faça nada arriscado.

— Fique calma, Liz. Logo estaremos em um lugar seguro espere e veja.

Juliana, ou, melhor, Meive, fez um feitiço que pegou Nilon de surpresa e o prendeu. Muito brava, perguntou o que ele tinha feito à Liz.

— Não fiz nada. Tamas fez o trabalho sujo. Apenas mandei e ele cumpriu minhas ordens.

— Fale o que fez a ela.

— Ela ingeriu um preparado que a fez perder seus poderes.

— Mas quanto tempo isso vai durar?

— Apenas alguns dias. Não sei quanto tempo. E os poderes dela voltarão.

— Para sua segurança, espero que esteja dizendo a verdade.

Meive deixou Nilon preso, pegou Liz pela mão e a levou para fora dali. Abriu um portal que as levou para uma casa, em uma imensa sala. Liz se aproximou da janela e viu o mar e a Lua cheia iluminando a areia. Ficou preocupada, pois não queria ficar, precisava voltar para Cinara.

— Que lugar é esse, Juliana? Me leve para casa.

— Vamos ficar aqui por um tempo. É mais seguro até seus poderes voltarem.

— Não quero. Preciso voltar para Cinara. Me leve, por favor.

Isso irritou Meive, mas não podia assustá-la. Tinha que ganhar sua confiança. Então, sem que Liz percebesse, envolveu-a em uma névoa que a fez adormecer e a deixou deitada no tapete. Em seguida, sentou-se em uma poltrona. Agora, era só esperar Liz acordar no dia seguinte e ganhar sua confiança. Seja lá o que fosse que Nilon havia feito, de certo modo, foi bom, pois, sem seus poderes, Liz estava presa a ela e àquele lugar.

CAPÍTULO 12

Liz acordou no dia seguinte sentindo-se muito bem. Olhou e viu que Juliana não estava por perto. Levantou-se e viu o Sol e o mar e sentiu uma imensa vontade de entrar naquela água. Abriu a porta de vidro que dava direto na areia, tirou os sapatos e foi em direção à água. Sem se importar com o que estava vestindo, mergulhou e ficou no mar até que alguém a chamou. Era Juliana, com cara feia. Liz saiu da água rindo e, quando se aproximou dela, molhou-a. Sentou-se na areia e ficou sentindo o vento batendo em seu rosto. Juliana — Meive — teve que se conter para não brigar com ela. Sentou-se ao seu lado e disse:

— Levei o maior susto quando entrei na sala e não te vi!

— Você se preocupa demais. Só estava aproveitando este mar todo. Tem uma coisa que quero te pedir. Ainda estou sem meus poderes. Pode me levar para Cinara?

Meive disfarçou, pois sua intenção era aprisioná-la e usar seus poderes. Para isso, não havia outra alternativa, teriam que voltar para sua mansão, em Price. Lá, ia desfazer a troca com Juliana. Sem seus poderes, seu corpo havia envelhecido, mas não queria passar a eternidade como uma adolescente. Quando tomasse para si os poderes de Liz, teria sua imortalidade de volta e queria ser uma mulher, não uma menina.

Levantou-se e olhou irritada para Liz. Não tinha paciência de ficar vendo aquela felicidade toda que ela tinha no olhar e de ver que ela via tudo pelo lado bom. E não era sua intenção promover diversão para Liz.

— Você pediu... Podíamos ficar aqui, mas já que você quer voltar.

— Mas antes posso tomar um banho e trocar essas roupas?

Brava, Meive lançou um feitiço e, no mesmo instante, Liz e suas roupas estavam limpas.

— Obrigada! Agora vamos para Cinara.

— Não, vamos para minha casa. E não agradeça. Não a queria enchendo meus tapetes de areia.

Liz estranhou sua resposta e se afastou. Não gostou do que ouviu e, antes que corresse, Juliana a segurou pelo braço e as duas atravessaram um portal. Liz viu que estava em Price, na mansão de Meive.

— Por que me trouxe até aqui? Me solte, Juliana!

Meive riu dela. Então, suas bruxas entraram trazendo seu corpo velho ocupado pela verdadeira Juliana. Liz soltou-se das mãos de Meive e soube imediatamente o que estava acontecendo.

— O que você fez? Meive, devolva o corpo da Juliana agora!

— Você é esperta, mas demorou muito para perceber e eu consegui, sim, te enganar. Agora vai ficar aqui comigo.

Meive se aproximou de Juliana e a tocou na testa. No mesmo instante, elas trocaram de corpo e elas se olharam. O corpo de Meive, porém, quando voltou para ela, recuperou sua juventude. E para Juliana não tinha sido agradável ocupar aquele corpo velho.

Liz e Juliana se abraçaram — as duas gostavam uma da outra. Já Meive não gostou do que viu e evocou um feitiço. Uma sombra saiu da escuridão e tomou conta do corpo de Juliana. Liz a viu ser dominada no mesmo instante e soltou a mão dela e se afastou. Juliana começou a sorrir de maneira muito estranha e antes que Liz pudesse escapar, ela fez surgir uma névoa negra que envolveu Liz e a prendeu dentro de um quarto da mansão.

Tamas continuava em Cinara. Aurora preferiu não tomar uma atitude naquele momento mesmo sabendo do desentendimento entre os dois. Primeiro, tinham que encontrar Liz. Com ela presente resolveriam esse problema. Isso deixou Tamas preocupado, pois, a essa altura, tanto Caio quanto Aurora já deviam estar desconfiados dele. Então, tomou uma atitude: pediu licença a Aurora e se retirou de Cinara, o que fez Caio ter certeza de que ele escondia algo, caso contrário não abandonaria seu cargo de protetor.

Sem ele perceber, Caio o seguiu. A princípio, Tamas não fez nada suspeito. Pegou a trilha que levava ao seu castelo, parou em frente à grande árvore e abriu uma passagem, atravessando-a. Caio não achou apropriado passar por ali, pois poderia ser descoberto, assim, abriu um portal que o levou para dentro do castelo. Escondido, viu Tamas entrar na sala do trono e ouviu uma voz gritando com ele. Ele a reconheceu na hora: era Nilon. Então, aproximou-se e ouviu claramente o que os dois discutiam:

— O que faz aqui, Nilon? Onde está Liz?

— Meive a levou.

— Idiota! Como deixou isso acontecer?

— Não me ofenda, fauno. Ela vai me pagar. Preciso de sua ajuda para pegar a garota.

— Deixe-me fora disso. Eu te ajudei, porque você me ameaçou, não por escolha. Agora vá e enfrente Meive. Sabe onde ela está?

— Na mansão, em Price.

Caio confirmou sua suspeita: ele era um traidor. Como já tinha ouvido o que precisava saber, saiu; só não percebeu que Tamas o havia visto. Caio foi direto para mansão de Meive. Conhecia aquele lugar muito bem e sabia que Liz estava em um dos quartos. Fez o feitiço que indicava o caminho até ela e o seguiu. Ele forçou a porta e entrou. Os dois se abraçaram rapidamente, pois precisavam sair logo e sem serem vistos. Porém, antes que saíssem, Juliana apareceu na porta. Caio ficou na frente de Liz para protegê-la e ela os atacou. Eles conseguiram desviar do golpe, mas Caio não tinha poder para enfrentá-la e Liz ainda estava sem seus poderes. Juliana evocou um feitiço e uma sombra negra tomou conta do quarto e não se podia ver mais nada. Antes que Caio fizesse algo, a sombra desapareceu levando Liz.

Juliana riu dele e o expulsou da mansão através de um portal que o deixou em uma estrada deserta. Ele gritou de raiva. Liz estava, novamente, sozinha nas mãos das bruxas. Quando a sombra negra desapareceu, Liz se viu em outro quarto. Sentia um misto de raiva e tristeza por Juliana e por se deixar ser controlada. Ela se aproximou de Liz, que não a viu entrar, segurou apertado seu braço e disse:

— Não tente nada ou vai se arrepender.

— Me solte, Juliana!

Liz puxou o braço e o local que Juliana segurou estava vermelho.

— Vocês já me têm presa aqui. Agora saia e me deixe sozinha.

Juliana riu da reação de Liz, mediu-a de baixo a cima e saiu sem dizer nada. Liz sentia que seus poderes estavam voltando. Tentou brilhar, mas com muito pouco sucesso. Enquanto estivesse assim, ficaria presa naquele lugar. Outra coisa a estava perturbando: por que Tamas a traíra? Logo que voltasse para Cinara pediria que se retirasse. Não o queria mais perto dela, não confiava mais nele.

Liz foi até a janela e viu que havia muitos guardas lá fora. Porém uma pessoa chamou sua atenção. Ele estava perto de uma cerca viva, observando-a: era o bruxo. Ele acenou para ela, o que a deixou irritada. Quem ele achava que era? Ainda mais depois de tudo que havia feito.

Liz levou a mão ao cristal. Havia se esquecido de que estava com ele. Notou que suas metades continuavam juntas, em sintonia, então por que não conseguia usá-lo? Segurou-o, lembrou-se de sua mãe e pensou que ela saberia o que fazer. Não, dessa vez não estava disposta a ficar enquanto tramavam contra ela.

Foi até a porta, que estava destrancada, e a abriu. Para seu desânimo, havia dois seguranças perto, o que a fez voltar. Tinha que sair, então, resolveu tentar algo: mudar de forma. Juntou todas as suas forças, mentalizou e conseguiu. Agora, como fada, era mais fácil. Voou pela janela, passou pelo jardim e saiu da propriedade.

Já na estrada, voltou à forma humana. Apesar de sentir que seu poder ainda era muito fraco, tentou abrir um portal, mas, como imaginava, não teve força suficiente. Precisava sair dali antes que fosse pega novamente. Nesse momento, um carro parou ao seu lado e, para seu desgosto, era o bruxo.

— O que faz aqui? Não vou voltar.

— Entre, Liz. Só quero ajudar. Venha antes que te vejam. Já estão te procurando.

Liz hesitou. Ele podia estar enganando-a, mas ficar ali parada era muito pior. Além disso, nenhum outro carro havia passado. Acabou aceitando.

— Pode me levar até a casa de meu pai?

— Não acho um bom lugar. É o primeiro que vão te procurar.

— Então, pare e me deixe aqui.

— Espere! Não faça isso. Posso te levar para outro lugar. Confie em mim.

— Você já demonstrou que não é de confiança. Pare esse carro agora!

Liz levou a mão à porta para a abrir. Ia pular se preciso fosse, mas o bruxo percebeu sua intenção e a segurou. Só que ele perdeu o controle do carro e saiu da estrada, caindo em uma valeta. Sem se machucarem, ela saiu do carro e ele a seguiu.

— Pare, Liz! Não posso te deixar aqui sozinha.

— Volte para a mansão de Meive. Sei chegar sozinha na cidade.

— Não me obrigue a fazer nada contra você.

— O que vai fazer? Me aprisionar como elas vêm fazendo ou vai me enfeitiçar?

Ele a seguia pela estrada enquanto ela andava sem olhar para trás. Ele riu. Brava ela ficava ainda mais bonita.

— Pare, Liz! A pé você nunca vai chegar. Volte e vamos de carro.

Ela continuou caminhando e ele parou. Evocou um feitiço e tirou o carro da valeta. Então, entrou nele e foi atrás de Liz, mas, antes que conseguisse se aproximar dela, um portal se abriu e Nilon apareceu. Ele a segurou e começou a arrastá-la em direção ao portal. Gritando, ela tentou se soltar. O bruxo acelerou o carro para tentar impedi-lo e lançou um feitiço contra ele, que soltou Liz. Ela entrou no carro e ele saiu rapidamente, deixando Nilon furioso. Mas ele não desistiria facilmente. Lançou um raio, que congelou a estrada e fez Rafael perder a direção e, dessa vez, o carro bateu em uma árvore.

Nilon se aproximou do carro, abriu a porta do lado do passageiro e tirou Liz, que estava confusa por ter batido a cabeça e não tinha forças para se defender. Desacordado, o bruxo não viu quando ele a levou por um portal . Quando Liz se deu conta, estava no castelo de Tamas, que olhava para ela, sentado em seu trono na forma de fauno. Ele foi falar com ela, que desviou o olhar. Não tinha interesse em ouvir qualquer coisa que viesse dele. Nilon levou a mão ao cristal, mas antes que o tocasse Tamas o impediu:

— Não faça isso!

— Por que não? Ela está sem os poderes.

— Mas o cristal ainda tem poder suficiente para te derrubar.

— Farei o que fala, mas o que faremos com ela enquanto os poderes dela não voltam?

— Deixe comigo. Sei o que fazer para a manter em controle.

— Leve-a para o salão. Está tudo preparado.

Liz foi levada para um grande salão, onde havia apenas uma grande almofada toda branca, rodeada por um véu que balançava com o vento que entrava pelas janelas. Começou a ouvir uma música, que a envolveu. Nisco entrou na sala tocando sua flauta. Por mais que tentasse se manter no controle, a música tomou conta de Liz. Ele começou a dar voltas em torno dela e a música foi ficando mais alta. Então, ela caiu em um sono profundo. Nisco a deitou e a olhou. Sentiu muito, mas assim ficaria mais segura.

Tamas entrou na sala e a viu deitada. Aproximou-se e levou a mão ao seu cabelo, mas retirou logo que percebeu Nilon o observando. Ele também chegou perto dela e a observou por instantes. Agora, era só esperar seus poderes voltarem e obrigá-la a ajudá-lo. Um dos seus primeiros objetivos era ter o controle sobre o tempo. Os governantes que não o pagasse sofreriam com um frio terrível.

Ele se afastou de Liz quando percebeu que seu frio a fez se encolher. Tamas a cobriu com uma manta branca felpuda, ela se acalmou e voltou a dormir mais tranquila. Nilon a rodeava. Não sabiam quanto tempo teriam que esperar. Porém dessa vez não a perderia para ninguém, nem mesmo para Meive. Intrigado, questionou Tamas:

— Por quanto tempo ela vai dormir?

— É mais seguro que ela fique assim até seus poderes voltarem.

— Então, a vigie muito bem. Não tire os olhos dela.

— Onde você vai agora, Nilon?

— Tenho assuntos para resolver. Você ficará responsável de ninguém entrar nesta sala.

E saiu deixando Liz sob os cuidados de Tamas, que saiu logo em seguida e a trancou com um feitiço, assim ninguém poderia se aproximar ou tocar na porta.

Os dois não perceberam que estavam sendo espionados por um corvo negro, que ficou o tempo todo em uma janela. Era Juliana, que quando viu que era seguro voou até ela e voltou à forma humana. Tinha encontrado Liz e não seria o feitiço de Tamas que a impediria de levá-la para mansão. Liz se agitou com sua presença e ela fez um feitiço para Liz acordar, mas não aconteceu nada. Nisco chegou e riu da tentativa de Juliana.

— Ela não vai acordar, desista.

— Continua aqui na sala.

— Não vai levá-la daqui. Pretende mesmo que ela fique nas mãos de Meive?

— E o que vocês estão fazendo ajudando Nilon?

— Enquanto ela estiver nesse sono profundo ficará em segurança. Vá embora, bruxa.

— Não pense que pode me impedir. Vou levar ela comigo agora!

Tamas entrou na sala e atacou Juliana, que se defendeu e revidou o ataque. Nisco começou a tocar sua flauta e foi a vez de Juliana rir dele — a música não a atingia. Tamas pegou Liz e a tirou da sala, e Nisco saiu. Eles trancaram a porta e ouviram Juliana gritar. Em seguida, um silêncio tomou conta e, então, veio um som estridente. Eles abriram a porta e viram que ela tinha ido embora.

No momento em que ele foi se deitar Liz, percebeu que ela estava acordando. Nisco pegou sua flauta, mas antes que começasse a tocar, Tamas fez que não. Ele a sentou e, depois de instantes, ela se recuperou, porém não quis olhar para ele. Ele sentou-se ao seu lado e disse:

— Desculpe, Liz. Não tive escolha.

— Não quero ouvir nada. Por favor, me deixe sozinha.

— É melhor que eu fique responsável por você, assim impeço que ele tente algo.

— Como tem coragem de me dizer que é para meu bem? Quer me ajudar? Me deixe voltar para Cinara.

Tamas se levantou.

— Desculpe, mas não posso. Vou deixá-la acordada, mas não tente nada para sua segurança.

Ela olhou para ele e falou:

— Está me ameaçando? Saiba que nunca mais quero te ver em Cinara.

— Tudo bem, Liz. Agora preciso ir. Mas Nisco ficará aqui para te vigiar. Qualquer tentativa sua ele tem permissão para tocar a flauta. Prefere ficar acordada ou dormir?

Ela não respondeu. Nisco encostou na parede e ficou a observando. Ela sentou-se mais no meio da almofada e procurou se concentrar. Conseguiu brilhar por uns instantes, o que deixou Nisco em alerta, mas logo o brilho se foi e ele voltou para seu lugar. Liz ficou chateada. Tocou no cristal, mas também não aconteceu nada, então, soube, em seu íntimo, que só quando seus poderes voltassem, ela teria o poder do cristal novamente.

Precisava escapar antes que Nilon voltasse. Ela viu uma janela e pensou em mudar de forma e sair. Concentrou-se e mentalizou a mudança. Foi envolvida por uma luz e conseguiu mudar. Voou em direção à janela, mas Nisco pediu-lhe para não sair. Ela olhou para ele e o questionou:

— Por que devo ficar? Vocês dois me traíram.

— Tamas foi ameaçado por Nilon e não tinha como se defender.

— Não posso fazer nada. Tenho meus próprios problemas.

— Vai deixá-lo encrencado se for embora agora.

— Mas se eu ficar Nilon pode me prejudicar.

— Tamas nunca deixaria que ele te fizesse mal, por isso está aqui.

Liz voltou à forma humana. Sabia que podia se arrepender se algo acontecesse antes de seus poderes voltassem.

— Não sei se devo confiar em vocês. O melhor é eu ir embora. Diga que não conseguiu me impedir.

— Precisa colocar um fim nisso, Liz. Quando achar o melhor momento pode acabar com ele, agora que ele voltou a ser mortal.

— Ele está mais forte. Não sei se consigo acabar com ele dessa vez.

— Fique!

— Você já me atrasou demais. Não sei por que fiquei te ouvindo. Sinto muito por Tamas.

Ela voltou à forma de fada e voou em direção à janela, mas, quando estava perto dela, ouviu a porta abrir e Tamas gritar para Nisco:

— Não deixe que ela saia!

Nisco começou a tocar a flauta, porém, com Liz na forma de fada não surtiu efeito. Tamas conseguiu alcançá-la e afastá-la da janela, fechando-a. Sem saída, como ainda não tinha seus poderes, voltou à forma humana. Como Nisco continuava tocando sua flauta, a música começou a fazer efeito, então, ela tapou os ouvidos e disse:

— Pare com essa música! Eu fico.

— Pode parar, Nisco. Liz, por que você não consegue ficar quieta?

— Deixe-me ir embora.

— Não entende? Não posso. Você precisa ficar. Não vou trair Nilon.

Quando ele disse isso, Liz ficou furiosa. Correu em direção à porta, mas ela não abriu. Forçou a maçaneta e conseguiu abrir, mas Nilon já estava do outro lado, havia voltado, então segurou-a pelo pulso e a fez sentar-se na almofada.

— Você me irrita! Agora pode ficar quieta. Tamas, os poderes dela já estão voltando?

— Sim, ela já consegue mudar de forma. Mais algumas horas e ela terá todos seus poderes de volta.

— Perfeito!

Ele olhou para Liz e fez uma chantagem:

— E você, garota, vai fazer tudo que eu mandar ou seus amigos pagarão o preço.

— Não pode me controlar.

— Eu não, mas tem uma pessoa que pode.

A porta se abriu e Meive entrou acompanhada de Juliana. Tamas ficou surpreso, pois não contava com essa traição de Nilon. Então, foi para o lado de Liz e gritou:

— Nilon, seu traiçoeiro! Por que a trouxe aqui?

— Fauno, tem muito que aprender. Nunca deixei de servir à Meive.

— Me enganou! O que vão fazer?

Meive se aproximou de Liz, falando:

— Vim buscar você. Vai voltar para casa. Já estava com saudades.

— Não sou brinquedo de vocês.

— Vamos, não temos muito tempo. Posso sentir que os poderes dela estão voltando. Traga-a, Nilon.

Meive abriu um portal e Liz se afastou.

— Não vou voltar. Desistam!

Juliana se aproximou de Liz, pegou sua mão e disse:

— Não tente nada. Venha, vai ser melhor. Acredite.

Vendo-se sem saída, Liz aceitou e as duas atravessaram o portal. Por último passaram Meive e Nilon, que saiu rindo de Tamas. Mas antes de atravessar, disse ao fauno:

— Tolo! Cedeu muito rápido. Por covardia sua temos a garota e muito poder.

Nilon atravessou o portal, que se fechou e deixou Tamas se sentindo muito mal por sua covardia. Ele tinha razão, tinha traído Liz com muita facilidade. Então, decidiu: não faria mais nada a favor ou contra Liz. Daquele dia em diante, ninguém mais o veria. Chamou Nisco e o mandou fechar as entradas de seu reino. Não queria mais ser incomodado.

Caio, que havia sido mandado para uma estrada deserta por Juliana, conseguiu voltar a Price em busca de Liz. Precisava ajudá-la. Sem seus poderes ela estava vulnerável. Entretanto, Ana apareceu na sua frente e o impediu, e os dois voltaram para Cinara.

— Preciso voltar, Ana, e ajudar Liz.

— Não vai conseguir sozinho.

— Onde está Aurora? Preciso falar com ela sobre Tamas.

— Ela já sabe. Ele contou tudo o que fez e está arrependido. Ele não quer ser mais incomodado e se fechou em seu reino.

— Ele fez o quê? Entregou Liz e agora acha que se afastando resolve tudo?

— Fique calmo, Caio. Venha, Aurora o espera.

Aurora estava no jardim do castelo. Ela olhou para ele e continuou cuidando das rosas, mas parou quando uma pessoa entrou no jardim.

— O que faz aqui?

— Aurora, não pode confiar nele.

— Vamos precisar da ajuda dele para salvar Liz.

— Mas ele já deu provas de que não é confiável.

— Vamos ouvir o que ele tem para falar.

— Precisa agir rápido, Caio. Dessa vez Liz está correndo perigo. Não é mais questão de apenas lhe roubar a energia. Meive vai agir de maneira mais definitiva.

— O quer dizer com isso?

— Ela pretende levar Liz para o lado do mal.

— Ela já tentou fazer isso outras vezes e não deu certo.

— Acredite, agora ela tem a ajuda daquela mulher que serve Nilon.

O bruxo contou a eles qual era o plano de Meive.

— Ela sugará sugar toda a energia de Liz até levá-la ao seu limite, então, no último momento, Meive fará um feitiço e uma sombra negra tomará conta dela para sempre, e ela se tornará uma bruxa, como Juliana.

Caio sentou-se em um banco arrasado. Levou as mãos à cabeça. Por mais que evitasse pensar, era culpa sua. Tinham confiado nele para protegê-la e esse pensamento não saía da sua cabeça. Levantou-se determinado.

— Não vou deixar Liz nem mais um minuto nas mãos de Meive. Está disposto a ajudar?

— Claro. Podemos ir agora.

Os dois deram as mãos, afinal, tinham o mesmo propósito, que era salvar Liz. Aurora e Ana ficaram preocupadas com o que ouviram. Temiam que os dois não chegassem a tempo. Mas não era hora de pessimismo e, sim, de bons pensamentos para ajudar os dois e Liz.

Logo que Liz atravessou o portal na companhia de Juliana viu que voltou para onde tudo havia começado, a mansão de Meive. Lembrou-se de Caio e ficou muito triste. Sua vida havia mudado tanto... Gostaria de tê-lo conhecido em outra época, em outras circunstâncias, quando seu único compromisso era ir para escola.

Juliana a observava e notou que algo estava errado com ela, porque começou a perder sua vitalidade. Ela estava perdendo seu brilho, ficando apática. Ela sentou-se em uma poltrona, sem forças para fugir ou brigar por sua liberdade. Meive também percebeu seu estado e não gostou, pois sabia que as fadas eram seres movidos por sentimentos e emoções, e Liz estava perdendo o interesse com o que ocorria em sua vida. Foi, então, que algo inesperado aconteceu: sua luz se apagou por completo. Meive ficou furiosa. Com Liz triste e sem seus poderes e magia, tudo o que ela havia planejado não valia nada.

Juliana sentou-se ao seu lado e tocou em sua mão. Não sentiu um único traço de magia. Olhou para Meive e fez sinal de negativo para ela, que entendeu imediatamente. Irritada, fez um vento forte soprar por toda casa; portas e janelas batiam com violência. Mas não adiantou, Liz recostou-se no sofá. E antes que Meive fizesse algo, Juliana se colocou na frente, protegendo-a.

— Não faça nada do que possa se arrepender. O que está acontecendo com ela é passageiro.

— Ainda se preocupa com ela? Então, descubra uma maneira de os poderes dela voltarem.

Nilon assistiu a tudo e sabia o que fazer para ameaçá-la. Conhecia o ponto fraco de Liz: Caio. Havia funcionado em outro momento, podia dar certo novamente. Precisava apenas provocá-la o suficiente para deixá-la irritada.

Chegou mais perto dela e a olhou nos olhos. Liz desviou o olhar. Ele percebeu que era mais grave do que pensava e se retirou. Em outra sala, esmurrou uma mesa, quebrando-a. Tanto trabalho para, então, ela ficar triste e perder seus poderes.

Em Cinara, Aurora continuava no jardim cuidando das rosas. De repente, elas começaram a perder a cor e a murchar, até que viraram pó e o vento levou embora. Ela se levantou e viu todo o jardim desaparecer. Ana correu até ela desesperada. Por que aquilo estava acontecendo?

No estábulo, Caio e o bruxo perceberam que os cavalos começaram a ficar agitados e, ao olharem para o céu, viram que o tempo estava mudando e uma tempestade se aproximava, o que não era normal em Cinara. Caio soube na hora que algo muito ruim estava acontecendo com Liz, pois, ali, tudo vivia da vida dela.

Eles voltaram ao castelo e assustou quando entrou e viu que não existia mais jardim. Foi para a sala do trono e encontrou todas as fadas do castelo reunidas com Aurora, aflitas, porque algumas delas começaram a perder sua magia. Ana foi até ele e parecia bem diferente das outras. Aurora olhava a tempestade se aproximando sem dizer nada. Caio sabia o que fazer e saiu acompanhado de Ana e do bruxo.

Eles abriram um portal e foram para a cabana, em Price. Não podiam simplesmente invadir a mansão, precisavam de um plano. O frio havia aumentado e a neve caía mais forte, acumulando-se em toda floresta. Acenderam a lareira, melhorando a temperatura no interior da cabana.

Com certeza, a mansão estava sendo vigiada. Então, os dois olharam para Ana — ela era a única que podia entrar sem ser vista. Os dois ficariam por perto, esperando um sinal para entrar e resgatar Liz. Ana só precisava mudar de forma e entrar. Ela aceitou e já se transformou. E Caio abriu um portal nas redondezas da mansão.

O portal os deixou afastados os suficientes para não serem vistos. Ana voou até a mansão. Sabia como entrar sem ser vista, pois já tinha feito isso antes. As janelas dos quartos estavam todas abertas. Ela foi de um em um e não encontrou Liz. Enquanto estava no último quarto, ouviu passos e se escondeu, mas resolveu segui-los. Eram bruxas, que subiram as escadas. Ela viu luzes que vinham lá de cima. Ainda não tinha olhado naquele lugar. Voou até o alto e se deparou com um grande corredor, todo iluminado com velas. No final viu uma porta aberta e sentiu a presença de Liz. Com cuidado, aproximou-se e a encontrou deitada e iluminada pela luz da lua. Juliana estava ao lado dela e mandou todas as bruxas saírem. Quando estavam sozinhas, ela disse:

— Eu sei que você está aqui, Ana. Apareça.

Ana voltou à forma humana e chegou perto de Liz que, quando a viu, não esboçou reação alguma. Ana pegou sua mão e soube imediatamente que Liz corria grande perigo.

— Preciso levá-la daqui antes que seja tarde demais.

— Nunca conseguiria tirá-la daqui. A mansão está sendo vigiada.

— Não vim sozinha. Caio e o bruxo estão esperando do lado de fora um sinal meu de que a encontrei.

Juliana ficou em silêncio. Se ajudasse as duas a fugirem teria sérios problemas com Meive e poderia perder seus poderes.

— Não posso deixar que a leve daqui.

Ana não acreditava no que ouvia, então, muito rápido, mandou um sinal para Caio de que tinha encontrado Liz. Ele e o bruxo atravessaram um portal e chegaram à sala, mas, a essa altura, todos na mansão já sabiam que ela estava sendo invadida.

Caio se aproximou de Liz e a pegou, mesmo sob os protestos de Juliana. E antes que ela fizesse algo, o bruxo interveio, dando tempo de eles abrirem um portal. Mas quando Caio e Ana o esperavam para fugir, ele foi golpeado por Juliana e gritou para que fossem sem ele. Ana deu uma última olhada para trás e viu Juliana fazê-lo desaparecer. E sentiu muito quando Juliana a olhou antes que o portal se fechasse.

Mas o portal não os levou para Cinara ou outro lugar conhecido. Eles se viram cercados por uma grande floresta de carvalhos, que fizeram um grande alvoroço com seus galhos. Uma luz azul surgiu e se aproximou de Caio, que estava com Liz nos braços. Então, eles ouviram uma voz lhes dizendo para seguir essa luz e, mesmo sem entender o que estava acontecendo, foi o que eles fizeram. A luz os levou, por uma trilha, para dentro da floresta, e eles notaram que os carvalhos os observavam e cochichavam quando viam Liz.

A luz parou e tomou a forma de uma moça. Era uma ninfa, que sorriu para eles, deixando-os mais calmos. Ela pegou na mão de Liz e ficou preocupada. Disse:

— Vamos! Não temos muito tempo.

Caio, sem entender nada, questionou-a:

— Quem é você e por que está nos ajudando?

— Sou uma amiga. Venha, estão nos esperando.

A ninfa abriu caminho em uma parede muito grande de altura e extensão feita de folhagens e eles a seguiram. Havia mais ninfas, que os cercaram. O lugar era mágico. Eles sabiam da existência delas, mas não conheciam alguém que soubesse onde elas moravam. A ninfa que os levou até ali chamou Caio, que a seguiu para dentro de um carvalho muito grande. Sua surpresa estando dentro dele era ver como, em um enorme salão, no centro havia uma cama feita de flores de todas as cores. A ninfa fez sinal e ele entendeu e deitou Liz, que continuava sem reação alguma. A ninfa levou a mão até o cristal e ele brilhou.

— Estamos com sorte. Ainda há energia no cristal. Precisamos apenas fazer com que ela volte a vida.

— Por que ficou assim? Estou falando com ela, mas ela não me ouve, continua nesse estado.

— A tristeza tomou conta dela e agora está presa dentro desse sentimento.

— Não se preocupe, Caio. Vamos ajudá-la. Continue falando com ela, será de grande ajuda.

Ana sentou-se do lado de Liz e ajeitou seus cabelos. Olhou para ninfa muito curiosa.

— O que pretende fazer para ajudar Liz?

— Eu e as outras ninfas podemos ajudá-la. Vamos apenas fazer com que ela recarregue seus poderes. Já está na hora de eles voltarem.

As outras ninfas se aproximaram, ficaram em volta de Liz e deram as mãos. Começou a ventar e um cheiro muito bom de flores surgiu no ar. Então, todas elas juntas viraram uma nuvem feita de flores que envolveu Liz. As ninfas começaram a brilhar. Logo perceberam que ela abriu os olhos. Afastaram-se e voltaram para sua forma humana. Caio se aproximou de Liz, que sorriu, estendeu-lhe a mão e, após se sentar, beijou-o. Ana ficou muito contente e, quando eles se afastaram, ela abraçou Liz e disse:

— Senti tanto medo de perder você, Liz.

— Ana, você é minha melhor amiga. Não fique assim.

Liz procurou pela ninfa que a ajudou e as duas se abraçaram.

— Obrigada, mas não sei seu nome.

— Sou uma amiga e fiz apenas o que era necessário.

Enquanto as duas conversavam, uma neblina tomou conta do ar. Ela parou na frente de Liz e se transformou em uma pessoa. Era Juliana. Caio ficou em alerta. Ele nunca havia gostado dela e já sabia o que tinha feito ao bruxo. Ele ia tomar uma atitude, mas Liz fez que não e ele apenas ficou ao seu lado.

— O que quer aqui, Juliana? Não foi suficiente o tempo que passamos juntas?

— Fico feliz de que já está melhor. Vim pedir que volte comigo. Vai ser melhor.

— Sabe que não. Por que me pede isso? Não te reconheço.

— É o melhor a se fazer. Não quer que nenhum amigo seu sofra por você, quer?

— Não faça isso, não quero te machucar.

— Está sendo hostil, Liz. Gosto muito de você. Eu que não quero te machucar.

Ana teve uma reação inesperada e entrou na frente de Liz.

— Vá embora, Juliana! Vi o que fez ao bruxo. Não tem o que fazer aqui.

Liz percebeu que Juliana ia atacar Ana e antes que ela o fizesse, segurou seu braço com força. Juliana sentiu o poder de Liz e retirou o braço com brutalidade.

— Juro que tentei fazer isso sem te machucar, Liz. Agora você vem comigo.

Juliana evocou um feitiço e tudo escureceu. As ninfas voltaram a se transformar em uma nuvem de flores e ficaram em volta de Liz, protegendo-a, e o feitiço de Juliana não teve efeito. Então, ela saiu sem conseguir cumprir sua tarefa, que era levar Liz para à mansão.

Quando tudo estava seguro, as ninfas voltaram ao normal. A ninfa que havia ajudado Liz aconselhou-a a voltar para Cinara e não sair de lá até que o inverno acabasse. Caio e Ana ouviram e concordaram. O castelo, com certeza, era o lugar mais seguro para ela. Liz se despediu de todas. Queria voltar logo para Cinara, pois já sabia, por Ana, o que havia acontecido em sua ausência. Ela tinha muito serviço pela frente. Liz abriu um portal e eles voltaram para casa.

Assim que chegou, Liz viu que não havia mais jardim. Então, concentrou-se e brilhou, e sua luz foi tão intensa que se espalhou por toda Cinara. Flores começaram a nascer e o clima ficou agradável novamente — o equilíbrio havia voltado. Aurora e as fadas saíram para receber Liz, e Aurora viu uma lágrima em seus olhos, que sentia muito pelos problemas que estava causando. Ela pediu desculpas a todas que estavam em sua volta. Elas a abraçaram, disseram que a amavam e que não a culpavam pelo que vinha acontecendo. Falaram, ainda, que não sabiam mais viver sem Liz, que ela era a rainha por direito e fazia parte delas e de suas vidas.

Juliana voltou à mansão de Meive, que a esperava. Meive não disse nada, porém, furiosa, atingiu Juliana com um golpe; ela sentiu sua força e sua raiva, mas não fez nada. Nilon gostou, pois sempre sobrava para ele aguentar a ira de Meive. Ela andava de um lado para o outro, com muita raiva. Por várias vezes, teve Liz em suas mãos e, de um jeito ou de outro, ela sempre escapava. Liz estava sempre no caminho, atrapalhando-a a ter o que era seu de direito.

Nilon a tirou de seu devaneio.

— Não está pensando com calma, Meive. A garota recuperou seus poderes. Foi bom tudo isso ter acontecido aqui. Talvez, eles nunca voltassem.

Meive o ouviu e sabia que tinha uma certa verdade nisso. Agora ela estava muito mais forte. Juliana se aproximou deles e disse:

— É verdade. Eu a vi de perto e ela está ficando cada vez mais forte.

— Vamos esperar um pouco. Ela vai se descuidar e novamente a pegamos.

Meive foi até a janela e viu a Lua em sua imensidão, jurou que nunca deixaria Liz em paz, nem que para isso fosse necessário destruir Cinara para sempre.

CAPÍTULO 13

Os dias foram passando e Liz ficou em Cinara. Seguiu o conselho da ninfa, não foi mais para o mundo mortal e voltou aos seus afazeres e compromissos de rainha. Adorava passar o dia com as outras fadas e se distraía o dia todo, mas quando a noite chegava, não conseguia deixar de pensar no silêncio de Meive e seus seguidores. Sentia muito por Juliana, mas ela fez sua escolha e não ia mais se preocupar com as atitudes dela.

Porém algo a estava deixando muito triste: não ia passar o Natal com seu pai pela primeira vez. Aurora deu a ideia de ele ir para Cinara, mas sabia que ele não se sentiria muito à vontade e não seria a mesma coisa, então, pensou que, se Liz saísse apenas algumas horas, não teria perigo, e Caio poderia ir com ela. Pediu a Ana que fosse até Price e o avisasse de que Liz passaria a ceia de Natal com ele. Ana foi e o encontrou arrumando tudo, como sempre fazia com Liz. Ele ficou muito feliz de saber que ela iria, afinal, fazia tempo que não ficavam juntos. Ana viu a decoração e o pai de Liz a convidou para a ceia.

Ana voltou ao castelo e Liz já esperava por notícias na sala do trono. As duas ficaram animadas. Nisso Caio entrou e viu que elas estavam tramando algo, pois riam muito e estavam muito felizes. Ele se aproximou de Liz e a beijou, quis saber o que as duas estavam planejando.

— Caio, vou passar a noite de Natal com meu pai. Você me acompanha?

Ele ouviu e ficou um pouco preocupado, mas não disse nada e fez que sim com a cabeça. Então, Liz lembrou-se de que não tinha nenhum presente para levar para seu pai e Ana sugeriu que ela lhe desse uma lembrança de Cinara. Ela podia levar, por exemplo, um globo com uma réplica do castelo numa redoma de vidro, assim ele teria um presente bem original.

Liz gostou da ideia e já providenciou tudo: foi até o lado de fora e pegou uma rosa, que começou a brilhar em suas mãos. Quando a luz desapareceu, Caio e Ana viram que ela tinha feito exatamente como Ana tinha sugerido. Eles ficaram surpresos e perceberam o quanto ela tinha se aperfeiçoado e o quanto sua magia era imensa e suas possibilidades infinitas.

A ceia seria no dia seguinte. Aurora entrou na sala e viu o presente também. Caio olhou para ela, que acenou positivamente com a cabeça. Ele ficou aliviado por saber que Liz tinha a aprovação de Aurora, então, os três combinaram tudo animadamente. No fundo, Aurora não queria que Liz se sentisse prisioneira em Cinara, pois ela tinha se recuperado e estava forte

No dia seguinte, o pai de Liz saiu para comprar todos os ingredientes para a ceia. Agora que sabia que ela iria, ficou animado e lhe compraria um presente. Já sabia o que comprar, só não sabia se funcionaria em Cinara.

Ele estacionou o carro, entrou no shopping e foi direto à loja de eletrônicos para ver o que queria: um telefone. Conhecia Liz e sabia que ela ia adorar o presente, pois ela sempre quis um modelo daquele. Desde que tudo mudou, ela tinha deixado muita coisa de lado e ele queria muito que ela ficasse mais tempo com ele, em Price. O presente, na verdade, era uma tentativa de deixá-la tentada a ficar no mundo mortal.

Com o presente nas mãos e ansioso, ele foi ao mercado e comprou tudo que precisava. Anoiteceu e eles ainda não tinham chegado, mas, de repente, surgiu um portal do lado de fora da casa e ele viu Liz chegar, acompanhada de Caio e Ana. O três estavam vestidos com roupas normais, o que era ótimo, pois alguns amigos e suas esposas iriam visitá-lo naquela noite. Ele recebeu Liz com um forte abraço e convidou todos a entrarem. Começou a nevar. Caio olhou a neve caindo e os acompanhou.

Liz adorou a decoração. Ele mostrou a mesa já preparada e eles se sentaram para comer. Então, ele se levantou e deu à Liz o pequeno pacote embrulhado com uma fita dourada. Ela abriu e ficou muito feliz. Era o que tinha pedido a ele dias antes da viagem de trabalho, quando tudo começou.

Mesmo tendo gostado, ela ficou em silêncio e percebeu que ele ficou sem ação. Para amenizar, ela pegou seu presente e entregou e ele, que, assim que abriu e viu a cópia do castelo, abraçou-a e o colocou na estante. Então, entregou a Ana e Caio seus presentes, o que os deixou encabulados. Liz também fez uma surpresa a eles e os presenteou, mas foi ela quem ficou mais surpresa quando Caio lhe entregou uma pequena caixa, com um anel prateado dentro, e pediu permissão ao seu pai para um namoro sério. Após o consentimento do pai de Liz, ele colocou o anel no dedo dela e ela o abraçou.

Os amigos do pai de Liz chegaram e tudo ocorreu muito bem. A ceia foi um sucesso e não houve problema algum. Depois que seus amigos foram embora, enquanto Liz mostrava a Caio seu novo telefone, ele sentou-se ao lado da filha e lhe fez um pedido: que ficasse com ele até o dia seguinte para eles aproveitarem melhor a companhia um do outro. Caio ouviu e, ansioso e preocupado, acabou respondendo antes dela:

— Ela não pode ficar. Sinto muito.

O pai de Liz não gostou da resposta e levantou-se antes que os dois brigassem. Liz entrou na conversa.

— Pai, sinto muito, mas não posso ficar. Mas adorei seu presente. Só não sei se vai funcionar em Cinara, mas prometo que mantenho mais contato. Acredite!

— Só queria ficar mais com você. Quase a não vejo. E seus estudos? Vai voltar à escola?

— Claro, assim poderei ficar mais com você em casa. Acredite em mim.

— Então, vou reformar seu quarto, pintá-lo, e quando as aulas retornarem tudo vai estar pronto, querida.

Liz pegou seu presente, abraçou seu pai e se despediu dele. Eles saíram da casa e ela abriu um portal, que Ana atravessou primeiro e, em seguida, Caio e Liz, de mãos dadas. O pai de Liz entrou, afinal, teria uma semana longa: faria uma reforma no quarto da filha. Ele pegou o globo da estante e o olhou com mais calma; achou o castelo muito bonito. Então, o colocou no lugar e foi se deitar. No dia seguinte arrumaria a bagunça.

A tempestade de neve aumentou e ninguém percebeu que, o tempo todo, estavam sendo vigiados e que alguém lá fora tinha visto e ouvido tudo falado. Era o corvo espião de Juliana. Logo que eles foram embora, ela foi ao encontro de Meive e contou o que ela mais queria ouvir: Liz voltaria ao mundo mortal para estudar e passar mais tempo com o pai. Agora colocaria seu novo plano em prática.

Amanheceu em Cinara. Caio havia ficado com Liz, mas não dormiu, pensando no que Liz havia dito ao seu pai, de que voltaria à escola. Isso significava passar mais tempo no mundo mortal e ele sabia que Meive não perderia essa oportunidade. Ela sempre aparecia quando descobria que Liz estava novamente entre os mortais.

As festas de final de ano terminaram. Algumas semanas se passaram, tudo estava muito tranquilo. Liz falava sempre com seu pai, que comentava sobre a reforma no quarto dela, a qual estava quase pronta. Ela permaneceu em Cinara a pedido de Aurora. Conseguiu fazer o telefone funcionar e agora podia acessar a internet. Seu pai encaminhava fotos do quarto todos os dias, o que a deixava mais animada.

Ela gostava da tranquilidade que há muito tempo não tinha e entendia os perigos de voltar ao mundo mortal e as consequências disso — todos aqueles transtornos poderiam voltar. Mas seus poderes estavam cada vez mais fortes e ela já dominava a magia do cristal. Então, prometeu a si mesma ficar mais atenta com o que acontecia ao seu redor.

Liz não queria deixar seu pai sozinho, ele sempre perguntava o que ia preferir. Ela escolheu a cor das tintas, as novas cortinas, enfim, participou de todos os preparativos. Quando a reforma terminou, ele pediu que ela fosse pessoalmente ver tudo de perto. Liz hesitou em responder e quando ia fazê-lo, Ana entrou no quarto e a chamou. Ela prometeu ligar mais tarde para combinar tudo e desligou o telefone.

Ana a levou até o pátio do castelo e as fadas tinham feito uma festa surpresa para Liz. Estavam todos reunidos: Caio, Aurora e inúmeras fadas, que a receberam muito alegres. Mas Liz não sabia qual era o motivo da comemoração. Caio se aproximou, pegou-a pela mão e todos se afastaram. Nesse momento, Liz viu que havia nascido uma rosa no jardim. Era apenas um botão e sua cor vermelha brilhava com os raios do Sol. Liz a tocou e o botão se abriu, mostrando a mais perfeita das rosas. Ela ainda não entendia o que isso significava, então, Aurora falou:

— Essa rosa simboliza seu primeiro ano de vida imortal como rainha. É um presente para você. Terá seu próprio jardim e a cada ano uma rosa nascerá.

Liz gostou muito da novidade e Aurora mostrou-lhe o jardim de sua mãe. Havia muitas rosas, que cobriam boa parte dele. Pela imensidão, soube que sua mãe tinha visto muita coisa. Liz notou que havia um espaço — faltava uma rosa, a última. Ela fez aparecer em sua mão uma semente e a lançou na terra. Instantaneamente, uma rosa brotou e se abriu. Ela tinha um tom muito suave e especial, que brilhou e completou o jardim. As fadas ficaram emocionadas e Aurora a abraçou. Ana a pegou pela mão e disse:

— Venha, Liz. Ainda não terminou sua festa.

Elas entraram e viram que a sala do trono estava toda enfeitada e que havia uma grande mesa com comida e doces. Caio levou Liz até o trono e Aurora entrou trazendo nas mãos uma coroa muito delicada, toda dourada, feita de flores. Liz foi coroada e todas as fadas festejaram sua coroação. A festa foi até tarde e, quando acabou, ficaram apenas Liz e Caio no salão. Então, eles foram para o jardim. A Lua estava alta e, quando iluminou Liz, ela brilhou e os dois se beijaram. Ele a olhou nos olhos e falou:

— Preciso lhe perguntar uma coisa, mas não quero que fique brava comigo.

Liz o abraçou e, assim, juntinhos, ele perguntou.

— Vai mesmo voltar ao mundo mortal?

— Você sabe que sempre quis continuar meus estudos e meu pai sente falta de ficarmos juntos. E por ele também.

— Tudo bem, mas sabe que vai ser arriscado. Prometo que vou ficar junto com você. Tenho uma surpresa! Eu me matriculei, estou na mesma sala que você!

Liz adorou a novidade e os dois ficaram vendo o dia amanhecer. Caio a levou até o quarto e ela se deitou. A festa tinha sido longa e ela precisava dormir um pouco. Caio fechou as cortinas antes de sair e o quarto ficou com um clima bastante agradável. Ele se retirou, deixando-a descansar.

Liz acordou sentido fome e se levantou. Foi até a janela, abriu as cortinas e viu que o Sol já estava alto. Devia ser meio-dia. estava na hora do almoço. Tomou um banho, trocou-se e foi até o salão. Estranhou, pois não havia ninguém ali e havia um silêncio inquietante, não se ouvia som algum.

Ao abrir a porta da sala do trono teve a maior surpresa: Meive estava sentada no trono. Foi, então, que notou que Juliana e Nilon já ao seu lado. Sem opção, Liz entrou e foi na direção do trono. Elas se olharam e antes que elas falassem qualquer coisa, as duas se atacaram ao mesmo tempo.

O golpe de energia entre elas foi imenso e, com o impacto, as janelas se quebraram. O poder das duas era muito grande, no entanto, Liz era mais forte. Meive percebeu que ia perder e fez um sinal a Nilon, que atacou Liz. Ela se defendeu, mas Juliana foi traiçoeira e evocou uma sombra, que a envolveu e ela caiu de joelhos no chão. Meive se aproximou e, quando ia pegá-la, Liz acordou e se viu em seu quarto. Tinha sido apenas um pesadelo, porém bem real.

Liz levantou-se, abriu as cortinas e o Sol estava alto, como no pesadelo. Ela se trocou e foi para a sala do trono, mas ficou mais aliviada quando viu as fadas circulando pelos corredores. Na sala, tocou na coroa, que estava ao lado do trono, e sentou-se. Caio entrou e a viu ali, quieta. Foi até ela, beijou-a e perguntou:

— O que está te incomodando?

— Tive um pesadelo e foi tão real que fiquei perturbada.

— Meive... Ela sabe que você voltou a ir ao mundo mortal. Tem certeza de que vai à escola assim mesmo?

— Não vou deixá-la me manter aqui, como uma prisioneira.

— Entendo. Bem, eu vou com você.

— Meu pai terminou o quarto. Quero ver de perto como ficou. Tome café comigo.

— Sim, mas já é hora do almoço. Está atrasada.

— Tem razão. Vamos almoçar.

Os dois chegaram e a mesa já estava pronta. Liz gostava de almoçar com todas reunidas, pois era sempre muito divertido. No final, todos se retiraram e ela pediu para conversar com Aurora. As duas foram para o jardim e Liz lhe contou tudo e falou da sua decisão. Aurora sabia que ela não ficaria muito tempo em Cinara e que Meive logo apareceria.

— Você sabe que no mundo mortal ela poderá se aproximar e te prejudicar.

— Eu sei, mas meu pai quer que eu fique mais tempo com ele.

— Tudo bem, Liz, mas, por favor, tome cuidado.

Liz lhe deu um beijo e saiu contente. Foi ao seu quarto para pegar seu telefone e avisar Ana que ela iria também. Caio estava por perto e ouviu a conversa das duas, mas voltou logo para dentro antes que Liz o visse; ele não a estava espionando, apenas sendo cauteloso.

Na mansão de Meive, em Price, estava tudo sendo preparado para receber Liz novamente. Porém, dessa vez, Meive a pegaria na escola desprevenida. Para isso, Juliana se infiltraria como uma estudante e, lá dentro, ela pegaria Liz. Era um plano perfeito.

Chegou o dia, afinal. Liz foi para sua casa em Price e seu pai lhe mostrou o quarto, que ela adorou. Havia também uma cama para Ana, Caio ficou dormindo na sala. No dia seguinte, os três foram para escola. Estava nevando um pouco. Caio parou o carro e eles entraram, misturando-se com os outros estudantes.

A primeira aula era no laboratório. A professora mandou formar um grupo de quatro pessoas e, então, apresentou uma nova aluna. Ninguém desconfiou dessa garota de um jeito simples e gentil. "Perfeito", pensou Juliana. Estava próxima de Liz novamente, seria sua melhor amiga. A semana passou tranquila e Liz estava muito feliz, adorava o tempo que passava na escola; e simpatizou com sua nova amiga.

A escola organizou um baile para o final de semana e Juliana contou a Meive, que achou que seria a oportunidade que elas esperavam. Podiam fazer Liz desaparecer na festa. O tema do baile seria Festa a Fantasia, que Liz e Ana adoraram e até já sabiam como iriam: de fada, ninguém desconfiaria,

Caio não quis se fantasiar. A festa seria à noite, na quadra da escola. Enquanto as duas se arrumavam no quarto, Caio as esperava na sala. Ele olhava no relógio e não entendia por que elas demoravam tanto. Foi, então, que ele teve uma surpresa quando Liz desceu as escadas. Ela estava simplesmente maravilhosa. Seu vestido brilhava e seus cabelos estavam presos, com alguns fios soltos. Ela chegou perto dele e ele sentiu seu perfume.

— Então, como estou?

— Precisamos ir mesmo? Podíamos ficar aqui, só nós dois. O que acha?

— Sabe que eu adoraria. Mas podemos voltar mais cedo, então, aproveitamos o resto da noite.

— Adorei sua proposta. Então, voltamos daqui a pouco.

Ana os interrompeu e eles deram risada, e Liz aproveitou para elogiar o vestido dela. Quando eles chegaram ao baile já havia várias pessoas e a música tocava alta. Liz viu sua nova amiga de longe, mas ela não se aproximou e Liz não deu importância. Juliana teve inveja quando a viu. Liz era muito bonita e naquela noite podia ver seu brilho. Porém isso não interessava, a entregaria para Meive.

Juliana deixou que Liz aproveitasse seus últimos minutos de liberdade e viu a oportunidade perfeita quando Caio se afastou, ficando apenas Ana ao seu lado. Ela provocou um pequeno tumulto, com um princípio de incêndio em uma cortina. As pessoas começaram a correr e ela foi em direção oposta à de todos, no sentido de Liz. Caio percebeu a confusão e correu para onde elas estavam, mas as chamas ficaram muito altas e os seguranças o tiraram de dentro do salão.

O fogo se alastrou para as outras cortinas e a fumaça aumentou. Conforme Juliana se aproximava de Liz e Ana, ela assumia sua verdadeira forma. As duas perceberam, mas antes que pudessem fugir elas ficaram presas por causa da fumaça. Elas ouviram vozes chamando e Ana viu que era um bombeiro, que a arrastou para fora, deixando Liz para trás. Ela gritava enquanto ele a levava e não conseguiu se desvencilhar dele. Caio veio correndo e perguntou de Liz:

— Onde está Liz, Ana?

— Não sei. Tem muita fumaça lá dentro. Eu a perdi, mas vi Juliana.

Caio correu em direção ao salão, mas o impediram de entrar. Ele gritou que Liz estava lá dentro e, então, houve uma explosão e todo o salão pegou fogo. Os bombeiros apagaram o incêndio, mas não encontraram nenhuma vítima, o que era bom, pois, para todos, tinha sido apenas um susto. Caio ficou aliviado por não encontrarem alguém lá dentro, mas na hora soube que Juliana levara Liz para Meive.

Na confusão, quando Liz se perdeu de Ana, a última coisa que ela viu foi Juliana se aproximando, mas a fumaça era tanta que ela desmaiou antes que pudesse se defender. Acordou em uma cama com dor de cabeça. Sentou-se e viu Juliana na sua frente.

— Tirei você a tempo da explosão.

— Foi você que a provocou. Por que fez isso? Alguém se feriu?

— Não estão todos bem, mas você está aqui agora.

— Já percebi. Onde está Meive?

— Ela logo virá. Está apenas se preparando.

— O que quer dizer com isso?

— Logo saberá, mas tem uma pessoa que veio te ver.

A porta se abriu e Nilon entrou acompanhado daquela mulher sanguessuga. Liz ficou pronta para atacar, mas antes de qualquer reação sua, Juliana a atacou e a mulher sugou parte de sua energia, o suficiente para deixá-la fraca, e colocou-a em um globo. Meive entrou no quarto e a mulher lhe entregou o globo. Ela absorveu a energia e se fortaleceu. Liz olhou para ela e desejou ter forças para dar um fim de uma vez naquelas pessoas. Meive se aproximou.

— Isso! Fique com raiva. Mas não pode fazer nada.

Todos e saíram e trancaram a porta. Sozinha, Liz recostou-se na cama e olhou seu vestido. Ele era lindo. A noite estava perfeita, até que se distraiu e foi pega. Precisava fugir. Levantou-se com dificuldade, foi até a janela e a forçou, mas, claro, estava trancada. Ainda tinha um pouco de energia, então, tocou no cristal e brilhou, conseguiu se recuperar o suficiente para fugir.

— Ótimo! Agora tenho que sair daqui.

Mudou de forma; como fada podia sair sem ser vista. Passou por uma fresta da porta e saiu em um corredor que não reconheceu. Ficou mais cautelosa em relação a essa novidade. Quando se aproximava do que seria a saída foi pega e colocada em um vidro, que cobriram e ela não podia ver mais nada.

Como sacudia muito, Liz imaginou que estavam em um cavalo. Ela batia contra o vidro, gritando, mas se cansou e sentou-se. A viagem durou horas até que pararam. Ela percebeu que colocaram o objeto em cima de algum lugar de mal jeito, tanto que ele caiu. Levantaram o pano; a luz machucou seus olhos, mas, conforme eles foram se acostumando, Liz viu que era Tamas, em sua forma humana. Ele abriu uma passagem, Liz voou para fora e voltou à forma humana.

— Obrigada, mas por que fez isso?

— Precisava me desculpar.

— Tenho que ir. Caio e Ana devem estar preocupados.

— Não posso deixar que saia, sente-se.

— Onde estamos e pare com isso. Não vou ficar.

— Avisei Caio. Logo ele estará aqui.

— Não acredito em você. E que lugar é esse? É seu castelo?

— Sim, estamos em meu castelo. Aqui Meive não vai conseguir entrar. As entradas foram fechadas.

— Isso não vai impedi-la. Por que não vejo o Sol?

— Quando as entradas para meu reino foram bloqueadas, fechei também qualquer possiblidade de o Sol entrar e iluminá-lo.

Liz sentou-se em uma cadeira. Não acreditava nele. Levantou-se decidida a voltar sozinha para casa. Quando ia abrir um portal, Tamas a segurou pelo braço com tanta força que a assustou, e sua forma foi mudando e ele ficou muito maior e com uma aparência assustadora. Ele a empurrou com força e a fez sentar-se novamente na cadeira.

— Pare com isso agora, Tamas!

— Não queria assustá-la. Por favor, Liz, pare e me escute.

— Avisei Caio que você está comigo. Fique e espere ele chegar.

Porém, enquanto os dois conversavam, ouviram um grande estrondo e as portas da sala onde os dois estavam foram destruídas e os pedaços se espalharam. Liz se protegeu com um escudo de energia, mas Tamas foi atingido por um estilhaço que lhe causou um corte profundo no braço, que começou a sangrar.

Meive entrou na sala e ele tentou proteger Liz, mas ela o jogou para longe e ele nada pôde fazer a não ser ficar olhando as duas se encarando. Tamas gritou para que Liz fugisse, abriu um portal para ela atravessar e Liz correu para dentro dele, que se fechou. Antes que Meive desse um último golpe em Tamas, Caio apareceu e o defendeu. Vendo que Liz havia fugido, ela foi atrás dela.

— Onde ela está, Tamas?

— Abri um portal para ela na pressa e não sei para onde a levou, Caio, desculpe.

— Não importa. Vou achá-la.

— Pode deixar, estou bem. Ache Liz antes de Meive.

Caio fez um feitiço e conseguiu abrir por instantes o mesmo portal que Liz havia atravessado, vendo para onde ela foi. Só que o corvo de Juliana também viu. Caio abriu um portal para o mesmo lugar e foi à procura de Liz.

O portal levou Liz para uma terra distante, árida, com Sol forte e solo amarelado e seco. Não havia uma árvore sequer. O vestido, antes lindo, agora estava pesado e sujo. Precisava sair daquele lugar estranho. Tentou abrir um portal, mas não conseguiu; seus poderes estavam fracos. Resolveu trocar suas roupas, pois estava muito quente, mas também não deu certo.

Ela começou a caminhar, chegando ao que parecia ser uma estrada. Andou horas sob Sol forte e não viu nada nem ninguém. Depois de muito tempo andando, ouviu som de cascos de cavalo. Olhou e viu uma carroça. Andou em sua direção até não aguentar mais e caiu. Antes de desmaiar, viu alguém se aproximando, uma garota. Então, não viu mais nada.

A moça e um menino que estava com ela colocaram Liz na carroça e a levaram para a casa da avó deles. Ela poderia ajudar. Sabiam que tinha algo de muito errado acontecendo. O que uma moça vestida com aquelas roupas estaria fazendo no meio daquele deserto, debaixo daquele Sol, sozinha? Com Liz semiacordada, deram-lhe um pouco de água e voltaram para estrada.

Chegaram em uma pequena vila, onde as outras crianças foram recebê-los. Uma senhora se aproximou da carroça, viu Liz e pediu que a ajudassem a entrar na casa dela. Essa senhora cuidou dela e, à noite, ela já estava bem melhor. A mulher, então, falou:

— Está muito longe de casa. O que faz aqui? Se meus netos não tivessem te achado, podia ter sido muito pior.

— Obrigada pela ajuda, mas preciso ir.

— Aconselho não usar sua magia por enquanto. Só iria entregar sua localização por segurança.

Liz estranhou o que aquela mulher lhe disse e perguntou:

— Sabe quem eu sou?

A senhora olhou para Liz e, sorridente, respondeu:

— Sei quem é você. Uma fada, a nova rainha. Fico feliz de tê-la conhecido, Liz.

— Como sabe sobre mim aqui neste lugar tão distante?

— A magia vive em todo lugar e quando você assumiu seu lugar como rainha, o equilíbrio foi restaurado em todos os lugares do mundo.

Liz nunca tinha visto as coisas dessa maneira. Então, tudo estava ligado a ela e à sua vida.

As crianças entraram e viram que Liz estava bem. Foram até ela e queriam conhecê-la e tocá-la. Todos na vila já sabiam da fada. A moça que havia ajudado Liz entrou, mas se manteve longe. Liz foi até ela, pegou suas mãos e disse:

— Muito obrigada por sua ajuda.

— Eu é que fico feliz de poder conhecer uma fada.

— Eu preciso ir. É arriscado. Toda a vila está correndo perigo com minha presença aqui.

A senhora levantou-se e se aproximou das duas.

— Não se preocupe. Está segura aqui. Fique até a ajuda chegar.

Liz não pretendia ficar, mas sair sozinha não parecia uma boa ideia. A noite estava fria e logo amanheceria e o Sol voltaria a brilhar forte. Só que algo lhe dizia que ela precisava ir embora.

— Tenho que ir. É mais seguro. Como posso fazer? Preciso de um telefone para voltar para minha casa. Assim não uso magia.

A moça queria muito ajudar Liz.

— Tem uma estação de trem com telefone a um dia de viagem. Posso te levar, assim pode ligar e avisar onde está.

— Agradeço a ajuda. Podemos ir amanhã, se não te atrapalhar?

— Vamos amanhã bem cedo. Agora fique e aproveite nossa hospitalidade.

As duas saíram de mãos dadas. Havia um jantar preparado e todos se sentaram para comer. Liz fez o possível para ser gentil, mas não conseguia esconder a preocupação de ficar ali, colocando aquelas pessoas em perigo. Queria muito que amanhecesse logo pra ligar para casa e avisar onde estava, ou pegar um trem e ir o mais longe possível antes que Meive ou Juliana a encontrassem.

Um vento frio soprou no ar e ela sentiu que o que mais temia estava prestes a acontecer. A neve começou a cair, as pessoas ficaram assustadas e correram para suas casas. Permaneceram no local apenas a senhora e Liz, que pediu para a moça levar sua avó para casa. Então, ela ficou sozinha, no centro da vila, e surgiram Meive, Juliana e Nilon, que a cercaram. Mas um portal se abriu e Caio apareceu, ficando o seu lado.

— Desculpe a demora, Liz.

— Não tem problema. O que vamos fazer para sair daqui e salvar essas pessoas?

— Vamos levá-los para Price. Vou abrir um portal e eles irão nos seguir até em casa.

Caio abriu um portal e eles correram para atravessá-lo, mas foram atacados por Juliana, que conseguiu separá-los, caindo um para cada lado. Nilon imobilizou Caio e Meive segurou Liz, levando-a embora por outro portal, sendo seguida por Nilon e Juliana. Caiu ficou, ainda sentindo o impacto do golpe.

As pessoas da vila saíram de suas casas quando tudo silenciou e foram ajudá-lo. Não tinha sido nada de grave. O doía nele ter perdido Liz para Meive. Agradeceu a ajuda e abriu um portal para Price. A mansão foi o primeiro lugar em que ele foi. Lá chegando, sentiu a presença de Liz. Ninguém o deteria, entraria e a levaria para longe de todo aquele mal.

Ao chegarem na mansão, Meive imediatamente colocou Liz dentro de um círculo enfeitiçado, do qual ela não conseguia sair, por mais que tentasse. A magia negra era muito forte. Liz fez o cristal brilhar, e, ao perceber que ela ia escapar, Meive evocou sua sombra negra, que envolveu Liz e a fez perder os sentidos.

Porém Meive tinha outro problema: Caio. Sabia que ele estava lá fora, pronto para entrar. Tinha que levar Liz para outro lugar. Nilon chegou acompanhado de Juliana, pegou Liz e os três atravessaram um portal para o reino sombrio de Meive.

Caio entrou na mansão e os perdeu por muito pouco. Decidiu ir para a casa de Liz e avisar o pai dela de que ela não voltaria, mesmo sabendo que a reação dele não seria boa. O pior seria contar para Aurora que um portal se abriu e Tamas o atravessou, surpreendendo Caio.

— Resolveu aparecer! O que o fez sair da sua reclusão? E o braço? Está melhor?

— Sim. Vim ajudar Liz, apenas isso. Sabe para onde eles foram?

— Não, mas vou achá-la.

Os dois abriram um portal e foram primeiro para Cinara. Ana já tinha avisado Aurora sobre o desaparecimento de Liz e ela havia recebido a notícia muito mal. Preocupada, ela não queria ver ninguém e ele entendeu. Então, foram para Price. O pai de Liz não estava e, quando chegou, viu Caio na varanda com uma expressão fechada e já soube que algo ruim havia acontecido.

— Onde está minha filha? O que aconteceu dessa vez?

— Meive a levou. Desculpe.

— É isso que tem a dizer? Desculpe? Quero ela de volta e bem. Essa bruxa... Por que não para de persegui-la?

— Ela quer os poderes de Liz e Cinara para ela.

— Então, é isso. Devolva tudo a ela. Nossa vida era muito boa antes de tudo isso acontecer e levar Liz para longe de casa.

— Se fizer isso todos pagarão, até mesmo Liz, porque ela nunca vai deixar de ser quem é. Tem que entender isso.

— Entender que minha filha corre perigo? Você que precisa entender.

Ele entrou batendo a porta, deixando Caio na varanda sem saber o que responder. Tamas olhou para ele e não disse nada, também estava preocupado com Liz. Juliana, por intermédio de seu corvo, assistiu a tudo e enxergou, com essa discussão, a possibilidade de conseguir tudo que queria. Podia se livrar de Liz e ficar com os poderes dela e todo reino de Cinara.

O corvo deu um grito e voou de volta para ela. Agora precisava se aproximar de Liz sem que Meive percebesse suas intenções e enganar a fada, para ela abrir mão de tudo e lhe entregar seus poderes e acabar de uma vez por todas com essas perseguições, que estavam ficando cansativas. Tinha muito planos e eles não incluíam ficar por aí correndo atrás de uma fada.

CAPÍTULO 14

Juliana entrou no quarto e encontrou Liz sentada no beiral da janela com uma expressão muito triste. Aproximou-se com cautela e levou a mão ao seu ombro. Liz não esboçou reação alguma e continuou perdida em seus pensamentos. Juliana viu sua oportunidade, já que Meive não estava por perto. Começou a envolver Liz em sua conversa:

— Sabe que pode acabar de uma vez com essas perseguições. Basta querer.

Sem entender o que Juliana queria dizer, Liz olhou para ela e perguntou:

— O que você quer dizer com isso?

— Não lhe perguntaram se você queria toda essa responsabilidade. Por que não coloca um fim nisso? Abra mão de tudo e volte a ter sua vida como era antes, com seu pai.

— Sabe que não posso. Tenho responsabilidades.

— Você fica dizendo isso, mas olhe onde está agora. Pare, Liz, recupere sua vida.

— Não, Juliana. Sou a rainha de Cinara e nunca trairia as pessoas que dependem de mim.

Liz voltou a olhar para fora e, então, sentiu um forte golpe. Olhou para trás e viu Juliana evocando um feitiço, que a envolveu e roubou sua energia. Ela ria, porque tinha os poderes de Liz todos para ela; podia senti-los. Meive tinha falhado. Podia ter tido tudo, mas preferia ficar correndo atrás de Liz. Alguém mexeu na maçaneta da porta e, antes que a vissem, Juliana fugiu por um portal, deixando Liz no quarto. A porta abriu, Meive entrou e já viu Liz passando mal. Ao colocar a mão nela, soube imediatamente o que Juliana tinha feito. Ela gritou por Nilon, que entrou correndo.

— Juliana me traiu. Saia e a encontre. Tome cuidado. Ela tem os poderes de Liz.

— Mas como ela fez isso?

— Ela foi esperta. Aproveitou-se de um descuido da garota e se apossou de seus poderes.

— Todos? A fada não tem mais poder?

— Ela continua imortal está apenas enfraquecida, mas Juliana acha que tem todos. Ela vai cair e quando isso acontecer, eu vou dar a lição que ela tanto merece.

— Ela não vai se entregar. Pode ser do meu jeito?

— Pode. Ache-a e me traga.

Nilon saiu para cumprir a ordem. Ele a conhecia muito bem e sabia que o poder subiria a sua cabeça e ela cometeria um erro. Ela tinha sido esperta, mas não o suficiente. Achava que tinha roubado todo o poder de Liz, quando, na verdade, tinha sido apenas uma pequena fração, pois o poder dela era imenso. Tola! Cairia em sua própria armadilha por vaidade.

Meive olhou para Liz. Juliana pagaria por isso. Ela gritou e duas bruxas apareceram.

— Cuidem dela e não saiam de perto! Tenho assuntos para resolver. Se estiver certa, acharei Juliana antes de Nilon.

Aurora estava no jardim quando sentiu que algo de ruim havia acontecido a Liz, Ana veio no mesmo instante, porque também tinha sentido. Uma forte ventania começou e as duas se olharam. Caio precisava ser rápido.

Ele continuava na casa de Liz, em Price, com Tamas. Ele tentava explicar tudo para o pai dela, mas sabia que ele não entenderia nunca. Então, ouviu uma voz muito distante, chamando-o. Sabia que era Liz. Caio abriu um portal e chegou na frente da mansão de Meive. Os soldados de Nilon não estavam, então, eles entraram. A voz ficou mais nítida e, realmente, era Liz. As bruxas que estavam com ela sabiam que a mansão estava sendo invadida, mas antes que pudessem fazer qualquer coisa, os dois entraram no quarto e Tamas as fez desaparecer.

Liz sorriu ao ver Caio, mas não tinha forças para se levantar.

— Você me ouviu, Caio.

— Sempre. Nunca vou te deixar. Prometi isso a você.

Tamas sentiu que havia algo errado com ela e colocou a mão em sua testa.

— Temos que tirar ela daqui. Está com febre.

— Vamos levá-la para Cinara.

Caio a pegou, Tamas abriu um portal e os dois a levaram para Cinara. Aurora os viu chegar com Liz. Ele ia levá-la para seu quarto, mas Aurora pediu que a levasse para a sala de cristal, e todas as fadas se reuniram em volta dela. A noite chegou e as luzes do castelo não foram acesas. Estavam todos em silêncio, pois Liz não havia se recuperado apesar de seus esforços. Caio sentou-se ao seu lado e ela lhe fez um pedido:

— Quero ver meu pai. Por favor, leve-me para casa.

— Não me peça isso, Liz. Aqui é mais seguro.

Caio olhou para Aurora, que fez que sim. Ele se levantou, pegou-a e abriu um portal para levá-los à casa dela. O pai de Liz estava na varanda, muito preocupado, pois Caio ainda não tinha dado notícias. Quando ele viu o portal se abrindo e Liz nos braços de Caio, correu em sua direção, pegou-a e a levou para dentro, acomodando-a no sofá. Ele sentiu que ela estava com febre.

— Preciso chamar um médico.

Caio se aproximou de Liz e viu que a febre havia aumentado.

— Fizemos tudo que podíamos. Agora preciso esperar.

— Não vou ficar aqui vendo-a piorar.

O pai de Liz ligou para o médico que, assim que chegou, examinou-a e chamou uma ambulância, o que deixou os dois muitos preocupados, pois, pelo visto, era mais sério do que pensavam. Caio não entendia, afinal, Liz era imortal.

— Não era para ela ficar doente. É um ser mágico.

O pai dela, muito furioso, respondeu:

— Mas nasceu parte mortal, esqueceu? Ela ficou fraca com todos os ataques.

A ambulância chegou e a levaram para o hospital. Lá descobriram que ela estava com pneumonia, devido ao frio intenso. Assim, ela ficaria internada por alguns dias e quando melhorasse iria para casa.

Liz viu seu pai e Caio preocupados e ficou triste. Os dois se aproximaram da cama, Caio segurou a mão e notou que a febre começava a baixar. O pai de Liz continuava sério, então, ela o abraçou e ele temeu por sua segurança.

— Desculpe, pai.

— Não fale. Precisa descansar. Logo você vai ficar bem e voltaremos para casa. Vai ficar comigo até estar totalmente recuperada. Promete?

Liz estava um pouco sonolenta por causa dos medicamentos e não respondeu, adormecendo antes. Ele olhou para Caio, que continuava segurando a mão dela.

— Não precisa ficar aqui. Pode voltar para Cinara.

— Vou ficar aqui. Não vou deixá-la sozinha. Meive pode voltar.

— Então, fique. Preciso de um café.

O pai de Liz saiu para tomar café e viu Tamas no corredor, que acenou para ele, sem dizer nada. Então, entrou no quarto e viu Liz dormindo.

— Como ela está, Caio?

— O médico falou que vai precisar ficar internada para tratar a pneumonia.

— Vou ficar aqui com vocês. Ficarei do lado de fora. Se precisar, me chame.

— Obrigado, Tamas.

Caio sentou-se ao lado de Liz e ficou olhando para ela, que dormia mais tranquila. O pai dela voltou ao quarto com um café para Caio. Eles não se falaram durante a noite toda e nenhum deles saiu de perto dela. Amanheceu e Liz acordou com uma enfermeira trocando seu soro. Já conseguia ficar sentada, mas se alimentou só depois de certa insistência de seu pai e Caio. O médico foi ao quarto e disse que, se ela continuasse melhorando, ficaria apenas mais alguns dias internada, o que a deixou frustrada, pois não queria ficar deitada enquanto tanta coisa acontecia lá fora.

— Não posso ficar aqui. Tenho que voltar para Cinara.

Ela tentou ficar em pé, mas Caio a segurou e seu pai a fez deitar na cama novamente.

— Por favor, fique deitada, Liz. Ainda não está bem.

— Preciso ir. Não posso ficar aqui deitada.

O médico entrou no quarto e viu que ela estava muito agitada, então, deu-lhe uma injeção que a fez ficar mais calma. Os dias passaram e ela acabou aceitando que precisava ficar no hospital, o que lhe trouxe melhora da pneumonia. Uma tarde, enquanto conversava com seu pai, o médico entrou e deu a notícia que ela tanto queria ouvir: estava de alta e podia ir embora para casa. Caio, que estava parado perto da janela observando uma movimentação estranha, ouviu e ficou preocupado, pois do lado de fora os perigos que a rondavam voltariam.

Ela foi para casa com seu pai, na companhia de Caio; Tamas já os esperava e tinha se certificado de que não havia perigo algum. Liz queria andar, pois tinha ficado muito tempo deitada. Os dois não gostaram, mas não falaram nada. Ela foi à cozinha para preparar o almoço. Depois de pronto, ela convidou Tamas, que estava na varanda, para almoçar, e ele aceitou, porque sentiu que havia uma trégua entre eles.

Quem não estava nada bem era Juliana. Meive a achara antes de Nilon, em um centro comercial, fazendo compras, usando a magia para satisfazer seus luxos. Ela não merecia ter poder, pois o usava de maneira tola. Meive evocou um feitiço que a aprisionou, levando-a para sua mansão. Ela foi colocada dentro de um círculo mágico, que tirou todos os poderes dela e a transformou numa simples mortal. Nilon voltou logo que soube e assistiu a tudo. Ela gritou com Meive:

— Por que fez isso? Só queria me divertir!

— Garota tola. Dei-lhe uma oportunidade e o que você fez? Agora, como lição, vai ficar sem poderes.

— Não faça isso, Meive! Me devolva os poderes. Prometo que trago Liz para você.

— Já estou providenciando a volta dela. Você vai ficar aqui e voltar a me servir apenas como uma serviçal, que é seu lugar. Agora, levante-se a vá limpar o chão.

Juliana se levantou, mas sentia tanta raiva que se pudesse a atacaria com um único golpe; porém não tinha mais poderes. Olhou-se no espelho e viu que sua beleza havia desaparecido. Tinha sido muito idiota, Meive a encontrara. Mas o que estava a deixando curiosa era o que ela quis dizer quando falou que Liz voltaria. O que será que pretendia fazer? Precisava descobrir e estragar seus planos, pois podia ser o seu fim. E não deixaria de se vingar daquela bruxa velha que se achava tão esperta.

Depois do almoço, Liz pediu para Caio e Tamas se retirarem um pouco, porque queria conversar com seu pai em particular. Ele já sabia o que ela ia dizer, por isso começou a mudar de assunto, e ela viu que seria mais difícil do que imaginava.

— Pai, por favor, me escute. É muito importante para mim.

— Não, Liz. Você é importante para mim e essa foi a segunda vez que te vejo muito mal. Por que não deixa essas pessoas de lado?

— Pai, você ouviu o que disse? Não posso abandoná-los. Mas também não quero te deixar preocupado.

— Então, fique, eu lhe peço. Tenho medo por você. Assisti ao fim da sua mãe.

Liz percebeu que seu pai nunca entenderia, mas ela jamais deixaria Cinara desamparada.

— Vou voltar para Cinara.

Sem olhar para ela, seu pai apenas lhe respondeu:

— Não vou mais me intrometer, mas saiba que sempre estarei aqui se precisar.

Liz se aproximou e o abraçou, e ele acabou cedendo e retribuiu o abraço. Caio voltou à sala e Liz olhou para ele. Ele sabia que ela estava bem e podia voltar para Cinara. Nesse momento, um barulho do lado de fora chamou a atenção de Caio, que se se aproximou da janela e viu o vizinho perto da cerca, observando-os. Ao ser descoberto, saiu rapidamente.

— Liz, quando vamos voltar?

— Hoje à tarde. Quero ficar aqui só mais um pouco. Quem me ajuda a arrumar a bagunça do almoço?

Falando isso, Liz foi se levantar e teve um mal-estar. Eles a ajudaram a se sentar e a proibiram de ficar andando. O pai dela a advertiu:

— Você ainda não está totalmente recuperada. Se continuar assim vou proibir que volte para Cinara. Deixe que eu arrumo tudo.

Liz ficou no sofá com Caio enquanto o pai dela arrumava tudo, e ele, então, disse a ela o que tinha visto:

— Estão vigiando a casa. É arriscado ficar aqui. Vamos voltar agora.

— Eles não teriam coragem de atacar.

— Mas vão avisar Nilon de que está aqui e ele vai trazer Meive. Seu pai vai ficar bem. Vamos agora.

Ela se levantou e foi até a cozinha para se despedir de seu pai, e ele só a deixou sair quando prometeu que ia se cuidar e que voltaria no final de semana. Do lado de fora, Caio, Liz e Tamas atravessaram um portal e voltaram para Cinara. Liz ficou triste de deixar seu pai às pressas, mas era preciso. Em Cinara ficaria mais tranquila e se recuperaria melhor. Depois que Liz já estava acomodada no quarto, Aurora e as fadas dos Quatro Elementos entraram e deram-se as mãos, renovando as energias de Liz, que ficou praticamente recuperada.

Após um tempo, Liz foi para a sala do trono muito preocupada, pois sabia que o perigo ainda não tinha acabado, mas a noite estava tão bonita — era noite de Lua cheia — que a fez esquecer um pouco. Levou a mão ao cristal e o castelo inteiro foi envolvido por uma luz. Caio se aproximou.

— Por que fez isso?

— Ainda não acabou. Eles vão voltar e atacar. Eu posso sentir.

— Tamas está aqui. Vai ficar tudo bem.

— Sim, mas vou me retirar. Quero ir para meu quarto.

Caio foi com Liz até o quarto. Ela sentou na cama e o chamou para se deitarem juntos, mas ele não quis, pois precisava vigiar o castelo. Com certeza, Meive voltaria a atacar e seria naquela noite. Ela entendeu e deitou-se enquanto Caio a observava dormindo. Liz havia adoecido por causa das perseguições e dos ataques. Caio resolveu deitar ao lado dela, mas antes colocou um feitiço em volta do castelo. Também precisava descansar. Já deitado a abraçou e pode sentir que relaxava.

Juliana, que não tirava os olhos de Meive, pensou que o fato de estar servindo-a novamente não a faria desistir de se vingar e de reaver seus poderes. Lembrou-se do cristal de Liz e teve a ideia de pegá-lo, porque assim, seria muito poderosa, mas como se aproximar de Liz se já havia lhe causado tantos problemas? Nilon entrou na sala.

— Liz voltou para Cinara. Vamos pegá-la agora.

— Sim, prepare-se. Sinto que há uma magia protegendo o castelo, mas nada que me impeça.

Os dois saíram e Juliana viu aí sua oportunidade. Liz voltaria para mansão e teria apenas que a esperar chegar e roubar o cristal. Meive gritou por ela, que esperou um minuto depois entrou na sala.

— Prepare o quarto da nossa convidada. Agora saia e nos espere.

Meive abriu um portal para Cinara e os dois o atravessaram, levando um objeto que Juliana não conseguiu ver o que era. Já na frente do castelo, Meive sentiu o campo de força que o protegia e riu, nada a impediria. Então fez um encanto que desfez a proteção e entrou. Enquanto caminhava pelos corredores, evocou um feitiço que chegou em todos que dormiam e continuou em direção ao quarto de Liz. Ela acordou com os passos no corredor. Chamou Caio, mas ele não despertou, o que estranhou, sabia que havia algo errado, o castelo estava sendo invadido!

Meive e Nilon entraram no quarto. Liz sabia que isso ia acontecer, mas, assim, tão rápido? Nilon colocou o objeto sobre uma mesa e abriu a pequena porta. As duas se olharam e Liz olhou para Caio, que corria perigo.

— Desfaça o feitiço sobre ele e todos do castelo agora, Meive!

— Venha comigo e desfaço. Caso contrário todos vão dormir por toda a eternidade. O que seria engraçado, afinal, quem é a mocinha aqui é você.

— Não tem graça. Desfaça agora!

— Ele e todos vão acordar apenas amanhã, quando os primeiros raios de Sol brilharem. Isso se você vier comigo. A decisão é sua.

Liz se levantou, deu um beijo em Caio, assumiu a forma de fada e entrou dentro da prisão. Liz olhou para Caio mais uma vez, dormindo tranquilo, e mandou um beijo, que chegou até ele. Então, Meive e Nilon, carregando Liz, foram embora através de um portal.

Assim que chegaram, Nilon soltou Liz e ela voltou à forma humana, sendo logo cercada pelos soldados da sombra. Ela os atacou e eles viraram pó. Meive interveio e a envolveu em sua sombra negra sentindo o impacto e parou de atacar. Juliana, que assistia a tudo de longe, sabia que se tivesse seus poderes ninguém a humilharia.

Liz colocou a mão no cristal ciente que precisava protegê-lo a qualquer custo. Percebeu que Juliana estava escondida vendo tudo. Ela não era de confiança, mas naquele momento parecia uma boa ideia. Quem sabe ela não estava mudada, agora que não estava mais sob o domínio da magia negra. Meive golpeou Liz mais uma vez, e dessa vez doeu em Juliana, que correu até ela e a ajudou a se levantar e pediu:

— Ela já está aqui. Pare agora!

— Resolveu aparecer? Fique com sua amiga e a leve para o quarto.

Juliana levou Liz até o quarto, não conseguia parar de cobiçar o cristal. Liz percebeu que sua intenção era usar Juliana para levar o cristal para longe de Meive. Precisava escondê-lo, e Juliana seria sua protetora. Aceitou a ajuda para se deitar e, quando ela ia se afastar, Liz brilhou e sua luz envolveu Juliana. Pronto! Agora ela estava enfeitiçada. Tirou o cristal, colocou-o em suas mãos e disse:

— Prometa que vai levar o cristal o mais longe possível.

Liz entrou em sua mente e Juliana viu um templo.

— Quero que você fuja e o guarde para mim. E só me entregue quando eu a chamar.

O cristal brilhou e Juliana sentiu que ele queimou sua mão. Ao olhar, havia a marca de uma rosa, que desapareceu. Então, ela voltou a pensar sozinha e não se lembrava do que tinha acontecido. Ela viu o cristal em sua mão e a única coisa em que pensava era que tinha que se afastar e protegê-lo. Liz sabia que tinha que ser rápida, abriu um portal e disse:

— Saia agora antes que cheguem aqui.

— Juliana olhou para ela e atravessou o portal sem dizer uma palavra.

Com o cristal a salvo, Liz sentia-se mais aliviada. A porta se abriu e Meive entrou procurando por Juliana. Rapidamente, percebeu que Liz estava sem o cristal.

— O que fez? Onde está o cristal?

— Juliana o tirou de mim e o levou.

— Mentirosa! Mandou-o para longe, mas eu vou achá-lo. E quando isso acontecer, prepare-se para o pior.

O portal levou Juliana para bem longe, para uma região que ela não conhecia; ela só percebeu que estava em outro país. Para sua surpresa, descobriu que estava na Índia. Era muita gente andando de um lado para o outro e, então, ela percebeu que estava no meio da rua e correu para a calçada. De repente, um pensamento veio à sua cabeça. Ela abriu sua mão e viu o cristal. Precisava protegê-lo. E o mais estranho é que ela sabia para onde ir. Ela começou a andar, até que chegou em uma rua comercial cheia de lojinhas. Uma menina se aproximou, pegou sua mão e disse:

— Venha! Estamos te esperando.

Juliana deixou a menina a levar. Elas andaram um pouco e entraram em um corredor e, no final dele, havia um templo. Várias meninas a cercaram e a levaram para dentro. Uma senhora a recebeu e a conduziu para outra sala, onde Juliana viu a estátua branca de uma moça com a mão estendida. A mulher indicou que Juliana deveria colocar o cristal na mão da estátua. Sem entender, ela o fez e o cristal começou a brilhar. Juliana reparou que a estátua era muito parecida com Liz e que, então, segurava o cristal com as duas mãos, protegendo-o. Como ela não tirava os olhos da estátua, a senhora a tirou de seus pensamentos, dizendo:

— É a mãe de Liz. Aqui o cristal está seguro. Ninguém vai achá-lo. E você e nossa convidada, fique.

Levaram-na para um quarto e lhe mostraram roupas limpas. Ela podia tirar aquele vestido preto. Juliana tomou um banho — a água tinha cheiro de flores — e colocou uma roupa típica, de um azul-claro muito suave. Conforme andava, o véu da roupa balançava. Ela sentou-se na varanda do templo e sentiu culpa de estar ali, em segurança, e chorou. A senhora se aproximou, sentou-se ao seu lado e perguntou:

— Por que chora?

— Choro porque Liz me tirou das mãos de Meive, me mandou para ficar aqui em segurança e vocês têm sido tão gentis comigo... Nunca fui bem tratada. Liz é primeira pessoa que se importou comigo e eu só a prejudiquei.

— As fadas são seres muito especiais e o amor dela é muito maior do que possa imaginar.

— Ela está nas mãos de Meive. Não posso ficar aqui sabendo que corre perigo.

A mulher pegou sua mão e Juliana viu que ela tinha o desenho de uma rosa na mão, assim como todas as mulheres e meninas. A mulher virou a mão de Juliana e mostrou que ela também tinha o desenho da rosa, o que a deixou surpresa, pois ainda não tinha percebido. Só que o seu desenho era fixo. Ela tocou na rosa e foi envolvida por uma onda de calor e amor.

— Percebe? Liz te deu um presente muito maior do que poder. Ela te deu um lugar, uma família, um novo caminho. Basta aceitar de coração.

Juliana sentiu que tudo que a senhora dizia era verdade e agradeceu à Liz em pensamento. Mesmo correndo perigo, ela tinha sido generosa e salvado a sua vida. Juliana abraçou a senhora e disse que aceitava o presente e faria de tudo para proteger o cristal. As meninas correram e a abraçaram e sua rosas brilhavam junto à de Juliana.

    Liz continuava presa no quarto, estava sentada na cama de pernas cruzadas. Sorriu sentindo que Juliana estava em paz. Havia aceitado seu presente e isso a deixou muito feliz. Fazia tempo que ninguém a perturbava, então, mais calma, pensou em Caio dormindo. A essa hora todos no castelo já deviam ter percebido a sua ausência.

    Realmente, quando todos acordaram, sentiram que havia algo errado. Caio acordou e não viu Liz. Levantou-se preocupado. Onde ela estaria? Foi para o corredor e encontrou Ana, que ia na direção dele.

— Onde está Liz, Caio?

— Não está com você?

— Não. E Aurora?

— Está na sala do trono. Vamos.

Aurora estava na sala do trono com uma expressão muito séria. Quando os dois a encontraram, ela disse apenas uma coisa:

— Meive levou Liz.

Caio ficou frustrado. Mais uma vez a tinham levado.

— Como fizeram isso? Não entendo! Eu estava com ela!

— Magia negra. Ela deve ter ameaçado a todos nós. Verifiquei e só Liz desapareceu.

— Ela sabia que isso ia acontecer! Onde está Tamas?

Nesse exato momento, Tamas entrou e falou:

— Estou aqui. Aurora tem razão. Ela enfeitiçou a todos, colocou todos para dormir, por isso não vimos nada.

— Como sabe?

— Quando acordei meus homens ainda dormiam e eles nunca abandonam seus postos.

Aurora os interrompeu. Era fato que Meive a levara. Agora precisavam encontrá-la. Ela abriu uma pequena janela e pediu para ver quem havia entrado no castelo no castelo sem ser convidado. As imagens se formaram e eles viram Meive e Nilon levando Liz. Caio ficou furioso. Meive sempre conseguia fazer mal à Liz. Para piorar, eles conseguiam achar sua localização por causa da magia negra.

Na mansão, Meive voltou à sala irritada. Liz tinha sido mais rápida e mandado Juliana e o cristal para longe. Precisava achá-los, pois, sem ele, não podia fazer mais do que roubar sua energia, que não era mais suficiente. Sabia que Liz nunca contaria por vontade própria, então, faria com ela o mesmo que fez com Juliana. Chamou Nilon e os dois voltaram ao quarto. Meive evocou um feitiço e a sombra negra surgiu e tomou forma. Liz reagiu contra ela, mas Nilon, com seu poder do frio, congelou o ar dentro do quarto e Liz não conseguiu mais resistir. A sombra tomou conta dela e seus olhos ficaram negros. Meive não podia ter o cristal por enquanto, mas a teria sob seu poder, como uma serviçal. Precisava de alguém no lugar de Juliana e ela faria o serviço sujo de achar Juliana e trazer o cristal que ela mesmo havia mandado para longe.

— Agora, você e Nilon vão procurar o cristal e me trazer. Vão agora!

Nilon abriu um portal e Liz o acompanhou. Talvez, demorasse um pouco, porque essa Liz, enfeitiçada, não sabia para onde Juliana tinha sido mandada. Mas a sombra negra que a dominava a fez lançar um feitiço e eles encontraram uma pista: ela estava em outro país; agora tinham um lugar por onde começar.

Eles percorreram algumas regiões por dias. No templo, Juliana tinha melhorado muito e não pensava mais na vida ruim ao lado de Meive. Porém não deixava de pensar em Liz. Do nada, um vento frio soprou no ar e ela soube que algo ruim iria acontecer. Foi à procura da senhora, que se chamava Andy.

— Sinto uma presença maligna muito perto do templo! Estão atrás do cristal!

— Não podem pegar o cristal. Acalme-se.

— Não é só isso. Sinto uma presença muito forte e a conheço muito bem. É o mal que já habitou em mim.

— Tem certeza?

— Sim, mas o que mais me intriga é em quem ela habita hoje.

Nilon e Liz chegaram perto do templo e as duas sentiram a presença maligna dos dois. Elas reuniram todas as mulheres, pois precisam proteger o cristal. As duas ficaram no pátio e, quando eles entraram e Juliana viu Liz ali, na sua frente, com aquelas roupas negras, soube que era uma Liz diferente da que todos estavam acostumados. Andy reconheceu Liz e ficou preocupada, porque, mesmo dominada, ela podia tirar o cristal das mãos da estátua. Segurou no braço de Juliana e sussurrou:

— Ela não pode se aproximar da estátua. Temos que fazer algo.

— Não temos poderes. Ela é muito forte. Eu já a vi usando sua magia.

Um portal se abriu e Caio, Tamas e Ana o atravessaram, acompanhados dos soldados do fauno. Eles se colocaram na frente do templo para impedir a entrada de Nilon e Liz. Os soldados da sombra os atacaram e, no meio da confusão, Liz passou pelos homens de Tamas, que viu tudo, mas Nilon o impediu de interferir. Caio foi para o lado de Liz, mas ela o atingiu e entrou na sala em que a estátua estava. Ela foi seguida por Juliana e Ana, que entraram na sua frente. Liz atingiu Ana, que caiu, e antes que acertasse Juliana, um brilho a cegou, fazendo-a cair, e ela começou a gritar para que parassem.

Andy entrou na sala acompanhada de outras mulheres, que se deram as mãos em volta de Liz formando um círculo. Ana e Juliana entraram nesse círculo e seguraram Liz enquanto Andy, também dentro dele, levou sua mão à cabeça dela e recitou um feitiço. Liz deu um grito tão forte que a sombra deixou seu corpo e fugiu para fora do templo.

Nilon viu tudo e fugiu com seus soldados através de um portal. Caio e Tamas correram para dentro da sala do templo e a viram caída no chão, desacordada e amparada por Ana e Juliana. Caio se aproximou e a chamou, mas ela não respondeu. Andy o tranquilizou:

— Ela está em segurança. Vamos esperar se recuperar.

— Vamos levá-la para Cinara.

— Não. É melhor que ela fique aqui, perto do cristal. Podemos cuidar dela.

Andy deu ordens e as mulheres saíram e voltaram trazendo muitos tecidos e outros objetos. Caio a levantou, elas forraram o chão e apoiaram sua cabeça em algumas almofadas. Agora precisavam trocar aquelas roupas que ela usava. Caio entendeu e se retirou. As mulheres tiraram a sua roupa e a limparam com água perfumada.

Andy saiu e falou que ele podia vê-la. Ele entrou com cuidado e a viu deitada com um semblante mais calmo Ana e Juliana não saíram do seu lado. Ele sentou-se junto a ela e acariciou seus cabelos. Então ele reconheceu Juliana, mas percebeu que alguma coisa havia mudado. Ele perguntou o que ela fazia ali e ela contou o que havia acontecido, o presente que havia ganhado de Liz e a missão que ela lhe dera. Ela mostrou a rosa em sua mão e ela e Ana se abraçaram. Liz a tinha ajudado e ganhado uma nova amiga.

Caio ficou feliz por Juliana. Admirava Liz cada vez mais. Ela sempre pensava nos outros mesmo quando sua vida estava em perigo. Temia por ela ter ficado tanto tempo sob o feitiço de Meive, mas resolveu acreditar que ela conseguiria se recuperar, pois era mais forte que o mal que a dominara.

Amanheceu e eles viram o Sol tomar conta do templo. Quando os raios solares entraram na sala e iluminaram Liz, ela começou a acordar, mas sentindo muitas dores no corpo. Andy entrou na sala e a fez beber um preparado. Liz voltou a dormir e Caio, preocupado, perguntou:

— O que é isso?

— Agora ela vai melhorar. Quando acordar estará recuperada. Fique calmo.

Tamas se aproximou da entrada do templo e viu que Liz estava bem. Também viu a estátua e o cristal e pensou no quanto Liz tinha sido esperta ao mandar o cristal para longe para protegê-lo. Fez sinal para Caio e voltou a fazer a segurança do templo.

Juliana se levantou e pediu licença; tinha seus afazeres no templo. Ana a acompanhou, pois queria ver tudo de perto. Sabia da existência daquele lugar, mas não o conhecia. Caio ficou com Liz e deitou-se ao seu lado, sentindo seu perfume. A tarde chegou e ela começou a se mexer. Caio sentou-se e a viu abrir os olhos, que estavam muito mais verdes e brilhantes.

— Oi!

— Oi!

Sem dizer mais nada, os dois se abraçaram e assim ficaram. Caio percebeu que ela chorava baixinho.

— Procurei tanto por você. Desculpe não a ter achado antes.

— Mesmo sob o domínio daquela sombra podia ver o que ela fazia para achar o cristal.

— Desculpe.

— Não importa. Agora está aqui com seus amigos.

Andy pediu licença e entrou trazendo roupas limpas. Caio deu um beijo em Liz, levantou-se e foi encontrar Tamas, que estava montando guarda na entrada do templo.

— Ela acordou?

— Sim. Está se recuperando. Deixei com Andy para se trocar. Logo ela vai sair para fora. Vamos esperar. Viu, Ana?

— Está com as outras mulheres do templo e Juliana.

Os dois se sentaram e ficaram esperando por Liz. Andy a conduziu por dentro de uma passagem que havia na sala e a levou até uma sala de banho. Outras mulheres a esperavam, perto do que parecia uma pequena piscina, cheia de flores. O aroma no ar era delicioso.

— É para terminar de retirar todo mal de seu corpo.

— Obrigado, Andy, mas não quero dar trabalho.

— Apenas relaxe e deixe que cuidemos de você.

Liz tirou o manto branco que usava e entrou na água, que estava morna. As flores a envolveram e as mulheres a ajudaram a se banhar e a lavar o cabelo. Ela saiu e secou-se, e Andy deu a ela um vestido parecido com o de todas; mas o seu era vermelho com bordados feitos com fio de ouro. As meninas trouxeram pulseiras e colocaram em seu pulso. Então, Liz e Andy voltaram para a sala em que estava a estátua. Liz viu e soube que era a imagem de sua mãe. Ela pegou o cristal e colocou-o em seu cordão.

Ana chegou e, assim que se viram, ela e Liz se abraçaram. Juliana se aproximou com cuidado, pois tinha vergonha do que havia feito. Liz foi até ela, abraçou-a e disse:

— Fico contente por ter aceitado meu presente. Está feliz?

— Sim. Muito obrigada por me ajudar. Adorei estar aqui.

— Andy me falou de tudo desde que chegou. Fico muito feliz que está em segurança e em paz.

Caio entrou na sala e a olhou. Estava linda com aquelas roupas. Os dois se abraçaram.

— Vai querer voltar agora para Cinara?

— Por enquanto não. Avise Aurora que está tudo bem. Andy pediu que ficássemos mais um pouco. Vamos aceitar seu convite, assim posso agradecer a ajuda que recebi.

— Vamos ficar aqui. É tudo tão bonito! Por favor, Caio.

Andy os convidou para comerem. Sentaram-se todos à mesa e foi tudo muito agradável. Depois, Liz conheceu o templo e todas que moravam lá, e Juliana ficou com ela o tempo todo. Ao anoitecer, Liz disse a Andy que estava na hora de ir para casa. Depois de se despediu de todos foi falar com Juliana, que a agradeceu pelo presente. Liz abriu um portal e todos voltaram para Cinara.

CAPÍTULO 15

Muitos dias se passaram desde que Liz voltou da Índia. Ela tinha se mantido ocupada, porque não queria pensar no que havia acontecido e ela própria tinha feito enquanto estava enfeitiçada e procurava pelo cristal. Agora, mais do que nunca, podia sentir seu poder, mas não queria usá-lo; não via motivos para tomar para si tanto poder. Precisava guardá-lo. Agora entendia por que sua mãe o tinha separado em duas partes e as escondido uma longe da outra. Ela tinha que fazer o mesmo.

Com o cristal na mão ele brilhou, e quando a luz se dissipou, ela viu que, sem perceber, havia dividindo-o em duas partes. Ficaria com uma parte por segurança e esconderia a outra metade, porém faria isso sozinha, porque não queria que se arriscassem. E, ainda, não usaria mais a sua metade como uma joia. Sabia aonde escondê-lo. Sozinha, foi até a fonte em que podia ver o mundo mortal. Guardou uma metade em uma pequena caixa e a colocou na água. No mesmo instante, ela desapareceu. Ninguém a acharia, só ela podia tirá-la de lá.

Voltou ao castelo e como todos estavam ocupados, ninguém havia sentido a sua falta. Sozinha na sala do trono, achou que seria a melhor hora. Abriu um portal e o atravessou. Ele a levou para uma região muito distante, do outro lado do planeta. O portal a havia deixado em uma estrada e ela estava de vestido; precisava se trocar antes que alguém aparecesse. Brilhou e mudou suas roupas. Adorava fazer essas trocas rápidas.

Olhou para a estrada e, por mais estranho que fosse, sabia em qual direção ir. Começou a caminhar pela trilha que levava para o alto, mas, pela distância, sabia que levaria um certo tempo para chegar. Resolveu abrir um portal para chegar mais rápido e ganhar tempo, mas, quando foi abrir, nada aconteceu. Achou estranho, mas algo dizia que estava no local certo, então, decidiu caminhar para chegar onde queria.

Começou a caminhar e chegou em uma vila, onde algumas pessoas discutiam. Uma menina chorava e um homem começou a arrastá-la. Sem pensar, Liz se intrometeu e o homem soltou a garota, mas furioso com a atitude daquela estranha, que não era de seu país, disse:

— Você se intrometeu onde não foi chamada e por isso vai no lugar da menina.

Liz tentou usar sua magia para se defender, mas nada aconteceu, e agora estava em apuros na mão daquele estranho, que a fez subir em seu cavalo. Com ela sentada na sua frente, ele viu que tinha feito uma boa troca. Ela não era de seu país e sua beleza era encantadora, seus olhos verdes brilhavam.

Liz não acreditava no que estava acontecendo. Tinha apenas que esconder a outra parte do cristal. E o que a mais a perturbava era que sua magia não funcionava. Ela olhou para aquele homem com calma. Ele era jovem e tinha um ar de arrogância que ela detestou na hora. Então, algo chamou sua atenção: ele usava uma pedra vermelha em um broche que brilhava muito. Provavelmente, era isso que a estava impedindo de usar sua magia. Tinha que se afastar daquela pedra.

Qual era a intenção dele? Tinha se intrometido em algo e ela nem imaginava o motivo. Precisava descobrir para onde estava sendo levada.

— O que vai fazer comigo?

O jovem, que se chamava Kenji, olhou para ela e notou que, conforme o vento batia em seus cabelos, eles brilhavam. Achou estranho, mas acreditou que estava cansado e imaginando coisas. É, devia ser isso. Resolveu responder à pergunta dela, afinal, ela tinha que se comportar ou teriam problemas.

— Vamos para o castelo do imperador. Ele quer uma noiva.

— Pare esse cavalo agora! Vou descer. O que está fazendo é errado.

— Não. Você que é intrometida. Aquela menina que era para vir. O pai dela havia decidido.

— Ninguém pensou em perguntar se ela queria se casar tão nova.

— Ela devia se sentir honrada por se tornar a nova imperatriz. Mas agora vai ser você, intrometida.

— Mas eu nem sou de seu país. Ele não vai aceitar.

— Ele é velho, não vai perceber a diferença. Acredite. Agora vamos ficar em silêncio. Falta pouco, logo chegaremos.

O cavalo chegou na frente de um grande portão. Liz olhou para fora o castelo e viu que era todo cercado por um grande muro, mas se conseguisse se afastar daquele homem o bastante poderia usar sua magia e abrir um portal para terminar sua tarefa e voltar para Cinara.

O portão se abriu e eles entraram. Ao descer, um rapaz se aproximou dela e, disfarçadamente, entregou-lhe um pedaço de papel, que ela colocou no bolso. O jovem que a levou era o capitão do imperador e a conduziu para uma enorme sala, deixando-a sozinha. Ela aproveitou e leu o papel que o rapaz havia lhe entregado: "Ajudo você a fugir. Fique pronta. Vai ser ao anoitecer". Isso deixou Liz aliviada. Era sua melhor oportunidade. Então, a porta se abriu e várias mulheres entraram, acompanhadas pelo capitão, que a olhou e disse:

— Elas vão te arrumar. Não crie problemas e se troque.

Liz não tinha intenção nenhuma de ficar e não aceitou trocar de roupas. Sentou-se e, por mais que insistissem, recusou-se. As moças saíram e a deixaram sozinha. Anoiteceu e ninguém mais voltou, mas, em um determinado momento, uma pedrinha caiu perto de seu pé. Ela foi até a janela e viu aquele rapaz a chamando:

— Vai ter que sair pela janela. Consegue se aproximar da pilastra? Assim conseguirá descer.

— Acho que sim. Espere um pouco.

Liz saiu pela janela e ficou na beirada do telhado. Tinha apenas que caminhar até a ponta e chegar à pilastra. Bem devagar, andou e conseguiu. Agora era só deslizar até o chão, mas acabou caindo, pois a pilastra era muito escorregadia. E caiu em cima do rapaz que, na verdade, era a menina da vila.

— Vamos logo. Vão perceber sua fuga. Mas tenho que escondê-la. Cubra-se com esse manto.

Liz se cobriu e as duas conseguiram sair do castelo pelo portão da frente, sem os guardas perceberem. Elas andaram até o amanhecer e chegaram à vila.

— Obrigada pela ajuda. Nós nos vimos mais cedo, não vimos?

— Claro! Você me ajudou a escapar do capitão. Não podia deixá-la casar com o imperador.

— Agradeço sua ajuda, mas e se ele vier atrás de você novamente?

— Não tem perigo. Vou embora desta Vila. Se quiser pode vir comigo. Logo estarão aqui atrás de você também.

— E onde vai se esconder?

— Tem um templo no alto da montanha. Se eu conseguir ser aceita, o capitão não pode me obrigar mais a me casar.

— Parece uma boa ideia. Quando vamos?

— Vamos esperar anoitecer. É mais seguro. Assim não vão nos ver. Vamos para minha casa.

— Mas seus pais vão me ver.

— Não se preocupe. Ninguém aqui gosta do capitão, fique tranquila. Não sei seu nome. O meu é Sami.

— Olá! O meu é Liz. E obrigada de novo.

As duas entraram em uma pequena casa e a menina apresentou Liz aos seus pais. Elas foram comer e Liz tentou usar sua magia, mas nada aconteceu. Tentando não parecer muito interessada, perguntou a Sami:

— Notei que o capitão usava uma pedra vermelha que brilhava muito. É um rubi?

— Não. É uma pedra comum da região. O solo aqui é coberto por aquelas pedras. Tem por todo o terreno. Gostou? Leve uma para você.

Agora Liz entendia o porquê sua magia não funcionava. Precisava ir embora daquele lugar o mais rápido possível.

— Tenho que ir. Não posso ficar.

— Mas onde você vai? É arriscado sair agora. O capitão deve estar te procurando. Fique.

Liz estava preocupada, pois já era para estar em casa. Tinha prometido nunca mais sair sozinha, mas, novamente, tinha feito isso; tinha saído sem avisar e, agora, ninguém sabia onde ela estava. Sami voltou trazendo roupas e Liz perguntou:

— Que roupas são essas?

— Vamos nos trocar, assim não tem perigo de ninguém nos parar na estrada.

— São bonitas, mas são iguais.

— As mulheres que moram no templo a usam. Veja, tem uma rosa bordada. Não é bonita?

Essa foi a melhor notícia que Liz poderia ter recebido. Era exatamente para onde estava indo. Abraçou Sami, que não entendeu nada, e as duas se trocaram e partiram em direção ao templo. A caminhada seria longa. Quando o Sol já estava alto, as duas resolveram parar em uma sombra.

— Vamos voltar ao caminho, Liz. O templo não está longe.

— Mas falta quanto?

— Se eu estiver certa, vamos chegar antes de o Sol se pôr. Depois descansamos.

Só que o que elas não perceberam é que estavam seguidas pelo capitão e seus homens. Eles as vigiavam de longe e, dessa vez, Kenji levaria as duas e ele mesmo as casaria com o imperador. Sob sua ordem, seus soldados as cercaram e os cavalos não as deixavam passar.

Liz não podia ser pega e, tentando escapar, sentiu seus poderes de volta. Ela estava longe o bastante das pedras vermelhas. Então, evocou um feitiço e os cavalos desapareceram. Assustados, os soldados saíram correndo. O capitão percebeu que Liz era a responsável pelo feitiço, desceu do cavalo e a segurou. Com a aproximação da pedra que ele usava, seus poderes desapareceram.

— Você já criou muitos problemas, sabia? Vão voltar comigo para o castelo.

Sami agarrou no braço dele, gritando para ele soltar Liz. Uma névoa começou a tomar conta de tudo e quando ela se dissipou, as duas tinham desaparecido. Tiveram ajuda. Liz olhou em volta para identificar aonde estavam. Haviam atravessado um portal muito grande e todo decorado com flores.

Liz foi cercada por um grupo de mulheres. Uma delas trazia, preso em sua roupa, um broche de um botão de rosa. Liz sentia que tinha chegado ao lugar certo. Levou a mão até o broche e a rosa se abriu. As mulheres sabiam que ela era a rainha das fadas. Apenas ela tinha o poder para tal façanha. Ela se curvou diante de Liz e as outras fizeram a mesma coisa. Apenas Sami não entendeu o que tinha acontecido.

— Por favor, levantem-se! Preciso da permissão para entrar no templo.

— Você é bem-vinda no templo. Eu te levo até a nossa mestre.

Liz convidou Sami e as duas seguiram as mulheres. Elas andaram por uma trilha e chegaram ao templo. Uma senhora saiu para recebê-las. Ela deu a mão para Liz e a convidou a entrar. Sami ficou ao lado de Liz o tempo todo.

— Estamos muito felizes com sua visita, Liz.

— Obrigada, mas já deve saber o que vim fazer aqui.

— Sim. E vamos protegê-lo com nossas vidas. Aqui nunca ninguém terá acesso ao cristal.

— Ótimo! Preciso ser rápida. Me leve até a sala para eu guarda-lo sob sua proteção.

— Sim, me acompanhe.

Liz entrou no Templo e foi conduzida até o pátio, onde a senhora entregou a ela uma caixa igual à que ela tinha colocado na fonte. Liz retirou a metade do cristal que trazia preso ao cordão, colocou-o na caixa e a selou com sua magia. A senhora a conduziu a uma sala onde havia grande espelho. Liz se aproximou e ele brilhou, abrindo uma passagem, e ela guardou a caixa dentro do espelho.

A senhora olhou para Sami, que ainda não acreditava que ela era uma fada e, mais do que isso, a rainha. Liz se aproximou dela, pegou sua mão, apresentou-a à senhora e disse:

— Esta é Sami e ela gostaria de morar aqui com vocês.

A senhora viu Sami e pensou que ela podia aprender os costumes e viver entre elas, afinal, o segredo da rainha devia ser mantido e a segurança do cristal era muito importante. Haviam recebido uma missão.

— Ela pode ficar aqui no templo o tempo que precisar. Mas do que está fugindo?

Liz contou sobre o casamento com o imperador e que o capitão estava atrás delas.

— Conheço a fama do capitão. Ele não vai desistir tão facilmente. Melhor ela ficar escondida aqui.

— Obrigada. Agora preciso voltar para Cinara. — E olhando para Sami disse: —Vai ficar em segurança Sami, e sem precisar casar.

Liz despediu-se de todas, abriu um portal e voltou para Cinara, direto na sala do trono e bem a tempo, porque Caio entrou e ela percebeu que ninguém havia percebido sua saída. Porém uma pessoa a viu saindo do castelo, Meive, que estava espionando tudo; e ela ficou muito curiosa, queria saber para onde Liz tinha ido e o porquê tanto segredo.

Quando chegou perto de Liz, Caio percebeu logo que faltava uma coisa:

— Liz, onde está o cristal?

— Eu o guardei num lugar seguro.

— Fico mais tranquilo agora que você o guardou. Foi a melhor decisão.

— Agora que nos entendemos, vamos cavalgar? O tempo está ótimo! Caio a pegou pela mão e sorriu animado.

— Vamos agora!

Meive escutou a conversa e disse a si mesma que a faria contar onde tinha escondido o cristal. Invadiria Cinara e a aprisionaria até que contasse a verdade.

No estábulo, Caio pegou os cavalos e os dois aproveitaram o final do dia, voltando só ao anoitecer. Liz esperava Caio do lado de fora do estábulo e uma sombra negra apareceu, envolvendo-a e levando-a. Foi tudo muito rápido, quando ele notou que havia algo errado ela já havia desaparecido.

A sombra negra de Meive a levou para mansão dela, em Price. Quando a sombra se dissipou, Liz viu onde estava. Rapidamente, ela abriu um portal, mas foi atingida por Nilon, caiu e o portal se fechou.

— Vai me contar onde escondeu o cristal, Liz?

— Não vou lhe contar. Desista.

— Vai ficar aqui até me contar onde o escondeu.

— Pensa que me pegou, mas se enganou.

Liz assumiu a forma de fada e voou para fora da mansão. Precisava se afastar o mais longe e rápido possível. Pensou em avisar Caio primeiramente, mas mudou de ideia e resolveu ir para a cabana. Ao se aproximar da floresta, teve um mal pressentimento, mas pensou que era só impressão e entrou nela assim mesmo. A cabana não estava muito longe, mas conforme se aproximava notou que uma escuridão se aproximava e, antes que fosse engolida por aquele breu, conseguiu entrar na cabana. Respirou mais aliviada, pois estava segura. Agora precisava avisar Caio e esperá-lo chegar, então mandou uma mensagem através de um portal.

Sentou-se um pouco, pois estava cansada, e não percebeu que sua energia estava sendo sugada. Uma sombra tinha entrado na cabana e um rapaz se aproximou de Liz, que ficou assustada.

— Quem é você? Saia!

— Preciso de uma serviçal. Você serve. Venha comigo.

— Não vou. Retire-se.

— Desista. Não pode fazer nada contra mim. E levante-se. A viagem vai ser longa.

O rapaz era um feiticeiro e fez um encantamento, transformando Liz em um pequeno pássaro branco, que pousou em sua mão. Já fora da cabana, ele montou no cavalo. Liz havia voltado à forma humana tentou fugir, mas, ao se afastar do feiticeiro, ela voltou a ser um pássaro e voou para as mãos dele, que a avisou:

— Está enfeitiçada. Não pode pedir ajuda a ninguém.

Conduzindo o cavalo pela estrada, o feiticeiro falou algo que deixou Liz aflita: sempre que alguém se aproximasse dela ou ela tentasse falar com alguém ou pedir ajuda, ela se transformaria em pássaro. Para se manter na forma humana, teria que ficar distante de qualquer pessoa, e só na presença dele ou quando ele permitisse voltaria à forma humana.

— Eu sei quem é você. Nunca tive uma rainha me servindo. Vai ser ótimo. Aproveite a viagem.

Um portal se abriu e eles o atravessaram. Liz voltou à forma humana e percebeu que não estava mais no mundo mortal e, sim, em outro local, que ela não conhecia. Tudo era novidade para ela: havia tinha muita gente estranha, que a olhavam, e muitas coisas que nunca tinha visto. Eles entraram em uma feira e um homem os parou e disse:

— O que faz aqui, feiticeiro?

— Estou apenas de passagem. Tenho negócios a tratar na cidade.

O homem pareceu aceitar a explicação e se retirou. Liz percebeu que eram ciganos. Ao descer do cavalo, uma mulher se aproximou e ela virou pássaro e voltou para as mãos do feiticeiro.

Caio recebeu o recado de Liz e foi para a cabana. No caminho, chegou a encontrar com o feiticeiro e com Liz em forma de pássaro, antes de eles atravessarem o portal, mas não desconfiou de nada. Não achou Liz na cabana e a procurou por toda floresta, então, decidiu voltar para Cinara.

No castelo todos já sabiam do seu sumiço. Tamas foi chamado para ajudar na busca. Eles procuraram em todos os esconderijos de Meive, mas não tiveram sucesso. Aurora começou a perguntar a todos que estavam próximos a ela naquele dia se tinham a visto, mas ninguém tinha visto nada. Ela voltou à sala do trono, onde Caio a esperava, e ela pediu para ele contar tudo que tinham feito.

— Eu a encontrei aqui e ela me disse que havia guardado o cristal. Depois saímos. Não tinha nada de errado.

— Mas você foi ao mundo mortal para procurá-la. Não viu nada de estranho? Pense.

Foi, então, que algo veio à sua cabeça: o homem e o cavalo na floresta. Ele tinha achado estranho, mas não prestou atenção e foi para a cabana. Aurora chamou as fadas dos Quatro Elementos e, juntas, abriram uma janela e as imagens foram se formando. Aurora pediu para ver as últimas horas do dia de Liz e, para surpresa de todos, viram o que o feiticeiro tinha feito e aonde ela estava. Tinham que ajudá-la. Tamas viu tudo e se ofereceu para ajudar. Conhecia aquele lugar, era um grande mercado de vendas e trocas de qualquer tipo de coisa. Precisavam achá-la antes que fosse vendida ou algo pior.

Liz voltou à forma humana e o homem lhe entregou um pacote cheio de flores. Liz já as tinha provado em Cinara.

— Coma, mas aos poucos, porque amanhã cedo vamos para outro local.

— Para onde vai me levar agora? Me solte, por favor.

— Já disse que não. Preciso de uma ajudante e você é uma fada muito valiosa, preciso de algo de valor para barganhar.

Liz estava muito chateada, não conseguia usar sua magia para quebrar aquele feitiço. Então, notou que usava no tornozelo direito uma argola. Devia ser isso que a impedia de escapar. Tentou tirá-la, mas não tinha fecho e ela não conseguiu.

— Preciso de ajuda para fugir desse feiticeiro.

Liz notou que um homem a observava de longe e que, então, começou a caminhar em sua direção, sem perdê-la de vista. Ao chegar no feiticeiro, disse:

— Quero ela, feiticeiro. Pago o quanto quiser.

— Não está à venda. Veja, tenho outras mercadorias. Olhe tudo que quiser, mas ela é minha.

Liz procurou se manter afastada da visão das pessoas, escondida, não virou mais pássaro. De repente, um homem se aproximou de Liz e ela reconheceu. Era o cigano Raul. Mas antes que pudesse avisar qualquer coisa a ele, virou pássaro e o feiticeiro a pegou, afastando-se. Sem dizer nada, Raul foi direto para a seu acampamento para falar com Marta.

O feiticeiro foi se deitar. Liz sabia que precisava apenas de uma oportunidade para fugir. Apesar de cansada, não tinha sono. Pegou uma colcha feita de retalhos e encostou em uma árvore. Lembrou-se do cigano e se levantou sem acordar o feiticeiro. Viu alguém se aproximando e se escondeu. Ao ver que era Marta, saiu do esconderijo, mas ela lhe pediu:

— Fique escondida. Raul me contou o que está acontecendo. Como caiu nas mãos desse feiticeiro?

— É uma longa história. Preciso de ajuda para escapar. Não consigo usar minha magia.

— Precisamos primeiro te tirar daqui. Venha comigo.

— Não posso. Toda vez que me afasto eu me transformo em pássaro e algo me atrai para perto dele novamente.

— Estamos com um sério problema.

— Preciso que avise Caio. Ele disse que vamos partir para outro lugar rápido.

— Não se preocupe. Vamos ajudá-la.

Marta prometeu ajudar e se afastou. O feiticeiro não acordou. Liz sentia-se mais animada agora com a ajuda dos ciganos. Deitou-se e, então, conseguiu dormir. Amanheceu e Liz foi acordada pelo feiticeiro.

— Vamos! Levante-se. Hoje é o nosso último dia aqui.

— Me liberte! Não pode ficar me levando à força!

— Já disse que não agora. Levante-se! Vamos depois do almoço.

Liz se levantou e percebeu que Raul a acompanhava de longe. Ela fez um sinal para ele para avisar que iria embora e se afastou. Raul voltou para o acampamento e foi falar com Marta:

— O que vamos fazer? Ela não consegue se afastar do feiticeiro e ainda vira pássaro quando alguém chega perto. Como faremos?

Marta se levantou, foi até seu armário e, entre vários frascos, pegou um que tinha dentro um líquido viscoso.

— O que é isso, Marta?

— Faça com que Liz o pegue e beba. Então, você terá 10 minutos para trazê-la para minha tenda.

Raul voltou para onde Liz estava e, com cuidado, aproximou-se um pouco, colocou o frasco com o bilhete perto da carroça e se afastou. Liz esperou um pouco, pegou o frasco e leu o bilhete. Teriam pouco tempo, mas resolveu arriscar.

O feiticeiro havia saído, mas logo voltaria. Eles tinham que agir. Liz bebeu o líquido e começou a caminhar. Conforme se afastava da carroça ficava mais animada, pois não se transformou em pássaro. Então, correu até Raul, que a cobriu com uma capa e a levou para o acampamento, à tenda de Marta. Na porta da tenda, Raul olhou para ver se tinham sido seguidos, mas não. Eles entraram e no mesmo instante em que Liz tirou a capa, ela voltou a ser pássaro. Raul foi rápido, pegou-a e a colocou em uma gaiola.

— O que vamos fazer agora, Marta?

— Não se preocupe. Consegui avisar Caio. Logo ele chegará. Reforce a segurança.

Marta colocou a gaiola em uma mesa e ficou olhando para Liz, que estava ficando agitada, devido ao feitiço. Sentiu muito, mas fez o que precisava: cobriu a gaiola com um lenço; Liz se acalmou.

Quando o feiticeiro voltou e viu que Liz não estava, sabia que alguém a ajudara, pois seu feitiço era poderoso. Mas ele tinha um trunfo na mão: só ele podia quebrar o encantamento. Recitou um novo feitiço, uma luz brilhou e, na tenda de Marta, ela percebeu que algo acontecia. Levantou o pano que cobria a gaiola e Liz não estava mais lá. No mesmo instante, ela apareceu na frente do feiticeiro na forma humana. Ele não disse nada, apenas lhe ordenou que arrumasse tudo e eles partiam imediatamente.

Caio recebeu o recado e chegou até Marta, mas era tarde, Liz havia sumido novamente. Raul o levou até onde ela estava, mas eles já tinham partido. Caio ficou furioso. Tamas havia ido junto e, perguntando sobre o feiticeiro, chegou até um dos compradores dele e o fez dizer quem ele era e a resposta o deixou muito preocupado: ele capturava jovens para vender. Morava em uma região muito afastada e perigosa e quem lá entrava nunca mais era visto.

Longe dali, o cavalo do feiticeiro parou e eles desceram. Liz adorou, pois isso os atrasaria e daria tempo para Caio encontrá-la. Ouviram sons de cascos de cavalo se aproximando e ela voltou a ser um pássaro. O feiticeiro encarou o estranho e disse:

— Quem é você e o que faz aqui?

— Sou apenas um viajante na estrada.

Ele olhou para Liz e fez um comentário:

— Com uma mercadoria tão valiosa não deve ficar parado aqui na estrada. Pode passar um ladrão.

— Quem pensa que é? Não vai levar meu bem mais valioso.

— Ela agora pertence ao meu chefe. Desista! Me entregue agora!

— Rapaz tolo! Pensa que pode me desafiar? Sou mais poderoso do que imagina.

O feiticeiro o envolveu em um feitiço, mas nada aconteceu. O homem encurralou o feiticeiro que, sem saída, entregou-lhe um pequeno embrulho. Dentro dele, algo que parecia ração para pássaros. Ele deu um pouco à Liz e ela voltou à forma humana e a argola que trazia presa no tornozelo se quebrou. Ela sentiu que tinha seus poderes de volta e, apesar de não gostar de vingança, achou que o feiticeiro merecia e o transformou em um pássaro colorido. Com ele na mão, fez surgir uma gaiola, prendeu-o e o entregou a um garoto que passava e que saiu todo contente. O rapaz que estava com ela riu e comentou:

— Sabia que o que fez foi maldade?

— Ele mereceu. Mas o encantamento é por pouco tempo. Daqui uns dias ele volta ao normal. Não sou muito malvada.

— Tudo bem. Se diz, acredito. Agora vamos embora daqui.

— Quem é seu chefe e por que me ajudou?

— Lembra-se do homem na feira que te viu e quis te comprar?

— Agora me lembro. Agradeço a ajuda, mas não sou uma mercadoria.

— Eu sei. Me acompanhe. Ele só quis te ajudar e quer te conhecer.

— Uma visita rápida. Depois preciso voltar para minha casa.

— Garanto, é rápido. E é perto, no caminho. Depois pode encontrar seus amigos ciganos.

Como Liz já tinha percebido que estava sendo observada o tempo todo, aceitou ir e agradecer a ajuda. Como tinha seus poderes de volta, poderia se defender caso precisasse.

— Vamos, então, mas de maneira mais rápida.

Ela abriu um portal e os dois o atravessaram, chegando bem na frente da tenda de Marta que, quando a viu, ficou muito feliz e a abraçou. Antes que dissesse qualquer coisa, viu Caio se aproximando. Felizes com o reencontro depois de tantos desencontros, eles entraram na tenda e conversaram. O rapaz continuava esperando Liz do lado de fora, com todos o olhando, mas ele continuava firme. Liz saiu de mãos dadas com Caio e disse a ele:

— Agora vou com você, mas acompanhada.

— Tudo bem. Eles podem ir também.

O rapaz indicou o caminho e Liz o seguiu acompanhada de Caio e Tamas. Os ciganos foram acompanhando mais de longe. Eles andaram até chegar em um grande castelo, e o rapaz os convidou a entrar. No interior do castelo havia muitas pessoas, parecia uma mais uma grande festa: muita música, bailarinos suspensos no ar e muita comida. Então, o homem se aproximou de Liz e, sem dizer uma palavra, pegou sua mão e a beijou. Caio não gostou do estranho, que o olhou com desprezo e, ainda, fez um convite a ela que não agradou nem a ele nem a Tamas.

— Seja minha hóspede. Aceite e me agracie com sua presença, majestade.

Ele soltou a mão de Liz e com delicadeza ela respondeu:

— Obrigada pela ajuda, mas posso ficar apenas esta tarde. Tenho que voltar para casa.

Sem mostrar suas verdadeiras intenções, ele sorriu e os convidou para ficarem apenas aquela tarde. Ele pegou Liz pelo braço e a conduziu por seu castelo, mostrando tudo que possuía e a entretendo. Porém, Caio os acompanhou o tempo todo e Tamas ficou observando tudo de longe.

CAPÍTULO 16

No final da tarde, Liz já havia visto todo castelo de Omar, um grande mercador, e não escondia de ninguém sua fascinação por ela. Caio não estava gostando e para ele o passeio já podia acabar. Começava a escurecer e era necessário voltarem para Cinara. Liz estava fora há muito tempo e ele temia pelo equilíbrio do mundo mágico das fadas.

Um dos funcionários de Omar o chamou e ele pediu licença e se afastou. Caio olhou para Liz e pediu para terminarem o passeio, pois ela precisava voltar para casa e descansar. Nesse instante, Omar voltou e aproveitou o que Caio havia dito para falar:

— Desculpem ter feito vocês ficarem aqui todo esse tempo, mas com sua presença não vi o tempo passar. Fiquem e durmam aqui. E daí você descansa.

Liz queria voltar para casa, mas ele havia muito tão gentil e ela não gostava de ser mal-educada. Seria apenas por uma noite. Ela olhou para Caio, que já havia entendido e acabou cedendo, mas a avisou que iriam embora no dia seguinte bem cedo. Omar se alegrou e ordenou seus servos a prepararem uma festa para seus convidados.

Um empregado os conduziu aos seus aposentos por um grande corredor. As portas de madeira eram entalhadas com paisagens de vários lugares diferentes. O empregado apontou duas portas. Abriu a de Liz, que tinham um grande jardim desenhado. No quarto, a decoração era surreal, tudo muito luxuoso. O quarto em frente ao de Liz era o de Caio e Tamas e na porta deles havia uma grande floresta. O aposento era bem arrumado também. O empregado pediu licença e se retirou, mas antes disse que iria buscá-los dentro de uma hora.

Caio o esperou sair e ele foi até o quarto de Liz. Ela estava parada perto da janela, vendo o jardim de flores e árvores frutíferas que ficavam em um pátio, atrás do quarto. Ela pegou um cacho de uvas verdes, comeu uma e ofereceu a Caio, que aceitou. Ele se aproximou dela, pegou as uvas da sua mão, colocou-as sobre uma mesa e os dois se beijaram. Então, ele parou e a fez prometer que iriam embora.

— Fique calmo. Quero muito voltar para casa.

— Como se sente? Ficou tanto tempo com aquele feiticeiro.

— Agora estou bem. Na verdade, estou muito cansada.

— Então, vamos agora embora.

— Não vamos ser mal-educados. É só um jantar. Pedimos licença e voltamos para o quarto. E você fica aqui comigo.

— Está certo, mas não vamos inventar mais nenhuma novidade ou passeio.

— Agora preciso tomar um banho. Você fica aqui.

— Fico. Pode ir. Enquanto isso vou deitar um pouco.

Liz foi tomar um banho e logo que entrou no banheiro viu que havia vários ambientes; um deles era um closet, no qual havia muitos vestidos. Preparou seu banho, vestiu um roupão e escolheu um vestido azul todo decorado com bordados. Quando Caio a viu sair toda arrumada, levantou-se para admirá-la — ela estava linda.

Bateram na porta e Caio foi abrir. Do lado de fora estavam o empregado e Tamas. O empregado os conduziu por um grande corredor, de onde se podia ouvir uma música alta e o som de muitas pessoas conversando. Caio que não gostou, porque, pelo visto, ia demorar mais do que ele gostaria. Atravessaram um grande pátio e já era possível ver o salão e suas luzes. Quando eles entraram, todo mundo parou para admirar Liz em seu vestido azul. Omar, que estava sentado com alguns convidados, levantou-se-e e foi ao encontro deles. Ele pegou Liz pela mão, conduziu-a para dentro do salão e ordenou que a música voltasse a tocar.

Ele a levou até uma cadeira muito bonita, branca com detalhes dourados. Ele se sentou ao seu lado. Caio se aproximou e sentou-se do outro lado de Liz e eles conversaram o todo tempo. Serviram uma variedade de bebidas, mas Liz só aceitou um copo de suco. Quando a pista de dança foi aberta, vários casais começaram a dançar e Omar a convidou para uma dança. Ela aceitou e ele a levou para o centro do salão. Todos que estavam ali pararam para observar, porque ela começou a brilhar. Caio foi até eles, pediu a sua vez e Omar se retirou, então, ele pediu a Liz para tomar mais cuidado porque ela estava brilhando. E ele estava certo, pois não era necessário que Omar descobrisse quem era Liz, porque não confiava nele. Como Caio tinha pedido a Tamas que ficasse em alerta, ele se manteve afastado, observando tudo.

O jantar transcorreu muito bem, porém Caio percebeu que Liz estava bem cansada, então, pediu licença a Omar para levá-la para descansar. Eles agradeceram tudo e o empregado os acompanhou até o quarto. Caio o agradeceu, Liz entrou e fechou a porta. Liz trocou-se e já se deitou, pois estava com muito sono. Caio sentou-se em uma cadeira, passaria a noite vigiando para evitar qualquer imprevisto.

Tamas abriu a porta, viu que estava tudo bem e saiu. Quando já era de madrugada, Caio começou a ficar cansado e resolveu deitar-se ao lado de Liz, adormecendo rapidamente. Uma névoa entrou no quarto e tomou a forma de uma pessoa: era Omar, que foi até o lado de Liz e disse só para ela ouvir:

— Venha, minha rainha. Me acompanhe.

Liz acordou e, ao vê-lo no quarto, assustou-se:

— O que faz aqui?

— Venha logo. O Sol vai nascer. Quero que veja como é bonito. Deixe seu amigo aqui descansando.

Liz se levantou, vestiu um penhoar e o acompanhou. Omar a levou pela porta do quarto que dava para o jardim. Eles andaram entre as árvores até chegarem a um campo aberto. O Sol começou a nascer e o céu ficou tomado por sua luz. Era tudo muito bonito. Então, Liz começou a brilhar tão intensamente que Omar não a via mais. Quando a luz diminuiu, ele foi até ela e fez um pedido:

— Fique e seja minha rainha. Me peça e lhe darei o mundo.

Liz percebeu que tinha ido longe demais e sem querer ser mal interpretada respondeu:

— Fico lisonjeada com seu pedido, mas não posso aceitar. Desculpe, preciso voltar para o quarto.

E saiu, deixando-o ali. No quarto, encontrou Caio sentado, a sua espera.

— Onde foi? Fiquei preocupado.

Ela contou o que tinha acontecido e ele pediu para irem embora. Eles chamaram Tamas e pediram ao empregado que foi levar o café da manhã que avisasse Omar de que já estavam indo. O serviçal encontrou Omar no salão, lembrando-se da noite anterior e de Liz entrando no salão, e deu o recado. Ele apenas respondeu que os avisasse para esperá-lo no pátio para poderem se despedir. Omar era um grande negociante, nunca havia perdido uma venda e ninguém nunca tinha lhe dito não. E não desistiria de ter Liz como sua rainha.

Ele os encontrou no pátio e não conseguia tirar os olhos de Liz. Então, deu ordem aos seus soldados para cercarem os três. Como Liz já imaginava que ele criaria problemas, usou sua magia contra os soldados, que foram agarrados por plantas rasteiras e impedidos de avançar. Ela olhou para Omar, ele lhe pediu desculpas e disse que jamais a manteria ao lado dele à força. Liz soltou os guardas e eles se afastaram, assustados. Ela despediu-se de Omar, abriu um portal e os três voltaram para Cinara.

Liz não acreditava que estava em Cinara. Sentou-se na escada que levava ao trono e ficou em silêncio. Uma lágrima rolou em sua face e Caio ficou preocupado, então, sentou-se ao lado dela e a abraçou. Aurora chegou e Liz secou o rosto. Não queria deixá-la preocupada. Elas se abraçaram e conversaram por algum tempo, até que Aurora percebeu que ela não usava o cristal e perguntou onde ele estava.

— Eu o guardei. Está seguro, não se preocupe.

— Tem certeza? Não tem perigo de ninguém o achar?

— Não. E foi melhor assim. Agora poderei ir ao mundo mortal sem me preocupar de Meive tentar pegá-lo.

— Tudo bem. Mas o que vai fazer agora?

— Agora eu só quero ficar aqui bem quieta. Depois do que aconteceu, preciso pensar melhor sobre minha vida.

Liz foi para seu quarto e foi até a mesinha de cabeceira, onde estavam o diário e o espelho, que ela deixou de lado. Sentou-se na cama e começou a ler o diário de sua mãe, que ela tinha começado a escrever na adolescência. Ela gostou de saber mais sobre ela e que as duas tinham muito em comum: gostavam de aventuras, de viajar e de ir para o mundo mortal. Sua mãe também tinha o hábito de, no final do dia, sentar-se com as outras fadas e no diário descreveu o que acontecia em cada mudança de estação e como participava dos preparativos.

Liz chegou à página em que ela contou quando conheceu seu grande amor e que era uma fada, falou da maneira carinhosa que ele a tratou, prometendo amá-la para sempre. Ela soube, então, que os dois tinham vivido alguns meses juntos, que sua mãe se dividia entre os dois mundos, mas nunca se descuidou de Cinara ou dos seres mágicos.

Uma das últimas coisas que sua mãe escreveu foi que ia levar o bebê para seu pai conhecer. Nesse ponto, ela notou que faltavam algumas páginas e queria saber quem as tinha arrancado, porque, quando ela pegou o diário com a sereia, ele estava inteiro. Ela resolveu falar com Aurora. Precisava saber o que não queriam que ela descobrisse. Encontrou-a no pátio com Ana, mostrou-lhe o diário e ela logo disse:

— Desculpe, Liz, mas não sei quem arrancou as páginas. Aqui no castelo ninguém faria isso. Ele é seu.

— Não estou acusando ninguém. Desculpe, não era minha intenção. Fiquei aflita, porque não querem que eu saiba o que estava escrito.

Caio se aproximou de Liz e quis saber o que estava acontecendo. Ana contou a ele, que ficou preocupado. Quem faria isso? Precisavam descobrir se era alguém de fora do castelo ou de Cinara. E deu uma sugestão a Liz:

— O espelho! Onde ele está? Pode usá-lo para ver quem arrancou as páginas.

— Claro! Venha, vamos até meu quarto.

No quarto, Liz pegou o espelho e fez uma pergunta mentalmente. Ele brilhou e as imagens fora passando rapidamente, até que Liz viu uma pessoa em seu quarto que jamais esperava ver: Meive. Com o diário nas mãos, ela arrancou várias páginas, o que deixou Liz furiosa e, ao mesmo tempo, curiosa. Que interesse ela tinha ao ponto de se dar o trabalho de ir escondida até o castelo para furtar aquelas páginas?

Sem pensar, abriu um portal que a levou para a mansão de Meive. As bruxas a viram chegar, mas não fizeram nada, apenas a conduziram até um grande salão. Meive a olhou com o diário na mão. Sabia que esse dia chegaria. Caio não conseguia acreditar no que Liz tinha feito. Desesperado, atravessou o portal, que o deixou na entrada da mansão, e, quando ia entrar, Nilon apareceu na sua frente, impedindo-o.

— Não vai entrar.

— Saia da minha frente.

— Desista, garoto.

Enquanto Caio era impedido por Nilon, Liz e Meive continuavam paradas, num impasse, sem dizer nada, o que deixou Liz irritada. Meive foi até sua mesa, abriu a gaveta e pegou as folhas.

— Me devolva. Elas são minhas.

— Aqui não tem nada que lhe diga respeito. Volte para casa enquanto ainda permito.

— Não vai me prejudicar nunca mais. Não vim aqui por nada. Entregue-as.

Liz estava mesmo disposta a saber o que estava escrito naquelas folhas. Sem que Meive percebesse, com sua magia manipulou as plantas rasteiras, que entraram na sala e arrancaram as folhas da mão de Meive, entregando-as à Liz, que começou a ler ali mesmo. Então, ela leu algo que a deixou muito surpresa e revoltada. Ela olhou para Meive, que a encarava com ar de arrogância, e falou:

— Diga que é mentira.

— Agora você já sabe. Nunca quis que soubesse. Não era minha intenção. Para mim, você não representa nada.

— Como pôde matar sua própria irmã?

Liz abriu um portal e foi embora. Não tinha mais nada para fazer ali. Meive a deixou ir, pois também não queria mais vê-la. Ela lembrava muito sua irmã, por isso tanto ódio. Elas sempre tiveram tudo que por direito era seu e não davam o devido valor.

O portal levou Liz para o litoral de Cinara. Na praia, ela continuou lendo as páginas. Sua mãe relatava o amor que tinha por sua irmã, mas também lamentava muito o caminho que Meive havia escolhido, o da magia negra, e que estava insuportável viver com ela e, pior, não podia deixá-la destruir Cinara. Liz chorou muito sentida. Tinha perdido a mãe por causa do ódio e da ganância de sua própria tia. Caio chegou, sentou-se ao seu lado e não disse nada. Eles ficaram ali, sentados, até que o Sol começou a se pôr, então, Caio disse:

— Vamos voltar para o castelo.

— Por que isso teve que acontecer? Ela é minha tia e me tirou a minha mãe.

— As pessoas fazem maldades para obter poder.

— Vamos voltar. Preciso colocar minha cabeça no lugar. Muita coisa mudou.

— O que quer dizer, Liz?

— Quando deixou o diário. Minha mãe tinha a intenção de que eu soubesse não só da sua vida, mas qual era a minha missão, fazer com que as pessoas que confiam em nós como rainhas estivessem sempre em segurança e felizes.

Caio ficou em pé na frente de Liz e lhe deu a mão. Ela levantou-se e ele a abraçou. Então, abriu o portal e eles voltaram para o castelo. Aurora logo notou que ela havia descoberto tudo e sabia que isso aconteceria, conseguia ver o quanto estava chateada. Temia como seria dali para frente, afinal, Meive era o que ela tinha de mais perto da sua mãe. Aproximou-se de Liz, abraçou-a e falou:

— Desculpe, Liz. Não tinha como lhe dizer.

— Eu entendo, Aurora. Se fosse em outro momento, talvez, eu não soubesse lidar com essa novidade. Por favor, preciso ir para meu quarto.

— Claro, querida. Se precisar me chame.

— Obrigada. Com licença.

Liz foi para seu quarto, olhou tudo e abriu a porta que dava para o jardim. Sentou-se em uma cadeira, mas não tinha mais lágrimas para chorar; e no seu coração não havia espaço para o ódio, não se deixaria influenciar por maus pensamentos. Sua mãe nunca aprovaria esses sentimentos ruins. O que realmente importava era continuar vivendo sua vida, não deixaria que isso a atrapalhasse. Era fim de semana e na segunda-feira voltaria às aulas. Era seu último ano e logo se formaria. Queria muito ir à escola e ter sua festa de formatura como merecia.

Pegou o espelho e pensou em sua mãe, então, imagens apareceram e ela viu como as duas eram parecidas. Os cabelos, os olhos... Teve a impressão de que ela sorriu. A imagem desapareceu e Liz estava feliz. Guardou o espelho e foi procurar Caio, encontrou-o no estábulo. Cauteloso, ele perguntou:

— Tudo bem, Liz?

— Agora sim, mas não quero mais falar sobre isso. Vim aqui para te convidar para um passeio amanhã. Concorda?

Ele parou de mexer com o cavalo e, com as mãos na cintura de Liz, perguntou:

— Onde vai me levar amanhã?

— Primeiro, vamos ver meu pai. Depois vamos acampar só nós dois.

— Gostei. Mas onde vamos acampar?

— No mundo mortal. Tem um parque em Price que é ótimo para fazer trilhas e fica longe da cidade.

— Acha que é seguro ficarmos longe? Você está bem? Afinal, essa novidade... saber que Meive é sua tia.

— São apenas dois dias, fique tranquilo. E não quero mais pensar nela. Não a vejo como minha tia. Isso é apenas um detalhe que quero esquecer.

Os dois concordaram com o passeio e voltaram para o castelo, conversando animadamente. Tinham muito que organizar e na casa de seu pai tinha tudo para acamparem. Liz estava muito empolgada. No jantar, contou à Aurora que ia se ausentar do castelo apenas dois dias, Aurora não falou nada, pois ela precisava se distrair. Por mais que tentasse se manter aparentemente bem, sentia que novidade tinha mexido com ela. Só esperava que ela a superasse.

No outro dia, Liz se levantou mais cedo do que o costume, o Sol não tinha nem nascido. Quando saiu de seu quarto, estava tudo muito quieto, a vida no castelo ainda não havia começado. Estavam todos dormindo. Ótimo para sair. Precisava ir até a fonte para ver uma pessoa, mas sabia que ninguém a entenderia.

Na fonte, tocou na água e uma imagem apareceu. Ela viu Meive em seu escritório, discutindo com duas bruxas. Como essa mulher podia ser tua tia? Eram tão diferentes! Para sua surpresa, Meive parou de falar e a convidou para conversarem. Prometeu que não a prenderia, que seria uma trégua.

— Como posso confiar em você?

— É apenas uma conversa, garanto. Não quer saber mais sobre sua mãe? Venha pelo portal, passe o dia comigo, afinal, sou sua tia.

Liz sabia que não podia confiar em Meive. Tinha raiva dela por tudo que já havia feito. Como pôde ser tão fria? Por mais que tentasse, as lembranças não saíam da sua cabeça, queria muito ver o fim de Meive.

— Então, Liz? Estou esperando? Você vem?

Liz abriu o portal e, no mesmo instante, estava na frente de Meive, que a recebeu com uma falsa cortesia. E as duas se olharam com falsa simpatia. Meive mandou que servissem o café.

— Você me acompanha? Ainda é cedo, não deve ter comido nada.

— Aceito, obrigada.

Meive a conduziu até a sala de jantar, que tinha uma mesa imensa de madeira escura. Sentaram-se e as bruxas as serviram. Elas comeram em silêncio. Nilon, passando pelo corredor, viu aquilo e não acreditou. Sem fazer barulho, observou-as por um momento e se retirou. Foi Meive quem quebrou o silêncio.

— Está gostando. É tudo do melhor para minha sobrinha.

Liz a olhou e fez muito esforço para não demonstrar sua ira por ela ter dito isso. Tinha sido um erro entrar na mansão; levantou-se.

— Preciso voltar agora. Obrigada pelo convite.

Liz atravessou o portal e voltou para a fonte. Assumiu a forma de fada e voou para o castelo. Já havia pessoas andando pelos corredores. Foi para seu quarto e levou um susto quando viu Caio sentado bem em frente à porta.

— Onde foi tão cedo, Liz?

— Acordei mais cedo e fui dar uma volta.

Ele se aproximou e ela desconversou e foi se trocar. Quando voltou, Caio disse:

— Está se sentindo bem? Parece diferente.

— Impressão sua. Venha, vamos tomar café com Aurora.

Ela lhe deu a mão e os dois foram se encontrar com Aurora, que já os esperava. Liz cumprimentou todos e perguntou sobre as novidades no castelo e sobre os preparativos para a Primavera. Foi uma conversa animada e ninguém percebeu que, por dentro, Liz cultivava um sentimento de ódio por Meive e traçava planos.

Ana não tirava os olhos dela. De todos ali, era quem mais conhecia Liz e notou que, por mais que ela falasse e se mostrasse interessada, algo a incomodava. Não ia falar nada, pois podia estar errada, mas por segurança, ficaria por perto.

Na mansão, Meive continuava na sala de jantar. Nilon entrou e sentou-se no lugar de Liz.

— O que está planejando fazer dessa vez? Quando te vi sentada com Liz ao seu lado, juro, quase entrei e a capturei.

— Não faça isso. Eu vou tê-la ao meu lado mais cedo do que você imagina. Acredite, ela vai voltar e um dia vai ficar ao meu lado para sempre.

— Faça o que quiser, mas se precisar estrarei aqui para agir.

No castelo, todos terminaram o café e se retiraram. Liz saiu com Aurora para seus afazeres, Caio despediu-se dizendo que logo a encontraria e, depois que elas saíram, foi procurar Ana, que estava na cozinha.

— Vai me dizer o que tanto olhava para Liz no café?

Ela desconversou e continuou mexendo nas xícaras. Ele pegou sua mão e falou:

— Não me esconda nada, Ana. O que você notou?

— Quer saber a verdade? Liz está aprontando alguma coisa. Eu a conheço faz tempo.

— Por que diz isso? O que você percebeu? Eu não notei nada.

— Não foi só você. Ninguém notou.

— O que vamos fazer?

— Vigiá-la por enquanto. E só isso.

— Mas ela vai perceber. É esperta, não vai dar certo.

— Deixe comigo. Agora vá encontrá-la e não a deixe perceber que desconfia de algo.

Na mansão de Meive, tudo estava sendo preparado para receber Liz para um chá da tarde. As cortinas da sala foram abertas, a poeira foi tirada dos móveis, tudo foi muito bem limpo. A mesa foi posta e Meive entrou para verificar. Gostou, ela ia se sentir mais à vontade. Precisava fazer o convite. Dois encontros no mesmo dia seria perfeito, tinha que envolver Liz e precisava ser rápido.

A tarde chegou e Liz voltou ao castelo. O dia foi bem agitado, mas conseguiram fazer tudo. O Inverno perdia sua força a cada dia e Liz estava alegre com a volta do calor. Lembrando-se disso, acampar no mundo mortal já não parecia uma boa ideia. Lá o frio era mais intenso. Ficaria os dois dias na casa do seu pai e voltaria à escola para justificar suas faltas e pegar o material para não ficar atrasada. Uma pequena janela se abriu e Liz teve uma surpresa: era Meive.

— Desculpe a invasão. Vim apenas lhe fazer um convite para um chá agora, na mansão.

— Já nos vimos hoje.

— Por isso vim lhe fazer esse convite. Gostaria muito da sua companhia. Vai ser rápido.

— Tudo bem, mas não posso demorar.

Liz aceitou o convite, atravessou o portal e encontrou Meive na sala. Notou que o local tinha sido arrumado e que havia muita luz, o que estranhou bastante. Elas sentaram-se e o chá foi servido. Liz não acreditava que tinha voltado aquela casa para uma visita social.

As bruxas serviram pequenos bolinhos confeitados e as duas se olharam muito, mas falaram pouco. Meive pediu licença, levantou-se e se retirou. Foi até seu quarto e pegou um broche, ele havia pertencido à sua irmã. Quando ela a expulsou de Cinara, Meive o roubou e sabia que um dia ele seria útil. Na sala, Liz estava em pé e parecia um tanto desconfortável com aquela situação.

— Preciso voltar. Podem sentir minha falta.

— Não vou tomar mais seu tempo. Olhe o que te trouxe.

Meive abriu a mão e Liz viu o broche feito de ouro: era uma rosa.

— Pegue. É seu agora. Pertencia a sua mãe. Eu o trouxe comigo, mas agora estou te devolvendo.

Liz pegou o broche. Ele era lindo, delicado... perfeito.

— Obrigada, mas preciso voltar.

— Pode ir agora. Nos vemos amanhã?

— Deixe que eu te procuro.

— Eu te espero, mas não demore.

Liz voltou ao seu quarto e notou que tinha ficado muito tempo fora, já estava escurecendo. Ana estava escondida e a viu atravessar o portal. Saiu para não ser vista e foi procurar Caio. Liz guardou o broche em uma caixa. Ninguém poderia vê-lo, principalmente Aurora, que devia saber que ele estava com Meive e a questionaria.

Começou a detestar a insistência de Meive em vê-la. Não gostava dela e as visitas não a agradavam. Prometeu a si mesma que logo ela deixaria de incomodá-la e sabia como faria isso.

Foi tomar um banho e não viu quando, **dentro da caixa**, o broche se transformou num pequeno ser. Sua aparência era indefinida e acinzentada, não era possível dizer se era homem ou mulher, e havia duas pequenas asas. A criatura saiu e voou, olhando tudo ao seu redor. Então, viu uma luz no banheiro e Liz na banheira, com os olhos fechados. A criaturinha aproximou-se dela bem devagar e a tocou e, quando isso aconteceu, assumiu uma aparência feminina. Agora ela se admirava.

Liz não percebeu e o pequeno ser voou para fora do banheiro e se escondeu na caixa novamente. Quando terminou seu banho, Liz vestiu-se e deitou-se. O ser a esperou adormecer, voou até a cama e a ficou observando. Achando tudo lindo, aquele ser brilhou e surgiu em seu corpo um vestido igual ao de Liz. Também admirando o resto de Liz, tocou-o e passou a ter a mesma aparência dela.

Porém aquele ser era do mal. Com as duas mãos fez um encantamento e um pequeno redemoinho negro se formou, mas, antes que fizesse qualquer coisa, bateram na porta e a criatura entrou na caixa para se esconder. A porta abriu e Caio entrou, e acordou Liz com cuidado.

— Não queria te acordar, desculpe.

— Não tem problema. Estou com fome, mas antes quero um beijo.

Ele a beijou, ela levantou-se e os dois foram comer. O ser saiu da caixa, foi até a cama e sentiu o calor nos lençóis. Liz comeu com todos e, quando terminou, foi com Caio até a sala do trono. Ele perguntou.

— Onde você foi hoje à tarde, Liz?

Ela disfarçou e respondeu:

— Fiquei o tempo todo aqui em Cinara. Por que está me perguntando? Estava no meu quarto. Você me viu deitada.

— Desculpe. Só fico preocupado com você. Venha, vamos dar uma volta lá fora. A Lua está muito bonita.

Os dois saíram e ele não tocou mais no assunto. Eles passearam e namoraram a tarde toda. No final do dia, ele a levou para o quarto e foi embora. Liz não gostava de mentir para ele, mas não podia contar que tinha ido tomar o chá da tarde com Meive, porque ela mesmo não acreditava. Precisava se trocar, mas resolveu se deitar um pouco e pensar em tudo que estava fazendo.

Depois de muito refletir, prometeu a si mesma que não se encontraria mais com Meive, já havia ido longe demais. Depois de tanto tentar prejudicá-la, ela só devia estar maluca por ter aceitado já o primeiro convite. E ainda aceitou o segundo convite. E o pior era saber que eram parentes. Isso era demais, ela não conseguia aceitar e, por mais que disfarçasse falando que estava tudo bem, sofria em silêncio.

Liz sentou-se na cama, pegou o espelho, que lhe mostrou a intrusa em seu quarto. Bem devagar, ela foi até a caixa e, ao abri-la, viu aquele pequeno ser a olhando. Ele subiu na mão de Liz, fez carinho e, por causa de sua aparência delicada e angelical, Liz não percebeu o mal que nele havia. Mas estranhou algo: onde estava o broche?

Caio foi encontrar Ana, que o esperava no pátio.

— Tem razão, Ana. Ela mentiu para mim, não falou que saiu do castelo.

— Para onde ela foi, Caio? Tenho medo de que se machuque.

— Vou voltar ao quarto para ficar com ela. Estou preocupado.

Liz estava deitada, virada de lado, com o ser brincando com seus cabelos, quando bateram na porta. A criatura escondeu-se debaixo do travesseiro e Liz lhe fez um sinal para ficar e silêncio. Ela levantou-se e foi abrir a porta. Era Caio, que entrou e olhou tudo, e viu que tudo parecia no lugar.

— Vim ficar com você. Vamos ver seu pai amanhã?

— Sim! Saímos bem cedo.

Ele foi abraçá-la e Liz se esquivou, o que o fez ver que algo estava acontecendo. Não a deixaria sozinha, nem por um minuto. Ela se deitou e o chamou, dessa vez, deixou-se a abraçar. Adormeceu rapidamente. Amanheceu e Liz viu que o ser não estava mais perto dela. Foi até a caixa e o encontrou dormindo. Caio a chamou, ela fechou a caixa e foi até ele.

— Vamos acampar agora?

— Mudei de ideia. Vamos ficar com meu pai esses dois dias. Está muito frio.

— Se prefere, tudo bem. Então, ficamos com seu pai. Vou até a minha casa para pegar algumas coisas e te espero no pátio daqui a uma hora.

— Tudo bem. Então, até daqui a pouco.

Caio saiu e ela aproveitou para pegar sua bolsa para que o pequeno ser entrasse.

— Você vem comigo? Aqui ninguém vai te ver.

Liz não percebeu que estava sendo envolvida por aquela criatura, que era encantadora para ela. Meive a vigiava de longe e viu que seu plano estava dando certo. Liz já havia se apegado e mais algumas horas a enfeitiçaria com sua voz melodiosa e ela viria para o seu lado. Não queria ter nada de particular de Liz, apenas seu poder e o cristal, que ela ainda não tinha descoberto onde estava. Por mais que procurasse, as janelas que abria não mostravam imagens claras, apenas borrões.

Caio esperava Liz no pátio e ela já estava atrasada. Se demorasse mais um pouco, iria atrás dela. E ele estava certo em estar preocupado. Nesse exato momento, ela estava sentada na cama com o pequeno ser na palma da mão, que cantava uma música com uma voz tão doce que Liz não percebeu a mensagem disfarçada para ir para mansão de Meive e obedecê-la. Ela via apenas a beleza da pequenina criatura, mas não via que era sua própria imagem. Um portal se abriu e o ser voou na direção dele convidando Liz para ir junto. Ela levantou, derrubando sua bolsa, e atravessou o portal que se fechou.

Liz acordou do transe muito rápido e quando se viu na mansão de Meive não se lembrava de como tinha ido parar lá, apenas que estava em seu quarto e ouviu uma música doce e, depois, tudo se apagou. Ela olhou para o ser, que deixou a aparência doce e assumiu uma forma assustadora, e deu um grito ensurdecedor que fez Liz cair no chão.

Nilon a pegou e a levou para uma sala onde havia uma grande pedra, a colocou em cima, apesar de seus protestos. Meive se aproximou e riu. Tinha sido muito fácil pegá-la novamente. Precisava de mais energia, era visível que seu corpo envelhecia. Ela fez um encantamento, as duas foram envolvidas por uma luz e a energia de Liz começou a deixá-la e passar para Meive, que se divertia vendo sua beleza renovada.

Mesmo cansada, Liz aproveitou que Meive estava longe dela, admirando-se, assumiu a forma de fada e voou, mas a criatura começou a persegui-la. Quando chegou perto dela, Liz começou a ouvir aquela música doce e parou de fugir. O pequeno ser pegou Liz pela mão e a entregou para Meive, que a pôs dentro de um vidro e colocou um livro em cima para fazer peso. O serzinho a olhava presa, tentando mover o livro. Meive começou a falar com ela enquanto se admirava:

— Pensou que podia me enganar? Sou mais experiente, se esquece disso? Nunca vai me derrotar.

— Um dia vou colocar um fim em você e sua maldade.

— Desista. Se nem sua mãe foi capaz, não vai ser você. Sempre saio vitoriosa.

Liz batia no vidro, mas nada acontecia. Naquela forma frágil era impossível escapar, e o peso do livro a impedia de mover o vidro do lugar. Sem saída, sentou-se sentindo-se uma tola por ter se deixado levar por sentimento de vingança e caído em uma armadilha.

Quando Caio foi até seu quarto não a encontrou, viu apenas a bolsa caída no chão. Chamava por ela nos corredores do castelo e nada. Ficou furioso, pois alguma coisa tinha acontecido. Ele não devia ter saído do seu lado. Voltou ao quarto e estranhou quando o espelho brilhou, então, pegou-o e viu tudo. Ele correu para avisar Aurora, que já sabia que era obra de Meive. Ela dominava a arte de manipular seres mágicos sem vida, e eles copiavam a imagem das pessoas e as envolviam.

— Mas como esse ser veio parar nas mãos da Liz?

— Não sei. Você percebeu alguma coisa estranha com ela?

Ana entrou na sala e contou a Aurora que a tinha visto atravessar um portal e Caio se lembrou que, quando perguntou ela tinha sido bem superficial na resposta e desconversado. No que será que Liz se envolvera dessa vez? Aurora pediu para Ana pegar o espelho e, com ele na mão, perguntou se ele podia mostrar o que acontecera com Liz nos últimos dias. Para surpresa dos três, eles viram os encontros com Meive, quando esta entregou o objeto à Liz e perceberam na hora como a criatura tinha entrado no castelo.

CAPÍTULO 17

Liz continuava presa naquele vidro e só pensava em escapar. Levantou-se e viu que ele estava sobre uma mesa. Como não tinha fundo, podia arrastá-lo e derrubá-lo no chão, e ele quebraria. Não havia ninguém com ela. O problema era o livro em cima do vidro. Então, ela fez um encanto e conseguiu remover o livro e se livrar do peso. Começou a empurrar o vidro. Ele era pesado, mas ela tinha que conseguir. Forçou bastante até que ele caiu no chão, levando-a junto.

O barulho foi alto, Meive correu para a sala e achou que ela tinha fugido. Mas Liz continuava na sala, escondida, pois não tinha dado tempo de sair. Quando Meive saiu e ela ficou sozinha, voou até a janela aberta e conseguiu escapar. Voltando à forma humana quando estava bem longe da mansão.

Precisava sair da propriedade, mas não queria voltar para Cinara. Sentia vergonha do que havia feito. Resolveu ir à casa de seu pai. Lá chegando, viu que ele não estava, ainda devia estar trabalhando. Sentou-se e lembrou que precisava avisar que estava bem e no mundo mortal. Abriu uma janela e viu Aurora sozinha na sala do trono.

— Onde você está, Liz?

— Estou bem, na casa de meu pai.

— O espelho mostrou o que aconteceu.

— Fofoqueiro! Era para ele mostrar as imagens só a mim.

— Mas você estava em perigo, ele quis te proteger.

— Vou ficar esses dois dias aqui. Fique tranquila e desculpe a preocupação que causei.

— Mas, Liz, o que pretende fazer? Volte agora para Cinara.

— Desculpe, Aurora, mas tenho uma coisa para fazer antes.

— Não se arrisque, Liz. Isso só vai lhe trazer problemas. Afaste-se de Meive e volte para casa.

Liz fechou a janela sem responder à Aurora. Estava com fome. Foi até a cozinha, mexeu na geladeira, pegou um suco e tomou. Subiu para seu quarto e estava tudo arrumado. Decidiu se deitar só um pouco e quando seu pai chegasse faria uma surpresa para ele, mas a energia que lhe foi roubada a deixou fraca e ela adormeceu. Os pesadelos começaram e ela via Meive rindo dela; essa cena não saía da sua cabeça e acordou. Foi quando viu Caio parado em seu quarto, olhando-a.

— Era um pesadelo?

— Sim, mas estou bem.

— Quer me falar o que aconteceu?

— Não. Você já sabe. Por que insiste?

— O que pretendia fazer?

— Eu ainda vou fazer e ela vai deixar de existir. E não vai incomodar mais ninguém eu prometo.

— Pare, Liz, de falar de vingança. Só vai te prejudicar. Está cega, não vê as coisas com clareza.

Ela se levantou e ficou andando de um lado para o outro furiosa, então, abriu um portal que a levou à frente da mansão de Meive. Com sua magia, fez as plantas rasteiras imobilizarem os soldados de Nilon e, assim, entrou com facilidade dentro da mansão. As plantas a seguiam quebrando o que encontravam no caminho. Meive foi recebê-la.

— Voltou rápido. Sentiu falta da sua tia? Vendo agora, você tem muito de mim. Fique ao meu lado e reinaremos juntas nos dois mundos.

— Nunca vou te ajudar. Quero que me deixe em paz. Esqueça que eu existo.

— Isso! Fique com ódio, deixe-o tomar conta de você.

Liz a odiava. Voltou a quebrar as coisas e as plantas invadiram a sala tomando conta de tudo. Nilon apareceu e, antes de conseguir se aproximar, ela o pegou, levantando-o no ar. Meive se deliciava. Com ódio, Liz era uma arma poderosa.

Meive a deixou extravasar toda sua fúria, até que ela cansou e caiu no chão exausta. A bruxa se aproximou e, antes que fizesse um feitiço para controlar Liz, ela se levantou. Nesse momento, Liz soltou Nilon, mas, antes que ele a atacasse, Meive o impediu e ele se afastou, deixando-as sozinhas.

Meive a tocou, mas Liz não queria mais nada com ela e saiu correndo da mansão. Assumiu a forma de fada e voou para longe sem olhar para trás. Porém não voltou para Cinara ou para casa de seu pai, foi para o reino de Tamas. Ele estranhou quando a viu chegando, mas não falou nada, porque notou que ela parecia bem perturbada. E ele já sabia que havia descoberto sobre seu parentesco com Meive. Ela sentou-se e ele lhe deu um copo de água. Depois que ela se acalmou, tiveram uma conversa séria e longa e, no final, ele notou que ela parecia mais calma e tranquila.

— Desculpe, mas não tinha para onde ir.

— Não tem problema. Fique o tempo que quiser.

— Obrigada, mas tenho que avisar onde estou.

— Pode deixar. Eu aviso que está aqui comigo.

Liz foi até o jardim e notou que alguém se aproximava. Era Nisco, que não falou nada e saiu. Depois da conversa com Tamas ela se sentia mais calma, os pensamentos de ódio a tinham deixado. Ela brilhou intensamente e quando o brilho se dissipou ela estava radiante. Agora pretendia ver seu pai. Ele não devia estar entendendo por que Caio estava sozinho em sua casa. Tamas foi até ela e avisou que Caio estava chegando.

— Obrigada.

— Vejo que está melhor. Fico feliz em ajudar.

Um portal se abriu e ela viu Caio, que estava com expressão séria. Antes de se aproximar, ele cruzou os braços e ouviu suas explicações.

— Não sei o que me deu, Caio, desculpe.

— Falei para você parar com esses sentimentos de ódio. Só te fazem mal.

— Já passou. É verdade, Tamas conversou comigo. Agora entendo muita coisa.

Ele acabou cedendo, descruzou os braços e eles se abraçaram. Ele falou bem baixinho para ela:

— Tenho medo de te perder.

— Não vou mais ter ataques de raiva. Já passou.

— Ótimo! Vamos voltar. Sabia que deixou Aurora nervosa?

— Verdade... Tenho que pedir desculpas a ela. E ainda quero ver meu pai. E preciso ir à escola. Estou atrasada.

— Tudo bem. Passamos o final de semana juntos e depois vamos à escola.

Liz agradeceu a Tamas e voltou a Cinara com Caio.

Em sua mansão, Meive olhou o estrago que Liz tinha feito. Precisava trazê-la para seu lado, e se ela resistisse, teria o mesmo fim de sua mãe. Mas Liz sempre escapava, alguém sempre a ajudava. Tinha que isolá-la de seus amigos e familiares. Com a ajuda de Juliana não tinha dado certo, decidiu que teria que fazer isso ela mesma. Mas como se aproximar de Liz?

Pensou e teve uma ideia de que a agradou muito. Podia conviver com ela se se tornasse a namorada do pai dela. Ele era um homem bonito e não daria muito trabalho. Devagar o influenciaria para obrigar Liz a viver no mundo mortal e, então, as duas se tornariam inseparáveis.

Fez um feitiço para mudar sua aparência e, olhando-se no espelho, gostou do que viu. Era de uma mulher de respeito, acima de qualquer suspeita. Agora só precisava achar uma oportunidade de conhecê-lo. Iria se mudar para um local próximo a ele e conheceria sua rotina, o que seria fácil. Nilon entrou na sala e ficou curioso.

— Tem novos planos?

— Sim, mas preciso me instalar na cidade. Se ficar aqui chamaria muito atenção.

— O que pretende?

— Arrumar um novo namorado.

— Quem é sua vítima?

— O pai da Liz. Só assim vou poder me aproximar dela o suficiente sem levantar suspeitas, fazer parte de sua vida e ficar perto o bastante para prejudicá-la.

— Ótima ideia! Mas o que pretende fazer para ele se apaixonar por você?

— Um feitiço que o deixará perdidamente louco por mim. Agora fique aqui e espere minhas ordens enquanto me mudo.

Meive foi para a cidade dirigindo um carro modelo popular e, com ela, uma pequena mala — não podia chamar atenção. Quando chegou no centro, entrou em um pequeno hotel e se hospedou. Perguntando à funcionária onde o pessoal das obras estava. A moça estranhou, mas lhe indicou um bar e, quando se aproximava, viu que a sorte estava ao seu lado: um carro estacionava e ela reconheceu o motorista imediatamente, era o pai de Liz. Quando ele saiu do carro pensou que não seria tão ruim assim, afinal ele era muito atraente.

Ela se aproximou dele e quando ia entrar fingiu que escorregou na neve e ele a segurou, dando início a uma conversa que durou até tarde da noite. Num certo momento, ela colocou um líquido na bebida dele. Na saída, ele ofereceu carona, ela rejeitou, mas falou que estava hospedada num hotel próximo e saiu andando. Ele ficou parado, olhando para ela. Tinha dado certo. Já no quarto, ela viu da janela que ele ainda estava lá. Fechou as cortinas e apagou as luzes.

No dia seguinte, ele a esperou na recepção e eles foram tomar café juntos. E mais rápido do que ela mesma esperava, ele a convidou para ir à casa dele, dizendo que tinha uma filha, mas ela vivia muito tempo fora de casa e ele ficava sozinho.

Dois dias se passaram e tudo ia muito bem. Quando estavam na cozinha comendo, Liz chegou com Caio. Meive os viu juntos e sorriu. Ele a abraçou e a apresentou a sua namorada. Liz não conseguia dizer uma palavra, e Meive, que agora se chamava Mara, apresentou-se e convidou os dois para comerem. Eles se sentaram e almoçaram em silêncio

Mara se mostrou bem amável com Liz e as duas arrumaram a cozinha juntas enquanto Caio e seu pai foram para sala. Meive a olhava ali, ao seu lado, tão frágil e desprotegida. Precisava conseguir sua confiança. Sorriu para ela, que retribuiu. Elas terminaram e se juntaram aos dois na sala. Então, o pai de Liz fez um pedido que a deixou sem saber como responder.

— Quero que volte a morar aqui em casa e, dessa vez, definitivamente. Chega de passar apenas finais de semana.

— Mas, pai, já lhe expliquei.

— Sou seu pai e estou te ordenando. Espero não ter que repetir.

Liz olhou para Caio, que também não entendia o que estava acontecendo, pois já tinham conversado sobre isso e ele havia concordado com ela. Mas antes que dissesse qualquer coisa, Mara entrou na conversa, dando apoio à decisão do pai de Liz, o que deixou Caio sem poder falar nada.

Mara lhe falou da limpeza que havia feito em seu quarto a esperando para viverem os três juntos como uma família. Liz pediu licença, pegou Caio pela mão e os dois foram para fora.

— Caio, quem é essa mulher e por que meu pai insiste que eu fique? O que eu faço?

— Uma coisa de cada vez, Liz. Também fui pego de surpresa. Mas pode ficar aqui este final de semana para não o irritar. É o que pretendia mesmo.

— Mas depois tenho que voltar para Cinara.

— Concordo com você. Só precisamos descobrir quem é essa mulher. Não gostei dela nem um pouco.

— Acho que tem algo de errado, mas pode ser só bobagem minha. Vamos entrar. Esqueça, não tem nada para se preocupar.

Liz entrou e disse a seu pai que ficaria. Meive adorou, estava dando tudo certo. Despediram-se de Caio, que ia para Cinara para falar com Aurora e voltaria no dia seguinte. Saiu deixando os três na varanda. Agora era hora de induzir Liz a ficar definitivamente.

Eles entraram e as duas sentaram-se no sofá enquanto seu pai subia para tomar um banho. Liz não desconfiava da armadilha em que havia caído. Como ela não tinha assunto com Mara, ficou vendo televisão. Seu pai desceu e ela viu uma oportunidade de se retirar. Pediu licença e foi para seu quarto. Realmente, estava tudo limpo. Liz deitou-se e logo adormeceu. A última coisa que viu foi Mara entrando e apagando a luz.

No dia seguinte, Liz desceu e seu pai já havia saído para trabalhar. Caio ainda não havia chegado e só estavam ela e Mara, que a convidou para tomar café. A mesa estava arrumada e ela serviu Liz. Meive queria envolvê-la de maneira sutil. Liz olhava no relógio e Caio não chegava, então, começou a ficar ansiosa. Foi até a varanda e nada.

Meive aproximou-se e fez um pequeno feitiço. O telefone tocou, ela foi atender a falsa chamada e voltou dizendo que era o pai de Liz, convidando-as para um passeio na cidade mais tarde. O dia passou e Caio não apareceu. Liz passou a maior parte do dia esperando por ele. Mais no final do dia, Mara a chamou para irem, pois estava na hora.

— Mas tenho que esperar, Caio.

— Não se preocupe, querida. Deixamos um bilhete dizendo onde estamos.

Agora vamos nos arrumar. Seu pai está nos esperando. Venha, tenho uma surpresa para você. As duas subiram e Liz viu em sua cama um vestido muito bonito.

— É seu. É um presente. Quero muito ser sua amiga.

— Obrigada, mas não sei se devo aceitar.

— Fique e o coloque. Combina com você. Foi comprado com carinho, acredite. Te ajudo. Vamos!

Liz pegou o vestido, foi até o banheiro e se trocou. Mara a ajudou a prender a fita, fazendo um laço, e a levou para frente do espelho, dizendo como era bela e fazendo nascer nela um sentimento de vaidade. As duas saíram para cidade e enquanto esperavam o pai de Liz, elas foram em algumas lojas, e, durante esse tempo Liz, não pensou mais em Caio.

Ela não percebeu que a noite havia chegado. Ao voltarem para casa, ficou surpresa quando viu Caio esperando-as. Desceu do carro, foi até ele e sentou-se ao seu lado na escada.

— Demorou por quê? Te esperei, até que Mara me chamou para ir à cidade.

— Não tive opção. Aconteceu algo estranho. Os portais se fecharam e só agora consegui sair de Cinara.

— Tem razão, é estranho. Bem, vamos entrar e avisar meu pai. Quero voltar para Cinara.

— Aurora está te esperando para começarem os preparativos da próxima estação.

Mara via os dois pela janela conversando. Precisava se livrar de Caio ou nunca conseguiria fazer Liz se esquecer de Cinara e todos que lá viviam. Resolveu chamar Nilon, para isso, abriu uma pequena janela para falar com ele.

— Nilon, preciso que se livre de Caio agora.

— Estava esperando suas ordens. O quer que eu faça?

— Por enquanto, apenas o capture e o prenda.

Caio e Liz entraram e ela perguntou sobre seu pai, que tinha ido se trocar. Então, ela disse que precisava ir embora. Meive não podia deixá-la sair e, de maneira bruta, expulsou Caio para fora, trancou a porta e arrastou Liz para seu quarto, também trancando a porta.

Caio batia contra a porta da frente e o pai de Liz desceu e o mandou embora, dizendo que tudo tinha acabado, que a filha dele jamais voltaria para qualquer lugar e que era para esquecerem que ela existia.

Caio ficou alarmado e teve certeza de que havia algo errado, mas não podia arrombar a porta, precisava descobrir o que era ou nunca isso teria fim. Chamou Liz, que abriu a janela, mas seu pai apareceu e a colocou para dentro. Então, sentou-a na cama e ficou parado, encarando-a muito sério. Liz sabia que podia abrir um portal e sair dali, mas não podia deixar seu pai sozinho e agindo daquela maneira estranha. Ela falava com ele, mas ele não lhe dava atenção. Meive entrou no quarto com um copo de água.

— Vocês dois precisam se acalmar. Tome um gole de água querida. Vai se sentir melhor.

— Não quero nada. Preciso que me deixem sair.

O pai dela pegou o copo e insistiu que bebesse. Sem muita saída, Liz bebeu e notou que foi se acalmando, até que suas lembranças começaram a deixá-la. Mara sorriu para ela e a convidou a irem para sala. A resposta de Liz agradou Meive.

— Claro.

Meive sentou-se ao seu lado e ajeitou seu cabelo, prendendo-o com uma fita. Os três desceram e sentaram-se à mesa como uma família. Em silêncio, Liz não podia acreditar no que falava, apenas sentia que algo estava acontecendo, mas, por mais que tentasse relutar, algo a dominava.

Do lado de fora, Caio assistia a tudo. Começou a bater na porta novamente, chamando por Liz, que não o ouvia. Então, Nilon apareceu, arrastou-o para longe da casa e para dentro de um portal e o jogou dentro de uma cela.

— São vocês! Sabia que tinha algo errado. É Meive quem está na casa!

— Aproveite sua estadia, porque não vai sair daqui tão cedo.

Na casa de Liz, ela lutava para se manter no controle. Meive, que agora não via mais utilidade no pai dela, porque já tinha o que queria, decidiu voltar para mansão e fazer Liz dizer onde havia escondido o cristal. Liz se levantou e foi até a janela, procurando por algo ou alguém, mas não se lembrava do quê ou de quem. Balançou a cabeça e olhou para seu pai de mãos dadas com Mara. Ela ainda se sentia perturbada com aquela mulher. Meive foi até ela, pegou sua mão, reforçou o feitiço e perguntou:

— Onde você escondeu o cristal? Me diga agora!

— Do que está falando? Como sabe sobre ele?

Liz puxou a mão e o feitiço desapareceu. Nesse momento, ela percebeu quem era na sua frente, porém, antes de conseguir fazer algo, Meive a segurou forte pela mão e as duas desapareceram. Sem entender nada e ainda sob o domínio do feitiço, o pai de Liz sentou-se para assistir à TV.

As duas foram parar na mansão. Meive soltou Liz, empurrando-a para o chão. Muito irritada, ela foi para cima de Meive, mas Nilon a segurou. A bruxa chegou perto de Liz e refez a pergunta:

— Onde escondeu o cristal? Fale ou vai pagar um preço muito caro. Tenho seu pai sob meu domínio e Caio, agora, deve estar aproveitando a estadia no calabouço de Nilon.

— Solte os dois! Seu problema é comigo.

— Não. Eles são úteis. Você os quer vivos? Então, faça o que eu mando. Me dê o cristal.

— Nunca o escondi. Pode procurá-lo, mas não vai achá-lo.

— Você insiste nisso? Darei um tempo para você pensar.

Nilon a arrastou para outra sala, onde havia um círculo desenhado no chão. Ele a colocou dentro e um campo de força a prendeu. Quando ela o tocou, faíscas saíram, machucando-a. Duas bruxas entraram na sala e Meive as mandou fechar as cortinas. No escuro, Liz brilhou.

— Não vai conseguir manter esse brilho por muito tempo. Poupe energia. Agora preciso voltar. Seu pai está me esperando.

— Deixe-o em paz!

— Farei isso se me der o cristal. Não vai dizer agora, mas alguns dias longe da luz do Sol mudara de ideia.

— Nilon, não tire os olhos dela. Ela vai tentar fugir.

Ela saiu e Liz ficou preocupada, pois seu pai e Caio corriam perigo. Tinha que livrar os dois da mão de Meive. Primeiramente, precisava voltar para casa e expulsar aquela mulher de lá. Olhou o campo de força e viu que ele ia até o alto. Mudou para forma de fada, subiu, mas não tinha como fugir.

— Fique quieta. Não tem como escapar.

Nilon ainda dominava o poder do frio e soprou. Uma névoa envolveu Liz, que sentiu muito frio e seu brilho se apagou. Ela caiu no chão, voltando à forma humana.

— Ótimo! Assim é melhor. Fique quieta.

Ela se encolheu dentro do campo de força, pois seu corpo não conseguia se aquecer. Mas a sorte estava do seu lado. Nilon saiu da sala e, então, alguém a chamou. Era Ana, que se aproximou.

— Como chegou até aqui, Ana?

— Caio falou que tinha algo errado e quando vocês não apareceram resolvi te procurar.

— Precisa me tirar daqui.

— Tudo bem. Vou tentar. Não sei se vai dar certo.

Ana tirou da bolsa uma pequena esfera, que colocou do lado do campo de força, e pediu que Liz se protegesse. Ana se afastou e houve uma pequena explosão, e o campo de força desapareceu. Nilon voltou para a sala muito rápido e não deu tempo de as duas saírem, então, elas assumiram a forma de fada e se esconderam atrás de uns livros, em uma estante. Nilon revirava tudo que havia na sala e gritava:

— Eu sei que está aqui! Saia e me enfrente!

Ana olhou para Liz e fez não com a cabeça. Nilon fez com um redemoinho de gelo aparecer na sala, que começou a tirar tudo do lugar, até que os livros da estante foram arrancados e as duas foram pegas pelo redemoinho, que girava muito rápido. Quando parou, Nilon pegou as duas na mão. Porém Liz usou sua magia e brilhou tão forte que o cegou e ele as soltou, e as duas voaram para fora da mansão, fugindo.

Liz voltou para sua casa. Pediu para Ana a esperar. Entrou e viu seu pai e Mara, as duas se olharam, era evidente que iriam brigar. Meive sentou-se ao lado de Liz que segurou seu pulso.

— Saia da minha casa agora!

— Não antes que me entregue o cristal.

Sem entender o motivo da discussão, o pai de Liz entrou no meio da discussão e pediu para elas pararem. Liz desfez o feitiço que Meive tinha sobre ele, que não se lembrava de nada que tinha acontecido aqueles dias. Quando viu Liz na sua frente e aquela mulher indo para cima dela para lhe dar um tapa, segurou-a, impedindo-a.

— Não toque em minha filha e saia desta casa!

— Tolo mortal. Sou muito poderosa. Acabo com você.

Liz fez um feitiço que levou Meive para longe, mas a ouviu gritar que Caio ela não conseguiria salvar. Seu pai a abraçou, mas ela não podia ficar, precisava ir a Sibac para salvar Caio.

— Pai, você está bem? Ana vai ficar aqui com você. Preciso ir, mas volto, prometo.

— Fique, Liz. Aquela mulher é perigosa.

Ana ouviu o que ela disse e não gostou.

— Não vá, Liz. É arriscado.

— Fiquem tranquilos. Volto com o Caio. Me esperem.

Abriu um portal direto para o castelo de Nilon. Tinha que ir ao calabouço e resgatar Caio. Ela assumiu a forma de fada e foi para a parte de baixo do castelo. Estava tudo muito escuro, mas com sua luz conseguia ver o caminho. Liz viu que era seguro e começou a chamar por Caio. Foi de cela em cela, até que sobrou uma, sem iluminação. Liz o chamou e ouviu a voz dele, respondendo. Ela voltou à forma humana, abriu a porta e entrou. Não conseguia vê-lo, apenas ouvir sua voz pedindo que se aproximasse. Quando chegou mais perto, sentiu que algo agarrava a sua perna e a arrastava para a escuridão. Deu um grito, mas só ouvia sua voz na escuridão. E tudo se apagou.

Caio estava preso numa sala ao lado do calabouço e ouviu o grito de Liz. Os soldados de Nilon o seguravam para ele não escapar. Eles o amordaçaram e ele não podia mais chamar por ela, ficando desesperado.

Nilon entrou e mandou que o segurassem. Tirou a mordaça e o fez beber um líquido que o transformou em uma enorme fera, um lobo preto. Mandou o soltarem e, no mesmo instante, ele saiu correndo e foi em direção à floresta sombria que havia em frente ao castelo.

Meive apareceu na sala muito satisfeita. Tinha se livrado de Caio e estava com Liz em suas mãos novamente. Foi até o calabouço e encontrou Nilon. Eles entraram na cela e ele a acordou bruscamente. Liz se sentia tonta e com dor de cabeça. Meive agachou-se ao seu lado, arrumou seu cabelo e disse:

— Criança tola. Sempre consigo o que quero e você nunca vai escapar de mim.

— Onde está Caio? Solte-o.

— Não se preocupe. Já o soltei e ele foi embora. Nunca mais nos incomodará ou procurará você. Agora descanse.

— O que fez a ele?

— Nada, mas digamos que agora ele está livre de todos os problemas, incluindo ter que te salvar. Agora esfrie a cabeça. Amanhã nos falamos.

Meive olhou para Nilon, que soprou um ar frio na cela, e os dois saíram, deixando Liz sozinha e tentando se aquecer. Nisso, ela ouviu um uivo muito alto que a deixou com medo. Não sabia que agora havia lobos em Sibac. Estava preocupada com Caio. O que Meive teria feito a ele que a deixara tão satisfeita? Precisava fugir ou acabaria morrendo no escuro e no frio. Porém não tinha forças naquele momento, então, deitou-se e adormeceu ouvindo aquele uivo, que ficava cada vez mais distante.

Caio não tinha perdido sua consciência mesmo estando preso no corpo de um lobo muito grande. Sentia-se perdido quando saiu do castelo e correu até que conseguiu se acalmar. Então, deu um uivo muito alto, o primeiro que Liz havia escutado.

Estava aflito não por ele, mas por Liz. Sua última lembrança era dela gritando. Precisava voltar ao castelo. Correu de volta e se aproximou com cautela, pois havia alguns soldados de Nilon de guarda. Pulou o muro e voltou ao calabouço, mas não havia ninguém ali. Farejou o cheiro de Liz, encontrou-a, arrombou a porta, foi até ela, que não respondia. Notou que estava fria. Com cuidado, deitou-se do seu lado e a aqueceu. Ela acordou, e Caio a fez subir em suas costas e saiu do castelo.

Os soldados viram o lobo com Liz, mas não conseguiram alcançá-lo. Ele correu para dentro da floresta. Liz se agarrou ao pelo dele. Ventava muito e estava muito frio, então, ela se deitou nele para se aquecer. Ele a levou para dentro de uma caverna e abaixou-se para ela descer. Como ela tremia de frio, Caio encostou nela, aquecendo-a novamente.

Ela não sabia que era Caio, mas não sentia medo daquele enorme lobo. Começou a chover, mas os dois estavam protegidos na caverna. Ele uivou para ela, colocou sua cabeça em seu colo e olhou em seus olhos. Então, ela o reconheceu e o chamou, e ele chorou baixinho. Ela o abraçou e pediu desculpas por tudo.

No castelo, Meive quebrava tudo. Como tinham deixado um cachorro levar Liz? Eles continuavam em Sibac, pois ela estava fraca e não deviam estar muito longe. Provavelmente, estavam escondidos na floresta. Com um feitiço de Meive, sombras negras apareceram e saíram para procurar os dois.

Meive sabia que Liz não conseguiria chegar longe com aquela chuva e com o frio que fazia. E Caio, como lobo, não devia estar pensando direito. E algo que os dois não sabiam é que aos poucos Caio ia perder suas lembranças e se transformar em um animal selvagem e em um perigo para Liz. Achá-la era questão de tempo, pois ela acabaria fugindo dele e se perdendo na floresta.

A chuva aumentou e começou a entrar água na caverna. Liz subiu nas costas de Caio, mas a água não parava de subir. Ele precisava tirá-la dali e levá-la para um lugar mais alto e seco. Saiu da caverna debaixo da chuva e começou a subir mais para dentro da floresta, porém o chão começou a ficar escorregadio e Liz caiu. Ele se abaixou, mas ela não quis subir. Ela segurou em seu pelo e ele começou a conduzi-la mais para o alto.

Liz ouviu gritos assustadores mesmo debaixo daquela chuva. Caio também ouviu, rosnou ferozmente e começou a andar mais rápido, puxando Liz, até que viram as sombras, que os cercaram. Caio se abaixou e Liz subiu nele, que voltou a correr. Seu pensamento era escapar daquelas sombras e tirá-la da chuva, mas algo aconteceu: suas memórias começaram a ficar borradas, as cores desapareceram, ficou tudo preto e branco e ele parou, fazendo Liz cair no chão. Ela tentou se aproximar, porém ele rosnou. Com medo, ela se afastou e o chamou, então, ele baixou o corpo e se aproximou, e ela entendeu que aquilo era culpa do feitiço.

As sombras os atacaram e o lobo ficou na frente de Liz para defendê-la. Mais sombras surgiram e os cercaram, e debaixo daquela chuva, era difícil se proteger rosnava para todos os lados, mas as sombras o ignoravam e tentavam pegar Liz. De repente, uma delas conseguiu pegar Liz, levantando-a para o alto, mas Caio pulou alto e a puxou.

Eles estavam encurralados, mas Liz não saía do lado de Caio. A chuva não parava, então ela brilhou intensamente, cegando as sombras, que se afastaram. Ela montou em Caio, que saiu em disparada. Eles chegaram ao alto da floresta e a chuva parou. Ela desceu e quando foi tocá-lo, ele rosnou e correu, deixando-a sozinha.

Liz gritou por ele ao vê-lo se afastando. Não podia voltar para Cinara ou para casa, tinha que encontrá-lo. Só que precisava tomar cuidado, porque as sombras estavam procurando por ela. Naquele momento, um dos seus problemas era achar um lugar quente para se esconder, pois o vento começou a soprar forte e o frio havia aumentado. Mas ela olhava para os lados e não via nada nem ninguém.

Liz andou por dentro da floresta até que achou uma trilha e resolveu ir por ela. Depois de um tempo, viu luzes que vinham do que parecia ser um acampamento. Tinha que chegar até aquelas pessoas e pedir ajuda. Começou e descer pela trilha e, quando chegou perto, viu uma menina e foi em sua direção, mas caiu, e foi carregada para dentro de uma tenda e não viu mais nada. Apenas fechou os olhos sentindo o calor do fogo.

No dia seguinte, Liz se levantou e percebeu uma movimentação e conversas em voz alta. Saiu da tenda e ouviu comentários sobre um lobo que rondava o acampamento. Caio conseguiu controlar seus pensamentos, precisava achar Liz. Sabia que as sombras continuavam atrás dela e sentiu sua presença naquele lugar. Precisava chamar sua atenção e fez o que podia. Seus uivos assustadores eram ouvidos cada vez mais próximos.

Liz não podia mais ficar ali. Voltou para tenda e vestiu as suas roupas que tinham secado. A menina pediu para ela ficar, pois o lobo continuava lá fora e a chuva tinha voltado a cair forte. Ela olhou para fora e, realmente, era impossível sair naquele tempo. Foi quando o viu perto do acampamento a esperando, sem pensar, correu em sua direção, mas ele se afastou. Ela tentava se aproximar, mas ele estava receoso. Devagar, Liz conseguiu acalmá-lo e ele deixou que ela o tocasse.

As sombras os acharam e os cercaram, mas, recuperada, Liz usou sua magia e conseguiu destruí-las. Tentou quebrar o feitiço de Caio, mas não conseguiu. A única opção era voltar ao castelo de Nilon e descobrir um meio de fazê-lo voltar à forma humana. Liz olhou para o lobo ao seu lado, temia perder Caio, segurou em sua pelagem, ele a olhou e entraram na floresta, desaparecendo em meio à chuva forte.

Continua...